BASTEI
LÜBBE
TASCHENBUCH

Über die Autorin:

Susan Squires wuchs in Kalifornien auf und studierte an der UCLA englische Literatur. Nachdem sie jahrelang einen »ordentlichen« Job ausgeübt hatte, entdeckte sie ihre Liebe zum Schreiben wieder. Ihre außergewöhnlichen Liebesromane wurden mehrfach für Romance-Preise nominiert.

Susan Squires

MEIN DUNKLER GEFÄHRTE

Roman

Aus dem amerikanischen Englisch von
Ulrike Moreno

BASTEI LÜBBE
TASCHENBUCH

BASTEI LÜBBE TASCHENBUCH
Band 18 747

1. Auflage: März 2010

Vollständige Taschenbuchausgabe

Bastei Lübbe Taschenbuch in der Bastei Lübbe GmbH & Co. KG

Deutsche Erstausgabe

Titel der amerikanischen Originalausgabe: »The Companion«
Originalverlag: St. Martin's Paperbacks
Dieses Werk wurde im Auftrage von St. Martin's Press, L. L. C
durch die Literarische Agentur Thomas Schlück GmbH
30827 Garbsen, vermittelt.

Textredaktion: Susanne Kregeloh, Drestedt
Titelillustration: Guter Punkt unter Verwendung von Motiven
von Shutterstock
Umschlaggestaltung: Guter Punkt, München
Satz: Urban SatzKonzept, Düsseldorf
Gesetzt aus der New Caledonian
Druck und Verarbeitung: GGP Media GmbH, Pößneck
Printed in Germany
ISBN: 978-3-404-18747-8

Mein aufrichtiger Dank gilt meiner Herausgeberin Jennifer Enderlin, die es auf den Versuch mit mir hat ankommen lassen; weiterhin den Mitarbeitern von St. Martin's Press und insbesondere Barbara Wild, meiner Redakteurin, die ein hartes Stück Arbeit mit mir hatten; und Harry, der selbst Autor ist und mich überhaupt erst ermutigt hat, mich auf das hier einzulassen, und der mir auch weiterhin mit Rat und Tat zur Seite steht.

1. Kapitel

El Golea in der Sahara,
August 1818

Seine Angst ließ nach, als er vor ihr kniete und sie unter halb gesenkten Lidern ansah. Ihre langen Fingernägel schimmerten golden, als sie ihn zu sich winkte. Sie ruhte auf einem Diwan und trug ein Gewand aus blutroter Seide, das ihren Leib wie ein hauchzarter Schleier verhüllte. Ein Gürtel aus Gold lag um ihre Taille. Draußen begann der Wind zu heulen und trieb den Wüstensand gegen die Zeltwände. Im Innern des Zeltes war es heiß und stickig. Er nahm den Duft von Zimt wahr, der sich mit einem Geruch vermischte, den er nicht kannte. Im gedämpften Licht glänzte die Haut der Frau feucht, und die Energie, die sie ausstrahlte, schien die Luft zum Flimmern zu bringen. Unter der fast durchsichtigen Seide waren ihre Brüste deutlich zu erkennen. Er wollte nicht auf sie reagieren ... aber sein machtvolles Begehren ließ sich nicht bezwingen.

»Komm«, sagte sie, und er wusste, dass er sich in den Tiefen ihrer schwarzen Augen verlieren würde.

Wie benommen stand er auf. Sein nackter Körper war noch feucht von dem Bad, das er im kleinen Teich der Oase genommen hatte. Er blutete aus den Wunden an seiner Schulter und seinem Schenkel. Es würde ihr gefallen.

Sie zeigte auf den Platz an ihrer Seite. Er ging zu ihr und ließ sich wieder auf die Knie fallen, denn er wusste, was sie wollte. Und er wollte es ihr geben. Er wollte es mehr, als er jemals etwas anderes in seinem Leben gewollt hatte. Er hob das Gesicht zu ihr empor, als sie den Kopf senkte. Ihre Brüste streiften ihn verführerisch, ihre Lippen berührten weich und zart seinen Mund. Er küsste sie begierig. Ein Teil von ihm war sich der Gefahr bewusst, aber das Pochen in seinen Lenden verstärkte sich, bis er verloren war.

Als sie nach ihm griff, begannen ihre Augen rot zu glühen, blutrot wie das Seidengewand, das sie trug.

Heiseres Flüstern und leises Stöhnen weckten ihn aus dem Albtraum. Jede Faser seines Körpers schmerzte. Ihm wurde bewusst, dass es sein Stöhnen gewesen war, das er gehört hatte. »Nun tu es schon«, flüsterte jemand auf Arabisch. Er öffnete mühsam die Augen. Grelles Licht blendete ihn. Einige Männer standen um ihn herum. Sie trugen Burnusse. Ihre Silhouetten hoben sich mit schneidender Klarheit vor dem grellen Licht ab, das durch die Tür hereinfiel. Der Widerschein brach sich in der Klinge eines erhobenen Schwertes. Aber er war zu schwach, zu mutlos, um sich gegen den Tod zu wehren. Er konnte nur noch die Augen schließen.

Plötzlich Schreie! Chaos! »Was tust du da, Mann?«, brüllte jemand. »Jenks! Kiley!«

Zitternd schrak er vor dem Licht zurück und duckte sich.

»Lass es ihn zu Ende bringen«, zischte einer der Araber. Er sprach jetzt englisch. »Er ist böse. Er trägt die Narben.«

»Niemand wird hier umgebracht! Wir befinden uns hier auf englischem Boden!«, schrie der Engländer.

Schritte polterten. Er riskierte es, die Augen einen Spalt weit zu öffnen. Das Licht war nicht mehr so grell. Er sah, dass jetzt auch Männer in der Tür standen, die Uniformen trugen.

»Führt diese Männer aus dem Lager.« Das Schwert schlug dumpf auf dem Boden auf. Die Araber wurden hinausgeleitet. Nachdem die Tür sich hinter ihnen geschlossen hatte, kam der Engländer zu ihm und beugte sich über ihn. »Warum wollten die sich noch diese Mühe machen? Er wird doch ohnehin bald sterben.«

»Betet zu Eurem Gott, dass er stirbt, Exzellenz«, flüsterte der einzige noch anwesende Araber. Die Stimmen wurden undeutlicher. »Und ich bete zu Allah.«

Der Raum verschwamm. *Sterben*, dachte er. *Kann jemand wie ich das überhaupt?*

Der Engländer streckte eine Hand aus. »Was ist das?«

Jemand zerrte an dem Lederbeutel, den er um den Hals trug, und der Riemen riss. Schwärze begann den Rand seines Gesichtsfeldes zu trüben. Er hörte das leise Aufkeuchen der Männer, als sie den Inhalt seines Lederbeutels sahen.

»Wer bist du, mein Freund?«

Er konnte nicht antworten. Die Schwärze verdichtete sich, und der Raum verfinsterte sich vor seinen Augen.

»Postiert eine Wache. Und sorgt dafür, dass es ein Engländer ist.« Er hörte die Worte wie aus weiter Ferne.

Dann überwältigte ihn das Dunkel, und er nahm nichts mehr wahr.

In der Sahara,
Bi'er Taghieri,

September 1818

Elizabeth Rochewell blickte sich in dem winzigen Zimmer um: weiß getünchte Wände, eine Kommode aus dunklem Holz, die etwas zu klobig, aber trotzdem recht ansprechend wirkte, dazu ein Bett, über das sie, wie sie es immer tat, ihre eigene Tagesdecke gebreitet hatte. Wie viele solcher Zimmer in wie vielen Städten des Vorderen Orients und Nordafrikas hatte sie schon gesehen, seit sie ihren Vater auf seinen Expeditionen begleitete? Vielleicht fünfzig? Zusammen genommen waren alle diese Zimmer das einzige Zuhause, das sie je gekannt, der einzige Ort, an dem sie sich wohlgefühlt hatte.

Sie beugte sich über das Bett und griff nach der Mantille aus schwarzer Spitze. Nie hätte sie gedacht, dass sie dieses Souvenir aus Barcelona zu einem solchen Anlass würde tragen müssen. Genau genommen hatte sie nichts von all dem erwartet, was geschehen war. Die Säule, die viertausend Jahre und länger überdauert hatte, war in sich zusammengefallen und hatte ihr den Vater so unerwartet und so schnell genommen, dass Elizabeth es noch immer nicht begreifen konnte. Warum war Gott so grausam gewesen, ihren Vater in der Blüte seines Lebens zu töten?

Vor dem fleckigen Spiegel über der Kommode legte sie die Mantille um. Der fehlende Schlaf hatte ihre Augen gerötet, aber das war jetzt nicht mehr zu ändern. Seit jenem furchtbaren Unglück hatte sie kaum länger als immer nur wenige Minuten schlafen können. Und auch ihr Gesicht konnte sie nicht ändern. Es war das Erbe ihrer ägyptischen Mutter. Ihre weit auseinanderstehenden Augen waren weder braun noch grün, sondern irgendetwas dazwischen. Ihr Mund war zu groß, um schön zu sein, und ihre Haut war von einem hellen Braun. Ihr krauses dunkles Haar trug sie geflochten und aufgesteckt, denn nur so ließen die Locken sich bändigen, ohne dass sie ein Ondulliereisen benutzen musste. Aber auch so ließ sich nicht verhindern, dass sich widerspenstige Strähnchen aus den Nadeln lösten und ihr ins Gesicht fielen. Und dann war da noch ihre Figur. Sie hätte eigentlich ganz zufrieden damit sein können, wäre sie nicht so klein. Und das ließ sich durch nichts beschönigen. Ihr Vater hatte gesagt, ihre Mutter sei die schönste Frau gewesen, der er je begegnet war, und Beth sehe genauso aus wie sie. Er musste vor Liebe blind gewesen sein. Beth wusste, dass man sie weder in England noch in Afrika attraktiv nennen würde. Dort war sie zu sehr Ägypterin, hier zu sehr Engländerin.

Aber wenigstens tat sie etwas Nützliches. Seit sie erwachsen war, unterstützte sie ihren Vater dabei, jene sichtbaren Spuren zu katalogisieren, die die Menschheit im Laufe ihrer Geschichte zurückgelassen hatte. Nach der bedrückenden Zeit in einem Mädcheninternat hatte sie sich ihrem Vater angeschlossen. Sie war es, die seine Expeditionen organisierte; sie war es, die die alten Schriften übersetzte und in ihnen nach Hinweisen suchte, die ihnen auf ihrer Suche nach der untergegangenen Schwesterstadt von Petra den Weg wiesen. Sie lernte, das Alter von Steinen zu bestimmen, um ihre Funde zeitlich zuordnen zu können. An der Seite ihres Vaters hatte sie einen Platz gefunden. In Afrika wurde sie weniger als Frau, denn als seltsames Geschöpf gesehen, das außerhalbe aller Konvention lebte.

Aber vielleicht hatte sie dieses Leben durch den Tod ihres Vaters jetzt verloren. Beth bedeckte ihr Haar mit der spanischen Mantille. Sie besaß kein schwarzes Kleid, aber ein dunkelgraues aus feiner Baumwolle. Zusammen mit einem schlichten schwarzen Samtband um den Hals müsste es genügen. Es schien ihr unfassbar, dass sie sich für die Beisetzung ihres Vaters ankleidete. Er mochte ein unkonventioneller Mann gewesen sein, aber er hatte sie ebenso sehr geliebt wie sie ihn. Er war ihr Vertrauter und ihr bester Freund gewesen, ihr Lehrmeister und Mentor und der feste Punkt in einem Leben, das sie geliebt hatte. Was sollte sie ohne ihn tun?

Ein kurzes Klopfen klang von unten aus dem Haus zu Elizabeth herauf. Sie hörte, wie die Tür geöffnet wurde und dass der Mann, dem das Haus gehörte, den Gast begrüßte.

»Monsieur L'Bareaux«, hieß auch Beth ihn wenig später in dem kleinen Wohnraum willkommen, der neben ihrem Schlafzimmer lag.

Monsieur L'Bareaux war auf den letzten drei Expeditionen der Partner ihres Vaters gewesen. Er war ein stattlicher Mann, dessen Gesicht von einem ausdrucksvollen schwarzen Schnurrbart geziert wurde. Monsieur L'Bareaux hatte freundliche graue Augen, die aber auch sehr hart werden konnten, wenn er verhandelte. Dass er Franzose war, mochte überraschen, da Frankreich und England fast ständig Krieg miteinander führten. Aber angesichts der Lockungen zu entdeckender Altertümer spielten Kriege hier draußen nur eine untergeordnete Rolle. Es waren die Franzosen, die, anfangs von Napoleon mit den finanziellen Mitteln ausgestattet, das Mittelmeer überquert hatten, um nach Spuren längst vergangener Dynastien zu suchen. Es war ein Franzose gewesen, Monsieur Broussard, der vor sechs Jahren in Palästina die Stadt Petra entdeckt hatte.

Monsieur L'Bareaux hingegen war mehr an der Verkäuflichkeit der Funde als an ihrer historischen Bedeutung interessiert. Wobei sich seine Sicht der Dinge durchaus mit dem Traum ihres Vaters gedeckt hatte. Als Edwin Rochewell und seine Tochter durch Nordafrika gezogen waren, um nach der versunkenen Stadt Kivala zu suchen, waren sie auf eine Fundstätte wunderbarer Altertümer nach der anderen gestoßen, wodurch Monsieur L'Bareaux reichlich Gelegenheit erhalten hatte, die Kostbarkeiten an seine Händler in Paris zu schicken und genügend Geld für die Mitfinanzierung ihrer nächsten Expedition aufzubringen.

»Werden Sie das durchstehen, Mademoiselle?«, fragte er nun und sah Elizabeth fragend an.

»Ja.« War das die Wahrheit? Beth hatte bislang noch keine Träne um ihren Vater vergießen können. Wie auch? Sie konnte ja nicht einmal seinen jähen Tod begreifen. Hieß das, dass sie es ›durchstehen‹ würde?

»Tapferes Mädchen.« Monsieur L'Bareaux legte ihr für einen kurzen Moment die Hand auf die Schulter. »Sie sind *très fortissant*, Mademoiselle.«

»Was Sie eigentlich wissen wollen, ist, ob ich bereit bin«, entgegnete Beth auf ihre direkte Art, die in England so oft für Irritation sorgte. »Ja, das bin ich.«

Monsieur L'Bareaux öffnete die Tür, und Beth ging eilig die Treppe hinunter. Sie wollte nicht daran denken, dass sie ihren Vater heute zur letzten Ruhe geleitete, sie würde lieber mit sich zurate gehen, wie sie von Monsieur L'Bareaux das bekommen konnte, was sie wollte. Es war der einzige Weg, den Traum ihres Vaters weiterleben zu lassen. Der einzige Weg, das einzige Leben weiterführen zu können, das sie kannte.

Die Albträume ließen nach. Er war wach, aber er öffnete die Augen nicht. Irgendetwas hatte sich verändert. Von dem brennenden Schmerz in seinen Venen war nichts mehr zu spüren. Im Gegenteil, er fühlte sich ... stark, stärker, als er je zuvor gewesen war. Das Blut pulsierte in seinen Adern, sein Herz schlug gleichmäßig und seine Sinne waren so geschärft, dass er selbst die leichte Baumwolldecke auf seiner nackten Haut überdeutlich spürte. Er nahm den Duft von in Olivenöl garendem Rindfleisch und Zwiebeln ebenso wahr wie den sehr viel zarteren von Jasmin. Aber auch der Geruch nach Staub, nach vor langer Zeit benutzten Duftölen und nach Leder drang an seine Nase. Wie konnte es sein, dass er fähig war, all diese Gerüche wahrzunehmen? Es hatte etwas Wohltuendes, dieses Rauschen seines Blutes. Aber das verdrängte er. *Sie* hatte ihm gesagt, sie fühle sich so, wenn sie sich stärkte. Sie hatte es gesagt, um ihn zu quälen.

Seine Verzweiflung kämpfte mit der Freude, die ihn durchflutete. Er würde nicht sterben. Aber er würde verdammt sein – oder, was noch schlimmer wäre, der Teufel selbst sein. War er wie *sie* geworden?

Er brauchte einen Arzt. Einen englischen Arzt. Ein verängstigter arabischer Ziegenhirte hatte ihm gesagt, in El Golea wären Engländer. Hatte er es bis an sein Ziel geschafft? Er erinnerte sich, englische Worte gehört zu haben.

Langsam öffnete er die Augen. Er befand sich in dem Zimmer, an das er sich aus seinem Fieberwahn erinnerte. Das Sonnenlicht, das durch die Ritzen der Fensterläden hereindrang, schien ihn zu versengen. Er richtete sich auf, verließ das Bett und schleppte sich zum Fenster. Er stützte sich mit einer Hand auf dem Fensterbrett ab und fuhr mit der anderen über die Holzläden, um sie zu schließen. Das Holz zersplitterte. Licht schoss durch die zerbrochenen Fensterläden. Er schrie auf und tastete nach den Vorhängen rechts und links des Fensters, um das Zimmer zu verdunkeln. Doch selbst in der Dunkelheit konnte er jeden Riss im Wandverputz, jede schnell davonhuschende Kakerlake sehen. Er presste den Rücken gegen die Wand und ließ sich langsam zu Boden sinken. Wie hatte er mit einer bloßen Berührung diese Fensterläden zerbrechen können?

Das Poltern schwerer Schritte ertönte draußen. Die Tür in ihrer Laibung aus blau gemusterten Kacheln öffnete sich einen Spaltbreit. Er hob die Hand vor die Augen. »Das Licht«, krächzte er mit einer Stimme, die er nicht als seine erkannte. »Kein Licht!«

»Pardon«, sagte die Gestalt, deren Englisch von einem leichten Yorkshire-Akzent gefärbt war. Es war die Stimme, die er im Fieberwahn gehört hatte. Die Tür wurde geschlossen. »Von der Sonne haben Sie ja auch mehr als genug abgekriegt.«

Jetzt, da das Zimmer im Halbdunkel lag, konnte er den Mann besser erkennen. Das Gesicht war durch und durch englisch, mit leicht hervortretenden, hellblauen Augen, einer markanten Nase und einem Kinn, das etwas ausgeprägter hätte sein können. Dennoch konnte der Mann als gut aussehend bezeichnet werden. Er trug die Uniform der Siebten Kavallerie. Der Mann hatte zum Frühstück Eier, Datteln und Toast mit Orangenmarmelade verzehrt. Früher hätte er das nie erkannt. Dass er es jetzt riechen konnte, machte ihm Angst. Er durfte diesen Engländer nicht wissen lassen, was er war, sonst würde der Mann ihn nie zu einem englischen Arzt bringen.

»Ja«, krächzte er, weil der Uniformierte eine Antwort von ihm zu erwarten schien. Die hellblauen Augen musterten ihn eingehend, und deshalb senkte er schnell den Blick. Er war nackt. Was starrte der Offizier ihn so an? Aber dann erinnerte er sich an die

Narben. Entlarvten sie ihn? Die Peitschenspuren verrieten, dass er ein Sklave gewesen war. Aber die kleinen paarigen Bissstellen überall auf seinem Körper? Er hoffte bei Gott, dass niemand ihre Bedeutung kannte ... auch wenn Gott jetzt nichts mehr mit ihm zu tun haben wollte.

Der Offizier bückte sich und half ihm auf das Bett zurück, wo er sich gegen das harte Kopfteil sinken ließ. »Ich bin Major Vernon Ware«, stellte der Mann sich vor, während er sich auf dem Bettrand niederließ. »Von der englischen Legation in El Golea. Wir haben Sie vor etwa einer Woche auf der Straße aufgefunden. Und Sie sind ...?«

Darauf hätte er ihm tausend Antworten geben können, von denen aber keine einzige infrage kam. Aber dieser Major wollte etwas Simples ... nur einen Namen. »Ian George Angleston Rufford.« In den mehr als zwei Jahren war selbst ihm dieser Name fremd geworden.

»Rufford?« Der Major sah ihn aufmerksam an. »In London bin ich viel mit dem älteren Rufford unterwegs gewesen. Sie müssen sein jüngerer Bruder sein«, sagte er und streckte ihm die Hand hin.

Ian ergriff sie nicht. Er wusste nicht, ob er das wagen konnte. »Einer der jüngeren Brüder. Mein Bruder ist jetzt Lord Stanbridge.« Sein Bruder ein Viscount. Es klang so ... normal. Selbst wenn man verarmt, hoch verschuldet und mit einer grauen Maus von Frau verheiratet war. Das alles spielte keine Rolle. Man wusste, wer man war.

Der Major erinnerte sich jetzt an etwas. »Ihr Bruder sagte, Sie hätten bei Jackson's geboxt. Haben ihm 25 Pfund eingebracht.«

War er wirklich einmal jener sorglose Bonvivant gewesen, der bei Jackson's in den Boxring gestiegen war? Wenn ja, dann gab es diesen Mann nicht mehr.

»Ich lasse Ihnen von einem der Burschen etwas heiße Brühe bringen«, sagte der Major. »Sie werden bald wieder Rinderbraten und Bordeauxwein genießen können, aber Sie sollten es langsam angehen lassen. Wir hätten nicht gedacht, dass Sie überleben würden. Sie … Sie müssen Schlimmes durchgemacht haben.«

Ian nickte. Wenn der Major wüsste, wie schlimm es gewesen war, würde er ihn verabscheuen. Sein euphorisches Gefühl ganz neuer, ungewohnter Kraft ließ nach. Er war müde. Aber das Ziel, das er vor Augen gehabt hatte, als er sich über unzählige Meilen von Sand hierher geschleppt hatte, ließ ihm keine andere Wahl, als weiterzumachen. »Ich brauche einen englischen Arzt.«

Der Major stand auf, beugte sich über ihn und zog das Bettlaken herauf. »Hier gibt es keinen englischen Arzt. Der nächste ist etwa sechshundert Meilen weit entfernt. Schlafen Sie jetzt. Wir werden Ihnen etwas zum Anziehen besorgen. Ich habe Ihre Habschaft gut verwahrt.«

Ian warf ihm einen erstaunten Blick zu. Habschaft? Ihm hatte schon lange Zeit nichts mehr gehört.

»Den ledernen Wasserbehälter habe ich weggeworfen. Irgendetwas darin roch schon ganz verfault.« Ian erschrak. In dem Wasserbehälter war … die Verdammnis gewesen. »Aber der kleine Lederbeutel, den Sie um den Hals getragen haben, ist bei mir in Sicherheit.«

Ah, die Diamanten. Die Edelsteine, die ihm den Weg zurück nach England ermöglichen sollten. Wenn ein Arzt ihn behandelt hatte und er wieder gesund war, konnte er bei White's wieder Wetten abschließen, sich bei Locke's einen Hut machen lassen und nachmittags durch den Hyde Park reiten wie jeder andere auch, der nichts Besseres zu tun hatte.

Das Zimmer verschwamm vor seinen Augen. Der Major sah, wie schwach er war, und zog sich zurück. Ich muss nicht wie *sie* sein, dachte Ian. Und er würde sich auch keiner Frau mehr unterwerfen. Nie, nie wieder. Eines Tages würden seine furchtbaren Erlebnisse in der Wüste nur noch ein Albtraum sein, der ihn von Zeit zu Zeit heimsuchen würde. Als er die Augen schloss, sah er London vor sich.

Das kleine Stück halb vertrockneten Grases bedeckte den Sand darunter nur spärlich. Der Sand, der auf den Sarg fiel, schien zu zischeln, dass dies ein fremdes Grab an einem fremden Ort war. Der Priester mit dem schmutzigen Kragen und der schleppenden Stimme war noch das Beste, was der Gott der Christen in diesen Gefilden zu bieten hatte. Nur ein hölzernes Kreuz zeigte an, wo das Grab ihres Vaters war. Der Grabstein würde erst in drei Wochen geliefert werden, sofern der Steinmetz nicht von einer anderen Aufgabe in Anspruch genommen wurde oder urplötzlich beschloss, auf Reisen zu gehen und seinen Cousins einen längeren Besuch abzustatten. So war das nun einmal in diesem Teil der Welt.

Beth wandte sich zum Gehen. Noch immer hatte sie keine Träne vergossen, noch immer fühlte sie eine Leere in sich. Monsieur L'Bareaux folgte ihr zusammen mit einigen Arabern, die seit Jahren in der einen oder anderen Funktion für ihren Vater gearbeitet hatten. Auch der ungepflegte Italiener, bei dem sie immer ihre Vorräte gekauft hatten, gehörte zu der sehr kleinen Trauergemeinde, die jetzt in der zunehmenden Hitze des späten Morgens auseinanderging.

Monsieur L'Bareaux half Beth in den Wagen und setzte sich dann neben sie auf den Kutschbock. Er nahm die Zügel auf, und der Esel setzte sich gehorsam in Bewegung. Langsam fuhren sie auf das Dorf zu. Die Hitze war erdrückend.

Sie war jetzt ganz allein auf dieser Welt. Den Vater hatte sie heute beerdigt, und die Mutter war gleich nach Beths Geburt gestorben. Wie ihre Mutter auch war sie ein Einzelkind – was im Geburtsland ihrer Mutter eher ungewöhnlich gewesen war. Ihre einzige noch lebende Verwandte war die Schwester ihres

Vaters, Lady Cecilia Rangle, die in London lebte. Beth war ihr nur wenige Male begegnet. Nach England konnte sie nicht zurückkehren, weil sie nicht dorthin gehörte. Ihr Platz war hier in Afrika, und ihre Aufgabe war es, den Traum ihres Vaters zu verwirklichen. Und sie wusste, dass Monsieur L'Bareaux den Schlüssel dazu in der Hand hielt. Erst heute Morgen hatte sie beschlossen, ihn darauf anzusprechen, doch nun brachte sie kein Wort über die Lippen.

Es war der Franzose, der sich schließlich räusperte. »Mademoiselle Beth«, begann er, ohne sie anzusehen, »vielleicht ist es jetzt an der Zeit, über Sie zu sprechen.«

Beth holte tief Luft und nahm ihren ganzen Mut zusammen. Monsieur L'Bareaux hatte den ersten Schritt getan. Also jetzt oder nie. Die einzige Taktik, mit der sie etwas erreichen könnte, war, ohne Umschweife auf ihr Anliegen zu kommen. »Da kann ich Ihnen nur zustimmen, Monsieur. Sobald wir diesen Imam in Tunis aufgesucht haben, kann ich unsere Route nach Kivala ausarbeiten.«

Monsieur L'Bareaux zupfte an seinem Kragen. Und das keineswegs der Hitze wegen. »Ich habe einen Vertrag mit Revelle unterschrieben, *ma petite*. Er wird für die Ausgrabung der alten Kasbah in Qued Zem gut bezahlen.«

»Aber wir sind der versunkenen Stadt jetzt endlich auf der Spur, da bin ich mir ganz sicher!« Vor Angst und Sorge erhob sie die Stimme. Sie durfte Monsieur L'Bareaux' Unterstützung nicht schon zu Beginn der Expedition verlieren. »Die Wegbeschreibungen des Imam bestätigen die Inschriften auf dem Stilus, den man bei Kairo gefunden hat, wenn man Robards etwas ungenaue Übersetzung noch einmal überprüft.«

Monsieur L'Bareaux blickte auf sie herunter, und seine buschigen, jetzt fest zusammengezogenen Augenbrauen wirkten plötzlich gar nicht mehr so grimmig. Aber gerade sein Mitgefühl verunsicherte Beth. »Ich bin mir sicher, dass Sie recht haben, *ma petite*. Aber mein Geldbeutel sagt mir, dass ich Qued Zem ausgraben muss.«

Beth blickte starr geradeaus. Sie durfte sich jetzt keine Unsicherheit anmerken lassen. »Nun gut, wenn es Qued Zem sein muss, dann ist das eben nicht zu ändern. Wir können in vierzehn Tagen aufbruchbereit sein.« Mit etwas Glück bemerkte der Franzose das leichte Zittern ihrer Stimme nicht. Denn wenn sie dieses letzte große Opfer wirklich bringen musste, durfte er nicht wissen, dass sie Angst hatte.

In der langen Pause, die folgte, wagte Beth es nicht, ihn anzusehen. Vielleicht würde er nachgeben. Oder vielleicht überlegte er nur, wie er ihr die schlechten Nachrichten beibringen sollte.

»Sie können nicht hierbleiben, *ma petite*«, sagte er schließlich leise, aber entschieden. »Das wäre unschicklich.«

»Spielte Schicklichkeit für meinen Vater eine Rolle?« Sie schüttelte den Kopf. »Was das angeht, habe ich wohl besser auf ihn aufgepasst als er auf mich.«

»Ich weiß.«

»Wer soll denn alles für Sie organisieren und die Schriften übersetzen? Sie wissen, dass Sie Koptisch sehr schlecht lesen können und Hieroglyphen schon gar nicht.«

L'Bareaux rieb sich seinen Schnurrbart. »Ich habe einen Vorarbeiter eingestellt. Wir werden ohne einen Schriftgelehrten auskommen müssen. Schließlich wollen wir nur Schmuckgegenstände ausgraben.«

»Aber wieso *müssen* Sie ohne einen auskommen? Was hat sich denn geändert?«

»Vorher hatten Sie Ihren Vater, Mademoiselle. Ob er nun sehr wachsam war oder nicht, die Männer wussten jedenfalls, dass sie Sie mit Respekt behandeln mussten. Das wäre jetzt anders.« Sie konnte sehen, dass er es bedauerte, ihr das sagen zu müssen.

Unter dem strahlend blauen Dom des Himmels trottete der Esel auf das Dorf zu, und sie reihten sich in den Verkehr auf der Hauptstraße ein, auf der es von Händlern nur so wimmelte. Männer krümmten sich unter der Last mit Käse gefüllter Netze und Körben voller Datteln; Frauen trugen Holzkisten, in die Hühner gesperrt waren.

»Und wenn ich eine Anstandsdame einstellen würde?«

»Welche Frau würde monatelang durch die Wüste ziehen wollen?« Der Franzose schüttelte den Kopf.

»Eine Beduinin oder Berberin«, gab Beth prompt zurück.

»Damit wäre weder der Schicklichkeit noch Ihrem Schutz gedient.«

»Aber *Sie* könnten mich doch beschützen, Monsieur L'Bareaux«, beharrte sie mit leiser, aber fester Stimme.

»Genug geredet«, sagte er. »Ich habe bereits entsprechende Arrangements getroffen. Sie werden im Geleitschutz der nächsten Karawane nach Tripolis reisen. Lord Metherton kannte Ihren Vater. Ich habe ihn in einem Brief gebeten, er möge sich Ihrer freundlich annehmen und dafür sorgen, dass Sie sicher nach England zurückgelangen.«

»Was macht es für einen Unterschied, ob ich allein mit einer Karawane reise oder mit Ihnen weiterziehe?«, wagte Beth einen letzten Protest zu äußern.

»Sie werden mit einer mir bekannten arabischen Familie als deren Tochter reisen.« Er sprach so langsam, als hätte er ein Kind vor sich. »Der Karawanenführer wird dafür sorgen, dass Ihnen nichts geschieht.«

Aber Beth war kein Kind, sondern eine erwachsene Frau, der es möglich sein sollte, in Afrika zu bleiben, wenn sie es wollte. Schmerzliche Erinnerungen an klare Nachthimmel und absolute Stille übermannten sie. Wie konnte man sich Gott in der Wüste *nicht* nahe fühlen? Sie spürte noch den Schatten der Sphinx, die in der gnadenlosen Hitze Ägyptens über ihr aufgeragt war, als sie die Hände auf den zerschundenen Stein ihrer Klauen gelegt und eine Offenbarung gehabt hatte. O ja, sie hatte in der Wüste viele Dinge gesehen, die sich nicht mit dem Verstand erklären ließen: Die alte Frau, die durch bloßes Handauflegen Wunden geheilt hatte; das Amulett, das zu brennen begann, wenn man log ...

Beth Rochewell hatte mehr gesehen als die meisten Frauen in England in ihrem ganzen Leben. Wie könnte sie diese Freiheit und diese Faszination für das Leben in den englischen Salons aufgeben? Und wenn sie nicht in Afrika bleiben konnte, würde sie den Traum ihres Vaters nie Wirklichkeit werden sehen. Dieser letzte Gedanke gab ihr den Mut, noch einen Vorstoß zu wagen.

»Es gibt eine Lösung für Ihr und mein Problem«, hörte sie sich sagen. »Sie suchen sich jemanden zum Organisieren und Übersetzen, und ich bleibe in Nordafrika.«

Monsieur L'Bareaux hatte anhalten müssen, weil eine Ziegenherde ihren Weg blockierte. Jetzt sah er Beth skeptisch an. »Was sagen Sie da, *ma petite?*«, fragte er, aber ihm war anzusehen, dass er es im Grunde gar nicht wissen wollte.

»Ich möchte, dass Sie mich heiraten, Monsieur L'Bareaux.« Sie hatte gewusst, dass es dazu kommen würde – dass es ein großes Opfer erfordern würde, um tun zu können, was sie wollte, und sein zu können, wer sie sein wollte.

Ein lastendes Schweigen breitete sich aus. Sie musste dem Franzosen Zeit lassen, darüber nachzudenken. Er konnte nicht älter als zweiundvierzig oder dreiundvierzig sein, und sie war vierundzwanzig. Zögerte er, weil er befürchtete, dass sie zu anspruchsvoll sein würde? »Ich wäre keine Belastung für Sie«, sagte sie schnell. »Es wäre eine Ehe ganz nach Ihren Regeln, Monsieur, nicht nach meinen. Ich könnte Ihnen eine richtige Ehefrau sein oder auch nicht ... In dieser Hinsicht würde ich mich ganz Ihren Wünschen fügen.«

Sie passierten jetzt den Torbogen in der Westmauer von Bi'er Taghieris. Die drückende Hitze in den schmalen Gassen schien auch Beths Hoffnungen ersticken zu wollen. Monsieur L'Bareaux' Adamsapfel hüpfte auf und nieder.

Schließlich ließ er die Schultern sinken. »Mademoiselle Beth, ich bin mir der Ehre bewusst, die Sie mir erweisen.« Diesmal schloss er nicht mit dem vertrauten *ma petite*. »Aber Sie würden es bereuen, und ich auch.«

»Der Altersunterschied kann doch keine so große Rolle spielen.« Es gelang ihr nicht, die Verzweiflung aus ihrer Stimme fernzuhalten.

»Nein, das nicht. Aber ich suche keine Frau, nicht einmal eine so vielseitig begabte, wie Sie es sind.« Er räusperte sich. »Ich ... ich fühle mich nicht ... zu Damen hingezogen.«

Oh. Aber was machte das schon? Es bedeutete doch höchstens, dass die Ehe tatsächlich nur auf dem Papier bestehen würde. Beth wollte erneut protestieren, doch Monsieur L'Bareaux hob die Hand. »Lassen Sie es gut sein, Mademoiselle«, sagte er und tätschelte ihr väterlich die Hand. »Es ist besser so. Sie gehören zu Ihren Leuten.« Und mit bemühter Munterkeit fügte er hinzu: »Sie haben den Anteil Ihres Vaters an den Fundstücken. Die werden genügend Geld einbringen, um Ihre Heimreise zu finanzieren. Ihr Kapital hat er bei der Drummond's Bank für Sie angelegt.«

Beth starrte geradeaus, wenn auch nicht auf die belebten, schmalen Straßen von Bi'er Taghieri. Sie sah ihre Zukunft vor sich, die langen, monotonen Jahre in englischen Salons, wo sie sich schon höflich applaudieren sah, wenn die jungen Damen der Gesellschaft das Pianoforte spielten. Dieses Urteil war in dem Moment über sie verhängt worden, in dem die Säule in dieser verfluchten Grabstätte umgestürzt war und ihren Vater unter sich begraben hatte. Und jetzt musste sie nach Tripolis und von dort zurück in ein Land, in das sie nicht gehörte. Der Traum ihres Vaters war ebenso tot wie er. Das Einzige, was ihr blieb, war, ihr Leben irgendwie hinter sich zu bringen, ihren Vater zu vermissen und sich nach gleißendem Sonnenschein, samtschwarzen Nächten und dem Duft von Jasmin in der Morgenluft zu sehnen.

Es war später Abend. Ian saß mit Major Ware unter einer von Kletterjasmin überwachsenen Pergola im Innenhof des englischen Forts. Die Spitzen ihrer Zigarillos glühten rot in der Dunkelheit. Es war fast einen Monat her, seit Ian zu neuem Leben erwacht war. Das Fieber war zurückgegangen, aber auch seine Illusionen waren dahin. Ausgehungert wie er gewesen war, hatte er Unmengen von Rindfleisch und Brot verschlungen, aber nichts davon hatte seinen Heißhunger stillen können. Er wusste sehr genau, nach welcher Nahrung sein Körper verlangte, und die Verzweiflung darüber ließ ihm keine Ruhe. Sie trieb ihn so sehr um, dass er nicht einmal mehr während der Tagesstunden in seinem verdunkelten Zimmer schlafen konnte.

Der Hunger war Woche für Woche größer geworden. Und heute Abend, beim Essen mit dem Botschafter Lord Wembertin und dessen Korps, hatte Ian die Herzen der Männer schlagen hören, das Pochen des Blutes in ihren Adern. Alle hatten ihn erschrocken angesehen, als er in seiner Hast, dieser Situation zu entfliehen, einen Stuhl umgestoßen hatte. Aber wenn er geblieben wäre, hätte er vielleicht etwas getan, was sie noch viel mehr erschreckt hätte.

Er konnte nicht so weitermachen. Auch jetzt spürte er das Pochen von Major Wares Blut in dessen Kehle, sah es trotz der Dunkelheit pulsieren. In der Tasche seines Rocks tastete er nach dem kleinen Messer, das sie ihm zum Nägelschneiden überlassen hatten. Das Messer war seine letzte Hoffnung, denn er hatte einen Plan.

»Sie müssen um die zwanzig Kilo zugenommen haben, Rufford«, bemerkte Ware. »Gott, Sie waren aber auch eine regelrechte Vogelscheuche, als Sie herkamen! Wie lange waren Sie da draußen in der Wüste?«

Ian wollte keine Fragen beantworten. »Ich bin mir nicht sicher«, entgegnete er in abweisendem Ton.

»Na ja, das spielt ja auch keine Rolle mehr. Ihr neuer Rock sitzt gut, trotz des etwas fremdartigen Schnitts. Tut mir leid, dass keiner von uns einen hat, der breit genug für Ihre Schultern ist.«

»Sie waren sehr freundlich zu mir.« Und das stimmte auch. Ware hatte dafür gesorgt, dass er gepflegt wurde, bis er wieder bei Kräften war. Und nur die nicht nachlassende Wachsamkeit des Majors hatte ihm die Araber vom Leib gehalten. Ware durfte auf keinen Fall herausfinden, wie stark Ian war. Auch die anderen Engländer würden sich fürchten, wüssten sie um seine Fähigkeiten. Selbst er fürchtete sich davor, konnte er sie doch noch nicht richtig einschätzen.

»Wahrscheinlich fühlen Sie sich schon wieder kräftig genug, um bald nach England zurückzukehren. Werden Sie in Algier an Bord gehen?«

»Nein, in Tripolis«, erwiderte er mit ausdrucksloser Stimme. »Sie sagten doch, es gäbe dort einen englischen Arzt?«

»Ja. Aber brauchen Sie denn noch einen?«

Ian wechselte das Thema. »Ich hätte auf dem Rückweg ohnehin über Tripolis reisen müssen.«

»Im diplomatischen Dienst?« Der Major beugte sich vor.

»Ja, für Rockhampton.« Das war die erste Information, mit der Ian freiwillig herausrückte.

»Ein großartiger Bursche. Ich würde nur zu gern unter ihm dienen.« Wares Zigarillo glühte auf.

»Früher dachte ich, das sei genau das Richtige für mich. Ich war der zweitälteste Sohn, der Besitz der Familie war hoch verschuldet ... Sie wissen schon, was ich meine. Ich habe diesen Hang zur Unbeständigkeit wohl geerbt.« Ware würde glauben, dass er von Glücksspiel, Pferden und Frauen sprach. »Ich weiß nicht, wie ich Cambridge überlebt habe. Ich habe die ganze Stadt unsicher gemacht und alles Geld durchgebracht, das meine Mutter für mein Studium zurückgelegt hatte.« Er lachte bitter.

»Erzählen Sie keinen Unsinn, Rufford. Rockhampton nimmt nur die Besten.«

Ian fühlte das Blut des Majors in dessen Adern pochen. Er brachte kaum noch ein Achselzucken zustande. Aber er musste weiterreden, um sich von dem Schmerz abzulenken, der durch seine Venen kroch. »Der Tod meines Vaters setzte meinem bis dahin wüsten Leben ein Ende. Mein Bruder Henry war so gut wie ruiniert, als er sein Erbe antrat. Und er war nicht vernünftig genug, eine Frau mit Geld zu heiraten. Ich konnte ihm nicht auf der Tasche liegen. Es gelang ihm, meinem jüngeren Bruder Charlie ein Offizierspatent zu kaufen, und ich überzeugte Rockhampton davon, endlich zur Vernunft gekommen zu sein. Ich habe eine gute Handschrift und tanze auch ganz passabel. Mehr braucht man nicht, um im diplomatischen Dienst Karriere zu machen.«

Ware zog die Brauen hoch. »Bei Rockhampton? Ich glaube kaum ...« Aber er besann sich anscheinend eines Besseren und bedrängte Ian nicht weiter. Nach kurzem Schweigen sagte er: »Aber Sie haben nie gedient.«

»Arabische Piraten hatten vor Algier unser Schiff gekapert.« Ians Stimme klang gepresst.

Ware nickte, als hätte er so etwas bereits vermutet. »Wie sind Sie entkommen?«

»Das ist eine Geschichte für ein anderes Mal.« Ians Stimme klang schroffer, als er es beabsichtigt hatte.

Ware drückte seinen Zigarillo aus. »Nun ja, Geld dürfte für Sie jetzt kein Problem sein, nicht mit dem Inhalt Ihres kleinen Lederbeutels. Sie müssen nicht mehr für Whitehall und den diplomatischen Dienst arbeiten, wenn Sie das nicht wollen.«

»Nein.« Ian wusste, er würde erst dann eine klarere Vorstellung von seinen Zielen haben, nachdem er das Messer heute Nacht zur Anwendung gebracht hatte.

»Ich lasse Sie jetzt allein, Rufford. Es ist schon spät. Oder früh. Die Nacht ist Ihre Zeit geworden.«

Ian zog die Brauen zusammen. »Nicht, weil ich es wollte.«

»Oh, Sie werden schneller wieder mit der Meute jagen, als Sie glauben. Was Sie haben, ist ein Sonnenstich, mehr nicht.« Ware erhob sich. »Eines noch – Sie sollten besser mit einer gut bewaffneten Gruppe reisen. In der Wüste gehen scheußliche Dinge vor. Hundert Meilen nordwestlich wurde eine Karawane überfallen und den Geiern überlassen.«

Ian stockte für einen Moment der Atem. »Eine ganze Karawane?«, wiederholte er.

»Und es kommt noch schlimmer. Die Tiere waren natürlich tot, aber ihre Kadaver waren nicht entweiht worden. Die Menschen hingegen ...«

»Was war mit den Menschen?« Ian bemerkte, dass er die Frage geflüstert hatte.

»Nun ...« Ware zögerte. »In den Leichen war kein Tropfen Blut mehr. Sie waren so weiß wie Ihr Hemd.«

»Der Sand. Vielleicht ist es im Sand versickert.«

»Nicht, ohne Spuren zu hinterlassen. Die Einheimischen sagen, die Leute wären von einem Dämon getötet worden.«

Ian wusste, wer das getan hatte. Sie war nicht mehr aufzuhalten. »Wann ist Ihre Dienstzeit hier beendet, Major?«

»In ein paar Monaten.« Ware grinste schief. »Sie schließen El Golea und schicken Wembertin nach Hause.«

Wembertin war ein Idiot. Wem sonst würde eine Gesandtschaft an einem so abgelegenen Außenposten der Sahara zugeteilt werden? Ian nickte. »Das ist gut.«

»Warum?«, fragte Ware.

»Halten Sie sich einfach von der Wüste fern, Major, bis Sie nach England heimkehren können.«

Ware sah ihn etwas seltsam an und nickte. Dann legte er grüßend die Hand an die Stirn, duckte sich unter der von Jasmin überwucherten Pergola hindurch und ging zu seinem Zimmer.

Ian blieb reglos sitzen. Der Hunger nagte an ihm und flüsterte ihm zu, was er tun musste, um ihn zu stillen. Endlich drang kein Licht mehr aus den Fensterläden um den Innenhof. Alles schien still zu sein. Aber Ian hörte das Schnarchen der Männer, hörte das trippelnde Huschen der Ratten im Vorratsraum, hörte die Katze, die sie jagte, und das Tröpfeln kostbaren Wassers irgendwo da draußen. Die Nacht lebte, und nur er konnte sie hören.

Als er aufstand, war er sich der Geschmeidigkeit bewusst, die seine neue Stärke ihm verlieh. Es wurde Zeit, seinen grausamen Hunger zu stillen, wenn auch nur mit einem Ersatz, den Major Ware zwar für abscheulich, aber nicht für ein eindeutiges Anzeichen von etwas Bösem halten würde. Es war eine Möglichkeit. Ian zog seinen neuen Rock aus und legte einen Burnus an. Dann verließ er den Stützpunkt. Als er in die Nacht hinausging, umklammerte er das kleine Messer.

Der Hunger packte ihn wieder, und ein raues, schon fast animalisches Stöhnen entrang sich seiner Kehle. Ihm blieb nicht mehr viel Zeit.

Ian saß in seinem abgedunkelten Zimmer. Jede Ritze, jeder Spalt war gegen das grelle Wüstenlicht abgedichtet worden. Der Hunger, der in ihm brannte, hatte ihn dazu getrieben, von dem Blut im Wassersack zu trinken, um sich so auf seinem Weg durch die gnadenlos heiße Wüste am Leben zu erhalten. Und nun stieg diese Gier mit schier unglaublicher Stärke aufs Neue in ihm auf.

Sein Plan war fehlgeschlagen. Er hatte gedacht, das Blut einer Kuh zu trinken würde seinen Hunger stillen. Mit dem kleinen Messer hatte er die Halsschlagader des Tieres durchtrennt und dessen Blut getrunken. Als die Kuh über ihm zusammengebrochen war, hatte er ihr Gewicht so mühelos von sich abgeschüttelt, als wäre sie kaum mehr als ein Schoßhündchen.

Aber es war nicht seine neue Kraft, die ihm keine Ruhe ließ. Er hatte das Blut der Kuh erbrochen, und gleichsam wie zur Strafe war der Hunger wieder erwacht, hatte ihn gepackt, bis Ian etwas Unvorstellbares getan hatte: Er hatte das Blut eines jungen Kuhhirten getrunken. Schlimmer noch – er hatte nicht einmal das kleine Messer benutzen müssen, um die Schlagader am Hals des Mannes zu öffnen. Fast hätte Ian seine Schuldgefühle und den Ekel vor dem, was er geworden war, laut herausgeheult. Um den Aufschrei zu unterdrücken, presste er die Hand auf den Mund und verzog vor Abscheu das Gesicht. Er hatte den Jungen nicht getötet, das nicht. Aber es hätte leicht dazu kommen können.

War er verrückt? Nein. Das war das Schlimmste überhaupt. Dass er war, wer er jetzt war. Dieser enorme Lebensdrang war Teil des Tieres, zu dem *sie* ihn gemacht hatte. Und er würde immer weiter Blut trinken, um ihn zu befriedigen. Wenn die Gier ihn überkam, würde er alles tun, um weiterzuleben. Großer Gott! Er hatte ihre Schlechtigkeit geerbt!

Er sah nur eine Lösung. Sein Entschluss rang mit dem pulsierenden Leben, das durch seine Adern rauschte.

Deshalb saß er im Dunkeln, während er gegen den Drang zu leben ankämpfte und Kraft sammelte. Es wurde schon Nachmittag, bevor er den Stuhl positionieren konnte. Jede Faser seines Körpers setzte sich gegen sein Vorhaben zur Wehr, und Ian musste sich erneut einen Moment ausruhen, bevor er das Geflecht aus Stricken zerschneiden konnte, auf dem seine Matratze ruhte. Was er vorhatte, war Unrecht. Aber es war mit Sicherheit das kleinere von zwei Übeln. Er hoffte, dass Gott ihm vergeben würde, wenn er es getan hatte, da er nur bestrebt war, die größere Sünde wiedergutzumachen.

Jetzt, in der Hitze des Nachmittags, wenn alle ruhten – das war genau der richtige Moment dafür.

Ian stieg auf den Stuhl.

»Er ist tot, der arme Kerl.« Verschwommen hörte Ian die Stimme des Majors. Jemand hielt sein Handgelenk, und als er die Augen öffnete, war das scharfe Einatmen mehrerer Leute nicht zu überhören. Das Zimmer lag in einem seltsam schrägen Winkel. Ian reckte den Kopf. Jenks und Evans fuhren zurück, und selbst im Dämmerlicht des Raumes konnte er sie blass werden sehen.

Major Ware beugte sich über ihn. »Rufford?«, flüsterte er mit unsicherer Stimme.

Ians Nacken fühlte sich ... komisch an. Er bewegte den Kopf erneut. Ja, jetzt ging es schon ein bisschen besser.

Das Gewisper um ihn herum wurde hektischer. An der Tür schlugen Araber das Zeichen gegen das Böse und stürzten in wilder Flucht davon.

Ian schluckte. »Warum seht ihr mich so an?«, fragte er mit einer Stimme, die wie ein Krächzen klang.

»Sie ... Sie waren nahe dran«, sagte der Major, der aussah, als hätte er ein Gespenst gesehen.

Ians Blick glitt durch den Raum. Er lag auf einer Matratze auf dem Boden. Da war der umgekippte Stuhl ... und an dem Dachbalken darüber hing noch ein Stück des Seils, von dem sie ihn abgeschnitten haben mussten. »Ich weiß.« Seine Stimme war nun klarer, der Schmerz in seiner Kehle flaute ab. Aber Trauer schnürte ihm die Brust zusammen und erschwerte ihm das Atmen. »Selbst der letzte Trost wird mir verweigert.«

Ohne jede Vorwarnung schlug sein Kummer in jähen Zorn um. Er fuhr von seinem Lager auf, und die Männer sprangen zurück, als wären sie von ihm angegriffen worden. »Geht!«, brüllte er. »Hinaus mit euch! Was glotzt ihr mich so an?«

Sie verschwanden wie Nebel unter einer heißen Sonne. Nur Major Ware blieb. Ian konnte die Fragen sehen, die ihm auf der Zunge brannten, Fragen, die so ungeheuerlich waren, dass sie nicht gestellt werden konnten. »Sie auch, Ware«, knurrte er, als er sich wieder auf die Matratze zurücksinken ließ. »Sie können hier nichts tun.«

Ware stand auf, doch ihm war deutlich anzusehen, wie unsicher er war. Vermutlich überlegte er, ob er einen Mann, der gerade Selbstmord hatte begehen wollen, sich selbst überlassen sollte, oder ob er ein Narr war, weil er nicht wie die anderen schreiend aus dem Zimmer rannte. Ian hätte ihm das Letztere empfohlen.

»Was ist Ihnen da draußen zugestoßen, Rufford?«, fragte Ware mit heiserer Stimme.

Ian starrte ihn lange schweigend an. Ware hatte nie nach Ians Leben als Sklave oder nach den Narben auf seinem Körper gefragt, ja, er hatte nicht einmal wissen wollen, was sich in der Wasserhaut befand, obwohl sich die Spekulationen darüber häuften. Was niemand wusste, war, dass Ian das Getuschel immer hören konnte. Und als Belohnung für Wares Zurückhaltung und Toleranz verdiente er eine Antwort. »Ich bin mein schlimmster Feind geworden, mein Freund, mein eigener Albtraum.« Ian schloss die Augen. »Und nun gehen Sie, Major, sich selbst zuliebe.«

Ware wandte sich zur Tür. »Die Männer werden es Wembertin berichten«, sagte er, ohne sich noch einmal umzusehen.

»Er wird ihnen nicht glauben. Und er wird auch den Skandal nicht wollen. Morgen bin ich nicht mehr da, Major.«

Ware nickte. »Ich werde es ihm sagen«, erwiderte er. Dann ging er und zog die Tür hinter sich zu.

2. Kapitel

Tripolis,
Oktober 1818

Im Hafen von Tripolis versank die späte Nachmittagssonne hinter dem Wald aus Schiffsmasten, als Beth, Mrs Pargutter und deren Dienstmädchen Jenny Fellows in einem kleinen Ruderboot zur Handelsfregatte *Beltrane* gefahren wurden. Das Schiff würde noch heute in See stechen und Kurs auf Port Mahon, Gibraltar, Brest und Portsmouth nehmen. Bis Lissabon würde ihr Konvoi von einer der Schaluppen Seiner Majestät begleitet werden, um sie und die anderen Handelsschiffe vor Übergriffen arabischer Piraten oder anderer Freibeuter zu schützen.

Das Boot legte an dem sanft schaukelnden Schiff an, und der ungepflegte Mann, der am Bug stand, rief auf Arabisch nach einem Bootsmannsstuhl. Beth hoffte, dass jemand an Bord des englischen Schiffes ihre Muttersprache sprach. Kurz darauf wurde von einem Schenkkran eine Art Schaukel heruntergelassen, und Beth half der protestierenden Mrs Pargutter dabei, sich daraufzusetzen und festzuschnallen.

Die gute Frau war ziemlich korpulent und trug zu viel Rouge auf ihren feisten Wangen. Das grelle Rot stand in einem unschönen Kontrast zu ihren messingroten Haaren. Sie hörte nicht auf zu jammern, als der Bootsmannsstuhl zum Deck hinaufgezogen wurde, wo Matrosen ihr über die Reling halfen. Danach nahm Beth ihren Platz ein und schwebte selbst nach oben, wobei sie ihre Röcke fest um sich zusammenhielt. Schwielige Hände halfen ihr auf das Deck, und als sie sich umschaute, schwang der Baum wieder herum, um die Schaukel für ihr Gepäck herabzulassen.

Überall auf Deck und in der Takelage waren Seeleute, die

ihrer Arbeit nachgingen. Befehle, die Beth völlig unverständlich waren, wurden gerufen. Das leichte Schwanken des Schiffes unter ihren Füßen, obwohl die *Beltrane* noch vor Anker lag, schien darauf hinzudeuten, dass sie eine unruhige See zu erwarten hatten. Die Gerüche des Ozeans, des Teers und Hanfs waren eine verwirrende Mischung, die Beth eine völlig neue Welt ankündigte, als sie sich nun anschickte, Lady Methertons Salon in der britischen Gesandtschaft in Tripolis für immer hinter sich zurückzulassen.

Beths kleiner Koffer und die Ledertasche mit ihren Dokumenten, Mrs Pargutters zwei riesigen Schrankkoffer und Jennys Reisetasche wurden in einer großen Seilrolle an Deck untergebracht. Die Seemänner in ihren rot gestreiften Hemden und Segeltuchhosen trugen fast alle langes, zu Zöpfen geflochtenes Haar und Ohrringe. Sie ignorierten die Passagiere weitgehend.

»Also, ich muss schon sagen!«, ereiferte sich Mrs Pargutter, deren schwere Brüste unter der schwarzen Witwenkleidung vor Empörung auf und nieder wogten. »Keiner dieser Flegel scheint auch nur im Mindesten zu wissen, wie man eine Dame zu behandeln hat!« Mrs Pargutter befand sich mehr oder weniger in der gleichen Situation wie Beth, nachdem ihr Ehemann, der im Mittelmeerraum mit Oliven und Öl gehandelt hatte, so rücksichtslos gewesen war zu sterben, bevor das Ehepaar ins heimatliche Nottingham hatte zurückkehren können.

Lady Metherton war so freundlich gewesen, die Witwe und Beth, so wenig sie auch zusammenpassten, miteinander bekannt zu machen, damit sie einander auf der Seereise nach Portsmouth Gesellschaft leisten konnten.

»Ich glaube eher, dass sie jetzt einfach nur zu sehr mit den Vorbereitungen zum Auslaufen beschäftigt sind«, sagte Beth begütigend. »Sie werden uns schon noch zur Kenntnis nehmen, spätestens, wenn unsere Koffer ihnen im Wege sind.«

Ja, Lady Metherton hatte sich als eine sehr freundliche Gastgeberin erwiesen, und trotzdem waren die letzten Wochen für Beth fast nicht zu ertragen gewesen. Mylady hatte Beth voll und ganz unter ihre so kostspielig bekleideten Fittiche genommen und nicht mit ihrer Kritik über einen Vater hinter dem Berg gehalten, der ein wohlerzogenes junges Mädchen in die afrikanische Wildnis mitgenommen hatte. Nicht einmal die sich schwunghaft entwickelnde Metropole Tripolis war auch nur annähernd zivilisiert genug für eine kultivierte Britin, ganz zu schweigen von der Wüste mit all dem scheußlichen Sand und der unerträglich heißen Sonne. Kein Wunder, dass Beths Manieren nicht die besten waren.

Nun ja, aber die Arme (Beth hatte noch Lady Methertons kultivierte Stimme im Ohr, die stets so perfekt modulierte, wie es sich für eine Dame gehörte) *kann ja nichts für ihre dunkle Haut, und das ständige Herumreiten auf diesen schmutzigen Kamelen hat wahrscheinlich auch ihr Wachstum beeinträchtigt.* Ein Seufzer. *Dagegen ist nichts mehr zu machen, aber England ist jetzt das einzige Mittel, ihr Leben in feste Bahnen zu fügen.*

Beth war überzeugt, dass England nicht dieses Mittel sein würde – zumindest aber eine reichlich bittere Medizin, falls Lady Methertons Reaktion auf sie ein Anhaltspunkt dafür war, wie man sie in den Londoner Salons empfangen würde.

»Da sind Sie ja, meine Damen«, dröhnte eine raue Stimme hinter ihnen. Als Beth und Mrs Pargutter sich umdrehten, sahen sie einen hochgewachsenen Mann auf sich zukommen. Er trug einen dunkelblauen Rock aus feinstem Tuch, dessen große Metallknöpfe über der Brust glänzten. Es schien, als versuchte er, mit seiner Kleidung einen Marineoffizier zu imitieren. »Willkommen auf der *Beltrane*, dem besten Handelsschiff im Mittelmeer und Ihr Zuhause für ein paar Wochen, sofern wir mit günstigen Winden rechnen können. Ich bin Captain Tindly«, stellte er sich mit einer Verbeugung vor.

»Sehr erfreut, Captain«, sagte Beth und reichte ihm die Hand.

»Ich bin Miss Rochewell. Darf ich Ihnen Mrs Pargutter und ihre Begleiterin Miss Fellows vorstellen?« Beth ergriff die Initiative, obwohl ja eigentlich Mrs Pargutter ihre Anstandsdame war.

»Ihr untertänigster Diener, Madam«, sagte der Captain mit einer Stimme, die offenkundig besser dazu geeignet war, Befehle zu erteilen. »Wir laufen bei Sonnenuntergang aus.« Dann rief er zwei in der Nähe stehenden Männern zu: »Mr Severn und Mr Cobb, bringen Sie das Gepäck dort in die vorderen Kabinen. Und ein bisschen zackig, wenn ich bitten darf.« Dann drehte er sich um, um ein paar Befehle über Backs, Schothorne und ähnlich unverständliche Dinge zu brüllen, bevor er sich der Küste zuwandte und murmelte: »Diese verdammten Passagiere. Wo bleibt der Kerl bloß?«

Ein Mann kletterte in die Takelage hinauf und turnte darin herum wie eine Ratte. Beth war diesen Anblick gewöhnt, aber Mrs Pargutter stieß einen entsetzten Schrei aus und packte Beth am Arm. »Haben Sie das gesehen, meine Liebe? Du meine Güte, der sieht ja kaum noch menschlich aus!«

»Beruhigen Sie sich, Madam.« Beth tätschelte ihr die Hand. »Auf Ihrer Herreise haben Sie doch gewiss auch schon Seeleute gesehen.«

»Aber niemals so!«, rief sie. »So ... animalisch! Außerdem war ich die ganze Reise in meiner Kabine, weil ich Reisen nie sehr gut vertrage und die See mich ziemlich überfordert.«

Beth seufzte. Anscheinend lag eine freudlose, monotone Fahrt vor ihr, auch wenn sie selbst nicht wusste, was sie im bestmöglichen Fall von Mrs Pargutter erwartet hatte. Beth war mit einem Mal sehr froh, dass Jenny sich um eine vermutlich sehr energische Invalidin würde kümmern müssen. Die Seemänner hievten sich die Schrankkoffer auf die Schultern. »Vielleicht würden Sie jetzt gern in Ihre Kabine gehen?«

»Ja, ja. Ich brauche ein bisschen Ruhe. Zum Glück habe ich mich mit ausreichend Laudanum eingedeckt.« Mrs Pargutter eilte den Seeleuten hinterher, und Jenny Fellows folgte ihr, während Beth blieb, wo sie war.

»Verdammt! Wenn er nicht bald kommt, dann lasse ich ihn einfach hier«, sagte der Captain hinter ihr. »Seinetwegen werde ich nicht die Flut verpassen.«

Ein Schiff etwas weiter unten am Kai entfernte sich von seiner Anlegestelle, und eines seiner Segel und dann noch ein weiteres blähten sich, als der ablandige Wind hineinfuhr. »Captain, wenn ich mich an die Wand des Hinterdecks stelle, störe ich Sie dann nicht? Ich würde gern zusehen, wie wir auslaufen.«

»Bleiben Sie an der Tür dort hinten«, erwiderte der Captain lächelnd. Er schien froh zu sein, dass sie sich wenigstens bemühte, nicht im Weg zu stehen.

»Boot ahoi!«, brüllte ein Matrose.

Aus der zunehmenden Abenddämmerung tauchte längsseits des Schiffes ein Boot auf. Eine hochgewachsene Gestalt griff nach der Strickleiter, kletterte sie flink hinauf und schwang sich über die Reling der *Beltrane*.

»Das wurde aber auch Zeit, Rufford!«, rief der Captain. »Wir wollten Sie schon zurücklassen.«

Die natürliche Anmut und Geschmeidigkeit des Mannes zeugten von großer Kraft. Selbst von hier aus konnte Beth es spüren, auch wenn sie kaum mehr als seine Silhouette sah. Er hatte breite Schultern und eine kräftige, harmonisch gefügte Statur. Seine Schenkel waren sehr muskulös. Als er auf den Captain zuging und sich kurz vor ihm verbeugte, sah Beth auch sein Gesicht. Es wirkte sehr offen: dichte Brauen, eine gerade, aber markante Nase, ein festes Kinn mit einem Grübchen in der Mitte. Die Farbe seiner Augen konnte sie nicht erkennen, aber sein Blick war sehr intensiv. Das Erstaunlichste aber war sein Mund – volle, sinnliche Lippen, die so gar nicht zu einem Mann wie ihm zu passen schienen. Sein dichtes Haar war dunkelbraun und er trug es zu einem langen Zopf zusammengebunden. Eine Haartracht, die schon bei

Beths letztem Besuch in England als nicht mehr der Mode entsprechend gegolten hatte.

»Was hat Sie so lange aufgehalten, Mann?«, fragte der Captain, der über die Verspätung sichtlich verärgert war.

»Ich war noch bei einem Abendessen.« Die Stimme des Passagiers klang wie ein tiefes Rumpeln in seiner breiten Brust. »Das wird die Reise für alle angenehmer machen.«

Ein Schrankkoffer wurde über die Reling gehievt und landete polternd auf dem Deck. Der Captain brummte etwas in sich hinein und begann, die Befehle zum Ablegen zu erteilen. Der Passagier, der sich Mr Rufford nannte, ging mit seinem Gepäck nach unten. Als er an Beth vorbeikam, sah sie, dass seine Augen blau waren. Aber nicht das war das Bemerkenswerteste an ihnen, sondern der fast nicht zu ertragende Schmerz, der darin lag. Sein Blick glitt flüchtig über sie, aber Beth wusste, dass er sie nicht wirklich sah. Welcher Mann bemerkte schon eine so unattraktive Frau wie sie?

Die Taue wurden gelöst, und die Rufe der Seeleute schallten über das Deck. Das Schiff begann sich leise schaukelnd vom Kai zu entfernen. Segel wurden gehisst. Noch befanden sie sich im Hafen und mussten sich einen Weg zwischen den vor Anker liegenden Ungetümen hindurchbahnen. Beth vermutete, dass es Kriegsschiffe der Königlichen Marine waren. Ja – da waren die Geschützpforten. Im Vorüberfahren zählte sie sie. Und dann waren sie auch schon an der Hafenausfahrt, und Beth drehte sich nach den Lichtern von Tripolis um, die im zunehmenden Dunkel blinkten und weiter und weiter hinter ihnen zurückblieben.

Sie waren das Letzte, was sie von Afrika sah, ein letzter Blick auf die Freiheit, auf den sterbenden Traum ihres Vaters, der auch ihr Traum gewesen war. Seltsam, dass so viele Menschen dachten, ihr Leben hier sei unsicher gewesen. Mit seinen Regeln und Eigenheiten war es weitaus sicherer als das, was sie vielleicht in England erwarten würde.

Der Wind fuhr in ihr Haar und spielte mit den losen Strähnchen. Die Lichter von Tripolis verblassten, als das Handelsschiff von der Strömung fortgetragen wurde. Noch nie hatte Beth sich so allein gefühlt. Sie griff nach der Reling, um sich auf dem Weg zu ihrer Kabine daran festzuhalten.

Auch der zuletzt an Bord gekommene Passagier, Mr Rufford, lehnte an der Reling und blickte auf die See hinaus. Seine hohe Gestalt war nicht zu übersehen. Aus dem Band seines Zopfes hatten sich einige Haarsträhnen gelöst und wehten im Wind. Er stand Beth im Weg, da sie nicht wagte, die Reling loszulassen und über das offene Deck zu gehen. Die See war unruhiger geworden und das Schlingern des Schiffes schon sehr viel spürbarer. Beth straffte die Schultern. Dem Mann aus dem Weg zu gehen war unmöglich, da sie mehrere Wochen lang zwei von nur vier Passagieren auf einem Frachtschiff sein würden. Daher beschloss sie, ihn wenigstens zu grüßen. Ihm höflich zuzunicken müsste reichen.

Er hatte keine Mühe, sich den schlingernden Bewegungen des Schiffes anzupassen. Sein Rock war so dunkelblau wie der Himmel hinter ihm und die mit kleinen weißen Schaumkronen bedeckte dunkle See. Als Beth näher kam, sah sie etwas Helles an seinen Handgelenken. Wie eigenartig! Trug er etwa Armreifen? Nein … Er hatte Narben an den Handgelenken. Beth kam sich vor wie ein Störenfried – fast so, als spionierte sie ihm nach. Da sie ihm jetzt schon ziemlich nahe war, schickte sie sich an, zu dem Halteseil an der Wand des Hinterdecks zu gehen.

Aber da hob er den Kopf und sah sie an. Zunächst schien er durch sie hindurchzublicken. Seine Gedanken waren ganz offenbar bei etwas Unerfreulichem. Die Intensität der Gefühle, die sich in seinen Augen widerspiegelten, war etwas, was Beth noch nie im Antlitz eines Mannes gesehen hatte: Abscheu, Sehnsucht, ja, womöglich sogar Angst. Dabei sah er gar nicht wie ein Feigling aus. Ganz im Gegenteil. Dieser Mann hatte etwas ungemein Entschlossenes an sich.

Ihr Eindruck bestätigte sich, als Mr Rufford sie bemerkte und seine Augen plötzlich so leer und ausdruckslos wurden, als hätte er jegliches Gefühl aus ihnen verbannt. Er richtete sich auf, zupfte ein bisschen verlegen seine Manschetten zurecht und begrüßte sie mit einer angedeuteten Verbeugung. Bis auf das schwankende Deck und den Wind, der an ihren Haaren zerrte, hätten sie sich auch genauso gut in Lady Methertons Salon befinden können.

»Ian Rufford«, brummte er. »Zu Ihren Diensten, Madam.« Und damit wandte er sich einfach ab und wartete nicht einmal, bis auch sie ihm ihren Namen genannt hatte.

Sie hätte jetzt einfach zur Treppe gehen sollen, die nach unten führte. Es wäre äußerst unziemlich, zu bleiben und mit einem Mann zu reden, der sich nicht einmal richtig mit ihr bekannt gemacht hatte. Sie mochte zwar in diesen letzten zehn Jahren in Afrika und im Mittelmeerraum gelebt haben, aber dass sein Verhalten nicht korrekt war, wusste sogar sie. Und es gefiel ihr ganz und gar nicht, so brüskiert zu werden.

Beth griff nach der Reling, um sich festzuhalten. »Elizabeth Rochewell ist mein Name.«

Erstaunt über ihre Kühnheit, drehte er sich wieder zu ihr um. Seine Augen glitten über sie, als wüsste er etwas über sie, das sie vielleicht lieber für sich behalten hätte. Wieder war sie sich ihrer zierlichen Statur nur allzu sehr bewusst. Konnte er in diesem Licht auch ihre dunkle Haut erkennen? Vermutlich nicht. Aber er würde ihre schwarze Pelisse und die Halbstiefel aus schwarzem Glacéleder sehen, die modisch, aber nicht zu auffallend in ihrer Machart waren. Beth war jetzt froh, dass Lady Metherton sie überredet hatte, sie zu ihrer Trauerkleidung dazuzukaufen, auch wenn dieser Fremde nicht die Art von Mann zu sein schien, der sich für Mode interessierte.

»Was bringt jemanden wie Sie nach Tripolis, Miss Rochewell?«, fragte er in gleichgültigem Ton.

»Jemanden wie mich«, wiederholte sie und schaute auf das Meer, um sich ihre Verärgerung nicht anmerken zu lassen. Er hielt anscheinend nicht viel von Frauen, oder jedenfalls nicht von solchen, die wie sie aussahen. »*Jemand wie ich* befand sich auf einer archäologischen Expedition mit meinem Vater in der Wüste.«

Hinter ihnen rief eine Männerstimme: »Luvt ordentlich an dahinten!«

Ein Segel flatterte.

»Auf Schatzsuche wie Lord Elgin?«

Beth sah ihn nicht an. Sie wusste nicht, ob ihre Augen verraten würden, wie empört sie war. »Auf der Suche nach Erkenntnissen, Mr Rufford, wer wir sind und wo unsere Spezies überall gewesen ist.«

»Und Sie glaubten, die Antwort darauf in den öden Wüsten Nordafrikas zu finden?«

Er ließ es geradezu kindisch klingen. »Die Wüste birgt viele Geheimnisse. Denken Sie doch nur an die untergegangene Stadt Petra – sie bietet uns zweitausend Jahre Geschichte und noch viel mehr.«

»Petra? Was ist das?« Sie hatte seine Neugierde geweckt.

»Sie kommen wohl nicht viel herum, Mr Rufford, wenn Sie noch nichts von Petra gehört haben. Diese uralte Stadt wurde vor sieben Jahren in Palästina entdeckt und ist eine wahre Fundgrube für die Wissenschaft. Ein Bericht darüber wurde erst letztes Jahr in Somerset House vor der *Royal Society* verlesen.«

»Ach so. Nun ja, in den letzten beiden Jahren war ich anderweitig beschäftigt. Ich hatte keine Zeit für Bekanntgaben obskurer archäologischer Entdeckungen.«

Beth warf ihm einen verstohlenen Blick zu, als sie an die Narben an seinen Handgelenken dachte. Er hatte sich wieder über die Reling gebeugt und beobachtete die Schiffe ihren Konvois, die sich jetzt langsam näherten. War er im Gefängnis gewesen? Und wenn ja, warum? Die Aura von Gefahr, von der er umgeben schien, wurde irgendwie greifbarer. Beth sprach hastig weiter. »Es war nichts Obskures, sondern eine ungeheuer wichtige Entdeckung.«

Wieder ließ er seinen Blick über sie gleiten, und seine sinnlichen Lippen verzogen sich zu einem spöttischen kleinen Lächeln. »Dann spazieren nun also all die gelangweilten Aristokraten, ja, sogar die Damen in der Wüste herum und suchen nach dem Sinn ihres Leben. Haben *Sie* etwas Bedeutendes entdeckt?«

Sie unterdrückte gerade noch eine scharfe Erwiderung. Für seine Impertinenz hätte sie ihm die kalte Schulter zeigen oder doch zumindest zu dem Halteseil am Hinterdeck hinübergehen müssen. Aber sie konnte einfach nicht anders, sie musste seiner Arroganz einen wirkungsvolleren Dämpfer aufsetzen. »Ich habe entdeckt, dass alle Schätzungen hinsichtlich des Alters der Sphinx in Ägypten nicht mehr als das sind – wissenschaftliche Schätzungen, die jedoch völlig unzutreffend sind.« Sie schwieg einen Moment. »Von der Sphinx *haben* Sie doch sicher schon gehört?«

Er reagierte nicht auf ihren Seitenhieb, aber er musterte sie wieder. »Die Schätzungen sind also falsch«, sagte er mit einer Ungläubigkeit, die schon an Verachtung grenzte.

Beth wandte sich ihm zu und stützte sich auf die Reling, um das Gleichgewicht zu halten. »Ja, falsch. Ich begann mich für die Erosionsmuster zu interessieren, Mr Rufford, als ich die geologischen Phänomene um Petra untersuchte und mich fragte, wie diese Schluchten, aus denen später eine ganze Stadt herausgehauen worden war, dorthin gekommen sein mochten. Ich dachte, man könnte aufgrund der Erosion so manches einer Zeit zuordnen. Was ich in gewisser Weise dann auch tat.«

»In welcher Weise?« Dieses Mal entging er einem Urteil.

»Es gibt verschiedene Arten von Erosion, wie die vom Wind oder tropfendem Wasser verursachten zum Beispiel, und sie hinterlassen ganz verschiedene Muster auf den Gegenständen, die sie erodieren. Alle glaubten, die Sphinx wäre drei- oder viertausend Jahre alt und von den Wüstenwinden erodiert worden.«

»Aber so war es nicht.«

»Sie wurde von Wasser erodiert, Mr Rufford. Das Muster ist völlig klar.«

»Wasser, mitten in der Wüste?« Er dachte kurz nach. »Und wir reden nicht von Überschwemmungen wie der des Nils. Sie meinen, es hat auf die Sphinx *geregnet?* Also, das halte ich für ausgeschlossen.«

Beth lächelte erfreut. Er hatte sofort verstanden, was sie meinte. Er war auf jeden Fall viel klüger als die meisten Männer. »Ah, Sie denken an das Ägypten, das wir heute kennen. Aber denken Sie doch einmal in geologischen Zeitbegriffen, Mr Rufford. Die Erde verändert sich, Berge entstehen und werden wieder abgetragen, Meere steigen und fallen. Die Wüste muss einst nass gewesen sein. Vor sehr, sehr langer Zeit. Es hat viele Jahrhunderte lang auf die Sphinx geregnet.«

»Vor *wie* langer Zeit?«, fragte er interessiert.

»Vor mindestens zehntausend Jahren. Meiner Meinung nach ist der Kopf der Sphinx noch der ursprüngliche. Sie müssen doch bemerkt haben, wie klein er ist und dass er auch viel besser erhalten ist als die unteren Teile der Sphinx. Sie sind irgendwann erneuert worden.«

Mr Rufford runzelte die Stirn. »Vor zehntausend Jahren. Aber wenn das stimmt, wer könnte dann ...?« Ratlos brach er ab.

»Die Sphinx errichtet haben?«, beendete Beth seine Frage. »Ah, die Geheimnisse des schwarzen Kontinents! Er birgt mehr davon, als Sie und ich in unserer Welt je in Betracht gezogen haben, Mr Rufford.«

Er zog fast unmerklich den Kopf zwischen die Schultern. »Da

haben Sie recht.« Sie hatte ihn gekränkt. Und verstand beim besten Willen nicht, wieso. Aber dann sah sie, wie er die Schultern straffte und sich zusammennahm. »Ich würde Ihren Vater gern kennenlernen. Er scheint ein interessanter Mann zu sein.«

Beth schluckte. Der Schmerz über ihren Verlust übermannte sie so plötzlich, dass er schon lange auf der Lauer gelegen haben musste. Rufford hätte aus ihrer Trauerkleidung schließen können, dass seine Bemerkung taktlos war. Als Beth wieder atmen konnte, sagte sie: »Dazu ist es leider zu spät, Sir. Er ist schon über einen Monat tot.«

Ein betretenes Schweigen entstand. »Das tut mir leid.« Seine leisen Worte klangen aufrichtig. Was für ein seltsamer Mann er war, mit diesem ständigen Wechsel zwischen Spott und Aufrichtigkeit.

»Mir auch.« Sie hatte viel zu viel gesagt, sich mit ihrem Wissen hervorgetan wie ein Blaustrumpf, der Eindruck schinden wollte, bevor die Trauer sie wieder einmal völlig unerwartet überwältigt hatte. »Und was ist mit Ihnen? Warum waren Sie in Tripolis?«

Er zögerte. Warum? Die Frage war doch gar nicht so schwierig – vorausgesetzt natürlich, dass er kein entflohener Gefangener war. »Ich war in der britischen Gesandtschaft in El Golea.«

Er sagte es, als erklärte das, wieso er mitten in der Sahara gewesen war, weit weg von England.

»Mein Vater und ich organisierten gerade eine Expedition in Bi'er Tegheri, um nach Kivala, Petras Schwesterstadt zu suchen, die noch irgendwo unter dem Sand der Wüste liegt.«

Er sah sie durchdringend an. »Und? Haben Sie sie gefunden?« Furcht, ja, sogar Entsetzen flackerte in seinen Augen auf.

»Nein. Mein Vater starb, bevor wir unsere Expedition beginnen konnten.«

Rufford versuchte, Ruhe zu bewahren und eine ausdruckslose Miene aufzusetzen. »Dann haben Sie Glück gehabt.«

»Wie meinen Sie das?« Er hatte damit doch gewiss nicht

sagen wollen, sie habe Glück gehabt, dass ihr Vater gestorben war?

»Sie haben selbst gesagt, dass es mehr Dinge in der Wüste gibt, als wir begreifen können. Und dieser Teil der Wüste ist gefährlich«, erwiderte er achselzuckend, aber Beth hatte das deutliche Gefühl, dass er etwas verschwieg.

»Oh.« Sie hätte ihn gern noch mehr gefragt, aber in dem Moment kam Captain Tindly auf das Deck.

»Halt Ausschau nach einem Signal von der Schaluppe, Junge!«, brüllte er dem Ausguck zu. »Und ihr anderen haltet euch bereit, die Toppsegel einzuholen!«

Rufe ertönten und an Deck entstand hektische Betriebsamkeit. Als Beth sich wieder umwandte, stellte sie fest, dass ihr Mitreisender gegangen war.

Auf der *Beltrane* war Ruhe eingekehrt. Ian fühlte sich dadurch viel freier. Nur ein paar Matrosen befanden sich an Deck, da das Schiff für die Nacht beigedreht hatte und nun mit eingeholten Segeln auf den Rest des Konvois wartete. Die wenigen Seeleute, die noch wach waren, hockten zusammen und rauchten oder tranken Grog. Schiffe wie dieses boten nicht viel Platz. Hier wurde kaum ein Wort gewechselt, das nicht irgendjemand mitbekam. Und Ian konnte es sich nicht leisten, Neugier zu erregen.

Vier Tage hintereinander hatte er in Tripolis ein paar Schlucke von der scheußlichen Flüssigkeit getrunken, nach der er sich jetzt so verzehrte, weil er hoffte, dadurch seiner Gier zuvorzukommen. Es war fast mehr, als er ertragen konnte, jedem seiner Opfer nicht mehr als einen halben Liter abzunehmen, denn der Hunger war erbarmungslos in seinen Forderungen. Das Bedürfnis überfiel ihn immer zwei Wochen nach der letzten Aufnahme von Blut. Aus diesem Grund hatte er ein Schiff genommen, das mehrere Häfen anlief. Er musste tun, was getan werden musste, aber das an Land und nicht hier auf diesem Schiff, wo man nirgendwo ungestört war.

Er beugte sich über die Reling und starrte auf die dunkle See hinaus. Seine Gedanken schweiften wieder ab zu der seltsamen jungen Frau, die so empört gewesen war, weil er ihr ihre wilden Spekulationen über die Sphinx nicht abgenommen hatte. So ein Blaustrumpf – ohne jegliche Gewandtheit und dazu noch dieses merkwürdige Aussehen. Es hatte ihn überrascht, dass sie Engländerin war – trotz ihres fremdländischen Äußeren. Aber was ihn *nicht* überrascht hatte, war, dass sie versucht hatte, diese Überlegenheit zu beweisen, auf die die meisten Frauen so viel Wert legten. Sie hatte ihm unbedingt seine Ignoranz vorhalten wollen. Nur widerwillig gestand Ian sich ein, dass er ihr mit seinem Spott möglicherweise auch Anlass dazu gegeben hatte. Diese Frau war sehr geradeheraus; das zumindest musste er ihr lassen.

Bei dem Gedanken krampfte sich sein Herz zusammen. Es gab direktere Wege, Überlegenheit zu zeigen, als dieses arme Ding in seiner beengten Welt es jemals begreifen könnte. Langsam richtete er sich auf und straffte die Schultern. Er wollte weder an *das* noch an *sie* denken. Lieber dachte er über dieses seltsame Mädchen nach. Er hatte den Schutzschild erkannt, hinter dem sie ihre Unsicherheit zu verbergen suchte, als sie ihn mit ihren großartigen Theorien überfallen hatte. Was würde sie in England anfangen? Dort zählte all das, was sie nicht besaß, und nichts von dem, womit sie sich befasste. Ihm war nicht entgangen, wie wehmütig sie auf die verschwindenden Lichter von Tripolis geschaut hatte. Und zu Recht. Sie wäre dort viel besser dran – aber ohne Ehemann, Vater oder Bruder dort zu bleiben, war natürlich völlig undenkbar.

Die See war ruhig, der Wind hatte sich gelegt. Kein gutes Vorzeichen für eine schnelle Fahrt durchs Mittelmeer nach Westen. Sie hatten ungefähr das gleiche Wetter gehabt, als sein Schiff vor zwei Jahren vor der nordafrikanischen Küste gekapert worden war.

Aber auch daran wollte er nicht denken. Er verdrängte die Erinnerung an das Donnern der Geschütze, den Rauch, den Geruch des Bluts und das Gebrüll der gottverdammten Berber, als sie das Schiff geentert hatten. Der Jammerlappen von einem Kapitän hatte den Piraten nicht einmal einen guten Kampf geliefert, sondern um Schonung gefleht, als es zum Kampf Mann gegen Mann gekommen war.

Ian starrte auf die Narben an seinen Handgelenken. Diesmal machte er sich nicht die Mühe, seine Manschetten herabzuziehen, da niemand in seiner Nähe war, der sie sehen konnte. Und mit diesen verfluchten Narben fing es an ... bis er seine Erinnerungen nicht mehr verdrängen konnte. Scham durchflutete ihn, als er an die widerlichen Kreaturen dachte, die ihm alles abgenommen hatten – Stiefel, Gürtel, Rock, Weste, Hemd, Uhr und Kette, seinen Siegelring und schließlich sogar seine Strümpfe. Dann war er das erste von vielen Malen gefesselt worden, mit groben Hanfseilen um seine Handgelenke. Mit nichts als seiner Hose bekleidet, wurde er mit den anderen überlebenden Männern in den Laderaum des Schiffs geworfen. Die ein, zwei Säbelhiebe, die er davongetragen hatte, zählten dabei schon nicht mehr.

Das faulige Wasser im Bauch des Schiffs stand knöchelhoch. Wer noch stehen konnte, tat es. Wer nicht ...

Eine Ratte schwamm vorbei. Ian konnte ein Erschaudern nicht unterdrücken.

»Nicht mehr lange, und du wirst Gott noch für die Ratten danken.« Die Stimme kam von irgendwoher neben Ians Schenkel. Der Mann musste im Wasser sitzen. So nahe, dass sie sich in der Finsternis des Frachtraums fast berührten. »Am Ende werden

wir sie nämlich essen. Diese verfluchten Berber vergeuden keinen Proviant an Sklaven.«

»Sklaven?«

»Wir werden mit Sicherheit verkauft, vielleicht in Algier, vielleicht in einem anderen Hafen.«

»Ich dachte, die Marine hätte das Mittelmeer von Piraten gesäubert«, wandte Ian ein, noch halb benommen von der Schnelligkeit, mit der alles geschehen war. Und vom pochenden Schmerz seiner Wunden.

»Größtenteils. Aber größtenteils genügt anscheinend nicht.« Der Mann hustete.

»Ich hoffe nur, dass sie nicht versuchen, uns zu konvertieren«, schnarrte ein alter Seebär. »In meinem Alter ertrage ich keine Folter mehr.«

Ians Magen verkrampfte sich. Er hatte von den heißen Eisen und Messern gehört, die einen Menschen dazu bringen konnten, seinem Glauben abzuschwören. Diese verdammten Ungläubigen dachten, sie retteten damit Seelen. Der Gestank nach Teer und fauligem Wasser war fast nicht mehr zu ertragen. Ian atmete durch den Mund, aber das schnürte ihm nur die Kehle zu.

»Ich habe gehört, dass sie einem die Eier abschneiden«, sagte eine ängstliche junge Stimme.

»Das kommt vor. Aber den Schwarzen schneiden sie nicht nur die Eier, sondern auch die Schwanz ab, sodass die armen Kerle nicht mal mehr richtig pinkeln können. Sie bringen sie in riesigen Karawanen von weit hinter der Wüste her. Die Araber hielten sich schon immer Sklaven. Ganze Herden von Sklaven«, wusste eine andere Stimme zu berichten.

»Ich habe Berichte christlicher Sklaven gelesen.« Das war die Stimme des Kapitäns, einer der wenigen Offiziere, die nicht niedergemetzelt oder über Bord geworfen worden waren, und daher auch einer der wenigen Männer, die des Lesens mächtig waren. »Sie werden als Handelsagenten beschäftigt, sofern sie

die Sprache beherrschen, oder man lässt sie die Schiffe irgendeines reichen Mannes steuern, wenn sie Seemänner sind.«

Ian wünschte plötzlich, er hätte mehr Arabisch gelernt oder verstünde es wenigstens, ein Schiff zu führen.

Er hatte schon fast völlig das Gefühl in seinen Händen verloren, bevor er in dem brackigen Wasser einen Holzsplitter fand, mit dem er seine Fesseln bearbeiten konnte. Es dauerte Stunden, das grobe Hanfseil zu durchtrennen, und der Schmerz des in seine Hände zurückströmenden Bluts ließ ihn seine Mühe fast bereuen. Er gab den Splitter an seinen Nachbarn weiter, und der alte Seebär wiederum befreite einen weiteren Mann. Bald hatten alle ihre Hände frei. Ian merkte, dass er Fieber hatte, als er unkontrollierbar zu zittern begann. Die Wunde von dem Säbelhieb an seinem Oberarm musste sich entzündet haben.

Der Gestank des Todes gesellte sich zu dem von Schweiß und fauligem Wasser, als ein Seemann namens Young, der oben an Deck seinem christlichen Glauben abgeschworen hatte, kurz nach seiner Rückkehr in die Hölle unten starb. Der Albtraum der Finsternis und des Gestanks, des Hungers und der Angst brachte den Schiffsjungen zum Schreien, bis die anderen ihn bewusstlos schlagen mussten. Sie konnten die Pumpen arbeiten hören, und trotzdem stieg das Wasser, bis es ihre Oberschenkel bedeckte und sie nicht einmal mehr sitzen konnten, wenn sie wollten. Sie schliefen schlecht, an die Wölbung des Rumpfs gelehnt oder auch aneinander, wenn es nicht mehr anders ging. Das Ganze war so erbärmlich, dass es ans Irreale grenzte. Und alle hatten jegliches Gefühl für Zeit verloren.

Ein dumpfer Schlag gegen den Schiffsrumpf und gedämpftes Geschrei, das noch gedämpfter von irgendwo beantwortet wurde, verriet Ian schließlich, dass das Schiff irgendwo angelegt hatte. Nicht lange danach öffnete sich die Luke über ihnen und ließ ein Stückchen unerträglich helles Licht herein. Sie brauchten die Sprache nicht zu verstehen, um zu wissen, dass ihnen befohlen wurde, zur Sonne hinaufzukommen und in eine Zukunft, die noch grauenhafter als ihr Elend unten im Bauch des Schiffes war.

Der Schiffsjunge hatte mittlerweile den Verstand verloren und brabbelte nur noch wirr vor sich hin. Die skrupellosen Piraten trennten ihn von den anderen und zogen ihm ein paarmal einen Knüppel über den Kopf. Sie hatten keine Verwendung mehr für ihn. Ian kniff entsetzt die Augen zusammen, als sie den leblosen Körper in das Hafenwasser warfen. Er spürte kaum das Seil, mit dem sie die verbliebene menschliche Fracht an den Fußknöcheln zusammenbanden, bis man sie die Laufplanke hinunterzerrte. Sie stolperten in eine Stadt, in der ein reger Handelsverkehr herrschte. Vierundzwanzig von den hundert Seeleuten und Passagieren, die in Bristol in See gestochen waren, hatten überlebt. Ausgezehrt und halb nackt sahen sie nicht so aus, als wären sie ein gutes Geschäft für ihren Käufer. Wer auch immer das sein mochte.

Auf dem Sklavenmarkt ging es noch lebhafter zu als auf dem restlichen Basar. Gruppen nackter junger Männer mit ebenholzfarbener Haut kauerten im Straßenstaub. Die Geschlechtsteile waren ihnen abgetrennt worden, und der Anblick ließ die Engländer erschaudern. Frauen, von denen einige ihre Gesichter ebenso verhüllten wie ihre Körper, drängten sich ängstlich aneinander. Andere lagen mit weit gespreizten Beinen da und mussten sich so zur Schau stellen lassen. Händler priesen die Vorzüge ihrer menschlichen Ware an. Und die ganze Zeit brannte die erbarmungslose Sonne auf sie nieder und verbrannte ihre blassen, vom Wasser aufgedunsenen Körper. Überall vermischte sich der Geruch von Angst und menschlichem Schweiß mit dem von aromatischen Gewürzen und überreifen Früchten und mit dem Gestank von Fleisch, das schon zu viele Tage in der Hitze lag und unter den Schwärmen von Fliegen kaum noch zu sehen war.

Ihr »Besitzer« trennte die Gruppe in mehrere kleine auf. Ian erhielt einen Stoß in den Rücken und taumelte in die Mitte eines staubigen Kreises, der von Geschrei und wild vor seinen Augen verschwimmenden Farben umgeben war. Es war so schnell vorbei, dass ihm fast keine Zeit blieb, Scham zu empfinden. Ein stämmiger Mann mit Bart raunzte ihn an und warf ihm eine Schlinge um den Nacken. Eine hochgewachsene Gestalt, die sich im Hintergrund hielt und die vollständig unter einem Burnus mit Kapuze verborgen war, nickte. Der Mann sagte etwas zu Ian, dann zog er an dem Seil und zerrte ihn durch die johlende Menge. Die hochgewachsene Gestalt folgte ihnen.

Ian wandte sein Gesicht der Brise zu, die im Dunkeln seine heißen Wangen kühlte. Er war als Lasttier für eine Karawane gekauft worden. Jenkins' tröstliche Berichte von Sklavendiensten als Seemann oder Handelsagent erwiesen sich für *ihn* als unzutreffend. Wahrscheinlich hatte er das seiner kräftigen Statur zu verdanken gehabt, die ihn in den Augen des Käufers wohl zu einem ausgesprochen brauchbaren Packtier gemacht hatte.

Es war besser, nicht an diese Zeit zu denken. An das Aufzucken einer Peitsche über ihm, an das Gefühl seiner blutigen, geschundenen Haut unter den Seilen, die seine immense Last festhielten, während er den nicht minder schwer beladenen Kamelen nachstolperte, oder an die unerbittliche, gnadenlose Sonne, die ihm die Haut verbrannte.

Nein, dachte er, während er tief die kühle Seeluft einatmete, er würde auch die Erinnerung an das verdrängen, was danach gekommen war. Es war besser, an ein herrlich kühles, graues England zu denken, das über die besten medizinischen Kapazitäten verfügte, an Henry und seine Familie und das Stanbridge seiner Jugend, an frivole Aktivitäten, mit denen man sich die Zeit vertreiben konnte, wie wüste Partys, Hahnenkämpfe und Besuche bei Jackson's, Tattersall's und White's. Dank der Diamanten hatte er Geld genug, um London zu genießen, wie er es früher gekannt hatte.

Er wurde etwas ruhiger, als er dem Knarren der Planken, dem Surren der Taue und dem Plätschern des Wassers lauschte, das gegen den Rumpf des Schiffes schlug. Was nützten ihm all diese Erinnerungen? Komme, was wolle, diese Zeit lag hinter ihm.

Wenn er doch nur auch seine Verzweiflung überwinden könnte! Der englische Arzt in Tripolis war ihm keine Hilfe gewesen. Ian war dumm genug gewesen, ihm all seine Symptome anzuvertrauen, worauf der entsetzte Arzt ihn aufgefordert hatte, seine Praxis zu verlassen. Später hatte Ian eine Nachricht von ihm erhalten, in der er ihm riet, einen Arzt zu konsultieren, der auf Hysterie spezialisiert war. Ian war verletzt und wütend über diesen Rat. *Hysterie* war nur eine vornehme Umschreibung für Zustände, die für gewöhnlich in einem Irrenhaus behandelt wurden. Der Arzt verschanzte sich anscheinend lieber hinter dem Gedanken, dass Ian sich seine Symptome nur einbildete. Wäre es doch nur so …

Nach diesem Arztbesuch hatte Ian ein zweites Mal versucht, sein Leben zu beenden. Sein nackter Körper war von Brandblasen und Rissen übersät gewesen, als ein Junge ihn aus der Sonne gezogen hatte. Der Schmerz war so schlimm, dass er den Burschen dazu gebracht hatte, ihn zu knebeln, um seine Schreie zu ersticken. Aber er starb nicht. Drei Tage später war alles schon wieder verheilt. Und dabei war er so sicher gewesen, dass die Sonne …

Er durfte nicht verzweifeln. Vielleicht entkam er ja doch noch dem, was er geworden war. In England gab es bessere Ärzte. Wie hieß doch noch der Mann, der sich mit Blutuntersuchungen beschäftigte? Blundell? Vielleicht konnte der ihm helfen. Aber wenn es nun doch kein Zurück mehr gab? Ian empfand Abscheu, der ihn bis ins Innerste erschaudern ließ.

Wenn es kein Zurück mehr gab, musste er seinen Bedürfnissen irgendwie stattgeben, ohne seine unsterbliche Seele aufzugeben und wie *sie* zu werden. Er würde sich voll und ganz auf seine Zukunft in der erfreulichen Normalität Englands konzentrieren. Niemand musste etwas von seinem beschämenden Geheimnis erfahren. Die Londoner Betriebsamkeit bot ihm die beste Gelegenheit zu einem unauffälligen und relativ normalen Leben. In dieser großartigen, dekadenten Stadt mit ihren schier unglaublichen Menschenmengen würde er sich immer nur ein bisschen von dem nehmen, was er brauchte. Er würde sich von Frauen fernhalten und ganz alltäglichen Beschäftigungen nachgehen. Er konnte noch immer ein ganz normales Leben führen – bis auf diese eine Abweichung.

Und vor allem konnte er Afrika und allem, was damit verbunden war, entkommen. Nie wieder würde er einen Fuß auf diesen Kontinent setzen. Er befand sich schon jetzt außerhalb *ihrer* Reichweite. Er blinzelte, weil seine Augen plötzlich voller Tränen standen, und verfluchte seine Schwäche. Schwäche konnte er sich nicht erlauben, wenn er das, was sich in ihm entwickelte, unter Kontrolle halten wollte.

Nach dieser schrecklichen Zeit, in der er zum Viehbestand der Karawane gezählt hatte, und nach den noch weitaus schlimmeren Monaten danach, hatte er vielleicht die vom menschlichen Verstand bestimmte Welt verlassen, um in ein Reich überzutreten, das kaum noch eine Verbindung mit dieser Erde hatte. Und das war die Gefahr für ihn.

Er durfte nicht aufgeben. Er musste sich mit *dieser* Welt befassen, damit die Kraft, die in ihm war, nicht die Oberhand und damit genügend Macht gewann, um seine Seele zu erobern.

3. Kapitel

Als Beth am nächsten Morgen erwachte, hatte das Schiff schon wieder Fahrt aufgenommen. Sie verließ ihre enge Koje, um aus dem kleinen Fenster zu schauen. Sie sah mehrere Schiffe des Konvois, deren Segel sich herrlich weiß von dem ungetrübten Blau des Mittelmeerhimmels abhoben. Eigentlich müsste sie jetzt den Wunsch verspüren, sich anzukleiden und an Deck zu gehen. Auf ihren anderen Reisen hatten die belebende Seeluft und die Aussicht auf ein Abenteuer sie oft mit einer Energie erfüllt, die ihrem Vater geradezu Angst gemacht hatte. Aber weder die Aussicht auf Mrs Pargutters Gesellschaft noch auf England reichten aus, um sie heute Morgen aus ihrer Kabine zu locken.

Der Verlust ihres Vaters belastete sie sehr. Seit seinem Tod schien sie sich immer weiter von sich und von der Welt entfernt zu haben. Manchmal war es ihr zu anstrengend, sich mit ihren Mitmenschen zu befassen. Und nun, da sie in eine Gesellschaft zurückkehrte, die sie nicht mit offenen Armen empfangen würde, war eine gewisse Distanziertheit vielleicht der schmerzlosere Weg. In Lady Methertons Salon hatte Beth einen beängstigenden Vorgeschmack auf jenes Leben bekommen, das sie gar nicht zu führen wünschte. Ihre Weigerung, sich auch nur für einen einzigen der charmanten, heiratsfähigen jungen Männer zu interessieren, hatte ihre Gönnerin fast wahnsinnig gemacht. Aber alle waren Beth so furchtbar langweilig vorgekommen …

Beth legte sich wieder in ihre Koje und mit dem Rollen der Dünung kehrten ihre Gedanken zu dem seltsamen Mr Rufford zurück, obwohl sie bereits die ganze Nacht über ihn nachgedacht hatte. Er war das genaue Gegenteil von charmant – wortkarg, schroff und mit einer Qual in seinen Augen, die jeden auf

Distanz hielt. Was an ihm war es nur, das sie so anzog? Sie konnte nicht verhehlen, dass ihre Neugier sich fast augenblicklich in Faszination verwandelt hatte. Es musste etwas mit den Narben an seinen Handgelenken zu tun haben. Er war ein Gefangener gewesen ... aber er war ganz eindeutig auch ein Gentleman. War er bei einem Gefangenentransport nach Botany Bay entkommen? Und wofür war er verurteilt worden, und von wem? Von den Briten? Oder den Franzosen? Frankreich zog im Ausland nach wie vor seine konspirativen Fäden, obwohl der Krieg vorbei war. Oder war es auf Geheiß eines dieser unzähligen Paschas oder Deis gewesen, die sich in diesem höchst tückischen Teil der Welt gegen den türkischen Sultan erhoben hatten? Und für welche Verfehlung war er eingekerkert worden? Oder warum sonst, wenn nicht als Strafe für ein Verbrechen?

Das war ein Teil des Geheimnisses von Ian Rufford. Aber da war mehr als nur seine Narben oder die Tatsache, dass jemand ihn gefangen gehalten hatte. Da war auch die Qual, die er unterdrückte, da war seine Entschlossenheit, die in solch krassem Gegensatz dazu stand. Da war sein ständiger Wechsel zwischen Zynismus und Offenheit, was Fragen in ihr weckte. Sie wollte mehr über ihn erfahren. Und wenn sie es recht bedachte, war ihr kleiner Wutanfall über seine Ignoranz ihre temperamentvollste Auseinandersetzung mit jemandem gewesen, seit Monsieur L'Bareaux ihren Heiratsantrag zurückgewiesen hatte.

Es war unziemlich gewesen, sich so freimütig mit diesem fremden Mann zu unterhalten. Und doch überlegte sie schon wieder, unter welchem Vorwand sie ihn in ein weiteres Gespräch verwickeln könnte. Nun, er schien gewisse Kenntnisse über Kivala und die Wüste zu besitzen. Vielleicht könnte er ihre Theorie bestätigen, dass die Stadt, die ihr Vater so unbedingt hatte finden wollen, sich auch wirklich dort befand. Sie und ihr Vater waren ziemlich sicher gewesen, dass sie südlich des Rif-Gebirges gelegen hatte. Es wäre nur ein hohler Sieg, da sie die Stadt niemals sehen würde, aber sie würde es dennoch gerne wissen …

Vielleicht war Mr Rufford ja schon an Deck. Beth stieg aus ihrer Koje, schlüpfte aus ihrem Nachthemd und wusch sich an ihrem Waschtisch. Dann kleidete sie sich sorgfältiger an als seit langer Zeit. Der Geruch von gegrillten Nierchen und in viel Fett gebratenen Eiern drang ihr in die Nase. Nichts hatte je so gut gerochen.

Die Passagiere waren in Kabinen untergebracht, die früher, als die Fregatte noch für die Königliche Marine gefahren war, von rangniedrigen Offizieren benutzt worden waren. Direkt vor den Kabinentüren gab es einen kleinen Gemeinschaftsraum, der sich vor dem Fockmast befand. Im Gegensatz dazu lag die Kapitänskajüte unter dem Hinterdeck und auf dem Deck darunter die Quartiere der jetzigen Schiffsoffiziere.

Auf dem Weg durch den Gemeinschaftsraum ließ ein leises Stöhnen Beth innehalten, und voller Schuldbewusstsein erinnerte sie sich ihrer anderen Mitreisenden. »Mrs Pargutter?«, rief sie und klopfte leise an die Kabinentür. »Geht es Ihnen gut?«

»Mir ist so elend, meine Liebe«, erwiderte die Frau mit schwacher Stimme.

Beth steckte den Kopf zur Tür herein und sah, dass ihre Mitreisende ein nach Essig riechendes Taschentuch an ihren Mund presste und den kleinen silbernen Behälter für den Essig an ihre umfangreiche Brust drückte.

»Kann ich irgendetwas für Sie tun, Madam?«, fragte Beth. »Soll ich vielleicht Jenny rufen?«

»Sorgen Sie nur dafür, dass diese Seeleute aufhören zu kochen! Der Geruch bringt mich noch um.«

»Ach, du lieber Gott … Aber ich kann es natürlich gern versuchen.« Beth bezweifelte, dass sie die Mannschaft daran hindern konnte, ihr Frühstück einzunehmen.

Als sie die Tür zum Außendeck aufstieß, schnürte ihr eine

ganz eigenartige Vorfreude die Kehle zu. *Du bist nur so aufgeregt, weil du auf See bist,* ermahnte sie sich streng. Mr Rufford war es jedenfalls bestimmt nicht, der diese freudige Erregung in ihr weckte. Sein Benehmen gestern Abend war überaus herausfordernd, arrogant und ichbezogen gewesen.

Nein, dieses Hochgefühl war auf dem ganzen Schiff zu spüren, das jetzt unter vollen Segeln fuhr. Beth hatte das Gleiche auch auf anderen Schiffen schon gespürt. Diese Euphorie hatte ihren Ursprung in der Freude der Seeleute an gutem Wetter und auffrischenden Winden. Sie blühten auf, wenn das Schiff zunehmend an Fahrt gewann, und erfreuten sich daran, mit welcher Anmut die Fregatte über die See glitt. Stahlblaue, mit weißen Schaumkronen bedeckte Wellen trieben das ihnen anvertraute Schiff voran. Jenseits des Gewirrs geteerten Tauwerks zählte Beth fünf andere Schiffe des Konvois sowie die schnittige Schaluppe der Königlichen Marine. Selbst aus der Entfernung waren deren Geschützpforten zu erkennen, deren Seiten, in Anlehnung an die Farben Admiral Nelsons, wie ein Schachbrett schwarz-weiß herüberleuchteten. Aber auf dem von Ballen und Kisten übersäten Deck schaute Beth sich vergeblich nach der hochgewachsenen Gestalt um, die sie suchte. Drei Schafe und eine Ziege waren achtern angebunden, und in Käfigen eingesperrte Hühner stießen ab und an ein lautes Gackern aus. Die Hoffnung, die Beth eigentlich gar nicht hatte wahrhaben wollen, erstarb wieder.

Die Matrosen hatten damit zu tun, die Befehle auszuführen, die der Kapitän ihnen vom Quarterdeck und der Bootsmann vom Mittelschiff aus zuriefen. Sie alle, einschließlich der Offiziere, waren hart arbeitende Männer, die sich zweifellos die Eier mit Speck, die Nierchen und das Hammelfleisch verdient hatten, das Beth bis hierher riechen konnte. Von diesen Männern zu verlangen, auf ihr deftiges Frühstück zu verzichten, war ebenso unmöglich, wie sie nach Tripolis zurückkehren konnte. Es waren die Passagiere, die sich anzupassen hatten, nicht die Seeleute, auch wenn das bedeutete, Hammelkoteletts und fettige Spiegeleier riechen zu müssen, wenn einem nicht ganz wohl war. Mrs Pargutter würde allein mit ihren Problemen fertigwerden müssen. Beth konnte nur den Schiffsarzt bitten, der Frau etwas zu geben, das ihren Magen beruhigen würde.

Sie fand Dr. Granger in seinem Behandlungszimmer auf dem Unterdeck. Womit Beth allerdings nicht gerechnet hatte, war der stark alkoholisierte Zustand, in dem er sich ganz offenbar befand. Der Arzt, der sie aus trüben Augen begehrlich anstarrte, war ebenso unsympathisch wie unfähig – und das schon eine Stunde nach der ersten Wachablösung heute Morgen. Man konnte eigentlich nur hoffen, dass die Besatzung nichts benötigte, was ihren Schiffsarzt überstrapazierte. Ein Mittel gegen Übelkeit schien seine Fähigkeiten jedoch noch nicht zu übersteigen. Froh, wieder im Licht und Wind der oberen Decks zu sein, brachte Beth Mrs Pargutter die Arznei und füllte ihr Essigfläschchen auf, während die Patientin so heftig über ihr Elend jammerte, dass Beth sich fragte, ob ihre Mitreisende womöglich gar die ganze weite Fahrt nach London seekrank sein würde.

Der Tag war lang, und Beths einzige Gesellschaft waren die Bücher in ihrer kleinen, mit viel Holz und Messing ausgestatteten Kabine und ihre Gedanken. So geschäftig es auf dem Schiff auch zuging, *sie* gehörte nicht dazu. Sie war auch hier eine Außenseiterin. Beth betrachtete das als Vorboten des Lebens, das sie in England voraussichtlich erwartete, und voller Schmerz erinnerte sie sich jetzt ihrer Zeit im Croft'schen Mädcheninternat, die schon so viele Jahre zurücklag. Auch dort hatte sie sich fremd gefühlt.

Wie sehr hatte sie sich nach einem Leben wie dem ihres Vaters gesehnt, das geschäftig und sinnvoll war, voller Abenteuer, die er auf seinen Expeditionen erlebte. Wie war sie immer so voller Hoffnung auf die nächste aufregende Entdeckung gewesen, darauf, ihre Neugier auf außergewöhnliche und seltene Dinge stillen zu können. Sie hatte Gespräche mit Männern geführt, die eigene Ideen und Meinungen vertraten und sich auch ihre angehört hatten. Welchen Nutzen und welchen Sinn würde ihr Leben jetzt noch haben? Beth kam der deprimierende Gedanke, dass sie vielleicht einfach nur dahintreiben würde, abgleiten würde in ... in was? Wahnsinn? Oder dass sie zu einer nutzlosen, wunderlichen Frau werden würde, über die hinter vorgehaltener Hand getuschelt würde, falls sie es wagte, sich im Park zu zeigen?

In der großen, angenehm luftigen Kabine am Heck des Schiffes, die der Kapitän ihr freundlicherweise zur Verfügung gestellt hatte, saß sie am Nachmittag allein beim Tee. Die Aussicht aus den großen, schrägen Fenstern beschattete sich allmählich, als sie zu zwei Barken des Konvois hinausschaute. Die Sonne musste fast schon untergegangen sein, denn die See schimmerte jetzt violett.

Ihr blieben immer noch einige Möglichkeiten. Beth schwor sich, überall und fortwährend den Kontakt zur Welt zu suchen, auch wenn sie sicher war, in die englische nicht hineinzupassen. Aber eine für ihr langweiliges Gerede über Archäologie und Geologie verlachte Außenseiterin zu sein war immer noch besser, als in einer Anstalt als Irre weggeschlossen zu werden. Entschlossen erhob sie sich und ging an Deck. Sie würde zu Mrs Pargutter gehen und sich zu ihr setzen, ob diese nörgelige Dame das nun wollte oder nicht.

Aber in diesem Moment kam er ihr entgegen, der Mitreisende, der so faszinierend war. Seine große Gestalt hob sich dunkel vor dem Licht der Abenddämmerung ab. Er strahlte Kraft aus, Energie und ... wie sollte sie es nennen? Und er war so maskulin. Auch die geschäftigen Seeleute spürten seine Präsenz und traten beiseite, um ihn vorbeizulassen.

Er blickte sich um, und Beth sah, wie er im schwächer werdenden Tageslicht die Position der anderen Schiffe des Konvois und der sie begleitenden Schaluppe abschätzte. Dann wandte er den Kopf, und für einen Augenblick streifte sein Blick sie, kehrte zu ihr zurück und blieb dann auf ihr ruhen. Beth war flüchtige Blicke von Männern gewöhnt, aber nicht daran, dass diese Blicke zu ihr zurückkehrten. Sie spürte, wie sie errötete, und hoffte, dass ihr dunkler Teint diese Röte verbarg.

Mr Rufford kam jetzt entschlossenen Schrittes zu ihr und verneigte sich dann höflich vor ihr. Er trug gelbbraune Hosen zu einem schwarzen Rock und auf Hochglanz polierte Stiefel, die er selbst geputzt haben musste, da er ohne Diener an Bord gekommen war. Er war glatt rasiert und hatte sein Haar sehr ordentlich zurückgebunden. Sie konnte weder einen Ring noch sonst irgendwelchen Schmuck an ihm entdecken. »Miss … Rochewell.«

Es überraschte Beth nicht, dass er sich ihren Namen erst in Erinnerung rufen musste. »Mr … Rufford.« Dass auch sie stockte, lag jedoch nicht daran, dass ihr sein Name entfallen war.

Er blickte wieder auf die See hinaus. »Alles in Ordnung, hoffe ich? Der Konvoi ist noch immer dicht in unserer Nähe?«

»Aber ja. Warum auch nicht?«

»Oh, ich rechne nur damit, dass wir früher oder später in eine Windstille geraten und eine Woche stillliegen werden. Oder –«, hier wurde seine tiefe Stimme härter –, »dass wir sogar feindliche Segel sichten werden.«

»Und was für Feinde sollten das sein? Napoleon ist seit drei Jahren bezwungen, und auch der Krieg mit Amerika ist längst beendet.«

Es lag keinerlei Humor in seinem Lächeln. »Wir könnten jederzeit einen einheimischen Korsaren sichten.«

Beth tat seine Befürchtungen mit einem Lachen ab. »Wir haben eine Schaluppe der Königlichen Marine zu unserem Schutz dabei.

Kein Pirat würde es wagen, sich uns auch nur bis auf ein paar Meilen zu nähern.«

»Das stimmt – vorausgesetzt, dass der Kapitän des Kriegsschiffes auch wirklich kämpft. Ich habe selbst erlebt, wie zurückhaltend sie sind, wenn es nur um Handelsschiffe geht.« Die Verbitterung in seiner Stimme war wieder da.

»Wer ist kompetenter als die Königliche Marine? Sie führt die Herrschaft in diesen Gewässern.«

Rufford widersprach ihr nicht. Er warf nur einen Blick auf die Handelsschiffe, die in einiger Entfernung rechts und links von ihnen die See durchpflügten, und auf die Schaluppe der Königlichen Marine, bevor er zur Takelage der *Beltrane* hinaufschaute und dann seinen Blick auf die Matrosen an Deck gleiten ließ. Einige Männer hängten Laternen in das Tauwerk, und auch auf den anderen Schiffen flammten anheimelnd schimmernde Lichter auf.

Rufford schien nicht geneigt, die Unterhaltung fortzusetzen. Beth dachte fieberhaft darüber nach, welches Thema ihn interessieren könnte. »Sie haben sich den ganzen Tag in Ihrer Kabine aufgehalten, Sir. Bekommt Ihnen die Reise nicht?«

Er fixierte sie mit einem ruhigen Blick. »Die Nacht entspricht mehr meinem Naturell.«

»Aha.« Wieder breitete sich Schweigen zwischen ihnen aus, bis Beth wieder einen Vorstoß unternahm. »Dinieren Sie mit dem Captain? Sie müssen doch halb verhungert sein, nachdem Sie das Mittagessen verpasst haben.«

Er nickte und zog seine Uhr aus der Tasche. Es waren noch zwei Stunden bis zum Abendessen. »Wir haben noch etwas Zeit bis zum Dinner«, bemerkte er und sah dabei so aus, als wollte er ihr einen Vorschlag machen.

Beth nahm ihren ganzen Mut zusammen. »Ich habe ein Schachbrett in der Offiziersmesse gesehen.«

»Spielen Sie?«, fragte er.

»Ein bisschen.«

»Wieso denke ich bei dieser Antwort an das Trojanische Pferd, Miss Rochewell?«

»Weil niemand, der Schach ›nur ein bisschen‹ spielt, das zugeben würde?«

Seine Lippen verzogen sich zu einem kleinen Lächeln. »Genau. Also lassen Sie uns in die Offiziersmesse gehen, dann können Sie mir zeigen, wie gut Sie sind.«

Das würde sie, denn sie und ihr Vater hatten sich an vielen Abenden die Zeit mit Schachspielen vertrieben. Beth begann mit einer klassischen Eröffnung. Kühnere Züge hob sie sich für später auf. Als sie den ersten Zug machte, nahm sie den würzigen Duft wahr, den Mr Rufford trug, nach Zimt und noch etwas anderem, was sich nur schwer bestimmen ließ. Auf jeden Fall war es ein Duft, der so gar nicht zu seiner ansonsten eher nüchternen Erscheinung passte.

Sie spielten, ohne ein Wort miteinander zu wechseln. Beth fragte sich, wie sie es je zustande bringen sollte, ein Gespräch mit ihrem schweigsamen Gegenüber zu beginnen. Fasziniert beobachtete sie, wie sich sein Rock über seinen breiten Schultern straffte, als er die Ellbogen auf den Tisch stützte und das Kinn auf seine verschränkten Hände legte, ohne den Blick vom Schachbrett zu nehmen. Als er endlich aufblickte, sah er Beth prüfend an. »Das klassische Spiel beherrschen Sie also. Aber können Sie auch noch mehr?«

Und dann bewegte er seinen Springer in einer verwegenen Attacke – drei, nein, vier Züge zu früh –, auf ihre Dame zu. Beth starrte auf die Figuren und ging in Gedanken die Folgen der Gegenangriffe durch, die sie unternehmen könnte. Den klassischen Spielregeln zufolge müsste sie ihre Dame jetzt mit ihrem Springer schützen. Aber wenn sie mit ihrem Turm angriff, verteidigte sie sie nicht nur, sondern führte auch eine Situation herbei, die sich, falls Rufford darauf einging, vielleicht zu ihren

Gunsten auswirkte. Die Aufregung über ein paar verlorene Figuren lenkte ihn womöglich ab. Und deshalb griff sie nach dem zinnenbewehrten Turm aus Elfenbein.

Das Spiel wurde schneller. Beide sammelten ihre eroberten Gegner ein. Die Spannung der Partie steigerte sich, als jeder seine Strategie verfolgte, die, wie Beth sehr wohl bewusst war, miteinander kollidieren mussten.

Da! Er hatte ihrer Dame die erforderliche Passage offen gelassen.

Beth versetzte sie.

Rufford stutzte und hielt inne. Sekunden verstrichen. Die Entscheidung nahte. Eine Möglichkeit noch . . .

Er setzte seinen König.

»Patt«, sagte Beth. »Sie haben mich um den Sieg gebracht.«

»Aber ich konnte nicht gewinnen.«

»Nein«, stimmte sie zu und ließ ihn dadurch wissen, dass sie es nicht anders erwartet hatte.

»Nun denn . . .« Er schob seinen Stuhl vom Tisch zurück und blickte ein letztes Mal auf das Brett, als versuche er, die Situation doch noch zu retten und ein anderes Ergebnis zu erzielen. »Ich denke doch, diese Reise wird uns Raum für eine Revanche bieten?«

»Wenn Sie wollen«, sagte sie, ließ es aber klingen wie: *Wenn Sie sich trauen?*

Redding, der Küchenjunge, der ihr den Tee serviert hatte, steckte den Kopf zur Tür herein. »Miss Rochewell, Mr Rufford – darf ich Ihnen vor dem Abendessen vielleicht eine Limonade bringen?«

»Ich nehme lieber einen Wein, und die Dame einen Madeira«, antwortete Mr Rufford prompt.

Redding zog den Kopf zurück und verschwand.

»Ich bin erstaunt, dass Sie keinen Likör für mich bestellt haben«, bemerkte Beth in honigsüßem Ton.

Er wirkte überrascht. »Sie wollten doch Wein? Madeira übersteht den Transport viel besser als jeder andere Wein.«

»Vielleicht wollte ich ja auch nur selbst bestimmen, was ich trinke«, sagte sie, während sie die Schachfiguren in ihren Kasten zurücklegte.

Er lehnte sich auf seinem Stuhl zurück. »Sie sind ein eigenartiges Geschöpf, Miss Rochewell.«

»Das weiß ich.« Ihr war nur zu gut bewusst, wie unattraktiv sie war. War es das, was er mit *eigenartig* meinte? Sie errötete und wandte sich ab, um den Kasten fortzuräumen. Mr Rufford schwieg wieder. Aber sie spürte seine Nähe. Als sie wieder zu ihm hinsah, bemerkte sie, dass auch er errötet war.

»Ich muss Sie um Verzeihung bitten«, sagte er mit seiner angenehmen tiefen Stimme. »Gerade ich habe nicht das Recht, jemanden eigenartig zu nennen.«

Was meinte er nur damit? »Nun ja«, erwiderte Beth, »außer unserer Eigentümlichkeit haben wir ja auch gemeinsam, dass wir Menschen sind.«

Er sah sie mit einer Wehmut an, die ihr das Herz zusammenschnürte. »Vielleicht aber auch nicht«, flüsterte er und erhob sich dann so jäh, als wollte er fliehen.

Zum Glück – oder auch nicht – kam Redding, um den Wein zu bringen. »Tut mir leid, meine Herrschaften, aber an diese Flaschen war nicht so leicht heranzukommen, wenn Sie verstehen, was ich meine.«

Ruffords Gewissen erlaubte es ihm offenbar nicht, Beth in aller Öffentlichkeit stehen zu lassen, denn er nahm, wenn auch sichtlich nervös, wieder Platz, während Redding einschenkte. Als der junge Mann sich dann zurückzog, hatte Mr Rufford sich wieder gefasst, und Beth war zu dem Schluss gekommen, dass er ein noch größeres Rätsel war, als sie vermutet hatte.

Er erhob sein Glas. »Auf England, Miss Rochewell, und auf eine schnelle Reise.«

»Auf England«, erwiderte sie mit deutlich weniger Enthusiasmus und setzte sich ihm gegenüber.

»Wo in England sind Sie zu Hause?«

Beth beobachtete fasziniert, wie sehr er sich um Ungezwungenheit bemühte. Der Lichtschein der Hängelampe tanzte über seine beeindruckende Gestalt. Was war es, was ihn so ... anziehend machte? Vielleicht die Geschmeidigkeit, mit der er sich bewegte. Oder seine breiten Schultern. Oder das Grübchen in seinem Kinn? Vielleicht. Auf jeden Fall seine Augen, und auch sein langes, dichtes Haar. Beth fühlte seine Präsenz fast körperlich, irgendwo ganz tief in ihrem Innersten. Er war sinnlicher als jeder andere Mann, dem sie je begegnet war, und ... männlicher.

Er zog die Brauen hoch, was Beth daran erinnerte, dass er auf eine Antwort wartete. Was hatte er gefragt? Ach ja. »Ich ... ich habe in England kein Zuhause. Ich werde zunächst einmal bei meiner Tante in London wohnen. Das wird sie unendlich überraschen, und ich kann nur hoffen, dass mein Brief an sie noch vor mir ankommt, damit sie wenigstens so tun kann, als freute sie sich über mein Auftauchen.«

Er drängte sie nicht, mehr zu sagen, sondern blickte durch die großen Heckfenster auf die dunkle See hinaus, wo die Laternen der anderen Schiffe als Lichtpunkte auf der Dünung tanzten.

»Und Sie, Sir? Wohin führt Sie diese Reise?« Plötzlich wollte sie unbedingt mehr von ihm erfahren.

»Vielleicht nach Suffolk. Mein Bruder wird auch überrascht sein. Henry hat vor ein paar Jahren sein Erbe angetreten und wird die Dinge inzwischen in Ordnung gebracht haben. Er war schon immer sehr praktisch veranlagt.«

Sein Ton verriet, dass er eine praktische Veranlagung eher missbilligte als schätzte. Beth kam zu dem Schluss, dass es auch Nachteile hatte, praktisch zu sein. »Dann müssen Sie auch Ihren Vater verloren haben«, sagte sie zögernd. »Mein Beileid.«

»Danke, aber das ist nicht nötig.« Er trank einen Schluck Wein. »Der alte Tyrann hat seine Familie terrorisiert und den Besitz mit seiner Spielsucht und seinen ... anderen Angewohnheiten völlig ruiniert.« Er schüttelte den Kopf, als könnte er sich damit von allen Einflüssen seines Vaters befreien. Was natürlich absurd, aber irgendwie auch verständlich war.

»Väter können schwierig sein. Mein Vater hat mich sehr geliebt, aber er war dermaßen zerstreut, dass er manchmal regelrecht vergaß, für mich zu sorgen. Seine Zahlungen an mein Internat waren unregelmäßig. Das Gute daran war, dass mir nichts anderes übrig blieb, als darauf zu bestehen, dass er mich zu sich nahm, als ich fünfzehn war. Die Selbstständigkeit, die ich mir bei der Organisation seiner Expeditionen erwarb, könnte mir überall ausgesprochen nützlich sein, außer in England.«

»Was wollen Sie damit sagen?« Er streckte seine Hand aus, um mit seinem Glas zu spielen. Eine magnetische Kraft schien von ihr auszugehen, und Beth musste sich zwingen, sie nicht zu ergreifen.

»Ich will damit nur sagen, dass es den Frauen in England nicht erlaubt zu sein scheint, für sich selbst zu sorgen.«

»Oh, die Frauen sorgen sogar auf sehr entschiedene Art und Weise für sich – auf dem Heiratsmarkt.« Sein Gesichtsausdruck hatte sich verdüstert.

»Indem sie sich einen Ehemann suchen, der dann die Sorge für sie übernimmt«, protestierte Beth. »Ein Ehemann hat die Kontrolle über das Vermögen seiner Frau und über ihren Besitz. Eine Frau kann froh sein, wenn ihr Vater Regelungen aushandelt, um sie auch als Witwe halbwegs gut versorgt zu wissen. Nein, ich dachte an etwas viel Vernünftigeres.«

Seine Mundwinkel verzogen sich zu einem kleinen Lächeln, das seinen Gesichtsausdruck völlig veränderte. »Sie meinen, Sie hatten an eine Anstellung als Hauslehrerin oder Gouvernante gedacht?«

Beth seufzte. »Ich hoffe, dass ich nicht auf eine Anstellung angewiesen sein werde. Wer will schon, dass seine Kinder Archäologie, Geologie und Arabisch lernen?«

Er zog die Stirn in Falten. »Vielleicht hilft Ihre Tante Ihnen, eine vorteilhafte Ehe einzugehen?«

»Das halte ich für äußerst unwahrscheinlich. Ich würde niemals einen Mann heiraten, den ich nicht respektiere oder …« Sollte sie es sagen? Wer war dieser Mr Rufford schon für sie, dass sie es nicht aussprechen sollte? »… liebe.«

»Nun, dann kann ich nur hoffen, dass Sie Kandidaten finden, die Ihren Ansprüchen genügen«, erwiderte er. Vermutlich hielt er sie für naiv.

»Ich verfüge über ein nicht unbeträchtliches Erbe, das mir ein unabhängiges Leben erlauben müsste.« Sie hasste es, für naiv gehalten zu werden, ob das nun zutraf oder nicht. »Mein Vater hat auf den Konsulaten Geld auf meinen Namen eingezahlt. Ich war am Überlegen, ob ich ihm dieses Geld für seine nächste Expedition anbieten sollte, als er von dieser gottverdammten Säule erschlagen wurde.« Sie seufzte. »Und seither werde ich das Gefühl nicht los, dass sein Tod vielleicht die Strafe für meine Selbstsucht war.«

»Selbstsucht?«, schnaubte Rufford. »Weil Sie *überlegten*, ob Sie das Geld für sich behalten sollten, das er für Ihre Zukunft zurückgelegt hatte? Für einen Fall, wie er jetzt eingetreten ist? Und erzählen Sie mir jetzt nicht, Sie glaubten an göttliche Vergeltung für Ihre Gedanken, weil das bei jedem, der Schach spielt wie Sie, eine glatte Lüge wäre.«

All ihre ungeweinten Tränen sammelten sich in ihrer Brust und erschwerten ihr das Atmen. »Sie haben ja keine Ahnung, wie wichtig ihm sein Traum war. Eine maßgebliche Entdeckung würde bedeuten, dass seine Arbeit nicht vergebens gewesen wäre. Diese versunkene Stadt zu entdecken war ihm wichtiger als alles andere in seinem Leben«, sagte sie mit einem wehmütigen Lächeln. »Mich eingeschlossen.« Dann fasste sie sich wieder. »Mein Anteil wäre nur ein kleines Opfer gewesen.«

Sie war sich Ruffords Blicks bewusst, als sie einen Schluck Madeira trank.

»Sie sollten sich nicht wünschen, diese Stadt zu finden. Sie ist ... verderbt.«

»Das sagt die Überlieferung, oh ja«, stimmte sie ihm eifrig zu. »Ich habe Landkarten und Berichte darüber gesammelt. Sogar all diese Geschichten über Blutsauger und das Böse, das dort zu Hause sein soll. Ich habe einen Imam gefunden, der sehr alt ist und in Tunis lebt und von dem ich glaube, dass er sogar schon einmal in Kivala war. Ich weiß, dass wir es hätten finden können. Wir waren gerade unterwegs, um ihn zu besuchen, als mein Vater ...« Sie brach ab, als das Gesicht ihres Gegenübers sich entsetzt verzog. »Was ist mit Ihnen, Mr Rufford?«

Das Läuten der Glocke, die zum Abendessen rief, ersparte ihm die Antwort. Erleichtert sprang er auf und unterdrückte einen Fluch, als er sich an einem der niedrigen Deckenbalken den Kopf stieß. Als er Beth dann ansah, hatte er sich jedoch schon wieder gefasst. »Wollen wir?«, fragte er, und nur noch eine leichte Heiserkeit in seiner Stimme verriet etwas von dem Entsetzen, das sie auf seinem Gesicht gesehen hatte.

Sie nickte stirnrunzelnd. Woher kam diese extreme Reaktion? Was hatte sie gesagt?

Beth ging Mr Rufford voran über das Deck. Sie spürte seine Nähe und seine Ausstrahlung wie eine unbekannte dunkle Macht. Sie hatte das Geheimnisvolle, das diesen Mann umgab, in ihrem Gespräch nicht durchdringen können. Und ein Abendessen in Gesellschaft der Schiffsoffiziere wäre auch keine Hilfe, das bezweifelte Beth nicht. Aber die Reise war noch lang und plötzlich weitaus interessanter, als sie bislang befürchtet hatte.

4. Kapitel

Zum Teufel mit ihr! Warum musste er auf diesem verdammten Schiff ausgerechnet dieser verdammten Engländerin begegnen? Dieser Frau mit ihrem verdammten Wissen über die Legenden, die sich um das Böse rankten, das in der Wüste lebte?

Ian stand wieder an der Reling und betrachtete die Lichter der Handelsschiffe, die mit der *Beltrane* den Konvoi bildeten, der sich in dieser frühen Morgenstunde langsam voranbewegte, da das langsamste Schiff das Tempo bestimmte. Die Jungen, die die Geschwindigkeit ausloteten, konnten höchstens vier Knoten verbuchen.

Das Abendessen mit den Offizieren hatte Miss Rochewell von weiteren zu neugierigen Fragen abgehalten. Und es hatte ihm auch geholfen, sich ein besseres Bild von ihr zu machen. Sie sprach fließend Türkisch. Ian hatte sich nicht anmerken lassen, dass er sie verstand, als sie den türkischen Segelmeister dazu beglückwünscht hatte, dass es seine Vorfahren gewesen waren, die die Navigationswissenschaft begründet hatten. Nur dem Kapitän und den Passagieren war es gestattet, ein Gespräch zu beginnen, und Tindly war ein eher kleingeistiger Mann, der kaum etwas anderes als Anekdoten von sich gab. Deshalb übernahm Miss Rochewell es, das Gespräch am Tisch der Offiziere in Gang zu halten, indem sie eine Menge Fragen über die Seefahrt stellte. Sie nahm die Aufmerksamkeit der Besatzung freundlich zur Kenntnis, ohne sie mit wahrem Interesse zu verwechseln. Sie *hatte* gesellschaftliche Umgangsformen; sie waren nur anders als die in den Londoner Salons.

Sie war nicht hübsch im herkömmlichen Sinne und glaubte offenbar auch, nichts an sich zu haben, was schön genannt werden konnte. Aber da irrte sie sich, fand Ian. Ihre grüngoldenen

Augen waren auf jeden Fall sehr anziehend und verliehen ihr einen fremdartigen Zauber. Und sie strahlte irgendetwas aus … Ian hätte nicht beschreiben können, was genau es war. Hatte es vielleicht etwas damit zu tun, dass sie so ungewöhnlich war? Denn welche Frau sonst kannte er, die Schach spielen konnte und Türkisch sprach? Oder war es ihre Art, sich zu bewegen … diese natürliche Ungezwungenheit, mit der sie auftrat? Was auch immer es war, ihre ganz besonderen Qualitäten würden im prüden, engstirnigen England sicher nicht gewürdigt werden.

Er schaute wieder auf das Meer hinaus. Die Tatsache, dass Miss Rochewell intelligent war und zumindest dem Namen nach sogar Kivala kannte, bedeutete, dass seine Geheimnisse vor ihr nicht sicher waren. Außerdem war sie eine Frau und schon deswegen nicht vertrauenswürdig. Bilder eines geschmeidigen weißen Leibes drängten sich ihm auf, von sich bauschenden Seidenvorhängen und einer triebhaften Besessenheit, die Schmerz mit Lust vereinte …

»Stag- und Toppsegel!« Ein barfüßiger Matrose lief an Ian vorbei, und kurz darauf flatterte ein dreieckiges Stück Leinwand am Mast.

Ian verließ seinen Platz an der Reling und stieg die Treppe zum Bug hinauf, um im Wind dort oben einen klaren Kopf zu bekommen.

Nie wieder würde er sich von einer Frau bezwingen lassen …

Unwillkürlich musste er an seinen Bruder Henry und dessen Frau Mary denken. Wenn man sich diese erste zarte Aussicht auf Glück und gegenseitige Sympathie doch nur über die Jahre hinweg bewahren könnte! Wie viele Ehen hatte er gesehen, in der die Frau auf subtile Art zu erreichen versuchte, dass ihr Mann sich geringer und schlechter fühlte, als er war, und sich folglich dann auch so benahm? Wäre sein Vater der durch ständige Abwesenheit glänzende Verschwender gewesen, wenn seine Mutter keine so selbstherrliche Heilige gewesen wäre? Ehepaare lebten nur dafür, sich gegenseitig zu quälen und die Oberhand über den anderen zu gewinnen. Nein, Frauen waren nichts für Ian.

Er wappnete sich gegen seine Emotionen. Wenn er nach Stanbridge Court kam, würde er feststellen, dass Mary sich zu einer fetten Xanthippe entwickelt hatte und Henry sich woanders sein Vergnügen suchte, während er sich damit tröstete, dass er durch seine Kinder unsterblich geworden war.

Unsterblich …

Die Karawane sammelte sich am Rand der Wüste. Kamele mit bunten, mit Quasten geschmückten Halftern, um die Fliegen von ihren Augen fernzuhalten, ließen sich neben den schweren Lasten, die man ihnen abgenommen hatte, müde im Sand nieder. Ihre Ohren zuckten unaufhörlich, denn die Fliegen waren überall. Männer in gestreiften oder einfarbigen Burnussen gingen zwischen den Tieren umher. Andere feilschten mit den Händlern, die Proviant zum Kauf anboten. Jungen liefen zwischen den Kameltreibern umher und verkauften Feigen und Datteln.

Ian stolperte in das Lager, vorangetrieben von Schreien in einer Sprache, die er nicht verstand, und den unbarmherzigen Peitschenschlägen auf seinen nackten Rücken. Er war mit einem groben Hanfseil um den Hals an fünf andere Männer gefesselt, die wie er halb nackt waren. Zum Schutz für seine Füße hatte man ihm grobe Sandalen überlassen. Seine Hose war durch ein Lendentuch ersetzt worden. Wie er den Marsch vom Sklavenmarkt in Algier zu diesem entlegenen, gottverlassenen Wüstenstück überlebt hatte, war ihm immer noch ein Rätsel. Sein Rücken war von Peitschenhieben zerschunden; das Seil um seinen Hals, das die verschwitzte Haut aufscheuerte, hatte ein blutiges Halsband hinterlassen. Und er hatte einen schlimmen Sonnenbrand. Seit Tagen war er wie im Delirium durch die Wüste gestolpert, gemartert von der Sonne und von der Schulterwunde, die sich entzündet hatte. Doch nach und nach hatte er sich wieder in den Griff bekommen. Die Sklaven erhielten hin und wieder Wasser und durften sogar unter einer groben Leinwand, die über sie geworfen wurde, schlafen, wenn die Karawane in der größten Tageshitze eine Rast einlegte. Die sechs männlichen Sklaven waren alle prachtvolle Exemplare ihrer Gattung, groß, mit ausgeprägten Muskeln und ansprechenden Gesichtszügen. Nur ein anderer Europäer, ein Franzose, war ihrer kleinen Gruppe zugeteilt worden. Alle waren, bis auf einen hünenhaften Schwarzen, Araber. Ian sprach sehr gut Französisch, aber da die Sklaven geschlagen wurden, wenn sie miteinander sprachen, nützte ihm das nicht viel.

Am Rand des Karawanenlagers waren Zelte errichtet worden, von denen die weiter innen stehenden in hervorragendem Zustand, die äußeren jedoch schäbig und zerschlissen waren. Das prächtigste Zelt stand in einiger Entfernung von all dem Trubel im Schatten hoher Palmen. Der Eingang war mit blaugoldenen Verzierungen geschmückt. Neben dem Zelt stand eine Sänfte, deren bunte Seidenkissen durch die Vorhänge zu erkennen waren.

Die Sklaven wurden mit Peitschenschlägen zu mehreren Pflöcken getrieben, die tief in den Sand eingegraben worden waren. Schwere Metallringe waren daran befestigt. Ein halbes Dutzend ebenfalls sehr muskulöser Männer war dort schon angekettet. In einiger Entfernung von ihnen, in einem von Seilen abgetrennten Pferch, kauerten weitere Sklaven. Auch Frauen waren darunter. Ein fettleibiger, bärtiger Mann nahm die Neuankömmlinge in Empfang und schrie sie an, während er auf einen Amboss zeigte. Sie schleppten sich dorthin, und das Seil um ihren Hals wurde von einer schweren eisernen Schelle ersetzt, die mit einem durch das Metall geschlagenen Bolzen verschlossen wurde. An jeder dieser Schellen war eine Kette befestigt. Danach wurden sie einzeln an die Pfosten gekettet und hockten mit gesenktem Kopf in der sengenden Sonne. Von der nahen Oase kam ein Junge, um einen

Eimer Wasser zu bringen. Es war warm und brackig, aber jeder trank gierig seinen Anteil aus dem Eimer.

Ian döste ein. Fieberträume schüttelten ihn. Als die Sonne am Horizont versank, kam wieder Leben in die Karawane. In dem prachtvollen Zelt wurden Lampen angezündet, und Ian konnte die Umrisse einer Gestalt erkennen, die sich darin bewegte, einer weiblichen Gestalt, die sich überaus geschmeidig bewegte.

Als es dunkel geworden war, wurde die Zeltklappe geöffnet, und eine Frau trat vor das Zelt. Sofort richteten sich alle Blicke auf sie. Aber wie hätte es auch anders sein können? Sie wiegte sich beim Gehen aufreizend in den Hüften. Unter dem transparenten orangefarbenen Stoff ihres an den Seiten bis zu den Hüften geschlitzten Rockes zeichneten sich ihre langen Beine ab. Ian hatte noch nie wohlgeformtere Beine gesehen. Auch ihr Oberkörper war kaum verhüllt. Nur ihre Brüste wurden von einem über kreuz verschlungenen Stoffstreifen bedeckt. Um den Hals trug sie ein breites Kollier aus großen, zylindrisch geformten Perlen aus Bergkristall, Gagat und Lapislazuli. Ihre Ohren wurden von den dazu passenden Ohrgehängen geschmückt.

Was aber vor allem fesselte, war ihr Gesicht. Ihre Nase war lang und sehr gerade, ihr Mund klein, aber ihre Lippen voll und sinnlich. Sie hatte ein zartes, leicht spitzes Kinn. Das Auffallendste jedoch waren ihre Augen. Sie waren schwarz, soweit Ian es im schwachen Licht der Dämmerung erkennen konnte, und sie waren mit Kajal geschminkt, sodass sie schräger wirkten, als sie waren. Die Frau war die lebendig gewordene Exotik. Ihr Aussehen und ihr Kleid waren ägyptisch, doch stand ihre makellos weiße Haut dazu in krassem Widerspruch. Sie hatte eine Aura um sich, die die Luft vibrieren machte. Die Art, wie sie sich in den Hüften wiegte, verriet, dass sie sich mit Männern auskannte; die kalte Arroganz in ihren Augen zeigte, dass sie sie beherrschte.

Und so war es auch. Die Männer verbeugten sich so tief vor ihr, dass ihre Stirn den Sand berührte. Die Frau konnte eigentlich nur die Besitzerin der Karawane und allem, was dazugehörte, sein. Der große, hagere Araber, der Ian gekauft hatte, ging hinter ihr, seine Kapuze hatte er inzwischen abgelegt. Er war kein Sklave, denn sein Blick war stolz. Ihm folgten einige etwa vierzehnjährige Knaben, den Ketten an ihren schmalen Handgelenken nach zu urteilen waren es Leibeigene.

Die Frau ließ den Blick über die Karawane gleiten, über die sich Stille gelegt hatte, und sagte etwas in einer Sprache, die Ian nicht verstand. Der Araber zeigte auf die Pfosten mit den neuen Sklaven und flüsterte der Frau etwas ins Ohr. Daraufhin prügelte der Aufseher auf die Sklaven ein, bis diese sich mit der gebotenen Demut zu Boden warfen. Als Ian vorsichtig den Blick erhob, konnte er die Füße der Frau sehen. Die Nägel waren mit einem schillernden Lack bestrichen, der in der Abenddämmerung ebenso glänzte wie die silbernen Ringe, die sie an einigen ihrer Zehen trug. Ein Fußkettchen schloss sich um ihre Fessel, und die winzigen Glöckchen daran klangen bei jeder Bewegung fein auf. Ian nahm den Duft von Zimt wahr und noch von etwas anderem, das er nicht kannte. Er hatte sich noch nie so elend gefühlt wie in dem Moment, als die Frau vor ihm stehen blieb und er ihre kunstvoll gearbeiteten Ledersandalen vor sich sah.

Die Frau sagte etwas zu dem Aufseher. Ihre Stimme war wohlklingend und ein wenig heiser. Der Aufseher stieß Ian mit der Peitsche an der Schulter an, und seine grobe Stimme klang jetzt unterwürfig. Ian rappelte sich auf, und der Aufseher trieb nun auch die anderen Sklaven auf die Beine. Dann ging ein Junge an der Reihe der Männer entlang und riss ihnen die Lendentücher herunter. Sie standen jetzt nackt vor der Frau.

Ian wunderte sich, dass er nach allem, was er in den letzten Wochen durchgemacht hatte, noch erröten konnte. Auf Geheiß der Frau trat der Junge wieder vor und drückte Ian mit einer

Hand die Hoden zusammen. Ian brüllte auf und stieß ihn fort. Der Aufseher schlug ihm einen Stock über den Kopf und zwang ihn auf die Knie, wo er zusammengekauert hocken blieb. Fluchend versetzte der Mann ihm einen Tritt in die Rippen. Ians Benommenheit ließ langsam nach. Die Frau stellte dem Jungen eine Frage, die dieser zu bejahen schien, bevor er zum Nächsten in der Reihe ging, um offenbar auch bei diesem zu überprüfen, ob er ein Eunuche war. Die anderen, die gesehen hatten, was Ian nach seinem Ausbruch widerfahren war, erhoben keinen Widerspruch. Die Frau unterhielt sich derweil mit dem Araber. Schließlich zeigte sie auf sechs der Sklaven, darunter waren einer der Araber aus Ians Gruppe, der Schwarze und er selbst. Dann wandte sie sich ab und kehrte zu ihrem Zelt zurück. Der hochgewachsene Araber folgte ihr schweigend.

Als der Mond aufging, erwachte die Karawane zum Leben. Nachdem die Kamele beladen worden waren, geschah das Gleiche mit den Sklaven. Ian wurde eine enorme Bürde auferlegt: ein schwerer Holzrahmen, der mit groben Hanfseilen über seine Schultern gehängt und dann an ihm befestigt wurde. Von der eisernen Handschelle, die sein Handgelenk aufscheuerte, baumelte die Kette, mit der man ihn an jeden griffbereiten Pfosten binden konnte. Er war jetzt nur noch ein nacktes Packtier mehr für die Karawane.

Der Schwarze wurde zur Sänfte geschickt. Ian beobachtete, wie die Herrin der Karawane anmutig in das mit Seide ausgepolsterte Innere der Trage stieg. Die Sklaven hievten sich die Tragstangen auf die Schultern. Kamele richteten sich protestierend auf. Der Aufseher trieb seine Sklaven mit der Peitsche in eine ordentliche Reihe. Ian taumelte unter dem Gewicht seiner Last. Er wurde von dem bärtigen Aufseher direkt vor die Sänfte platziert, während die nicht ausgewählten Männer zu der Herde anderer Sklaven am Ende der langen Reihe getrieben wurden. Über ein steiniges, ausgetrocknetes Flussbett zog die Karawane in Richtung Süden auf die offene Wüste zu und kämpfte sich durch den Sand hinein in die Dunkelheit.

Kein Traum, sondern Erinnerungen beherrschten Ians Gedanken, als er von dem Tageslicht erwachte, das unter der Kabinentür hereindrang. Er spürte, dass das Schiff seine Fahrt wieder aufgenommen hatte. Er hatte viele Monate grausamer Behandlung erdulden müssen, während die Karawane scheinbar völlig sinn- und ziellos in der Wüste umhergezogen war. Was war das für eine Karawane, die keinen Handel trieb, sondern nur Vorräte für eine lange Reise mit sich führte? Er hätte wissen müssen, dass etwas nicht stimmte. Die Tatsache, dass sie nur bei Nacht reisten, dass Banditen einen großen Bogen um sie machten und dazu die seltsamen Wunden, die immer *der* Sklave aufwies, der neben der Sänfte herging – all das hätte Ian vor Furcht erbeben lassen müssen. Und dann diese furchtbare Krankheit, die die schwächeren der Sklaven dahinzuraffen schien. Alle paar Tage starb einer von ihnen an einer geheimnisvollen Krankheit, die die Leichname wie im Sand verdorrte, leere Hülsen aussehen ließ.

Ein deprimiertes Lachen stieg in Ians Kehle auf. Wie naiv er doch gewesen war! Aber selbst wenn er die Bedeutung dessen, was er sah, erkannt hätte, was hätte er schon tun können? Es gab keine Möglichkeit zur Flucht, so tief in der Wüste, wie er aus bitterer Erfahrung wusste. Allmählich war er selbst zu einem Tier geworden, wundgescheuert vom Leder und vom Hanfseil seiner Last, kuschend vor den Schlägen seines Halters, immer durstig, immer auf der Suche, der erbarmungslos herabbrennenden Sonne zu entkommen. Vielleicht war das einzige Zeichen, dass er noch ein Mensch gewesen war, die Tatsache, dass er von den primitiven Männern um ihn herum wenigstens ein paar Worte Arabisch gelernt hatte. Es blieb ihm auch gar nichts anderes übrig, wenn er nicht verprügelt werden wollte. Wieder überfielen ihn die Erinnerungen …

Der Sklave, der neben der Sänfte ging, wurde manchmal mehrmals in einer Nacht durch die Vorhänge ins Innere gezogen. Nach ein paar Wochen brach er eines Nachts tot zusammen. Die Ursache waren vermutlich die merkwürdigen Wunden, die er trug.

Daraufhin stieg die Frau aus ihrer Sänfte, und ihr schwarzes Haar glänzte im hellen Schein des Mondes wie Silber. Ohne einen Blick auf den zusammengesunkenen Körper des Sklaven zu werfen, befahl sie, den Leichnam wegzuschaffen und ihn den Geiern und Schakalen zum Fraß zu überlassen. Ein Kameltreiber näherte sich ihr und sprach sie auf die Wasserrationen an. Sie knurrte wie ein Tier und versetzte ihm einen Schlag mit der Handkante, der dem Mann den Kopf abschlug. Sein Blut spritzte in alle Richtungen. Ian starrte ungläubig. Wie konnte eine Frau so stark sein? Der große Araber legte die zweite Leiche zu der ersten und den Kopf daneben, während alle fassungslos und zutiefst erschrocken zusahen.

Sie ging um die Sänfte herum und musterte die vier Träger von Kopf bis Fuß. Dann zeigte sie auf den hochgewachsenen Araber an der hinteren Tragestange. Der Aufseher löste seine Kette. Vor Furcht verdrehte der Araber die Augen, bis nur noch das Weiße darin zu sehen war. Daraufhin blickte sie nach vorn, wo Ian, der Franzose und zwei weitere Araber gerade ihre Lasten schulterten. Ian starrte verbissen auf den Boden und versuchte so auszusehen, als verdiente er ihre Aufmerksamkeit nicht.

Aber der Aufseher stieß ihn an und befahl ihm, sich in den Sand zu knien. Die Halterungen seiner Trage wurden gelöst. Wie in einem Albtraum fühlte er das Gestell von seinem Rücken gleiten. Der Aufseher fuhr ihn mit scharfen Worten an und trieb ihn mit der Peitsche an den hinteren Tragbalken. Ians Kette wurde an dem Ring befestigt. Er und die anderen drei Träger hievten sich die Sänfte auf die Schultern, und die Karawane setzte sich wieder in Bewegung.

Bevor sie eine Meile weit gegangen waren, schob sich ein schlanker Arm durch die Vorhänge der Sänfte und winkte dem Araber. Der Sklave schüttelte den Kopf, und ein jämmerliches Heulen stieg in seiner Kehle auf. Aber dann waren plötzlich all sein Widerstand und seine Furcht verflogen, und er kroch durch die Vorhänge in die Sänfte. Ian spürte das zusätzliche Gewicht auf seinen Schultern. Viele Meilen weit machten die Bewegungen innerhalb der Sänfte sie zu einer noch schweren Bürde.

☆ ☆ ☆

Ein ohrenbetäubendes Krachen trieb Beth am späten Nachmittag aus ihrer Kabine auf das Deck hinauf. Den ganzen Tag schon wütete ein hartnäckiger Sturm, der von prasselndem Regen und lauten Donnerschlägen begleitet wurde. Beth zog ihren Umhang noch fester um sich, als sie auf das von Wasser überflutete Deck hinaustrat.

Es regnete Holzsplitter, als ein großer Mast zurechtgeschnitten wurde, um als provisorische Spiere benutzt zu werden. Männer fügten gerissene Taue wieder zusammen und schleiften Ballen und Kisten an ihren Platz zurück. Der Captain schrie Befehle, noch mehr Segel zu setzen. Und hinter all dieser hektischen Betriebsamkeit ging am Horizont die Sonne unter, und die drohenden schwarzen Wolken begannen, sich nach Norden zu verziehen. Von den Schiffen des anderen Konvois war kein einziges mehr zu sehen.

Ein Schrei hoch über ihr ließ Beth zur Takelage aufblicken. »Segel Ostsüdosten!«

Beth blickte sich um, aber von der Höhe des Decks aus

konnte sie nichts sehen. Nervöse Anspannung lag in der Luft, und alle Männer drehten sich besorgt zum Quarterdeck um. Der Captain hievte seinen massigen Körper die Treppe zum Hinterdeck hinauf und rief nach seinem Fernrohr. Eigentlich hätten alle erleichtert sein müssen, dass der Konvoi sich ihnen wieder annäherte, aber von Erleichterung war nichts zu spüren. In diesem Moment begriff Beth, dass ein Segel hinter ihnen – falls sie des gebrochenen Mastes wegen hinter den Konvoi zurückgefallen waren –, vielleicht gar kein gutes Zeichen war.

Der Captain stand mit dem Fernrohr am Auge an der Reling. »Lasst das Lot runter!«, schrie er.

Rechts von ihr warf ein junger Mann ein kleines, rundes Holzstück über die Bordwand, das an einem mit Knoten versehenen Seil befestigt war. Er ließ das Seil durch seine Finger gleiten, während ein anderer Junge ein Stundenglas beobachtete. Als der zweite Junge »Stopp!«, schrie, hielt der erste mit zwei Fingern das Seil fest. »Fünf Knoten, zwei Faden.«

Der Captain schaute prüfen zur Takelage und zum Himmel hinauf, über den der Wind noch immer Sturmwolken trieb. Schließlich gab er einen Befehl, der von mindestens zwei anderen Stimmen wiederholt wurde. Einige Matrosen kletterten zum Rigg hinauf. Kurz darauf flatterten wie Flügel zwei weitere Segel im Wind, und das Schiff machte einen spürbaren Satz nach vorn.

Beth ging zur Reling, als das Segel hinter ihnen nicht zurückfiel, sondern womöglich noch näher kam.

»Er hat den Vorteil, in Luv zu liegen«, murmelte ein Furcht erregend aussehender Mann mit vernarbter Wange und einem langen Zopf.

»Vor Einbruch der Dunkelheit kann er uns nicht erreichen«, beruhigte ihn ein anderer, furchtloserer Seemann. »Wir machen weiter volle Fahrt voraus.«

»Dieser Kahn macht nicht einmal acht Knoten, und die Takelung ist auch nicht mehr straff genug.«

Seine Worte trugen ihm nur ein verdrossenes Grunzen seines Partners ein. Beth schaute nach Osten und versuchte, in dem trüber werdenden Tageslicht am Horizont etwas zu erkennen. Das Schiff, das ihnen folgte, war auf jeden Fall schon näher gekommen. Was für ein Schiff konnte es sein? Zwischen England, Spanien und Frankreich herrschte Frieden. Ob es Piraten waren?

»Die Burschen auf der Schaluppe halten sicher schon Ausschau nach Nachzüglern«, brummte der erste Mann.

»Hoffen wir es.«

Der Captain hörte nicht auf, Befehle zu erteilen. Beth stand jetzt am Steuerborddeck in einer Nische und versuchte, niemandem im Wege zu sein. In diesen gefährlichen Momenten für das Schiff wollte sie auf keinen Fall unter Deck sein, auch wenn es nichts gab, was sie hätte tun können. Sie konzentrierte sich so sehr auf den dunklen Schatten am Horizont, dass sie erschrocken zusammenfuhr, als sie Mr Ruffords tiefe Stimme ganz dicht an ihrem Ohr vernahm.

»Was ist denn los?«, fragte er.

»Ach du liebe Güte!« Beth drückte eine Hand an ihre Brust. »Sie sind es.«

Er starrte in die Dunkelheit hinter ihnen. Das sie verfolgende Schiff war fast nicht mehr zu sehen.

»Dieses Schiff tauchte vor etwa einer Stunde am Horizont auf, und die Mannschaft schien darüber sehr besorgt.« Er sah sie an und zog eine Braue hoch. Beth schnaubte vor Verärgerung. »Na schön. Wir haben in dem Sturm einen Mast verloren ... was Sie eigentlich gehört haben müssten, denn wer könnte bei einem solchen Lärm schon schlafen? Deshalb fielen wir hinter den anderen Schiffen zurück. Der Konvoi ist auseinandergebrochen, und daher sind wir im Augenblick völlig ohne Schutz.«

»Das sehe ich«, erklärte er mit einem Blick nach achtern.

Er konnte unmöglich etwas sehen, da es mittlerweile schon

sehr dunkel war. »Nun, es mag ja sein, dass Sie das Durcheinander nicht bemerkt haben, aber hier geht alles drunter und drüber, wie man so schön sagt. Niemand scheint die Befehle des Captains mitzukriegen, und sie beachten sie auch nicht. Und das andere Schiff hat ganz offenbar den Vorteil ... in Luv zu liegen.«

»Unser Verfolger ist tatsächlich besser vorbereitet«, sagte Rufford und zeigte auf den Schatten im Dunkeln östlich hinter ihnen.

Niemand könnte dort noch irgendwas erkennen, dachte Beth.

»Haben die Männer gesagt, was für ein Schiff das ist?«

»Nein«, sagte Beth. »Wie könnten sie?«

»Der Captain weiß es, denn er hat ein Fernrohr, und er fährt so schnell er kann, sogar bei dieser Dunkelheit.« Mr Rufford blickte auf. »Dieser verdammte Narr hat seine Fahrbeleuchtung nicht gelöscht. Aber vielleicht will er ja bis kurz vor dem Kurswechsel damit warten.«

»Kurswechsel?«

»Er wird warten, bis es richtig dunkel ist und dann eine andere Richtung einschlagen, um unseren Verfolger abzuschütteln.«

»Könnte es nicht auch ein freundlich gesonnenes Schiff sein?«, fragte Beth unsicher.

Ruffords innere Anspannung, als er die Reling umklammerte, gab ihr die Antwort, noch bevor er sie aussprach: »Der Besegelung nach ist es wahrscheinlich ein nordafrikanisches oder türkisches Schiff.«

Beth war sich jetzt gar nicht mehr so sicher, dass er das Schiff nicht sehen konnte. »Ein Piratenschiff also?«

»Ja«, erwiderte er mit schmalen Lippen und blickte zu den Segeln ihrer eigenen Fregatte auf. »Kein Vorbramsegel, kein Royal. Er könnte mehr Segel setzen lassen.«

»Vielleicht denkt er, dass dann noch ein Mast bricht ...«

»Jetzt ist keine Zeit für Vorsicht.« Rufford fuhr herum und stürmte über die Leiter geradewegs in die geheiligte Domäne ihres Kapitäns. Barsche Worte folgten, und das Ganze endete damit, dass Rufford vom Quarterdeck hinabbegleitet wurde.

»Kümmern Sie sich um Ihre eigenen Angelegenheiten, Sir«, murmelte der Erste Offizier, »oder wir werden Sie in Eisen legen.«

»Dieser verdammte Narr!«

»Aye, aber er ist nun mal der Kapitän«, erwiderte der Erste Offizier leise und zog sich wieder zum Quarterdeck zurück.

»Er will versuchen, unserem Verfolger zu entkommen, aber er setzt nicht genug Segel«, sagte Rufford mit ausdrucksloser Stimme. »Er denkt, er könnte den Schutz der Schaluppe erreichen, bevor das andere Schiff uns einholt. Er ist sicher, dass das Kriegsschiff auf dem Rückweg ist, um uns zu holen. Deshalb lässt er die Lichter brennen und plant kein Ausweichmanöver.«

Beth stockte der Atem. »Und Sie glauben nicht, dass das gelingt?«

Sein Gesicht verhärtete sich, als er sie ansah. »Vielleicht.«

»Eine nett gemeinte Lüge, die aber nicht sehr hilfreich ist«, bemerkte sie. »Falls Sie glauben, ich wüsste nicht, was das bedeuten könnte, dann irren Sie sich, Sir. Und da ich nicht einmal annähernd hübsch genug bin für ein erstklassiges Serail, könnte das ziemlich unangenehm für mich werden.«

Ihre Unverblümtheit schien ihn überrascht zu haben, denn er sah sie prüfend an.

»Und was sollen wir jetzt tun?«, fragte sie.

Er straffte seine Schultern. »Da die Piraten unsere Ladung bestimmt nicht auf dem Meeresboden sehen wollen, werden sie uns nicht versenken, sondern versuchen, uns zu entern. Unsere Geschütze sind nicht mit denen der Schaluppe zu vergleichen, die zu unserem Schutz mitfährt – Karronaden sind nur leichte

Kanonen mit kurzer Reichweite und selbst dann nicht sonderlich zielsicher. Wir werden das Schiff nahe an uns herankommen lassen müssen, um es unter Beschuss zu nehmen. Falls es den Piraten gelingen sollte, uns zu entern, könnten wir sie vielleicht zurückschlagen, vorausgesetzt natürlich, dass diese Tollpatsche bereit sind zu kämpfen«, sagte er mit einem verächtlichen Blick auf das Durcheinander an Deck.

»Dann wollen wir hoffen, dass diese Tollpatsche kämpfen *werden*«, gab Miss Rochewell zurück. »Sie sehen aus wie harte Burschen, aber eigentlich sind sie ja nur Seeleute der Handelsmarine. Man kann einem Menschen nicht ins Herz sehen. Wird er kämpfen – ohne einen guten Anführer?«, schloss sie mit einem vielsagenden Blick auf den Kapitän.

»Sie wissen, was ich von Tindly halte.«

»Aber es muss doch irgendeine Möglichkeiten geben ...« Sollte er daraus doch schließen, was er wollte.

Er sah sich um. »Die Männer wissen, was los ist. Schauen Sie sie doch an. Sie können es kaum erwarten. Zum Glück sind Piraten willens, auch bei Nacht zu kämpfen. Vielleicht besteht ja doch noch Hoffnung.«

Was meinte er damit? Ihre Chancen müssten doch viel besser sein, wenn die Piraten sie nicht bei Nacht angriffen? Er wandte sich ihr wieder zu. »Wir werden Sie und die anderen Frauen im Frachtraum unterbringen. Vielleicht entkommen Sie ja doch noch dem zweitklassigen Serail, Madam«, sagte er mit einem schmallippigen Lächeln. Da war sie wieder, seine grimmige Entschlossenheit.

»Die arme Mrs Pargutter! Solche Maßnahmen können doch bestimmt noch warten.«

»Gefechte auf See gehen verdammt langsam vonstatten, Miss Rochewell. Es wird noch Stunden dauern, bis sie uns eingeholt haben.«

Beth schwor sich, nicht in einem Frachtraum eingesperrt ihr

Schicksal abzuwarten. Es musste doch eine Möglichkeit geben, sich nützlich zu machen …

Ein anderer Gedanke kam ihr plötzlich, und sie sah Rufford an. Er könnte in dem bevorstehenden Kampf getötet werden. Und auch sie könnte getötet werden oder Schlimmeres. All der Möglichkeiten, die das Lebens vielleicht noch zu bieten hatte, so urplötzlich beraubt zu werden, schien ihr so … ungerecht zu sein. Mr Rufford würde vielleicht nie erleben, wie der Kummer in seinen Augen von einer neuen Lebensfreude ausgelöscht wurde. Und sie … sie würde nicht einmal von einem Mann geküsst worden sein, bevor sie starb.

5. Kapitel

In den darauffolgenden Stunden beobachteten Ian und Beth das Piratenschiff, das immer näher kam. Die zögerlichen und widersprüchlichen Befehle des Kapitäns sorgten für ein heilloses Durcheinander. Dieser verdammte Stümper wird uns alle vor die Hunde gehen lassen, dachte Ian und schwor sich, dass er sich nicht noch einmal zum Sklaven machen lassen würde. Und da Selbstmord für ihn kein Ausweg war, würde er bis zum letzten Blutstropfen kämpfen müssen.

»*Will* der Kerl, dass sie uns entern?«, sagte er zornig zu Miss Rochewell, die sich über die Reling beugte, um besser sehen zu können. »Wenn er schon nicht mit voller Kraft fahren will, warum wendet er dann nicht, um wenigstens mit der Breitseite zu ihnen zu liegen? Wir sind mit Sicherheit schon in ihrer Reichweite.« Die Kanoniere standen bereits an den Geschützen. Um eine Karronade zu bedienen, genügten zwei Männer, bei größeren Kanonen waren bis zu acht Mann nötig. Da die Zahl der Besatzungsmitglieder eines Handelsschiffes erheblich kleiner war als die von Marine- oder Piratenschiffen, wäre der Einsatz der größeren Geschütze auf der *Beltrane* gar nicht möglich gewesen.

Die junge Frau erschrak, als die Seeleute eine stattliche Zahl Säbel und Piken aus dem Frachtraum heraufschleppten. »Der Captain ist offensichtlich davon überzeugt, dass wir angegriffen werden«, stellte sie ruhig fest. Dass ihre Ruhe vorgetäuscht war, merkte man ihr nicht an.

Ian wurde keine Waffe angeboten, aber diese Unterlassung würde er korrigieren, sobald der Kampf begann. Einige Männer breiteten jetzt ein Netz aus Tauwerk über dem Mittelschiff aus.

»Was bedeutet das?«, fragte Miss Rochewell.

»Das Netz schützt das Deck vor Splittern.« Es nützte nichts, die Gefahr zu verharmlosen, und sie schien keine Frau zu sein, die barmherzige Lügen hören wollte. »Die Piraten werden unsere Takelage mit ihren Kanonen herunterschießen, statt das Schiff zu versenken.«

Sie schluckte und nickte. »Dann meinen Sie wohl sehr große Splitter.«

»Ich habe schon meterlange und noch größere gesehen.«

»Dann haben Sie Erfahrung mit Seegefechten?«

Er bemühte sich um eine möglichst ausdruckslos klingende Stimme. »Und auch mit den unglücklichen Folgen, wenn man eine solche Schlacht verliert.«

Endlich kam der Befehl: »Schiff wenden und Backbord-Geschütze vorbereiten!«

»Sie müssen jetzt nach unten gehen.« Rufford winkte den Ersten Offizier zu sich und erklärte ihm, dass die Frauen sich während des Gefechts im Frachtraum aufhalten sollten.

Doch Beth winkte ab. »*Ich* werde mich um Mrs Pargutter und Jenny kümmern. Sie werden hier gebraucht.«

Sie machte keine Anstalten zu gehen, sondern sah ihn einen Moment lang mit ihren grüngoldenen Augen an. Sie hatte Angst, und irgendetwas lag ihr auf dem Herzen.

»Was ist denn noch?«, fragte Ian. Er war nicht sicher, ob er es überhaupt wissen wollte.

Sie räusperte sich. »Ich bin noch nie geküsst worden, wissen Sie.«

Fast hätte er gelächelt. Sie war vermutlich auch noch nie in tödlicher Gefahr gewesen. Und um was sie bat, war nicht zu viel verlangt. Ian beugte sich vor, und sie schaute ihn aus großen Augen erwartungsvoll an. Er würde diese Erwartung nicht erfüllen können. Trotzdem berührte er ihre Lippen mit den seinen … und ein Schock durchzuckte ihn bis in seine Lenden.

Ihre Lippen waren weich und nachgiebig. Er hatte nicht vor, den Kuss zu vertiefen, und dennoch …

Nein! Abrupt richtete er sich auf. Sie starrte ihn aus weit aufgerissenen Augen überrascht an.

Dann fasste sie sich wieder. »Danke«, sagte sie leise, und er konnte sehen, dass sie zitterte, als sie sich abwandte und ging. Doch dann schaute sie sich noch einmal zu ihm und rief: »Hüten Sie sich vor den Splittern!«

Er sah ihr nach, als sie zu ihrer Kabine ging. Warum hatte er das getan? Hatte er den Frauen nicht abgeschworen? Und mit welchem Recht hatte diese Miss Rochewell ihn um einen Kuss gebeten? Er hatte es für eine kleine, leicht zu erfüllende Bitte gehalten. Aber so war es nicht. Verwundert strich er sich über den Mund, auf dem er noch immer ihre weichen Lippen spürte.

»Gut gemacht, mein Freund.« Ein Seemann zwinkerte ihm zu.

»Vielleicht will sie ja noch einen!«, rief einer der jüngeren in anzüglichem Ton.

»Das will sie nicht«, gab Ian barsch zurück. Sollte doch der Teufel die Kleine holen!

Das Schiff wendete langsam. Die Kanoniere beugten sich über ihre Geschütze. Der Schwefelgeruch von Schießpulver und brennenden Zündhölzern zog in Schwaden über das Deck.

»Auf mein Signal von vorn nach achtern!«, rief der Captain. »Feuer!« Er hatte das Rollen der Dünung nicht berücksichtigt. Trotzdem wurden die Karronaden in planloser Reihenfolge abgefeuert. Das Deck wurde von ohrenbetäubendem Donnern und Krachen erschüttert und war sofort in dichten Rauch gehüllt. Die schweren Messingkanonen wurden wieder gefechtsbereit gemacht. Die Männer hievten sie auf die Geschützpforten, umwickelten ein Ende des Ladestockes mit Stoff und luden Schießpulver und Kugeln nach. Ian hörte den Kanonendonner, der vom Piratenschiff herüberdrang. Über ihm rissen mit lautem Krachen die Segel.

Von der *Beltrane* wurden jetzt wieder die Karronaden abgefeuert, auch dieses Mal in unregelmäßiger Reihenfolge. Das Gegenfeuer der Piraten kam schneller und zielgenauer. Taue fielen auf das gespannte Netz herunter, Segel rissen sich los und fielen auf das Mittelschiff. Die dritte feindliche Salve riss das Bugspriet der *Beltrane* ab, sodass sie nicht mehr gegen den Wind steuern konnte. Ein Kanonier schrie auf, als eine der Karronaden ihr Gehäuse durchschlug und den Mann an der gegenüberliegenden Reling zerquetschte. Der Mast erbebte, als er getroffen wurde. Ihre einzige Hoffnung war, das gegnerische Schiff zu versenken, bevor es sie erreichte. Trotz der mangelnden Treffsicherheit der Karronaden und der Schwierigkeit, im dichten Rauch ihr Ziel zu treffen, musste die Schebecke der Korsaren schon erheblichen Schaden davongetragen haben.

Sie hörten sie, noch bevor sie sie sahen. Das Rauschen des Wassers unter ihrem Bug war in der Stille zwischen dem Donnern der Kanonen deutlich zu hören. Ian lief, um sich einen der Entersäbel zu holen. Über ihm brach der Mast zusammen und stürzte auf das Deck, wo er mehrere Männer unter sich begrub. Aber es blieb keine Zeit, ihnen zu Hilfe zu eilen, denn wie ein Geisterschiff tauchte jetzt die Schebecke aus dem Rauch auf. Würde sie die *Beltrane* rammen?

Ian sah, wie der Kapitän des Korsarenschiffes das Steuerruder herumriss. Die Segel wurden eingeholt, und das Schiff drehte sich, bis es mit seiner Breitseite vor ihnen lag. Die Korsaren, wo immer sie auch herkamen, waren hervorragende Seemänner. Das Schiff glitt näher, bis es Seite an Seite mit der *Beltrane* zu liegen kam.

»Enterer abwehren!«, schrie der Kapitän, und sein Befehl wurde entlang des Decks von den Männern weitergegeben.

Auf dem Deck des Piratenschiffes standen dicht an dicht dunkelhäutige Männer. Viele von ihnen hatten zernarbte Gesichter. Die meisten von ihnen trugen Bandanas, einige hatten ihre langen Haare mit Tüchern zurückgebunden. Alle hatten dichte, lange Bärte. Ians Herz verkrampfte sich. Kerle wie diese hatten ihn schon einmal gefangen genommen und versklavt.

Und er wollte verdammt sein, wenn sie ihn noch einmal in die Hände kriegten! Er hob den langen Entersäbel, der für einen schonungslosen Nahkampf gedacht war. Also los. Eine unbändige Energie durchströmte seine Adern.

Ian warf einen Blick zum Quarterdeck. Der Captain flüsterte seine Befehle nur noch. Dieser elende Feigling wollte sich ergeben! Vom Piratenschiff wurden Enterleinen herübergeworfen, um die Schiffe miteinander zu verbinden. Die Männer um Ian waren unsicher und unentschlossen.

»Wenn sie uns kapern«, brüllte Ian ihnen über den Lärm hinweg zu, »versklaven sie alle, die sie unter der Folter nicht konvertieren können!« Die Männer starrten ihn an. »Ich werde nie wieder ein Sklave sein!«

Die Schiffe berührten sich schon fast. –Die Männer, die sich schon einen Entersäbel genommen hatten, packten diesen jetzt noch fester. Und auch die, die noch gezögert hatten, bewaffneten sich nun. »Niemand wird sich hier ergeben, nicht einmal, wenn unsere Flagge fällt!« Schon sprangen die ersten Piraten auf das Deck der *Beltrane*. »Für Gott und unser Land, wenn ihr wollt, oder für euch und eure Freiheit!«

Mit gezogenem Säbel stürzte Ian sich in die Lawine aus Körpern und mähte alles nieder, was ihm im Wege stand. Der erste Mann, den sein Säbel traf, verlor einen Arm und brach schreiend zusammen. Der zweite wurde halb durchtrennt. Hinter ihm stießen mehrere Besatzungsmitglieder der *Beltrane* einen wilden Schlachtruf aus und schlugen sich den Weg zu Ian frei. Und er fühlte eine schier unglaubliche Kraft und Energie in sich erwachen. Eigentlich hätte er Angst haben müssen – ob wegen ihrer geringen Chancen oder der ungeheuren Kraft und des Gefühls der Macht, die ihn durchströmten, vermochte er nicht zu sagen. Doch er empfand keine Furcht.

In kürzester Zeit schwamm das Deck in Blut. In wilder Raserei schlug Ian um sich. Als die Klinge eines zu Fall gekommenen Piraten ihm das Bein aufschlitzte, stieß er ihn mit einem Fußtritt weg. Aber auch die Korsaren kämpften sich mit hemmungsloser Grausamkeit voran. Die Zahl der Toten wurde immer größer. Ians Schulter bekam einen Stich mit einer Pike ab, deren Besitzer im nächsten Augenblick in einer Fontäne roten Blutes zusammenbrach. Vor Ian tat sich eine kleine Lücke zwischen den Piraten auf. Er ließ seinen schweren Säbel in einem schwungvollen Bogen durch die Luft sausen, und zwei Köpfe fielen auf das blutverschmierte Deck. Dann ein dritter. Die Männer der *Beltrane* schrien triumphierend und stürzten sich in die Bresche, die er geschlagen hatte. Das Blatt der Schlacht wendete sich.

Ein Schrei ertönte. Die Piraten zogen sich zurück. Würden sie sich neu formieren können? Ian blickte sich schnell um. Die Schiffe lagen Seite an Seite. Vielleicht würden die Karronaden die Entscheidung bringen! Er überlegte nicht lange. Nicht eine der Kanonen befand sich noch an ihrem Platz. Einige waren über das Deck gerutscht, hatten Männer verletzt. Ian drückte mit der Schulter gegen eines der Geschütze und schob die schwere Karronade bis zu einer der leeren Geschützpforten. Ein Seemann mit einer scheußlichen Kopfwunde band sie mit den Resten einer zerrissenen Flaggleine fest, während Ian die Kanone lud. Aber es waren keine Zündhölzer mehr da, und er musste auf dem Deck erst danach suchen.

Dabei sah er Miss Rochewell, die mit dem Rücken zur Quarterdeckwand stand, statt im Frachtraum in Sicherheit zu sein. Sie hielt eine Eisenstange in den Händen, vor ihr auf dem Deck lagen zwei Piraten mit blutigen Schädeln. Ian fluchte.

Dann sah sie ihn, und ihre Augen blitzten auf, als sie erriet, wonach er suchte. Sie zog ein Zündholz aus der Tasche eines toten Jungen, der nicht einmal alt genug gewesen war, sich zu rasieren, und rannte damit zu Ian. Er hievte den hinteren Teil des Geschützes hoch, so weit die Pforte es erlaubte, und Miss Rochewell gab ihm das Zündholz an.

»Bei der nächsten Abwärtsbewegung!«, rief Ian. Als das Schwanken des Schiffes für wenige Sekunden nachließ, hielt er das brennende Zündholz an das Pulver, und die Kanone ging donnernd los. Die Kugel schlug unterhalb der Wasserlinie in die Schebecke ein. Ian fing den Rückschlag der Kanone mit der Schulter auf, als sie die beschädigte Halterung durchbrach, und quietschend kam das schwere Geschütz zum Stehen.

»Gehen Sie runter!«, schrie er der jungen Frau zu. »Oder haben Sie den Verstand verloren?«

Hier und da wurde noch gekämpft. Ian schob Miss Rochewell auf die Treppe zu und wandte sich wieder zur Schebecke um. Die Korsaren formierten sich zu einem neuen Angriff. Die Besatzung der *Beltrane* war ihnen zahlenmäßig hoffnungslos unterlegen. Ihre einzige Chance war, das Piratenschiff zu versenken. Einige der Männer schoben zwei Kanonen zu ihren Geschützpforten und hoben sie hinauf, konnten sie aber nicht hoch genug heben, um das gegnerische Schiff unterhalb der Wasserlinie zu treffen. Ian drückte sich mit der Schulter unter die erste Kanone und brüllte: »Nun feuert das verdammte Ding schon ab!« Die Seemänner protestierten erst lautstark, weil der Rückstoß ihn umbringen würde, feuerten die Kanone dann aber doch ab.

Der Rückstoß brachte Ian nicht um. Er spürte zwar das Reißen seiner Schulter, doch er nahm den Schmerz nur wie aus weiter Ferne wahr. Mit der zweiten Kanonen wurde ebenso verfahren. Die Piraten hatten wieder begonnen, von der Mitte ihres Schiffes aus auf die *Beltrane* zu stürmen. Als Ian links von sich eine Bewegung wahrnahm und herumfuhr, sah er wieder diese verdammte Miss Rochewell. Sie schwang eine brennende Laterne in der Hand, die sie schließlich mit großem Schwung über die Bordwand hinweg auf das Piratenschiff schleuderte. Dort zersplitterte die Laterne auf einer Kanone. Der Pulversack daneben explodierte, und Flammen schossen zu den geteerten Tauen der Segel auf.

»Weg da, Mädchen!«, brüllte Ian. Aber da stürzte sich auch schon einer der Piraten auf sie und packte sie an der Kehle. Ian rannte über das schwankende Deck, riss den Mann von ihr weg und stieß ihm seinen Säbel in den Leib. Mehrere Matrosen der *Beltrane* griffen nun die Idee Miss Rochewells auf, und plötzlich regnete es Laternen auf das Piratenschiff. Ian hieb Männer in Stücke und warf Leichen über Bord, bis das Blut von seinem Säbel tropfte und das Deck mit niedergestreckten Männern übersät war, von denen einige noch stöhnten und andere schon keinen Laut mehr von sich gaben. Die Schebecke stand in Flammen. Der Captain der *Beltrane* schrie der Mannschaft zu, so viele Segel zu hissen, wie sie konnten. Männer kletterten hinauf in die Takelung. Die *Beltrane* begann, sich von dem anderen Schiff zu lösen.

Die Piraten mussten jetzt entern oder sterben. Ihr Schiff schlingerte bedrohlich, und seine Besegelung stand in Flammen. Ein Regen von Enterhaken erfasste die Reling der *Beltrane* und brachte die Schiffe einander wieder näher. Die verzweifelten Korsaren bereiteten sich darauf vor, auf das andere Schiff zu springen und um ihr Leben zu kämpfen.

Ian hob die mächtige Spiere auf und bahnte sich mit ihr einen Weg durch die Kämpfenden. Dann stemmte er sie gegen den Korsaren und wuchtete sie hoch. Das Knarren der sich straffenden Enterhakentaue war selbst über das Geschrei und den Kampfeslärm hinweg zu hören. Ian verspürte einen Stoß im Rücken, als hätte ihn ein Pferd getreten. Eins der Taue riss, dann ein weiteres. Wieder stemmte er sich gegen die Spiere. Matrosen kamen ihm zu Hilfe. Die Taue gaben ein peitschendes Geräusch von sich, als sie rissen, und die Schebecke trieb außer Reichweite der Spiere.

Als die Entfernung größer wurde, sprangen einige Piraten ins Wasser, anstatt auf ihrem brennenden Schiff zu bleiben. Die wenigen an Bord der *Beltrane* verbliebenen Feinde bettelten um Gnade. Ian sah der brennenden Fackel des einst so stolzen Schiffes nach und konnte spüren, wie seine enorme Kraft und Euphorie wieder schwanden. Während die *Beltrane* langsam Fahrt aufnahm, explodierte in weniger als zweihundert Metern Entfernung die Schebecke in einem wahren Feuerwerk, als ihre Pulvervorräte Feuer fingen.

Die Besatzung der *Beltrane* jubelte unter der herabregnenden Asche.

»Das sollte ihnen eine Lehre sein, keine freien englischen Schiffe anzugreifen.« Obwohl Ian nicht sicher war, das laut gesagt zu haben, ertönten überall um ihn herum zustimmende Rufe wie: »So ist es!« oder: »Der Gentleman hat recht!«

Stumm starrten sie auf die brennenden Überreste des Korsarenschiffes. Alle Männer, die sie noch an Bord hatten, waren verloren.

»Bringt die Verwundeten nach unten!«, brüllte der Kapitän. »Bootsmann, zieht die Spiere als provisorischen Großmast hoch!«

Ian atmete tief durch. Dieses Mal würde niemand in der Sklaverei enden. Eine seltsame Mattigkeit überfiel ihn, und mit ihr zusammen kam der Schmerz. Er blickte an sich hinunter und sah, dass seine Kleider blutdurchtränkt waren. Selbst in seinen Stiefeln spürte er die klebrige Nässe. Auch der Griff des Säbels, den er noch immer in der Hand hatte, war dunkelrot von dem Blut, das von seinem Ärmel heruntergetropft war.

»Und Sie, Mr Rufford, gehen jetzt besser zum Doktor.« Die Worte des Kapitäns klangen eher unmutig als besorgt.

Ian wusste, dass er genau das nicht tun konnte.

»Das meiste ist Piratenblut. Mit Ihrer Erlaubnis werde ich mich jetzt zurückziehen.« Vorsichtig wandte er sich ab, denn ihm war so schwindlig, dass sich alles um ihn drehte. Als er an Miss Rochewell vorbeiging, war er kaum noch in der Lage, sich auf den Beinen zu halten,. Er nickte ihr nur kurz zu, bevor er sich mit letzter Kraft in seine Kabine schleppte. Er zog die Tür hinter sich zu, streckte die zitternde Hand nach der Koje aus und brach zusammen.

Noch wie betäubt von dem Geschehen, sah Beth Mr Rufford an sich vorbeitaumeln. Noch immer regneten glühende Holzstücke und Asche vom brennenden Piratenschiff aufs Deck herüber. Einige Matrosen hatten begonnen, die Leichen der Korsaren zu fleddern. Wann immer ein Toter über Bord geworfen wurde, hörte man kurz darauf den Leichnam auf dem Wasser aufschlagen. Die Schiffsoffiziere bellten Befehle. Die Männer, die noch in der Lage dazu waren, gingen an die Pumpen, andere trugen ihre Kameraden zur Krankenstation. *Hoffentlich ist der Arzt nicht wieder betrunken*, dachte Beth.

Aber halt! Sie drehte sich zu der Tür um, hinter der Mr Rufford verschwunden war, denn jäh war ihr bewusst geworden, dass er nicht den Weg zum Arzt, sondern den zu seiner Kabine eingeschlagen hatte. Vermutlich war er zu benommen gewesen, um seinen Irrtum zu bemerken. Er war von Kopf bis Fuß mit Blut bedeckt gewesen, und er war mit leerem Blick und auf unsicheren Beinen an ihr vorbeigetaumelt. Kurz entschlossen folgte sie ihm. Die Laterne an der Decke warf unheimliche Schatten auf die Wände. Mrs Pargutter war noch nicht in ihre Kabine zurückgekehrt, sie und Jenny waren noch unten im Frachtraum.

Mr Ruffords Tür war geschlossen. »Mr Rufford?« Keine Antwort. Beth klopfte zögernd an die Tür. »Ist alles in Ordnung mit Ihnen, Sir?«

Wieder nur Schweigen.

Beth biss sich auf die Lippen und öffnete die Tür. Sie ging auf, aber nur einen Spalt breit. Ihr Herz pochte heftig, als sie in die Kabine spähte und das sah, was sie befürchtet hatte. Mr Rufford lag mit dem Oberkörper auf der Koje, seine lang ausgestreckten Beine verhinderten, dass die Tür sich weiter öffnen ließ. Beth drückte sie mit der Schulter so weit wie möglich auf und zwängte sich hindurch.

Ein Blick auf ihn verriet ihr, dass er bewusstlos war. Auf dem Boden hatte sich eine große Blutlache gebildet, und das Blut, das noch immer aus seinen Wunden tropfte, hatte die Bettdecke durchtränkt. Sie musste Hilfe holen! Aber während sie das tat, verblutete er vielleicht. Was sollte sie tun? Zumindest konnte sie diese furchtbare Schnittwunde in seinem Oberschenkel versorgen und das Bein abbinden, das schon bedrohlich angeschwollen war.

Sie schaute sich suchend um und griff schließlich nach dem Rasiermesser, das aus einer kleinen Tasche hervorschaute. Sie schnitt seine Hose bis zu den Stiefeln damit auf. Wie hatte er mit seiner ausgerenkten Schulter nur diese schwere Spiere halten können? Sie nahm ihm das Halstuch ab und verdrehte es zu einem festen Strang. Sie war nie zimperlich gewesen, und dies war gewiss auch nicht der richtige Moment, um sich um Schicklichkeit und Anstand zu sorgen. Dennoch empfand sie jetzt eine gewisse Scham, als sie ihr fast schmerzhaftes Bewusstsein seiner Männlichkeit unterdrückte. Sie hatte während ihrer Zeit in Afrika schließlich mehr als einen nackten Mann gesehen. Und dieser hier war auch nicht anders.

Beth begann, ihn zu untersuchen. Er hatte eine Schussverletzung im unteren Rückenbereich, bei der es für sie nichts zu machen gab. Außerdem schätzte sie die Verwundung seines Oberschenkels als viel gefährlicher ein, denn dort war eine Arterie verletzt worden. Mit großer Mühe drehte sie drehte Rufford auf den Rücken und schob dann die Hände zwischen seine blutverschmierten Schenkel, um das zusammengedrehte Tuch um sein verletztes Bein zu legen. Dann zog sie den schon blutbefleckten Strang zusammen, drückte ihr Knie darauf und band ihn so zusammen, dass der Knoten direkt oberhalb der Wunde lag und auf die Arterie drückte.

Was jetzt? Die Schulter. Das von einer Pike stammende Loch blutete ebenfalls sehr stark. Sie zerriss Ruffords Hemd, legte einen Ärmel zu einer Kompresse zusammen und schlang die Arme um ihn, als sie einen weiteren Streifen Stoff unter ihn schob und die Kompresse an ihrem Platz befestigte. Als sie auf die Wunde drückte, spürte sie, wie die Knochen in seiner Schulter nachgaben. Sie waren mit Sicherheit gebrochen. Vorsichtig tastete sie ihn weiter ab. Die linke Seite seines Brustkorbes war halb eingedrückt, sein Unterarm zerkratzt, und über seine Brust verlief ein tiefer Schnitt. Das Blut aus einer Kopfwunde hatte sein dunkelblondes Haar rot gefärbt. Wie konnte ein Mensch so viel Blut verlieren und noch am Leben sein?

Sie hatte getan, was sie konnte. Sie lief an Deck, drängte sich an den Seemännern vorbei zur Treppe und eilte in die Krankenstation hinunter, über die der Schiffsarzt herrschte.

Sie fand diesen Herrn, der zwar gerötete Augen hatte, aber offensichtlich nüchtern war, bei den zahlreichen Verwundeten. Sie lagen überall in dem dreieckig geschnittenen, nach oben zum Deck und zum Niedergang hin offenen Raum. Beth sah ein paar schlimme Bauchverletzungen, Schnittwunden und gebrochene Knochen. Einige der Männer würden den nächsten Tag vermutlich nicht mehr erleben. Der Küchenjunge hievte einen Mann auf zwei zusammengeschobene, mit einem blutigen Tuch bedeckte Tische. »Das Bein werden wir amputieren müssen«, murmelte der Doktor und blickte sich mit geistesabwesender Miene um.

»Dr. Granger, bitte!«, rief Beth über das Stöhnen und Keuchen der Verwundeten hinweg.

Überrascht blickte er auf. »Sind Sie verletzt, Miss?« Er gab Anweisung, seinen Patienten mit ledergepolsterten Ketten festzubinden.

»Nein, aber Mr Rufford ist schwer verwundet. Er braucht Sie.« Angesichts all des Elends um sie herum erschien die Bitte sogar ihr ein wenig lahm.

»Dann lassen Sie ihn von ein paar Männern herunterbringen.« Granger suchte eine Säge aus den bereitliegenden Instrumenten heraus. »Knebel diesen Mann!«, fuhr er den Küchenjungen an.

Der Arzt hatte recht. Er war hier unentbehrlich. Sie musste Mr Rufford zu ihm bringen lassen. Beth lief wieder die Treppe hinauf.

An Deck herrschte ein heilloses Durcheinander. Die Männer, die noch arbeitsfähig waren, bedienten die Pumpen, kletterten die Masten hinauf, wuchteten Spieren oder spleißten Taue. Beth packte einen von ihnen am Arm und bat ihn und seinen Kameraden, Mr Rufford heraufzutragen. Die beiden benahmen sich ihr gegenüber respektvoll, lehnten aber ab. Der Bootsmann, so schworen sie, würde sie die Peitsche spüren lassen, wenn sie ihre derzeitige Beschäftigung verließen. »Wir dürfen keine Zeit verlieren«, wiesen auch die anderen Männer, die Beth fragte, ihre Bitte ab. Als der Captain vom Quarterdeck schließlich brüllte: »Passagiere nach unten!«, war Beth klar, dass sie hier keine Hilfe zu erwarten hatte.

Panik erfasste sie, und sie eilte zurück zu Mr Rufford. Sie war voller Angst, ihn tot vorzufinden. Diesmal ließ sich die Tür problemlos öffnen, und zu ihrer Überraschung sah sie, dass Mr Rufford sich auf seine Koje hinaufgezogen hatte. Sein leerer Blick glitt über die Kabinendecke, und dann schloss er die Augen wieder.

Was konnte sie tun? Sie konnte versuchen, seine zahlreichen Schnittwunden zu verbinden, vorausgesetzt, dass sie an sie herankam. Dass sie die Kugel aus seinem Rücken nicht entfernen konnte, wusste sie. Dem wäre sie einfach nicht gewachsen. Denn es hatte so ausgesehen, als befände sie sich gefährlich nahe an Ruffords Wirbelsäule. Vielleicht war der erste Schritt, ihn zunächst einmal so weit zu säubern, dass sie die geringfügigeren Verletzungen behandeln konnte.

Beth befeuchtete ein Handtuch und begann, ihm Brust und Arme abzuwaschen. Dabei konnte sie nicht umhin, seine breiten Schultern und seinen muskulösen Oberkörper zu bewundern. Rufford musste zwischen fünfdundneunzig und hundert Kilo wiegen, die perfekt über seinen mindestens ein Meter fünfundachtzig großen Körper verteilt waren. Seine Haut war am ganzen Körper gleichmäßig gebräunt, als hätte er eine lange Zeit so nackt, wie Gott ihn geschaffen hatte, in der Sonne verbracht. Sie wandte den Blick von seinem Geschlecht ab, konnte aber nicht verhindern, dass ihr der Gedanke durch den Sinn ging, wie stark gebaut er war. *Konzentriere dich, dumme Gans!*

Ihr fielen die vielen Narben auf, die sich hell von seiner gebräunten Haut abhoben. Während sie das Handtuch auswusch und auswrang, glitt ihr Blick über seinen muskulösen Körper. Er war ausgepeitscht worden, das schloss sie aus dem Gewirr von Narben an seinen Schultern, Rippen und Hüften. Ein breites Band aus Narben, die denen an seinen Handgelenken ähnelten, umgab seinen Hals, und die Schwielen und Narben an den Schultern und unter den Armen ließen darauf schließen, dass er eine Art Trage geschleppt haben musste, deren Ledergurte ihm tiefe Schürfwunden zugefügt hatten. Auf der Brust, an den Schenkeln und auch auf dem Unterleib trug er Narben mit gezackten Rändern. Die merkwürdigsten von allen jedoch waren die vielen kleinen, kreisförmigen Narben, von denen immer zwei dicht beieinander lagen. Wodurch konnten sie verursacht worden sein?

Beth zwang sich, ihre Aufmerksamkeit jetzt ausschließlich auf seine frischen Verletzungen zu richten. *Sie* mussten jetzt versorgt werden.

Aber was war das? Ihr Herz schlug schneller, als ihr Blick wieder über seinen Körper glitt. Bei Gott und allen Heiligen! Diese Wunden konnten unmöglich so geblutet haben! Der Stich mit der Pike, der die rechte Seite seines Brustkorbs verletzt hatte, sah aus, als sei er schon einige Tage alt, denn die Wundränder zogen sich bereits zusammen. Und die Wunde an seiner Schulter schloss sich, während Beth fassungslos zusah. Seine Verletzungen heilten buchstäblich direkt vor ihren Augen! Panik ergriff sie. Was ging hier vor?

Beth schlug die Hand vor den Mund und schluckte heftig. *Was* war dieser Mann, dass er diese furchtbaren Wunden so schnell heilen lassen konnte? Wie gelähmt vor Furcht saß sie da und wagte es nicht, sich zu erheben und diesem so unerklärlichen Phänomen den Rücken zuzukehren. Aber sie hatte auch Angst, zu bleiben. Die Wunden schlossen sich; der halb eingedrückte Brustkorb wölbte sich in seine ursprüngliche Form zurück; die zerschmetterte Schulter straffte sich.

»Mein Gott«, flüsterte sie.

»Ich fürchte, Gott hat nichts damit zu tun.«

Das heisere Flüstern ließ sie vor Schreck fast ohnmächtig werden. Vorsichtig hob sie den Blick. Rufford sah abgespannt aus. In seinen Pupillen leuchtete ein eigenartiges, rötliches Glühen. Aber er war nicht tot, und sein Gesicht bekam auch langsam wieder Farbe. Wie konnte ... wie war das möglich?

Plötzlich weiteten sich seine roten Augen, und er fuhr von seinem Kissen auf und riss Beth die Hand von ihrem Mund, die dort noch immer lag, um zu verhindern, dass sie schrie. »Berühren Sie Ihren Mund nicht! Ihre Finger sind mit meinem Blut bedeckt!«

Beth zuckte zusammen und wich vor ihm zurück.

Er streckte die Hand nach ihr aus; ob mit der Absicht, sie zu berühren oder anzuflehen, konnte sie nicht sagen. »Ich tue Ihnen nichts.« Er schluckte, als versuchte er einen Entschluss zu fassen.

»Eines der wenigen Dinge, die ich über meine … Krankheit weiß, ist, dass sie durch Blut übertragen wird.«

Sie sah ihre Hand an, an der das Blut schon halb geronnen war. Dann glitt ihr Blick wieder zu ihm zurück. Einige seiner Wunden waren schon so weit verheilt, dass nur noch leichte Schwellungen zu sehen waren. Wenn jemand hier wie ein Verwundeter aussah, dann war eher sie es, mit all dem Blut an ihren Händen, an ihrem Kleid und vermutlich auch in ihrem Gesicht.

»Gehen Sie sich waschen«, sagte er leise.

Beth hatte nicht vor, auch nur eine Minute länger in dieser Kabine zu bleiben. Sie würde aufs Deck hinaufflüchten und im Gewühl und Geschrei der Seeleute da draußen untertauchen. Aber aus irgendeinem Grund tat sie es nicht, als sie in Ruffords Augen sah, in denen das Rot zu verblassen begann. Sie wandte sich ab und ging langsam zu seinem Waschtisch mit der Wasserschüssel.

»Dort ist auch ein frisches Handtuch«, hörte sie ihn sagen.

Sie schien neben sich zu stehen und sich dabei zuzusehen, als sie nach dem Handtuch griff, das Wasser aus der Kanne in die Schüssel goss und die Seife nahm. »Waschen Sie sich sehr gründlich, als Allererstes den Mund. Reinigen Sie auch Ihre Fingernägel sehr sorgsam …« Die gemurmelten Anweisungen waren tröstlich, menschlich, real. War das der Grund, warum sie tat, was er sagte? Denn genau das tat sie.

Ihr Verstand, der eine ganze Weile ausgesetzt hatte, begann wieder zu arbeiten, als sie ihr Gesicht abtrocknete. Es war ein Rätsel, das keine drei Schritte von ihr entfernt in der Koje lag. Sie musterte Rufford unauffällig. Er war noch immer nackt, sein Glied ruhte entspannt in einem Nest aus krausem Haar, das noch ein weniger dunkler war als seine dunkelbraunen Locken. Er war ein ausgesprochen schöner Mann, und er sah stark und gesund aus. Jetzt, da ihre Angst verflogen war, er könnte sterben – o Gott, wieso lag er eigentlich *nicht* im Sterben? –, war sie sich seiner Nacktheit noch viel stärker bewusst als zuvor. Sie spürte die Hitze, die ihr in die Wangen stieg, die sich von ihrem Herzen aus in ihrem Körper bis in ihren Schoß ausbreitete.

Rufford bemerkte ihr Unbehagen und wurde sich seiner Nacktheit offenbar erst jetzt bewusst, denn er griff nach einer blutbefleckten Decke und legte sie sich über. Die Wunden, die Beth noch sehen konnte, hatten aufgehört zu nässen und sich zu kleinen Hautfalten zusammengezogen, über denen sich jetzt rosafarbene Haut zu bilden begann. Beth war sich völlig sicher, dass er keine Narben zurückbehalten würde. Aber wenn seine Wunden so schnell und so spurlos heilen konnten, warum hatte er dann überhaupt Narben an seinem Körper?

Eine unbekannte Furcht zog ihr den Magen zusammen. Warum reagierte sie so? Weil er durch die Tatsache, sich selbst heilen zu können, das Unbekannte verkörperte? Vielleicht sogar das Böse? Was würden die armen Teufel in Dr. Grangers Krankenstation nicht dafür geben, so schnell zu genesen wie dieser Mann? Ihre Gedanken kehrten zu der Schlacht heute Abend zurück. Ruffords wundersame Genesung war nicht das einzig Seltsame an ihm. Sie hatte ihn mit unglaublicher Kraft kämpfen sehen, gegen mehrere Feinde gleichzeitig, und er hatte eine Spiere hochgehoben, für die es normalerweise vielleicht ein halbes Dutzend Männer brauchte, um sie zu bewegen. Wer war dieser Mann – oder besser, *was* war er?

Beths Neugier war geweckt. Sie räusperte sich und nahm ihren ganzen Mut zusammen. »Sie sprachen vorhin von Ihrer Krankheit ... Was für eine Krankheit ist das, Sir?«

»Das kann ich nicht erklären, weil ich es selbst nicht weiß«, erwiderte er und richtete sich auf. Die Decke bedeckte noch seine Beine und seinen Unterleib, aber nicht mehr seinen Oberkörper. Beth war sich nur allzu sehr seiner muskulösen Brust und der hellen Haare bewusst, die sie bedeckten. In seiner Halsbeuge sah sie seinen Puls unter der noch feuchten Haut schlagen. Er schlug sehr schnell. *Er misstraut mir*, dachte sie erstaunt. »Ich hoffe, dass ein guter englischer Arzt es mir erklären kann. Aber Seeleute sind ein abergläubisches Volk. Wenn sie herausfänden, dass ich nicht wie sie bin ... nun, zumindest würde das zu einer schlechten Stimmung an Bord führen. Vielleicht auch zu Schlimmerem.«

Beth hielt es für unwahrscheinlich, dass eine Konfrontation mit seinem Tod enden würde. Oder galt seine Sorge weniger sich selbst als vielmehr den anderen? »Ich habe nicht vor, irgendjemandem zu erzählen, was ich gesehen habe, falls es das ist, was Sie befürchten«, erwiderte sie steif. »Und selbst wenn ich es täte, würde mir niemand glauben.«

»Die Männer werden sich ohnehin schon ihre Gedanken machen. Sie haben gesehen, wie ich die Spiere hob.«

»In Augenblicken enormer Belastung sind Menschen oft zu außergewöhnlichen Kraftanstrengungen fähig. Und Sie waren fest entschlossen, sich nicht versklaven lassen. Nie wieder.« Natürlich! *Das* war die Erklärung für die Peitschennarben und die Tatsache, dass er am ganzen Körper gleichmäßig gebräunt war. Er war nackt gewesen. Aber warum bot sie ihm einen Ausweg aus seinem Dilemma an? Sollte sie nicht besser alle anderen an Bord über seine ... Fremdartigkeit aufklären?

»Wie Sie meinen.« Er nickte misstrauisch. »Sie haben Ihren anfänglichen Abscheu also überwunden?«

Beth konnte ihm nicht widersprechen, weil er recht hatte. Sie war unglaublich neugierig, und ihre Angst vor ihm war nicht mehr so groß. »Entschuldigen Sie bitte meine Taktlosigkeit, Sir. Es war nur eine ganz natürliche menschliche Reaktion auf das, was wir nicht kennen«, erwiderte sie zögernd. »Wir alle fürchten das Unbekannte. Aber ich weiß, dass jemand die Sphinx erbaut hat, bevor die Menschen wussten, wie man zwei Steinblöcke zusammenfügt. Ich habe gesehen, wie Männer über glühende Kohlen gingen, ohne Verbrennungen oder Narben davonzutragen.« Sie richtete sich auf. »Kurzum, ich habe die Mysterien dieser Welt gesehen und weiß genug, um mir bewusst zu sein, dass nicht alles sich erklären lässt.«

Er nickte, doch sein nachdenklicher Blick verriet noch immer Argwohn. Sein dunkelbraunes Haar hatte sich aus dem Zopf gelöst, zu dem es gebunden gewesen war, und fiel ihm auf seine vernarbten Schultern. Er hätte ein Krieger von vor tausend Jahren aus den Steppen Russlands oder ein Jäger aus den Ebenen Kataloniens sein können.

»Was wissen Sie über Ihre … Krankheit, auch wenn Sie sie nicht benennen können?«, fragte sie stockend und hoffte, damit eine Gesprächsebene gefunden zu haben, auf der sie sich einigermaßen sicher fühlen konnte.

Seine Augen, aus denen jede Spur von Rot verschwunden war und die wieder ihr unglaubliches Blau angenommen hatten, verschleierten sich wieder. »Bei mir verheilen Wunden, die nicht verheilen dürften, und das sehr schnell. Ich verfüge über eine enorme Kraft. Es war ein einziger Tropfen fremden Bluts an meinen Lippen, womit alles begann. Mehr weiß ich auch nicht.«

»Aber wäre es nicht großartig, diese Kräfte an andere weitergeben zu können? Ich frage mich, wie lange ein Mensch sich selbst heilen kann. Würde sich das Leben selbst dadurch verlängern?« Beth kamen die unglaublichsten Möglichkeiten in den Sinn.

»Nicht so schnell, Miss Rochewell. Es wäre eine Sünde, diese Krankheit an andere weiterzugeben, ohne sich voll und ganz über die Konsequenzen klar zu sein.«

»Sie scheinen die Sonne nicht gut zu vertragen«, sagte sie nachdenklich. »Gehört das auch dazu?«

»Meine Augen und meine Haut sind extrem empfindlich.« Ihre Vermutungen schienen ihn zu beunruhigen.

»Sich für die Fähigkeit zu entscheiden, sich selbst zu heilen, hieße dann also, für immer auf das Licht des Tages zu verzichten.« Ein hoher Preis, fand Beth.

»In Tripolis habe ich herausgefunden, dass ich überleben kann, wenn ich getönte Brillengläser benutzen und mich von Kopf bis Fuß bedecken würde. Doch das ist ziemlich unpraktisch.« Sein Gesicht verfinsterte sich. »Aber reden wir nicht mehr von meinem dummen Leiden.« Er bedachte sie mit einem durchdringenden Blick. »Ich will einfach nur wie alle anderen leben, so weit das möglich ist.«

»Aber sie wollen doch gewiss die Auswirkungen studieren, damit wir so viel wie möglich darüber erfahren? Das ist wichtig für die Wissenschaft und den Fortschritt der Menschheit.«

»Die Wissenschaft wird ohne mich auskommen müssen, Miss Rochewell. Ich will nichts anderes, als in Ruhe gelassen zu werden.« Er sah nach den überstandenen Strapazen so erschöpft aus, dass sie guten Gewissens nicht weiter in ihn dringen konnte. Wer wusste schon, welche Kräfte ein Körper verbrauchte, um diesen wundersamen Heilungsprozess zu bewirken?

»Also gut, Mr Rufford. Dann lasse ich Sie jetzt schlafen. Wir können ein andermal weiterreden.«

Er schien weit entfernt davon, sich mit dieser Perspektive abzufinden. Aber als sie sich zum Gehen wandte, rief er: »Miss Rochewell ... ich stehe tief in Ihrer Schuld ... wegen Ihrer Bemühungen um mich.«

Sie spürte, dass sie wieder errötete. »Die waren nicht der Rede wert – und außerdem ja auch gar nicht nötig.«

Leise zog sie die Kabinentür hinter sich zu. Aber ihre Gedanken ließen sie nicht so leicht hinter einer Tür verschließen. Wie hatte er sich durch einen einzigen Tropfen Blut infizieren können? Welche Auswirkungen hatte sein Zustand? Was verbarg er? Sie war überzeugt, dass er mehr wusste, als er ihr gesagt hatte.

Sie schaute noch nach Mrs Pargutter, die inzwischen in ihre

Kabine zurückgekehrt war. Jenny hatte zu Laudanum gegriffen, um die ältere Dame zu beruhigen. Zum Glück schlief sie jetzt tief und fest. Beth wünschte Jenny eine gute Nacht und zog sich in ihre eigene Kabine zurück. Sie wusste, dass an Schlaf nicht zu denken war, trotz der Müdigkeit, die sie nach all der Aufregung spürte. Denn auf der *Beltrane* gab es ein ungeheuer faszinierendes Geheimnis, über das sie mehr herausfinden wollte – und damit natürlich auch über ihn.

6. Kapitel

Trotz seiner Erschöpfung fand Ian keinen Schlaf. Zum ersten Mal hatte ein Mensch seinen Abscheu vor ihm und seiner Fremdartigkeit überwunden. Sie war nur eine Frau und doch war ihr gelungen, was ein Diplomat und gestandener Soldat wie Major Ware nicht geschafft hatte. Aber Miss Rochewell wäre weniger optimistisch, wenn sie wüsste, dass er Blut trank. Und er war froh, dass ihr nicht bewusst geworden war, dass er sie mit seiner Willenskraft dazu gezwungen hatte, sich zu waschen.

Ihre Akzeptanz war ungewöhnlich. Vielleicht rührte sie von der Arbeit mit ihrem Vater her und ihrer Fähigkeit, rationale Erklärungen für Phänomene zu finden, die andere sich nicht erklären konnten. Möglicherweise war sie die einzige Frau, die imstande wäre, all das an ihm zu akzeptieren, was zu sehen er ihr erlauben würde. Sie war so ganz anders als jene zartbesaiteten, überaus empfindlichen Pflänzchen der Gesellschaft, die er in London gekannt hatte ... oder als jene Frau, die seinen Körper und seine Seele beherrscht hatte. Alle Frauen wollten den Mann beherrschen, und wenn sie es nicht offen taten, dann versuchten sie, ihre Überlegenheit mit Zärtlichkeit und Schmeicheleien durchzusetzen. Um ihre körperliche Unterlegenheit wettzumachen, nutzten sie die Männer aus, direkt oder indirekt. Darin waren alle Frauen gleich, auch diese in ihrer Art so ungewöhnliche Miss Rochewell.

Nichtsdestotrotz wirkte ihre unverblümte Direktheit erfrischend anders als die subtile Manipulation, die er erfahren hatte, oder die unverhüllte Grausamkeit, die ihm in der Wüste widerfahren war. Sie hatte ihm nur helfen wollen. Das sprach von Warmherzigkeit und Einfühlungsvermögen. Sie war fast wie ein Mann. Als Vater mit ihr durch Afrika gezogen war, hatte er sie vermutlich eher wie einen Sohn, weniger wie eine Tochter behandelt. Dass sie intelligent war, wusste Ian schon. Sie hatte heute Abend gleich erraten, dass er ein Sklave gewesen war, auch wenn sie das ganze Ausmaß seiner Knechtschaft nicht einmal erahnen konnte. Wieder überfielen ihn die quälenden Erinnerungen …

Eine Oase. Die Karawane hielt. Den Sklaven wurde gestattet, ihre Lasten abzulegen. Bei Sonnenaufgang wurde das Zelt der Herrin der Karawane errichtet, und sie verließ ihre Sänfte und begab sich in das dunkle Innere des Zeltes. Die auserwählten Sklaven, die Männer, die ihre Sänfte getragen hatten, erhielten einen Becher Wasser. Aus der Gruppe der Sklaven am Ende der Karawane wurde einer in ihr Zelt geschickt; dieses Mal traf es eine Frau. Sie würde bald wieder tot herausgeschleift werden, wie Ian inzwischen wusste. Ein in sich zusammengefallener Körper, unter dessen bleicher Haut sich die Knochen abzeichneten. Die schöne Herrin der Karawane ließ sich in jeder Woche einen oder auch zwei Sklaven in ihr Zelt bringen.

Ians Aufseher benutzte eine große Eisenzange, um die Ketten der Sklaven an den dafür vorgesehenen Pflöcken zu befestigen. Nackt und allein, da viele der anderen inzwischen tot waren, kauerte Ian im Sand und schaute zu dem Franzosen hinüber. Kleine, runde, immer paarig angeordnete rote Wunden, aber auch längere Schnittwunden verunstalteten seinen Körper. Die kreisförmigen Wunden befanden sich an seinem Nacken, seinen Handgelenken, in den Armbeugen und an den Oberschenkeln. Die Schnitte dagegen waren überall. Er hatte länger durchgehalten als die meisten, einen Monat vielleicht schon. Er war zäh, dieser Franzose. Leise vor sich hin murmelnd hockte er neben seinem Pflock und wiegte seinen Oberkörper hin und her. Vielleicht hatte er schließlich doch den Verstand verloren.

»Geh mit Gott«, flüsterte Ian dem Mann zu, obwohl er nicht sicher war, dass er ihn hören konnte. Zudem war er überzeugt, dass Gott gerade diesen Kreaturen seiner Schöpfung kein Gehör schenkte, da nicht eines ihrer Gebete um Erlösung erhört worden war. Aber vielleicht hatte Gott hier keine Macht.

Als er aufblickte, sah er, dass der hochgewachsene arabische Handlanger ihrer Herrin ihn prüfend musterte. Der Mann war mit einem Burnus mit Kapuze bekleidet, der ihn von Kopf bis Fuß bedeckte. Ian fragte sich, ob er seines Flüsterns wegen ausgepeitscht werden würde. Aber der Aufseher war voll und ganz damit beschäftigt, eine Schale mit Dörrfleisch und getrockneten Datteln zu füllen, um die von der Herrin auserwählten Sklaven damit zu füttern. Wenigstens wurden sie besser ernährt als die Sklaven am Ende der Karawane. Ian stopfte gierig seine Portion in sich hinein und döste dann in der zunehmenden Hitze ein.

Die Dattelpalmen spendeten ein bisschen Schatten, aber der war den Kamelen und ihren Treibern vorbehalten. Ian hörte die Treiber sagen, dass dies für viele Tage die letzte Oase sein würde. Sie würden hier zwei Tage rasten, damit die Kamele sich ausruhen und satt trinken konnten. Das bedeutete auch Ruhe für die Sklaven.

Bei Sonnenuntergang wurde Ian mit einem Fußtritt geweckt. Mit gesenktem Kopf rappelte er sich auf die Knie und hoffte, so der Peitsche zu entgehen. Die anderen dösten noch. Und die in Sandalen steckenden Füße vor ihm waren nicht die ihres Aufsehers.

»Du«, sagte jemand auf Englisch, wenn auch mit starkem arabischem Akzent. »Du bist Brite?«

Es hörte sich wie Musik in Ians Ohren an, der seit sechs Monaten kein englisches Wort mehr gehört hatte. »Ja, Herr, ich bin Engländer.«

»Woher kommst du?« Die Luft vibrierte nahezu, wenn auch nicht so stark wie um die Besitzerin der Karawane.

»Aus Suffolk.« Es war der hochgewachsene Araber, der Ian angesprochen hatte. Er hatte gehört, dass Ian auf Englisch etwas zu dem Franzosen gesagt hatte.

»Aufseher!«, rief der Mann auf Arabisch. »Mach diesen Sklaven los. Ich übernehme ihn.« Der massige Aufseher eilte herbei, um Ians Kette vom Pflock zu lösen und sie dem Araber zu übergeben.

»Komm, Engländer.« Ein Ruck an der Kette brachte Ian auf die Beine, und er stolperte seinem neuen Bewacher hinterher. Der Mann führte ihn um das große Wasserloch und forderte ihn dann, ein Stück weit von der Karawane entfernt, zum Trinken auf. Ian kniete sich hin und schlürfte laut und gierig das nicht sehr saubere Wasser. »Und jetzt das Gesicht.«

Ian blickte fragend auf, dann füllte er seine hohlen Hände mit Wasser und wusch sich den Staub und Schmutz von seinem Gesicht und Hals. Sogar sein Haar spülte er durch, so gut er konnte. Einen solchen Luxus hatte er schon lange nicht mehr gekannt. Danach spürte er wieder einen Ruck an seiner Kette und kroch zu dem Mann, der auf dem Stamm einer umgestürzten Dattelpalme saß.

»Erzähl mir von Brita … nein, England«, berichtigte sich der Araber. »Es ist lange her, seit ich dort war.«

»Was … was würde der Herr denn gerne wissen?«, krächzte Ian mit einer Stimme, die nach so vielen Monaten des Schweigens kaum noch menschlich klang.

»Ist es immer noch so grün? Es war so herrlich grün.« Der Mann roch ein bisschen so wie sie, nach Zimt.

»Ja. Es war grün, als ich zuletzt dort war.« Eine solch überwältigende Sehnsucht nach einem englischen Frühling erfasste ihn, dass er schon befürchtete, das bisschen Wasser in seinem Körper mit Tränen zu vergeuden.

»Und Londinium? Nein, London heißt das heute«, berichtigte der Araber sich wieder. »Ist es sogar noch größer geworden?«

»Es soll fast eine Million Bewohner haben.«

»Eine Million?«, staunte der Araber. »Dann muss es dort aber schmutzig sein mit so vielen Menschen.«

»In den ärmeren Vierteln, ja. Auf der Westseite dagegen sind Parks und Plätze mit sehr viel Grün und Blumen.« Ian wurde ein bisschen mutiger, aber er war trotzdem immer noch verwirrt. Londinium?

»Haben sie Richard eigentlich je zurückgekauft?«

Jetzt war Ian wirklich ratlos. »Richard?«

»Löwenherz. Ich musste fort, und dann ... dann hatte ich andere Dinge, die mich in Anspruch nahmen.«

Ian schielte nach oben und riskierte einen Hieb für seine Kühnheit, aber er musste sehen, ob der Araber ihn auf den Arm nahm. Das Gesicht des Mannes spiegelte jedoch nichts als Interesse wider. Ian senkte wieder seinen Kopf. »Es wurde Lösegeld für ihn bezahlt. Er kam von den Kreuzfahrten heim und übernahm die ihm von Rechts wegen zustehende Krone von seinem Bruder John.«

»Gut. Diesen John habe ich nie gemocht. Er war nicht wie einige andere deiner Landsleute. Sie waren gut zu mir. Ein Walter von Ghent half mir in dem maurischen Gefängnis, in dem man mir die Hoden abgeschnitten hatte. In Jerusalem hatten wir uns noch bekämpft, aber wenn man im Gefängnis sitzt, wen kümmert da schon eine tausend Meilen entfernte Stadt? Wir sind aus dem maurischen Gefängnis ausgebrochen und auf einem Schiff nach England geflohen.«

Ian blickte erneut verstohlen auf und sah einen Ausdruck liebevoller Erinnerung auf dem Gesicht des Arabers. »Ich habe einige Jahre dort verbracht. Ich mochte Walters Volk.« Er erhob sich plötzlich. »Aber es war mir zu grün dort. Deshalb kehrte ich heim in die Wüste, und Asharti fand mich. Und ich fand meine Bestimmung.« Er zog an der Kette an Ians Handgelenk. »Vielleicht sprechen wir wieder ein bisschen Englisch, falls du morgen noch am Leben bist.«

Ian stolperte hinter dem Araber zu seinen Mitgefangenen zurück. Der Name seiner Besitzerin war also Asharti. Der Franzose wurde weggetragen. Er war endlich entkommen, auch wenn er hatte sterben müssen, um die Freiheit zu erlangen. Ein herrischer Befehl ertönte aus dem Zelt, und der Araber eilte voraus in die Nacht mit den Millionen Sternen, die in stummer Gleichgültigkeit menschlichem Leiden gegenüber am dunklen Himmel glitzerten. Ian konnte die besänftigende Stimme des Arabers hören; dann erschien Asharti im Eingang ihres Zeltes. Ian wurde in ihrer unmittelbarer Nähe angekettet, sehr viel näher als die anderen Sklaven. Diesmal zögerte sie nicht, ihre Wahl unter ihnen zu treffen. Bevor er noch richtig an seinem Pfosten angekettet werden konnte, gab sie seinem Aufseher ein Zeichen. Ian kannte sich inzwischen gut genug aus, um zu wissen, dass sie den Befehl erteilte, ihn zu waschen.

Ians Herz begann wie wild zu pochen. Hätte der Araber ihn doch nur nicht herausgegriffen! Dann stünde er jetzt nicht hier, wo er ihre Aufmerksamkeit erregt hatte. Vielleicht hätte sie dann den Nubier genommen, den sie im letzten Dorf gekauft hatte, oder den Türken.

Asharti wandte sich ab und kehrte zu ihrem Zelt zurück. Ians Aufseher riss an der Kette, und instinktiv, ohne Rücksicht auf die Folgen, riss Ian sie zurück. Seine Hände waren frei, eine der Ketten hing an seinem Handgelenk. Er schlug mit ihr nach dem Aufseher und traf ihn im Gesicht. Der Mann brach zusammen wie ein Pferd beim Abdecker, und Ian stolperte um das Wasserloch herum. Der Aufseher brüllte irgendetwas, und Ian sah, dass die Kameltreiber aufsprangen, die nicht weit von ihm im Schatten saßen und ihren Tabak rauchten. Aber er war schon an ihnen vorbei und stolperte nackt in den tiefen Sand hinter dem Wasserloch. Vor ihm lag nur die dunkle, sternenklare Nacht und der weiße Sand zu seinen Füßen.

Für einen Moment verschlug es ihm den Atem – die Freiheit

lag vor ihm! Er rannte weiter, wartete auf das Krachen der Gewehre hinter sich und auf den brennenden Schmerz, der beweisen würde, dass er getroffen war – und den er begrüßte, solange ihn nur der Tod ereilte, während er in der Wüstennacht um seine Freiheit rannte. Aber kein Schuss fiel. Stattdessen hörte er das Schreien eines Kamels, das rhythmische Trommeln seiner großen, gespreizten Hufe, die sehr viel geeigneter für den Sand waren als Ians Füße. Er drehte sich um, es preschte an ihm vorbei, und ein scharfer Schmerz durchzuckte ihn. Er kam von einem Hieb mit dem Knüppel, den der Mann, der auf dem Kamel saß, schwang. Lichter explodierten in Ians Kopf wie tausend Sterne, und benommen fiel er in den Sand.

Hände zerrten ihn unter wütendem Geschrei wieder auf die Beine. Schläge hagelten auf seine Schultern nieder. Er stolperte, wurde wieder hochgerissen und zum Wasserloch zurückgeschleppt. Grobe Hände stießen ihn ins Wasser, wo er auf die Knie fiel. Das Wasser reichte ihm höchstens bis zur Brust. Zwei der Kameltreiber schrubbten ihn mit einem groben Lappen, bis er wund war. Dann rasierten sie ihm den Bart ab, zogen ihn aus dem Wasser und bestreuten ihn mit Kalk, um seinen Läusen den Garaus zu machen.

Ian Sinne begannen zurückzukehren, zusammen mit einem grauenhaften Kopfschmerz. Er wurde noch einmal unter Wasser gedrückt, und die Männer wuschen ihn mit einer groben Seife, trockneten ihn ab und führten ihn nackt vor das prachtvolle Zelt der Karawanenherrin. Der wütende Aufseher, dessen Gesicht stark angeschwollen war, nahm Ian die Halsschelle ab und ersetzte sie durch ein grobes Hanfseil. Er war schon drauf und dran, ihm einen Fausthieb zu versetzen, als der große Araber sich einmischte.

»Beschädige ihn nicht!« Der Aufseher trat widerstrebend zurück, und der große Araber bedeutete Ian, in das Zelt zu gehen. »Jetzt bist du an der Reihe, Engländer.« Er sah fast so aus, als täte es ihm leid. »Deine rebellische Natur wird ihr gefallen.«

Ian richtete sich auf. Was konnte eine so zierliche Frau wie sie einem Mann wie ihm schon antun? Ja, was? Irgendetwas in ihm geriet so außer Fassung, dass er ohnmächtig zu werden glaubte.

Im Inneren des Zeltes brannten sanft glühende Lampen, deren Flammen flackernde Schatten auf die mit roter Seide bespannten Innenwände warfen. Und da waren auch die Teppiche, die jeden Tag eingerollt und auf Kamele gepackt wurden, in ihrer ganzen verschwenderischen Pracht, und weiche Kissen und orangefarbene, purpurrote und burgunderfarbene Stoffe, die von dem Zeltpfosten herunterhingen. In der Mitte des Zeltes stand ein kleiner, mit wunderschönen Schnitzereien versehener Tisch, auf dem Schalen mit Datteln und Süßigkeiten bereitstanden.

Zwischen mit Gold bestickten Kissen lag Asharti in entspannter, aber zugleich auch aufreizender Haltung auf einem Diwan. Ihr durchsichtiges Gewand verhüllte ihren Körper kaum. Es wurde an den Schultern von goldenen Broschen und an der Taille von einem Gürtel aus ziseliertem Gold zusammengehalten. Ihre Lippen waren goldfarben geschminkt, auch ihre Zehennägel schimmerten golden. Sie war barfuß, ihr Bein war bis zum Oberschenkel entblößt. Ian nahm ihren Duft wahr. Ambra. Das war der Geruch. Sie roch nach Zimt und Ambra.

»Wenn du glaubst, ich werde dich wie ein Bulle auf dem Viehmarkt bespringen, irrst du dich«, stieß Ian zwischen zusammengebissenen Zähnen hervor. Sollte sie ihn doch zu Tode peitschen lassen. Es war ihm egal. Er war überzeugt, dass sie ihn anschreien würde, jemanden herbeirufen würde, der ihn bestrafen sollte. Denn auch wenn sie kein Englisch sprach, konnte sie seinen Ton nicht missverstanden haben.

Aber sie lächelte nur. Eine Kobra lächelte vielleicht so, wenn sie eine Ratte sah, die glaubte, sie könne dem Unvermeidlichen entgehen. Das Lächeln wurde breiter und offenbarte sehr ebenmäßige weiße Zähne. Sie war sehr schön, und sie war sich dessen auch bewusst; die schwarzen Augen, die weiße Haut, die nie die Sonne sah und sanft schimmerte. Sie hob die Hand und winkte ihm. Aber Ian presste die Lippen zusammen und blieb stehen, wo er war.

Ein leises Lachen entrang sich ihr, als gefiele ihr sein Widerstand, sein Kampf gegen die Angst. Wieder winkte sie, nur schienen ihre Augen dieses Mal zu glühen. Es waren die seltsamsten Augen, die er je gesehen hatte. Sie waren wie Katzenaugen im Schein einer Laterne, nur dass ihre Augen rötlich glühten. Als ihm bewusst wurde, dass er einen Schritt auf sie zumachte, versuchte er, stehen zu bleiben und den Blick abzuwenden, doch ihm gelang weder das eine noch das andere. Er fühlte sich wie losgelöst von sich selbst, als er zu ihr ging.

Dann kniete er neben ihr nieder. Er wusste, was sie von ihm verlangte, auch wenn sie nicht die gleiche Sprache sprachen. Weigern konnte er sich nicht. Er wollte es auch nicht. Er begehrte sie mit einer so hemmungslosen Lust, wie er noch nie zuvor eine Frau begehrt hatte. Er sah, dass er die Hand nach ihr ausstreckte und über die glatte Haut ihrer Wade strich. Seine Hand glitt zu ihrem Knie, zu ihrem Schenkel. Wenn sie ihm doch nur erlauben würde, sie zu beglücken …

Ian spürte das Pochen in seinen Lenden. Er war hart und bereit für sie. Sie beugte sich über ihn. Er hob das Gesicht zu ihrem, um noch tiefer in diese rot glühenden Augen zu schauen. Ihre Brüste streiften fast sein Gesicht. Sie wollte, dass er sie berührte, und darum tat er es, hob sie an, um ihr Gewicht zu spüren, und strich mit dem Daumen über eine der Spitzen. Als sie die Hand um seinen Nacken legte, spürte er ihre langen Fingernägel. Seine Lippen berührten ihren Mund, während ihre andere Hand über seinen Rücken glitt und ihre Nägel leicht, aber gefährlich spitz über seine kaum verheilten Peitschenstriemen strichen.

Ihr Mund war weich und nachgiebig. Sie drang mit der Zunge zwischen seine Lippen und streichelte die Innenseite seines Mun-

des. Er wusste, dass sie seine Zunge spüren wollte, und schob sie zwischen ihre Lippen. Seine Zunge glitt über ihre Zähne. Ihre Eckzähne waren scharf. Sie zog sich von ihm zurück und strich mit den Lippen über sein Gesicht. Für einen Moment schloss er die Augen. Ihr Mund streichelte seine Schläfe, dort, wo der Knüppelhieb ihn getroffen hatte. Ein wenig Blut rann über seine Wange. Es schien sie zu erregen, denn ihre Zärtlichkeiten wurden intensiver, drängender.

Unbewusst wurde Ian klar, dass er in diesem Augenblick nicht mehr Herr seiner selbst war. Als ihre Finger mit den langen goldenen Nägeln sich um sein Glied schlossen, war er härter, als er es je zuvor gewesen war. Es war, als sammelte sich eine heiße Glut in seinen Hoden, die jeden Augenblick zu explodieren drohte. Er stöhnte auf, als sie ihre Hand an seinem Glied auf und ab bewegte, ganz leicht erst, doch dann so schnell, dass er jegliche Kontrolle über sich zu verlieren befürchtete. Doch dazu ließ sie es nicht kommen. Sie zwang ihn, ihr in die Augen zu sehen, und mit diesem einen Blick minderte sie die in im angestaute Lust. Sie beherrschte ihn, körperlich und geistig. Doch nur langsam begann diese schreckliche Erkenntnis ihn zu beunruhigen. Sie schob den Stoff ihres Gewandes beiseite und entblößte ihre Brust für ihn. Er beugte sich vor, um sie mit seinen Lippen zu liebkosen, während er gleichzeitig mit aller Kraft versuchte, sich zurückzuziehen. Ein leises Lachen stieg in ihrer Kehle auf, und sie bot ihm nun auch die andere Brust dar. Er folgte ihrer stummen Forderung und senkte den Kopf. Ihre Hände legten sich um seinen Po, und mit ihren Daumen zeichnete sie die Peitschenstriemen darauf nach.

Als sie sich wieder auf den Diwan sinken ließ, zog sie ihn mit sich, bis sein Kopf ihren Leib dort berührte, wo ihr Gewand bis zur Taille geschlitzt war. Sie wollte, dass er sie mit dem Mund befriedigte. Er stöhnte unterdrückt, als er die empfindsamste Stelle ihres Geschlechts fand. Sie schmeckte nach Salz und war feucht und warm. Er wusste, was sie wollte, auch wenn er nicht sagen konnte, woher dieses Wissen kam. Er liebkoste sie mit Lippen und Zunge, reizte wieder und wieder ihren sensibelsten Punkt, um sie zum Höhepunkt zu führen. Als sie kam, drückte sie ihn mit überraschender Kraft an sich und wand sich stöhnend unter ihm. Für einen Moment verschwamm ihr Bild vor seinen Augen, dann sah er sie ganz klar und spürte, wie sie erschlaffte.

Sie ließ ihn los und kuschelte sich wie ein Kätzchen in ihre goldbestickten Kissen. Ian lehnte sich zurück. Seine Lust war noch nicht befriedigt, und in seinen Lenden pochte noch immer ein fast schmerzhaftes Verlangen. Als sie die Augen öffnete, begannen diese wieder rot zu glühen. Mit einer Handbewegung deutete sie auf den Tisch, woraufhin Ian sie mit Datteln fütterte und ihr gegorenen Honigsaft aus einem Silberkelch anbot. Er war noch immer erregt und hart, doch sie strich ihm über das Haar, wie sie auch einen Hund gestreichelt hätte. Sie legte die Hand unter sein Kinn, damit er sie ansah. Sie zog seine Lider hoch, um das Blau seiner Augen zu sehen, sie berührte seine Brustwarzen und strich mit ihren Fingernägeln über seinen Hals. Dann wurden ihre Zärtlichkeiten grober, und er spürte den Zwang, den ihr Wille auf ihn ausübte. Nachdem sie seinen Geist und seinen Körper wieder vollständig unter ihre Kontrolle gebracht hatte, begann sie erneut, seine Dienste zu fordern.

Dieses Mal spreizte sie die Knie für ihn, und trotz seiner kaum noch zu beherrschenden Erregung drang er nur so langsam in sie ein, wie sie es ihm erlaubte. Anerkennend umfasste sie seine Hoden, als er sie in sie hineinglitt. Ians Atem ging jetzt schnell und flach. Sein Körper war schweißbedeckt, als er eins mit ihr zu werden begann, so weit sie es ihm erlaubte. Er wusste, dass er weitermachen würde, so lange sie es wollte, weil er keine andere Wahl hatte und weil sie es war, die bestimmte, ob er zum Höhepunkt gelangen durfte oder nicht. Sie würde den Moment, die Intensität und den Weg bestimmen. Vielleicht entschied sie auch, ihm keine Befriedigung zu gönnen und ihn für immer in diesem quälenden Zustand fast schmerzhafter Erregung verharren zu lassen.

Wieder bog sie sich ihm entgegen und presste ihre Brüste an seine schwer atmende Brust. Dann zog sie ihn auf sich und strich mit der Zunge aufreizend über seine Kehle. Er begann, sich schneller zu bewegen, als sie die Beine um seine Taille schloss und sich ihm verlangend entgegendrängte. Ein scharfer Schmerz an seinem Nacken, der einer Ekstase nahekam, ließ ihn fast die Kontrolle über sich verlieren, doch ihr Wille zwang ihn, sich zu beherrschen. Sie bewegten sich zusammen in einem von der Lust getriebenen Rhythmus, während sie an seinem Nacken saugte.

Ian rang nach Luft, als ihm bewusst wurde, was sie da tat. Er fühlte, wie sie ein zweites Mal den Höhepunkt erreichte, der mit einem animalischen Stöhnen und einem Erbeben einherging, das Ian fast das Bewusstsein raubte. Es schien nicht aufhören zu wollen. Als ihr Höhepunkt langsam abebbte, erlaubte sie Ian, seine Lust zu befriedigen. Mit einem Aufschrei, der selbst in seinen Ohren fremd klang, ließ Ian seinen Empfindungen freien Lauf. Als sie schließlich aufhörte, an seinem Hals zu saugen, brach er ermattet, fast ohnmächtig über ihr zusammen.

Sie stieß ihn fort, und er blieb mit einer seltsamen Schwäche in sich vor ihr auf dem Teppich liegen. Er war kaum noch in der Lage, seinen Kopf zu heben, und der Geruch nach Zimt und Ambra verursachte ihm Brechreiz. Sie befahl ihm zu gehen, und er kroch auf allen vieren zum Zelteingang. Als er sich noch einmal umblickte, sah er, dass sie ihr Gewand ordnete. Und dann wurde er auch schon gepackt, das Seil wurde wieder um seinen Hals gelegt, und man brachte ihn zu dem Holzpflock unmittelbar vor ihrem Zelt. Dort blieb er im Sand liegen, der an seinem schweißnassen Körper klebte, bis der heiße Wüstenwind ihn trocknete.

Ian betastete die Stelle, an der sie ihn gebissen und an ihm gesaugt hatte. Er fühlte zwei runde kleine Wunden. Die Erinne-

rung an die anderen Sklaven, die diese Male aufgewiesen hatten, ließ ihn zusammenzucken. Erst jetzt, da es vorbei war, wurde ihm das ganze Ausmaß des Ungeheuerlichen bewusst, das ihm zugestoßen war. Sie konnte ihn dazu bringen, alles zu tun. Er würde ihr zu Diensten sein, wäre nichts anderes als ein Deckhengst für sie. Er war nicht stärker, als die anderen Männer es gewesen waren. Es gab kein Entkommen. Die Erinnerung an ihre rot glühenden Augen quälte ihn. Sie war nicht menschlich. Und er befand sich ganz und gar in ihrer Macht, zumindest so lange, bis er wie der Franzose wahnsinnig wurde oder aber an seinen Wunden starb. Er betete um einen frühen Tod, doch er hatte keine Hoffnung, dass seine Gebete je erhört werden würden.

Ian schloss die Augen, als die Verzweiflung ihn übermannte. *Es* lauerte immer noch in ihm, *es* war bereit, ihn jederzeit unter seinen dunklen Wogen zu begraben. Er konnte beten, so viel er wollte, doch der Tod blieb ihm versagt. Sein gebrochenes Genick war geheilt. Die Verbrennungen, die die sengende Sonne ihm zugefügt hatte, hatten keine Spuren hinterlassen. Hatte er noch einen Beweis für seine Unbesiegbarkeit gebraucht, so war ihm der heutige Abend geliefert worden. Das Einzige, was ihm blieb, war, so weit wie möglich vor der Wüste zu fliehen und zu versuchen, das Ungeheuer zu vergessen, dem er entkommen war. Er hoffte mit aller Kraft, dass er es verhindern konnte, auch zu einem Monster zu werden. Er wollte nicht mehr an Asharti denken. Er wollte seine Persönlichkeit nicht von ihrem Gift zerstören lassen, von ihren widerlichen Praktiken und ihrem verabscheuungswürdigen ... Aber war er ihr denn entkommen? War er nicht noch immer verflucht, so sicher und so heimtückisch, als würde er noch immer in Ketten gelegt an ihrer Seite knien?

Ian rang nach Atem, als er mit fest geschlossenen Augen unter seinen blutbefleckten Decken lag. Wenn er schon nicht um den

Tod beten konnte, dann vielleicht wenigstens um etwas Schlaf. Aber wer würde seinen Gebeten schon Gehör schenken? Welcher Gott würde zulassen, dass einem seiner Geschöpfe so etwas angetan wurde?

Noch vor Tagesanbruch erwachte Beth aus einem unruhigen Schlaf. Es war der Gesang der Seeleute, die das Deck schrubbten, der sie aus ihren beängstigenden Träumen von rot glühenden Augen riss. Zuerst fragte sie sich, ob sie den Kampf mit den Piraten nicht ebenso geträumt hatte wie die Konfrontation mit einem Mann, der vielleicht nicht menschlich war. Sie hob die Hand – den Fingernagel hatte sie sich abgebrochen, als sie nach der Spillstange gegriffen hatte. Und ihr schwarzes Kleid, das an der Tür hing, war steif von getrocknetem Blut.

Alles war wirklich geschehen. Der Kuss, um den sie gebeten hatte, der Angriff der Piraten, Mr Ruffords außergewöhnlich heldenhafter Kampf, der hohe Preis, den er dafür gezahlt hatte, seine lebensbedrohlichen Verletzungen und ihre verzweifelte Angst um sein Leben, seine schockierend schnelle Heilung und ihre erstaunliche Bereitschaft, seine unnatürlichen Fähigkeiten zu akzeptieren. *Hatte* sie es akzeptiert? Warum? Sie schauderte bei der Erinnerung an das rote Glühen in seinen Augen.

Jetzt, als sie wach in ihrer Koje lag, kehrten all ihre Empfindungen mit Macht zurück. Was jedoch alles andere verdrängte, war das überwältigende Bewusstsein seiner … Männlichkeit. Es verschlug ihr fast den Atem, wenn sie daran dachte, was für ein Gefühl es in ihr geweckt hatte, Ruffords Lippen auf ihren zu spüren, seine warme Haut unter ihren Händen zu fühlen. Sie hatte nicht geglaubt, dass ein nackter Männerkörper irgendeine Reaktion bei ihr auslösen könnte, doch Ruffords Anblick hatte eine ganz andere Wirkung auf sie gehabt als der der vielen Eingeborenen, die sie schon gesehen hatte. Selbst jetzt noch ließ der

Gedanke an ihn sie erröten. Sie konnte sich an alles genau erinnern, sah ihn genau vor sich. Seine schmalen Hüften, die sonnengebräunte Haut, seinen flachen Bauch, der schmale Streifen dunkelbrauner Haare, der sich bis zu seinem Geschlecht erstreckte, seine dunklen Brustwarzen, seine muskulöse Brust. Sein Nacken war wie eine Säule der Kraft, an dessen verwundbarster Stelle sein Puls unter der Haut pochte. Seine Arme und Schultern waren so stark und robust. Er war nicht so schlank und feingliedrig wie so viele andere Männer. Und dann sein Gesicht – ein sehr schönes Gesicht mit einem ganz eigenen Charakter. Und sein Haar! Lang und wellig und weich und dicht wie das einer Frau – was ihn nur umso männlicher machte.

Die Hitze, die Beth bei diesen Gedanken durchflutete, schien sich tief in ihrem Innern zu bündeln und dort ein seltsames, angenehmes Pochen auszulösen. War es die Heißblütigkeit ihrer ägyptischen Mutter, die ihr Blut jetzt so heftig pulsieren ließ? Könnte sie sich gegen die Macht dieses Erbes überhaupt wehren? Im Augenblick wusste sie nur, dass sie mehr über Rufford in Erfahrung bringen wollte und dass er sie auf eine Weise faszinierte, auf die sie instinktiv reagierte, aber die sich jeder vernünftigen Erklärung entzog.

An Deck würde sie ihn bestimmt nicht antreffen, da es inzwischen heller Tag geworden war. Aber konnte sie nach gestern Nacht ihre Besorgnis nicht als Vorwand benutzen, um ihm einen Besuch zu machen?

Der Gedanke beflügelte Beth. Sie stand auf und zog sich nach einer Katzenwäsche ein frisches schwarzes Kleid aus leichtem Wollstoff an. Zwei Glocken läuteten an Deck. Es war erst sieben Uhr morgens. Sie konnte unmöglich schon so früh nach Mr Rufford sehen.

Beth ging an Deck, das noch feucht von der morgendlichen Reinigung war. Das Blut war gründlich von den Planken geschrubbt worden. Der Wind wehte kühl und frisch. Wie Wolken ragten die Segel in den hellen, klaren Himmel auf. Zimmermänner errichteten einen neuen Mast für das Bramsegel, einige der Matrosen flickten die von Schüssen zerrissenen Leinwände. Die Männer grüßten Beth, indem sie ihr zuwinkten oder ihr freundlich zunickten. Sie erwiderte die Grüße der Matrosen. Vermutlich empfanden sie alle die gleiche Freude über ihre Rettung, die auch sie erfüllte. Ein Junge warf die Logge ins Wasser und ließ das Seil mit den Knoten durch seine Finger gleiten. Der grauhaarige Mann neben ihm hielt eine Sanduhr dicht vor sein Gesicht. »Halt!«, rief er.

»Vier Knoten und ein Faden«, verkündete der Junge.

In der Ferne konnte Beth ein anderes Schiff ausmachen, und ihr Herz krampfte sich zusammen. Noch mehr Piraten? Sie schaute zum Quarterdeck. Der Captain war nicht anwesend, aber Mr Rait, der Erste Offizier, stand hinter dem Steuermann. Als er sie bemerkte, verließ er den Steuerraum und kam die Treppe zu ihr hinunter.

»Das ist der Konvoi, Miss«, beruhigte er sie und zeigte hinter sie.

Als sie sich umdrehte, sah sie zwei weitere Schiffe, die fast keine Segel mehr aufwiesen. »Dem Himmel sei Dank.« Dann sah sie die zwölf langen Leinwandsäcke, die auf der Reling lagen. »O Gott.«

»Der Kampf mit den Piraten hat einen hohen Tribut gefordert«, sagte Mr Rait ernst. »Und es werden noch einige Tote dazukommen. Wir bestatten sie im Lauf des Vormittags.«

»Sollten wir sie nicht bis nach Hause mitnehmen?«

»Tote an Bord zu haben bringt großes Unglück, Miss.« Als er ihren Blick sah, fuhr er fort: »Wenigstens sind sie schnell und im Kampf gestorben. Wir habe alle große Angst vor dem Ertrinken. Deshalb können auch nur wenige Seemänner schwimmen. Besser ein schneller Tod als ein langsamer und qualvoller im Wasser.«

Beth nickte. »Es muss ein hartes Leben sein, nie mehr als vier Stunden Schlaf an einem Stück zu bekommen. Und das bei der Knochenarbeit, die sie leisten. Zumal es nur gepökeltes Schweinefleisch und Zwieback zu essen gibt.«

»Aber das ist immer noch besser, als zu Hause unter der Armut zu leiden, Miss«, erwiderte Rait lächelnd. »Hin und wieder haben wir auch gepökeltes Rindfleisch an Bord, und an Festtagen gibt es dazu Erbsen oder Bohnen. Und mit etwas Glück fangen wir auch mal Fische und Schildkröten. Manchmal werfen sich die fliegenden Fische und Kalmare zu Hunderten von selbst an Bord. Es gibt nichts Besseres als gebratenen Fisch zum Frühstück. Und natürlich haben wir auch noch den Grog.«

Er wirkte freundlich und gesprächig heute Morgen. Trotzdem konnte sie ihn nicht fragen, warum er sich für ein solches Dasein entschieden hatte, in dem es trotz allem, was er sagte, so gut wie kein Vergnügen gab und jeden Augenblick Piraten über sie herfallen und »einen hohen Tribut« fordern konnten.

Mr Rait räusperte sich. »Die Offiziere und die Matrosen haben mit größter Bewunderung von Ihrem Mut und … Einfallsreichtum während des gestrigen Überfalls gesprochen, Miss. Sie haben ihnen gezeigt, was zu tun war, als Sie die Laterne auf das Piratenschiff hinübergeworfen haben.«

Beth errötete verlegen. Also das war der Grund für die vielen freundlichen Grüße heute Morgen. Die Seemänner lächelten ihr sogar jetzt noch zu, während sie der Unterhaltung lauschten. »Ein anderer Passagier war eine sehr viel größere Hilfe als ich.«

Mr Raits Gesicht verfinsterte sich. »Keiner von uns weiß so richtig, was er davon halten soll, Miss.«

Beth zog die Augenbrauen hoch. »Soweit ich das beurteilen hat, hat er für Sie ›die Kastanien aus dem Feuer geholt‹, wie man so schön sagt.«

»Aber die Art und Weise, wie er …« Mr Rait unterbrach sich

nachdenklich. »Ich meine, er hat einen ganzen *Groß*mast hochgehoben – und das nach der höllischen Belastung, die Kanonen anzuheben ... und mit all den Wunden ...«

»Der Mensch kann ganz Außergewöhnliches leisten, wenn er in Gefahr ist«, sagte Beth. »Außerdem hatte ich den Eindruck, dass Mr Rufford sich um keinen Preis von den Piraten hätte gefangen nehmen lassen. Glauben Sie, dass ihm das schon einmal widerfahren ist?«

Mr Rait nickte langsam. Die Umstehenden hörten gespannt zu. »Was er darüber sagte, nie wieder versklavt werden zu wollen ...«

»Und die Narben an seinen Handgelenken«, fügte Beth hinzu. »Die haben Sie doch sicher auch bemerkt.«

»Nein, die nicht.« Aber ihre Worte gaben ihm Stoff zum Nachdenken. »Ich hoffe, er ist nicht allzu schwer verwundet worden. Dr. Granger hat ihn nicht zu Gesicht bekommen.«

»Ich habe nach ihm gesehen«, sagte Beth. »Er war ein bisschen angeschlagen, aber das Blut an seinen Kleidern stammte von den Piraten.«

»Das glaube ich gern«, sagte der junge Offizier enthusiastisch. »Wie er auf sie losgegangen ist ... so etwas habe ich noch nie gesehen.« Er winkte Redding, der gerade aus der Kombüse kam. »Mr Redding, bereiten Sie doch bitte etwas Toast und Kaffee für Miss Rochewell vor.«

Beth trank ihren starken schwarzen Kaffee an diesem Morgen aus einem Blechbecher und an Deck, statt aus einer der feinen Porzellantassen des Captains in der Offiziersmesse. Zufrieden verzehrte sie ihren dick mit Butter bestrichenen Toast. Schon seit Langem hatte ihr nichts mehr so gut geschmeckt. Oder hatte sie einfach nur an nichts mehr Geschmack finden können seit dem Tode ihres Vaters? Der Schmerz überfiel sie wieder, doch es gelang ihr, ihn zu verdrängen. Es war das erste Mal, dass sie das schaffte.

Die Seemänner machten ihr Platz, als sie über das Deck ging, und keiner beschwerte sich, dass sie im Weg war. Gegen neun Uhr beschloss Beth, dass sie lange genug gewartet hatte und dass es nun Zeit für einen Besuch bei ihrem Mitreisenden sei. Sie war schon auf dem Weg zu Mr Ruffords Kabine, als sie sich voller Schuldbewusstsein daran erinnerte, dass es noch eine andere Mitreisende gab, der sie die Höflichkeit eines Besuchs erweisen müsste.

»Mrs Pargutter!«, rief sie und klopfte an die Tür der Witwe.

»Kommen Sie herein«, erwiderte eine schwache Stimme.

»Wie geht es Ihnen heute Morgen, Madam?«

In Morgenmantel und mit Nachthaube saß Mrs Pargutter in ihrer Koje und drückte ein Spitzentuch an ihren Mund. »Warum habe ich nur Tripolis verlassen?«, jammerte sie. »Piraten! Und unten im Frachtraum eingesperrt zu sein, wo ich doch so krank bin – was wäre aus uns geworden, wenn sie uns gekapert hätten? Meine Tugend besudelt, degradiert zur Herrin des Harems eines Sultans, eine Sklavin seiner unersättlichen Triebe ...«

Beth errötete, als sie an ihre eigenen Befürchtungen dachte. Aber zumindest hatte sie nicht danach gestrebt, einem Sultansharem vorzustehen. »Ich denke, dass wir gegen ein Lösegeld freigelassen worden wären«, sagte sie in beschwichtigendem Ton.

»Ich werde für den Rest der Reise keinen Schritt mehr aus dieser Kabine tun, egal, wie viele Piraten uns noch überfallen. Wissen Sie, dass es in diesem grauenhaften Raum dort unten nach Teer riecht?«

»Das kann ich mir vorstellen«, sagte Beth, und fühlte sich wie eine Drückebergerin, als sie schnell hinzufügte: »Soll ich jetzt Jenny zu Ihnen schicken?«

»O ja.« Mrs Pargutter seufzte dankbar. »Und sagen Sie ihr doch bitte, dass sie mir meine Klöppelarbeit mitbringt. Einige meiner Sachen sind bei ihr untergebracht, weil in ihrer Kabine mehr Platz ist als in meiner, wissen Sie.«

»Natürlich«, murmelte Beth und dachte, dass Jenny es verdient hätte, heiliggesprochen zu werden, sollte sie je zum Katholizismus übertreten.

Nachdem Beth Jenny gerufen und sich dann entschuldigt hatte, ging sie zu Mr Ruffords Kabine. Ihr Herz begann zu flattern, als sie leise anklopfte. »Mr Rufford?« Ob er noch schlief? Bei seinen merkwürdigen Angewohnheiten wäre das durchaus nichts Ungewöhnliches gewesen.

»Kommen Sie herein, Miss Rochewell.«

Seine tiefe, wohlklingende Stimme bezauberte sie immer wieder. Fand sie ihn jetzt noch faszinierender, seit sie wusste, dass er noch mehr Geheimnisse hütete, als sie vermutet hatte? Leise öffnete sie die Kabinentür.

Mit ordentlich gebundenem Halstuch, einem feinen blauen Rock, gelbbraunen Hosen und auf Hochglanz polierten Stiefeln bekleidet saß er am Waschtisch und packte sein Rasierzeug ein. Sein dunkelbraunes Haar war wieder zu einem Pferdeschwanz zurückgebunden, sein Gesicht war glatt und schimmerte leicht rosig vom Rasieren. Es war, als hätte es die gestrige Nacht nie gegeben. Als ihre Blicke sich im Spiegel trafen, sah Beth einen Ausdruck tiefer Qual in seinen Augen, der sie erschreckte und verwirrte. An seinem Kinn war eine kleine Schnittwunde von der Rasur.

Als er sich ihr zuwandte, war die kleine Wunde schon nicht mehr da, und Beth verspürte wieder ein ungutes Gefühl im Magen. Zeuge dieses Phänomens zu sein, fand sie am Tage noch beunruhigender als des Nachts. Allerdings hatte Rufford das winzige Fenster mit einem schwarzen Tuch verhängt, und die Kabine wurde nur vom Schein einer Lampe erhellt. Auf seinem Waschtisch lag eine kleine Kugel. Es musste die aus seinem Rücken sein. Beth versuchte sich vorzustellen, wie sein Körper sie während seiner Genesung einfach ausgestoßen hatte …

Ein nervöses Kribbeln durchlief sie, als ihr die Ungeheuerlichkeit seines Andersseins schlagartig wieder zu Bewusstsein kam. Sie hatte seine Erklärung über sein infiziertes Blut mit geradezu unglaublicher Naivität akzeptiert. Und wenn er nun eine Art Ungeheuer war? Sie hatte sich von ihrer körperlichen Reaktion auf ihn irreführen lassen. Alles hatte mit dem Kuss begonnen, um den sie ihn gebeten hatte. Was hatte sie sich nur dabei gedacht? Sie hatte nicht berücksichtigt ... Was konnte sie sagen, um ihren Besuch hier zu rechtfertigen? Am Ende kamen die Worte wie von selbst über ihre Lippen. »Ich fürchte, ich habe Ihr Rasiermesser ruiniert, als ich Ihnen damit Ihre Kleider aufgeschnitten habe. Das tut mir leid, Sir.«

Der Schmerz in seinen Augen verblasste. Er lachte leise, aber es klang nicht amüsiert. »Eine hübschere oder ungewöhnlichere Entschuldigung habe ich noch nie gehört.«

Beth spürte, wie sie errötete. Er hatte recht; es war idiotisch, was sie da gesagt hatte.

»Aber ich hätte Ihre Entschuldigung nicht mit meiner Spöttelei beantworten dürfen«, murmelte er. »Ich bin Ihnen sehr dankbar für Ihr pragmatische Vorgehensweise.«

Beth hatte das Gefühl, die Sprache noch einmal auf diesen Kuss bringen zu müssen. »Ich muss mich noch wegen etwas anderem bei Ihnen entschuldigen, Sir. Sie müssen ja glauben, ich sei sehr forsch ... nach meiner merkwürdigen Bitte gestern.«

Zuerst schien er nicht zu wissen, was sie meinte, aber dann hellte sein Gesicht sich auf. »Eine weitere, sehr entschlossene Annäherung an Ihr Problem«, erwiderte er lächelnd. »Und ich hatte nichts dagegen, wie Sie sich erinnern werden.«

Wieder errötete sie und wechselte das Thema. »Die Besatzung ist Ihnen sehr dankbar für Ihre Tapferkeit.«

Er zog die Brauen hoch, und sein Blick wurde durchdringender.

Zumindest hatte sie ihm einen Dienst erwiesen. Falls er sich Sorgen machte, die Männer könnten ihm sein gestriges Vorgehen verübeln, konnte sie ihn wenigstens in dieser Hinsicht beruhigen. »Ich habe ihnen gesagt, dass Menschen in großer Angst oder im Kampf zu ganz außerordentlichen Taten fähig sind.«

»Und nun denken alle, meine Angst hätte mir diese Kräfte verliehen?«

Beth zuckte mit den Schultern. »Besser das als …«

»Wahrscheinlich sollte ich Ihnen dankbar sein, dass Sie nicht kreischend zu Captain Tindly gerannt sind.«

»Sie schätzen mich falsch ein«, gab sie vorwurfsvoll zurück, woraufhin er sie nachdenklich ansah. Um dem zu entkommen, schaute sie sich in seiner ordentlich aufgeräumten Kabine um und entdeckte einen Stapel Bücher. »Sie lesen Romane, Sir?«

Er schien diesen Themenwechsel zu begrüßen und räusperte sich. »Ich finde Mr Fieldings Ansichten über England sehr beruhigend. In der Gesandtschaft gab es auch ein Buch von einer Miss Austen, das aber anscheinend nie jemand gelesen hatte. Colonel Ware, einer der Offiziere dort und ein überaus sympathischer Mann, erlaubte mir, es mitzunehmen. Ich finde auch ihre Sicht der Gesellschaft äußerst zutreffend. Ich … Haben Sie es schon gelesen? Es ist ziemlich neu.«

Beth lächelte über diese Flut rechtfertigender Worte. »Ich lese gerade *Verstand und Gefühl*. Und ich stimme Ihrer Analyse zu. Es ist ein scharfsinniges, sehr überzeugendes und sogar humorvolles Buch, und ich … nun ja, ich finde mich in der Person der doch eher nüchtern denkenden Schwester wieder. Aber was Ihren Lesestoff angeht, so hätte ich bei Ihnen eigentlich eher auf Philosophen oder Lyriker getippt.«

Er verzog das Gesicht. »Sie sind sehr streng mit mir. Wahrscheinlich halten Sie mich für einen Anhänger Mr Byrons?«

»Nein«, erwiderte sie nachdenklich. »Lord Byron vertritt in seinen Werken eine gewisse Freiheit des Denkens, und er führt ein Leben, das vielleicht gut zu Ihnen passen würde. Aber seine Darstellung des romantischen Helden würde Ihnen nicht gefallen. Sie würden sie vielleicht sogar als zu manieriert betrachten. Nein, ich glaube, Sie mögen eher die Geschichten, in denen es um Mut und um Abenteuer geht und weniger um Befangenheit. Eigentlich hätte ich vermutet, dass Sie sich eher für die griechischen Klassiker interessieren. Wie die *Ilias* zum Beispiel?«

Seine Augen weiteten sich leicht – und dann griff er hinter sich und zog ein Buch unter seinem Kopfkissen hervor. Die *Ilias*. »Sie erstaunen mich, Miss Rochewell ... Oder Sie verunsichern mich. Ich weiß nicht, was von beidem.«

»Dann geht es Ihnen so wie mir.« Beth erschrak, denn mit diesen Worten hatte sie ihm ihre Furcht vor ihm verraten.

Im Gemeinschaftsraum erklangen Schritte. Beth hielt sich in der Kabine eines unverheirateten Mannes auf. Falls die Schiffsbesatzung davon erfuhr, wäre ihr guter Ruf keinen Schilling mehr wert. Sie war nicht mehr in Afrika, sondern auf einem britischen Handelsschiff, auf dem die unumstößlichen britischen Werte galten. »Sie brauchen Ihre Ruhe. Ich wollte mich nur vergewissern, dass Sie wirklich voll und ganz genesen sind.« Aber die Art dieser Genesung war noch immer so befremdend, dass Beth erneut errötete. Rasch wandte sie sich zum Gehen.

»Wie wäre es mit einer Partie Schach bei Sonnenuntergang?«

Beth wandte sich nicht mehr um. »Vielleicht.« Dann trat sie auf den Gang hinaus und lächelte. Nichts würde sie lieber tun, als wieder mit ihm Schach zu spielen.

7. Kapitel

Ian fielen die Augen zu beim Lesen, und er versank in den tiefen, traumlosen Schlaf, den sein Körper forderte. Weder Glockenschläge noch der Lärm an Deck vermochten ihn zu wecken. Auch in der Nacht zuvor hatte er geschlafen wie ein Toter. Beim Erwachen spürte er, dass die Sonne im Begriff war, unterzugehen. Er spürte es, obwohl nicht der kleinste Lichtstrahl in seine Kabine drang. Würde er den Stand der Sonne jetzt immer kennen?

Mit dem Erwachen kam auch der Hunger wieder, der ihm den Magen zusammenkrampfte und an ihm nagte wie ein Tier. Erschrocken fuhr er auf. Es war doch erst vier Tage her, seit er seinen Hunger gestillt hatte! Er hatte geglaubt, danach für zwei Wochen Ruhe vor dieser Gier zu haben und bis zum nächsten Hafen durchhalten zu können. Die schnelle Heilung seiner Wunden musste ihn geschwächt haben. Er presste die Lippen aufeinander. Im Moment ließ sich der Hunger noch bezähmen, aber wie lange noch? Und wie lange würde es dauern, bis sie einen Hafen anliefen?

Ian stieg aus seiner Koje, brachte seinen Rock und sein Halstuch in Ordnung und ging hinauf an Deck. Miss Rochewell war schon da, sie betrat gerade die große Heckkabine. Er musste irgendwie sicherstellen, dass sie sein Geheimnis wahrte. Das Beste war, wenn er sie davon überzeugte, dass er kein Ungeheuer war – auch wenn das gelogen war. Ohne ihr zu nahezutreten, musste er sie für sich einnehmen, um auch sicher sein zu können, dass sie sein Anderssein akzeptierte.

Aber darum würde er sich erst später kümmern. Er schaute sich um. Das sie begleitende Kriegsschiff und sieben Schiffe des Konvois begleiteten die *Beltrane*. Der Captain ging auf dem

Hinterdeck auf und ab. Ian dachte sich, dass der Captain wütend auf ihn sein würde, weil er gestern Nacht das Kommando übernommen und die Verteidigung angeführt hatte. Aber was machte das schon? Ian brauchte dringend eine Information. Als einer der jüngeren Seeleute an ihm vorbeikam, hielt er ihn auf und bat den Jungen, zum Captain zu gehen und ihm auszurichten, dass Ian ihn gern sprechen würde.

Der Captain nickte, und Ian stieg die Treppe hinauf. »Kommen wir gut voran, Captain?«

»Wir haben eine Großstenge getakelt und einen Bugspriet gesetzt. Die *Beltrane* macht jetzt ungefähr sechs Knoten.«

»Und welchen Hafen laufen wir als nächsten an?«

»Port Mahon, falls der Wind uns dorthin bringt.«

»Zweifeln Sie daran?«

»Aye. Das Barometer fällt.« Eine grün-schwarze Wolkenbank trieb backbords heran »Wenn der Wind von Südwesten weht, können wir Port Mahon nicht anlaufen. Die Hafeneinfahrt ist ungewöhnlich schmal. Der Wind könnte Tage oder Wochen wehen, ohne dass wir vorankommen würden. Vielleicht entschließt sich der Kommandant der Schaluppe dazu, die Schiffe, die dort anlegen müssen, unter den Schutz der dortigen Truppen zu stellen und mit dem Rest des Konvois nach Gibraltar weiterzufahren.«

Ians Enttäuschung musste ihm im Gesicht geschrieben stehen.

»Seeleute sind Sklaven des Wetters, Sir, dagegen kann man überhaupt nichts tun.« Captain Tindly räusperte sich. »Ich habe eine Depesche verfasst, in der ich die … erstaunliche Rolle beschrieben habe, die Sie bei der Rettung der *Beltrane* und ihrer Fracht gespielt haben. Davon werde ich sowohl dem Kommandanten der Schaluppe wie auch unserer Reederei eine Abschrift zukommen lassen. Ich zweifle nicht daran, dass man Sie großzügig belohnen wird.«

Ian wandte den Blick vom zunehmend dunkler werdenden

Horizont ab und sah den Captain an. »Ich brauche keine Belohnung«, sagte er kurz. »Wie lange würden wir bis Gibraltar unterwegs sein, wenn wir Port Mahon nicht anlaufen können?«

»Das ist schwer zu sagen«, erwiderte der Captain, fügte aber nach einem Blick auf Ian hinzu: »Wenn das Wetter mitspielt, ungefähr vier Tage.«

Vier Tage. Ian hoffte bei Gott, dass er noch vier Tage durchhalten würde.

Beth studierte die Landkarten, die sie auf ihrem Schreibtisch ausgebreitet hatte. Sie zeigten die östliche Sahara. Darauf eingezeichnet waren außer den Oasen auch die Stellen, an denen Ruinen von Grabstätten aus dem sechsten Jahrhundert gefunden worden waren. Nur auf die wertvollste aller Ruinen, von der Beth wusste, dass sie irgendwo in dieser Wüste lag, gab es leider keinen Hinweis. Die versunkene Stadt war nie gefunden worden. Der alte Imam in Tunis hätte ihr bestimmt sagen können, wo sie lag, daran hegte sie nicht den kleinsten Zweifel. Aber dann war ihr Vater gestorben, und alles hatte sich geändert. Die uralten Texte könnten jedoch einen Hinweis enthalten, auch wenn sie sie schon x-mal durchgesehen hatte.

Vorsichtig strich sie eine Schriftrolle glatt, deren Papyrus schon sehr brüchig war. Diese Schriftrollen waren ihr kostbarster Besitz. In gewisser Weise hatte sie sich seit Jahren darauf vorbereitet, sie gründlich zu analysieren, hatte sogar bei dem französischen Gelehrten Champollion Hieroglyphen zu entziffern gelernt, als er den zwanzig Jahre zuvor von französischen Soldaten in Rashid – oder Rosette in Englisch – gefundenen Stein entschlüsselt hatte. Außerdem hatte sie Koptisch sowie Alt- und Neugriechisch gelernt.

Das Gold, mit dem einst jeder Großbuchstabe geschrieben worden war, konnte man kaum noch erkennen. Beth gelang es mühsam, den Namen des Verfassers, Hamarabi, zu entziffern. Sie überflog die Zeichen, bis sie die gesuchte Stelle fand.

»Und in der Wüste«, übersetzte sie leise für sich, *»lebt das Böse, das aus dem Himmel auf die Erde herabkam und sich vom Blut der Menschen nährt. Es offenbart sich in dem Tempel des Wartens, der in den Fels von Kivala geschlagen wurde und Gift ist für den Körper und die Seele eines Menschen. Denn wer sein Blut mit dem des Mächtigen vermischt, wird dessen Macht um den Verlust seiner Seele in sich aufnehmen. Er wird über Tod, Alter und Verwundungen obsiegen.«* War das richtig übersetzt? Nein. *»Er wird weder Tod noch Alter, weder Verwundungen noch Blut zu fürchten haben.«* Das hörte sich schon besser an. *»Aber seine Bedürfnisse werden unrein sein.«*

Beth lief es kalt den Rücken hinunter, wann immer sie die Worte las, und deshalb übersprang sie dieses Mal ein Stück. *»Und wenn der Mond die höchsten Gipfel des Rückgrates der Erde berührt, wird sein Schein die Stadt enthüllen, die tief im Fels sechs Daumen von dem nördlichsten Gipfel ruht und auf die Rückkehr derer wartet, die ihren Bruder einst verlassen haben. Zur halben Sonnenwende wird die Stadt gefunden werden, und nur die Rechtschaffenen werden sie betreten, auf die Gefahr hin, ihre Seele zu verlieren.«*

Was für eine seltsame Mischung aus hebräischen Wendungen wie *die Rechtschaffenen* und Begriffen des Korans wie *Rückgrat der Erde*, und all das geschrieben in einer Sprache, die viel älter war als das Hebräische und der Koran. Fast schien es, als bildete das Schriftstück die Grundlage für andere Religionen. Entweder ihre Vermutung stimmte, oder ein später entstandener Text war absichtlich in dieser verwirrenden Form abgefasst worden, um seinen Ursprung zu verschleiern. Aber der Hinweis auf die Stadt Kivala, der sich hier fand, war der genaueste, den Beth bisher gefunden hatte.

Sie richtete sich auf und seufzte. Welche Chance hatte sie

jetzt noch, den Traum ihres Vaters zu verwirklichen? Sie befand sich auf dem Weg nach England und würde sich dort gesellschaftlichen Regeln beugen müssen, die Frauen unterdrückten. Sie hatte sich in diese alten Schriften vertieft, um sich von Mr Rufford abzulenken, das war Beth nur allzu bewusst. Sie versuchte, ihn so zu sehen, wie ihr Vater es getan hätte. Die Erklärung für seine wundersame Heilung musste in einer der Medizin noch unbekannten Form der Blutgerinnung in Verbindung mit einer äußerst guten Heilfähigkeit liegen. Wenn sie doch nur mehr von Medizin verstünde! Aber ihre Erfahrung beschränkte sich auf das Schienen und Vernähen kleinerer Verletzungen – was in Bezug auf Mr Rufford völlig nutzlos war. Was mochte ihm widerfahren sein? Was hatte ihm die Fähigkeit verliehen, Verletzungen heilen zu lassen, an denen andere Menschen sterben würden? Er hatte von einer durch Blut übertragenen Infektion gesprochen, somit war es keine Fähigkeit, die er vielleicht schon von Geburt an gehabt hatte.

Beth konzentrierte sich wieder auf die eine Stelle. *»Denn wer sein Blut vermischt … wird weder Verwundungen noch Blut zu fürchten haben.«*

Sie sog scharf den Atem ein bei diesen letzten Worten.

War dieser Passage zu entnehmen, dass Mr Rufford seine schier unglaubliche Fähigkeit der Selbstheilung durch den Austausch von Blut erworben hatte? Oder schrieb sie dem Text nur diese Bedeutung zu, weil es sie berunuhigte, die Dinge nicht einordnen zu können?

Sie hob den Kopf und schaute durch das kleine Fenster ihrer Kabine. Es war kurz vor Sonnenuntergang, und sie hatte eine Verabredung zum Schachspielen mit einem äußerst rätselhaften Mann. Sie beschloss, ihm nichts von ihrer Entdeckung eines Textes zu erzählen, der seinen Zustand zu beschreiben schien. Sie musste erst noch mehr über ihn erfahren.

Drei Tage. Es war drei Tage her, seit sie die Piraten zurückgeschlagen hatten, und in diesen drei Tagen waren sie kaum vorangekommen. Der tückische Wind hatte verhindert, dass sie Port Mahon anlaufen konnten. Und schließlich war das Schlimmste überhaupt passiert – der Wind hatte fast völlig abgeflaut. Die *Beltrane* hatte bestenfalls noch zwei Knoten gemacht und sich an der Geschwindigkeit des langsamsten Schiffes des Konvois orientiert. Ian ging unruhig in der Heckkabine auf und ab, während der Himmel hinter den großen Fenstern sich rötlich färbte und die Sonne die Wolken mit ihrem orangefarbenen Schein überzog.

Die letzte Äußerung des Captains war gewesen, dass er nicht wisse, wie lange sie bis Gibraltar brauchen würden. Ians Schicksal lag demnach in den Händen des Wettergottes, und niemand konnte sagen, wie lange diese fast völlige Windstille noch andauern würde.

Ian jedenfalls hielt diese Situation nicht mehr aus. Sein Mund war so trocken, dass weder Wein noch Wasser dagegen halfen. Sein Durst brodelte in ihm und machte ihn reizbar und aufbrausend. Was er jedoch nicht beeinträchtigte, war der Hörsinn, der jetzt so geschärft war, dass Ian das Pochen des Blutes in den Herzen der Kreaturen um sich herum wahrnehmen konnte. Aber er durfte dem Drang nicht nachgeben, nicht hier auf dem Schiff, wo die Folgen allzu leicht abzusehen waren.

Wo blieb Miss Rochewell? Sie wusste doch, dass er jeden Abend um diese Zeit hier auf sie wartete. Er musste zugeben, dass er begonnen hatte, Gefallen an ihrer Gesellschaft zu finden. Und es gefiel ihm, dass sie die seine zu genießen schien und er bei ihr nichts von der gezierten Affektiertheit spürte, die er von jungen Damen in England gewohnt war. Gereizt ließ er sich in dem Lehnstuhl am Tisch nieder und schob die Schachfiguren auf dem Brett herum. Ließ sie ihn warten, um ihre Macht über ihn zu demonstrieren? Kein Schachpartner war das wert.

Aber dann wurde die Tür geöffnet, und sie kam herein. Sie hielt sich einen ihrer Finger an den Mund und saugte daran. »Verzeihen Sie meine Verspätung«, sagte sie, nachdem sie die Hand hatte sinken lassen. Sie sah Ian aus ihren schönen grüngoldenen Augen entschuldigend an. »Ich war mit einigen Textstudien beschäftigt, und die Zeit ist mir davongelaufen. Schauen Sie nur«, sagte sie und hielt ihren Finger einen Moment lang hoch. »Ich habe mich an einer der Schriftrollen geschnitten.«

Ian musste sich den Finger nicht ansehen. Er hatte den süßlichen Geruch des Blutes sofort gewittert. Und auf seiner Zunge spürte er fast dessen kupfrigen Geschmack und angenehme Klebrigkeit. Seine Erregung steigerte sich in einem solchen Maß, dass er aufspringen musste. Er zog sein Taschentuch hervor und warf es vor ihr auf den Tisch. Dann wandte er sich ab und sagte mit einer schroffen Stimme, die er kaum als seine erkannte: »Bevor Sie Ihr Kleid mit Blut beflecken, sollten sie die Verletzung verbinden. Das können Sie doch so gut.«

Sie sah ihn fragend an. »Ist alles in Ordnung mit Ihnen, Sir?«, erkundigte sie.

»Natürlich ist alles in Ordnung«, log er. »Ich bin nur ein wenig ungehalten, weil ich nicht gern warte.« Dann wurde ihm bewusst, wie unhöflich das geklungen hatte. Er nahm wieder Platz und räusperte sich. »Schwarz oder weiß?«

»Oh, ich denke, schwarz.« Sie band sein Taschentuch um ihren verletzten Finger. Das weiße Leinen färbte sich ein wenig rot.

»Sie wählen immer Schwarz. Ich dachte, Frauen nähmen lieber Weiß.«

»Mit wie vielen Frauen haben Sie denn schon Schach gespielt?«

Er sah sie überrascht an und schüttelte dann den Kopf. »Sie sind die erste. Bis auf ... nun ja, bis auf ein Mädchen, das ich in London kannte, und sie habe ich immer gewinnen lassen.«

»Wieso?« Beth zog einen Bauern. »Wieso haben Sie sie gewinnen lassen?«

»Weil ich etwas anderes von ihr wollte, als eine Schachpartie zu gewinnen.« Er stieß seinen Springer um, als er ihn setzte, und richtete ihn wieder auf.

»Warum hat sie Sie dann nicht darauf angesprochen? Es ist leicht zu sehen, wenn jemand einen gewinnen lässt, finde ich.« Ihr Läufer machte einen diagonalen Vorstoß.

Ian antwortete, ohne nachzudenken, während er einen Bauern versetzte, um den Springer zu beschützen. »Weil sie vermutlich zu beschäftigt damit war, mir zu gefallen. Auch sie wollte mehr als nur beim Schach gewinnen. Oder vielleicht lag ihr so viel am Gewinnen, dass sie bei allem gewinnen wollte. Frauen sind so, wissen Sie.«

»Ich gewinne auch gern«, gab Miss Rochewell zu. »Aber nicht, wenn Sie weiter so zerstreut spielen. Damit untergraben Sie meine Ehre.« Sie brachte ihren Springer ins Spiel.

»Denken Sie ja nicht, dass ich Sie gewinnen lassen werde«, versetzte Ian und eroberte einen ihrer Bauern mit seinem Springer.

»Ich denke nichts dergleichen«, erwiderte sie und schlug seinen Springer. »Aber irgendetwas beunruhigt Sie doch. Wollen Sie mir nicht erzählen, was es ist?«

»Oh, es ist nur dieser Müßiggang hier auf dem Schiff. Ich hatte gehofft, wir wären jetzt bereits in Gibraltar.« Er zog einen weiteren Bauern. Wenn er so weitermachte, *würde* er verlieren.

»Verstehe. Und nun denken Sie, wenn Sie aufhören, sich zu rasieren, zu und nicht einmal mehr ordentlich ihr Halstuch binden, könnten Sie die Fahrt des Schiffs beschleunigen?«

Seine Hand fuhr an sein Kinn und strich darüber. Er hatte tatsächlich vergessen, sich zu rasieren. Langsam atmete Ian tief durch. Er mochte sich gar nicht vorstellen, welchen Anblick er bot. Sie sah ihn jedenfalls ganz merkwürdig an. »Verzeihen Sie mir, Miss Rochewell.«

»Wenigstens haben Sie nicht Ihr Eau de Toilette vergessen. Zimt und ... was ist dieser andere Duft? Ich kann ihn nicht zuordnen.«

Ian war, als würde ihm der Boden unter den Füßen weggerissen. »Zimt und Ambra?«

»Das ist es«, erwiderte sie. »Nicht zu stark und gewiss nicht unangenehm. Sollten Sie das nicht?«

Er ließ die Schultern hängen. »Doch, das sollte ich.« Auch darin war er wie Asharti. Es war ihm bislang nur nie aufgefallen, weil man seinen eigenen Duft nicht wahrnahm. Sein Hunger wurde immer quälender.

Miss Rochewell lehnte sich auf ihrem Stuhl zurück, als hätte sie das Interesse an dem Spiel verloren. »Vielleicht brauchen Sie etwas, um sich zu abzulenken und nicht mehr ständig nachzudenken. Sie verbringen zu viele Stunden allein. Soll ich Ihnen etwas über mein Problem erzählen?«

Ian schluckte. »Ja, tun Sie das«, brachte er gerade noch heraus. Wusste sie, dass er den Puls an ihrer Kehle pochen sehen konnte? Seine Adern schmerzten vor Hunger.

»Vielleicht können Sie mir helfen. Ich habe einige Schriftrollen gelesen, in denen Hinweise auf die Lage Kivalas gegeben werden.« Ian blickte auf und hoffte, dass seine Augen nicht das Grauen widerspiegelten, das ihn erfasste. »Leider bin ich nicht mehr dazu gekommen, den alten, Imam aufzusuchen, der schon einmal dort gewesen ist«, fuhr Miss Rochewell fort, »aber vielleicht werden mir ja die alten Schriftrollen den Weg weisen.«

»Die Lage dieser versunkenen Stadt zu kennen wird Ihnen für Ihr Leben in London nicht viel nützen«, sagte er abweisend.

»Wir alle fühlen uns gern in unserer Meinung bestätigt«, entgegnete sie achselzuckend. »Ich habe es fast geschafft. Die Texte sagen recht genau etwas über die Position des Mondes über dem

Rückgrat der Welt und die Jahreszeit aus. Aber wo *ist* dieses ›Rückgrat der Welt‹? Man denkt natürlich an die Berge südlich von Addis Abeba, aber dort gibt es keine Sandsteinfelsen wie die in Petra. Vielleicht ist der Atlas gemeint, aber der erstreckt sich über Hunderte von Meilen.«

O Gott, sie wusste tatsächlich, wo es lag! Wenn die Schriften so aufschlussreich waren, vielleicht würden dann auch andere die Stadt östlich des Atlas' und südlich des Rifs entdecken. Aber was kümmerte ihn das, solange er nur weit genug entfernt in England war?

»Sie scheinen etwas über diese versunkene Stadt zu wissen«, fuhr sie fort. »Als ich in Tripolis an Bord kam, sagten sie mir, sie sei böse. Und das scheinen meine Schriften zu bestätigen.«

»Tatsächlich?« Ian hatte das Gefühl zu ersticken.

»›Und in der Wüste‹«, zitierte sie aus dem Gedächtnis, »›lebt das Böse, das aus dem Himmel auf die Erde herabkam und sich vom Blut der Menschen nährt. Es offenbart sich in dem Tempel des Wartens, der in den Fels von Kivala geschlagen wurde und Gift ist für den Körper und die Seele eines Menschen. Denn wer sein Blut mit dem des Mächtigen vermischt, wird dessen Macht um den Verlust seiner Seele in sich aufnehmen. Er wird weder Tod noch Alter, weder Verwundungen noch Blut zu fürchten haben.‹ Bei dieser letzten Stelle musste ich an Sie denken, Sir, und erinnerte mich Ihrer Worte über die Stadt, mit denen Sie wahrscheinlich meine Erwartungen dämpfen wollten.«

Sie sah ihn mit ausdrucksloser Miene an. »Aber stattdessen hat mich das auf die Idee gebracht, dass Sie vielleicht schon einmal in Kivala waren und mir beschreiben können, wo sich ›das Rückgrat der Erde‹ lokalisieren lässt.«

Ian sprang so plötzlich auf, dass sein Stuhl umkippte. »Ich kann Ihnen gar nichts sagen!« Er stieß gegen den Tisch, als er sich abwandte. Die Schachfiguren fielen zu Boden. Dann war er auch schon aus der Tür. Wie blind sah er sich um und fragte sich, wo auf diesem kleinen Schiff er vor ihren neugierigen Fragen sicher war. Dann fiel sein Blick auf die Takelage. Da hinauf konnte sie ihm nicht folgen. Er griff nach der Webeleine und kletterte zum Hauptmast hinauf, wo er sich an den dicken Tauen festhielt. Ein Schiffsjunge hockte direkt neben ihm auf einem zusammengefalteten Segel, und Ian fuhr ihn an, entweder weiter in die Takelage hinaufzusteigen oder sich einen anderen Mast zu suchen. Aber dann wurde ihm plötzlich klar, dass dieser Junge die Antwort auf sein Dilemma war.

»Komm her, Junge«, flüsterte er und verließ sich auf die Kraft, die durch seine Adern floss, um sie durch seine Augen scheinen zu lassen und den Jungen zu beruhigen. Er würde nur so viel von dessen Blut trinken, wie er brauchte, um bis Gibraltar durchzuhalten. Nein, vielleicht wäre selbst das noch zu viel für den jungen Burschen, so ausgehungert, wie Ian war. Er würde von diesem hier ablassen und ihn wegschicken, sobald er einige Schlucke zu sich genommen hatte. Kraft seines Willens würde er dann einen der anderen Schiffsjungen zu sich herauf befehlen. Nur einige Schluck von jedem, falls er sich so weit beherrschen konnte, und es würde keine Beweise für sein Tun geben, vielleicht würde man es nicht einmal bemerken.

Der Wind hatte aufgefrischt. Beth dankte den Göttern des Himmels und der See, als der späte Nachmittag dem Abend wich. Möglicherweise erreichten sie schon morgen Gibraltar, was Mr Ruffords angespannte Nerven hoffentlich beruhigen würde. Er hatte sich den ganzen Abend nicht blicken lassen – was auf einem keine zweihundert Fuß langen Schiff gar nicht einfach war. Aus seiner Kabine drang kein Lichtschein. Niemand hatte ihn gesehen. Das war äußerst merkwürdig. Vielleicht war es wegen ihres Geredes über Kivala. Aber nein, er war ja schon verstimmt gewesen, bevor sie dieses Thema angeschnitten hatte.

Beth ging zur Krankenstation hinunter. »Dr. Granger?« Der Arzt stand mit einem der Schiffsjungen unter dem Oberlicht und sah sich dessen Nacken an.

Als er ihre Stimme hörte, blickte er auf. Es schien ihm besser zu gehen, seit sie sich auf offener See befanden, denn sie hatte ihn schon seit Tagen nicht mehr alkoholisiert gesehen. »Sind Sie wegen Mrs Pargutters Magenmittel hier?«, fragte er.

Beth nickte und lächelte ihn an. »Ich wollte Sie nicht bei der Arbeit stören.«

»Das tun Sie nicht. Der junge Callow hier läuft nicht Gefahr zu sterben. Er hat nur zwei Insektenstiche, die sich allerdings entzündet haben. Ich habe ihn zur Ader gelassen, er wird bald wieder ganz auf dem Damm sein.« Er drehte sich zum Schrank, der die getrockneten Heilkräuter und Arzneien enthielt, aus denen er sein Mittel gegen Seekrankheit bereitete.

Beth nickte dem jungen Mann zu. »Ich hoffe, Sie haben keine Schmerzen?«

Der Junge richtete sich und warf sich in die schmale Brust. »Nein, Ma'am. Ich bin nur gekommen, weil der Bootsmann meinte, die Stiche wären irgendwie komisch, und weil ich Träume hatte – als wenn ich Fieber hätte oder so.«

Beths Augen weiteten sich unwillkürlich. Zwei kleine runde, leicht geschwollene Wunden befanden sich direkt über Callows Hauptschlagader. Sie sah sie wie aus weiter Ferne, hörte das Knirschen der Kräuter in Dr. Grangers Mörser und das Ächzen der hölzernen Schiffswände, während ihr seltsam schwindlig wurde. Der Arzt wollte wissen, ob die Laudanumtinktur genügte, um Mrs Pargutter ein wenig Ruhe zu verschaffen. Irgendwie gelang es Beth, darauf zu antworten.

Zwei kleine runde Wunden – natürlich hatte sie diese Male wiedererkannt. Würden sie zwei runde weiße Narben hinterlassen? Sie hatte solche Narben schon bei jemand anderem auf diesem Schiff gesehen, und nicht nur zwei davon, sondern unzählige.

»Man könnte fast vermuten, dass er von einer Fledermaus gebissen worden ist«, bemerkte Dr. Granger im Plauderton. »Vielleicht auch von einer Ratte, falls sie groß genug war. Aber Ratten von einer solchen Größe gibt es auf der *Beltrane* nicht«, sagte er lachend, »und von Brasilien sind wir weit entfernt.«

»Wieso Brasilien?«, fragte Beth, die wie hypnotisiert auf diese beiden kleinen runden Wunde starrte.

»Weil es dort eine blutsaugende Fledermausart gibt und weil Callows Wunde direkt über seiner Halsschlagader liegt.« Granger wandte sich ab, um die Arznei für Mrs Pargutter fertigzustellen.

Eine blutsaugende Fledermaus? »Das ist ja … furchtbar.«

»Nicht für die Fledermaus. Einige dieser Tiere mögen Früchte und andere eben lieber Blut. Ihr Biss ist nicht tödlich für ihre Opfer, und die armen Dinger können nicht anders, es ist ihre Natur. Vampirfledermäuse werden sie in Brasilien genannt.«

»Ich hoffe, Sie erholen sich bald wieder«, sagte Beth zu Callow, als sie die Arznei von Dr. Granger entgegennahm. Tausend Gedanken schossen ihr durch den Kopf. Lauerte Mr Ruffords Verderben hier auf dem Schiff? Aber wenn es so wäre, müsste er das doch wissen? Vielleicht wusste er es ja und war deswegen so gereizt und unaufmerksam. Seine Krankheit war übertragbar, so viel wusste sie. Aber Callows Blut war doch nicht mit dem Ruffords in Berührung gekommen … Und die Narben auf Mr Ruffords Körper waren doch die Spuren seiner Sklavenschaft … nicht seiner Krankheit?

An Deck stieß sie beinahe mit Mr Rufford zusammen. Erschrocken blickte sie auf und sah die Fragen in seinem Gesicht, die Besorgnis, aber keine Spur mehr von seiner gestrigen Nervosität und Zerstreutheit.

»Alles in Ordnung mit Ihnen, Miss Rochewell?« Seine tiefe Stimme brachte sie immer ein bisschen aus dem Gleichgewicht, und heute Abend noch mehr als sonst.

»Ja. Ja, Sir, selbstverständlich.« Sie strich sich eine Haarsträhne hinter das Ohr und sah ihm prüfend ins Gesicht. Was würde er zu Callows Verletzung sagen? Sie musste es wissen. »Aber dem jungen Callow geht es nicht sehr gut.«

Mr Rufford runzelte die Stirn. »Sie meinen den Schiffsjungen? Ist er krank?« Er starrte an ihr vorbei zu der Treppe, die zur Krankenstation führte. Das blanke Entsetzen stand ihm ins Gesicht geschrieben. »Vielleicht sollte ich nach ihm sehen. Sie entschuldigen, Miss Rochewell«, sagte er, ohne sie anzusehen und den Blick noch immer auf die Treppe gerichtet, »wenn ich unsere Schachpartie verschiebe.«

Er eilte die Treppe mit einer Geschmeidigkeit hinunter, die seinen Bewegungen gestern Abend gefehlt hatten. Als Beth ihm nachsah, dachte sie, dass sie noch nie eine eindrucksvollere Verkörperung von Macht gesehen hatte. Eine Ahnung ging ihr durch den Sinn, eine beängstigende Theorie, die sich formte und wieder auflöste. Was tat ihr mysteriöser Freund gerade? Wollte sie das wirklich wissen?

O ja. Aber sie konnte ihm nicht folgen, ohne sich zu verraten. Deshalb wartete sie an Deck, denn irgendwann musste er ja wieder heraufkommen.

Und so war es. Bevor er sie im Schatten immer noch dort stehen sah, wo er sie zurückgelassen hatte, wurde sein Gesicht von dem von unten heraufdringenden Lichtschein erhellt. Beth sah Traurigkeit darin. Tief empfundenes Bedauern. Scham? Abscheu? Er atmete die kühle Seeluft tief ein und blickte zu den Sternen auf.

»Der Arzt sagt, er wird sich bald erholen«, flüsterte sie. »Es ist nur eine vorübergehende Schwäche.«

Ihre leise Stimme riss ihn aus seinen Gedanken. Sie sah, wie er versuchte, eine höflich-unverbindliche Miene aufzusetzen, was ihm jedoch nicht gelang. »Sie sind noch hier, Miss Rochewell«, sagte er mit erstickter Stimme. »Ja. Ja, so wird es sicher sein. Junge Leute sind sehr widerstandsfähig.« Mit einem Lächeln versuchte er, sich den Anschein von Gelassenheit zu geben, aber er konnte das Lächeln nicht aufrechterhalten und wandte seinen Blick ab.

Beth brachte nicht den Mut auf, ihn zu fragen, was die Wunden des Schiffsjungen verursacht hatte. Er wusste es, das war offensichtlich. Aber er würde ihr nie die Wahrheit sagen, denn dieses Wissen erschütterte ihn selbst zutiefst. Sie begann zu argwöhnen, dass sich irgendjemand oder irgendetwas auf dem Schiff verbarg. Wovor hatte Mr Rufford solche Angst?

Das Schiff schlingerte heftig auf der unruhigen See. Der Wind pfiff in den Segeln. Der durchdringende Geruch der See vermischte sich mit dem nach Teer und Holz, Hanf und Farbe – und mit dem schwachen Duft von Zimt. Obwohl Beth dicht hinter Ian stand, spürte sie eine enorme Distanz zwischen ihnen. Sein Haar hatte sich aus dem Zopf gelöst und wehte ihm ins Gesicht, als er, eine Hand auf der Reling, in die Nacht hinausstarrte. Schließlich schloss er die Augen und öffnete sie dann langsam wieder.

»Ich muss mich bei Ihnen entschuldigen. Ich bin heute Abend kein guter Gesellschafter.« Noch immer sah er sie nicht an. »Bitte entlassen Sie mich aus meiner Verpflichtung.« Nach einer knappen Verbeugung wandte er sich ab und ging auf seine Kabine zu.

Beth lehnte sich mit dem Rücken an die Wand des Quarterdecks und sah ihm nach. Was auch immer diesem Mann widerfahren sein mochte, es war in Nordafrika geschehen. Dort war es verschwunden, für fast zwei Jahre. Er war gefangen gehalten und misshandelt worden. Das verrieten seine Narben. Er hatte sich ein »Leiden« zugezogen, das ihm höchst merkwürdige Fähigkeiten verlieh. Und eine ihrer Schriftrollen enthielt möglicherweise die Erklärung für das, was aus ihm geworden war. Was hatte dort gestanden? »Er wird weder Tod noch Alter, weder

Verwundungen noch Blut zu fürchten haben. Aber seine Bedürfnisse werden unrein sein.« Was bedeuteten diese Worte? Beth biss sich auf die Lippen. Vielleicht würde sie sich die Schriftrollen heute Abend noch einmal vornehmen, um sie unter völlig anderen Gesichtspunkten zu studieren.

Noch hatte sie die Geheimnisse des Landes, das sie so sehr liebte, nicht ganz hinter sich gelassen. Das mochte eine Erleichterung oder eine Bürde sein, das vermochte sie noch nicht zu entscheiden. Aber war nicht gerade sie hervorragend dazu geeignet, diesen Geheimnissen auf den Grund zu gehen? Schließlich war es das, was sie ihr Leben lang getan hatte. Der Schwarze Kontinent war ihr bis an Bord der *Beltrane* gefolgt, und nun würde sie ihn ein letztes Mal dazu zwingen, eines seiner Geheimnisse preiszugeben. Und sie würde dabei sehr vorsichtig zu Werke gehen. Irgendetwas machte Mr Rufford Angst. Unvermutet wurde Beth bewusst, dass etwas von dieser Angst auch sie ergriffen hatte.

Den Kopf in die Hände gestützt, saß Ian auf seiner Koje. Es war nicht leichter geworden. Wann immer er frisches Blut brauchte, war sein Abscheu vor sich selbst nicht geringer als bei jenem ersten Mal. Und wenn der junge Callow nun gestorben wäre? Er hatte geglaubt, er wäre so vorsichtig gewesen und hätte dem Jungen nur so viel Blut genommen, dass es ihm nicht schadete. Als Miss Rochewell ihm gesagt hatte, dass Callow auf der Krankenstation war, hatte er im ersten Moment angenommen, der Junge wäre tot. Und Watkins, der andere Schiffsjunge, hatte seine Verletzung bisher noch nicht einmal erwähnt. Vielleicht würde er es auch gar nicht, da Ian ihm suggeriert hatte, alles sei nur ein angenehmer Traum gewesen. Sollte die Wirkung der Suggestion anhalten, würde niemals jemand etwas erfahren. Ian lehnte sich an den Schrank seiner Kabine. Schon jetzt konnte er wieder das leise Aufflackern des Hungers in seinen Adern spüren. Aber mit ein bisschen Glück und bei gutem Wind waren es nur noch zwei Tage bis Gibraltar …

Wieder einmal überkam ihn Ekel vor sich selbst. Er mochte von England träumen, aber er würde die Natur, die Asharti ihm aufgezwungen hatte, in sein Heimatland mitnehmen. Wie konnte er dort ein normales Leben führen, wenn er menschliches Blut trinken musste, um sich am Leben zu erhalten? Doch ihm blieb keine andere Wahl. Er konnte sich weder umbringen noch hatte er die Kraft, dem Hunger standzuhalten, wenn er in seinen Adern brannte. Er konnte nur versuchen, seine Gier zu mäßigen.

Gott! Warum war er davon befallen worden? Aber vielleicht gab es keinen Gott, jedenfalls keinen, der so war, wie ihn die Menschen sahen. Das Universum war kalt und willkürlich, das Böse entfaltete sich ungehindert, und abgesehen von seinen Opfern gab es niemanden, der das bedauerte. Ian schüttelte sich. Was nützten ihm diese Überlegungen schon? Sich stundenlang mit seinem Bedauern in seiner Kabine einzusperren war seiner geistigen Gesundheit gewiss nicht förderlich. Aber draußen war ihm nicht zu trauen, und deswegen würde er bis Gibraltar hier in der Kabine bleiben.

Und Miss Rochewell … sie hatte ihn so komisch angesehen, als sie ihm berichtet hatte, dass Callow in der Krankenstation war. Wie viel wusste oder erriet sie? Sie hatte ihm eine Beschreibung des Tempels gegeben. Und in ihren alten Schriften hatte sie die Symptome seines Zustandes beschrieben gefunden. Was verrieten ihr diese Schriften sonst noch über ihn?

Plötzlich kam ihm eine Idee. Vielleicht könnten ihre Erkenntnisse ja auch ihm nützlich sein? Vielleicht gab es irgendeine geheimnisvolle Formel, mit der er seine Menschlichkeit zurückerlangen konnte. Er musste Miss Rochewell nur dazu bringen, ihm mehr über das Thema zu erzählen. Aber unter keinen

Umständen durfte sie erfahren, was er war. Sie mochte seine Fähigkeit zur Selbstheilung als eine ihm eigene, ungewöhnliche Stärke akzeptieren, aber sie würde *nicht* hinnehmen, dass er Blut trank. Und sie ahnte auch noch nichts von seiner Macht, andere seinem Willen unterwerfen zu können. Das würde sie niemals billigen. Oh, diese Gabe, sich andere zu Willen zu machen! Vielleicht war sie das größte Übel. Die größte Versuchung war sie auf jeden Fall. Ians Atemzüge wurden flacher, als die Erinnerung an jene Nacht in der Wüste sich wieder in sein Bewusstsein drängte. Er hatte am eigenen Leib erfahren, wie es war, manipuliert zu werden …

Fedeyah, so hieß der hochgewachsene Araber, steckte den Kopf zwischen den seidenen Vorhängen in die Sänfte, um mit Asharti zu reden, dann befahl er der Karawane zu halten. Ian ließ sich im Sand auf die Knie fallen, als die Sänfte vorsichtig von ihren vier Trägern auf den Boden herabgelassen wurde. Er wusste, was das Anhalten sehr oft für ihn bedeutete. Die heiße, trockene Luft brachte die Sterne am Nachthimmel zum Pulsieren. Oder vielleicht war es auch nur die Schwärze am Rande seines Gesichtsfeldes.

Ian schüttelte den Kopf, um klarer denken zu können. Wie lange war es her, seit er das erste Mal in Ashartis Zelt gerufen worden war? Monate. Er wurde allmählich schwächer. Sein Körper wies fast überall die Spuren ihrer Zähne auf, an beiden Seiten seines Nackens, an der Innenseite seiner Ellbogen und an den großen Blutgefäßen zwischen Unterleib und Oberschenkel. Vor Kurzem hatte sie damit begonnen, nicht nur seine Venen, sondern auch seine Haut zu öffnen, um sein Blut auch auflecken zu können. Es schien ihr großes Vergnügen zu bereiten. Seine Haut war an einem halben Dutzend Stellen aufgeschlitzt. Sie trank allerdings nie so viel, um ihn völlig auszubluten. Ian fuhr sich mit der Zunge über die aufgesprungenen Lippen. Die Wasserrationen für die wenigen noch verbliebenen Sklaven waren verringert worden. Die Karawane war kleiner geworden und ihre Vorräte beinahe aufgebraucht.

Fedeyah kehrte zur Sänfte zurück, als die müden Kamele sich im Sand niederließen. »Wie weit noch, Herrin? Soll ich den Sextanten zu Rate ziehen?«

»Ja«, ertönte ihre etwas heisere Stimme. Sie sprach Arabisch. Sie beherrschte ein Dutzend Sprachen und benutzte sie, wie es ihr gerade einfiel. »Wir müssten bereits in der Nähe sein.«

»Gebe Allah, dass es so ist«, entgegnete Fedeyah. »Werdet Ihr heute Euren Favoriten kommen lassen?«

»Gib ihm und den anderen zu trinken … Und dann wasch ihn, von innen und von außen.« Die seidenen Vorhänge schlossen sich wieder.

Ein Aufschub!, dachte Ian. Aber sie würde ihn später holen lassen. Und er würde ihr zu Diensten sein. Aber was meinte sie damit, dass Fedeyah ihn *von innen waschen solle? Jemand riss an dem Seil an seinem Handgelenk, und er rappelte sich mühsam auf. Er durfte keine Kette mehr tragen, seit er seinen Aufseher damit geschlagen hatte. Der Geruch des Wassers in dem Fass, das gerade geöffnet wurde, überschwemmte seine Sinne. Aber Fedeyah zog ihn weg von der Karawane und den anderen Sklaven, die getränkt wurden. Er brachte ihn zu einem kleinen Sandhügel, der sich hinter einer Gruppe großer Steine erhob.*

Offenbar wollte Fedeyah wieder über England reden. Der Araber fand fast jeden Abend ein bisschen Zeit, um sich mit Ian zu unterhalten. Ian warf einen Blick zurück. Würde er kein Wasser bekommen? Asharti hatte Erlaubnis gegeben, ihn trinken zu lassen. Wenn Fedeyah ihn wegbrachte, würde er seine Chance verpassen. Mit hängenden Schultern stolperte er dem Araber hinterher. Eigentlich müsste er froh sein zu verdursten. Aber sein Körper war feige und verzehrte sich nach Wasser.

Fedeyah setzte sich neben einen der Felsen und befahl Ian, sich vor ihm in den Sand zu knien. Der Araber warf einen Blick auf den Sextanten und zog dann eine kostbare Uhr unter seinem Burnus hervor. Leise vor sich hin murmelnd, überprüfte er den Sextanten noch einmal, um sich zu vergewissern, dass er richtig gesehen hatte. Offenbar zufrieden, legte er das Gerät in seinen bestickten Stoffbeutel zurück und nahm einen mit Leder ausgeschlagenen Korb von dem Halteriemen um seinen Nacken. Wasser! Ian konnte es riechen, als Fedeyah den Korb öffnete und ihn an sein bärtiges Kinn hielt. Ians Mund war ausgedörrt, seine Zunge schmerzhaft angeschwollen. Als Fedeyah sich die Lippen abgewischt hatte, bot er Ian den Korb an.

Mit zitternden Händen nahm er ihn und hob ihn an den Mund. Das lauwarme, nach Leder schmeckende Wasser war das Köstlichste, das Ian je getrunken hatte. In seiner Gier verschluckte er sich, aber er hörte nicht auf zu trinken.

»Genug, Sklave«, sagte Fedeyah barsch und nahm ihm den Korb wieder ab. »Du gehst achtlos mit dem Wasser um . . . Bei dir merkt jeder gleich, dass du von einer Insel stammst, die rundherum von Wasser umgeben ist.«

Ian wischte sich den Mund ab und leckte dann auch noch die letzte Feuchtigkeit von seiner Hand. »Und dennoch werden Sie mich darin baden.«

Fedeyah zuckte mit den Schultern. »Sie verbraucht das Wasser, wie sie will.« Prüfend ließ er seinen Blick über Ians Körper gleiten. »Du hast länger durchgehalten als irgendein anderer Favorit seit hundert Jahren. Du gefällst ihr.«

»Warum?« Das Einzige, was Ian wollte, war, dass sie ihn eines Nachts bis auf den letzten Tropfen ausblutete und seinem Leiden ein Ende setzte.

»Weil du noch etwas empfindest.« Fedeyah blickte zu der Karawane hinüber. »Wenn ihre Dominanz eine Qual für ihre Opfer ist, verschafft ihr das eine noch größere Befriedigung.

Einigen ist es egal, weißt du, andere finden nach und nach sogar Gefallen daran. Oder sie verlieren den Verstand, und dann ist es ihnen sowieso egal.« Er wandte seine dunklen Augen wieder Ian zu. »Sie sagt, sie könnte das Schwanken deines Willens spüren. Sie versucht, deinen Widerstand zu brechen. Aber es gefällt ihr, dass sie das nicht kann.«

Ian wunderte sich, dass er noch vor Scham erröten konnte. »Also ist der einzige Weg, ihr zu entkommen, es zu genießen?«

Wieder blickte Fedeyah zur Karawane hinüber. »Nicht einmal das wird dich noch retten. Sie hat andere Pläne für dich. Trotzdem wird deine Knechtschaft nur für die Dauer eines Lebens sein.«

Vielleicht konnte er Fedeyah ja dazu bringen, dies alles zu beenden. »Sie sind wie Ihre Herrin, Araber. Ich habe Sie bei anderen Sklaven Blut saugen sehen«, sagte er mit einer wohlbedachten Unverfrorenheit im Ton, die bei Sklaven nicht geduldet wurde.

»Ich wünschte, ich wäre mehr wie sie«, erwiderte der Araber mit hohler Stimme.

»Sie ist mächtiger als Sie?«

Ein seltsamer Ausdruck legte sich über Fedeyahs Gesicht, als wäre er in Gedanken ganz woanders und Ians spöttische Bemerkungen könnten ihm nichts anhaben. »O ja. Sie hat mich immerhin erschaffen. Und bald wird sie noch mächtiger sein, als sie es jetzt schon ist.«

Ian versuchte, sich etwas anderes einfallen zu lassen, womit er den Araber reizen könnte. Aber da war etwas, was ihn verwirrte. »Ist sie so viel mächtiger, dass Sie sie dazu bringen kann, ihr zu dienen?«

Fedeyah richtete seinen Blick langsam wieder auf Ian, und seine Augen sahen plötzlich sehr, sehr alt aus. »Ich diene ihr nicht so wie du. Die Mauren haben mich entmannt. Nein, sie wollte einen Kuppler, einen Organisator. Und wozu einen Sterb-

lichen suchen, der ihr in fünfzig Jahren nichts mehr nützen würde? Deshalb schuf sie sich einen dauerhaften Diener.«

»Warum bleiben Sie?«, fragte Ian sanft. Wie konnte dieser Mann sich dafür entscheiden, dem offenkundig Bösen zu dienen?

»Meine Bande sind stärker als die deinen, Engländer, weil ich sie selbst geknüpft habe. Weißt du, wie es ist, gegen deinen Willen zu lieben, obwohl sie ist, was sie ist, oder gerade wegen dem, was sie ist, mit einer Liebe, die nicht stirbt, nicht einmal über Jahrhunderte hinweg?« Seine Stimme wurde heiserer. »Sie nimmt sich schier endlose Scharen von Sklaven, um ein Bedürfnis zu erfüllen, das ich niemals stillen werde.« Etwas Ungesundes flackerte in seinen dunklen Augen auf. »Aber ihr kommt und geht, während ich immer bei ihr bin. Weil sie auch mich braucht.«

»Sie sind genauso schlecht wie sie.« Ian war sicher, dass das Licht in den Augen des Eunuchen jetzt rot zu glühen beginnen würde.

Aber stattdessen erlosch es. »Ja«, sagte er. »Möge Allah mir vergeben.«

Der Aufseher der Sklaven rannte so schnell die Anhöhe hinauf, wie seine massige Gestalt es ihm erlaubte. »Sie verlangt nach dem Sklaven, Fedeyah. Er muss vorher noch gewaschen werden.«

Fedeyah erhob sich und begann, den Hügel hinunterzugehen. Ian kam stolpernd auf die Beine, als das Seil an seinem Handgelenk sich straffte. Er folgte dem Araber mit einem zunehmenden Gefühl der Angst im Bauch. Sein Aufschub war beendet.

Fedeyah und der Aufseher brachten Ian zum Wasserfass. Der fette Aufseher tauchte einen Lappen in das kostbare Wasser und begann, Ian mit einer scharfen Seife abzuschrubben Sie brannte in seinen Wunden, und durch das rücksichtslose Rubbeln rissen einige seiner frischeren Verletzungen auf. Aber daran war er schon gewöhnt. Fedeyah ging derweil zu einem der Kamele, um etwas aus den Satteltaschen zu holen. Er kam mit einem Lederbeutel zurück, der mit einem hölzernen Anschlussrohr versehen war, ganz ähnlich wie bei einer Wasserhaut. Ian starrte das Ding verständnislos an, während Fedeyah es mit Wasser füllte.

»Hinknien!«, fuhr der Aufseher ihn an. Fedeyah reichte ihm den Beutel. »Auf alle viere!«

Von bösen Ahnungen erfüllt, gehorchte Ian. Er musste nicht lange warten, bis seine Befürchtungen sich als wahr erwiesen. Der Aufseher spreizte ihm die Pobacken, führte das hölzerne Anschlussrohr in den After ein und drückte ihm das Wasser in den Darm. »Halt das Wasser«, befahl er, »sonst wirst du die Peitsche spüren.«

Ian verzog vor Scham das Gesicht. Was für eine neue Demütigung erwartete ihn jetzt? Würden sie ihn dem Aufseher überlassen? Ian hatte es ihn schon mit anderen Sklaven treiben sehen, aber nie mit einem von Ashartis Favoriten, und der fette Mistkerl hatte sich dabei auch nie um Sauberkeit geschert. Fedeyah machte sich wieder an der Satteltasche zu schaffen und förderte zwei Dildos zutage, von denen einer wie der erigierte Penis eines Mannes geformt war und aus poliertem Holz bestand, während der andere aus kunstvoll gemeißeltem Stein war und grässlich unmenschlich aussah.

In sprachlosem Entsetzen starrte Ian Fedeyah an. Das Gesicht des Arabers blieb völlig ausdruckslos. Er wandte sich ab, ging die paar Schritte zur Sänfte und reichte die beiden Dildos hinein. Das Atmen fiel Ian zunehmend schwerer. Asharti hatte einen neuen Weg gefunden, seinen Willen zu brechen. Und diesmal schwor er sich, es zuzulassen.

Ians Magen verkrampfte sich. Vermutlich hatte er sich nicht ernsthaft genug bemüht, seinen Willen brechen zu lassen, denn die Anwendung der Dildos war zu einem ihrer Lieblingsspiele mit ihm geworden. Im Nachhinein betrachtet war es wahrscheinlich die Tatsache, dass er gehasst hatte, was sie tat, und dass dieser Hass seinen Willen hatte »schwanken« lassen. Sein einziger Trost war, dass niemand hier etwas von seiner Schande wusste. Sollte sie in Afrika doch machen, was sie wollte. Was ihn anging, konnte sie dort alle umbringen. Er zumindest war entkommen ... bis auf diesen Teil von ihr, den er noch immer in sich trug. Aber niemand musste jemals erfahren, was in der Wüste aus ihm geworden war.

Er war sich selbst nicht sicher, *was* genau es war. Von Fedeyah hatte er erfahren, was es mit dem Blutsaugen und dem langen Leben auf sich hatte. Und er hatte seine Selbstheilungskraft entdeckt. Er wusste, dass die Sonne ihn verbrannte, was sich mit der Zeit aber etwas zu bessern schien. Er wandte Suggestion an, um an Blut heranzukommen. Aber da war bestimmt noch mehr ...

Dieser letzte Gedanke erinnerte ihn wieder an Miss Rochewell. Ihre Schriftrollen könnten ihm vielleicht Aufschluss geben.

Ian stand entschlossen auf und ging in die Gemeinschaftskabine. Unter der Tür ihrer Kabine drang Lichtschein hervor. Die Glocke an Deck schlug leise an. Es war zwei Uhr morgens. Während er noch dastand und zögerte, erlosch das Licht. So spät in der Nacht konnte er Miss Rochewell nicht in ihrer Kabine aufsuchen. Er würde sie nur erschrecken, und das musste er unbedingt vermeiden.

Beth fielen fast die Augen zu. Sie war damit beschäftigt, eine sorgfältige Abschrift der Schriftrolle anzufertigen, und hatte einen Großteil geschafft. Aber es hatte keinen Sinn, jetzt weiterzumachen. Sie rollte den Papyrus vorsichtig zusammen und legte ihn wieder in ihre Tasche. Dann löschte sie die Lampe und stieg in ihre Koje. Doch kaum hatte sie sich zum Schlafen hingelegt, war sie mit einem Mal wieder hellwach.

Sie hatte keine weiteren Anhaltspunkte gefunden, die sie mit Mr Ruffords Zustand oder der Stadt Kivala in Verbindung bringen konnte. Aber sie war fest entschlossen, mehr über ihren mysteriösen Mitreisenden herauszufinden. Warum waren seine Gereiztheit und Nervosität so urplötzlich verschwunden? Warum war er so bestürzt über Callow gewesen? Und warum sahen Callows Wunden denen Ruffords so ähnlich?

Er hatte es offenbar sehr eilig, Gibraltar zu erreichen. Sie hatte ihn den Captain mehrmals danach fragen hören. Aber warum? Was erwartete ihn dort? Sie musste das unbedingt in Erfahrung bringen.

Beth begann, einen kühnen Plan zu fassen. Mr Rufford würde in Gibraltar an Land gehen, und sie wollte wissen, wozu. Als Frau würde sie dort zu viel Aufsehen erregen, aber dagegen ließ sich etwas tun. Beth lächelte vor sich hin. O ja, sie war drauf und dran, etwas zu tun, woran Lady Rangle großen Anstoß nehmen würde.

8. Kapitel

Mit der Flut am späten Nachmittag lief der Konvoi in den Hafen von Gibraltar ein. Mrs Pargutter hatte sich wie durch ein Wunder von ihrem Unwohlsein erholt und stand mit Beth und Jenny an der Reling, als die *Beltrane* einen Anlegeplatz zwischen all den anderen Schiffen in dem sehr belebten Hafen fand.

»Wie lange werden wir hierbleiben?«, erkundigte sich Mrs Pargutter bei Beth. »Ich muss unbedingt alle Läden sehen.« Ihre sonst so nörgelige Stimme klang erwartungsvoll, ihre molligen Wangen waren vor Aufregung gerötet.

»Der Captain sagt, wir laufen morgen Abend wieder aus. Wir bleiben nur, um fünf neue Seeleute für den Konvoi anzuheuern.« Beth hoffte nur, dass Mr Rufford Zeit blieb, auszuführen, was auch immer er sich vorgenommen hatte. Sie wollte unbedingt herausbekommen, was das war.

»Wir bleiben nur einen Tag?«, rief Mrs Pargutter enttäuscht. »Du meine Güte! Dann werde ich mir für heute Nacht ein Zimmer nehmen und mich frühzeitig wecken lassen, um den Tag zu nutzen.« Sie sah Beth fragend an. »Sie begleiten uns doch, meine Liebe? Wird es nicht himmlisch sein, endlich wieder festen Boden unter den Füßen zu haben?«

Beth blickte zu dem gigantischen Felsen hinüber, der sich über der kleinen Hafenstadt erhob. Der schier bis in den Himmel aufragende dunkle Stein beschattete das Ufer. Dort säumten üppige Gärten eine breite Allee, die Beth als die *Grand Parade* in Erinnerung hatte. Sie war überfüllt mit Menschen aus aller Herren Welt. Sie konnte die roten Röcke der britischen Infanterie ausmachen, und natürlich auch die blauen der Marineoffiziere, wenn es auch längst nicht mehr so viele wie während des Krieges waren, bevor Gibraltar Spanien zurückgegeben worden war. Sogar von hier aus sah sie weiße Turbane, die farbenfrohen Gewänder der Türken und Griechen, die blassblauen Gewänder koptischer Christen aus Tanger und die schwarzen der nordafrikanischen Juden. Weiß getünchte Mauern, Dächer aus Terrakottaziegeln und bunt bemalte Fensterläden drängten sich unterhalb des mächtigen Felsens. »Ich hoffe, Sie erleben keine Enttäuschung, was die Kleiderläden angeht«, sagte sie zu Mrs Pargutter. »Gibraltar war immer mehr ein Militärstützpunkt als eine Stadt.«

»Unsinn, meine Liebe«, tat Mrs Pargutter ihre Bemerkung lachend ab. »Wo Soldaten sind, findet man auch die Frauen, die ihnen folgen, und jede Menge Schneiderinnen. Ich finde es nur schade, dass wir die Stadt so furchtbar schnell wieder verlassen müssen.«

»Wir dürfen keine Zeit verlieren.« Beth lächelte, als sie den auf Schiffen meistgehörten Satz zitierte.

»Captain!«, rief Mrs Pargutter und unterbrach den Mann, der mit dem Ersten Offizier in ein Gespräch über den Zustand der Anker der *Beltrane* vertieft war. »Wann können wir ein Boot bekommen, um an Land zu gehen?«

»Noch ein Glasen«, erwiderte der Captain stirnrunzelnd. »Dann lasse ich Sie mit dem Boot übersetzen.«

Mrs Pargutter wandte sich an Beth. »Lässt er mich etwa warten, um noch etwas zu trinken?« Ihre kupferfarbenen Locken wippten vor Empörung.

»Nein, nein«, beruhigte sie Beth. »Er meint, in einer halben Stunde. Sie haben sicher bemerkt, dass die Sanduhr dort drüben bei der Glocke die Zeit in halbstündigen Abständen anzeigt? Deshalb läuten sie jede halbe Stunde diese Glocke.«

»Diese infernalische Glocke!«, ereiferte sich Mrs Pargutter. »Von ihr habe ich meine Kopfschmerzen in den letzten beiden Wochen!«

Beth registrierte zufrieden, dass das Boot erst bei Sonnenuntergang losfahren würde. Wie sie vermutet hatte, erschien Mr Rufford, als das Boot gerade zu Wasser gelassen wurde. Trotz eines kleinen Koffers, den er trug, kletterte er flink die Strickleiter hinunter.

»Sie übernachten an Land, Sir?«, fragte Beth, als der Bootsmann ihr den Platz direkt ihm gegenüber anwies.

Er sah sie kurz an und wandte den Blick dann wieder ab. »Man muss die Gelegenheiten nutzen, wie sie kommen.«

»Fahrt los da unten!«, brüllte der Steuermann. Das Boot löste sich von der *Beltrane* und hielt auf die Kais zu, wobei es sich zwischen den hohen Bordwänden der vor Anker liegenden Schiffe hindurchschlängeln musste, um einen freien Pier zu finden.

»Ich kann nur hoffen, dass wir eine Unterkunft finden«, sorgte sich Mrs Pargutter. Sie hatte der armen Jenny, die neben ihr saß, den enormen Koffer aufgebürdet, der offenbar alles enthielt, was sie für eine Nacht an Land benötigte.

»Mein Vater und ich sind bei einigen unserer Mittelmeerreisen in einem Gasthof namens *Fruit of the Vine* abgestiegen«, bemerkte Beth. »Er liegt sehr zentral, ist aber ruhig. Wir können es dort zuerst versuchen, wenn Sie möchten.« Sie warf Mr Rufford einen Blick zu. Schließlich wollte sie nicht erst die ganze Stadt absuchen, um herauszufinden, wo er wohnte. »Haben Sie schon ein Zimmer reserviert, Sir?«

»Noch nicht«, erwiderte er in einem Ton, der nicht sehr ermutigend klang.

»Alleinstehende Herren bevorzugen *The Bells*, soweit ich weiß. Das Personal dort spricht nicht nur Spanisch und Katalanisch, sondern auch Englisch und Französisch.«

Er sah sie nur mit hochgezogenen Augenbrauen an.

Beth zwang sich, nicht zu erröten. »Der Partner meines Vaters, Monsieur L'Bareaux, ist dort immer abgestiegen.«

Auch darauf sagte er nichts, sodass sie nur darauf hoffen konnte, ihn später im *The Bells* zu finden.

Es war kurz nach Mitternacht. Beth zog die Jacke fester um sich und drängte sich noch tiefer in den Türeingang. Die vom Hafen kommende Brise hatte eine Schärfe, die die Wärme des Herbstes langsam schwinden ließ. Mond und Sterne waren von Wolken verdeckt, und die Luft roch nach Regen.

Rufford hatte sich entschieden, im *The Bells* abzusteigen. Der Junge, dem Beth seine Kleider abgekauft hatte, wusste, wo der englische Herr mit den breiten Schultern abgestiegen war. Diese obdachlosen kleinen Strolche wussten alles, und dieser hier hatte sogar ein einigermaßen verständliches Französisch gesprochen, worüber sie sehr froh gewesen war, da ihr Spanisch kaum über nichtssagende Höflichkeitsfloskeln hinausging. Sie hatte etwas von ihrem Silberschmuck gegen eine von einem Strick zusammengehaltene Hose aus grobem Flachs, ein zerlumptes Strickhemd, eine weite, unförmige Jacke, die alles unter sich verbarg, und ein Paar Sandalen eingetauscht.

Männerhosen zu tragen war für Beth nichts Ungewöhnliches. Während der Ausgrabungsarbeiten hatte sie oft welche getragen, denn sie waren viel praktischer als ein Rock. Ihr Haar hatte sie unter einem bunten, auf dem Markt gekauften Tuch verborgen. Mit ihrer braunen Haut und ihrer zierlichen Statur konnte sie ohne Weiteres für ein Straßenkind durchgehen.

Die Straßen leerten sich langsam von den betrunkenen Soldaten und Seeleuten, unter denen sie auch einige der *Beltrane* erkannte. Und es war inzwischen sehr dunkel geworden. Beth kauerte sich im Türeingang zusammen, damit die Vorübergehenden sie für eine der vielen herumstrolchenden Waisen hielten. Grölende Stimmen näherten sich ihr. Auf einer Karre wurden zwei besinnungslos betrunkene Männer an ihr vorbeigeschoben. Die beiden Männer, die ihre Kumpane transportierten, waren allerdings auch nicht sehr viel nüchterner. Beth begann sich schon zu fragen, ob sie sich in Mr Rufford getäuscht oder ob er sich aus irgendeiner Hintertür hinausgeschlichen hatte und sie ihn gar nicht zu Gesicht bekommen würde. Ihr Hinterteil war vom langen Hocken in der unbequemen Haltung schon gefühllos geworden. Als sie die Hoffnung fast aufgegeben hatte, huschte ein Schatten aus der Tür auf der anderen Straßenseite. Diese breiten Schultern hätte sie überall erkannt.

Als er sich umschaute, streifte sein Blick auch die zusammengekauerte Gestalt auf der gegenüberliegenden Straßenseite, bevor er auf die Straßenecke zuging. Beth wartete, bis er den Weg bergauf einschlug, und folgte ihm dann leise. Er machte keinen Versuch, sich zu verbergen, als er zielstrebig dem Weg folgte, der zu den ärmeren Stadtteilen hinaufführte. Beth war es, die sich von Tür zu Tür schlich, um nicht entdeckt zu werden. Das Kopfsteinpflaster wich gestampfter Erde; die Häuser wurden kleiner und lagen am Rand der Straße hinter flachen Steinmauern. Einmal blieb Rufford an einem Haus stehen, dessen eines Fenster zur Straße hinausging. Es stand halb offen, um die kühle, von der See wehende Brise hereinzulassen. Als ein Hund zu bellen begann, ging er weiter.

Schließlich öffnete sich die Tür einer Taverne, als Rufford gerade daran vorbeiging, und ein Lichtstrahl fiel auf sein Gesicht. »Wo willst du hin, Estancia?«, schrie eine Stimme auf Spanisch. Die einzige Antwort darauf war die zufallende Tür. Eine Frau trat leise fluchend auf die Straße, fast direkt in Mr Ruffords Arme. Überrascht trat er zurück. Beth verbarg sich schnell hinter einer üppigen Zaunwinde, deren Blüten sich zur Nacht geschlossen hatten.

»*Hola, hombre*«, rief die Frau herausfordernd und musterte Rufford mit erfahrenem Blick. Ihre weiße Bluse, die wie ein heller Fleck im Dunkeln leuchtete, war ihr über die eine Schulter gerutscht. »*Soy yo. Quieres hacertelo con una mujer muy hábil esta noche?*«

Rufford zögerte.

»*Français?*«, fragte sie. »*Bon. C'est une nuit parfaite pour l'amour, n'est-ce pas! Il y a un jardin tout près.*«

Da er noch immer zögerte, streckte sie ihre Hand aus und ergriff seine so vorsichtig, wie sie die Pfote eines wilden Tieres berühren würde. Er ließ sich von ihr durch einen Rankbogen ziehen, über den ebenfalls eine Zaunwinde wucherte. Beth wartete einen Moment, bevor sie den beiden auf Zehenspitzen hinterherschlich. Als sie um den Bogen herumspähte, sah sie, dass die Frau Rufford zu einer Bank führte, die von einem wahren Dschungel tropischer Gewächse umgeben war. Die Frau setzte sich und rekelte sich so provozierend auf der Bank, dass ihre vollen Brüste fast aus ihrer tief ausgeschnittenen Bluse hervorquollen. Rufford stand vor ihr. Es wirkte, als sei er unschlüssig, ob er sich umdrehen und die Flucht ergreifen oder ob er bleiben sollte. Beth sah, wie seine Schultern heruntersackten. Dann setzte er sich neben die Frau.

Beth schlüpfte durch das dunkel schimmernde Blattwerk. Einige Blätter waren flach und glänzend, andere dünn und stachelig. War Rufford nur für ein ganz gewöhnliches Schäferstündchen mit einer spanischen Hure an Land gegangen? Aber da war etwas an seinem zögernden, ja fast ablehnenden Verhalten, das darauf hinwies, dass es hier um etwas Wichtigeres und Schwerwiegenderes als ein bloßes fleischliches Bedürfnis ging.

Der Mond brach durch die Wolken, und sein Licht erhellte den mit Platten ausgelegten Kreis, in dem die Bank stand, als wäre es eine Bühne. Beth fand einen Platz, von dem aus sie das Geschehen genau verfolgen konnte.

Die Frau sprach auf Rufford ein, wenn auch so leise, dass Beth kein Wort verstehen konnte. Vielleicht nannte sie ihm ihren Preis; vielleicht versprach sie ihm Ekstase – Beth konnte es nicht hören. Die Frau strich ihm mit der Hand durch das Haar, bis es sich aus seinem Samtband löste und ihm offen auf die Schultern fiel. Beth war, als könnte sie seine üppigen Locken durch ihre eigenen Finger gleiten spüren. Die Hure drückte ihre Brüste an Ruffords Oberkörper, als er sich über sie beugte. Beth hielt den Atem an.

Wie zu einer stummen Bitte hob Rufford jetzt den Kopf gen Himmel.

Als er seinen Blick wieder senkte, sah Beth zu ihrem Schrecken, dass seine Augen rot zu glühen begonnen hatten. Ihr Licht leuchtete in der Dunkelheit purpurrot. In der Nacht, in der seine Wunden so rasch verheilt waren, hatte sie einen schwachen rötlichen Glanz in seinen Augen wahrgenommen. Aber das war nicht annähernd mit diesem Glühen zu vergleichen, das so unmenschlich wirkte. Rufford sah die Hure an, die plötzlich erschlaffte und vielleicht von der Bank gefallen wäre, hätte er sie nicht aufgefangen. Mit wogendem Busen und weit zurückgelegtem Kopf lag sie über seinem Arm, ihre Kehle bot sich ihm ungeschützt und offen dar.

Rufford atmete schwer, während er sie einen Moment lang betrachtete, dann öffnete er den Mund. Im Schein des Mondes sah Beth seine Eckzähne aufleuchten, die unglaublich lang und spitz geworden waren. Er beugte sich über die Kehle der Hure. Beth sah, wie die Frau zusammenzuckte, sich ihm dann aber in sinnlicher Verzückung entgegenbog, als er nicht aufhörte, ihren Hals zu küssen. Ihn zu küssen? Oder daran zu *saugen?*

Beth schüttelte sich vor Ekel. Natürlich saugte er! Wie eine dieser Vampirfledermäuse, von denen Dr. Granger gesprochen hatte. Er saugte das Blut der Frau. War er ein *Vampir?* Beths Herz verkrampfte sich vor Zorn und Entsetzen, aber auch vor Trauer. Sie wollte davonlaufen, wagte aber nicht, sich zu bewegen. Womöglich würde auch sie ihm zum Opfer fallen, wenn er sie entdeckte. Ihr Herz raste, und eine Welle der Übelkeit stieg in ihr auf. Das war kein »Leiden«. Sie versuchte, sich an längst vergessene Legenden zu erinnern: Knoblauch, Kruzifixe, Sonne, Blut, tot, untot, unsterblich, böse …

Keuchend vor Anstrengung löste Rufford schließlich seine Lippen vom Hals der Frau und sackte über ihr zusammen. Nur mühsam rappelte er sich wieder auf und nahm sein Opfer wieder in den Arm. In morbider Faszination verfolgte Beth, wie die Augen der Frau sich flatternd öffneten. »Du wirst dich nur erinnern, dass jemand dich für schön und kostbar hielt und dass du geliebt wurdest«, knurrte er, während das Purpurrot seiner Augen verblasste.

Die Frau erwachte wie aus einer Trance. Verwirrt richtete sie sich auf und sah sich um. Rufford erhob sich. Selbst in dem Mondlicht, das den Farben ihre Stärke nahm, konnte Beth ihn erröten sehen. »Für deine Mühe«, murmelte er und legte ein Goldstück auf die Bank.

»Estancia!«, rief wieder die Männerstimme aus der Taverne, und Licht flackerte in einem Fenster auf, das auf den Garten hinausging. »Wo bist du, Estancia?«, rief der Mann auf Spanisch.

Rufford blickte sich nach der Stimme um, dann sah er wieder sein Opfer an. »Wie geht es dir?«, fragte er auf Spanisch.

Die Frau schaute benommen zu ihm auf und nickte. »Geht so«, erwiderte sie auf Französisch.

Als erneut Rufe aus der Taverne laut wurden, wandte Rufford sich von der Frau ab und ging davon.

Beth löste sich aus ihrer Erstarrung und schlich ihm nach. Er war unter dem Bogen mit der Zaunwinde stehen geblieben und schaute sich nach rechts und links um. Nach einem kurzen Zögern ging er dann mit raschen Schritten weiter bergauf.

Beth überlegte kurz. Das Beste wäre, sie würde in ihre Pension und die Sicherheit zurückzukehren, die sie ihr bot. Sie wusste jetzt, was Rufford in Gibraltar wollte und warum Callow die gleichen Bisswunden hatte wie er selbst. Sie wunderte sich nur, dass ihr das nicht schon viel früher aufgefallen war. Für einen Moment blieb sie unschlüssig unter dem Bogen stehen. Im Haus hinter ihr wurde wieder eine Tür geöffnet, und Licht fiel in den Garten. »*Ven, Estancia. Se está haciendo tarde.*«

Beth trat schnell aus dem Lichtkreis, um nicht entdeckt zu werden, und gegen ihre ursprüngliche Absicht wandte sie sich in die Richtung, in die Rufford gegangen war. Sie folgte seinem Schatten, folgte dem personifizierten Bösen in die Nacht hinein. Warum? Warum tat sie das? Ihr Herz klopfte immer noch wie zum Zerspringen, aber ihr Kopf war wieder klar genug zum Denken.

Ihrem Verstand widerstrebten Worte wie *das Böse* oder *das Ungeheuer.* Das waren Begriffe, die einem Aberglauben entsprangen, von dem ihr Vater nichts gehalten hatte. Grangers Bemerkung über Fledermäuse kam ihr wieder in den Sinn: »Einige dieser Tiere mögen Früchte und andere eben lieber Blut. Es ist nicht tödlich für ihre Opfer, und die armen Dinger können gar nicht anders.« Dachte ein trunksüchtiger Arzt etwa liberaler als sie? Der Ausdruck der Scham auf Ruffords Gesicht und die Art, wie er die Schultern hängen ließ, schienen darauf hinzudeuten, dass auch er sein Tun nicht als Ausdruck einer Krankheit, sondern für ein Übel hielt. Sie erinnerte sich an seine große Sorge um Callow und seine schuldbewusste, fast besorgt klingende Frage an die Hure, wie es ihr ginge.

Diese widerstreitenden Gedanken beherrschten Beth, als sie Rufford unauffällig folgte. Die Wolken, die sich jetzt wieder vor den Mond schoben, tauchten die Straße in tiefste Dunkelheit. Beth wäre lieber in der Straßenmitte gegangen, um dem Schmutz an deren Rändern auszuweichen, aber sie wollte nicht riskieren, entdeckt zu werden. Was immer Rufford auch war, es würde ihm sicher nicht gefallen, dass eine seiner Mitreisenden ihm hinterherspionierte. Mitreisende? Wie könnte sie auf das räumlich sehr beengte Schiff zurückkehren, wenn sie wusste, dass jemand wie Rufford sich an Bord aufhielt? Aber sie verfügte auch nicht über genügend Geld, um *nicht* auf das Schiff zurückzukehren und ihre Reise auf dem Landweg fortzusetzen.

Er bog jetzt in eine schmale Gasse ein. Hatte sie dort noch einen anderen Schatten gesehen? Sie hielt kurz inne und ging dann leise weiter bis zu der Ecke, um die Rufford verschwunden war. Sie sah ihn durch die Gasse huschen, fast übernatürlich leichtfüßig und völlig lautlos, kaum mehr als ein dunkler Schatten in der Dunkelheit. Vor ihm bewegte sich ein weiterer Schatten – oder waren es zwei?

Die Gasse stand voller Kisten und sie war mit verfaulendem Gemüse, verschimmelnden Lumpen und menschlichen Exkrementen bedeckt. Der Gestank war fast nicht zu ertragen. Doch vor ihr schlich Rufford jetzt seinem nächsten Opfer nach. Durch die in der Dunkelheit nur schwer zu erkennenden Hindernisse bahnte auch Beth sich vorsichtig einen Weg zu einer nächsten, ebenso schmalen Gasse. Rufford bewegte sich jetzt schnell auf ein von Unkraut überwuchertes Feld zu, auf dem sich die Ruine eines abgebrannten Hauses erhob. Sein Abstand zu den anderen Schatten – es waren sogar drei, wie Beth jetzt sah –, verringerte sich zusehends. Leise miteinander tuschelnd schlenderten die drei dahin und führten zu dieser späten Stunde bestimmt nichts Gutes im Schilde. Konnte er mit allen dreien fertig werden?

Beth hatte mit eigenen Augen gesehen, über welche ungeheure Kraft er verfügte. Er hatte den Angriff der Piraten praktisch ganz allein zurückgeschlagen. Bei der Hure vorhin hatte er keine Gewalt angewandt, doch bei einem Kampf drei gegen einen würde sicherlich jemand verletzt werden. Sollte sie schreien? Die Leute warnen? Aber damit würde sie sich verraten. Und Rufford durfte auf keinen Fall erfahren, dass sie wusste, was er war.

Am Ende waren diese Überlegungen müßig, als sie im hohen Gras über einen Stein stolperte und mit einem erschrockenen

Schrei zu Boden stürzte. Die drei schemenhaften Gestalten blickten sich kurz um und rannten dann davon. Rufford zögerte, machte kehrt und kam auf sie zu. Beth rappelte sich auf und versuchte wegzulaufen.

Aber eine starke Hand schloss sich um ihren Arm, und mit einem ärgerlichen Knurren riss Rufford sie zu sich herum. Beth wehrte sich, um sich loszureißen. Dabei hielt sie das Gesicht von ihm abgewandt. Nun packte er sie an beiden Schultern. Aber er schüttelte sie nicht und schlug sie nicht, tat nichts von all dem, was er hätte tun können, falls er wütend war. Und die Hitze seiner Hände auf ihren Schultern versengte ihr selbst durch den groben Stoff der Jacke hindurch fast die Haut.

»Hab keine Angst«, murmelte er. »No tengas miedo.« Er zog sie mit sich zu dem eingestürzten Kamin der Brandruine, über dem ein Baum aufragte, dem das Feuer fast keinen Schaden zugefügt hatte.

Beth hatte keine Angst. Als sein Arm sich um sie legte, ließ sie sich an seinen starken Körper sinken. Er drückte sie fest an seine Brust, während er versuchte, ihren Hemdkragen zu öffnen. Im Mondschein konnte sie ihn klar und deutlich sehen: Die kleine Kerbe in seinem Kinn, die sinnlichen Lippen, das offene, wellige Haar. Aber als noch faszinierender empfand sie die Kraft, die er ausstrahlte, und seinen Duft nach Zimt und Ambra. Seine Nähe zu spüren löste ein Gefühl in ihr aus, das sie bis ins Mark durchdrang. Ihr Kopf ruhte auf seinem Arm. Sie hörte seinen schnellen Atem, als er sich über sie beugte, und ein leises Geräusch ganz tief in seiner Kehle, das wie ein Knurren klang. Sie wandte sich ihm zu, entblößte ihre Kehle und blickte zu ihm auf.

»Du!«, rief er. Sein Atem ging jetzt keuchend, und seine Augen glühten tiefrot. »Warum hast du das getan?« Einen Moment lang glaubte sie, er würde sich zurückziehen, aber dann, mit einem Laut wie ein Fauchen, neigte er den Kopf zu ihrem Hals.

Der kurze Schmerz, der sie bei seinem Biss durchzuckte, kam nicht unerwartet. Sie hatte nur gedacht, er wäre schlimmer. Vielleicht lag es an der angenehmen Trägheit, die sie plötzlich überkam, dass sie das Durchbohren ihrer Haut als bedeutungslos empfand. Was allein nur zählte, waren sein Duft und seine Nähe. Seine Lippen fühlten sich erstaunlich weich auf ihrer Haut an. Er schloss die Arme um sie und drückte sie fest an seine Brust. Und während sein Mund an ihrer Kehle ruhte und ihr Blut in sich aufnahm, bog sie sich ihm instinktiv entgegen und presste ihre Hüften an seinen Oberschenkel, den er zwischen ihre Beine geschoben hatte. Sie brannte vor leidenschaftlichem Verlangen, und ihr Blut pulste ungezähmt und wild durch ihre Adern.

Rufford zog sie noch fester an sich, bis sie kaum noch atmen konnte, und seine Hüften erwiderten den Druck ihres Körpers. Er saugte noch immer an ihrer Kehle, als könnte er nicht genug von ihr bekommen. Aber das war ihr egal. Er konnte ihr den letzten Tropfen Blut nehmen, wenn sie nur in dieser fast rauschhaften Ekstase verharren und für immer bei ihm bleiben konnte.

Mit einem erstickten Aufschrei zog er sich schließlich zurück, wischte sich das Blut vom Mund und schüttelte den Kopf, als könnte er so wieder einen klaren Gedanken fassen. »Zu viel, zu viel«, murmelte er. Er hielt Beth noch immer in seinen Armen. Als sie in sein Gesicht schaute, war es so, als hätte sie es schon ihr Leben lang gekannt. Sie sah, wie er vor Scham errötete. Als er den Blick auf sie richtete, war das rote Glühen in seinen Augen schon am Verblassen. »Du wirst dich erinnern ...«

»An alles, mein Leben lang«, flüsterte sie.

Seine Augen weiteten sich. Im Bruchteil von Sekunden waren sie wieder blau, und er ließ Beth los, als hätte er sich an ihr verbrannt. Sie fiel auf die Knie, weil sie nicht mehr die Kraft hatte, sich aufrecht zu halten. Sie schwankte leicht.

Rufford ließ sich vor ihr auf die Knie fallen, hielt sie an den

Schultern fest und richtete seinen entsetzten Blick auf ihren Nacken. »O Gott, was habe ich getan?«

Beth lächelte ihn schläfrig an. Sie war nicht mehr in der Lage, etwas zu sagen. Er blickte sich fieberhaft um, fasste sich dann und schüttelte sie dann. »Du wirst dich an nichts erinnern«, sagte er in beschwörendem Ton.

Aber dazu war es zu spät, und das wusste er.

Wie aus weiter Ferne sah sie den Schmerz in seinen Augen, sah, dass er mühsam schluckte und sich umschaute, als suchte er nach einem Ausweg, das zu ändern, was nicht mehr zu ändern war. Dann sah er sie wieder prüfend an, wobei ihm vermutlich auffiel, dass sie die zerlumpten Kleider eines Straßenjungen trug. »Ich muss dich in dein Zimmer bringen.« Entschlossen stand er auf und zog sie auf die Beine. Er nahm ihren Arm und führte sie durch die verkohlten Trümmer zur Gasse zurück.

Doch Beth wollte nicht in ihre Pension zurück, sie wollte mit ihm hier in dieser Ruine bleiben. Sie stolperte ihm ein paar Schritte nach und ließ sich dann zu Boden sinken.

Rufford drehte sich um und hob sie auf die Arme, als wäre sie so leicht wie eine Feder. »Du wohnst im *Fruit of the Vine*, hast du gesagt?«

»Hm.« Sie barg ihr Gesicht an seiner Schulter, genoss die von ihm ausgehende Wärme und atmete tief seinen unverwechselbaren Duft ein. Die harten Muskeln unter seiner Kleidung spannten sich an, als er ihr Gewicht verlagerte. Außer ihrem Vater war sie noch keinem Mann so nahe gewesen. Waren sie alle so stark und beeindruckend? Wenn ja, dann hatte sie in ihrem Leben einiges versäumt.

Er durchquerte die Gasse, bog gleich darauf in eine andere ein und folgte dann immer dem bergabführenden Weg. Beth musste irgendwann das Bewusstsein verloren haben, denn das Nächste, was sie mitbekam, war, dass er auf Spanisch nach dem Wirt schrie und gegen die Tür des Gasthofs trat. Sie wurde einen

Spalt weit geöffnet, und ein kleiner Mann mit Schnurrbart protestierte, es sei zu spät, um ein Zimmer zu bekommen. Sein Protest nützte ihm jedoch nichts, weil Rufford sich einfach an ihm vorbeidrängte. Stimmen und ärgerliche Rufe von einem Gast am oberen Treppenabsatz wurden laut. Als Rufford damit drohte, den ganzen Gasthof aufzuwecken, schickte der Wirt sie zu einem kleinen Zimmer im hinteren Teil des Hauses.

Dort legte Rufford Beth auf das Bett, schloss die Tür, zog seine Stiefel aus und setzte sich zu ihr. Die Stimmen draußen verklangen. Dann war alles still, und Beth begann wieder einzudösen.

»Wie ist deine Zimmernummer?«, fragte er mit leiser Stimme.

»Was?«, murmelte sie verschlafen.

»Welche Nummer hat dein Zimmer? Ich muss dich dorthin zurückbringen, wenn wir einen Skandal vermeiden wollen.«

Sie blickte auf. Mit grimmig zusammengezogenen Augenbrauen starrte er auf sie herab. War er wütend auf sie? »Nummer acht.«

Er nickte. »Ruh dich aus. Ich muss warten, bis alle wieder eingeschlafen sind.«

Beth lächelte und schloss die Augen.

Im Mondlicht, das durch die geöffneten Fensterläden fiel, betrachtete Ian die schlafende Beth. Er nahm ihre Hand und tastete nach ihrem Puls. Ihr Handgelenk war so schmal und zart, dass er es mit Daumen und Zeigefinger hätte brechen können. Warum zum Teufel war sie ihm gefolgt? Es war alles nur ihre Schuld. Warum musste sie ihm ausgerechnet in dem Moment über den Weg zu laufen, in dem er seinen Hunger hatte stillen wollen! Und dann auch noch angezogen wie ein Straßenjunge! Er würde sie nie … Aber er hatte es getan. Selbst als er in ihre

Augen gesehen hatte, in diese unverwechselbaren grüngoldenen Augen, hatte er sich nicht beherrschen können. Er hatte sie gebissen und von ihrem Blut getrunken. Doch es war mehr als das gewesen, es war etwas so ganz anderes gewesen, als seine Blutgier an dem Schiffsjungen oder an der Hure zu stillen.

Er konnte Beths Puls nicht mehr spüren. Panik erfasste ihn. Was hatte er getan? Er legte die Hand auf ihre zarte Kehle und tastete mit den Fingerspitzen nach ihrer Halsschlagader. Als er die beiden kleinen runden Bisswunden berührte, errötete er vor Scham. Doch da! Ganz schwach nur, aber eindeutig ein Pulsschlag. Ian atmete erleichtert auf. Er hatte ihr viel zu viel Blut entnommen für jemanden, der so zierlich war. Was war nur über ihn gekommen? Seinen größten Hunger hatte er doch zuvor schon gestillt. Ihren schlanken Körper so dicht an seinem zu spüren, löste auch jetzt noch eine starke Reaktion in ihm aus. Und was er dort draußen empfunden hatte, grenzte an ... Ekstase. Vermutlich hatte er deshalb die Beherrschung verloren. Wer von ihnen beiden hatte begonnen, die Hüften so sinnlich zu bewegen? Es gelang Ian nicht, den Gedanken daran zu verdrängen.

Warum hatte sie es getan? Er musste zugeben, dass sie großen Mut gezeigt hatte, als sie ihm gefolgt war. Sie musste ihn mit dieser Frau im Garten gesehen haben, denn sonst hätte sie ihm nicht zu dem abgebrannten Haus folgen können. Sie wusste, was er war, und trotzdem hörte sie nicht auf. Vielleicht hatte sie es ja die ganze Zeit gewusst. Schließlich hatte sie den Schiffsjungen und die kreisförmigen kleinen Bisswunden an seinem Hals gesehen ...

Ian presste seine zitternde Hand an den Mund und versuchte, Ordnung in das Durcheinander in seinem Kopf zu bringen. Noch bestand die Gefahr, dass sie starb. Sie war sehr geschwächt. Aber falls sie überlebte, musste sie vor ihrer eigenen Torheit geschützt werden. Er durfte nicht zulassen, dass sie in den Kleidern eines Gassenjungen aufgefunden wurde, nachdem sie gestern Nacht von einem fremden Mann in die Pension getragen worden war. Er würde sie in ihr Zimmer bringen und ihr ihre eigenen Kleider anziehen. Das würde zumindest bei den Zimmermädchen keinen Verdacht wecken.

Der Wirt jedoch ... Würde er den kranken Jungen, den man lange nach Mitternacht ins Haus getragen und der so dringend ein Zimmer benötigt hatte, mit dem kranken Mädchen aus Zimmer acht in Verbindung bringen? Nun, einige Goldstücke würden dafür sorgen, dass er den Mund hielt.

Im Gasthof herrschte wieder tiefe Stille. Ian konnte nur Mrs Pargutters röchelndes Schnarchen hören, als er Beth zu ihrem Zimmer trug. Er hatte sich vorsorglich die Stiefel ausgezogen. Die Tür von Nummer acht war abgeschlossen. Und wenn auch – er konnte es sich leisten, ein neues Türschloss zu bezahlen. Er verdrehte den Türknauf, bis er brach, betrat das Zimmer und schloss die Tür hinter sich.

Er legte Beth auf ihr Bett und schaute sich nach ihrer Reisetasche um. Sie war noch nicht ausgepackt. Er suchte darin nach einem passenden Kleidungsstück und fand ein hübsches grünes Nachthemd. Zum Glück hatte es nicht nur lange Ärmel, sondern auch einen hohen Stehkragen, der die Bisswunden an ihrem Hals verbergen würde.

Neben ihrer zierlichen Gestalt kam er sich wie ein ungeschickter Riese vor, als er sich zu ihr auf das Bett setzte. Ian nahm ihr das Tuch vom Kopf und zog die Nadeln aus ihrem Haar. Frauen schliefen nicht mit aufgestecktem Haar. Was für ein Glück, dass er sich so gut mit Frauen auskannte. Ihr Haar war schwer, sehr dicht und lockig. Nachdem er es mit den Fingern einigermaßen geglättet hatte, streifte er ihr die groben Sandalen von den zierlichen Füßen und stellte sie auf den Boden.

Als er nach dem groben Strick griff, der ihr als Gürtel diente, zögerte er, ihn zu öffnen. Aber warum? Hatte er nicht schon Dutzende von Frauen ausgezogen? Ja, aber diese Frauen waren willige Partnerinnen gewesen und sehr viel erfahrener als sie. Ian war überzeugt, dass noch kein Mann sie nackt gesehen hatte und dass sie sein Tun als eine Art Vergewaltigung empfinden würde. Und zudem widersetzte sich der verdammte Knoten, sodass Ian den Strick schließlich mit beiden Händen packte und einfach zerriss.

Er zwang sich, an etwas ganz anderes zu denken, als er ihr die grobe Leinenhose herunterstreifte, ihr das Hemd aufknöpfte und es ihr zusammen mit der Jacke auszog. Ihre Haut hatte die Farbe von ganz hellem Milchkaffee. Sie einfach nur *braun* zu nennen, hätte es nicht richtig beschrieben. Er sammelte Kleider und Sandalen ein und legte sie neben die Tür, damit er sie nicht vergaß, wenn er ging. Dann wandte er sich wieder zu dem Bett um und blieb wie vom Donner gerührt stehen.

Sie lag vollkommen entspannt auf dem bunt bestickten Bettüberwurf, und ihr schwarzes Haar schimmerte auf den Kissen wie Seide. Ihr Anblick traf Ian mitten ins Herz. Sie war klein und feingliedrig, und ihre Brüste waren überraschend groß für ihre zierliche Statur. Warum war ihm das noch nie aufgefallen? Ihre dunklen Warzenvorhöfe umrahmten zarte kleine Knospen. Ihre schmalen Schultern ließen sie noch zerbrechlicher wirken. Sie hatte eine schmale Taille, die in sanft geschwungene Hüften überging. Das dunkle Dreieck zwischen ihren Schenkeln schien zu klein zu sein, um einem Mann Einlass gewähren zu können.

Ein scharfes Ziehen durchzuckte Ians Lenden, und ihn erfasste das jähe Verlangen, sie zu berühren. Aber sie würde sich niemals mit jemandem wie ihm einlassen. Jedenfalls nicht aus freiem Willen. Für einen Moment schoss ihm der Gedanke durch den Kopf, dass er sie sich zu Willen machen konnte, wenn er es wollte …

Doch sofort durchflutete ihn wieder der Abscheu vor sich selbst. So wie Asharti *ihm* ihren Willen aufgezwungen hatte?

Um Gottes willen. Der bloße Gedanke daran war so abstoßend, dass er Ian den Magen umdrehte. Zu was war er geworden, dass er so etwas auch nur *denken* konnte?

Mit einem Schritt war er beim Bett und hob das Nachthemd auf. Er zwang sich, an etwas völlig anderes zu denken, als er es ihr anzog. Dann schob er einen Arm unter sie, richtete sie auf und schlug die Bettdecke zurück. Ihren warmen Körper an seinem zu spüren war die reinste Qual für ihn. Zu seiner Bestürzung öffnete sie jetzt ihre grüngoldenen Katzenaugen und sah zu ihm hoch. Klagte ihr Blick ihn an? Nein … etwas ganz anderes sprach aus diesem Blick. Beth legte eine Hand um seinen Nacken und zog seinen Kopf zu sich herunter. Ihre Lippen streiften seinen Mund, und Ian hielt den Atem an.

»Bist du ein Traum?«, flüsterte sie an seinen Lippen und drängte sich an ihn. Ian stöhnte, als erneut heißes, drängendes Verlangen ihn überflutete, doch es war nicht das Verlangen nach ihrem Blut. Nein, dieses Mal wollte er etwas anderes von ihr. »Liebe mich«, flüsterte sie.

Dass dies nichts mit Suggestion zu tun hatte, stand völlig außer Zweifel. Sie war nicht nur eine willige Partnerin, sondern ihre Worte hatten zudem auch noch wie ein Befehl geklungen. Er schaute ihr in die Augen und sah die Entschlossenheit darin. Er wich zurück. *Eine Frau erteilte ihm Befehle?* Er hatte sich geschworen, das niemals wieder zuzulassen! Er riss sich von ihr los, und sie fiel zurück aufs Kissen, ihre Augen voller Tränen.

»Also kein Traum?«, fragte sie. Er starrte sie noch voller Entsetzen an, als ihre Lider zu flattern begannen. Sie schien einer Ohnmacht nahe zu sein.

Ian stand erschaudernd auf. Ihre Worte hatten bewirkt, dass er intimeren Verwicklungen gerade noch hatte entkommen können. Er wollte nur noch fliehen. Eine Sekunde war alles, was er brauchte, um Beth zuzudecken, die Kleider des Jungen zu ergreifen und mit seinen Stiefeln in der Hand aus ihrem Zimmer zu schlüpfen. Unten in der Wirtsstube stieg er in seine Stiefel, warf ein Goldstück auf die Theke und lief hinaus in die Finsternis, wo Kreaturen wie er hingehörten.

Wieder in seinem Zimmer im *The Bells* war es ihm unmöglich zu schlafen. Unruhig ging er auf und ab, während er von der Erkenntnis gequält wurde, dass er seine neue Natur nicht kontrollieren konnte. Er war bestürzt darüber, dass Miss Rochewell sich ihm angeboten hatte, und dachte entsetzt daran, wie groß seine Furcht und sein Abscheu über ihr Ansinnen gewesen waren. Er schien zwischen zwei Übeln gefangen zu sein.

Das eine bestand darin, dass er vielleicht das werden würde, was Asharti war. Ian war weiß Gott kein Engel. In den ersten Jahren in Cambridge und auch danach noch hatte er sich mit Frauen und Glücksspiel und allen anderen möglichen Vergnügungen die Zeit vertrieben. Aber er hatte dabei nie eine gewisse moralische Grenze überschritten, so schmal der Grat zwischen Gut oder Schlecht oft auch gewesen war. Er hatte nie jemandes Vertrauen missbraucht, er hatte seine Freunde unterstützt, auch wenn das Mut erfordert hatte. Pferde und Hunde waren immer gut von ihm behandelt worden. Ebenso wie die Frauen, auch wenn er sie nicht geliebt hatte. Nachdem Henry sein Erbe angetreten hatte, war Ian ruhiger geworden. Er hatte es geschafft, die meisten seiner Schulden zu begleichen, einen Posten im diplomatischen Dienst zu bekommen, und hatte sich überhaupt mächtig ins Geschirr gelegt. Mit anderen Worten, er hatte alle Schändlichkeiten aufgegeben. Aber die Gedanken, die er heute Nacht über Miss Rochewell gehabt hatte, die grenzten schon an Wahnsinn oder Perfidie.

Er begehrte diese junge Frau. Doch als es so ausgesehen hatte, als versuchte sie, über ihn zu bestimmen, verbot ihm die Erinnerung an seine Zeit mit Asharti, ihre Annäherungsversuche zu erwidern, nicht einmal mit einem weiteren Kuss. Vielleicht hatte er schon immer eine gestörte Beziehung zu Frauen gehabt. Es gelüstete ihn nach ihnen, aber er hatte nie eine geliebt. Und jetzt war da auch noch Asharti. Vielleicht würde er so wie sie werden, vielleicht aber auch nicht. Aber wie es auch kommen mochte – sie beherrschte sein Leben.

Er war zu einem anderen geworden, und das nicht nur durch diesen einen Tropfen ihres Blutes, sondern auch durch das, was in den vorangegangenen Monaten geschehen war. Das erste Morgengrau drang durch die Ritzen der Fensterläden, als ihn wieder die Erinnerungen überfielen.

☆ ☆ ☆

Die Sklaven hatten den ganzen Tag unter einer Zeltplane gelegen und fast keine Luft bekommen, während um sie herum ein heftiger Sandsturm tobte. Das zusätzliche Gewicht des Sandes machte die Leinwand zu einer erdrückend schweren Decke. Die Sonne stand wie ein kleiner orangefarbener Ball über der Hölle der Wüste. Es war nicht Ians erster Sandsturm, und er forderte nicht weniger Todesopfer als die anderen. Zwei Sklaven waren erstickt. Aber da ihn der Tod nicht mehr schreckte, war er fast enttäuscht, als die Karawane weiterzog, sobald der Sturm etwas nachgelassen hatte. Sie zogen durch heulenden Wind und beißenden Sand, einzig und allein von Ashartis unbeugsamem Willen angetrieben.

Ian stolperte neben der Sänfte her, deren seidene Behänge jetzt mit gut verzurrten Zeltwänden bedeckt waren. Der nachlassende Wind trieb noch immer den Sand gegen seinen nackten Leib. Er setzte sich in den Wunden fest und verkrustete. Irgendwo weiter vorn ertönte ein triumphierender Schrei. Sie hatten die Oase Haasi Fokra erreicht. Der Wind erstarb so plötzlich, als wäre die Oase immun gegen den Sturm. Die Karawane schien vor Erleichterung aufzuatmen. Ein schlanker Arm schob sich durch die Vorhänge der Sänfte, die Hand mit den langen goldgefärbten Finger-

nägeln winkte. Ian erschrak. Asharti würde ihn doch nicht jetzt zu sich befehlen?

Sie tat es nicht, stellte er erleichtert fest. Fedeyah eilte vom Ende der Karawane herbei und begann, das Seil zu lösen, mit dem die Zeltwände an der Sänfte festgezurrt waren. »Ja, Herrin?«, fragte er unterwürfig.

»Tränkt die Karawane. Diese Oase wird die letzte sein«, hörte Ian Asharti murmeln. »Und stell unsere genaue Position fest, sobald der Himmel wieder klarer ist.«

Ian wartete, bis die Reihe an ihn kam, aus dem winzigen Wasserloch zu trinken. Es enthielt kaum noch etwas von dem kostbaren Nass, nachdem die Kamele und die anderen Sklaven ihren Durst gelöscht hatten. Die Treiber waren damit beschäftigt, die großen Wasserfässer der Karawane aufzufüllen.

»Wir müssen umkehren«, flüsterte einer der Männer. »Mit diesem Wasser kommen wir vielleicht noch lebend zurück. Aber wenn wir weiterziehen ...« Er brauchte seinen Satz nicht zu beenden. Die anderen Kameltreiber murmelten zustimmend.

Sollen sie doch mit ihrem Vorschlag zu Asharti gehen, *dachte Ian bitter. Aber das würden sie nicht tun. Sie hatten fast ebenso große Angst vor ihr wie er. Sie würden eher in den Tod gehen, als zu riskieren, ihren Zorn herauszufordern.*

Endlich war er mit an der Reihe zu trinken. Er ließ sich in dem weichen Schlamm am Rand des schon fast vollständig entleerten Wasserloches auf die Knie fallen. Ein paar zerrupfte Palmen und halb verdorrte, staubbedeckte Büsche umstanden die jämmerliche Wasserpfütze. Er war der Letzte, den man daraus trinken ließ. Trotzdem schlürfte er gierig das braune, von den Kamelen und Sklaven vor ihm aufgewühlte Wasser und trank, so viel er konnte, bevor der Aufseher ihn wegzog. Er war sich vage bewusst, dass man ihm mehr Wasser bewilligt hatte als den anderen Sklaven, was zweifellos mit seiner Position als Ashartis Favorit zusammenhing, den sie noch »genießen« wollte. Trotzdem wurde er täglich schwächer. Er würde nicht ewig durchhalten. Das war immerhin ein tröstlicher Gedanke.

Als er sich von dem schmutzigen Wasserloch entfernte, sah er Asharti, deren helles Seidengewand im Mondlicht schimmerte. Sie sprach mit Fedeyah, der den Sextanten in der Hand hielt. Der Aufseher stieß Ian mit einem Knuff auf den Boden, und Ian senkte den Kop. Doch er hatte noch gesehen, das Asharti genickt hatte. Sie glühte von einer Energie, die er noch nie zuvor an ihr gesehen hatte, und sprach in Arabisch aufgeregt auf Fedeyah ein. Ian konnte fast jedes Wort verstehen, was sie sagte.

»Drei Tage, wenn wir uns beeilen. Drei Tage! Alles, wonach ich gestrebt habe, befindet sich in meiner Reichweite. Ich werde auf keinen Mann mehr angewiesen sein, um zu regieren.« Sie ging vor Fedeyah hin und her. »Bestimme morgen Mittag noch einmal unsere Position. Wir müssen uns ganz sicher sein.«

Fedeyah verbeugte sich. »Die Chronometer werden uns Aufschluss geben. Dieses Mal werden wir es finden.«

»Du verträgst das Sonnenlicht schon recht gut«, bemerkte Asharti und blieb vor Fedeyah. »Ich erinnere mich noch, wie deine Haut selbst bei untergehender Sonne wie Fett in der Pfanne zischte.«

»Wir werden widerstandsfähiger, wenn wir älter werden«, erwiderte der Araber. Aber Ian wusste, dass er das nicht wirklich glaubte.

Asharti begann wieder, auf und ab zu gehen. »Lass die Sklaven ordentlich antreiben. Die Kamele sind viel zu langsam. Wir müssen bei Vollmond genau an der Stelle sein. Der Höchststand des Sonnenwendpunktes ist noch nicht erreicht, aber durch die richtige Berechnung können wir die Stelle genau bestimmen.«

»Wir haben nicht mehr viele Sklaven, Herrin. Ihre Zahl reicht womöglich nicht aus, um auf dem Rückweg Eure Bedürfnisse zu erfüllen.«

Ian blickte unter halb gesenkten Lidern auf und sah Asharti lächeln. Es war ein undurchschaubares, aber auch sehr überzeugtes Lächeln. »Dann brauche ich sie ohnehin nicht mehr. Ich werde besseres Blut haben als das ihre, um meine Venen aufzufüllen.«

»Werdet Ihr heute Nacht Blut zu Euch nehmen?«, wollte Fedeyah wissen.

Sie ließ ihren Blick über die Sklaven gleiten. Es waren nur noch zwanzig von den fünfzig und mehr, die sie während des ersten Teils ihrer Reise dazugekauft hatte. Dann fiel ihr Blick auf Ian, und er senkte schnell den Kopf. »Wir brauchen sie als Opfergaben. Ich werde heute Abend davon absehen. Aber lass den Favoriten baden und schick ihn zu mir. Der Gedanke an meinen bevorstehenden Triumph erhitzt mein Blut.«

Fedeyah zog Ian mit sich zum Wasserloch. »Wasch dich, Engländer.«

Ian kniete sich in das flache, brackige Wasser und schöpfte es über seine Schultern. »Wieso entzünden sich meine Wunden nicht, Fedeyah?« Früher hatte er einmal gehofft, eine Blutvergiftung würde ihn erlösen.

Der Eunuch warf ihm ein Stück Seife zu und ließ sich in dem Sand über dem schlammigen Rand des Wasserloches nieder. »Ihr Speichel verhindert Entzündungen. Wenn sie die Wunden leckt, heilen sie sofort.«

»Bis sie sie wieder aufreißt«, murmelte Ian, während er sich einseifte.

»So ist es. Ihr Speichel verhindert auch, dass das Blut gerinnt, solange sie noch trinkt.« Der Araber schien nach dem Gespräch mit seiner Herrin ungewöhnlich bedrückt zu sein. Ian fragte sich, was für Wunden sie in ihrem treuesten Diener aufgerissen haben mochte.

»Drei Tage noch bis zum Ende unserer endlos scheinenden Reise?«

»Vielleicht. Wie lange dauert sie jetzt schon? Ein Jahr? Nein, fast zwei. Eine kurze Zeit. Und doch so lang.«

»Sie glauben, dass sie Sie danach nicht mehr brauchen wird, nicht wahr?«, fragte Ian unverblümt, während er seine Genitalien einseifte. Was, glaubte der Araber, würde morgen geschehen? Was würde sich ändern?

»Das Ende unserer Reise wird für dich erheblich schlimmer als für mich«, erwiderte Fedeyah. »Und noch viel schlimmer für die Welt. Wir könnten aber auch alle sterben.«

»Was sucht sie eigentlich?«, fragte Ian leise.

»Die absolute Macht«, antwortete der Araber mit ausdrucksloser Stimme. »Und Allah stehe uns bei, wenn sie sie findet.« Er schüttelte sich. »Und jetzt hör auf zu fragen, Sklave. Dein Haar ist schmutzig. Das wird ihr nicht gefallen.«

Ian tauchte seinen Kopf unter und schrubbte sich den Schädel. Nach Atem ringend tauchte er wieder auf. Der Araber zog an Ians Halsfessel, und Ian stolperte auf ihn zu. Fedeyah zog das Fläschchen mit Duftöl aus seinem Burnus, das Ian nur zu gut bekannt war. Er streckte seine hohlen Hände aus, und Fedeyah gab etwas von dem Öl darauf, mit dem sich Ian seine Brust und seinen Bauch einrieb. Es roch nach Weihrauch. Was Asharti von ihm fordern würde, erbitterte ihn. Sein einziger Trost war, dass Fedeyah nicht den verhassten Lederbeutel mitgebracht hatte, den sie dazu benutzten, seinen Darmausgang zu reinigen. Würden ihm wenigstens die Dildos heute erspart bleiben?

Triefend nass und glänzend von dem Duftöl, führte Fedeyah ihn zur Sänfte, die im Mondlicht silbrig schimmerte. Der Sturm war zu einem leichten Wind geworden, der Ians Haut trocknete. Aus mehreren seiner Wunden rann wieder frisches Blut. Er wusste, dass es Asharti erregen würde. Fedeyah schob die Vorhänge beiseite, und Ian kroch in die mit Seide ausgeschlagene Sänfte. Ihr Boden war mit einem dicken Teppich ausgelegt, der von seidenen Kissen in dunklen Grün- und Rottönen übersät war. Das Dämmerlicht im Inneren ließ nur graue und schwarze Farbtöne erkennen, als die Vorhänge hinter ihm zufielen und das Mondlicht aussperrten. Asharti lag auf den Seidenkissen. Sie trug noch das hellgrüne, tief ausgeschnittene Gewand, das sich im Dunkeln nur durch seinen leichten Glanz von ihrer hellen Haut abhob.

Nach und nach gewöhnten sich Ians Augen an die Dunkelheit. Ein lauter Ruf drang durch die Nacht, und die Karawane setzte sich in Bewegung. Ian, der am Fußende von Ashartis Lager kniete, schwankte, als die Sänfte von den Trägern angehoben wurde. Schon jetzt schnürte ihm der Gedanke an die Tortur, die ihm bevorstand, schier die Luft ab. Das alles hatte sich schon so oft wiederholt, dass er sich nicht einmal mehr an eine Zeit erinnern konnte, in der Asharti ihn nicht beherrscht und er ihr nicht gedient hatte. Ihr Duft, dessen Süße ihm den Magen umdrehte, erfüllte das Innere der Sänfte. Ian wartete, dass ihre Augen sich rot färbten und sein Körper trotz seines heftigen inneren Widerstandes auf sie reagierte. Als sie auf die seidenen Kissen neben sich klopfte, schloss er die Augen und kroch zu ihr.

Wieder klopfte sie herrisch, und Ian legte sich neben sie. Ihre Brüste, deren harte, dunkle Spitzen sich unter der dünnen Seide deutlich abzeichneten, streiften seine Brust, und ihr schwarzes Haar fiel über ihn, als sie sich vorbeugte. »Dies ist eine ganz besondere Nacht, Sklave«, flüsterte sie auf Französisch. »Kannst du das nicht fühlen?« Ihre langen Fingernägel glitten über seine Schulter und berührten die tiefe Schnittwunde, die sie ihm dort beigebracht hatte und die jetzt wieder blutete. »Macht liegt in der Luft.« Ihre vollen Lippen berührten seine Stirn, während sie mit einer Hand sein Kinn anhob. »Ich werde zuerst von dir trinken.« Sie lehnte sich zurück und sah ihn prüfend an. »An welcher Stelle wäre es dir am liebsten?«

Ian unterdrückte ein Stöhnen und bot ihr seine Kehle dar, ihre bevorzugte Stelle, um sein Blut zu trinken. Aber sie ignorierte sei-

nen Vorschlag und strich stattdessen mit ihren Fingern über die blutigen Furchen an seiner Brust und seinem Bauch. Sie berührte die kreisförmigen kleinen Wunden an den Venen in seiner Leiste und an seinem Oberschenkel, dann den Einschnitt an seiner Hüfte, und schließlich auch die Wunden an seinem Po, die sie ihm mit ihren Fingernägeln gerissen hatte. Dann nahm sie seinen Arm, streckte ihn und betrachtete die Vene, die sie in seiner Armbeuge geöffnet hatte.

Ians Brust verkrampfte sich vor Anspannung, als ihre Lippen seinen Wangenknochen streiften und er ihren heißen Atem spüren konnte. Er nahm ihre Unterlippe zwischen seine Zähne und begann, daran zu saugen. Das gefiel ihr. Ihre Zunge schob sich zwischen seine Lippen, und er konnte wieder das schon so vertraute Ziehen in seinen Lenden spüren. Sie presste ihren Körper an seinen und legte die Hand um seinen Nacken. Ian ließ den Kopf zurückfallen und entblößte ihr seine Kehle. Ihre Lippen glitten über die Bartstoppeln an seinem Kinn zu den beiden Bisswunden in seiner Halsschlagader.

Der scharfe Schmerz kam nicht unerwartet. Asharti presste sich an ihn, und ihre Körper bewegten sich im Takt seines pulsierenden Blutes und der Stärke ihres Bedürfnisses, als sie gierig an ihm saugte. Aber dann zog sie sich mit einem kleinen Stöhnen schnell wieder zurück.

Ian öffnete erstaunt die Augen. Sie leckte sich das Blut von den vollen Lippen, drängte ihre Hüften an seinen Leib und ließ sie aufreizend kreisen. Ihre Hand glitt zu seinem Glied und streichelte es. »Du bist sehr gehorsam, Sklave«, murmelte sie und entblößte ihre Brüste. Sie rieb sie an seinen Brustwarzen, bis er aufstöhnte. Ihre Hand legte sich fester um sein Glied und sie ließ sie auf und nieder gleiten. Eine Weile tat sie nicht mehr, als sein Glied und seinen Po zu streicheln, ihre Hüften und ihre nackten Brüste an ihn zu pressen und von Zeit zu Zeit an der Wunde an seiner Schulter zu lecken, die beim Waschen wieder aufge-

sprungen war. Das Ziehen in seinen Lenden wurde stärker und quälender.

»Bringt es zu Ende«, murmelte er. Diesmal hatte er nicht darum gebettelt, wie sie es so gerne hörte.

»Dein Wunsch sei mir Befehl«, flüsterte sie.

Sie drückte ihn auf das Lager, hob ihr Gewand und ließ sich mit gespreizten Beinen auf ihm nieder. Ihr heißer, feuchter Schoß benetzte seine pulsierende Erektion, die hart und heiß gegen sie drängte. Ian bäumte sich unter ihr auf, als sie sich über seine rechte Brust beugte, mit der Zunge über die fast verheilte Narbe dort strich. Mit ihren Eckzähnen riss sie die alte Wunde auf und erweiterte sie bis zu seiner Brustwarze. Inmitten all des Schmerzes war ihre Zunge sanft und feucht. Mit zufriedenen kleinen Lauten leckte sie das austretende Blut auf. Dann nahm sie Ians Hände, streckte ihm seine Arme über den Kopf und brachte ihm eine weitere Wunde an der Innenseite seines rechten Oberarmes bei. Sie rieb sich aufreizend an ihm, während sie das Blut aus der frischen Wunde saugte.

Ian stöhnte, als er sich ihr ergab, und er hasste sich dafür. Warum unterwarf er sich ihr nicht einfach? Asharti richtete sich wieder auf, erhob sich leicht und ließ sich auf seinem harten Schaft nieder, auf dem sie sich einige Male auf und nieder bewegte, bevor sie sich über die andere Seite seiner Kehle beugte. Seine Hände legten sich wie von selbst um ihre Taille, als ihre Bewegungen schneller wurden. Sein eigenes Verlangen drohte ihn zu überwältigen, und er wunderte sich, dass sie es nicht mit dieser verblüffenden Willenskraft, die ihn schon so viele Male aufgehalten hatte, unterdrückte. Gewöhnlich erlaubte sie ihm so früh am Abend keinen Höhepunkt, falls sie ihm überhaupt einen erlaubte. Aber heute fühlte er sich durch einen immer enger werdenden Tunnel zu dem gleißend hellen Licht hinuntergerissen, das ihn gleichzeitig erschreckte und entzückte.

Und noch immer ließ sie ihn gewähren, bewegte sich sogar

noch schneller und stöhnte vor Gier, als sie das Blut aus ihm heraussaugte. Der Höhepunkt ließ Ian bis ins Mark erbeben, und das gleißende Licht umfing ihn im selben Augenblick, als er Ashartis durchdringenden Aufschrei hörte.

Er verlor fast das Bewusstsein, so geschwächt war er. Asharti saß noch immer mit gespreizten Beinen über ihm und sah mit einem Ausdruck der Zufriedenheit auf ihn herunter. »Hast du dich endlich unterworfen, Sklave?«

Er nahm die Hände von ihren Hüften. Was meinte sie? Er hatte sich ihr unterworfen, seit ihre Augen sich zum ersten Mal rot glühend gefärbt hatten. Ein maliziöses Lächeln umspielte ihre Lippen. »Du weißt es nicht einmal.«

»Was weiß ich nicht?«, knurrte er und fand es erstaunlich, dass er überhaupt imstande war, einen so rüden Tonfall bei ihr anzuschlagen.

»Du denkst, ich hätte meine Macht bei dir benutzt? Nicht heute Nacht, mein untertänigster Sklave. Ich habe diese Gabe nur dazu benutzt, um meine Zähne zu verändern und besser zubeißen zu können.«

Eine wachsende Beklommenheit erfasste ihn. »Was? Was wollt Ihr damit sagen?«

»Dass du mir aus eigenem Antrieb zu Diensten warst.« Da war sie wieder, diese boshafte Befriedigung in ihren Augen.

Ian starrte sie an. Das war nicht wahr! Er würde sich nie freiwillig mit ihr einlassen. Er sah ihr in das Gesicht, dessen triumphierender Ausdruck ihm schier unerträglich war. Hatte er nicht ihren Zwang gespürt? Er wusste es nicht genau. Und er hatte ihr sogar gesagt, sie solle es zu Ende bringen. Das war noch nie zuvor geschehen. Und sie hatte keinen Versuch gemacht, seinen Höhepunkt zu unterdrücken.

O Gott.

Er stieß sie von sich weg. »Miststück!«, zischte er und erhob sich mühsam auf die Knie. »Du verdammtes Miststück! Ich sollte …«

Ihre Augen färbten sich rot, und jetzt spürte *er den Zwang, der ihn auf die Kissen zurückwarf und ihm schier den Atem raubte. »Du solltest was?«, fuhr sie ihn wütend an. »Ich sollte dir die Glieder ausreißen, eines nach dem anderen!«*

Töte mich, *dachte er.* Töte mich hier und jetzt. *Er musste sich ihr freiwillig hingegeben haben. Es war ein mehr als deprimierender Gedanke. Aber bedeutete das nicht, dass sie nun endlich mit ihm fertig war und ihn von seiner Qual erlösen würde? Fedeyah schien das jedenfalls zu glauben.*

Sie nahm sich zusammen, das Rot in ihren Augen verblasste und verschwand, und Ian konnte wieder atmen. Ihre Wut löste sich in einem kehligen Gelächter auf. »Wie köstlich, dass du dich noch immer auflehnst! Und wie ungemein befriedigend, dass du dich dafür hasst, mir gedient zu haben. Es gibt noch so viel, woran ich mich bei dir erfreuen kann. Und wir sind noch nicht einmal so weit gekommen, dich für die Dildos, die Unterwerfung oder auch nur für die Peitsche zu erwärmen.« Sie lachte kehlig.

Ian hatte es die Sprache verschlagen. Er rang nach Atem, und seine Brust krampfte sich zusammen. Er verstand jetzt endlich, was geschehen war. Hätte er seine Wut bezähmt, dann hätte sie ihn vielleicht umgebracht und sich einen anderen geholt. Er könnte jetzt schon frei sein. Mutlos und enttäuscht ließ er die Schultern hängen.

Als sie sich aufsetzte, war sie wieder ganz die Herrin. Sie bedeckte ihre Blöße und ordnete ihr Gewand. »Nein. Ich hätte dich nicht getötet«, antwortete sie auf seine unausgesprochene Frage. »Du bist ein wichtiger Bestandteil meiner Opfergabe.« Sie legte den Kopf schief und betrachtete Ian einen Moment lang. »Aber vielleicht finde ich dich nicht mehr attraktiv oder brauche nicht mehr so oft deine Dienste.« Ihre Augen schienen in die tiefsten Winkel seiner Seele zu blicken. »Lass mich wieder deine Aufsässigkeit spüren.« Sie wies auf den Boden vor sich. »Auf die Knie, Sklave, und spreiz die Beine.«

Ians letzter Widerstand regte sich in ihm. Aber er versuchte, nicht gegen den fremden Willen anzukämpfen, der ihn zu beherrschen suchte. Wortlos sank er auf die Knie. Als er jedoch spürte, wie das Verlangen wieder in seine Lenden schoss, geschah es gegen seinen Willen. Ihm wurde fast schwarz vor Augen, aber er wusste aus bitterer Erfahrung, dass sie ihn selbst aus einer Ohnmacht aufwecken konnte.

»Die Knie noch weiter auseinander. Und nun reib dir deinen prachtvollen englischen Schwanz. Ich brauche ihn heute Nacht noch.«

Ian gehorchte, doch es zerriss ihm fast das Herz. Und genau das war es, was ihr so an ihm gefiel.

9. Kapitel

Beth fühlte sich wie in Watte gehüllt. Ihr war warm. Die Sonne schien auf ihre geschlossenen Augen, aber es war ihr viel zu mühsam, sie zu öffnen. Sie hatte geträumt. Der Traum war seltsam real gewesen ... und erotisch. Als sie versuchte, aus der Traumwelt zurück in *diese* zu finden, löste sich der Watte-Nebel langsam auf.

Ein Klopfen an der Tür schreckte sie auf. Das war es, was sie geweckt hatte.

»Miss Rochewell!«, hörte sie Jenny rufen. »Sind Sie schon auf?«

»Miss Rochewell!« Das war Mrs Pargutters schrille Stimme. »Wir sind spät dran. Die Geschäfte warten.«

Beth öffnete die Augen und schaute sich verwundert um. Wo war sie? Sie setzte sich mühsam auf, und dabei fühlte sie sich schwindlig, dass ihr fast schwarz vor Augen wurde. Sie senkte den Kopf und versuchte, sich zu sammeln. »Gehen ... gehen Sie ruhig schon ohne mich, Mrs Pargutter. Ich habe ... Kopfschmerzen.«

Sie hörte Geflüster vor der Tür. »Nun gut, ganz wie Sie möchten, meine Liebe«, ertönte dann Mrs Pargutters Stimme. »Wir werden Sie rechtzeitig abholen, um auf unser Schiff zurückzukehren.« Wieder tuschelten die beiden Frauen draußen miteinander, dann hörte Beth ihre Schritte auf der Treppe.

Erschöpft ließ sie sich wieder in die Kissen sinken. Was war nur los mit ihr?

Dann kehrte schlagartig die Erinnerung an die vergangene Nacht zurück: Sie war Mr Rufford gefolgt und hatte beobachtet, dass er das Blut der spanischen Hure getrunken hatte. Sie erinnerte sich an den Ausdruck der Qual und der Scham auf seinem Gesicht, an sein Erschrecken, als er sie entdeckt hatte ... Aber sie erinnerte sich auch an das Gefühl, seinen Körper an ihrem zu spüren, an den Druck seiner Lippen an ihrem Hals ...

Unter dem Kragen ihres Nachthemds tastete sie ihren Hals nach der Stelle ab, wo er sie gebissen hatte. Ja, da waren die beiden kleinen Wunden. Lag es am Blutverlust, dass sie sich so schwach fühlte? Sie wusste noch, dass Rufford sie zum Gasthof getragen hatte. Aber wie war sie in ihr Bett gekommen? Wer hatte sie umgezogen? Jenny? Mrs Pargutter?

Rufford!

Er musste es getan haben! Er hatte sie nackt gesehen ... und plötzlich sah sie das Bild wieder vor sich. Rufford, der sich über sie beugte, seine Lippen, die sie kurz berührt hatten. Diese Berührung, die ihr durch und durch gegangen war, und dann ... Hatte sie sich ihm angeboten? Sie spürte noch, wie sie errötete, dann wurde ihr schwarz vor Augen, und alles um sie herum versank.

Durch die blau getönten Gläser der Brille, die Ian in Tripolis hatte anfertigen lassen, spähte er durch die Ritzen in den Fensterläden in den hellen Morgen. Seine Augen ertrugen die Helligkeit jetzt schon ein wenig besser. Fedeyah hatte gesagt, er habe seine Empfindlichkeit gegen die Sonne im Laufe der Jahre vollständig verloren. Dem Araber war es möglich gewesen, auch bei hellem Tageslicht mit dem Sextanten Ortsbestimmungen vorzunehmen. Vielleicht bestand die Hoffnung, dass auch Ian nicht immer ein Geschöpf der Nacht sein würde.

Zum wohl hundertsten Mal an diesem Morgen hielt er nach Miss Rochewell Ausschau. Vielleicht hatte er sie übersehen, denn am Kai ging es zu wie in einem Bienenstock. Seeleute aus aller Herren Länder beluden Boote mit den Frachten, die für die Schiffe bestimmt waren, die im Hafen vor Anker lagen. Eigentlich jedoch würde eine Frau zwischen all diesen Männern sofort auffallen. Er hatte angenommen, dass Mrs Pargutter Beth begleiten würde, aber Mrs Pargutter und ihr Dienstmädchen hatten sich schon vor einigen Stunden munter plaudernd auf den Weg in die Stadt gemacht. Das bedeutete vermutlich, dass Miss Rochewell ihnen nichts von dem erzählt hatte, was in der Nacht geschehen war. Und in gewisser Hinsicht war das gut.

Aber wo blieb Miss Rochewell? Die *Beltrane* würde zwar erst am Abend auslaufen, aber würde sie nicht schon vorher an Bord zurückkehren wollen, wenn sie sich vielleicht nicht wohlfühlte, um den Schiffsarzt zu konsultieren?

Vielleicht war sie zu schwach, um sich allein auf den Weg zu machen. Mrs Pargutter hatte Miss Rochewell sich selbst überlassen, vermutlich bis heute Abend. Diese Frau besaß keinen Funken Verstand. Oder Miss Rochewell hatte Angst, auf die *Beltrane* zurückzukehren, weil sie annehmen musste, dass *er* dort sein würde. Das war ein ernüchternder Gedanke. Aber Ian hatte längst beschlossen, ihr seine Anwesenheit nicht aufzudrängen, sondern die Reise über Spanien, die Alpen und den Kanal nach England auf dem Landweg fortzusetzen. Natürlich wusste sie nichts von seinem Entschluss.

Mit einem ärgerlichen Brummen warf er sich ein Cape über die Schultern und schlug den Kragen hoch. Er hatte nicht den Wunsch, die Kleine wiederzusehen. Vermutlich würde sie wieder versuchen, ihn einzuwickeln. Aber heute Morgen fühlte er sich sehr wohl in der Lage, ihr zu widerstehen. Gott allein wusste, was gestern Nacht über ihn gekommen war! Aber wie dem auch sei, er war verantwortlich für ihren Zustand. Und deshalb setzte er sich einen Hut auf, rückte seine Brille zurecht, wickelte sich noch einen Schal um die untere Gesichtshälfte und griff nach seinen Handschuhen.

Das Gasthaus *The Bells* lag nur ein paar Straßen vom *Fruit of Vine* entfernt. Die linke Seite der Straße würde um diese Tageszeit im Schatten liegen. Den weiten Platz würde er natürlich so schnell wie möglich überqueren müssen. Er würde an diesem warmen Oktobertag vermutlich einen sehr befremdenden Anblick bieten – das Gesicht wie ein Bandit vermummt, aber vielleicht bewältigte er den Weg bis in Miss Rochewells Zimmer, ohne dass der helle Sonnenschein ihn zwingen würde, sein Vorhaben aufzugeben.

Die Frau des Wirts begrüßte ihn im Schankraum, als er seinen Schal abnahm. »Setzen Sie sich, Sir«, sagte sie in einem Englisch mit starkem spanischen Akzent. »Ich werde Ihnen eine Erfrischung bringen. Sie sehen ganz erhitzt aus.«

Ian schnaufte, als er Hut und Handschuhe ablegte. »Wenn Sie mich bitte nur zu Zimmer acht führen würden . . .«

»Tut mir leid, Sir«, erwiderte sie und schüttelte den Kopf. »Dieses Zimmer bewohnt eine junge Dame.«

»Eine junge Dame, die krank ist, wie ich aus sicherer Quelle weiß.« Damit wandte er sich ab und stürmte, immer zwei Stufen auf einmal nehmend, die Treppe hinauf, ohne auf die Wirtin zu warten. Oben klopfte er kurz an, wartete anstandshalber einen Moment lang und stieß dann die Tür auf, voller Furcht vor dem, was ihn im Zimmer erwarten mochte.

Beth lag noch so im Bett, wie er sie verlassen hatte, ihr Haar breitete sich wie eine dunkle Wolke auf den weißen Kissen aus. Ihre Augen waren geschlossen. Bei seinem abrupten Eintreten bewegte sie sich weder, noch schlug sie die Augen auf. Ihr Gesicht war blass, ihr dunkler Teint hatte einen grauen Unterton angenommen. Bläuliche Schatten lagen unter ihren Augen. Schuldgefühle und Panik rangen in Ians Brust miteinander. Mit zwei großen Schritten war er bei ihr. Er legte die Fingerspitzen in ihre Halsbeuge und prüfte den Puls. Er war nur schwach zu fühlen, aber durchaus etwas stärker als in der Nacht.

Sie öffnete die Augen. Als sie Ian erkannte, erschien zunächst ein sanfter Ausdruck in ihnen – aber dann weiteten sie sich von einer Furcht, die ihn zutiefst verletzte.

»Guten Morgen, Miss Rochewell«, sagte er so ruhig, wie er konnte, und unterdrückte seine Schuldgefühle. »Es tut mir leid, Sie in so schlechter Verfassung anzutreffen.« Er wandte sich halb zur Tür um und sah die Gastwirtin in der offenen Tür stehen. Hinter ihr hatte sich eine Schar neugieriger Zuschauer versammelt. »Lassen Sie einen Arzt holen«, befahl er ihr. Als an der Tür ein Tumult ausbrach, zog Ian die Brauen hoch. »Und das sofort!«

Eine der Mägde sagte erschrocken: »Ich gehe schon«, und verschwand.

»Und Sie, gute Frau, machen sich jetzt ein wenig nützlich. Holen Sie einen Teller kräftige Brühe und einen Krug Starkbier für die junge Dame«, sagte er, so ruhig er konnte, zu der Wirtin. »Schaffen Sie das? Möglichst noch *heute?*« Er wartete, bis die Frau entrüstet gegangen war, dann wandte er sich wieder zu Miss Rochewell um.

Er wusste kaum, wie er beginnen sollte. Was sagte man einem Menschen, dessen Blut man getrunken hatte? Wie konnte er ihr die Furcht nehmen? Und was das Ganze nicht leichter machte, war die Tatsache, dass er auf ihrem Bett saß und sein Bein ihre Hüfte berührte, nur getrennt von einer dünnen Decke. Die Empfindungen, die ihre Nähe in ihm weckte, erinnerten ihn an seine beschämenden Gedanken gestern Nacht. Miss Rochewell hatte recht, wenn sie ihn fürchtete.

Beth blickte auf und sah die Scham in seinem Gesicht, als er nach Worten suchte. Schließlich senkte er den Blick. Das Böse kannte keine Scham, so viel wusste sie. Doch vielleicht konnte er das Böse nur einfach nicht mehr bändigen, wenn es erst einmal entfesselt war? Vielleicht fühlte er sich hin- und hergerissen zwischen dem, was er tat, und dem, was er nicht tun wollte. Aber er *tat* es, oder nicht?

Beth erschauderte. Und was war mit ihr? Konnte sie sich selbst vertrauen? Was gestern Nacht geschehen war ... oder war das doch nur ein Traum gewesen?

Schließlich räusperte er sich und sah Beth an. »Ich ... ich muss mich entschuldigen für ... gestern Nacht. Ich wollte nicht ...« Er stockte wieder und straffte seine Schultern, bevor er weitersprach. »Ihnen ist durch mich etwas sehr Unangenehmes widerfahren. Ich bitte Sie unterwürfigst um Verzeihung und verspreche Ihnen, dafür zu sorgen, dass Sie gute Pflege erhalten. Ich werde mich darum kümmern, dass Sie rechtzeitig zum Auslaufen an Bord der *Beltrane* gebracht werden, wenn Sie das wünschen. Ich selbst werde die Reise auf dem Landweg fortsetzen. Seien Sie versichert, dass ich Sie nicht länger mit meiner Anwesenheit belasten werde.«

Sie nickte unsicher, weil sie sich schwach und verletzlich fühlte. Sein Oberschenkel berührte ihre Hüfte. Sie spürte seine Wärme durch die dünne Decke, und ein Erschauern durchlief sie, wenn auch nicht aus Furcht.

»Falls es irgendeine Möglichkeit gibt ...« Er stockte wieder und atmete tief durch, bevor er hastig weitersprach: »Ich meine, falls es irgendetwas geben sollte, womit ich Ihnen mein zutiefst empfundenes Bedauern noch deutlicher beweisen kann, dann lassen Sie es mich bitte wissen.«

»Sie sind zu gütig, Sir«, murmelte sie, um seinen Redefluss zu stoppen. Sein erstaunter und enttäuschter Blick verriet ihr jedoch, dass er glaubte, sie versuchte, ihn zu verletzen. »Wenn Sie jetzt bitte gehen würden ...«

Es klopfte an der Tür, und ein kleiner Mann mit Perücke und einer fleckigen, mausgrauen Weste, der stark nach rohen Zwiebeln und nach Schweiß roch, betrat das Zimmer. Seinem Aussehen nach war er Engländer, aber er machte den Eindruck, als lebte er schon seit geraumer Zeit im Ausland. Seine Kleider waren altmodisch, und offensichtlich hatte es ihm an der Möglichkeit gemangelt, sein Hemd zu waschen und zu bügeln.

Rufford erhob sich schnell und überließ seinen Platz dem Arzt. Trotz Beths Bitte ging er jedoch nicht hinaus, und auch der

Doktor verwies ihn nicht des Zimmers. Vermutlich hielt der Arzt sie für Ruffords »Schützling«. Das war doch die vornehmere Umschreibung für Geliebte?

Sie musste weg von Mr Rufford, aber wie sollte sie das anstellen, so geschwächt, wie sie noch war? Wenn sie jetzt eine Szene machte, würden sie vielleicht beide aus dem Gasthof hinausgeworfen werden. Sie setzte ihre ganze Hoffnung auf den Arzt. Wenn er ihr etwas geben konnte, damit sie wieder zu Kräften kam, würde sie schon irgendwie auf das Schiff kommen.

»Nun, dann wollen wir mal sehen. Setzen Sie sich auf, meine Liebe«, sagte der Arzt. »Sie sind also eine Passagierin der *Beltrane?*«

Beth nickte und versuchte, sich aufzusetzen. Aber der ihr schon vertraute Schwindel trübte wieder ihre Sicht. Rufford machte einen Schritt in ihre Richtung, um ihr zu helfen, besann sich dann aber eines anderen und verschränkte die Hände hinter dem Rücken. Beths Sicht klärte sich ein wenig, und sie streckte ihre Zunge heraus, hustete und befolgte brav auch alle anderen Anweisungen des Arztes.

»Was sind Ihre Symptome?«, fragte der kleine Mann in geschäftsmäßigem Ton, während er ihre unteren Augenlider herunterzog. »Blicken Sie nach oben.«

Beth warf einen Blick zu Mr Rufford, der sehr nervös aussah, und verdrehte ihre Augen. »Eine allgemeine Unpässlichkeit«, antwortete sie. »Ich fühle mich recht schwach.« Der Arzt würde ihr ohnehin nicht glauben, was wirklich geschehen war. Und wenn sie versuchte, es ihm zu sagen, riskierte sie, dass Rufford sie tötete oder den Doktor oder sogar sie beide.

Der Arzt hörte auf, sich ihre Augen anzusehen, und tastete nun ihren Hals nach Schwellungen ab. Dabei stieß er auf die beiden kleinen Wunden an ihrem Nacken. Beth sah, dass Rufford die Lippen zusammenpresste.

»Na, so was«, sagte der Doktor. »Gibt es Ratten auf Ihrem

Schiff? Sie sind neuerdings ganz ungewöhnlich dreist, die Biester. Sie haben kein Fieber, Miss Rochewell, und die Wunden sehen auch nicht entzündet aus. Sie sind nicht die Ursache Ihrer Symptome.« Er richtete sich auf. »Ich denke, ein kleiner Aderlass wird Sie wieder ganz in Ordnung bringen, meine Liebe«, sagte er und nahm eine rostige Lanzette aus seiner Tasche.

»Sie werden sie *nicht* zur Ader lassen.« Rufford tauchte urplötzlich vor dem Doktor auf und sah sehr wütend und sehr Furcht erregend aus, als er den kleinen Mann am Arm packte und ihn vom Bett hochriss. »Scharlatan!«, knurrte er und stieß ihn zur Tür. »Auspeitschen sollte man Sie!«

»Lassen Sie mich los!«, krächzte der Arzt. Rufford drängte ihn zur Tür hinaus. »Mein Honorar ...«

Rufford griff in seine Tasche und warf dem Doktor verächtlich einen Sovereign zu. Der kleine Mann fing das Goldstück auf, biss prüfend darauf und trat den Rückzug an, wobei er fast der Wirtin in die voll beladenen Arme lief. »Beim nächsten Mal brauchen Sie mich erst gar nicht zu holen«, drohte er ihr und flitzte die Treppe hinunter.

Als die Wirtin Ruffords finstere Miene sah, blieb ihr jeglicher Protest über die Behandlung des Arztes in der Kehle stecken.

»Geben Sie mir das.« Rufford nahm ihr das Tablett ab und schloss kurzerhand die Tür vor ihrem rot anlaufenden Gesicht. »Ein Aderlass, Herrgott noch mal! Das ist doch keine Lösung«, knurrte er.

Beth zog sich noch tiefer unter ihre Decke zurück, als er ihr sein grimmiges Gesicht zuwandte. Nun hatte er sie von jeder Hilfe abgeschnitten, und bei diesem Ausdruck in seinen Augen würde sie vielleicht jeden Moment Hilfe brauchen. Was sollte sie tun, so hilflos eingesperrt in einem Raum mit einem Mann, der sich gestern Nacht in ein Ungeheuer verwandelt hatte? Aber dann wurde sein Ausdruck weicher, und er hörte auf, so auszusehen, als wäre er zu allem fähig. »Verzeihen Sie mir bitte meinen

Wutausbruch«, murmelte er, und sie konnte sehen, wie er sich bemühte, Ruhe zu bewahren.

»Ich möchte, dass Sie jetzt gehen, Sir«, sagte sie mit letzter Kraft.

Aber er schüttelte den Kopf. »Nicht, bevor Sie die Brühe und das Bier getrunken haben.« Nachdem er das Tablett auf ihren Schoß gestellt hatte, zog er sich an den Kamin zurück, in dem kein Feuer brannte. Im Oktober war es auf Gibraltar noch recht warm. Er lehnte sich gegen den Sims und verschränkte die Arme vor der Brust.

Zumindest ließ er ihr ein bisschen Platz zum Atmen. Der Löffel fühlte sich seltsam schwer an, als sie ihn unter Ruffords aufmerksamem Blick an den Mund führte. Nach einem halben Dutzend Löffeln begann ihre Hand zu zittern, und sie schaffte gerade noch zwei mehr, bevor der Löffel ihr entglitt. Erschöpft sank sie zurück.

Rufford verharrte vor dem Kamin, als traute er weder sich noch ihr. »Möchten Sie noch etwas mehr essen? Ich könnte Ihnen helfen ...«, bot er ihr schließlich an.

Beth schüttelte den Kopf, denn ihre Erschöpfung machte ihr sehr zu schaffen. Wie sollte sie in diesem Zustand je das Schiff erreichen?

Er schien ihre Möglichkeiten auch nicht besser einzuschätzen. »Falls Sie ein paar Tage in Gibraltar bleiben wollen, um wieder zu Kräften zu kommen, könnte ich eine Pflegerin engagieren ...«

»Nein!« Beth wollte nicht in Gibraltar festsitzen, schwach und krank, eine Frau allein in einer fremden Stadt, mit einem Vampir in ihrer Nähr. Sie wollte so weit wie möglich weg von diesem furchtbaren Ort – und von *ihm*. Wenn sie es bis an Bord der *Beltrane* schaffen könnte und wüsste, dass er über Land weiterreiste und Hunderte von Meilen zwischen ihnen lagen ... »Ich komme schon zurecht«, sagte sie, so fest sie konnte. »Mrs Pargutter wird sich um mich kümmern, wenn ich erst einmal an Bord bin, und der Arzt natürlich auch.«

Rufford zog kurz die Brauen zusammen. Dann glitt sein Blick zu dem Nachttisch. Er ging darauf zu und griff nach dem Bierkrug. auf. »Starkbier soll eine sehr belebende und kräftigende Wirkung haben. Ich habe gesehen, wie es bei Männern gewirkt hat, die schon fast verblutet waren.« Er zögerte, dann setzte er sich neben sie auf das Bett und zog fragend die Augenbrauen hoch.

Seine Nähe machte sie zittern. »Nein, nein«, flüsterte sie. »Sie müssen gehen, Sir. Jetzt sofort.«

Er errötete vor Scham, aber er ging nicht, sondern reichte ihr den Krug. »Sobald Sie das getrunken haben.«

Sie nahm den Zinnkrug, der sich feucht und kalt anfühlte, in beide Hände. Es kostete sie große Überwindung, aber wenn es die einzige Möglichkeit war, Rufford zum Gehen zu bewegen, dann würde sie das Bier trinken. Es war so dickflüssig, dass man es fast kauen musste, und der Geschmack nach Hefe und geröstetem Getreide war so widerlich, dass Beth davon fast übel wurde. Nach ein paar Schlucken verzog sie das Gesicht und ließ sich wieder in die Kissen fallen. »So, und nun zu Ihrem Versprechen«, murmelte sie.

Ein lautes Klopfen an der Tür ließ sie beide zusammenfahren. »Das Zimmer muss gemacht werden. Unten wartet ein Herr, der es beziehen will, sobald es frei ist.«

Rufford stürmte zur Tür und riss sie auf. Ein junger Mann, dessen Finger schwarz vom Stiefelputzen waren, starrte ihn erschrocken an. »Dann sag dem Herrn, er soll zum Teufel gehen«, fuhr Rufford ihn an. »Miss Rochewell darf heute Nachmittag nicht mehr gestört werden.« Er drehte sich kurz zu ihr um. »Schlafen Sie. Ich werde dafür sorgen, dass Sie niemand stört.«

Ihre Lider waren jetzt so schwer, dass Beth glaubte, tagelang schlafen zu müssen. Tagelang? Und wenn sie das Auslaufen des Schiffs verpasste? »Sagen Sie ihnen, sie sollen mich rufen ...«

Doch ihre Erschöpfung war so groß, dass ihre Aussprache undeutlich geworden war. Vielleicht lag es ja auch am Bier.

Das Letzte, was sie hörte, war Ruffords entschuldigendes Murmeln: »Das ist das Mindeste, was ich für Sie tun kann.«

☆ ☆ ☆

Ian saß in dem dämmrigen Schankraum vor einer Flasche Rotwein, schon seiner zweiten an diesem Nachmittag. Zum Teufel mit der Kleinen! Sich so vor ihm zu fürchten und ausgerechnet jetzt, zu diesem äußerst ungünstigen Zeitpunkt, so abhängig von ihm zu sein! In ihrer kleinen Unterhaltung hatte sie ihm seine Möglichkeiten nur allzu klar umrissen. Sie setzte ihr ganzes Vertrauen auf Mrs Pargutter und den Schiffsarzt der *Beltrane*. Dass sie nicht allein in Gibraltar bleiben wollte, konnte Ian verstehen. Medizinische Hilfe würde sie hier jedenfalls ganz sicher nicht erhalten. Aber in den Schiffsarzt der *Beltrane* hatte er noch weniger Vertrauen. Würde Dr. Granger sie nicht auch zur Ader lassen? Beim Schiffsjungen hatte er es getan.

Miss Rochewell würde einen Aderlass vermutlich nicht verkraften. Und was diese Mrs Pargutter anging ... Doch trotz seiner Bedenken würde er diese Dame bitten müssen, Miss Rochewell beizustehen. Sie und ihr Dienstmädchen waren die einzigen Verbündeten, die Miss Rochewell auf dem Schiff haben würde. Und selbst daran hegte er seine Zweifel. Er überlegte noch, was er Mrs Pargutter sagen sollte, als sie mit ihrer bis über den Kopf bepackten Dienstmagd im Kielwasser in den Schankraum gesegelt kam wie eine Fregatte vor dem Wind.

»Wir haben kaum noch Zeit zu packen, bevor wir am Kai sein müssen.« Mrs Pargutters schwarzes Seidenkleid wies große feuchte Flecken unter ihren Armen auf, und auf ihrer Stirn glitzerten Schweißtropfen unter ihren dicken, schlecht gefärbten roten Locken. »Mir bleibt ja kaum noch Zeit, mich frisch zu machen.« Schnaufend ließ sie sich auf eine Bank fallen und winkte matt dem Wirt hinter der Theke. »Ein Glas Rotweinpunsch, Sir.«

Jenny spähte um die Hutschachteln herum nach einem Platz zum Abstellen. »Nein, nein!«, rief Mrs Pargutter. »Bring sie nach oben und pack meine Sachen. Wir haben keine Zeit zu verlieren.« Die Dringlichkeit in ihrer Stimme wirkte fast lächerlich. »Und sieh auch nach der lieben Miss Rochewell.«

Das klang vielversprechend. Ian erhob sich und nahm dem Wirt das Glas Punsch aus der Hand. »Madam«, sagte er höflich, als er es vor sie hinstellte. »Sie erlauben doch?«

»Oh, ihr jungen Männer versucht doch immer, euch bei einer hübschen Frau beliebt zu machen«, flötete sie mit einem affektierten Lächeln. »Setzen Sie sich doch auf ein Glas zu mir, Mr Rufford.«

Er nahm ihr gegenüber Platz.

»Sie hätten die entzückenden kleinen Retiküle sehen sollen, die ich gefunden habe! Sie sind ganz und gar aus Federn hergestellt. Und die Spitzen hier sind ebenso fein wie die in Madrid und Barcelona. Ich habe gleich mehrere Ellen eingekauft, in Schwarz natürlich.«

»Miss Rochewell ist krank, Madam. Ein Arzt wurde heute Morgen zu ihr gerufen.«

»Ach du liebe Güte!«, rief Mrs Pargutter. »Ist es ansteckend? Ich habe im Boot neben ihr gesessen.«

»Es ist nichts Ansteckendes. Und sie hat ja Sie, die ihr auf dem Schiff zur Seite stehen wird.« Ian sah sie prüfend an.

»Mich?« Mrs Pargutters Augen weiteten sich vor Schreck. »Ich ertrage Seereisen nur sehr schlecht Sir, wie Sie bemerkt haben werden.« Sie schüttelte den Kopf. »Ich könnte gar nicht an einem Krankenlager sitzen.«

»Und Jenny?«

»Die wird genug damit zu tun haben, sich um mich zu kümmern.« Mrs Pargutter legte ihren Zeigefinger an das Grübchen unter ihrem Mund und schien zu überlegen. »Miss Rochewell sollte besser in Gibraltar bleiben, bis sie wieder auf den Beinen ist. An Bord eines Schiffes wird niemand Zeit haben, sie zu pflegen.«

»In Gibraltar zu bleiben erscheint mir doch sehr unpassend für eine allein reisende junge Dame.« Ian erhob sich. Es war so, wie er schon vermutet hatte. Aber die Besatzung der *Beltrane* vergötterte Miss Rochewell. Sie würden sich um sie kümmern, sofern der Schiffsarzt von ihr ferngehalten werden konnte …

»Nun ja, ein ordentlicher Aderlass würde sie möglicherweise wieder auf die Beine bringen«, räumte Mrs Pargutter ein. »Bringen Sie mir doch noch ein Glas, Herr Wirt.«

Ian wandte sich verärgert ab. Warum redeten hier alle immer nur von Aderlässen? Herrgott, dabei tranken sie das Blut ja nicht einmal! Diese Mrs Pargutter war wirklich zu nichts nütze. Und Miss Rochewell hatte keinen Beschützer, niemanden, der sie wieder gesund pflegen konnte. Wäre es da nicht seine Pflicht und Schuldigkeit …

Aber ja, das war nur allzu offensichtlich. Er war der Verursacher von Miss Rochewells Krankheit, und deshalb musste er sie beschützen. Aber dazu würde er sein Versprechen brechen müssen. Ian presste die Lippen zusammen. Darüber konnte er sich später noch den Kopf zerbrechen. Ohne ein Wort zu Mrs Pargutter wandte er sich ab und ging hinaus. Sie quittierte seine Unhöflichkeit mit einem empörten »Hmmpff!«.

☆ ☆ ☆

In den Straßen, die zum Kai hinunterführten, wimmelte es von Soldaten, Seeleuten, Schiffspassagieren und Händlern, die alle gekommen waren, um den Konvoi wieder in See stechen zu sehen. Ian führte Miss Rochewell, die halb besinnungslos an seinem Arm hing, zum Boot der *Beltrane*. Unter dem anderen Arm trug er eine kleine Kiste mit Starkbier. Sein Halstuch verrutschte, und fast hätte er aufgeschrien, als die sinkende Sonne ihm direkt ins Gesicht schien. Er wagte jedoch nicht, stehen zu bleiben, um das Tuch wieder heraufzuziehen. Flüchtig registrierte er, dass Mrs Pargutter am falschen Dock wartete.

»He da!«, rief er. »Fahrt ihr zur *Beltrane?*«

Der Steuermann der Barke drehte sich um, erfasste mit einem Blick die Situation und winkte ein paar Matrosen herbei.

»Miss Rochewell fühlt sich nicht wohl«, murmelte Ian. Sein Gesicht hatte sich vor Schmerz verzerrt.

Aber die Männer hatten sich Beths schon angenommen. »Stellen Sie einfach einen Fuß hier drauf«, sagte einer, als er sie in die Barke hob. Wollte sie vielleicht lieber am Heck sitzen? Ein weiterer Umhang würde sie vor der auffrischenden Brise schützen. Sie würden sie innerhalb kürzester Zeit an Bord haben, versprachen sie. Ian dagegen sahen sie nur finster an, als wüssten sie, dass er der Grund für ihre Schwäche war.

»Ein Arzt hat ihr Starkbier empfohlen«, log Ian und reichte den Männern die Kiste, die er im Gasthof gekauft hatte. Sie war so schwer, dass es zwei Männer brauchte, um sie in der Barke zu verstauen. Jetzt sahen sie ihn noch argwöhnischer an.

Hinter ihm kam jammernd Mrs Pargutter herangeeilt. »Warten Sie!«, rief sie. »Warten Sie auf mich.«

»Wir sind voll«, beschied sie der Steuermann. »Nehmen Sie das Boot dahinten.«

Die Barke legte ab. »Legt euch in die Riemen!«, befahl der Steuermann den Männern. Miss Rochewell kuschelte sich in den weiten wollenen Umhang und winkte Ian nicht einmal zu. Er zog sein Halstuch wieder hoch und stieg mit Mrs Pargutter und Jenny in das viel kleinere Boot. Er hatte nur Augen für die Barke des Kapitäns und war erleichtert, als er sah, dass der Steuermann schon nach dem Bootsmannsstuhl rief, bevor sie die *Beltrane* erreicht hatten. Sie hoben Miss Rochewell sanft hinein und kletterten dann flink die Strickleiter hoch, um sie oben an Deck wieder herauszuheben. Sie war schon in ihrer Kabine, als Ian endlich selbst an Bord kam.

In dem verblassenden Licht beanstandete Mrs Pargutter lautstark das Verstauen ihrer Päckchen. Ohne sie zu beachten, eilte Ian zur Treppe und dann zur Krankenstation hinunter, wo er Halstuch, Handschuhe und Hut ablegte. »Granger!«, brüllte er. Der Arzt roch nach Alkohol. Eine Deckenlampe warf mit jedem Schwanken des Schiffs grotesk tanzende Schatten auf die Wände. Die Luft war stickig hier unten, es stank nach Alkohol und den widerlichen Mixturen, die Granger den kranken Seemännern zu trinken gab. Mit blutunterlaufenen Augen blickte er verdrossen zu Ian auf.

»Miss Rochewell ist krank«, sagte Ian. »Man wird Sie gleich zu ihr rufen. Aber Sie werden sie *nicht* zur Ader lassen, sondern ihr stattdessen nahrhaftes Essen verordnen, also Fleisch und Gemüse, das sie fünfmal täglich zu sich nehmen wird. Und Bier, wann immer sie es trinken kann. Haben Sie das verstanden, Dr. Granger?«

Granger schaffte es, sich aufzurichten. »Sie wagen es, mir Vorschriften zu machen, Sir?«

Heißer Zorn loderte in Ian auf. Dieser Mann konnte mit seiner Dummheit Miss Rochewell ernsten Schaden zufügen, ja sogar ihren Tod herbeiführen. Und mit dem Zorn, der ihn erfasste, begann Ian ein Sirren in seinen Adern zu verspüren, das in seinen Ohren brauste und ihm die Sicht trübte. Als Granger entsetzt vor ihm zurückwich, wusste Ian, dass seine Augen rot geworden waren. »Sie werden sie nicht zur Ader lassen.« Dieses Flüstern würde Granger nie wieder vergessen. »Und Sie werden mich vor jeder weiteren Behandlung konsultieren.«

Granger nickte stumm.

»Und Sie hören auf zu trinken.« Nach dieser letzten Suggestion wandte Ian sich ab und stieg wieder zum Deck hinauf. Er würde dem Schiffskoch sagen, er solle Haferschleim und klein geschnittenes, gedünstetes Geflügel in Miss Rochewells Kabine bringen lassen. Aber konnte sie ohne Hilfe essen? Die Takelage des Schiffes knarrte, und er spürte, wie sich die Segel der *Beltrane* strafften. Der Konvoi war wieder unterwegs. Der nächste Hafen war Brest.

Es gab keine Geheimnisse auf einem Schiff. Der Mond versank an einem Himmel voller Wolken. Das unablässige Knarren der Takelage und der Spieren und das Rauschen der See um den Kiel der Beltrane waren die einzigen Geräusche, die zu hören waren – und das Getuschel der Besatzung.

Ian stand am Bugspriet, dem höchsten Punkt des Schiffes, wo er sich am ungestörtesten wusste. Während der Zeit der mittleren Wache hatte sein scharfes Gehör das Getuschel wahrgenommen. Man gab ihm die Schuld an Miss Rochewells Erkrankung. Die Männer erinnerten sich an die Kraft, die er im Kampf gegen die Piraten bewiesen hatte, und stellten Vermutungen über die Wunden an, die er nach Ansicht einiger davongetragen haben musste. Man sprach über den Schiffsjungen, der in letzter Zeit so seltsame Träume hatte, und über die Tatsache, dass Ian sich nie bei Tageslicht an Deck sehen ließ. Nicht mehr lange, und die Männer würden sich in einen abergläubischen Irrsinn hineingesteigert haben.

Ian sank das Herz. Sie hatten ja recht. Er war ein Ungeheuer. Er hatte Miss Rochewell fast ausgeblutet! Aber er hatte auch Verantwortung übernommen. Er hatte dafür gesorgt, dass sie an Bord zurückgekehrt und dass ihre Pflege gewährleistet war. Sie würde bald entdecken, dass er Wortbruch begangen hatte, aber das würde nicht das Schlimmste sein.

Viel zu spät war ihm klar geworden, dass sie sein Schicksal in Händen hielt. Anfangs hatte er ihr darin zugestimmt, dass ihr niemand glauben würde, wenn sie sagte, was sie wusste. Aber inzwischen könnten einige Menschen mehr als nur bereit sein, zuzuhören. Wenn sie ihn angriffen, könnte er sich dann zurückhalten und sich nicht verteidigen? Denn könnte er es nicht, würde nicht er den Tod finden.

Aber es gab ein noch weitaus größeres Problem. Miss Rochewell kehrte heim nach England, wo sie die Gesellschaft mit ihren Anschuldigungen gegen ihn aufbringen könnte, ihm alle Hoffnung auf ein normales Leben nehmen und ihn ins Exil treiben könnte. Wie könnte er sich dann noch seine Menschlichkeit bewahren? Würde er dann wie Asharti werden und ohne die geringsten Skrupel Menschen töten?

Asharti würde Miss Rochewell einfach umbringen. Aber Ians Magen revoltierte gegen den Gedanken. Es war Ashartis Einfluss, dass ihm überhaupt eine solche Überlegung durch den Sinn ging. Genau wie der Gedanke gestern, sie durch seine Willenskraft dazu zu bringen, mit ihm zu schlafen. Aber wer hatte letztendlich wen zu manipulieren versucht? Hatte sie ihm nicht geradezu befohlen, sich zu ihr zu legen? Gut, sie war krank und hatte ihn für einen Traumbild gehalten. Aber sie war vor dem Angriff der Piraten auch kühn genug gewesen, ihn zu bitten, sie zu küssen ...

Ian verdrängte seinen Groll und schüttelte den Kopf. Was konnte er tun? Miss Rochewell fürchtete sich zu Recht. Was war nur über ihn gekommen, dass er ihr Blut getrunken hatte, obwohl er sie kannte? Und dass er viel zu lange von ihr getrunken hatte, während sie sich in rauschhafter Ekstase eng umschlungen gehalten hatten?

Er musste sie dazu bringen, sein Geheimnis zu bewahren. Ihr Wohlwollen würde dem Gerede der Mannschaft vielleicht ein Ende machen, ihr Schweigen daheim in England würde ihm die Verwirklichung seines Traums von einem Zuhause möglich machen. Aber wie sollte er es anstellen? Er zerbrach sich den Kopf darüber, aber jede Lüge oder jede mögliche Erklärung, die ihm einfielen, kamen selbst ihm unzulänglich vor. Welche Geschichte würde eine intelligente Frau wie Beth Rochewell ihm am ehesten abnehmen?

Als der Morgen graute, hatte Ian noch immer keine Antwort auf diese Frage gefunden. Müde schloss er die Augen. Ihr Bild tauchte vor ihm auf, zart und zerbrechlich sah er sie auf dem Bett des Gasthofs liegen. Ihre Art, Schach zu spielen, riskant, aber immer gut durchdacht, kam ihm in den Sinn, ihre stillschweigende Akzeptanz seiner ungewöhnlichen Selbstheilkräfte. Er sah wieder den Glanz in ihren Augen, als sie gesagt hatte, sie habe die Mysterien des Mittelmeerraumes gesehen, als sie ihm ihre Theorie über die Sphinx dargelegt hatte.

Der Schlüssel zu seinem Dilemma lag darin, wer sie war ... eine Frau auf der Suche nach der Wahrheit, ganz gleich, wie merkwürdig diese sein mochte, eine Frau, die vernünftiger und intelligenter war als die meisten Männer, die er kannte, und die ein herablassendes Gebaren nicht akzeptierte. Ian seufzte, als ihm die Lösung seines Problems langsam klar wurde. Er würde ihr zumindest einen Teil der Wahrheit sagen müssen.

Das war nicht gut. Es würde das Schwerste sein, was er je getan hatte, und es würde ihn der Macht einer Frau ausliefern – dabei hatte er sich geschworen, das nie wieder zuzulassen. Er wandte sich um und kehrte auf das Mittelschiff zurück. Dabei entging ihm keineswegs, wie die Männer der Besatzung vor ihm zurückwichen.

Nein, dachte Ian, ich kann Miss Rochewell nicht die Wahrheit sagen, egal, was auch geschehen mag. Der Preis für seinen Stolz war viel zu hoch.

Ein lauter Pfeifton rief die Morgenwache, die Decks zu reinigen, und er war auch für Ian das Signal, sich für den kommenden Tag zurückzuziehen.

Andererseits musste er sich aber auch fragen, wie wichtig es ihm war, nach England heimzukehren ...

10. Kapitel

Beth erwachte von dem schmerzhaft hellen Licht, das durch die Fensterluke drang, und von einem leisen Klopfen an der Tür. Das Rollen des Schiffs empfand sie als beruhigend. Sie musste jetzt schon etwa hundert Meilen von Mr Rufford entfernt sein. Sie war entkommen. Sie war *froh*, von ihm weg zu sein. Mehr als froh. Und sie fühlte sich heute auch schon besser. Redding hatte ihr gestern Abend Brathühnchen und noch mehr von diesem widerlichen Bier gebracht. Und sie hatte die Nacht durchgeschlafen, gestört nur von ein paar beunruhigenden Träumen, an die sie gar nicht denken wollte. Wer konnte schon etwas für seine Träume? In gewisser Weise schienen diese Träume ihr Blut zu sein, der Ruf des Blutes ihrer ägyptischen Mutter.

Wieder hörte sie das leise Klopfen. »Ja?«, rief sie und bemerkte verblüfft, wie schwach ihre Stimme klang.

»Ich bin's, Miss. Redding. Der Koch dachte, Sie hätten vielleicht gern ein gekochtes Ei und ein bisschen Haferbrei. Und der Arzt ist hier, um nach Ihnen zu sehen.«

»Stellen Sie das Tablett doch einfach vor die Tür.« Sie setzte sich auf und zog die Decke bis unter das Kinn. »Ich bin nicht angezogen.«

Aber die Tür ging auf, und der Doktor brachte ihr das Tablett herein. »Ich bin Mediziner, meine Liebe. Es macht nichts, wenn Sie noch nicht angekleidet sind.« Er wirkte heute Morgen abgespannt, aber nicht betrunken, als er ihr das Tablett auf den Schoß stellte. Beth hatte nicht den Wunsch, sich noch einmal untersuchen zu lassen. Aber wenigstens konnte Rufford sie jetzt nicht mehr stören und den Arzt zur Tür hinauswerfen.

Dr. Granger ließ jedoch durch nichts erkennen, dass er die Absicht hatte, sie zu untersuchen. »Ich dachte, Sie würden einen

Aderlass benötigen, aber wie ich sehe, geht es Ihnen schon viel besser«, sagte er und wirkte dabei irgendwie nervös. »Ich denke, eine Kost mit viel rotem Fleisch, um ihre Körperfunktionen anzuregen, und gutem starken Bier und dazu ein Tonikum aus Baumrinde müsste genügen, um Sie wieder auf die Beine zu bringen.«

Sie nickte etwas argwöhnisch. »Ich bin froh, dass Sie sich gegen einen Aderlass entschieden haben …«

»Ich auch«, warf eine vertraute tiefe Stimme ein. »Sie sehen schon viel besser aus, Miss Rochewell.«

Der Doktor erschrak nicht weniger als Beth, als Rufford hinter ihm in der Tür erschien.

»Ich komme später wieder und bringe Ihnen das Tonikum«, sagte der Arzt und verließ in wilder Hast den Raum.

»Was tun Sie hier?«, fragte Beth zitternd, als sie sich Rufford ganz allein gegenübersah. »Sie hatten versprochen, auf dem Landweg Land weiterzureisen …«

»Es tut mir leid, dass ich dieses Versprechen nicht halten konnte.« Er kam herein und zog die Tür hinter sich zu. Beth wich vor ihm zurück. »Ich konnte mich nicht darauf verlassen, dass der gute Doktor nicht doch einen Aderlass bei Ihnen vornimmt, und es schien hier niemand anderen zu geben, der Sie versorgen würde.«

»Mrs Pargutter …«

»… war es schon lästig, Sie zum Boot zu bringen«, fiel er ihr mit schonungsloser Offenheit ins Wort. Sein Gesicht war gerötet und ein bisschen angeschwollen, als wäre er in der Sonne gewesen. Und das war er ja auch, erinnerte sie sich. Er war am helllichten Tag in den Gasthof gekommen, um nach ihr zu sehen und sie zur Barke zu bringen.

»Sie haben keinen Grund zur Sorge. Der Doktor wollte mich nicht zur Ader lassen, und Redding hat mir gestern Abend ein hervorragendes Essen gebracht. Sie hätten Ihr Versprechen ruhig halten können.« Sie war zu Tode erschrocken, dass ihr Peiniger an Bord des Schiffes war. Ihr Herz raste, und die schon vertrauten schwarzen Kreise tanzten ihr wieder vor Augen.

»Beruhigen Sie sich, Madam.« Ian kniff die Augen zusammen, um sie vor dem Licht zu schützen, das durch die Fensterluke fiel. Er griff nach dem kleinen Vorhang und schloss ihn. Er beabsichtigte also zu bleiben.

»Gehen Sie«, verlangte Beth.

»Ich muss mit Ihnen reden.«

»Gehen Sie, oder ich schreie!« Die schwarzen Kreise vor ihren Augen wurden immer größer und drohten ihr die Sicht zu rauben.

»Wenn Sie sich beruhigen und mich erklären lassen würden …«

»Was können Sie mir schon erklären?« Er hatte *ihr Blut getrunken*, aber das wollte sie nicht in Worte fassen, weil andere es vielleicht hören konnten. Er beugte sich über sie. »Wenn Sie mich umbringen, werden alle wissen, dass Sie es waren«, flüsterte sie. »Man wird Sie in Ketten legen.« Was bei seiner Stärke jedoch nichts als eine leere Drohung war.

Er blickte auf seine Hände herab, als versuchte er Mut zu fassen. Es waren starke, kantige Hände, die Beth daran erinnerten, wie sich seine Finger um ihre Kehle angefühlt hatten. Hätte er sie umbringen wollen, wäre es in dem Moment ein Leichtes für ihn gewesen. Als er den Kopf wieder hob und Beth ansah, überraschte sie der grenzenlose Kummer, der sich in seinen Augen widerspiegelte.

»Sie glauben, ich will Sie töten?«, fragte er. »Ich würde Ihnen nie etwas zuleide tun. Ich habe lediglich versucht, meine … Unbedachtheit wiedergutzumachen.« Er tat einen tiefen Atemzug. »Nein. Keine Ausreden mehr – meine *unentschuldbare Verfehlung*.« Als ihr keine Antwort darauf einfiel, fuhr er fort: »Sie können natürlich den Captain rufen. Sie haben die Wunden an

Ihrem Nacken und die von Callow, um Ihre Aussage zu untermauern. Die Besatzung misstraut mir seit dem Angriff der Piraten ohnehin schon. Die Männer würden Ihnen vermutlich sogar glauben.«

Wieder hielt er inne, um Mut zu sammeln. »Ich will nach England zurück – um wenigstens wieder ein halbwegs normales Leben führen zu können. Ich bin mir meiner Schuld bewusst, kann aber nichts gegen meine Bedürfnisse tun, solange – nein, bis mich ein Arzt von dem kuriert, was ich geworden bin. Wenn Sie es wollen, werde ich alles gestehen.«

Warum? Warum sollte er gestehen? Das Einzige, was er zu erwarten hatte, war das Gefängnis. Und das wäre der Tod für ihn, ohne das Blut, das er zum Überleben brauchte. Oder der Mob hier auf dem Schiff würde ihn in Stücke reißen. Es sei denn, seine Heilkräfte könnten ihn selbst dann am Leben erhalten. Trotzdem – sich diesem Risiko auszusetzen, diesem körperlichen Schmerz ...

Beth sah ihn eindringlich an, als suchte sie die Antwort auf ihre Fragen in seinem Gesicht. Aber lange musste sie nicht suchen. Die Antwort lag in der Scham, in der Qual, die sie in seinen Augen las, seit sie ihm zum ersten Mal begegnet war. Er behauptete zwar, ihr alles erklären zu wollen, aber tief im Innersten war er überzeugt davon, das Schlimmste zu verdienen.

Sie blinzelte verwirrt. »Ich werde über Ihr Angebot nachdenken.« Und nun müsste sie ihn eigentlich auffordern zu gehen.

Verlegen senkte er wieder seinen Blick. »Sie sind Forscherin und voller Wissbegierde. Vielleicht fänden Sie meine Geschichte ... interessant«, sagte er. »Hören Sie mich an und tun Sie dann, was Sie für richtig halten.« Er griff nach dem Schemel unter ihrer Waschkommode und nahm darauf Platz, bevor sie Ja oder Nein sagen konnte. In dem engen Raum stießen seine Knie an ihre Koje. Seine langen Wimpern streiften seine Wangen, als er auf den Boden starrte. »Ich bin nicht freiwillig zu dem geworden, was ich bin.«

Beth sagte nichts.

Seine Brauen zogen sich zusammen. »Ich wurde vor zwei Jahren von nordafrikanischen Piraten von einer Marineschaluppe verschleppt und in die Sklaverei verkauft. Aber das haben Sie ja schon erraten.«

Außerstande fortzufahren, hielt er inne, und Beth erkannte, dass das Geheimnis, das sie so unbedingt enträtseln wollte, sich jetzt ganz von selbst aufklären wurde. Plötzlich wollte sie seine Geschichte hören. Warum hatte sie sich von ihrer Angst nur daran hindern lassen? »Sie sind äußerst brutal behandelt worden.« Machte das es ihm leichter, sich ihr anzuvertrauen? Was wollte er ihr so dringend erklären, wovor er sich gleichzeitig so sehr fürchtete, es auszusprechen?

Er atmete tief durch und sah sie abwartend an. Sie nickte ihm aufmunternd zu.

»Ich wurde wie ein Lasttier an eine Karawane verkauft, das dachte ich damals jedenfalls.«

Beth unterdrückte gerade noch einen leisen Aufschrei. »Wie furchtbar!«

Er antwortete mit einem betretenen kleinen Lachen, das ihm aber in der Kehle stecken blieb. »Das war nicht das Schrecklichste daran. Die Aufseher schlugen mich natürlich, und das Leben war nicht leicht. Niemand sprach mit mir, bis Fedeyah sein Englisch an mir ausprobieren wollte. Sie behandelten mich wie einen Maulesel oder einen Ochsen. Aber sie ernährten mich gut und gaben mir genügend Wasser, um die schwere Arbeit zu ertragen. Ich gewöhnte mich an die Schufterei und die Peitsche. Man kann sich an fast alles gewöhnen, wissen Sie.« Er betrachtete seine auf dem Schoß verschränkten Hände. »Aber unsere Karawane war eine ganz besondere. Sie war nur bei Nacht unterwegs und hatte keine Handelswaren dabei, sondern nur die Vorräte für eine endlos scheinende Reise durch die Wüste. Die Eigentümerin der Karawane reiste in einer Sänfte. Sklaven, die zu ihr in ihr Zelt geschickt wurden, trug man tot und ohne einen Tropfen Blut in den Adern wieder heraus.« Ian schluckte. »Außerdem wurde jeweils ein Sklave dazu bestimmt, der Herrin ... auf sehr intime Weise zu dienen.«

Ruffords Fingerknöchel traten weiß hervor, als er die Hände fest verschränkte. Beth wusste, dass sie ihm helfen musste, wenn er seine Geschichte zu Ende bringen sollte. »Wer war diese Frau?«

»Ihr Name war ... Asharti.« Der Name kam ihm nur schwer über die Lippen.

Ach du liebe Güte. Beth glaubte zu ahnen, wie die Geschichte weitergehen würde. Aber sie schwieg und wartete ab.

»Sie zog durch die Wüste, um die versunkene Stadt Kivala zu finden.«

Beth riss verblüfft die Augen auf. War er vielleicht schon dort gewesen? Aber sie unterdrückte ihre Aufregung, denn dies war nicht der richtige Moment für neugierige Fragen.

»Wenn sie Handel trieb, dann nur, um neue Sklaven für ihre ... privaten Bedürfnisse zu erwerben.« Wieder hielt er inne, und in seinen Augen flackerten solch schmerzliche Erinnerungen auf, dass er daran zu ersticken schien.

Sie musste ihm sagen, was sie wusste. Vielleicht half es ihm, seine Geschichte weiter zu erzählen. »Ich habe die Spuren ihrer Zähne an Ihnen gesehen«, flüsterte Beth, die sich nur zu gut an die ungewöhnlichen Verletzungen an seinem Körper erinnerte.

Rufford nickte und zuckte in gespieltem Gleichmut die Schultern. »Ich habe länger durchgehalten als die meisten anderen Sklaven. Von mir hat sie immer nur ein bisschen Blut genommen.« Aber da war noch mehr, das spürte Beth. Er räusperte sich und schloss die Augen. »Sie konnte mich ... gefügig machen ... mit ihren Augen ...«

Wozu konnte Asharti ihn gefügig machen? Zu irgendetwas, das Rufford zutiefst beschämte. Er musste es in Worte fassen, sonst fraß es ihn noch auf. »Hat sie Sie gezwungen, für sie zu töten?«

Er legte den Kopf zurück und starrte an die Decke. »Nein. Das ist ihr Gott sei Dank nie eingefallen.« Wieder gab er dieses gebrochene kleine Lachen von sich. »Aber an andere Dinge hat sie schon gedacht.«

Beth dachte an die Stellen an seinem Körper, an denen sie die kleinen runden Narben gesehen hatte: an Lenden, Oberschenkel, Gesäß und Kehle. Und plötzlich stieg eine grausige Sicherheit, wozu Asharti ihn gezwungen haben musste, in ihr auf.

»Es war ihr Blut, das mich infizierte. Ein einziger durch und durch verdorbener Tropfen Blut.« Ian holte tief Atem und hielt ihn an, bevor er ihn langsam wieder ausstieß und seine verschränkten Hände löste. »Danach ließ sie mich sterbend in der Wüste zurück. Aber leider bin ich nicht gestorben, und heute kann ich mich nicht einmal mehr selbst umbringen.«

Er hatte versucht, sich das Leben zu nehmen? Beth biss sich auf die Lippen, um nicht zu protestieren oder zu versuchen, ihn zu trösten. Das würde er nicht zulassen, das wusste sie.

»Sie werden mir jetzt vielleicht vorwerfen, meinen Tod nicht durch den Verzicht auf Blut herbeigeführt zu haben. Aber glauben Sie mir, ich habe es versucht. Wenn der Drang jedoch zu stark wird, bringt das noch andere ... Probleme mit sich. Ich kann dann nicht mehr klar denken und laufe Gefahr, mein Bedürfnis völlig hemmungslos und ohne Rücksicht auf das Leben anderer zu stillen.« Wieder atmete er tief ein. »Und deshalb«, sagte er dann brüsk, während er seine Hände auf die Knie legte und seine Schultern straffte, »nehme ich immer nur sehr wenig Blut von einem Menschen. Bei Ihnen ... habe ich mich vergessen; mir ist selbst nicht klar, warum. Ich hoffe nur, Sie können ...«

Seine Kehle war plötzlich so eng, dass er nichts mehr sagen

konnte. Er hatte sie um Vergebung bitten wollen, brachte es aber nicht über sich, weil er tief in seinem Innersten nicht glaubte, dass er sie verdiente. Er versuchte es noch einmal, aber nicht sehr überzeugend. »Ich befinde mich in einer äußerst unglücklichen Lage, aber ich schwöre, keinen bleibenden Schaden anzurichten. Ich werde wie ein Bankier sein, der von den Zinsen anderer Leute Geld lebt, oder wie ein Maler, der die Seele seines Modells einfängt und seine Bilder verkauft, um leben zu können. Und ich kann ihnen im Ausgleich dafür etwas geben, eine Erinnerung, von jemandem ... geschätzt worden zu sein.« Bei den letzten Worten sah er Beth nicht an.

Nun, da er seine Geschichte erzählt hatte, oder zumindest das, was er ihr sagen konnte, stieg ihm eine heiße Röte in die Wangen. »Ich weiß nicht, was genau ich bin. Aber ich klammere mich an meine Menschlichkeit. Der Rückhalt eines normalen Lebens in England, oder doch zumindest eines so normalen, wie ich es führen kann, bei Menschen, die ich kenne und liebe, könnte ein Gegengewicht zu dem schlechten Blut sein, das mich verdirbt.« Er holte wieder Luft. »Einige Dinge bleiben mir versagt. Ehe und Kinder kommen nicht infrage, nicht einmal, falls ich überhaupt noch fortpflanzungsfähig bin. Ich habe Grund zu der Annahme, dass ich meine Zeitgenossen überleben werde, was bedeutet, dass ich alle Freunde und Bekannte nach und nach verlieren werde. Sie ... Asharti war sehr alt. Aber ich will mir so viel wie möglich von meinem alten Leben zurückholen.« Endlich erhob er den Blick zu Beth, ohne zu merken, dass er selbst in seiner Rebellion noch eine Verwundbarkeit ausstrahlte, die seine übermenschlichen Fähigkeiten Lügen strafte.

Es gab keine Worte, mit denen sie auslöschen könnte, was ihm angetan worden war. *Was* sie tun konnte, war das Einzige, was er nicht von ihr verlangen konnte. Beth lauschte in sich hinein und kam zu dem Schluss, dass sie ihn, was immer er auch war, nicht hassen konnte. *Sie* wusste, was er war, auch wenn es ihm selbst vielleicht noch nicht ganz klar war. Aber wie konnte sie ihm sagen, dass er ein Vampir war? Würde das seine Entschlossenheit, gegen seinen Zustand anzukämpfen, nicht ins Wanken bringen? Sie verzieh ihm, was er war, gerade weil er sich selber nicht verzeihen konnte. Und sie könnte ihm das niemals sagen, ohne ihn noch mehr zu beschämen.

»Ein normales Leben ist nicht zu viel verlangt, scheint mir«, flüsterte sie deshalb nur.

Er schluckte und fuhr sich mit der Zunge über die Lippen. Beth hätte schwören können, dass seine Augen sich mit Tränen füllten. »Glauben Sie mir, das ist es.«

Nun kamen auch ihr die Tränen.

»Hören Sie, Ihr Essen ist schon kalt geworden«, sagte er plötzlich schroff. »Lassen Sie mich Ihnen einen neuen Teller holen.«

Sie hatte das Tablett auf ihrem Schoß schon ganz vergessen. »Ich bin nicht hungrig.«

»Unsinn«, sagte er und stand auf. »Sie müssen essen, um wieder zu Kräften zu kommen.« Und damit wandte er sich zur Tür. Beth sah noch, wie er sich mit der Hand über die Wange fuhr, um seine Tränen zu trocknen.

»Redding!«, rief er.

Ian hatte ihr fast alles erzählt. Von der letzten, endgültigen Erniedrigung würde er nie jemandem etwas sagen. Nur Asharti und Fedeyah wussten davon, denn alle anderen waren tot. Und diese beiden würde er nie wiedersehen, war er erst einmal in England und in Sicherheit. Er hatte Miss Rochewell schlafen gesehen, geschwächt von seiner infernalischen Gier nach Blut. Auch sie hatte sich ihm offenbart. Hatte sie nicht im Fieberwahn versucht, ihn zu beherrschen? Waren alle Frauen in gewisser Hinsicht wie Asharti? Aber dann wiederum ... wer hatte ihr Fieber herbeigeführt? Er. Wer trug die Schuld daran, dass sie so schwach war und vermutlich gar nicht gewusst hatte, was sie sagte? Er. Er müsste sich vor ihr in Acht nehmen, aber …

Er war erschöpft von der Anstrengung, den Albtraum in der Wüste noch einmal durchlebt zu haben. Kein Tag verging, an dem er sich nicht in seinen Träumen und Erinnerungen wiederholte. Aber darüber zu reden …

Ian schloss das Buch, aus dem er ihr vorgelesen hatte, nachdem sie gegessen und ihr Bier getrunken hatte. Es war die *Ilias*. Wie einfach Homers Sicht der Drangsale des Lebens schien. Ian war nur ein paar Zeilen weit gekommen, bevor sie eingeschlafen war. In gewisser Weise war das ein rührender Beweis ihres Vertrauens ihm gegenüber. Oder vielleicht auch nur ein Zeichen ihrer Schwäche. Er deckte sie gut zu, bevor er durch die Gemeinschaftskabine zu seiner eigenen zurückging, wo er sorgfältig die Tür vor dem Licht verschloss.

Wenigstens bestand jetzt eine gewisse Hoffnung, dass Miss Rochewell ihm keine Steine in den Weg legen würde, indem sie ihn öffentlich beschuldigte. Er wusste, dass sie niemals hinter seinem Rücken über ihn klatschen würde, um sich wichtig zu machen. Sie gehörte nicht zu dieser Art von Frauen. In den nächsten Tagen würde sich zeigen, ob sie ihren heutigen Entschluss bereute.

Der Wind des Atlantiks trieb die *Beltrane* zuverlässiger auf den nächsten Hafen zu als die wechselhaften Mittelmeerwinde. An der portugiesischen und spanischen Küste entlang segelten sie nach Norden. Für Beth verging die Zeit wie im Fluge. Sowohl sie als auch Rufford taten so, als hätte er ihr seine Geschichte nie anvertraut. Er besuchte sie jeden Tag am späten Nachmittag und dann noch einmal am Abend. Sein Gesicht erholte sich von seinem Sonnenbrand, und sie bemerkte, dass auch seine Sonnenbräune verblasste, weil er mehr und mehr Zeit vor dem Sonnenlicht geschützt verbrachte. Er las ihr vor oder stellte ihr Fragen über ihre Reisen. Und die ganze Zeit bestand er so hartnäckig darauf, dass sie genügend aß und das verhasste Bier trank, dass sie schon befürchtete, nicht mehr in ihre Kleider hineinzupassen, wenn sie endlich wieder aufstehen durfte.

Die meiste Zeit schlief sie, auch in seiner Gegenwart, oder befasste sich mit der Stickarbeit, die Lady Metherton ihr als einzig passende Beschäftigung für eine wohlerzogene junge Dame aufgedrängt hatte. Manchmal war diese Beschäftigung die einzige, zu der sie in der Lage war.

Mrs Pargutter besuchte sie kein einziges Mal, aber Jenny stahl sich hin und wieder ein paar Minuten davon, um Beth das Haar zu bürsten und ihre immer krauser werdenden Locken zu einem dicken Knoten aufzustecken. Zuerst hatte Beth gedacht, ihr Ruf würde wegen der Besuche Ruffords leiden, auch wenn sie das in ihrer derzeitigen Lage eigentlich nicht kümmerte. Aber falls Redding und Rait als Beispiele gelten konnten, so schaute die Besatzung offensichtlich darüber hinweg, was Ruffords Kommen und Gehen anging. Vermutlich lag es daran, dass sie krank war. Jenny sah die Sache pragmatisch und meinte, dass es unter den gegebenen Umständen doch sehr nett sei, eine so großzügige Unterstützung zu haben.

Der Küchenjunge brachte ihr eines Tages eine Sitzbadewanne und heißes Wasser aus der Küche, sodass sie sogar ein Bad nehmen konnte, bei dem Jenny ihr behilflich war. Noch nie hatte Beth ein Bad als derart wohltuend empfunden. Als Mrs Pargutter nach Jenny rief, fuhr diese unbeeindruckt damit fort, Beth beim Ankleiden zu helfen. Erst dann überließ sie Beth Mr Ruffords Obhut, während die Seemänner die Badewanne hinaustrugen und ihre Kabine aufwischten.

Mr Rufford führte Beth zu einem Lehnstuhl im Gemeinschaftsraum, wo er die Vorhänge vor die kleinen Fenster unter dem Bug des Schiffs gezogen hatte. »Sie sehen bezaubernd aus,

Miss Rochewell. Ich hoffe, Sie fühlen sich auch schon besser.«

»Das Bad war himmlisch«, seufzte Beth.

»Das hatte ich gehofft.« Er setzte sich ihr gegenüber.

»*Sie* haben das Bad für mich bestellt?«, fragte sie errötend.

»Ein Seemann käme nie auf solch eine Idee, und Jenny ist sehr beschäftigt«, erwiderte er ruhig.

Beth errötete noch heftiger, als sie daran dachte, dass er sie schon einmal nackt gesehen hatte. »Sie hätten sich nicht bemühen müssen«, sagte sie verärgert. »Ich bin durchaus in der Lage, mir selbst ein Bad kommen zu lassen.«

Rufford zog nur die Brauen hoch und nahm Redding das Tablett mit einem wohlbekannten Zinnkrug darauf ab.

»Und ich bin dieses scheußliche Gebräu gründlich leid«, sagte sie und schob den Krug beiseite. »Ich hätte lieber ein Glas Madeira, Redding, wenn Sie so freundlich wären.«

Rufford schüttelte nur den Kopf.

Redding verbeugte sich. »Ich bitte vielmals um Verzeihung, Miss, aber Mr Rufford meinte, Wein sei nicht gut für Sie in Ihrem Zustand. Ich bringe Ihnen keinen Wein. Keiner von uns würde das tun.«

Beth warf Rufford, der sehr zufrieden mit sich wirkte, einen ärgerlichen Blick zu. »Mr Rufford *bestellt* für mich?«

Wieder verbeugte Redding sich. »Er sorgt sehr gut für Sie. Er bestellt spezielle Mittagessen für Sie beim Koch und erkundigt sich bei mir, ob sie auch pünktlich um zwei serviert wurden. Und Ihr Abendessen bestellt er auch. Wir haben gestern Abend alle unseren Parmesan für Ihren Käsetoast gespendet. Und haben gehofft, dass er Ihnen schmeckt.«

Beth seufzte. »Man könnte es schon fast tyrannisch nennen, wie Sie alle für mich sorgen. Aber trotzdem vielen Dank.«

Redding strahlte und ging unter Verbeugungen hinaus.

»Ihre Gereiztheit lässt darauf schließen, dass Sie sich ganz gut erholen«, bemerkte Rufford aus sicherer Entfernung auf der anderen Seite des Tischs.

»Wenn ich weiter von allen wie eine Invalidin behandelt werde, drehe ich noch durch!«, rief sie.

»Dann scheinen Sie ja wieder wohlauf genug zu sein, um Schach mit mir zu spielen.« Beth sah das Lachen in seinen blauen Augen, obwohl er sich bemühte, ernst zu bleiben.

»Nur wenn Sie mich nicht gewinnen lassen, um mich arme Kranke bei Laune zu halten«, murmelte sie.

»Die Gefahr besteht nicht«, versicherte er ihr.

»Ich zeige mich einer Herausforderung stets gewachsen, Sir«, beschied sie ihn kühl, als er die Figuren aufstellte und ihr automatisch die schwarzen gab.

»Ich werde mich bemühen, daran zu denken.« Seine Stimme klang ernst genug, und dennoch wurde sie das Gefühl nicht los, dass er sich über sie lustig machte. Sie rümpfte ärgerlich die Nase. Wollte er sich ihre Aufsässigkeit zunutze machen?

»Die Besatzung scheint die Angst vor Ihnen verloren zu haben – wenn man Reddings Verhalten als Maßstab dafür nimmt.«

»Durch Ihre Pflege habe ich offenbar wieder Gnade vor den Augen der Männer gefunden. Das scheint sie wieder versöhnt zu haben.«

»Wahrscheinlich glauben sie, Ungeheuer könnten keine gute Seite haben.« Beth bereute ihre harten Worte augenblicklich und blickte schnell zu Rufford auf. Er sah aus, als hätte sie ihn geschlagen. »Ich weiß, dass ich es denke«, fuhr sie hastig fort, worauf er ihr einen bösen Blick zuwarf. »Oh, Rufford, nun nehmen Sie bitte keinen Anstoß daran. Mein Gehirn ist noch zu vernebelt, um mir die richtigen Worte in den Mund zu legen. Und wenn ich ehrlich sein soll, gehörte die richtige Wortwahl noch nie zu meinen Stärken. Verzeihen Sie mir bitte.«

»Ihnen verzeihen? Das ist nicht nötig. Ich kann es Ihnen nicht anlasten, dass Sie die Wahrheit sagen.« Er zog seinen Springer und bot ihr nicht einmal den ersten Zug an.

»Was ich sagte, stimmt. Ich glaube wirklich nicht, dass Gutes und Böses nebeneinander bestehen können.« Sie bewegte ihren Bauern.

»Dann ist Ihre Sicht des Lebens viel zu simpel, Kind«, erklärte er und kassierte ihren Bauern ein.

»Oh, sind Sie so viel klüger als ich?« Ein kleiner Zug von ihr, und sie eröffnete den Weg für ihren Läufer.

»Ich habe Erfahrung mit dem Bösen. Das Böse kann alles verderben, alles und jeden.« Ein harter Zug erschien um Ruffords Mund, und mit einer brüsken Bewegung gab er seinen Bauern auf. »Und ich fürchte sehr, dass es langsam alles verzehrt, was an Gutem bleibt, Biss für Biss.« Er zuckte zusammen, als ihm bewusst wurde, was er gesagt hatte.

Beth lachte. »Sehen Sie, keiner von uns ist vor einem Versprecher sicher. Wir werden uns wohl einfach daran gewöhnen müssen, dass das so ist.«

Er sah sie ganz eigenartig an, und einer seiner Mundwinkel verzog sich zu einem ratlosen kleinen Lächeln, das man nur erkennen konnte, wenn man genau hinsah.

»Und außerdem achten Sie überhaupt nicht auf das Spiel«, sagte sie und nahm ihm mit ihrem Läufer den seinen ab.

Er schaute auf das Brett. »Das lässt sich ändern.« Nach kurzem Überlegen zog er seinen Turm.

Am Ende gewann Rufford, und trotz ihrer tapfer zu Schau getragenen Munterkeit war Beth froh, sich danach in ihre Kabine zurückziehen zu können. In den darauffolgenden Tagen kam sie immer mehr zu Kräften. Eines Abends nach dem Essen stattete der Kapitän ihr unter den wachsamen Augen Ruffords einen viertelstündigen Besuch ab und sagte, er hoffe, sie schon bald wieder an Deck zu sehen. Sie versprach ihm, es schon am nächsten Morgen zu versuchen.

Sie war allerdings sehr überrascht, als Rufford gegen zehn Uhr morgens an ihrer Tür erschien, in einem perfekt sitzenden schwarzen Rock und mit Handschuhen, Hut und einer blau getönten Brille in der Hand. Er verbeugte sich, als sie ihm öffnete.

»Würden Sie gern ein bisschen frische Luft schnappen, Miss Rochewell?«

Sie trug schon ihre Pelisse und war gerade dabei, ihre Handschuhe anzuziehen. Die Luft wurde kälter, je weiter sie gen Norden fuhren. »Aber gern, Mr Rufford. Ich wollte gerade an Deck gehen.«

Er reichte ihr seinen Arm.

»Aber Sie können doch sicher nicht ins Freie gehen?«

»Ich bin fest entschlossen, meine Grenzen auszutesten«, sagte er. »Wenn ich im Schatten des Quarterdecks bleibe …«

»Sie dürfen das nicht riskieren!«, protestierte sie.

»Ich bin schon nicht mehr so empfindlich gegen Sonnenlicht, sonst hätte ich in Gibraltar nicht zu Ihnen in den Gasthof kommen können. Als ich das erste Mal in meinem neuen Zustand erwachte, ertrugen meine Augen überhaupt kein Licht, und meine Haut verbrannte schon beim kleinsten Sonnenstrahl. Aber wegen einer Bemerkung, die … Asharti einmal machte, glaube ich, dass es mit der Zeit erträglicher wird.« Beth entging nicht, dass er noch immer fast erstickte, wenn er den Namen dieser Frau aussprach. »Und wie sollte ich auch je wieder ein normales Leben führen, wenn ich nicht einmal den kleinsten Sonnenstrahl vertrage?«, sagte er und reichte ihr wieder seinen Arm.

Beth seufzte und hakte sich bei ihm unter. Er wünschte es sich so unbedingt, normal zu sein, dass seine Augen glänzten, wenn er davon sprach.

Sie gingen durch den Gemeinschaftsraum. Rufford setzte seine Brille auf und öffnete die Tür. Obwohl er zusammenzuckte, trat er ins Freie. Seine Armmuskeln verkrampften sich, als er sich gegen das für ihn unerträglich grelle Licht wappnete. Er taumelte leicht und lehnte sich mit dem Rücken gegen die Wand des Quarterdecks. Er rang nach Atem.

»Lassen Sie uns wieder hineingehen«, flüsterte Beth. »Es ist doch sinnlos, so zu leiden.«

»Unsinn«, sagte er mit zusammengebissenen Zähnen. »Möchten Sie ein paar Schritte gehen?«

Rein äußerlich wirkte er ruhig, als sie aus dem Schatten traten, auf das Mittelschiff zugingen und dann den Rückweg antraten. Aber Beth spürte seine verkrampften Muskeln. Ihr fiel auf, dass alle Seemänner sie freundlich ansahen. Einige tippten sich sogar grüßend an die Stirn.

»Fühlen Sie sich besser, Miss?«, fragte der Zahlmeister, von dem sie glaubte, dass er Gilman hieß. Mehrere andere blieben stehen, um ihre Antwort zu hören.

»Ja, danke, Mr Gilman. Mr Rufford ist so freundlich, mich zu stützen.« In Wirklichkeit war sie es, die ihn stützte, aber die Seemänner nickten und warfen ihrem Begleiter beifällige Blicke zu.

Mr Gilman allerdings sah Rufford prüfend an. »Sie scheinen selbst nicht ganz auf dem Damm zu sein, Sir.«

»Ach, das ist nur der Sonnenstich, den ich mir in der Sahara geholt habe.« Er lächelte mit schmalen Lippen. »Nicht der Rede wert.«

Sie gingen noch einige Male die gleiche Runde, und Beth konnte nicht umhin, Ruffords zunehmende Gesichtsröte zu bemerken. Aber da sie wusste, dass er nicht nachgeben würde, stieß sie einen tiefen Seufzer aus. »Mehr schaffe ich heute wirklich nicht, Mr Rufford.«

Sein Seufzer der Erleichterung war nicht minder tief. »Wenn dem so ist …«

Mit einer fast unziemlichen Hast begaben sie sich in den Gemeinschaftsraum, wo Rufford sich in einen Sessel fallen ließ, die Handschuhe auszog und die Brille abnahm. Er keuchte, als wäre er meilenweit gerannt. »Na also, das war doch gar nicht mal so schwer.«

»Ihr Gesicht ist von den paar Minuten schon stark gerötet.« Beth ging in ihre Kabine und kam mit einer blauen Glasflasche zurück. »Hier, reiben Sie sich mit dieser Gesichtscreme ein. Sie wird den Sonnenbrand ein wenig lindern. Frische Erdbeeren wären noch besser, aber die haben wir ja leider nicht.«

Er nahm etwas von der Creme, verrieb sie zwischen seinen Händen und trug sie vorsichtig auf sein Gesicht auf. »Die Röte wird nicht lange anhalten. Ich habe einmal versucht ...«

»Ja?«

Aber er beendete den Satz nicht. »Sie können sich darauf verlassen, dass ich aus eigener Erfahrung weiß, dass kein Sonnenbrand, egal, wie stark er ist, fatal für mich sein könnte. Ich bekomme Blasen, und die Haut springt auf, aber all das vergeht wieder. Ist Ihnen noch nicht aufgefallen, dass ich täglich blasser werde?«

»Nun, ich bin mir jedenfalls sicher, dass der Sonnenbrand deshalb nicht weniger schmerzhaft ist.« Sie sah ihn an, und ihre Neugier erwachte wieder. Nach Kivala konnte sie ihn nicht fragen, aber es gab sehr viele andere Dinge, die sie wissen wollte. »Es muss sehr schwer sein, ganz unversehens in diesen Zustand versetzt zu werden, ohne etwas darüber zu wissen.«

»Ich würde meinen linken Arm dafür hergeben zu wissen, wie es weitergeht«, sagte er bedrückt. »Oder besser noch meine Eckzähne, die ich ohnehin nicht haben will.«

»Aber nein, die brauchen Sie doch jetzt. Wie sollten Sie sich sonst ernähren?«

»Wie sachlich Sie darüber sprechen!«

Beth zuckte die Schultern. »Für Sie ist es so, als würden Sie sagen: ›Ein Mann braucht Fleisch.‹« Plötzlich schien ihr etwas einzufallen. »Apropos – glauben Sie, dass Sie es bis Brest aushalten können, bevor Sie wieder Blut benötigen?«

»Der Captain sagt, mit Gottes Hilfe und bei günstigem Wind sind wir in zwei Tagen dort. Der Hunger hat mich noch nicht wieder gepackt.« Er errötete sofort, als er sich erinnerte, was der Grund dafür war.

Beth tat, als bemerkte sie es nicht. Außerdem war ihr ein Gedanke gekommen, wie sie ihm vielleicht helfen konnte. »Ich glaube, ich sollte mir noch einmal meine Schriftrollen vornehmen. Sie könnten uns möglicherweise eine Erklärung für Ihre Lage geben.«

»Dafür wäre ich Ihnen dankbar«, sagte er in einem erstaunlich demütigen Ton, der ihr verriet, dass er wohl schon eine ganze Weile daran gedacht, sie aber nicht darum gebeten hatte, weil sein Stolz es ihm verbot. »Aber nur, wenn es Sie nicht zu sehr anstrengt.«

Sie lächelte. »Natürlich nicht.«

Und so begann Beth mit der langwierigen Suche nach ganz bestimmten Informationen in ihren vielen Schriftrollen. Einige kannte sie bereits; andere erforderten ermüdende Übersetzungen und Transkriptionen. Der kleine Tisch im Gemeinschaftsraum bot keinen Platz für all die Rollen, und deshalb saßen sie und Rufford abends am großen Tisch in der Kapitänskajüte, an dem auch der Captain und seine Gäste, mehr oder weniger angetrunken, für gewöhnlich nach dem Abendessen saßen und sich Geschichten erzählten.

Die meisten waren alte Seebären, die während der napoleonischen Kriege bei der Marine gedient hatten und von den vielen heroischen Taten zu berichten wussten, die sie vollbracht hatten, sowohl auf See gegen die Franzosen als auch an Land gegen das

Bollwerk weiblicher Tugend. Als die Marine nach den Kriegen ihre Truppen reduzierte, hatten sie lieber auf einem Handelsschiff angeheuert, als mit halbem Sold zu Hause bei ihren Ehefrauen festzusitzen. Ihr lautstarkes Geplauder, das für Beth jedoch bald schon kaum mehr war als das Rollen der See oder das Ächzen der Planken unter ihren Füßen, war so etwas wie die Hintergrundmusik, während sie sich mit den Schriftrollen beschäftigte. Und nach einer Weile gaben die Männer es auf, Bemerkungen über ihr »blaustrümpfiges« Tun zu machen

Und so saßen sie und Rufford, der offenbar kein Interesse an detailliert beschriebenen Seegefechten oder Bollwerken der Tugend hatte, für sich und ungestört an ihrem Ende des langen Tisches. Es fiel Beth nicht ganz leicht, sich auf ihre Arbeit zu konzentrieren, wenn er ihr so gegenübersaß und das Licht der Deckenlampe über seine markanten Züge tanzte. Ihre Strategie war, aus jeder Schriftrolle verschiedene Stellen zu übersetzen, um sich einen Überblick zu verschaffen, wo vielleicht noch aufschlussreichere Abschnitte zu finden waren. Oft wurde sie irregeführt von Berichten über Ghouls oder Dschinns, die bestimmte Oasen oder Ruinen bewohnten. Und genauso oft führte Rufford, der ihre Transkriptionen las, sie wie ein Despot in ihre Kabine und ignorierte alle Proteste, dass sie überhaupt nicht müde war. Mehrmals konnte sie ihn bis in die frühen Morgenstunden im Gemeinschaftsraum hören, und wenn sie einen Blick hinauswarf, sah sie ihn ihre Abschriften mit den Originalen vergleichen, aber was er damit zu erreichen hoffte, war ihr völlig unverständlich.

Diese Mühe machte er sich sogar noch bis nach ihrem Anlegen in Brest. Sie war es, die ihn darin erinnerte, dass er an Land gehen musste und es hier nichts gab, was er für sie tun konnte.

»Sie müssen bei Kräften bleiben, Sir«, flüsterte sie ihm kurz vor dem Abendessen zu, als das Schiff schon fest verankert und vertäut im Hafen lag. »Wir wollen doch keine Wiederholung der Konsequenzen exzessiven Hungers.«

Das bewirkte, dass sich sein Gesicht verschloss und er den Blick abwandte.

Beth legte die Hand auf seinen Arm. »Seit Gibraltar sind über zwei Wochen vergangen. Verspüren Sie nicht schon den Drang?« Sie wusste, wie unkonzentriert er gestern Abend gewesen war und dass seine Nerven auch heute zum Zerreißen angespannt waren.

Er verzog das Gesicht. »Wir sind bald in England.«

»Vorausgesetzt, dass wir im Kanal nicht gegen den Wind segeln müssen. Das könnte Tage oder sogar Wochen dauern. Ich habe den Kapitän gefragt.« Rufford sah sie an, als hätte sie kein Recht, den Captain etwas zu fragen, wovon er selbst nichts wusste. »Außerdem«, fuhr sie mit begütigender Stimme fort, »wollen Sie doch sicher nicht in Portsmouth landen und sich gleich auf die Suche nach Nahrung machen müssen ...«

Rufford atmete ein und nickte. »Also gut. Aber der Captain wird die Boote nicht vor morgen früh zu Wasser lassen«, sagte er und blickte zu der angeheiterten Gesellschaft am anderen Ende des langen Tischs hinüber.

»Ich bin sicher, dass er Ihnen eins überlassen wird, wenn Sie ihn darum bitten.«

Rufford machte ein eigensinniges Gesicht.

»Sie bitten nicht gern um etwas, nicht wahr?« Beth stand auf. »Captain?«

Sämtliche Gesichter am oberen Ende des Tisches wandten sich ihr zu. Sie errötete und nickte ihnen zu. »Mr Rufford hat in Brest zu tun. Ich weiß, dass er gern an Land gehen würde, Sie aber nicht damit behelligen möchte.«

»Was, um diese späte Zeit noch?«, fragte der Kapitän verblüfft.

»Gibt es eine bessere Zeit für jemanden, der die Sonne nicht gut verträgt?«, erwiderte sie mit einem honigsüßen Lächeln.

»Unsinn. Captain, das ist nicht nötig …« Rufford erhob sich ebenfalls und blieb in gebückter Haltung unter den niedrigen Deckenbalken stehen. Er warf Beth einen erbosten Blick zu.

»Ach was, ich kann die Jolle und einen Mann entbehren.« Der Kapitän gluckste vor Lachen, Ruffords Verunsicherung schien ihn zu amüsieren. »Stehen Sie auf, Rait, und wecken Sie jemanden, der Mr Rufford an Land bringt. Am besten, Sie nehmen Williams, der ist zuverlässig. Werden Sie vor Morgengrauen zurückkehren wollen?«

»Um welche Zeit laufen Sie morgen aus?«, fragte Rufford leise.

»Gegen vier Uhr früh mit der Ebbe.«

»Gut, dann werde ich rechtzeitig zurück sein.«

»Sorgen Sie dafür, Rait.« Der Captain grinste, da er glaubte zu wissen, was Rufford in der Hafenstadt zu tun hatte.

»Danke, Captain«, sagte Rufford mit einem erzwungenen Lächeln und einer Verbeugung. »Ich bin Ihnen sehr verbunden.«

»Mir brauchen Sie nicht zu danken, Rufford«, erwiderte der Kapitän belustigt. »Miss Rochewell hat die Verhandlungen für Sie geführt.«

Rufford nickte knapp und ging an Deck hinaus. Beth folgte ihm, erstaunt über sich selbst, dass sie ihm ermöglicht hatte, heute Nacht zu tun, was er tun musste. Sie trat unbemerkt hinter ihn, als das kleine Boot herabgelassen wurde und klatschend auf dem Wasser aufkam.

»Wenn Sie sich um mein Wohl kümmern können, kann ich mich auch um das Ihre kümmern«, sagte sie.

Er erwiderte nichts, sondern stand nur da und blickte zu den Lichtern von Brest hinüber. Williams stieg über die Reling und kletterte die Strickleiter hinunter. »Seien Sie vorsichtig«, fügte sie hinzu.

Rufford warf ihr einen vorwurfsvollen Blick zu und folgte dann dem Seemann in das Boot.

Es wurde eine lange Nacht für Beth. Sie zerbrach sich den Kopf darüber, ob er sich das Blut von einer vollbusigen Hure wie der in Gibraltar oder von einem Jungen wie Callow nehmen würde, und fragte sich, was sie vorziehen würde. Dann war sie so beschämt über ihre Überlegungen, dass sie niederkniete und betete.

Sie war nicht religiös im üblichen Sinne. Sie glaubte an eine höhere Macht, die sie auch als Gott bezeichnete, aber die anglikanische Kirche schien ihr viel zu engstirnig in ihrer Vorstellung vom Allmächtigen zu sein. Sie leugnete Dinge, die Beth mit eigenen Augen gesehen hatte, und sie würde auch leugnen, dass es Menschen wie Mr Rufford gab. Aber diese Dinge existierten. Mr Rufford existierte. Und falls eine der vielen Sekten, denen sie begegnet war, ob christlich oder sonst wie orientiert, Mr Ruffords Existenz anerkannte, so würden sie ihn nichtsdestotrotz einen Teufel nennen.

Aber so einfach war das nicht. Nicht für einen Mann, der gegen seinen inneren Dämon kämpfte. Sie hatte keine Ahnung, welche Sünden er in seiner Jugend begangen hatte – aber welche Sünde konnte schon so groß sein, dass sie rechtfertigte, was ihm zugestoßen war? War er nicht eigentlich ein Unschuldiger, der ohne sein Zutun vom Schicksal in die Knie gezwungen worden war? Welche Religion konnte ihm demnach ihr Mitgefühl verweigern? Doch leider kannte sie die Antwort auf diese Frage. Die Religion mochte eine Zuflucht für die Kleinherzigen sein, aber nicht für weltoffene, aufgeschlossene Menschen. Und es müssten schon *sehr* großherzige Menschen sein, die wissen dürften, was Rufford war, und ihm dennoch ihre Herzen öffnen würden.

Nicht, dass sie selbst besonders großherzig gewesen wäre. Aber andere würden auch nie einen solch intimen Einblick in sein Leben nehmen können, wie sie es getan hatte. Sie würden nur seine spröde Art, seine Zurückhaltung, seinen Stolz und seine Unbeherrschtheit sehen. Den Zweifel, die Scham, sein unbändiges Verlangen nach einem ganz normalen Leben würde er sie nicht sehen lassen. Es war nur seiner Notlage zu verdanken, dass er ihr diese Seite von sich offenbart hatte.

Beth wurde schlagartig bewusst, dass sie ihm ihr Herz geöffnet hatte. Und nicht nur das – sie hatte ihm auch dazu verholfen, sich die Nahrung zu verschaffen, die andere grausig und abscheulich fänden. Würde er sich daran halten, sich mit so wenig wie möglich zu begnügen?

Sie hörte die Jolle kurz vor Morgengrauen zurückkommen. Während des Wartens auf ihn war sie eingenickt. Aber nun hörte sie seine Schritte im Gemeinschaftsraum und dann in seiner Kabine, deren Tür er leise geschlossen hatte. Selbst von ihrer Kabine aus konnte sie seine Qual und seinen Kummer spüren. Wie sehr es ihn belastete, was er brauchte, um zu leben! Jetzt, da er wieder an Bord war, musste sie sich wenigstens nicht mehr so sehr um ihn sorgen. Als sie endlich in einen tiefen Schlaf sank, graute schon der Morgen.

Rufford ließ sich bis zum späten Nachmittag nicht sehen. Beth war bei einem geräuschvollen Mittagessen in der Kapitänsmesse zu Gast gewesen, wo eine wunderbare Rindfleisch-Nieren-Pastete, eines der Lieblingsgerichte der Offiziere, serviert worden war. Danach hatte sie sie sich den ganzen Nachmittag mit einer Schriftrolle beschäftigt, deren Übersetzung äußerst schwierig war. Die Arbeit hatte sie ermüdet. Sie war allein in der Heckkabine, durch deren große Fenster Beth die Sonne rot am Horizont versinken sah.

Sie rieb sich gerade ihre müden Augen, als er kam. Auf den ersten Blick konnte sie sehen, dass er gefunden hatte, was er gebraucht hatte. Rufford sprühte vor Energie, seine Augen funkelten, und sein Gesicht glühte wie von einem inneren Licht erhellt. Er hatte recht. Sein Gesicht wurde immer blasser. Aber er strahlte Leben aus. Leben, das er jemand anderem genommen hatte.

»Nun, Sie sehen sehr wohl aus«, begrüßte sie ihn.

»Und Sie sehr müde.« Er nahm ihr gegenüber Platz und schob einige der empfindlichen Schriftrollen beiseite.

»Haben Sie gefunden, was Sie brauchten?«, fragte sie, während ihr Blick prüfend über sein Gesicht glitt.

Er verzog den Mund. »Ja. Und alle haben es überlebt.« Wenigstens hatte er geantwortet, und auch wenn ihm die Frage unangenehm gewesen war, sah sie ihm seine Erleichterung an.

Beth nickte und wandte sich wieder den Schriften zu.

»Geben Sie mir eine.« Er zog eines der Schriftstücke zu sich heran und begann es zu entrollen.

»Können Sie denn damit etwas anfangen?«, fragte sie erstaunt.

Er zog ein Stück Papier aus seiner Tasche. »Die Feinheiten kenne ich natürlich nicht, aber indem ich Ihre Transkriptionen mit den Originalen verglich, konnte ich einen Schlüssel zu den Symbolen erstellen.«

»Tatsächlich?«, fragte sie erstaunt.

»Kodieren zu können leistet im diplomatischen Dienst wertvolle Dienste. Mir wurde nachgesagt, sehr gut darin zu sein – was einer der Gründe war, weshalb Rockhampton mir einen Posten gab.« Er legte sein Blatt neben die Schriftrolle und begann zu vergleichen und zu transkribieren, viel langsamer als Beth zwar, aber durchaus mit Erfolg.

»Sie beherrschen die alten Sprachen?«, fragte sie, nachdem sie sich von ihrer Überraschung erholt hatte und wieder etwas sagen konnte.

»O nein! Für mich ist das wie ein Kode. Ich kann die entschlüsselten Wörter lesen, aber man muss sie relativ frei interpretieren, da die wörtliche Übersetzung keinen Sinn ergäbe. Und das ist mehr Ihr Gebiet als meins.« Er beugte sich wieder über die Schriftrolle und machte sich dabei eifrig Notizen. Beth nahm wieder seinen Duft nach Zimt und Ambra wahr und merkte plötzlich, dass sie diesen Duft vermisst hatte, als Rufford an Land gewesen war.

Sie beugte sich über ihre Arbeit. »Ich werde den Text interpretieren, wenn Sie den Abschnitt fertig haben.«

Schweigend arbeiteten sie weiter. Irgendwann kam der Kapitän herein, der sich nach seinem ausgiebigen Dinner etwas unwohl fühlte und sich gleich in seine Kabine an der Steuerbordseite zurückzog. Die Offiziere, von ihrem Gastgeber allein gelassen, saßen noch immer in der Kapitänsmesse zusammen.

Ein kameradschaftliches Schweigen herrschte zwischen Rufford und Beth, die ihr Erstaunen über seine Art zu übersetzen für sich behalten hatte, um nicht gönnerhaft zu wirken.

»Warten Sie mal ...«, sagte er unerwartet, nachdem sie einige Stunden gearbeitet hatte. Seine blauen Augen glühten vor Aufregung.

»Was ist?«

Er schob ihr eine alte Schriftrolle zu, die an den Rändern schon sehr brüchig war. »Würden Sie sich diesen Absatz ansehen? Sie sind viel schneller als ich.« Er zeigte ihr die Stelle, die er meinte.

Langsam glitt Beth mit dem Zeigefinger über die Zeilen. »›*Vor den Ersten von uns, noch vor unseren Göttern, waren sie schon hier. Ihr Blut enthält die Macht.*‹« So viel hatte er schon übersetzt. Ihr stockte der Atem und sie sah Rufford an, doch er zeigte nur auf das Schriftstück und drängte sie fortzufahren. Sie beugte sich wieder über den Text. »›*Die Kraft des Steins und der Erde haben sie von ihrem Freund.*‹ Nein, das heißt vermutlich nicht *Freund*. Eher so etwas wie ›*Gefährte*‹. ›*Wie Fledermäuse ...*‹ Fledermäuse?« Sie nickte vor sich hin. »›Wie Fledermäuse bewegen sie sich durch die Nacht, ungesehen.‹ Ich glaube, das soll so viel bedeuten wie *unsichtbar* ... ›*Die Macht des Blutes glüht rot in ihren Augen. Kein Mensch ist ihr gewachsen.*‹«

Beth sah Ian an. Er saß kerzengerade da und starrte mit leeren

Augen vor sich hin. »Was dieser Teil bedeutet, wissen wir. Damit muss eine Art Hypnose gemeint sein.« Sie kehrte zu der Stelle zurück, auf die ihr Finger zeigte. »›*Sie zeigen uns, wie man das Land bestellt. Einige sagen, sie gaben uns das Feuer. Zum Dank haben wir … Monumente für sie erbaut.*‹ Gräber? Nein, es sind definitiv Monumente gemeint, denn es wird so dargestellt, als wären sie noch nicht tot. Und sie scheinen auch nicht nur böse zu sein. Der Verfasser dieses Schriftstücks jedenfalls ist ihnen dankbar.« Beth senkte wieder ihren Kopf. »›*Sie sind nun von uns gegangen. Die Welt ist kleiner. Wir sind kleiner, weil wir ihnen nicht mehr dienen können.*‹ Und danach geht es weiter über die Monumente.« Wieder sah Beth Ian auf. Er schluckte, als wäre ihm seine Kehle zu eng geworden, und ein Ausdruck des Schmerzes hatte die Erregung aus seinen Augen verdrängt. »Vielleicht bedeutet es, dass sie gestorben sind. *Von uns gegangen* könnte eine Umschreibung für tot sein.«

»Nein«, sagte Rufford mit belegter Stimme. »Sie sind weggegangen. Sie alle, bis auf einen. Und der ist in dem Tempel des Wartens in Kivala.«

»Kivala?«, fragte Beth gespannt. »Ich *wusste* doch, dass Sie schon einmal dort waren!«

Für einen langen Moment schwieg er. »Ich war dort. Und ich habe ihn gesehen«, erwiderte er dann müde.

11. Kapitel

Ian stieg über die Leiche hinweg, als die Karawane wieder aufbrach. Schon zu seinen Lebzeiten war dieser Sklave ein schmächtiger Mann gewesen, doch nun zeichneten sich seine Muskeln reliefartig unter der bleichen, blutleer gesaugten Haut ab. In den weit aufgerissenen Augen des Toten war die Angst zu sehen, die er ausgestanden hatte. Asharti hatte Ian seit drei Tagen keine neuen Wunden beigebracht, was aber nicht bedeutete, dass sie ihn nicht auf andere Art missbraucht hatte. Sie schien ihn sich für irgendetwas aufzuheben, und Ians Verstand weigerte sich, darüber nachzudenken, für was.

Fedeyahs Beobachtungen der Gestirne – des höchsten Sonnenstandes und der Position des Mondes, der zwischen zwei hohen Berggipfeln am Himmel zu sehen war – hatten der Karawane ihren Weg gewiesen. Er hatte sie an den südöstlichen Saum der Gebirgskette geführt, bis zu einem Labyrinth von Auswaschungen, die das Wasser vieler Schneeschmelzen im roten Sandstein hinterlassen hatte. In der Nähe der Berge war die Luft nicht mehr so drückend heiß, aber dafür erwies sich jetzt der Wind als tückisch.

Ian schleppte sich neben den vier letzten Sänftenträgern weiter, während der Schirokko von den Felswänden herunterpeitschte, die sich vor ihnen erhoben. Ihre Laternen schwangen in diesem ungeheuerlichen Wind wild hin und her, und ihr hüpfender Lichtschein erinnerte an Glühwürmchen. Wonach sie hier suchten, wusste Ian nicht. Vor ihnen klaffte eine Öffnung im Fels, ein senkrecht verlaufender Spalt, der wie das Maul eines Ungeheuers aussah, das nur darauf wartete, sie zu verschlingen.

Fedeyah ließ die Karawanen halten und ging zu Asharti, um sich mit ihr zu beraten.

»Meine Göttin«, rief er leise, und die seidenen Behänge der Sänfte wurden zurückgezogen. Ian kniete automatisch nieder, als die schöne Herrin der Karawane ihren Kopf herausstreckte. Aus den Augenwinkeln sah er das erregte Funkeln ihrer Augen. Hatte er sie jemals so erregt gesehen? Lüstern ja, aber nicht erregt. Sie blickte an der Felswand hinauf, die sich gut hundert Fuß hoch vor ihnen erhob. Dann betrachtete sie die dunkle Öffnung im Stein.

»Ja«, flüsterte sie. »Es ist genau so, wie die alten Schriften sagen.«

»Sollen wir das Lager aufschlagen, Euer Gnaden?«, fragte Fedeyah. »Wir haben morgen noch die ganze Nacht zum Suchen.«

»Nein!«, befahl sie. »Lass die Kamele hier und nimm die Sklaven mit. Wir werden noch heute Nacht weitergehen.«

»Und die Träger?«

»Auch die lass hier. Wir werden sie für den Rückweg brauchen.« Anmutig stieg Asharti aus der Sänfte. Sie war mit einem Umhang aus feinster roter Wolle bekleidet, dessen Säume mit goldenen Schriftzeichen bestickt waren. Sie ging auf Ian zu. Er hielt den Blick auf ihre zierlichen Füße mit den goldgefärbten Nägeln gerichtet, als sie vor ihm stehen blieb. Sie legte die Hand unter sein Kinn und zwang ihn, sie anzusehen. Die Erregung in ihren Augen war zu etwas Wildem, Schrecklichem geworden. »Nimm den Favoriten mit. Er wird mein persönlichstes Geschenk sein.«

Und so kam es, dass Ian mit einem Seil um den Hals, das Asharti in den Händen hielt, hinter Fedeyah in die schwarze Felsspalte hineinstolperte, deren Ränder vom Wasser glattgespült waren. Die Kameltreiber schienen erleichtert zu sein, zurückgelassen zu werden. Der Schein der Laternen schien sie wie ein Schild vor ihrer Angst zu schützen. Alle anderen, einschließlich der etwa zwanzig Sklaven, die in Grizim dazugekauft worden waren, hatte man mit Seilen an den Fußgelenken zusammen-

gebunden und mit zwei Aufsehern zurückgelassen, die sie bewachten.

Asharti konnte im Dunkeln hervorragend sehen, wie Ian nur allzu gut wusste, und auch Fedeyah schien diese Gabe zu besitzen. Dennoch nahmen auch sie Laternen mit, die sie jedoch erst anzünden wollten, wenn es nötig wurde. Über Ian verschwand der Himmel mit seinen Sternen bis auf einen schmalen Streifen direkt über ihnen. Der Sand unter ihren Füßen war weich, hin und wieder rieselten Steinchen aus den Rissen in den Wänden.

Jede Ermahnung der Sklaventreiber, jeder Peitschenschlag und jeder herabfallende Stein löste ein Echo aus, das schaurig von den Felsen widerhallte. Es dauerte nicht lange, bis die Aufseher in ein bedrücktes Schweigen verfielen. Auch Asharti und Fedeyah sprachen nur noch flüsternd miteinander.

Ians Augen gewöhnten sich langsam an das schummrige Licht. Ein seltsames Gefühl von Distanz war in ihm wach geworden. Er würde von dieser Reise nicht zurückzukehren, ebenso wenig wie die Sklaven, die ihm folgten. Sein Ende würde vermutlich ein sehr grausiges sein. Aber es war ein Ende. Und so qualvoll oder grauenhaft es auch sein mochte, er würde es begrüßen. Zu seiner Linken erkannte er in der Dunkelheit eine in den Stein geschlagene Treppe. Sie führte hinauf zu einem Loch, das auch durch die Schmelzwasser in das Gestein geschnitten worden war. Die Stufen waren so steil und hoch, dass ein Mensch sie nur mühsam würde erklimmen können. War diese Treppe überhaupt für Menschen gemacht?

Seine Gedanken begannen, wie wild durcheinanderzujagen. Vielleicht sollte er einem blutgierigen Gott als Opfer dargebracht werden. Er hatte von den Opfertischen im südamerikanischen Dschungel gehört, in deren Stein Rinnen für das ablaufende Blut gemeißelt waren. Und die Priester dort konnten ihre Opfer trotz der Qualen, die sie ihnen zufügten, eine lange Zeit am Leben erhalten. Vielleicht würde man ihn einem wilden Tier vorwerfen, das ihn in Stücke reißen würde. Es könnte möglicherweise kein Tier im herkömmlichen Sinne sein. Asharti mit ihrer enormen Kraft hatte einen der unglückseligen Kameltreiber mit einem leichten Schlag ihrer Hand geköpft. Vielleicht würde sie Ian mit ihren eigenen Händen töten.

Aber hatte sie nicht gesagt, er sei ihr ganz persönliches Geschenk? Was hatte sie damit gemeint? Sie hatte nicht gesagt, dass er sterben würde. Was, wenn ein Ungeheuer, das ebenso mächtig oder sogar noch mächtiger als Asharti war, ihn zu seinem eigenen Gebrauch behalten würde? Ians Herz begann zu rasen. Er hatte geglaubt, über seine Angst hinaus zu sein, aber er hatte sich geirrt.

Sie folgten den Windungen des Pfades, bis sie zu zwei riesigen, aus dem Stein geschlagene Säulen gelangten, die sich rechts und links davon erhoben.

»Kivala«, sagte Asharti. Ian taumelte ihr nach, als sie voller Eifer und leichtfüßig voraneilte, um an ihr Ziel zu gelangen, was an Grauenvollem auch immer sie dort erwarten mochte. Was hatte sie dazu getrieben, die Wüste danach abzusuchen? Wie lange waren sie unterwegs gewesen? Zwei Jahre vielleicht … oder schon ein ganzes Leben?

Die Anzeichen von Zivilisation mehrten sich. Mit kunstvollen Schnitzereien versehene Eingänge zu Räumen, die wie Grabstätten aussahen, waren in den rohen Fels geschlagen, und von dem nun breiten Sandweg zweigten Treppen ab. Schließlich erweiterte sich die Klamm zu einem erstaunlich großen Platz. Plötzlich zerriss ein grässlicher Schrei die Dunkelheit. Die Sklaven hinter ihnen brachen wehklagend zusammen. Auch Asharti und Fedeyah waren stehen geblieben. Das Heulen wurde zum gellenden Gelächter einer Hyäne.

Asharti und Fedeyah entspannten sich, doch die Sklaven jammerten voller Angst und rangen die Hände. Der Mond, der in der Schlucht nicht mehr zu sehen gewesen war, warf jetzt sein kaltes

Licht auf die weite Fläche des runden, gepflasterten Platzes vor ihnen. Ian sah die Säulen, die auf den Platz gestürzt waren, die leeren, treppenförmig angelegten Sitzreihen eines Amphitheaters und verfallene Statuen, die alle aus rotem, von helleren Maserungen durchzogenem Stein gefertigt waren. Selbst die Luft an diesem Ort war tot. Die Hyäne wartete vermutlich auf einen aus ihrer Gruppe, um ihn zu Aas zu machen, denn für anderes Leben gab es kein Anzeichen.

Asharti zerrte an Ians Strick, als sie weiterging und den Platz überquerte. Das grobe Hanfseil riss die wunde Haut an seinem Nacken auf, und er torkelte ihr nach, so schnell er konnte. Er riss sich an den scharfen Kanten der Pflastersteine die Füße auf. Was immer sie auch suchen mochten, Asharti und Fedeyah glaubten offensichtlich nicht, es hier auf diesem Platz zu finden. Ian hörte Ashartis aufgeregtes Flüstern und Fedeyahs ruhige Entgegnungen, ohne jedoch verstehen zu können, worüber sie sprachen. Sie gingen bis zu einer weiteren Öffnung zwischen den Felsen, und durch einen Ruck an Ians Strick zwang Asharti ihn, ihr zu folgen. als sie die enge Klamm betrat. Sie ging jetzt noch schneller als zuvor, und Ian folgte ihr im Laufschritt. Das wiederholte Klatschen der Peitsche machte auch den anderen Sklaven klar, dass sie sich beeilen sollten.

Wieder drangen sie ins Dunkel ein, aber der sandige Boden war eine Erleichterung nach den scharfkantigen Steinen des großen Platzes. Jeder Atemzug tat Ian in der Kehle weh, und er war mit seiner Kraft fast am Ende. Schweiß rann ihm in die Augen. Seine Sicht beschränkte sich auf den wehenden Umhang vor ihm, der in der Dunkelheit schmutzig rot aussah, und auf das Aufblitzen von Ashartis goldenen Zehennägeln. Sein Bewusstsein reduzierte sich auf das Brennen in seinen Lungen, den Schmerz in seinen Füßen, das Scheuern des groben Hanfsseils an seinem Nacken.

Hinter einer letzten Biegung ließ er sich auf alle viere fallen. Im selben Augenblick ertönte Ashartis verzückter Aufschrei: »Da!«

Von Ehrfurcht ergriffen standen sie und Fedeyah da. Ian hob schwer atmend den Kopf und sah etwas, das einem Wunder nahekam und sich in der Wand der schmalen Klamm befand. Ein Tempel, Hunderte von Fuß hoch, dessen unzählige Balkone und Giebel mit geflügelten Tieren und Schädeln, Symbolen und Wasserspeiern verziert waren. Hohe Säulen ragten in der Dunkelheit empor. Flache Stufen führten in einen dunklen Schlund. Der Tempel aus mit Rot und Gold durchsetztem Sandstein war unerschütterlich fest im Fels verankert und schien dennoch voller Leben und Bewegung zu sein.

Die Sklaven hinter ihm hatten den Atem angehalten oder schluchzten leise. Asharti und Fedeyah standen wie erstarrt. »Der Tempel des Wartens«, wisperte Asharti mit ehrfürchtiger Stimme. »Hier werde ich triumphieren oder sterben.«

»Göttin«, murmelte Fedeyah, während er in die undurchdringliche Schwärze starrte, die hinter dem Eingang lauerte, »Ihr müsst dieses Risiko nicht eingehen. Was braucht Ihr denn noch mehr? Ihr steht so hoch über den Sterblichen, dass Ihr tun könnt, was Ihr wollt.« Vor Angst um sie waren seine Worte ungewöhnlich kühn.

Sie wandte sich ihm langsam zu. Ihre Augen glühten, nicht rot, aber von einer entschlossenen und unbeirrbaren Gier. »Die Menschen spielen keine Rolle, Paladin. Sie sind nur dazu da, meinen Durst zu stillen. Es ist unsere Spezies, die zur Vernunft gebracht werden muss.« Ihre immer lauter werdende, von den Felsmauern der Klamm zurückgeworfene Stimme war wie eine Entweihung dieses stillen Tempels vor ihnen. »Sie haben mich verbannt. Sie sind zu kleingeistig, trotz ihres Alters. Rubius, Sincai, Khalenberg, ja sogar Beatrix Lisse – sie wagen es, infrage zu stellen, wie ich lebe? Sie sind nicht besser gewesen als ich. Mir bereitet das Töten Freude. Mir gefällt es, andere meinem Willen zu unterwerfen. Warum sollte ich im Verborgenen herrschen müssen, versteckt hinter einem schwachen Mann, der weder die

Willenskraft noch das Wissen hat, das ich besitze? Napoleon war der Tropfen, der das Fass zum Überlaufen brachte!«

Sie ereiferte sich immer mehr. Ian konnte ihrem Arabisch kaum noch folgen. »Sie sagten, ich gefährdete ihre Gesellschaft – dass Menschen sie jagen würden, wenn ich nicht diskreter sei. Was spielt das für eine Rolle, Fedeyah? Sind wir nicht hundertmal mächtiger als bloße Sterbliche? Soll der Kampf doch beginnen! Ich werde diese Welt beherrschen, und die Menschen werden darin das Vieh sein, das sie schon immer hätten sein sollen.« Sie war so außer Atem, dass sie innehielt und zu dem Mann aufblickte, der sie ungeachtet dessen, was sie war, mit unerschütterlicher Treue liebte.

Dann wandte sie sich langsam dem offenen Eingang des Tempels zu. »Diese Narren! Sie haben mich an den einzigen Ort verbannt, an dem ich die Kraft erlangen kann, sie alle zu besiegen. Sie werden ihren Verrat bereuen.« Die letzten Worte waren kaum mehr als ein Zischen.

Fedeyah senkte den Kopf. Ian wusste, dass er Asharti niemals widersprechen würde. Nicht nur, weil er sie liebte, sondern auch, weil er nicht ihre Willenskraft besaß. Asharti hätte ihm nie gestattet, ihr zu dienen, wenn sein Geist genauso stark wäre wie der ihre. Und das wusste er.

Asharti ging auf den Eingang zu und zerrte Ian wie einen Hund hinter sich her. »Bringt die Sklaven.« Ian wollte nicht durch diese Tür gehen. Das Gefühl verstärkte sich mit jedem Schritt. Und dennoch stolperte er die flachen Stufen hinauf. Er spürte etwas Seltsames aus diesem schwarzen Schlund hervordringen. Hinter ihm trieb Fedeyah die Aufseher und Sklaven zusammen. Vermutlich brauchte man rot glühende Augen, um die verängstigten Männer in diese unbekannte Welt hineinzuzwingen.

Am der Schwelle zum Tempel blieb Asharti stehen und zog einen ihrer langen Fingernägel über einen Feuerstein. Eine Fon-

täne von Funken entflammte den Docht ihrer Laterne. Der Geruch von brennendem Öl, der sich mit Ashartis Parfum vermischte, schien plötzlich den ganzen Tempel zu erfüllen. Der Geruch drang in Ians Bewusstsein ein, verschleierte zusammen mit den Schmerzen und der Erschöpfung, die er empfand, alles Denken.

Als sie die Schwelle überquerten, warf der Lichtschein der Laterne unheimliche Schatten auf die Wände eines Saales von enormer Höhe. Zwei riesige Statuen mit Ibisköpfen und Hundekörpern, die noch Teile ihrer einstigen Vergoldung und Lapislazuliverzierungen aufwiesen, flankierten einen weiteren Eingang. Dahinter fiel der Boden zu einer Rampe ab, die in die Tiefe führte. Die Sklaven und Aufseher bewahrten absolute Stille angesichts dieser beeindruckenden Wächterfiguren, die seit unermesslich langer Zeit hier wachten. Das Licht warf unzählige sich überschneidende Schatten, die über die Steinfiguren tanzten, um schließlich von der Finsternis jenseits des Eingangs verschluckt zu werden.

Asharti drehte sich um. Ein rätselhaftes Lächeln lag auf ihrem Gesicht. »Kannst du ihn spüren?«

Ian starrte sie an. Was meinte sie? Doch dann spürte er es – ein leichtes Pochen, das sich anfühlte, als lebte der Stein, aus dem der Tempel bestand. Aber was hatte Asharti mit ihrer Frage gemeint, ob er »ihn« spüren konnte?

Asharti eilte zwischen den beiden imposanten Figuren hindurch in den nach unten führenden Gang. Ian stolperte ihr hilflos nach. Der Geruch nach Staub und Alter wurde von dem nach Zimt und Ambra überlagert, je weiter sie hinuntergingen. Aber es war nicht Ashartis Duft, denn dem Zimtduft haftete auch der Geruch nach Verbranntem an. Angetrieben von Peitschenhieben folgten die Sklaven ihnen. Die vom Schein der Laternen erhellten Mauern waren mit seltsamen Symbolen bedeckt. Einige ähnelten ägyptischen Hieroglyphen. Ian glaubte, auch einige arabische

Schriftzeichen zu erkennen, war sich aber nicht sicher, weil sie viel zu schnell daran vorbeigingen.

Immer tiefer führte sie der Weg, ohne dass Gänge von ihm abzweigten, ohne dass es mögliche Verstecke gegeben hätte. Der Geruch und das langsame Pochen im Stein wurden immer stärker. Asharti zögerte keinen Augenblick. Ian spürte, wie angespannt sie war. Schließlich hatten sie die Sohle des Ganges erreicht, der sich zu einem größeren Raum öffnete. Ian hörte das Geräusch von fließendem Wasser. In der Mitte des Raumes befand sich ein Becken mit grün schimmerndem Wasser, dessen Ränder von reich verzierten blauen und goldenen Fliesen gesäumt wurden. Aus der Mitte des Bassins erhob sich spiralförmig eine nach oben spitz zulaufende Säule. Im selben Rhythmus wie das Pochen im Fels pulsierte sie in einem schwachen, in mehreren Farben schimmernden Licht. Asharti blieb am Rand des Wassers stehen, Ian direkt hinter sich, und richtete das Licht ihrer Laterne auf die Säule, die über und über mit geschliffenen Edelsteinen bedeckt war. Sie funkelten und glitzerten unter dem Wasser, das an der Säule herunterfloss.

Ian wurde sich dumpf bewusst, dass er einen unermesslichen Reichtum an Juwelen vor sich sah, kunstvoll zusammengefügt zu einer Säule, die zu leben schien. Smaragde, so groß wie sein Daumen, versprühten ihr grünes Feuer; rote Rubine und blaue Saphire strahlten und funkelten. Die Edelsteine leuchteten so hell, dass ihr Widerschein wie Sternenlicht auf Wänden und Decken glitzerte, wenn das Licht der Laternen auf sie fiel. Das Licht spiegelte sich auch im Wasser wider, und Ian sah, dass es von unzähligen Juwelen kam, die auf den Boden des Beckens gefallen waren.

Die Sklaventreiber stürzten auf den Brunnen zu und brachen in triumphierendes Gelächter aus, dessen harsches Echo ein Sakrileg gegen das Schweigen des Gesteins hoch über ihnen war. Es schien sie nicht zu kümmern, dass die Säule von irgendeiner unhörbaren Melodie und einem Licht pulsierte, die über menschliches Begriffsvermögen weit hinausgingen. Die Männer tollten um den Brunnen herum wie Kinder, während sie blutrote Rubine und schimmernde grüne Smaragde aus dem Wasser fischten.

Fedeyah sah sich furchtsam um. Ian spürte, dass das Pochen unter seinen Füßen stärker wurde, und er sah, wie das Wasser im Becken sich zu bewegen begann. Irgendetwas erwachte hier. Oder vielleicht war es auch nur die Reaktion des Tempels selbst auf diesen Sakrileg.

»Das reicht!«, fauchte Asharti. »Das Funkeln dieser Steine wird euch in den Wahnsinn treiben.«

»Aber wir haben den Schatz gefunden, Herrin!«, sagte ein Kameltreiber lachend.

Asharti lächelte. »Haltet euch nicht zu lange mit den Steinen auf. Es gibt hier einen noch viel größeren Schatz.«

»Größer? Was könnte größer sein?«, murmelten sie. »Gelobt sei Allah.«

»Wir werden durch diesen Raum zurückkommen, und dann könnt ihr mitnehmen, so viel ihr tragen könnt.« Ian spürte, dass sie log oder zumindest nur die halbe Wahrheit sagte, was die Treiber in ihrer Gier jedoch nicht merkten.

»Dann auf zu dem größeren Schatz!«, schrie einer. Nur widerwillig ließen die Männer Asharti mit Ian vorangehen und trieben die verängstigten Sklaven hinter ihnen her.

Es ging noch tiefer in den Fels hinein, dessen Gewicht sie förmlich zu erdrücken schien. Die mit dem Geruch von verbranntem Zimt durchdrungene Luft wurde jetzt so kühl, dass Ian fröstelte, aber ob es von der Kälte oder dem Gefühl nahenden Unheils herrührte, vermochte er nicht zu sagen.

Der Weg endete abrupt, als sich eine Steinwand vor ihnen erhob, deren glatte Oberfläche nur von einer quadratischen Steintafel unterbrochen wurde, in die fremdartige Symbole eingeritzt waren. Die Sklaventreiber heulten enttäuscht auf. Die Tafel schimmerte grün vom Leuchten zweier riesiger Smaragde, die sich in den Nischen rechts und links von ihr befanden. Asharti hob ihre Laterne und sah sich die Symbole an. Sie wechselte einen Blick mit Fedeyah. Dann glitten ihre schmalen Hände über die Oberfläche der Tafel und berührten scheinbar wahllos die Symbole. Eines konnte sie nicht so leicht erreichen und stellte sich auf die Zehenspitzen, um heranzukommen. Dabei zog sich das Seil um Ians Hals noch fester zusammen.

Nachdem Asharti ein letztes Symbol berührt hatte, trat sie zurück, und die Steinmauer schwang auf.

Ein schwarzer, bodenloser Abgrund tat sich vor ihnen auf, und das Pochen wurde so eindringlich, dass es durch Ians Brust schallte wie ein Herzschlag, der seinen eigenen erwiderte. Etwas Unbekanntes und Unheilvolles lauerte hier, und hinter dieser schwarzen Finsternis befand sich das … was pochte. Ein Sklave hinter Ian kreischte auf: ein Heulen, das immer schriller wurde und in einem irrsinnigen Schluchzen endete. Als Ian sich umblickte, sah er eine sich krümmende, schwer atmende menschliche Gestalt am Boden liegen.

Asharti trat durch die Tür und in die Dunkelheit, und es war, als trete sie durch einen unsichtbaren Vorhang. Sie zog Ian hinter sich her. Er fürchtete sich vor dem Durchschreiten dieser Barriere, wie er noch nie zuvor etwas gefürchtet hatte. Irgendetwas nahezu Lebendiges, das halb aus Luft und halb aus einer klebrigen Flüssigkeit bestand, legte sich um ihn, als Asharti ihn durch den Eingang zog. Dahinter waren nur stille Luft und eine Finsternis, die nicht einmal ihre Laternen erhellen konnten.

Ian zitterte in der kalten Luft. Hier war alles von dem jetzt deutlich hörbaren Pochen durchdrungen, und ein penetranter Geruch hing in der undurchsichtigen Stille. Ian spürte Ashartis elektrisierende Energie, die sich mit etwas im Einklang befand, das er sich nicht vorzustellen vermochte. Hinter ihm durchbrachen schluchzend und jammernd die Sklaven die Barriere, und

Fedeyah, der alle anderen vor sich hertrieb, durchschritt sie als Letzter.

Die Finsternis um sie herum löste sich langsam auf, und der Raum füllte sich mit dem blauen Licht Tausender funkelnder Saphire. Der Raum war nicht so groß, wie Ian vermutet hatte, und zu seiner Überraschung war er auch weder verstaubt noch schmutzig. Im heller werdenden Licht sah er kostbare Teppiche und Wandbehänge mit Abbildungen von kaum menschenähnlich zu nennenden Kreaturen, die ein großes Tier jagten. Es hätte ein Elefant sein können, nur dass dieses Tier langes, zotteliges Fell und riesige Stoßzähne hatte. Und die Gestalt, die sie am anderen Ende des Raums auf einem mindestens drei Meter hohen Thron kauern sahen, hatte auch nichts Menschliches an sich.

Ian sog scharf den Atem ein und hörte, dass auch alle anderen um ihn herum es taten.

Das Wesen vor ihnen war dünn wie ein Gerippe, etwa zwei Meter fünfzig groß und mit einem eng anliegenden schwarzen Gewand bekleidet. Das Geschlecht der Kreatur ließ sich nicht erkennen. Sie hielt den Kopf gesenkt, und ihre Hände ruhten auf den Armlehnen des imposanten Throns. Aber was für Hände waren das! Die Finger waren lang und dünn, mit weiß hervorstehenden Knöcheln und, soweit das zu erkennen war, ohne Fingernägel. Das Einzige, was Ian zunächst deutlich erkennen konnte, war der völlig kahle, weiße Schädel, der glänzte, als wäre er noch nie von Haar bedeckt gewesen. Dann hob das Wesen langsam den …

Ian drehte sich der Magen um. Das Unmenschliche dieses Gesichts vor ihm durchflutete ihn mit Entsetzen. Die Augen waren groß und oval und schwärzer, als menschliche Augen es je sein könnten. Die Nase war so klein, dass sie fast nicht zu sehen war, der Mund kaum mehr als ein Schlitz, das Kinn spitz, und all das lag unter einer vorgewölbten Stirn, die alle anderen Gesichtszüge sehr klein erscheinen ließ.

Hinter sich hörte Ian so etwas wie ein Handgemenge, und er zwang sich, den Blick von der Gestalt vor ihm zu lösen und sich umzuschauen. Einer der Sklaven hatte sich losgerissen und versuchte, durch den offenen Eingang zu entkommen. Aber er prallte zurück, als befände sich dort eine Tür, obwohl Ian den Gang hinter dem Dunkel erkennen konnte. Einige der Sklaven winselten wie Tiere. Jemand hatte den Zugang zu diesem Raum geschlossen.

Ian drehte sich wieder zu dem Wesen um. Asharti war vorgetreten und darauf zugegangen. Ian betete, dass sie ihn nicht mitnahm, doch sie hielt ihn fest am Strick, sodass ihm nichts anderes übrig blieb, als ihr zu folgen. Der Ekel, der ihn vor dem Pochen und dem durchdringenden Geruch dieses Ortes überkam, verursachte ihm Übelkeit.

»Hochbetagter«, sagte Asharti mit einer Stimme, die von den steinernen Mauern widerhallte, »ich habe Euch seit Jahren gesucht.« Sie sprach arabisch.

Das Wesen schwieg. Seine flachen schwarzen Augen bewegten sich nur langsam von einer Seite des Raumes zur anderen und musterten die Eindringlinge wie aus großer Ferne …

Asharti wartete, dann wiederholte sie ihre kleine Ansprache auf Französisch. Das nicht menschliche Wesen antwortete auch darauf nicht. Doch dann richteten sich seine großen mandelförmigen Augen auf Asharti.

»Du … hast … den … Blutgefährten«, sagte es schließlich. Das Wesen sprach Latein und so langsam, dass es fast nicht zu verstehen war.

»Ja«, erwiderte Asharti ebenfalls in lateinisch. »Ich habe den Blutgefährten.«

»Aus … meiner … Quelle?« Ian musste sehr genau hinhören, um die mit sehr langsamer, sonorer Stimme gesprochenen Worte zu verstehen.

»Ja. Aus dem Brunnen in den Karpaten, den wir ›Die Quelle‹ nennen.«

Das Wesen blinzelte und wiegte den Kopf langsam von einer Seite zur anderen. »Warum ... quälst ... du ... mich ... mit ... Blut?«

»Ich habe Dem Wartenden ein Blutopfer mitgebracht.«

Die winzigen Nasenflügel erbebten; die schmale Brust zog scharf den Atem ein. »Blut.« Die Stimme verlor etwas von ihrer Trägheit. »Blut hatte ich schon sehr lange nicht mehr ...«

Asharti gab Fedeyah ein Zeichen. »Bring einen Sklaven her.«

Fedeyah packte den nächstbesten Sklaven und zog den sich heftig wehrenden Mann nach vorn.

»Ich will kein Blut«, sagte das Wesen, doch sein Blick, der jetzt unverwandt auf den Sklaven gerichtet war, strafte diese Worte Lügen.

»Schlitz ihn auf«, zischte Asharti.

Fedeyah fuhr mit einem spitzen Fingernagel über die Schlagader des Sklaven. Ein Blutstrahl spritzte dem Araber ins Gesicht. Der Blick des Hochbetagten heftete sich auf das aus der Wunde herausschießende Blut, und seine schwarzen Augen färbten sich burgunderrot. Fedeyah zerrte den winselnden Sklaven vor den Thron, stieß den heftig blutenden Mann zu Boden und trat dann wieder zurück, um seinen Platz neben Asharti einzunehmen.

Der rot glühende Blick des Hochbetagten senkte sich auf den Sklaven, der demütig vor seine Füße kroch. Mit unendlicher Langsamkeit erhob sich die rechte, unglaublich magere Hand der Kreatur von der Armlehne des Throns und zog den winselnden Sklaven am Nacken an seinen winzigen, schlitzförmigen Mund.

Ian sah in sprachlosem Entsetzen zu, wie sich der Mund des Hochbetagten öffnete und lange, spitze Eckzähne offenbarte, die wie Ashartis waren, nur noch schärfer und noch länger, wie die einer Katze fast. Das Wesen brach dem Sklaven mit einer einzigen Handbewegung das Genick und hielt die zerrissene Arterie an seinen Mund. Drei lange, widerlich schmatzende Geräusche und ein tierisches Knurren später war der Sklave ausgeblutet, seine Muskeln erschlafften und er fiel in sich zusammen.

Der Hochbetagte warf den Leichnam achtlos in eine Ecke des Raumes und richtete den Blick auf Asharti. Ian erschauderte, und einige der Sklaven hinter ihnen schrien auf. Die Augen des Wesens waren jetzt voller Leben und funkelten von einer Energie, die vor dem Blutopfer nicht da gewesen war. Sie waren alt, unglaublich alt, diese merkwürdigen Augen, und mussten Orte und Dinge gesehen haben, die kein Sterblicher jemals zu Gesicht bekommen würde. War diese Kreatur das personifizierte Böse? Zweifelsohne.

Der Hochbetagte hob die Hand und winkte mit einem seiner knochigen Finger, woraufhin Fedeyah ihm einen weiteren Sklaven brachte. Diesmal wartete der Hochbetagte nicht darauf, dass der Araber ihm die Halsschlagader öffnete, sondern packte den schreienden Sklaven, grub ihm seine langen Fänge in die Kehle und begann zu saugen. Sekunden später war es vorbei.

Ian zitterte am ganzen Leib und spürte, wie das Pochen im Stein unter seinen Füßen schneller wurde. Wieder krümmte sich der dünne Finger, und wieder packte Fedeyah einen Sklaven und stieß ihn vor den Hochbetagten. Auch dieser Mann wurde aufgeschlitzt und ausgesaugt. Ian konnte diese langen, spitzen Zähne, die noch schärfer als Ashartis waren und auch den Tod viel schneller brachten, schon fast an seiner eigenen Kehle spüren. Er hatte sich nach dem Tod gesehnt, und der kam hier auf jeden Fall sehr schnell.

Dennoch wünschte Ian sich nichts mehr, als diesem Ort des Schreckens zu entfliehen. Ohne große Hoffnung blickte er sich verstohlen um, obwohl er wusste, dass der Eingang hinter ihnen verschlossen war. Die Sklaven klammerten sich aneinander, ihr verzweifeltes Geschrei und Jammern hallte von den Wänden wider, und das Pochen in dem steinernen Boden unter ihnen wurde noch intensiver.

Und dann verstummten die Sklaven urplötzlich, als der Hochbetagte sie mit seinem glühenden, dunkelroten Blick fixierte. Dann wandte er sich an Asharti. »Warum bringst du mir all dieses Blut?« Er sprach jetzt schneller, aber seine Stimme klang noch immer zu stark und voll, um aus seiner schmalen Brust zu kommen.

»Es ist ein Geschenk für jemanden, der seit Langem darauf wartet, dass seine Spezies zurückkehrt und ihn in sein Heimatland mitnimmt«, erwiderte Asharti, und Ian sah, dass sogar sie zitterte.

»Ich kann mir dieses Blut auch ohne deine Einwilligung nehmen.« Die Stimme des Uralten war völlig frei von Emotion.

»Und Ihr könnt mich töten. Aber wer würde Euch dann Nachschub bringen?« Asharti musste ihre ganze Kraft aufbieten, um diesen glühenden, unmenschlichen Augen standzuhalten. Ein kleiner Teil von Ian genoss es, dass sie kämpfen musste, um sich ihren eigenen Willen zu bewahren.

»Ihr könnt diesen Ort nicht verlassen«, sagte Asharti. Sie atmete heftig. »Stellt Euch doch nur einmal vor, Ihr wäret nicht hier, wenn Eure Artgenossen zurückkehren?«

Der Hochbetagte schien darüber nachzudenken.

»Aber ich werde Euch Blut bringen, um Euren Gefährten zu befriedigen«, versprach Asharti.

»Was willst du dafür?« Die rotschwarzen Augen brannten, als der Hochbetagte auf ihre Antwort wartete.

»Euer Blut«, erwiderte Asharti ganz unverblümt unter dem Einfluss dieser Augen. »Ich werde Euch mit einem endlosen Strom von Blut versorgen, wenn Ihr mir dafür nur einen Tropfen von dem Euren gebt.«

Die glühenden Augen musterten sie prüfend. »Du maßt dir zu viel an.«

»Einen einzigen Tropfen nur, wann immer ich Euch Blut bringe, um Euren Durst zu stillen.«

Wieder blieb das Gesicht des Wesens völlig ausdruckslos.

»Als Zeichen meines guten Willens gebe ich Euch dieses Dutzend Sklaven hier und werde Euch heute Nacht sogar meinen Favoriten überlassen im Austausch gegen Euer Blut«, versprach *Asharti und deutete auf Ian.*

Die unheimlichen Augen glitten über Ians Körper und verweilten einen Moment lang auf seinem Gesicht. Ian spürte, wie er bis ins Mark erschauderte. Aber dann glitt der Blick des Hochbetagten weiter, als interessierte Ian ihn nicht.

»Bring sie her. Ich werde es mir überlegen.«

Die Aufseher brachten die Sklaven einen nach dem anderen nach vorn, und einer nach dem anderen wurden sie ausgesaugt und wie leere Hüllen weggeworfen. Das grausige Geschehen wollte kein Ende nehmen, die Sklaven schrien und der Hochbetagte knurrte, während er sie ihrer Lebenskraft beraubte. Das wilde Pochen in Ians Brust hatte sich in eine Art Vibrieren am Rande seines Denkvermögens verwandelt. Es war kein schnelles Pochen eines Herzens mehr, es waren nur noch Schwingungen von Energie. Zu einer noch ausgeprägteren Form der vibrierenden Energie, die von Asharti und, in geringerem Maße, auch von Fedeyah ausging.

Am Ende waren nur noch die beiden Sklaventreiber, Fedeyah, Asharti und Ian übrig.

»Ich bin immer noch durstig«, brummte der Hochbetagte. »Es war ein sehr langes Fasten«, erklärte er mit einem Blick auf die beiden Sklaventreiber. Asharti zuckte mit den Schultern. Unter dem Einfluss der Augen des Hochbetagten traten die beiden Aufseher vor, und kurz danach lagen auch sie ohne einen Tropfen Blut in ihren Adern auf dem Leichenhaufen. Jetzt waren sie nur noch zu dritt.

»Und nun zu meinem Anteil, Hochbetagter«, flüsterte Asharti. »Ihr gebt mir einen Tropfen Eures Blutes, und ich gebe Euch meinen Favoriten. Ich habe mir versagt, ihn zu benutzen, damit

er Euren Beifall findet. Er hat einen starken Willen. Seine Entwürdigung durch Euch wird ungemein befriedigend sein. Nehmt ihn Euch jetzt gleich, oder lasst ihn am Leben, um Euch an ihm zu delektieren, wann immer es Euch beliebt. In einem Monat werde ich Euch ein weiteres Dutzend gut gefüllter Venen bringen, und Ihr werdet mir wieder etwas von Eurem Blut dafür geben.«

Das Wesen legte den Kopf ein wenig schief. »Du bist ehrgeiziger als andere von dieser Welt.«

Asharti nickte schamlos.

Der Hochbetagte schien zu überlegen. »Wer kann schon sagen, was gut ist oder schlecht? Vielleicht steht es ja so geschrieben. Ich habe wieder Blut getrunken und werde mehr benötigen«, sagte er und benutzte einen seiner nadelscharfen Eckzähne, um die Haut an seinem Zeigefinger aufzuschlitzen. Dann streckte er ihn aus und winkte Asharti zu sich. Sie kniete vor ihm nieder und öffnete den Mund. Ein einziger Tropfen bildete sich an der Wunde an seinem Finger. Asharti fixierte ihn mit einer solchen konzentrierten Entschlossenheit, dass die Zeit stillzustehen schien.

Dann fiel der Tropfen. Sie fing ihn gierig auf und schluckte ihn herunter. »Mehr«, flüsterte sie.

»Ein Tropfen ist genug, wenn du keinen Schmerz oder vielleicht sogar den Tod riskieren willst.«

»Nun gut.« Ein triumphierendes Lächeln überzog ihr gerötetes Gesicht. »Dann haben wir also eine Abmachung. Ihr werdet es nicht bereuen.«

»Das tue ich jetzt schon.«

»Sklave!« Asharti zog an Ians Strick, und ihre Augen glühten, als sie ihm befahl, niederzuknien und dem Wesen seine Kehle darzubieten. »Dieser hier ist sehr stark, Hochbetagter«, sagte sie. »Überlegt Euch also, ob Ihr ihn zu Eurer höchstmöglichen Befriedigung nicht lieber nach und nach genießen wollt.«

Unter dem gnadenlosen Einfluss ihrer Augen trat Ian vor und

dachte nicht einmal mehr an Flucht, als er vor dem Hochbetagten niederkniete. Er konnte jedoch nicht umhin, den Blick auf dieses unmenschliche Gesicht zu richten. Die Augen des Wesens, die von dem gleichen leblosen Schwarz waren wie seine Kleidung, schienen ihn gleichsam zu durchbohren. Und dennoch flackerte in diesen alten Augen plötzlich irgendetwas auf. Waren sie vielleicht gar nicht so emotionslos? Ian erkannte so etwas wie Bedauern darin, Gram und Sehnsucht. Der Hochbetagte war für Jahrhunderte, vielleicht sogar Jahrtausende von seiner Spezies getrennt gewesen. Durfte er noch hoffen? Eher nicht, und trotzdem wartete er …

Er strahlte die gleiche stille Verzweiflung aus, die Ian bei jedem seiner Schritte durch die Wüste begleitet hatte. Wie konnte man noch hoffen, wenn weiterzumachen mehr als töricht war und die Hoffnung schon seit Langem hätte schwinden müssen?

Eine dürre Hand streckte sich nach Ians Nacken aus. Er konnte den geistigen Zwang spüren, seinen Kopf zurückzulegen und seine Kehle freizumachen, und trotzdem hielt er dem Blick des Hochbetagten noch für einen Moment stand, in einem letzten Aufbegehren gegen das, was unvermeidlich war.

Abrupt wandte der Der Wartende seinen Blick von Ian ab. »Du hast recht, Frau. Er unterwirft sich nicht.« Und dann stieß er Ian so heftig fort, dass dieser zusammenbrach und auf alle viere fiel. »Ich will deine Überbleibsel nicht«, hörte er den Hochbetagten sagen. Er war sich nur nicht sicher, ob die Worte wirklich ausgesprochen worden waren oder ob er sie nur gedacht hatte. »Du hast diesen hier bereits benutzt, also nimm ihn wieder mit.«

Asharti verbeugte sich und fauchte Ian an: »Komm her, Sklave!«

Er schleppte sich zu ihr, nicht sicher, ob er die Zurückweisung bedauern sollte. Hätte der Hochbetagte ihn jetzt gleich getötet, oder wären ihm von dieser Kreatur sogar noch schlimmere Qualen zugefügt worden als von Asharti? Sie hob Ians Strick wieder auf, verbeugte sich noch einmal vor der Gestalt auf dem Thron, die jetzt vor Energie vibrierte, und verließ, dicht gefolgt von Fedeyah und Ian, rückwärtsgehend den Raum.

Der Eingang war nun wieder offen. Sie durchschritten ihn und eilten den Gang entlang. Ihre beiden Laternen warfen wild zuckende Schatten an die Wände, als sie dem zur Schatzkammer ansteigenden Weg folgten. Hier blieb Asharti abrupt stehen und gab Fedeyah ein Zeichen.

»Nimm genug Juwelen mit, um unseren Krieg gegen die Menschen zu finanzieren«, knurrte sie. »Aber sieh die Steine nicht an. Wir lassen sie in Marrakesch zerteilen.«

Fedeyah zog mehrere Ledersäckchen aus den Ärmeln seines Burnusses, füllte jedes bis zum Rand mit großen Steinen und band die Säckchen zu. Dann eilten sie weiter. Asharti zog Ian hinter sich her. Sie liefen den Weg zurück, bis sie die beiden großen Wächterfiguren erreichten. Ian war völlig außer Atem.

In der Eingangshalle blieb Asharti stehen und beugte sich nach Atem ringend vornüber, dann brach sie in lautes Lachen aus. »Ich habe es geschafft, Fedeyah! Ururaltes Blut für mich! Ich spüre es schon jetzt in meinen Adern brennen.« Als sie sich wieder aufrichtete, glühte sie vor gespannter Erregung.

Ian starrte sie an. Sie hatte nur einen einzigen Tropfen von dem Blut des Hochbetagten bekommen, und trotzdem nahm Ian schon eine deutliche Veränderung an ihr wahr. Die Konturen ihres Gesichts waren noch glatter geworden, und ihre Haut schimmerte von innen heraus wie glühender Alabaster. Es war die Macht, die ihre Augen und ihre Haut zum Leuchten brachte.

»Ich lebe!«, rief sie triumphierend. »Nur ein Tropfen seines Blutes, und meine Macht ist zweimal stärker als zuvor! Wo wird das enden?«

Sie warf ihren Umhang ab, und Ian sah, dass ihre Brustwarzen sich unter ihrem hauchzarten Gewand vor Verlangen aufgerichtet hatten. Asharti schaute sich um, und ihr Blick glitt über die Hieroglyphen und die Wächterfiguren. Dann blieb er an Fedeyah hängen, der seine Herrin besorgt beobachtete. »In mir fließt das Leben, Fedeyah«, flüsterte sie und ging auf ihn zu. »Ich habe den Verlust deiner Männlichkeit nie mehr bedauert als in diesem Augenblick. Denn nur du bist so wie ich. Und dennoch bist du völlig nutzlos als Mann.«

Fedeyah zuckte zusammen, wenn er auch ein Gesicht bewahrte, das fast so ausdruckslos wie das des Hochbetagten war. Asharti verletzte ihn, doch sein Schmerz schien sie nicht zu berühren.

Sie wandte sich von ihm ab, breitete die Arme aus und lachte laut. Ihr Blick fiel auf Ian, glitt weiter, hielt inne und kehrte zu ihm zurück. Das Glühen in ihren Augen veränderte sich. »In mir fließt das Leben«, wiederholte sie langsam, »und es will heraus.«

Ian schüttelte in dumpfer Auflehnung den Kopf. »Ich muss gehen ...«, stieß er hervor. Nicht hier! Nicht jetzt! Das Glühen in ihren Augen war intensiver als je zuvor. Von Entsetzen gepackt, ließ er sich vor ihr auf die Knie fallen.

»Herrin!«, schrie Fedeyah. »Wir müssen hier heraus. Befasst Euch später mit ihm, wenn wir ...«

»Das Blut des Hochbetagten erregt mich, Paladin«, sagte sie, ohne den Blick von Ian abzuwenden. »Ich muss mir Erleichterung verschaffen. Und es verlangt mich nach verschiedenerlei Befriedigung.«

Ian spürte, wie sein Glied sich auf ihren unausgesprochenen Befehl hin versteifte. Trotzdem schüttelte er fast unmerklich den Kopf. Es war ein Beweis seines Elends, dass er überhaupt die Willenskraft dazu aufbrachte.

Doch Asharti beugte sich schon über ihn und ließ ihre Laterne fallen, die mit lautem Klirren auf dem Boden aufschlug. Ihr Schein beleuchtete Ashartis Züge nun von unten her und offenbarte den Dämon in ihr. Ihre Augen hatten wieder rot zu glühen begonnen. Ian hob den Kopf, und ein fast nicht zu ertragendes

Ziehen durchzuckte seine Lenden. Asharti küsste ihn auf die Stirn und ließ ihre Lippen zu seiner Schläfe gleiten, selbst als er stöhnend protestierte, weil er sich kaum noch auf den Knien halten konnte. Aber sie ließ ihre Lippen zu den seinen hinunterwandern, und ihre neu erworbene Kraft überflutete ihn und ließ die mächtigen Steinstatuen vor seinem Blick verschwimmen. Ihr Mund berührte seinen, und Ian spürte ihren Biss. Er zog ihre Unterlippe zwischen seine Zähne und begann, daran zu saugen. Ashartis Wille diktierte ihm, was er tun sollte.

»Angebetete!« Asharti fuhr zurück, als Fedeyah die Hand auf ihre Schulter legte. Bei der jähen Bewegung rissen Ians Zähne Ashartis Unterlippe auf, und der metallische Geschmack von Blut füllte plötzlich seinen Mund.

Asharti kreischte vor Wut, als sie zu Fedeyah herumfuhr. »Du wagst es, mich zu stören?« Sie versetzte dem Araber einen Schlag mit dem Handrücken, der ihn zurücktaumeln ließ. Dann erstarrte sie und drehte sich um.

Ian leckte sich über die Lippen. Ashartis Blut hatte den bitteren Geschmack von Kupfer.

Ashartis Augen weiteten sich. Für einen langen Moment stand sie wie zu Stein erstarrt da. Dann stieg ihr die Zornesröte in die Wangen. »Du hast alles verdorben!« Sie hob die Hand, die ihn mühelos enthaupten könnte, aber Ian wich nicht zurück. Sollte sie ihn doch töten.

Langsam ließ Asharti die Hand wieder sinken und begann zu lachen. Das Lachen steigerte sich zu einem hysterischen Kreischen, das an das einer Hyäne erinnerte, und Ian spürte, wie ihre Macht über ihn brach. Sein Wille gehörte wieder ihm.

»Warum sollte ich mir die Mühe machen?«, sagte sie, noch immer lachend. »Der langsame Tod eines Neuen wird eine viel grausamere Strafe für dich sein.« Sie griff nach Ians Strick und warf Fedeyah einen bösen Blick zu. »Wir gehen. Und ihr werdet beide eure Strafe bekommen.«

12. Kapitel

Ian kniete nackt und zitternd im Wüstensand. Hinter ihm erhoben sich die Felsen von Kivala. Der Himmel färbte sich von der aufgehenden Sonne rosa. Fedeyah stand schweigend neben ihm. Die Karawane bereitete sich auf ihren Aufbruch vor. Asharti lag in ihrer Sänfte, deren Vorhänge gegen die Morgendämmerung fest geschlossen waren. Die Kameltreiber pfiffen und schnalzten mit der Zunge, und die schwer beladenen Lasttiere erhoben sich schwankend auf die Beine. Die vier Träger schulterten die Sänfte. Das Rosa am östlichen Horizont verblasste langsam zu einem hellen Perlmutt.

Asharti hatte Ian nicht zu ihrer Sänfte kommen lassen, obwohl sie sich schon seit über einer Stunde darin aufhielt. Sie hatte ihr Verlangen überwunden. Als sie durch das ausgetrocknete Flussbett zurückgegangen waren, hatte Ian das Fieber gespürt, das von ihm Besitz ergriffen hatte, denn ihm war abwechselnd heiß und kalt. Als die Karawane endlich aufbruchbereit war, schwankte Ian. Er stand kurz vor einem Zusammenbruch.

Im letzten Moment schrie Asharti Fedeyah noch einen Befehl zu: »Lass ihn hier zurück.«

Was zweifelsohne den sicheren Tod für Ian bedeutete. Kein Mensch konnte in dieser gottverlassenen Wüste überleben, wenn er krank war und weder Nahrung noch Wasser hatte. Die einzige Wasserstelle, die er kannte, lag in der Oase drei Tagesreisen von hier entfernt. Oder er musste an diesen Ort des Schreckens zurückkehren, dort unter den Felsen. Dort gab es auch Wasser. Aber Ian wäre lieber gestorben, als noch einmal dorthin zu gehen.

Der Tod müsste eigentlich eine Erleichterung für ihn sein. Hatte er ihn sich nicht seit Monaten herbeigesehnt? Trotzdem konnte er nicht anders, als mit der Ungerechtigkeit der Wut

Ashartis auf ihn zu hadern. Wessen Schuld war es, dass er schon Blut hatte lassen müssen und dass der Hochbetagte ihn deswegen nicht gewollt hatte? Und er hatte ihr nicht absichtlich in die Lippe gebissen. Verzweifelt sah er der langsam davonziehenden Karawane nach. Der Mond stand noch am Morgenhimmel, allerdings kaum mehr noch als ein Schatten seiner selbst.

Aber, so fragte sich Ian, war der Grund für die Zurückweisung durch den Hochbetagten wirklich der, dass Asharti zuvor schon von seinem Blut getrunken hatte? Dass Ian also nicht mehr »unberührt« war? In dem Moment, als er gewagt hatte, dem Hochbetagten in die Augen zu schauen, hatte er so etwas wie eine Verbundenheit mit diesem seltsamen Wesen gespürt. War es das beiderseitige Erkennen des Leids des anderen gewesen? Ein gemeinsames Aufbegehren gegen die Ungerechtigkeit der Welt? Aber etwas so ... Außeririsches und Mächtiges wie dieses Wesen konnte sich doch nicht einem menschlichen Sklaven verbunden fühlen? Er musste sich das eingebildet haben. Überhaupt kam ihm diese Reise ins Innere der Erde jetzt irreal vor.

Was hingegen sehr *real war, waren die Leiden, die ihm bevorstanden, und der Tod. Doch Fedeyah und Asharti glaubten, dass sein Schicksal noch schrecklicher sein würde, als an Hunger, Durst und Hitze zu versterben. Asharti hatte ihm grauenvolle Schmerzen als Strafe für seine Unzulänglichkeit und seine Verfehlungen versprochen.*

Er schaute zu Fedeyah auf, der neben ihm stand und dem Objekt seiner fruchtlosen, jahrhundertelangen Sehnsüchte nachsah. Fedeyah war gestraft genug, wie Asharti eigentlich wissen müsste. Die Karawane hatte den Weg nach Südwesten eingeschlagen. Fedeyah atmete tief ein und drehte sich zu Ian um. Erst jetzt sah er, dass der Araber ein Bündel unter dem rechten Arm trug.

»Engländer«, sagte Fedeyah und hielt dann inne, als müsse er sich überwinden, weiterzusprechen. »Verdient ein Mann einen

solchen Tod, wie sie ihn für dich vorgesehen hat?« Er fragte sich das selbst, nicht Ian. »Wenn wir nicht über England gesprochen hätten, wärst du für mich nichts weiter als irgendeine Kreatur. Dann hätte ich nicht versucht, ihr zu trotzen.«

Ian wartete schweigend ab.

Fedeyah warf ihm das Bündel vor die Füße und schritt davon. Über die Schulter rief er ihm noch zu: »Schütze deinen Körper vor der Sonne und geh sparsam mit dem Trinkschlauch um. Vielleicht wird es reichen, um dich die Krankheit überstehen zu lassen. Und sieh dir die Steine nicht an. Unser nächstes Ziel ist Marrakesch.«

Ian sah Fedeyah nach, der mit wehendem Burnus loslief, um die Karawane einzuholen. Mit trüben Augen betrachtete Ian das Bündel und öffnete es. Es war ein Burnus, in den ein lederner Wassersack und ein kleiner Lederbeutel eingewickelt waren. Er löste das Band des kleinen Beutels, sah das Glitzern von Edelsteinen und wandte den Blick schnell wieder ab. Die heiseren Schreie der Kamele wurden schwächer, die Gestalten kleiner, bis die Karawane kaum noch zu erkennen war. Ians Hoffnung sank. Ein Burnus, ein Wassersack und ein paar nutzlose Diamanten – wenn Fedeyah ihm eine Überlebenschance hatte geben wollen, hätte er sich etwas Besseres einfallen lassen können.

Der rote Rand der Sonne erschien bereits am Horizont. Ihre ersten Strahlen stachen wie tausend Nadeln auf Ians nackten Körper ein. Die Helligkeit blendete ihn. Er schrie auf und fiel zu Boden, wo er sich vor Schmerzen krümmte. Seine Lungen bekamen keine Luft, seine Adern standen in Flammen und seine Haut verbrannte. Die Sonne! Wie konnten ihre ersten schwachen Strahlen ihm schon so viel Schmerz verursachen? Schatten! Er brauchte Schatten.

Stöhnend hob er den Kopf. Die Klamm! Mühsam schleppte Ian sich in den Schatten der hohen Felswände. Der kühle Stein an seinem Rücken war eine Wohltat für seine schon jetzt von Bla-

sen übersäte Haut. Keuchend lag er dort, noch immer außerstande, die Augen mehr als einen Spalt zu öffnen. Dann begann das Frösteln wieder, als das Fieber seinen Körper schüttelte. Er konnte nicht mehr denken, er konnte nur noch im Sand liegen, mit klappernden Zähnen und einen Arm schützend über die Augen gelegt.

Stunden vergingen. Irgendwann fiel er in einen fiebrigen Schlaf, aus dem er gewaltsam wieder herausgerissen wurde, als Feuer ihm die Hand verbrannte. Er zog sie dicht an seinen Körper und riskierte es, seine Augen einen Spalt zu öffnen. Der Schatten der Felswand zog sich zurück, als die Sonne höher stieg. Seine Hand war vom Sonnenlicht berührt worden. Ian kauerte sich noch dichter an den Fels. Gegen Mittag würde er bei lebendigem Leib verbrennen …

Was sollte er tun? Der Burnus! Ian hob den Kopf. Er lag etwa drei Meter entfernt von ihm in der prallen Sonne. Genauso gut hätte er auch auf der anderen Seite einer Wand aus Feuer liegen können. Aber könnte der Burnus ihn vor Verbrennungen bewahren? Ganz bestimmt, oder warum sonst hätte Fedeyah ihn dagelassen? Mit schmalen Augen blickte er sich um. Kein Stock, kein wie durch ein Wunder auftauchender Hirtenstab, den er benutzen konnte, um den Burnus zu erreichen.

Ian starrte auf den beigefarbenen Stoff mit den burgunderfarbenen Streifen. Er hatte sich den Tod herbeigewünscht, aber keinen unter derart grauenvollen Schmerzen. Er stellte sich vor, wie seine Haut aufbrach und in der Sonne kochte. Er war ein Feigling. Denn wenn er einen solchen Tod verhindern wollte, hatte er nur eine Wahl. Er musste die Sonne gerade lange genug ertragen, um an den Burnus heranzukommen. Und er konnte sich nicht die Zeit nehmen, darüber nachzudenken, denn der Schatten schrumpfte immer mehr.

Ian atmete tief ein und nahm seine letzte Kraft zusammen. Egal, wie qualvoll es auch war, er musste sich aufraffen und die-

sen Burnus holen. Taumelnd trat er in die Sonne hinaus, und sofort durchfuhr ihn wieder der stechende Schmerz der Sonnenstrahlen auf seiner Haut. Er konnte nichts mehr sehen; sein Körper schien zu brodeln, seine Gelenke schrien vor Schmerz. Er kroch durch den Sand, und mit jeder Sekunde, die er dem todbringenden Licht ausgesetzt war, wurden seine Bewegungen langsamer. Endlich bekam er den Stoff zu fassen und kroch schwer atmend rückwärts zu der Felsspalte zurück. Es schien eine Ewigkeit zu dauern, sich in den schmalen Streifen Schatten zurückzukämpfen. Dort legte Ian sich den Burnus um die Schultern und spürte, wie das Brennen nachließ. Völlig entkräftet kroch er auf die Felswand zu.

Die kühle Dunkelheit des Schattens fiel zuerst auf eine seiner Hände, und als er dann die Wand erreichte, auch auf seinen Kopf und seine Schultern. Mit angezogenen Knien rollte er sich stöhnend unter dem Burnus zu einem Ball zusammen.

Wie er den Mittag überlebte, war ihm selbst ein Rätsel. Mit Brandblasen übersät von diesen wenigen Momenten in der Sonne und fröstelnd vor Fieber kauerte er unter dem Burnus. Schon der Stoff an seiner wunden Haut tat höllisch weh. Eine ganze Weile später merkte er, dass die andere Seite der Klamm inzwischen im Schatten lag. Unter dem schützenden, aber seine Haut aufscheuernden Burnus schleppte er sich durch den Sand, der ihm Hände und Füße verbrannte, zu der anderen Seite hinüber. Dort brach er besinnungslos zusammen.

Als es Nacht wurde, kroch die kühle Wüstenluft unter den Stoff des Burnusses und weckte Ian. Es gelang ihm, den Umhang abzustreifen, und halb bewusstlos blieb er liegen und starrte zu den Sternen hinauf. Sein Fieber war gestiegen, und der Schweiß auf seinem Körper ließ ihn frösteln. Der Himmel war kalt und bedeckt, die Sterne kaum zu sehen. Der Mond war noch nicht aufgegangen.

Ian war durstig, durstiger als je zuvor in seinem Leben. Sein Körper schrie, als wäre er durch eine Flammenwand gegangen. Asharti hatte ihn zu dieser Qual verdammt. Möge sie dafür in der Hölle schmoren!

Um den Schmerz nicht noch größer zu machen, atmete er nur flach und langsam. Seine Gedanken kreisten um den Wassersack, den Fedeyah ihm dagelassen hatte. Wenn er es nur bis zum Wasser schaffen könnte ... Aber das war ausgeschlossen. Er hatte einfach nicht die Kraft, sich zu bewegen. Er würde so elendig verrecken, wie Asharti ihn hatte verrecken lassen wollen.

Mühsam wandte er den Kopf und sah die Sichel des Mondes über der Klamm erscheinen. Wollte er diese Teufelin gewinnen lassen? Unbändiger Hass erfasste Ian. Er hatte sterben wollen, um ihr zu entkommen. Aber sie war nicht mehr da. War er schon so sehr zum Sklaven geworden, dass er sich sogar in ihrer Abwesenheit von ihr töten lassen würde? Fedeyah hatte gesagt, wenn er sparsam mit dem Wasser umginge, würde es vielleicht zum Überleben reichen. Fedeyah hielt es immerhin für möglich.

Ian rollte sich auf die Seite. Seine Zähne begannen zu klappern, und er griff rasch nach dem Burnus und zog ihn über seinen Kopf. Ein paar Stofffetzen fielen dabei aus den Falten. Ians Zunge war wie ein dicker, trockener Kloß in seinem Mund, der sich wie Stoff anfühlte. Der Wassersack war wie weit entfernt? Ungefähr sechs Meter. Es hätte genauso gut auch eine Meile sein können. Aber es war nicht unmöglich, an ihn heranzukommen, sagte Ian sich und drehte sich stöhnend auf den Bauch. Unendlich langsam schob er sich vorwärts – denn Kriechen konnte man es nicht nennen –, und wieder malträtierten Sand und Stoff seine geschundene Haut. Langsam, von einem Schmerz durchflutet, den er kaum noch auszuhalten glaubte, schleppte er sich voran. Er musste diese Wasserhaut erreichen.

Er stürzte sich auf den Wassersack wie auf eine Beute, der er ja auch war, zog den Korken aus dem Mundstück, hob ihn an seine zitternden Lippen und drückte auf den Sack. Doch statt kühlem, reinem Wasser floss Blut in seinen Mund. Ian schluckte krampfartig und hustete. Blut? *Er spuckte in den Sand und würgte, brachte das Blut aber nicht wieder hoch. Er spürte, wie es in seinen Magen lief.*

Sein Zittern hörte auf. Kraft durchflutete ihn. Er fühlte sich ... erholt. Was war das? Verwundert rollte er sich auf den Rücken. Auch der Schmerz in seinem verbrannten Fleisch ließ etwas nach. Die Sterne waren heller, vielleicht sah er jetzt aber nur wieder besser. Der Mond stieg über der Schlucht auf wie ein geheimnisvolles Lächeln. Es war fast so, als durchströmte neues Leben Ians Körper.

Er musste zurück zur Wand der Schlucht, solange er noch die Kraft dazu besaß. Er rappelte sich hoch auf alle viere und warf einen Blick auf den Wassersack, der Blut statt Wasser enthielt. Ekel packte ihn. Aber es war das Blut gewesen, das sein Fieber und seine Schmerzen hatte verschwinden lassen, daran hegte er nicht den kleinsten Zweifel. Blut. Fedeyah hatte ihm Blut zurückgelassen ...

Und in diesem Augenblick begriff Ian. Er war wie sie*! Er brauchte Blut, um zu leben!*

Er kehrte zur Klamm zurück, so schnell er konnte. Als würde er dadurch diesem Wassersack und dem, was er bedeutete, entfliehen. Das konnte nicht sein! Das würde er nicht zulassen! Er zwang sich, ruhig zu bleiben und sich an alles zu erinnern, was geschehen war. Asharti wollte das Blut des Hochbetagten, um ihre Macht zu vergrößern. Ians Zähne hatten ihr versehentlich die Lippe aufgerissen. Der Geschmack ihres Bluts, ihr Zorn, ihr Lachen, als sie gesagt hatte, er würde den Tod eines »Neuen« sterben – das alles rief er sich noch einmal ins Gedächtnis.

Es konnte nicht anders sein: Durch ihr Blut war er wie sie geworden. Verzweiflung packte ihn. Er schlang die Arme um die

Knie und begann, sich hin und her zu wiegen. Ein schriller Laut entrang sich seiner Kehle, die eben erst mit Blut befeuchtet worden war. Asharti hatte ihn mit dem Bösen infiziert. Er war mehr als je zuvor ihr Sklave. Sie hatte ihn zum Tode verurteilt und ihn in der Wüste zurückgelassen. Und er wollte *sterben, falls es ihm bestimmt war, so zu sein wie sie. Sollte die Sonne doch ruhig kommen und ihn zu Staub verbrennen! Er würde lieber sterben, als so zu werden wie Asharti.*

Ian schluchzte und verfluchte das Schicksal, das zugelassen hatte, dass sein Schiff von nordafrikanischen Piraten gekapert wurde, dass Fedeyah ihn für Asharti gekauft hatte, was ihn letztendlich zu dieser verlorenen Stadt mit ihren abscheulichen Grausamkeiten geführt hatte. Das Mitleid mit sich selbst zerriss ihn fast.

Ungerührt von seiner Verzweiflung leuchteten die Sterne über ihm, bis die Morgendämmerung den östlichen Horizont erhellte. Ians Tränen waren inzwischen versiegt und mit ihnen jegliches Gefühl in ihm. Er war nur noch eine leere Hülse. Er zitterte jetzt vor Kälte. Das Fieber kam zurück, so wie auch die Sonne bald zurückkehren würde. Dann würde er den Burnus ablegen, in ihre todbringenden Strahlen hinausgehen und sich von ihr verbrennen lassen, bis nichts mehr von ihm übrig war. Das war das Einzige, was ihm noch blieb. Aber während er dort saß, begann sich ein Gedanke in seinem Bewusstsein zu formen. Er nagte an ihm, bis Ian ihn wie einen Dorn in seinem Fleische empfand. Was ihm so zu schaffen machte, war, dass diese Teufelin dann gewonnen hätte. So, wie sie Fedeyah beherrschte, würde sie auch über ihn bestimmen, er würde tun, was sie wollte . . . und eines grauenvollen Todes sterben. Und er selbst würde ihre Strafe an sich vollziehen. Etwas in ihm lehnte sich ein letztes Mal dagegen auf.

Fedeyah könnte sich auch anders entscheiden. Er musste Asharti nicht folgen. Es war seine eigene Schwäche, die ihn dazu trieb. Aber Fedeyah war anders als Asharti. Er tötete die Sklaven nicht, von deren Blut er sich ernährte. Könnte ich nicht auch anders sein?, fragte Ian sich. In seiner Jugend war er gedankenlos und leichtfertig gewesen, aber er hatte sich gefangen und war in den diplomatischen Dienst getreten, um seinem Leben wieder einen Wert zu geben und seinem Land und seinen Mitmenschen zu dienen. Er war kein schlechter Mensch gewesen. Könnte er sich nicht auch jetzt wieder ändern?

Aber vielleicht würde diese Infektion, diese Krankheit, die er sich von ihr geholt hatte, sein ganzes Wesen ändern ... Plötzlich kam ihm ein Gedanke. Falls es eine Krankheit war, ließe sie sich dann nicht möglicherweise heilen? Ärzte erzielten heutzutage großartige Erfolge bei Krankheiten, die bisher nicht zu erklären gewesen waren. Vielleicht brauchte er nur die richtigen Medikamente, um von dieser Infektion geheilt zu werden? Vielleicht war es das Fieber, das ihm den Verstand vernebelte, was es ihm möglich, ja, sogar wahrscheinlich vorkommen ließ, dass ein guter englischer Arzt ihn heilen konnte. Und er wollte sich diese Chance nicht entgehen lassen.

Und vor allem wollte er Asharti nicht gewinnen lassen.

In ein, zwei Stunden würde die Sonne aufgehen. Ian zog sich die Kapuze des Burnusses über den Kopf.

Er musste zu einem englischen Arzt.

Er warf einen Blick auf den Wassersack. Daneben lag der kleine Lederbeutel mit den Diamanten. Sein Anblick bestärkte Ian in seinem Vorsatz. Um eine Chance zu haben, Ashartis Rachepläne zu durchkreuzen oder dem zu entkommen, wozu sie ihn gemacht hatte, würde er Geld brauchen, um Hilfe zu bekommen und um seinen Lebensunterhalt zu bestreiten. Das hieß, dass er von beiden Abschiedsgeschenken Fedeyahs Gebrauch machen musste.

Das Blut brauchte er zum Überleben. Daran war zumindest vorläufig nichts zu ändern. Er sah sich nach den Stofffetzen um, die aus dem Burnus herausgefallen waren. Sie lagen halb vergraben im Sand. Er schüttelte sie aus und wickelte sie sich um Füße und Hände. In den Burnus gehüllt, trat er in die Wüste hinaus. Er würde nur bei Nacht gehen, sich bei Tag unter dem Burnus verkriechen und sich die Augen mit dem restlichen Stück Stoff verbinden.

Das Fieber kam wieder, stärker als zuvor, und er war sehr schwach auf den Beinen, aber er wusste, wie er das Fieber in Grenzen halten konnte. Er bückte sich und hob Wassersack und Lederbeutel auf. Den Beutel mit den Diamanten hängte er sich um den Hals, bevor er sich einen Schluck von dem schon gerinnenden Blut tief in die Kehle spritze, weil er hoffte, so das Würgen zu vermeiden. Es gelang ihm nicht, aber immerhin behielt er das Blut bei sich. War es das Blut eines der Sklaven oder das Fedeyahs? Ian vermutete, dass es von Fedeyah stammte – der Kraft wegen, die ihn sogleich durchströmte. Nur das Blut eines der Ihren konnte diese außerordentliche Wirkung haben. Ian hängte sich den Wassersack über die Schulter. Bis zur ersten Oase würde er den Spuren der Karawane folgen.

Und dann würde er einen anderen Weg als den nach Marrakesch einschlagen.

☆ ☆ ☆

Ians Augen wurden klarer, als seine Erinnerungen verblassten. Miss Rochewell sprach mit ernster Miene auf ihn ein.

»Geht es Ihnen gut?«, hörte er sie fragen.

Er schüttelte den Kopf, als könnte er damit die Erinnerung an jene Nacht vertreiben, in der er entdeckt hatte, welch schreckliches Wesen in Kivala lebte, und in der er zudem noch sein Menschsein verloren hatte. Wie lange hatte er so reglos dagesessen und seine Hände angestarrt? Er räusperte sich, bevor er etwas zu sagen wagte.

»So gut, wie es mir heutzutage gehen kann.«

Ihre Augen waren groß vor Sorge. Sorge? Er verdiente nicht,

dass eine gute, anständige Frau sich um ihn sorgte. »Ist der, den Sie in Kivala gesehen haben, so schrecklich?«, fragte sie sachlich.

»Mehr als schrecklich. Und das war auch die Nacht, in der ich wurde, was ich heute bin.«

»War es Ashartis Blut, das Sie infiziert hat?«

»Nein, es war das Blut dieses Wesens. Es ist der Vorfahre ihrer Spezies, und Asharti wollte das Blut, weil es ungeheuer machtvoll ist. Sie dachte, sein Blut würde sie unbesiegbar machen.«

»Zu welchem Zweck?«

»Sie will die Menschheit beherrschen. Und ich nehme an, dass sie für diesen Teil der Welt schon Pläne hat.«

Miss Rochewell presste die Lippen zusammen. »Das wäre schlimm.«

Ian richtete sich auf und rieb sich den Nasenrücken, als könnte er damit hässliche Erinnerungen vertreiben. »Aber wir werden in England sein. Bis dorthin kommt sie nicht. Und auch nicht Der Hochbetagte, der in Kivala wartet.«

Sie war im Begriff, noch eine Frage zu stellen, überlegte es sich dann aber anders. »Nun, dann also zurück zu unserem ursprünglichen Vorhaben. Das ist alles, was die Schriftrollen uns über *Die Alten* sagen. Im weiteren Text geht es dann nur noch um Monumente. Also was haben wir erfahren?« Sie richtete den Blick wieder auf die Schriftrolle. »Es gibt einen ›Blutgefährten‹, was immer das auch heißen mag. Es klingt auf jeden Fall nach mehr als nur einer Krankheit. Sicher ist, dass diese ›Alten‹ *sehr* alt sind. Und dass sie über eine Art hypnotische Macht verfügen, die mit dem Rotwerden der Augen verbunden ist. Und diese Erwähnung von ›unsichtbaren Fledermäusen‹ …« Sie blickte auf. »Haben Sie sich schon einmal in eine Fledermaus verwandelt?«, fragte sie ganz sachlich.

»Nein.« Ian ließ seine Stimme so abweisend wie möglich klingen. Aber Miss Rochewell ließ sich davon nicht beirren.

»Na schön, dann müssen wir uns auf das konzentrieren, was wir wissen. Beschreiben Sie mir, was geschieht, wenn Ihre Augen rot werden. Können Sie das nach Belieben tun, oder überkommt es Sie ganz einfach nur?«

Ihre Sachlichkeit besänftigte ihn. »Ich glaube, es überkommt mich.«

»Wann?«

»Wenn … wenn ich den Drang verspüre und es eine Möglichkeit gibt, ihn zu stillen.«

»Könnten Sie das willkürlich herbeiführen?«

»Das weiß ich nicht.«

»Konnte Asharti es?«

Ian nickte nur, nicht sicher, ob er seiner Stimme trauen konnte.

»Versuchen Sie es«, forderte Beth ihn auf. »Versuchen Sie, Ihre Augen rot werden zu lassen.«

»Nein!«, rief er empört und runzelte die Stirn. »Sind Sie verrückt geworden?«

Sie schüttelte ärgerlich den Kopf. »Es wäre doch nur ein Experiment. Sie haben gesagt, Sie wollten mehr über Ihren Zustand herausfinden. Wie sollen wir denn sonst etwas erfahren?«

Ian stand auf und begann, hin und her zu gehen, wobei er sich automatisch dem Schlingern des Schiffes anpasste und den Kopf einzog, um ihn sich nicht an der niedrigen Decke anzustoßen. »Was ist, wenn ich etwas entfessele, was ich dann nicht mehr kontrollieren kann?«

»Wie können Sie lernen, es zu kontrollieren, wenn Sie es nicht versuchen?«, gab sie mit trotzig vorgeschobenem Kinn zurück.

Ian wandte sich brüsk ab, verschränkte die Arme auf dem Rücken und ging weiter in der Kabine hin und her. Als er wieder vor Miss Rochewell stehen blieb, zog sie nur die Brauen hoch und deutete auf seinen Stuhl. Sie hatte natürlich recht. Wenn er mehr über seinen Zustand erfahren wollte, durfte er nicht davor davonlaufen. Und deshalb setzte er sich wieder.

»Versuchen Sie jetzt, rote Augen zu bekommen.« Er konnte ein leises Zittern in ihrer Stimme hören, aber sie nickte ihm ermunternd zu.

Er hatte keine Ahnung, wie er das anstellen sollte. Er saß da und blinzelte ein paarmal. Nichts. Hilflos zog er seine Schultern hoch. »Was soll ich tun?«

»Hm.« Sie biss sich auf die Lippe. »Versuchen Sie es mit geschlossenen Augen.«

Er zuckte die Achseln und schloss die Augen. Was für einen Unterschied würde das schon machen?

»Können Sie den Teer riechen, der das Schiff zusammenhält?«, fragte sie mit leiser Stimme.

Er nickte langsam und spürte dann, wie sie sich erhob und hinter ihn trat.

»Können Sie die Nässe der Planken und des Wassers riechen?«

»Ja«, flüsterte er.

Und dann begann sie, behutsam seine Schläfen zu massieren. Ihre sanfte Berührung offenbarte ihr liebevolles Wesen, und Ian überließ sich ganz und gar dem Gefühl ihrer warmen Hände, bis ihre Stimme ihn wieder zurückholte. »So, und nun denken Sie an Ihren Körper. Fühlen Sie Ihr Gewicht auf dem Stuhl und wie es sich mit der See unter uns verlagert.« Ihre Stimme hatte einen eigenartig singenden Tonfall angenommen. Und sein Körper hatte ein Gewicht und eine Spürbarkeit, die ihm so noch nie bewusst geworden waren. »Spüren Sie, wie Ihre Muskeln sich anspannen, um das Schlingern auszugleichen?« Ja, das spürte er. »Und nun denken Sie an die Luft in Ihren Lungen. Atmen Sie tief ein.« Er füllte seine Lungen. »Halten Sie die Luft kurz an … und atmen Sie jetzt wieder aus. Körper sind etwas Wunderbares, finden Sie nicht?« *Ja, das sind sie*, dachte er. Aber es waren vor allem ihre Stimme und ihre sanften Hände, die er meinte.

»Nun drücken Sie Ihre rechte Hand an Ihre Brust und fühlen Sie, wie Ihr Herz dort schlägt.« *Bum-bum, bum-bum.* Ihre Finger massierten seine Schläfen im Rhythmus seines Herzschlags. »Es pumpt Blut in Ihre Lungen, in Ihren Bauch und in Ihre Beine und wieder zurück. Fühlen Sie, wie das Blut durch Ihre Adern strömt. Das Blut ist der Schlüssel. Fühlen Sie das Blut.«

Ian konzentrierte sich auf das Blut in seinen Adern. Es pulsierte in ihnen, strömte durch seinen Unterleib in seine Schenkel und pochte in den Arterien in seinen Oberschenkeln. Und dann, sehr leise, kaum noch spürbar über dem Pochen seines Herzens, vernahm er ein Summen, das sich weder näher bestimmen noch beschreiben ließ. Aber dann trat Miss Rochewell von ihm zurück, und mit ihrer sanften Berührung verging auch das Summen, sodass Ian jetzt nur noch das Schlagen seines Herzens hören konnte. Seine Kraft, sein Gefühl des Wohlbefindens waren wie ein Lied. Irgendetwas sang in seinem Blut. Ihm zuzuhören war gefährlich, und trotzdem tat er es.

Er hörte Jubel, empfand Freude an seiner Kraft. Da war ein Gefühl des Einklangs, wie von zwei Wesen, die zu einem wurden. Seine Freude steigerte sich, bis prickelndes Leben durch seine Adern schoss und er mehr war, als er je zuvor gewesen war, und was er war, das jubelte, auch wenn ein Teil von ihm sich vor dieser schwindelerregenden Macht fürchtete.

Wie von weit her hörte er Miss Rochewells Flüstern: »Unterbrechen Sie die Verbindung nicht. Machen Sie die Erfahrung, oder wir werden nie wissen.«

Ian öffnete die Augen. Sie waren jetzt rot, das wusste er, so rot wie sein Blut. Er spürte das Glühen tief in seinem Innersten, und er hörte das Singen in seinem Blut noch lauter werden. Er hatte Mühe, genügend Luft in seine Lungen zu bekommen, um das Feuer zu nähren, das in seinen Adern brannte. Sie taten fast weh, diese Freude und diese Macht, und noch immer schwollen sie zu einem wahnwitzigen Chor von Stimmen oder Instrumenten an, die eine von Menschen noch nie gehörte Musik erzeugten.

Ian stand plötzlich, obwohl ihm nicht einmal bewusst gewesen war, dass er sich erhoben hatte. Er sah Miss Rochewell durch einen roten Dunst aus Freude und Macht, von dem er wusste, dass er böse sein musste. Aber er konnte und wollte es nicht zum Stillstand bringen. Er wollte dies alles fühlen. Etwas Schwarzes bildete sich an den Rändern dieses durchsichtigen Rots. Schon jetzt konnte er kaum noch die Türen zu den Kabinen sehen, die sich an diesen Raum anschlossen, und die Heckfenster verschmolzen mit der dunklen Nacht hinter dem Glas. Die Ränder seines Blickfelds brachen ein. Das Singen in seinen Adern wurde zu einem Kreischen, sein pulsierendes Blut schrie jetzt und verbreitete Schmerz in seinem Körper. Für einen schrecklichen Moment lang wurde alles schwarz um Ian. Der Schmerz war unerträglich. Sein Körper fühlte sich an, als würde er von innen nach außen gekehrt …

Der Schock, plötzlich eiskaltes Seewasser in seine Lungen eindringen zu fühlen, ließ ihm sekundenlang die Sinne schwinden, dann versank er im nächtlich schwarzen Ozean. Für einen langen Moment war er wie gelähmt und völlig desorientiert. Dann erreichte er bei seinem Abstieg auf den Meeresboden die absolute Dunkelheit und kam schlagartig wieder zur Besinnung. Seine Lungen platzten fast, als er um sich trat und sich nach oben kämpfte, bis er einen Lichtschimmer über sich erblickte, der der Mond sein könnte. Als er immer höher schwamm, ließ seine Furcht ihn so verzweifeln, dass er seine Finger in das Wasser krallte und sich daran hinaufzuziehen versuchte.

Als er aus der aufgewühlten See auftauchte, sah er im Schein des Monds nur noch die Positionslichter des sich entfernenden Schiffes sehen.

»Beltrane!«, schrie er, aber eine Welle überspülte ihn und verwandelte seinen Aufschrei in ein Gurgeln. Hektisch blickte er

sich um. Da war nichts als dunkle Nacht und kalte schwarze See. Er verfluchte das Gewicht seiner Stiefel, die er nicht abstreifen konnte, als er dem Schiff hinterherschwamm, dessen Segel sich jedoch immer weiter entfernten …

Beth sog scharf den Atem ein, als die Gestalt mit den rot glühenden Augen an ihren Konturen zu verschwimmen begann und dann, von einer Sekunde auf die andere, nicht mehr zu sehen war. Er war gerade noch da gewesen, riesig, bedrohlich, ein Monster, das sie aus einem Mann herausgelockt hatte, und im nächsten Augenblick war er verschwunden!

Für einen Moment war sie so verwirrt, dass sie glaubte, sich das alles nur eingebildet zu haben. Sie schaute sich in der leeren Heckkabine um. »Mr Rufford?« Ihre Stimme zittrig, auch in ihren Ohren.

»Mr Rufford!«, schrie sie und lief zu den Kabinen. Alle waren leer, und Rufford hätte sich sonst nirgendwo verstecken können. Konnte sie ihren eigenen Augen nicht mehr trauen? Er war verschwunden, genauso, wie es in der Schriftrolle beschrieben war, wie eine Fledermaus im Dunkeln. Panik erfasste Beth. War er tot? War er in eine andere Welt übergewechselt? Warum hatte sie ihn dazu ermutigt, seine Augen rot werden zu lassen? *Was hatte sie getan?*

Sie lief an Deck, wo sie vom Schlingern des Schiffs von einer Seite des schmalen Ganges auf die andere geworfen wurde. »Mr Rait!«, rief sie dem ersten Offizier zu, den sie sah. »Haben Sie Mr Rufford gesehen?« Sie blickte sich verzweifelt an Deck um, aber nirgendwo war ein vertrauter schwarzer Rock zu sehen.

»Miss Rochewell!«, sagte Rait erschrocken. »Geht es Ihnen gut?« Auch andere Seemänner hielten in ihrer Arbeit inne, um sie verwundert anzustarren.

»Wo ist er?« Sie blickte zur Takelage auf, als könnte er vielleicht eine Vorliebe für das Klettern entdeckt haben. Die Segel blähten sich im Wind. Das Schiff bewegte sich sehr schnell voran.

»Das kann ich Ihnen nicht sagen, Miss«, erwiderte Rait, der sich ein Urteil über ihre Zurechnungsfähigkeit offenbar noch vorbehielt.

In diesem Moment hörten beide einen schwachen Schrei. *»Beltrane!«*

Beth rannte zur Reling auf der Leeseite, ließ ihren Blick über das schwarze Wasser gleiten und sah nichts.

»Ausguck!«, brüllte Rait. »Was siehst du?«

Ein langer Moment verstrich. Beth umklammerte die Reling. Rait kam und blieb neben ihr stehen.

»Mann über Bord!«, schrie der Ausguck schließlich. »In südöstlicher Richtung!«

»Toppsegel einholen und wenden!«, brüllte Rait, und Seemänner flitzten die Taue in das Takelwerk hinauf.

Das Schiff begann langsam abzudrehen, und trotzdem konnte Beth ihn in den aufgewühlten Wassern der Biskaya noch immer nicht sehen. Aber ja … da war er, ein weißes Gesicht zwischen den hohen Wellen! Er schwamm schnell und sicher, obwohl die Wellen ihn immer wieder überspülten.

»Soll ich ein Boot hinausschicken, Mr Rait?«, fragte Mr Gilman.

Wie konnten sie *nicht* ein Boot hinausschicken?

Rait betrachtete den Schwimmer einen Moment, dann schüttelte er den Kopf. »Er wird uns eingeholt haben, bevor wir eins zu Wasser lassen können.« Seeleute liefen zur Reling. Rait blickte zu den Segeln hoch und richtete seinen Blick dann wieder auf die mit der schweren See kämpfenden Gestalt. »Bis wir so weit sind, ihn herauszufischen … Nein, lasst uns sehen, wie gut dieser Mr Rufford schwimmen kann.«

Nachdem Beth fast ein Dutzend Mal befürchtet hatte, er sei

ertrunken, tauchte er endlich an der Leeseite des Schiffes auf und ergriff die Rettungsleine, die sie ihm hinunterwarfen.

Prustend und schnaufend wurde er von den Seemännern an Deck gezogen. »Tut mir leid, Ihnen so viel Umstände gemacht zu haben«, entschuldigte er sich steif bei Mr Rait, ohne allerdings die Frage anzusprechen, wie er über Bord gegangen war. Und Beth fühlte sich außerstande, mit einer halbwegs glaubwürdigen Erklärung einzugreifen. Das Einzige, was sie wusste, war, dass Rufford sich in einem wirbelnden schwarzen Nebel aufgelöst hatte und aus der großen Heckkabine des Kapitäns verschwunden war. Und das konnte sie natürlich nicht sagen.

Rufford wandte sich von den fragenden Blicken ab und machte sich auf den Weg zu seiner Kabine.

Beth nickte Rait zu und sagte, nach all der Aufregung werde sie sich jetzt auch zurückziehen. Ihr war klar, dass sie die wildesten Spekulationen ausgelöst hatte, aber damit konnte sie sich jetzt nicht auseinandersetzen.

Im schwach beleuchteten Gemeinschaftsraum vor ihren Kabinen stand der triefend nasse Rufford. Bei ihrem Eintreten blickte er auf. »So viel zu wissenschaftlichen Experimenten.« Er versuchte einen ruhigen, gelassenen Eindruck zu vermitteln, was ihm aber nicht gelang, und er konnte sich auch einer Frage nicht enthalten. »Was haben Sie gesehen?«, flüsterte er.

»Ihre Augen … Ihre Augen wurden rot«, sagte Beth so gefasst wie möglich. »Dann begann eine Art schwarzer Nebel Sie einzuhüllen, und Sie … verschwanden.«

»Und dann tauchte ich etwa vierzig Meter achteraus im Wasser wieder auf. Ich sollte froh sein, dass ich nicht weiter weg war.«

Beth schluckte. »Ich glaube, Sie ›bewegten sich ungesehen durch die Nacht wie eine Fledermaus‹«, zitierte sie aus einer der Schriftrollen.

Rufford nickte, ohne die immer größer werdende Pfütze zu

seinen Füßen zu beachten. »Nun, ich kann nur hoffen, dass ich das nie wieder tue.«

»Wie haben Sie sich dabei gefühlt?«, konnte sie sich nicht enthalten zu fragen.

Er sah sie prüfend an, bevor sein Blick sich nach innen richtete. »Als ob das Blut in meinen Adern sänge. Ich fühlte mich stark. Und irgendwie so, als wäre ich nicht allein da draußen.« Er blinzelte. »Es war … ein wunderbares Gefühl.«

Keiner von beiden hielt das für ein gutes Zeichen. Aber Beth nickte nur und versuchte, sich weder Erstaunen noch Furcht anmerken zu lassen. *Er ist eben anders*, rief sie sich in Erinnerung. *Wolltest du nicht seinem Geheimnis auf den Grund gehen?*

»Ich werde jetzt in meine Kabine gehen und versuchen, dort zu bleiben«, sagte Rufford schließlich. »Und ich schlage vor, dass Sie das Gleiche tun, Miss Rochewell.« Damit wandte er sich ab und ging zu seiner Tür.

Beth sah ihm nach. Ihre Nachforschungen über die Art seiner Natur hatten sich nicht gerade als Trost für ihn erwiesen. Eher im Gegenteil. Und für sie? Das Rätsel war noch größer, als sie gedacht hatte.

Rufford ermutigte Beth nicht zu weiteren Studien der Schriftrollen, als sich die *Beltrane* in den darauffolgenden Tagen durch den Gegenwind im Kanal in Richtung Portsmouth vorkämpfte. Er erwähnte auch nie wieder, was in jener Nacht geschehen war. Er schien sich in eine Art nüchterner Akzeptanz seines Zustandes zurückzuziehen, die eine Barriere zwischen ihnen errichtete. Dennoch sah sie ihn jede Nacht an der Leeseite des Quarterdecks an der Reling lehnen, als versuchte er, die Fregatte mit purer Willenskraft gen England voranzutreiben.

Beth befasste sich tagsüber allein mit ihren Schriften, machte aber keine wichtige Entdeckung mehr. Genauso sehr, wie Rufford sich nach England sehnte, fürchtete sie sich vor ihrer Ankunft dort. Seit ihrer Schulzeit war ihr Vater stets an ihrer Seite gewesen, wann immer sie in dieses ihr fremd gewordene Land zurückgekehrt war. Er war ihr Halt gewesen, die Quelle ihres Selbstvertrauens und ihr Freund. Aber mehr als das noch war er ihr Schutzschild gegen eine Gesellschaft gewesen, die ihre Lebensweise kritisiert und missbilligt hatte. Jetzt hatte sie niemanden mehr. Eine Zeit lang hatte ihre Faszination für Mr Ruffords Geheimnisse diese Leere vertrieben, aber wenn die *Beltrane* erst einmal in Portsmouth vor Anker gegangen war, würde auch Mr Rufford aus ihrem Leben verschwinden.

Diese Erkenntnis brachte einen ganz unerwarteten Schmerz mit sich. *Das ist nur so, weil seine Gesellschaft mir die Einsamkeit erleichtert hat*, sagte sie sich. Der Gedanke führte ihr jedoch nur erneut die Realität ihrer Situation vor Augen. Sie stand ganz allein seit dem Tod ihres Vaters, um den sie bisher noch nicht einmal hatte weinen können. Aber ihr Gram und ihre Trauer waren nicht geringer, nur weil ihre Tränen nicht kommen wollten. Das Gefühl des Alleinseins verstärkte sich noch durch die Distanz, die Rufford seit jenem Vorkommnis wahrte. Er hatte Angst vor dem, was er geworden war, und er schämte sich für all das, was er ihr eingestanden hatte. Als sie versuchte, mit ihm darüber zu sprechen, schüttelte er nur den Kopf.

»Ich kann nichts anderes mehr tun, als herauszufinden, ob ein Arzt mich heilen kann«, antwortete er auf ihre Frage, wie es ihm ginge. Mehr sagte er nicht dazu. Sein Gesichtsausdruck war so abweisend und so finster gewesen, dass Beth nicht gewagt hatte, weitere Fragen zu stellen. Oder gar zu versuchen, ihn zu trösten. Die Fähigkeit, sich buchstäblich in Nichts aufzulösen und zu verschwinden, schien ihn wieder völlig aus dem Gleichgewicht gebracht zu haben.

Trotzdem war er an dem Abend, bevor die *Beltrane* in Portsmouth anlegen würde, in das Gemeinschaftszimmer, wo Beth saß und gegen sich selbst Schach spielte. Sie hörte seine Kabinentür aufgehen und spürte, wie er hinter ihr stehen blieb.

»Nun?«, fragte sie, ohne sich umzuwenden. In ihrer Stimme lag das Ablehnende *seiner* Distanz in diesen letzten Tagen, aber auch die Furcht vor der kommenden Einsamkeit.

»Wir legen morgen an – zumindest geht der Captain davon aus.«

»Ja.« Sie versetzte den schwarzen Turm.

»Sie werden morgen früh sicher von Bord gehen.«

»Ja.«

»Ich ... ich wollte mich bedanken für Ihr ... Verständnis.«

»Sie müssen mir für gar nichts danken.«

»Ich kenne niemand anderen, der über solch ein immenses Unrecht, das ihm angetan wurde, hinwegsehen und sich trotzdem eine so objektive Einstellung zu meinen ... Neigungen bewahren würde. Ich weiß, wie tief ich in Ihrer Schuld stehe, Miss Rochewell.«

»Sie schulden mir gar nichts.« Es war freundlich gemeint, aber irgendwie klang es überhaupt nicht so. Beth blickte sich rasch um und sah gerade noch, wie Rufford sich abwandte und mit hängenden Schultern in seine Kabine zurückging. Das genügte, um ihr auch noch das letzte bisschen Mut zu nehmen, das ihr geblieben war. Sie hatte nicht gewollt, dass es so endete.

Dies war vielleicht das letzte Mal, dass sie ihn sah. Er war noch etwas, das sie verloren hatte – nach ihrem Vater und nach Afrika. Beth war überrascht, wie weh das tat.

13. Kapitel

Die Mietkutsche hielt vor dem Haus Nummer 27 in der Curzon Street. Beths Kehle war wie zugeschnürt, als sie an der imposanten Granitfassade des Hauses hinaufschaute. Ihre Nerven waren nach der anderthalbtägigen Reise in der Postkutsche mit Mrs Pargutter noch immer reichlich angegriffen. Sie fragte sich, wie sie die Fahrt von Portsmouth nach London überstanden hätte, wenn die gute Mrs Pargutter nicht auch in der Kutsche schon wieder seekrank geworden wäre. Beth war froh gewesen, als sich ihre Wege getrennt hatten. Doch nun, da sie ihr Ziel erreicht hatte, war sie wieder schrecklich aufgeregt. Ob der Brief schon eingetroffen war, in dem sie Lady Celia Rangle von ihrem Kommen unterrichtet hatte? Würde ihre Tante sie willkommen heißen oder sie vielmehr als ein lästiges Problem betrachten? Hielt sie sich überhaupt in London auf? Beth seufzte und atmete dann tief durch.

Die Tür der Kutsche wurde geöffnet, und der Kutscher reichte ihr die Hand, um ihr hinauszuhelfen. Ein wenig unschlüssig blieb sie auf dem Gehweg stehen, während er ihr Reisegepäck losschnallte und die Koffer vor der Haustür übereinanderstapelte. Der Türklopfer befand sich an der Tür, also musste ihre Tante zu Hause sein. Das Beste war, es hinter sich zu bringen. Sie konnte nicht ewig hier stehen bleiben, ohne unliebsame Aufmerksamkeit zu erregen. Einige der Passanten hatten sie bereits missbilligend angesehen, sodass sie sich schon jetzt völlig fehl am Platz vorkam.

Nachdem sie den Kutscher bezahlt hatte, ging sie zur Tür und hob den Klopfer. Das laute Geräusch, das er erzeugte, hörte sich in Beths Ohren schrecklich aufdringlich an. Der Butler, der ihr öffnete, blickte von seiner beachtlichen Höhe von über einem

Meter achtzig mit mürrischem Gesicht auf sie herab. Dieser ältere Mann, der schon einen etwas krummen Rücken hatte, war einer der Bediensteten, die schon so lange bei Lady Rangle waren, dass er sich schon fast als Herrscher über ihre Zeit und ihre Besucher sah. Beth überlegte, wie der Butler hieß. Sie hatte ihn schon mehrmals hier gesehen.

»Edwards, ist meine Tante zu Hause?« Erinnerte er sich noch an sie?

Ein Ausdruck des Erkennens trat in seine Augen, der sich jedoch schnell in einen der Missbilligung verwandelte. Eine direkte Verwandte abzuweisen war so gut wie ausgeschlossen, aber mit einem Stirnrunzeln konnte er wenigstens seine Kritik an dem auf der Straße aufgestapelten Gepäck zum Ausdruck bringen. »Sie schläft, Miss Elizabeth.« Er hielt inne, wie um seine darauffolgende Großzügigkeit zu unterstreichen. »Aber ich werde einen der Diener Ihr Gepäck schon einmal in das blaue Zimmer bringen lassen.« Er trat beiseite, um sie mit einer schon fast unverschämt herablassenden Geste einzulassen. »Sie können im Salon warten.«

Sie wurde also erwartet, denn ansonsten würde wohl keine Rede davon sein, ihr Gepäck in ein Schlafzimmer hinaufbringen zu lassen. Beth streifte ihre braunen Lederhandschuhe ab und knöpfte ihre rotbraune Pelisse auf, während sie sich umsah. Lady Rangles Stadthaus war wie immer nach der neuesten Mode eingerichtet. Sie gestaltete es beständig um, um stets *en vogue* zu sein. Und im Augenblick, bei all dem Interesse an der Erforschung ägyptischer Antiquitäten, bedeutete das, dass nicht nur die Eingangshalle, sondern auch der vordere Salon mit unechten ägyptischen Kunstgegenständen vollgestopft waren.

Aufrecht dasitzende Katzen dienten als Beine für einen kleinen Tisch, auf dem einige Visitenkarten lagen. Zwei sehr unbequem aussehende Holzsessel mit U-förmigen Beinen flankierten ein Trio zeremonieller, mit Lapislazuli besetzter Lanzen. Beth rechnete schon halb damit, eine Mumie auf dem Sofa des großen Salons vorzufinden, in den der Butler sie jetzt führte. Als er ging, spazierte sie durch das Zimmer und verglich die Reproduktionen mit den wahren Schätzen Ägyptens, wie sie sie in Erinnerung hatte. Lady Rangle konnte sich das Allerbeste leisten, aber dass es sich bei diesen Stücken so offensichtlich um Nachbildungen handelte, ließ sie billig und geschmacklos wirken. Beth lächelte im Stillen, als sie dachte, dass das, was sie echter erscheinen lassen würde, der allgegenwärtige Schmutz der Wüste wäre.

Dieser Gedankte erheiterte Beth noch immer, als ihre Tante den Salon betrat. Wie immer bei Lady Rangle hatte man den Eindruck, sie würde schweben. Sie befand sich schon längst nicht mehr in der Blüte ihrer Jugend, war aber von schlanker, biegsamer Gestalt und hatte einen hellen, makellosen Teint und zarte Haut. Ihre verblasste Schönheit – und sie *war* einmal eine große Schönheit gewesen – war eingerahmt von duftigen Locken, deren perfektes, strahlend helles Blond sie einer sehr viel geschickteren Hand verdankte als Mrs Pargutters Coiffeuse sie jemals haben könnte.

Zu einem lavendelfarbenen Morgenkleid mit feinen Streifen trug sie flache, zartlila Lederschuhe, deren Spitzen unter dem Saum hervorschauten. Über ihre Arme hatte sie nachlässig einen leichten Seidenschal drapiert. Von einem ihrer Handgelenke hing, selbst wenn sie sich im Haus aufhielt, stets ein perlenbesticktes Retikül, damit sie ihr Riechsalz immer dann zur Hand hatte, wenn ihr Feingefühl in irgendeiner Form verletzt wurde. An einem Band um ihren Hals trug sie ein Vergrößerungsglas, da sie zwar sehr kurzsichtig war, aber nicht einmal im Traum daran dächte, eine Brille aufzusetzen.

»Lizzy!«, hauchte sie. Ihre Stimme klang wie immer matt und kraftlos oder atemlos. »Wie schön, dich zu sehen.« Beth fragte sich, wie ernst diese Worte gemeint waren. Aber immerhin kam sie zu ihr und küsste Beth auf beide Wangen.

»Ich hoffe, mein Brief kam nicht zu ungelegen, Tante …« Beths Nervosität war inzwischen so groß, dass sie nicht einmal eine Bemerkung über die ihr so verhasste Abkürzung ihres Namens machte.

»Aber natürlich nicht, meine liebe Lizzy. Und an wen außer deiner einzigen Verwandten hättest du dich in dieser furchtbaren Situation auch wenden sollen?« Lady Rangle ließ sich anmutig auf einem mit Satin bezogenen Sessel nieder, der sehr bequem und alles andere als ägyptisch aussah. »Setz dich, meine Liebe. Du warst schon immer so ein schrecklich unruhiges Kind.«

Beth ließ sich auf der Kante eines Sofas nieder, dessen Armlehnen mit Einlegearbeiten aus Ibissen versehen waren.

»Und nun lass dich ansehen.« Lady Rangle hob ihr Vergrößerungsglas, hinter dem ihr blassblaues Auge unnatürlich groß und verzerrt aussah. Beth musste sich sehr beherrschen, um unter diesem scharfen Blick nicht noch nervöser zu werden. »Nun«, sagte ihre Tante schließlich, als sie das Glas wieder sinken ließ und eine leidgeprüfte Miene aufsetzte. »Es könnte schlimmer sein. Du schielst nicht, und Sommersprossen oder andere Flecken scheinst du auch nicht zu haben. Gegen deine Hautfarbe oder diese Augen werden wir wohl nichts tun können. Daran ist deine Mutter schuld. Und du könntest kaum noch kleiner sein. Aber ich gebe trotz allem nicht die Hoffnung auf, dass ich dich einigermaßen gut unter die Haube bringen werde. Wir dürfen natürlich keine allzu großen Ansprüche stellen. In die Crème de la Crème wirst du es niemals schaffen. Aber ich denke, es wird den einen oder anderen Witwer mit ausreichenden Mitteln geben, der vielleicht nichts Besseres erwartet. Der alte Marksby zum Beispiel ist gerade in der Stadt, um sich in der Harley Street wegen seiner Gicht behandeln zu lassen. Und da wäre ja auch immer noch die City.«

Beths Gesicht hatte sich während dieser kleinen Ansprache vor Empörung gerötet, aber sie presste die Lippen zusammen und verkniff sich eine scharfe Antwort. Einen Moment später sagte sie so beherrscht wie möglich: »Falls du glaubst, ich wäre hergekommen, damit du eine Heirat für mich arrangierst, dann irrst du dich, Tante.«

»Aber du musst heiraten, Kind.« Ihre Tante lächelte freundlich. »Was könntest du denn anderes tun?«

»Glaub mir, ich bin sehr gut in der Lage, selbst für mich zu sorgen. Und vielleicht darf ich auch noch hinzufügen, dass ich nicht die Absicht habe zu heiraten, und wenn, dann nur, wenn es auf beiden Seiten Liebe wäre. Und statt darauf zu warten, werde ich wunderbar allein leben.« Sie sah, wie der zweifelnde Blick ihrer Tante sich in Belustigung verwandelte. »Ich werde gleich morgen den Bankiers meines Vaters bei Drummond's einen Besuch abstatten.«

»Eine junge Frau kann sich nicht einfach ihren eigenen Haushalt einrichten«, protestierte ihre Tante lachend. »Niemand würde dich empfangen. Ich bezweifle sogar, dass man dir in den Läden dieser Stadt auch nur eine Elle Stoff verkaufen würde. Und was die Liebe angeht, so behaupten alle Mädchen, sie wollten eine Liebesheirat eingehen, als ob es so etwas im wahren Leben gäbe. Viele von uns lernen im Laufe der Zeit, ihren Ehemann gernzuhaben. Du liebe Güte, du weißt doch selbst, wie sehr ich Rangle vergöttert habe!«

Vergöttert? Soweit Beth sich an die Ehe ihrer Tante mit dem stämmigen, strengen Mann erinnern konnte – der praktisch über nichts anderes als sportliche Betätigungen geredet hatte –, musste Lady Rangle »vergöttern« wohl mit »ignorieren« verwechseln. Aber Beth zwang sich, eine höflich-reservierte Miene aufzusetzen. »Ich ziehe es eben vor, jemanden zu ›vergöttern‹, wie du es nennst, *bevor* ich heirate. Das mag dir ein bisschen zu skeptisch vorkommen, aber ich habe nicht die Absicht, die Katze im Sack zu kaufen.«

Lady Rangle streckte eine schlaffe Hand aus, und Beth stand

auf und ging zu ihr. »Meine arme, liebe Lizzy, du kannst ja nichts dafür, dass du in solch barbarischen Ländern und so weit abseits jeglicher Zivilisation erzogen wurdest. Was hat sich Edwin nur dabei gedacht? Mein verrückter Bruder! Kein Wunder, dass du nicht weißt, wie es weitergehen soll. Aber du wirst hier in die besten Häuser eingeladen werden, auch wenn die vornehmere Gesellschaft bis zum Beginn der Saison leider nur sehr dünn gesät ist. Mein Name ist nicht ohne Bedeutung, Lizzy. Er öffnet viele Türen.«

Lady Rangle meinte es nur gut, das wusste Beth. Und für jemanden, der so lethargisch war wie sie, war die Aufgabe, ein unwissendes junges Mädchen durch die Klippen der Londoner Gesellschaft zu steuern, ein fast schon heroisches Vorhaben. Besonders wenn das Mädchen, das bei ihr Zuflucht gesucht hatte, ihr so gut wie unbekannt und zudem auch noch von fragwürdiger Bildung war. Deshalb erwähnte Beth nicht, dass sie weder den Wunsch hatte, dass sich ihr »Türen öffneten«, noch den Ehrgeiz, in die »vornehmere« Gesellschaft eingeführt zu werden. Sie erwähnte auch ihren Entschluss nicht mehr, sich ein eigenes Leben einzurichten, selbst wenn es ein einsames wäre. Stattdessen räusperte sie sich und sagte: »Du bist sehr gütig, Tante. Und ich bedaure sehr, dir so viel Mühe zu bereiten, indem ich mich so einfach bei dir einniste.«

»Ach, es wird mir große Freude machen, dich einzukleiden, meine Liebe, und du musst dir alle Mühe geben, mir Ehre zu machen. Die schwarze Kleidung wirst du selbstverständlich ablegen. Niemand würde um ein Mädchen anhalten, das in Trauer ist. Edwin hat sich auch so schon genug in dein Leben eingemischt.«

Beth wollte protestieren, brachte stattdessen aber nur ein schwaches Lächeln zustande, weil sie sich auf diesem unbekannten Territorium unsicher fühlte. Ihrem Vater wäre es egal, ob sie Schwarz trug oder nicht. Und bei dem Gedanken fiel ihr auf, dass ihre Tante sie weder nach ihrer Reise gefragt noch ihr zum Tod ihres Vaters kondoliert hatte.

Ian wartete in dem behaglich eingerichteten Raum vor Dr. James Blundells Untersuchungszimmer in der Harley Street. Sein Herz schlug heftig vor Aufregung, aber auch vor Furcht. Er hatte seine ganze Hoffnung darauf gesetzt, dass dieser Arzt ihm helfen könnte. Er war seit drei Tagen in London, nachdem er in aller Eile von Portsmouth hier heraufgefahren war. Es war nicht leicht gewesen, einen Termin bei Blundell zu bekommen, da er ein berühmter Spezialist für Blutkrankheiten war und weil Ian zudem auch einen Termin am Abend brauchte. Dieser Wunsch hatte einen regen Austausch von Billetts zwischen ihm und der Sekretärin des berühmten Arzt verursacht.

Aber es hatte Ian auch die Zeit gelassen, Blundells Abhandlung über Bluttransfusionen zu lesen. Der Doktor hatte seine Karriere als Geburtshelfer begonnen, und er hatte bei vielen Geburten miterleben müssen, zu welch furchtbaren Blutungen es dabei gekommen war. Diese Erfahrungen hatten seinen Ehrgeiz geweckt, die Transfusion von Blut zu perfektionieren. Seither befasste er sich fast ausschließlich mit der Erforschung des Blutes. Ian war überzeugt, dass Dr. Blundell kurz vor einigen neuen und faszinierenden Entdeckungen stand. Falls ihm jemand helfen konnte, dann dieser Mann.

Ian hatte hin und her überlegt, wie er seine Symptome beschreiben sollte, ohne dass man ihn sofort in ein Irrenhaus bringen würde. Er durfte weder über Suggestion noch über Translokation mit Dr. Blundell sprechen. Aber irgendwie musste er das Interesse des berühmten Arztes für seinen Fall wecken. Natürlich wagte er auch nicht zu erwähnen, dass er menschliches Blut zum Leben brauchte … Aber war nicht gerade das der springende Punkt?

Einer nach dem anderen wurden die im Salon wartenden Patienten hereingerufen. Ein schwächlicher Mann, der von einem Diener gestützt wurde, dann ein korpulenter Herr mit gerötetem Gesicht – sie alle verschwanden, um nicht wieder zurückzukehren. Es musste also noch einen anderen Ausgang aus der Praxis geben. Sie hatten ihn ganz komisch angesehen. Tatsächlich waren sogar überall in London, egal, wohin er ging, die Leute auf ihn aufmerksam geworden. Er brauchte nur das Foyer des Clarendon zu betreten, und schon hörten alle auf zu tun, was immer sie auch gerade taten. Sie gingen ihm aus dem Weg, als brächte er den Schwarzen Tod, was irgendwie ja auch gar nicht so weit hergeholt war. Aber das konnten Fremde doch nicht wissen, oder?

Im Spiegel konnte Ian nicht die kleinste Spur seiner Veränderung entdecken, außer einer gewissen Energie und Spannkraft. Und es war nicht wirklich Angst, was er bei den Menschen um sich spürte, sondern eher so etwas wie Ehrfurcht, was er nun wirklich nicht verstehen konnte. Aber diese Wirkung, die er auf seine Mitmenschen hatte, war immer stärker geworden.

Als er endlich allein war, sprang Ian auf und begann, im Zimmer auf und ab zu gehen, um sich zu beruhigen.

Als die junge Sekretärin ihn schließlich ins Behandlungszimmer bat, sah er sich einem älteren Herrn mit freundlichem Gesicht gegenüber, der sein langes graues Haar quer über seinen kahlen Oberkopf frisiert trug.

»Danke, dass Sie mich so spät noch empfangen«, sagte Ian mit einer höflichen Verbeugung.

Der Arzt trug einen sehr guten, maßgeschneiderten Rock aus weinrotem Stoff. In diesen Zeiten der schwarzen und dunkelblauen Herrenröcke wirkte die Farbe wie eine erfreuliche Erinnerung an eine andere Epoche. Die Wände des Zimmers waren vom Fußboden bis zur Decke mit Regalen vollgestellt, die von dicken, in Leder gebundenen Büchern überquollen. Auf einer Seite des Raumes stand ein langer Tisch, der mit Glasphiolen und -flaschen bedeckt war, denen ein merkwürdiger Geruch entströmte. Ian erkannte auch ein Mikroskop mit mehreren austauschbaren Linsen. So eines hatte er in Cambridge schon gesehen. Vor dem großen Fenster mit den burgunderroten Samtvorhängen, das zur Straße hinausging, stand ein mächtiger Schreibtisch, auf dem neben einem Buch mit leeren Seiten und einer Schreibfeder ein Tintenfässchen stand.

Der Doktor bedeutete Ian, in dem bequemen Ledersessel vor seinem Schreibtisch Platz zu nehmen. Aus seinem ersten flüchtigen Blick auf seinen neuen Patienten war eine interessierte Musterung geworden.

»Es kommt nicht oft vor, dass ich so ein prachtvolles männliches Exemplar durch meine Tür kommen sehe, Mr Rufford.« Der Doktor lächelte. »Sie glühen ja förmlich vor Gesundheit. Also sagen Sie mir doch bitte, wie ich jemandem wie Ihnen helfen kann?«

Ian räusperte sich. »Ich glaube, ich habe mir eine Blutkrankheit geholt, eine Anomalie, Sir, gegen die Sie mir hoffentlich etwas verschreiben können.«

Blundell lächelte nachsichtig. »Na, na, junger Mann, ich bin hier derjenige, der die Diagnosen stellt. Wie kommen Sie darauf, dass es eine Blutkrankheit ist?«

Darauf war Ian schon vorbereitet. »Ich habe sie mir durch das Blut von jemandem geholt, der ähnliche Symptome hat.«

Der Doktor zog die Augenbrauen hoch und nickte. Dann setzte er eine Brille auf, nahm seine Feder, tauchte sie in die Tinte und hielt sie über die leeren Seiten seines Buches. »Symptome? Schildern Sie sie bitte ganz ausführlich.«

Ian schluckte einmal kurz. »Extreme Lichtempfindlichkeit, was der Grund ist, warum ich darum gebeten hatte, Sie abends sehen zu können. Ich kann kein Sonnenlicht vertragen.«

Die Feder kratzte über das Papier. »Schädigt es Ihre Augen oder Haut?«

»Beides. Meine Haut verbrennt innerhalb von Sekunden, aber selbst wenn ich braun werde, behält sie die Farbe nicht. Und ich muss eine dunkelblau getönte Brille tragen, um bei Tageslicht auch nur durchs Fenster schauen zu können.«

Wieder kratzte die Feder über die Seite. »Weitere Symptome?« Blundell sah ihn über seine Brillengläser an.

Da war sie, Ians einzige Chance und auch sein größtes Risiko – oder fast sein größtes Risiko. Er zog ein Taschenmesser aus seiner Rocktasche und klappte es auf. Dann schob er wortlos seine Manschette hoch, zog die Klinge von der Wurzel seines Daumens über den Handballen zu seinem Handgelenk und brachte einen tiefen, sauberen Schnitt an, der sofort zu bluten anfing.

»Mr Rufford!«, protestierte Blundell.

Ian hielt seine Handfläche hoch, damit der Arzt sie besser sehen konnte. Er spürte das Prickeln in seinen Venen, das sich immer so wunderbar anfühlte, und den stechenden Schmerz in der Wunde, als sie aufhörte zu bluten. Er wusste, was der Doktor sah, denn Blundells Augen wurden groß vor Staunen.

Als Ian dachte, dass genügend Zeit vergangen war, warf er einen Blick auf seine Hand: Nur noch eine schmale rote Linie war zu sehen, dann die weiße einer Narbe und schließlich gar nichts mehr – nicht das kleinste Anzeichen, dass der Schnitt je da gewesen war.

Blundell kam um seinen Schreibtisch herum zu Ian. »Lassen Sie mal sehen. Ist das ein Trick?«

»Ich wünschte, das wäre es, Doktor.« Ian hatte das Interesse des Arztes geweckt. Er nahm seine Hand und betastete ihre völlig unversehrte Innenfläche. »Möchten Sie es noch einmal sehen, vielleicht sogar den Einschnitt machen? Sie können selbst entscheiden, welches Instrument Sie nehmen«, sagte Ian.

Der Doktor blickte aus schmalen Augen zu ihm auf. »Das

werde ich. Legen Sie Ihren Rock ab und ziehen Sie den Ärmel Ihres Hemdes hoch.«

Das Ergebnis war natürlich das gleiche bei dem Skalpell, das Blundell benutzte. Als Mediziner hatte er keine Hemmungen, jemanden aufzuschneiden, und machte einen tiefen Einschnitt in dem Muskel an der Innenseite von Ians Unterarm. Als auch diese Wunde sich schloss, ohne eine Spur zu hinterlassen, strich Blundell verblüfft über die Haut. Dann richtete er seinen Blick auf Ians Handgelenk. »Manchmal behalten Sie ja anscheinend doch Narben zurück«, bemerkte er.

»Das war vor der Infizierung«, erwiderte Ian nur kurz.

»Wenn wir diese Fähigkeit nutzen könnten ...« Blundell trat hinter seinen Schreibtisch und nahm verschiedene Lanzetten heraus, bevor er zu dem Tisch mit den Glassachen hinüberging und ein paar Phiolen holte. »Wie haben Sie sich infiziert? Durch eine Wunde?«

»Durch einen Tropfen fremden Bluts auf meinen Lippen, der mit meiner Zunge in Berührung kam.«

»Dann muss ich auch eine Speichelprobe haben.« Der Arzt holte ein Röhrchen und befestigte es an einer der Lanzetten. Das Ende des Röhrchens steckte er in den Glasbehälter. »Aber zuerst das Blut.«

Ian krempelte seinen Hemdsärmel noch weiter auf, um die Vene in seiner Armbeuge freizulegen, die, wie er aus Erfahrung wusste, die beste für die Blutentnahme war.

»Was ist das denn?«, fragte Blundell, als er die kreisförmigen Einstiche von Ashartis Zähnen über der Vene sah.

Ian konnte unmöglich mit ihm über Asharti reden. »Alte Verletzungen.«

Blundell blickte zu ihm auf. »Wo waren Sie, als Sie sich infizierten?«

»Irgendwo in der Wüste nordöstlich von Marrakesch. Ich erinnere mich nur verschwommen, wo genau das war.«

»Was Sie haben, ist eine völlig neue Krankheit. Aber sie könnte sich als wertvolle Entdeckung herausstellen. Wenn wir die Heilkräfte unserer Soldaten oder Seeleute erhöhen könnten … die Möglichkeiten …« Er drückte die Lanzette in die Vene, die Asharti schon so oft geöffnet hatte. »Ich werde Ihnen sechzehn bis zwanzig Unzen entnehmen – nicht mehr als bei einem ordentlichen Aderlass.« Blut floss durch das Röhrchen in die Phiole. Blundell füllte vielleicht fünf davon. Dann bat er Ian, in eine weitere hineinzuspucken.

»Glauben Sie, dass Sie etwas für mich tun können?«, fragte Ian. »Ich wäre diese Krankheit nämlich wirklich gerne los.«

»Wie kann ich das sagen, bevor ich weiß, was Ihnen zugestoßen ist?«

»Ein Arzt in Tripolis sprach von Problemen mit meinen Körpersäften und meinte, man könne es vielleicht mit Nieswurz oder irgendeiner Art von Baumrinde behandeln.« Das war gewesen, bevor er alle Symptome gekannte und Ian ein Irrenhaus empfohlen hatte.

Blundell lachte kurz. »Das sind völlig veraltete Behandlungsweisen. Die Antwort liegt in Ihrem Blut.«

»Und wann könnten Sie diese Antwort haben?«, drängte Ian, als er seinen Hemdsärmel herunterrollte.

»Nun ja, Sie haben mich immerhin schon davon abgehalten, heute Nacht zu schlafen«, sagte Blundell mit unverkennbarer Erregung in der Stimme, während er die Phiolen zustöpselte. »In ein paar Tagen, denke ich. Kommen Sie am Donnerstag wieder.«

Ian verbarg seine Enttäuschung. »Dann bis Donnerstag also«, sagte er und wandte sich zum Gehen.

»Mr Rufford …«

Ian drehte sich zu dem Arzt um, der ihn über seine Brille hinweg ansah. »Ja?«

»Gibt es sonst noch etwas, was Sie mir gern über Ihren Zustand sagen würden?«

Ian zögerte. »Nein«, erwiderte er dann entschieden. »Nichts. Ich werde Sie am Donnerstagabend wieder aufsuchen.«

☆ ☆ ☆

Es war später Nachmittag, als Beth das Gebäude der Drummond's-Bank in der Cockspur Street verließ. Wie blind starrte sie die Passanten an, die an ihr vorübergingen. Die Abenddämmerung hatte bereits eingesetzt, und das Grau, von dem die Stadt durchdrungen war, schien ihr das Atmen zu schwerzumachen.

Weg. Ihr ganzes Kapital war weg und mit ihm jede Hoffnung auf finanzielle Unabhängigkeit.

Mr Stevenson war sehr bemüht um sie gewesen, hatte ihr aber trotzdem nicht in die Augen sehen können, als er sie darüber informiert hatte, dass ihr Vater ihr Konto mit einem auf eine Kairoer Bank ausgestellten Wechsel bis auf den letzten Penny erschöpft hatte. Mehr hatte er ihr nicht sagen müssen. Ihr Vater hatte das für ihre finanzielle Absicherung ersparte Geld zur Finanzierung seiner letzten Expedition benutzt. Und sie hatte sich Vorwürfe gemacht, dass sie es ihm nicht angeboten hatte!

»Ach, Papa!«, sagte sie leise. Sie konnte ihm nicht böse sein. Wie immer war er felsenfest davon überzeugt gewesen, dass seine nächste Expedition endlich den gewünschten Erfolg bringen würde. Er hatte es nicht getan, um ihr zu schaden. Und wenn sie genauer darüber nachdachte, hätte er eigentlich auch gar nichts anderes tun können. Er war nun einmal ein unverbesserlicher Optimist gewesen, und die Suche nach Schätzen der Vergangenheit hatte ihm im Blut gelegen.

Ein Mann streifte Beth und riss sie aus ihrer Versunkenheit. Beth atmete tief durch und sah sich um. Es hatte zu regnen begonnen. Ihre Gedanken wandten sich den Konsequenzen aus ihrer heutigen Entdeckung zu. Ihren Wunsch nach einem eigenständigen, ungebundenen Leben musste sie aufgeben. Während sie sich an den Passanten auf der Regent Street vorbeidrängte, dachte sie mit Schrecken daran, ihrer Tante berichten zu müssen, dass sie nun tatsächlich eine arme, mittellose Verwandte war. Sie durfte den guten Willen ihrer Tante nicht überstrapazieren, egal, wie lange er auch anhielt. Vermutlich ohnehin nicht lange.

Sie musste sich nach einer Stellung umsehen, wenn sie vermeiden wollte, sich den Vorstellungen ihrer Tante beugen zu müssen. Sie wollte sich nicht an irgendeinen ältlichen Witwer verkaufen, der, wie ihre Tante es formuliert hatte, nichts Besseres erwarten würde. Aber was konnte sie schon tun? Als Gouvernante arbeiten? Wohl kaum. Ihr Französisch war gut, aber ihr Latein würde nicht reichen, und Italienisch sprach sie überhaupt nicht. Und wer wollte schon Arabisch oder alte Sprachen lernen?

Sie konnte auch gut zeichnen. Hatte sie nicht alle Tempel und Grabstätten gezeichnet, die sie auf den Expeditionen gesehen hatte? Aber was war mit Sticken, Singen und Umgangsformen? Sie hatte keine Erfahrung darin, sich wie eine wohlerzogene junge Dame zu verhalten, aber genau das war es, was man von einer Gouvernante erwartete. Was ihr Auftreten betraf, so war sie nicht modern genug, um sich bei einer Schneiderin oder einer Putzmacherin zu bewerben. Und wer würde schon denken, eine ganze Karawane mit allem Nötigen ausstatten können, sei eine gute Vorbereitung für eine Anstellung als Haushälterin? Vielleicht könnte sie in Cambridge oder Oxford als Übersetzerin oder Lehrerin arbeiten. Aber wer würde eine Frau einstellen? Sie biss sich auf die Lippen. Das war mehr als unwahrscheinlich. Das Einzige, was sie sein könnte, war eine auf Plackerei und Mühsal spezialisierte Dienstbotin. Allerdings war diese Vorstellung alles andere als erfreulich, auch wenn harte Arbeit Beth nicht fremd war.

Sie war in denkbar schlechter Stimmung, als sie vom Piccadilly Circus in die Curzon Street einbog. Zu Hause angekommen, ging sie sofort in ihr Zimmer, um ihrer Tante nicht zu begegnen. Doch damit verschaffte sie sich nur einen kleinen Aufschub, denn am Abend, bevor Lady Rangle ausging, schaute sie bei Beth herein.

Zu einem hauchzarten, schlüsselblumengelben Kleid trug ihre Tante sehr elegante, lange weiße Handschuhe. »Für heute Abend hatte ich Lady Hildebrand schon zugesagt, meine Liebe, aber am Mittwoch werden wir zusammen zu Gräfin Lievens Ball gehen, sofern wir bis dahin etwas Anständiges für dich zum Anziehen finden. Ich werde heute Abend all meine Bekannten darüber informieren, dass ich eine junge Dame bei mir wohnen habe.« Sie setzte ein selbstzufriedenes, wenn auch wie immer etwas mattes Lächeln auf. »Ich bin mir sicher, dass es dir nicht an Gesellschaft fehlen wird.«

»Du bist zu gütig, Tante.«

Lady Rangle sah sie eindringlich an. »Was ist mit dir, Kind?«

Beth schaute auf und hasste sich dafür, dass ihr die Tränen kamen.

Lady Rangle stieß einen Seufzer aus. »Dann waren es wohl schlechte Neuigkeiten, die du in der Bank erfahren hast? Das überrascht mich nicht. Und auch du hättest dir eigentlich denken können, dass mein verantwortungsloser Bruder dein angespartes Kapital ausgeben würde.«

Beth straffte die Schultern. »Seine Ausgrabungen waren wichtiger als meine Ersparnisse.«

»Ist alles weg? – Die ganzen fünftausend?«

Beth nickte stumm.

»Nun, dann werden wir uns wohl an die Arbeit machen müssen, nicht wahr? Gott, ich bin jetzt schon müde, wenn ich daran denke«, sagte sie mit einem affektierten Seufzer. Aber dann lächelte sie und sagte: »Keine Angst, mein Kind. Wir werden dich schon in den sicheren Hafen der Ehe bringen, auch ohne eine Mitgift.«

Beth sagte nicht, dass sie in gar keinen »sicheren Hafen« gebracht werden wollte, wenn das hieß, ohne Liebe zu heiraten. Und sie erwähnte auch nichts von ihrem schon halb gefassten Plan, sich eine Anstellung zu suchen. Sie nickte nur, als ihre Tante in einer Wolke von Lavendel aus dem Zimmer rauschte.

Die Aussicht, zu einer Unmenge gesellschaftlicher Veranstaltungen geschleppt zu werden, damit ihre Tante sie in eine Welt einführen konnte, zu der sie nie gehören könnte, deprimierte Beth. Andererseits ... Könnte sie dort nicht vielleicht jemanden mit einem Landhaus fernab von London finden, der ein Dienstmädchen benötigte? Unmöglich war es nicht. Tagsüber konnte sie sich bei den Arbeitsagenturen vorstellen und abends auf diskrete Weise versuchen herauszufinden, ob nicht jemand Personal suchte. Vielleicht würde sie zumindest jemanden finden, der sie weiterempfehlen könnte.

Natürlich musste sie diese Aktivitäten vor ihrer Tante geheim halten. Beth mochte gar nicht daran denken, wie peinlich berührt Lady Rangle wäre, würde bekannt werden, dass ihre Nichte als Bedienstete arbeitete! Und sie würde auch alles andere als glücklich sein, falls wirklich jemand um Beths Hand anhalten sollte und sie den Antrag ablehnte.

Wie seltsam, dachte Beth. Immerhin war sie bereit gewesen, Monsieur L'Bareaux zu heiraten, obwohl er älter als sie war und obwohl weder er sie liebte noch sie ihn. Seine ... Neigungen hätten den körperlichen Akt der Liebe ausgeschlossen. Was also wäre denn jetzt so anders? Vielleicht hatte Monsieur L'Bareaux ihr etwas geben können, was ihr wichtig genug gewesen war, dafür eine Ehe einzugehen – etwa die Möglichkeit, in Nordafrika bleiben und die Suche nach Kivala fortsetzen zu können. Aber es war mehr als das. Was hatte sich in ihr verändert, dass sie sich jetzt nur noch mit einer Liebesheirat zufriedengeben würde?

Sie schüttelte den Kopf. Solche Überlegungen waren fruchtlos. Sobald sie eine passende Anstellung gefunden hatte, würde sie fortgehen und allen die Last ihrer Präsenz ersparen.

Als sie an diesem Abend die Vorhänge um ihr Bett zuzog, fühlte sie sich ganz und gar allein. Ihre Tante würde bald die Geduld mit einer mittellosen Angehörigen verlieren, die sich zudem noch weigerte, sich selbst zu helfen – auf die einzige Art und Weise, die Lady Rangle billigen konnte. In gewisser Weise hatte ihr Vater sie zweimal im Stich gelassen. Das erste Mal, als er gestorben war, und das zweite Mal, indem er ihr Geld verbraucht hatte. Auch wenn er es nicht in böser Absicht getan hatte.

Beths Gedanken schweiften zu Mr Rufford, und sie fragte sich, wo er heute Nacht wohl sein mochte. Ob er sich wieder gefasst und mit seiner Lage abgefunden hatte? Oder hatten seine Erlebnisse in der Wüste ihn derart demoralisiert, dass er der Verzweiflung oder der Lasterhaftigkeit anheimgefallen war? Sein Entschluss, ein halbwegs normales Leben zu führen und zu bekämpfen, was er als schlecht in sich betrachtete, hatte sie anrührend, ja, bewundernswert gefunden. Aber auch er hatte sie im Stich gelassen.

Nicht, dass sie etwas anderes verdiente. Sie war nur eine flüchtige Bekanntschaft, die zudem auch noch genug von seinen Geheimnissen wusste, um ihm sehr unbequem zu sein. Doch ohne es zu wollen, sah sie immer wieder seine ausdrucksvollen blauen Augen vor sich, seine sinnlichen Lippen, die breiten Schultern, und sie erinnerte sich an sein schwaches, fast unmerkliches Lächeln, wenn sie Schach gespielt hatten, an den Schmerz in seinen Augen, wenn ihn die Angst vor dem beschlichen hatte, was er geworden war.

Dabei war sie es, die sich fürchten müsste. Aber das tat sie nicht. Warum eigentlich nicht? Sie wagte kaum, darüber nachzudenken. Nein, sie durfte nicht an Mr Rufford denken. Und auch nicht an ihren Vater. Sie waren beide nicht mehr für sie da.

Und auch ihre Tante würde bald nicht mehr für sie da sein. Beth versuchte, nicht daran zu denken.

Aber der Schlaf wollte sich nicht einstellen, und Beth konnte an nichts anderes mehr denken.

Mit einer Tasse Punsch in der Hand saß Beth da und beobachtete die Paare auf der Tanzfläche. Zierliche Chippendalestühle säumten eine Reihe eingetopfter Orangenbäume, mit denen verschiedene Ecken des großen Ballsaals in Lord Winterlys Haus am Grosvenor Square in kleinere Bereiche abgeteilt worden waren. Lady Rangle, die links neben Beth saß, spekulierte mit der Gräfin Lieven angeregt darüber, wie lange der alte König noch leben würde und ob Prinnys Schulden wieder einmal vom Parlament beglichen würden. Beth konnte nicht behaupten, dass sie sich amüsierte, jedenfalls nicht mehr als während all der anderen Besuche die ganze Woche über, bei denen ihre Tante sie Damen vorgestellt hatte, die ihr einen Platz in einer Gesellschaft sichern konnten, den sie ohnehin nie einnehmen würde.

Heute Morgen erst hatte Lady Rangle Beth triumphierend mitgeteilt, dass sie zu allen gesellschaftlichen Veranstaltungen Londons eingeladen würde. Almack's würde nicht vor dem nächsten Monat eröffnen, aber ihre Tante war überzeugt, dass sie auf so viele Landsitze eingeladen werden würden, dass ihnen bis Weihnachten kaum Zeit für sich selbst bliebe.

Bei dem Gedanken daran lief Beth ein kalter Schauder über den Rücken. Sie konnte sich nichts Langweiligeres vorstellen. Sie war eine gute Reiterin, und an einem kalten Novembermorgen auszureiten, könnte ihr durchaus gefallen. Aber die langen, formellen Diners, die Bälle, bei denen sie mit Sicherheit nur Punsch trinken und den anderen beim Tanzen zusehen würde, so wie sie es auch jetzt wieder tat, oder die mit ihren Stickarbeiten zusammensitzenden Damen, die endlosen Partien Whist mit mittelmäßigen Spielern – sie wusste nicht, wie sie das ertragen sollte.

Hinter sich hörte Beth einige der jüngeren Frauen miteinander plaudern, während sie sich an einem der kleinen Tische niederließen. Über die leise Unterhaltung ihrer Tante und der Gräfin hinweg erkannte sie die kindliche Stimme von Chlorinda Belchersand, die jedoch absolut kein Kind mehr, sondern eine ausgesprochen selbstsichere junge Dame war.

»Ich habe ihnen gesagt, sie sollen uns das Eis hierher bringen. Wir wären zu müde, um weiterzutanzen.«

»Sie sind eine gestrenge Herrin, Miss Belchersand«, bemerkte eine andere, und alle kicherten.

»Das bin ich sehr wohl, aber was können Männer anderes erwarten? Wenn sie mit den begehrtesten jungen Damen tanzen wollen, müssen sie tun, was ihnen befohlen wird.«

»Ja«, stimmte ihr eine der anderen lachend zu. »Wenn sie nicht tun, was ihnen gesagt wird, werden sie am Ende noch mit diesem garstigen braunhäutigen Mädchen tanzen müssen, das Lady Rangle uns aufdrängen will.«

»Habt ihr ihre Augen gesehen? Wild wie die einer Barbarin. Sie sehen richtig krank aus.«

Beth errötete vor Ärger und Scham und kam sich wieder vor wie damals im Internat.

»Die Rangle wird sie nie unter die Haube bringen. Wer würde sie schon haben wollen?«

»Eine Ausländerin wie die? Niemand, da bin ich mir ganz sicher. Ich habe sie den ganzen Abend noch nicht ein einziges Mal tanzen sehen.«

»Meine Mutter hat die beiden zu einer Gesellschaft eingeladen, die wir nächste Woche geben.«

»Warum hat sie das getan? Ich kann mir nicht vorstellen, sie zu meinem Geburtstagsball zu bitten.« Das kam von einer Miss Campton.

»Meine Mutter und Lady Rangle waren als junge Mädchen eng befreundet. Die Rangle wird überall empfangen, und glaubt mir, sie macht ihren ganzen Einfluss geltend. Vermutlich werden wir der kleinen Rochewell bei jeder Gelegenheit begegnen.«

»Das wird aber bald sehr langweilig.«

Für mich noch viel mehr als für euch, dachte Beth rebellisch. Aber ihr Ärger flaute wieder ab. Es war nichts anderes, als sie erwartet hatte. Sie überlegte, ob sie Kopfweh vorschützen und nach Hause fahren sollte. Aber wie konnte sie das tun, ohne den Eindruck zu erwecken, sie wüsste die Bemühungen ihrer Tante nicht zu schätzen? Es würde an Undankbarkeit grenzen. Nein, bis sie anderswo ein Zuhause fand, musste sie all das über sich ergehen lassen.

Ihre Arbeitssuche war alles andere als gut verlaufen. Die Angestellte in der Agentur war sehr abweisend zu ihr gewesen, nachdem sie zugegeben hatte, kein Empfehlungsschreiben vorlegen zu können. Und für ihre Tante wäre es zu demütigend, eine ihrer Freundinnen darum zu bitten. Und sich selbst eines auszustellen würde nicht genügen, denn jede Referenz wurde geprüft. Beth hatte sich das alles schon tausendmal vergeblich durch den Kopf gehen lassen.

Beth nippte an ihrem Punsch aus Mandelsirup und Orangeblüten, der in ihrem Mund fade wie Papier schmeckte. Ein kleiner Rippenstoß von ihrer Tante holte sie aus ihren düsteren Überlegungen in die Wirklichkeit zurück. Beth sah einen Mann, der Mitte bis Ende fünfzig sein musste, auf sie zukommen. Er trug eine altmodische Allongeperücke und einen mindestens ebenso altmodischen, flaschengrünen Rock.

»Admiral Anstey, was für eine Freude!«, säuselte ihre Tante. »Darf ich Ihnen meine Nichte vorstellen – Miss Elizabeth Rochewell.«

»Darum wollte ich Sie gerade bitten, Lady Rangle. ›Immer

direkt drauflos‹, wie Nelson immer sagte«, erklärte der Admiral mit einer Verbeugung, bei der das Knacken von Korsettstangen zu hören war.

»Lizzy, Admiral Anstey gehört zum engsten Freundeskreis des Duke of Clarence.«

Beth nickte. »Und der Herzog gehört dem seefahrenden Zweig der königlichen Familie an, nicht wahr?«

Der Admiral lachte. »Das könnte man so sagen. Auch wenn Prinny nicht gerade begeistert davon ist.«

»Das wird wohl daran liegen, dass es eine praktische Beschäftigung ist«, bemerkte Beth. »Und da der König selbst ja nicht gerade sehr praktisch veranlagt zu sein scheint …«

»Oho! Da haben Sie völlig recht, Miss Rochewell.« Ansey lächelte erst die Gräfin und dann Lady Rangle an. »Auch wenn es vielleicht nicht klug ist, das einfach so geradeheraus zu sagen.«

Beth lächelte ihn an. »Was ist aus Ihrem ›Immer direkt drauflos‹ geworden?«

Der Admiral sah sie etwas befremdet an. Aber dann grinste er, und Beth konnte sehen, dass er Rouge aufgelegt hatte. Warum sollte ein raubeiniger Seemann so etwas tun? Natürlich weil er auf Brautschau war. »Das ist genau die Art von Frau, die mir gefällt.« Wieder nickte er der Gräfin und Lady Rangle zu. »Ich bin kein guter Tänzer, sonst würde ich mit Miss Rochewell zum Parkett hinübersegeln.«

Beth atmete erleichtert auf. Gut, dass ihr wenigstens das erspart blieb!

»Vielleicht hätte meine Nichte gern etwas zu trinken«, schlug Lady Rangle vor.

»Exzellente Idee! Dann werde ich mal Kurs auf den Tisch mit den Getränken nehmen und dann wieder hier vor Anker gehen.« Mit einer Verbeugung wandte er sich ab und ging.

Beth atmete tief aus. Ihre Tante beugte sich zu ihr vor. »Er hat recht. Du darfst nicht so über den König sprechen.«

»Du hast vorhin genauso über ihn geredet«, erinnerte Beth sie.

»Mit einer engen Vertrauten! Das ist etwas ganz anderes. Aber der Admiral scheint dich zu mögen«, stellte sie versonnen fest. »Er ist reich wie ein Krösus nach all der Beute, die er in den schrecklichen Kriegen mit Napoleon gemacht hat. Er wäre ein guter Heiratskandidat.«

»Er ist fast sechzig, Tante!«

»Bei deiner Herkunft kannst du nicht wählerisch sein. Und sprich ja nicht über Afrika oder Archäologie, wie du es bei Clowes zweitältestem Sohn getan hast. Damit hast du ihn mehr als abgeschreckt, kann ich nur sagen.«

»Aber wenn ich weder über aktuelle Ereignisse noch über meine Erlebnisse in Afrika oder etwas Wissenschaftliches sprechen kann, was bleibt dann noch?«, flüsterte Beth, als der Admiral schon wieder zu ihnen herüberkam.

»Das Wetter«, erklärte ihre Tante.

Die Gräfin nickte. »Das Wetter ist ein ungefährliches Gesprächsthema.«

Beth verdrehte die Augen, sagte aber nichts, um ihre Tante nicht in Verlegenheit bringen.

Der Admiral balancierte einen kleinen Teller Süßigkeiten und ein Gläschen Fruchtlikör in seinen Händen, als er sich erneut verbeugte.

Beth atmete tief ein. »Dafür, dass es schon Herbst ist, ist das Wetter noch sehr gut, nicht wahr?«

»Exzellent!«, sagte der Admiral aus vollster Überzeugung. »Ganz exzellent!«

14. Kapitel

Ian ging unruhig im leeren Warteraum vor Dr. Blundells Behandlungszimmer auf und ab. Wo blieb der verdammte Quacksalber? Ian war in Stanbridge gewesen und hatte mit Schrecken festgestellt, dass er mit seiner Meinung völlig falschgelegen hatte. Henry hatte das Anwesen nicht in Ordnung gebracht. Er war ganz im Gegenteil gezwungen gewesen, fast alles zu verkaufen und das Personal zu entlassen, um wenigstens die Ländereien behalten zu können. Henry ging jetzt sogar fast täglich auf die Jagd, damit die Familie Fleisch auf den Tisch bekam. Zur Hölle mit ihrem verschwenderischen Vater! Die Schulden waren viel höher gewesen, als alle angenommen hatten.

Und Mary? Statt der zänkischen, herrschsüchtigen Ehefrau, die Ian erwartet hatte, war sie Henrys größte Stütze, sein einziger Trost. Die liebevollen Blicke, die sie miteinander wechselten, waren ... entnervend gewesen. Entnervend, weil sie bewiesen, dass Ian sich in den Frauen, oder zumindest doch in einigen von ihnen, irren könnte. Henry sparte, um Mary eine Kuh zu kaufen, damit sie Käse für die Familie herstellen konnte, Herrgott noch mal!

Ian rieb sich irritiert das Kinn; aber ob er über den Arzt verärgert war, der sich verspätete, oder über seinen Bruder, weil dieser jemanden hatte, den er liebte, war ihm selbst nicht klar.

Das Einzige, was er wusste, nachdem er Stanbridge gesehen hatte, war, dass er nie wieder dort leben könnte. Seine bloße Präsenz stellte eine Gefahr für seinen Bruder und dessen Familie dar. In einer so überschaubaren Gesellschaft konnte er seinen Durst nach Blut nicht stillen. Aber es war nicht nur das. Ein Leben, das aus Jagdausflügen, Tontaubenschießen und kleineren gesellschaftlichen Verpflichtungen bestand, erschien ihm zu belanglos. In Afrika hatte Ian noch gedacht, das wäre es, was er wollte, aber nun erkannte er, dass seine Erlebnisse in der Wüste und die neue Natur, die ihm aufgezwungen worden war, ihn für diese Art Leben untauglich gemacht hatten. Das Leben, für das Stanbridge stand, war für ihn verloren. Selbst wenn Blundell ihn heilen konnte, war er für immer von allem abgeschnitten, was er einst gewesen war. Er konnte nicht mehr nach Hause zurück.

Ein Dienstmädchen kam herein, um das Feuer anzuzünden, und nickte ihm entschuldigend zu.

Als Ian merkte, wie finster er sie anstarrte, setzte er schnell eine freundlichere Miene auf. »Schönen Dank auch, junge Frau«, sagte er, als sie sich hastig und unter Verbeugungen aus dem Raum zurückzog. Sie war so jung wie Miss Rochewell, aber nicht so schön.

Wann war ihm eigentlich bewusst geworden, wie schön Miss Rochewell war? In Gibraltar? Oder sogar vorher schon, als er sie im schwankenden Lichtschein der Lampe über ein Schachbrett gebeugt gesehen hatte? In welchem Gegensatz ihr exotisches Äußeres doch zu ihrer praktischen Einstellung zum Leben stand! Es erstaunte ihn noch immer, dass sie wusste, was er war, und ihn dennoch akzeptierte, ja, dass sie sogar versucht hatte, ihm zu helfen, die Gesetzmäßigkeiten zu entdecken, die seine neue Natur regierten.

Aber das war nun vorbei. Sie war zu ihrem eigenen Leben zurückgekehrt. Er war versucht gewesen, ihrer Tante seine Aufwartung zu machen, aber Miss Rochewell hatte bestimmt schon längst beschlossen, dass sie nichts mehr mit ihm zu tun haben wollte. Nach dem, was er ihr angetan hatte … Er erschauderte bei der Erinnerung daran. Ihre Akzeptanz und Freundschaft waren eine Folge der ihnen durch die Reise aufgezwungenen Nähe gewesen, und der seltsamen Intimität dieser langen Nächte des gemeinsamen Übersetzens. Denn Freundschaft *war* es. Eine kleine Insel der Freundschaft in einer vermutlich sehr langen und einsamen Existenz, falls seine Krankheit sich nicht heilen ließ. Er würde diese Freundschaft nie vergessen.

Ian holte tief Luft und straffte die Schultern. Mit etwas Glück würde sein Zustand binnen Kurzem nur noch eine unerfreuliche Erinnerung sein. Die Tür zu Blundells Allerheiligstem öffnete sich, und der Arzt persönlich winkte ihn herein.

»Mr Rufford … bitte treten Sie doch näher.« Als Ian an ihm vorbeiging, sah er den Argwohn in den Augen des Arztes. »Bitte nehmen Sie doch Platz.«

»Ich bleibe lieber stehen, um Ihr Urteil zu hören, Doktor. Was haben Sie herausgefunden?« Der barsche, schnarrende Tonfall seiner Stimme überraschte ihn. Er hatte geglaubt, sich besser unter Kontrolle zu haben.

Blundell tat, als studierte er seine Aufzeichnungen. »Ich weiß kaum, wo ich beginnen soll.«

Ian wartete. Die nächsten Minuten würden sein Schicksal bestimmen.

Der Doktor räusperte sich. »Nun denn. Ich habe Ihr Blut unter dem Mikroskop untersucht.«

»Und …?«, hakte Ian nach. *Nun red schon, Mann! Heraus damit.*

»Da ist ein … Organismus in Ihrer Probe, der weder zu den roten noch zu den weißen Blutkörperchen gehört und groß genug ist, um unter dem Mikroskop erkannt zu werden.«

»Ich wusste es! Es ist ein Infekt!« Ein Infekt war heilbar, oder nicht?

»Ja und nein.« Blundell schien sich nicht festlegen zu wollen. »Auf jeden Fall scheint dieser fremde Organismus einträchtig mit Ihren Zellen zu koexistieren.«

Einträchtig? Wohl kaum. Ian räusperte sich. »Lässt er sich vernichten? Mit Heilkräutern oder mit irgendeinem Medikament?«

Blundell kaute an seiner Unterlippe. »Die üblichen Mittel wie Einläufe oder Aderlässe würden hier keine Wirkung zeigen.

Der ... Infekt ist weit verbreitet. Er lebt in demselben Umfeld, das für Ihre Gesundheit sorgt. Kräuter oder andere Medikamente würden sich nicht nur auf ihn, sondern auch auf Ihren generellen gesundheitlichen Zustand auswirken.«

»Was wollen Sie damit sagen?«

»Wenn ich ihn vergifte, vergifte ich auch Sie«, sagte Blundell, dessen alte Augen hart geworden waren.

Ian nickte kurz. Das war es dann also. Er sollte gehen. Aber als er sich schon abwandte, kamen ihm Miss Rochewells alte Schriften in den Sinn. »Hat irgendjemand schon einmal einen solchen Infekt behandelt? Vielleicht gibt es andere Ärzte ...« Es war eine beleidigende Frage, aber Ian hatte keine andere Wahl, als sie zu stellen.

»George Upcotts Arbeit über Bluttypen könnte in Zusammenhang damit stehen, aber sie berücksichtigt nicht die parasitären Merkmale, die ich bei Ihnen gesehen habe.«

Ich habe einen Parasiten in meinem Blut? Offensichtlich brauchte er ihn zum Leben. Aber war auch er auf diesen Parasiten *angewiesen?*

Der Doktor blätterte wieder in seinen Notizen und zögerte, bevor er weitersprach. »Die Speichelprobe war weniger schwer zu deuten.«

»Die Speichelprobe?« Ian ging zurück zum Schreibtisch. »Ich kam zu Ihnen, weil Blutuntersuchungen Ihr Fachgebiet sind.«

»Und es war meine Studie über Gerinnungshemmer, die maßgeblich für eine Speichelprobe war.« Der Doktor setzte sich abrupt. »Ihr Speichel enthält die gleichen gerinnungshemmenden Eigenschaften, die sich in dem Speichel einer bestimmten Art südamerikanischer Fledermäusen finden lässt.« Er blickte Ian über den Rand seiner Brille an. »Sie werden Vampirfledermäuse genannt, weil sie sich vom Blut ihrer Opfer ernähren.«

Das Zimmer verschwamm vor Ians Augen. *Vampire?* War es das, was er war? Das grausige Wort hallte so laut und heftig in ihm wider, dass er wie betäubt war. Wer kannte nicht die Legende von den Untoten, die sich vom Blut der Lebenden ernährten? Warum hatte er nie erkannt, dass auch er jetzt eine dieser gefürchteten Kreaturen war? Weil es zu entsetzlich war, um auch nur darüber nachzudenken? Weil er nie an ihre Existenz geglaubt hatte? Vielleicht war er bei einem dieser Versuche, sich umzubringen, ja tatsächlich gestorben ... Er griff nach dem Rand des Schreibtischs, um sich festzuhalten. Er musste etwas sagen.

»Und was hat der Speichel dieser Tiere damit zu tun?«, krächzte er, um Zeit zu gewinnen, sich wieder zu beruhigen.

»Die Fledermaus benutzt ihren Speichel, um die ihrem Opfer zugefügte Wunde lange genug offen zu halten, um zu trinken und das Blut vor dem Gerinnen zu bewahren.« Blundell war sichtlich bemüht, eine neutrale Miene zu bewahren.

»Mein Speichel könnte nicht ...« Aber Ian verstummte, als er sich daran erinnerte, was Fedeyah über Asharti und ihren Speichel gesagt hatte.

»Er könnte. So wie sich auch tatsächlich ein fremder Organismus in Ihrem Blut befindet. Ich kann heute noch nicht alle Eigenschaften dieses Organismus bestimmen, aber wir stehen ja auch erst am Anfang. Vielleicht werde ich das Geheimnis seiner Natur noch finden.«

»Ich will wieder so sein, wie ich war«, sagte Ian in einem Ton, der fast schon wie ein Zischen klang. »Finden Sie eine Möglichkeit, den Parasiten zu vernichten.«

Blundell war entsetzt. »Ich kann den Parasiten nicht vernichten, ohne Sie zu töten.«

Blundell *konnte* ihn nicht töten. Aber wenn *er* nicht sterben konnte, musste der Parasit genauso unempfindlich sein. Ians Hoffnung sank. Blundell war der beste Arzt, den die zivilisierte Welt zu bieten hatte. Wenn er Ian nicht heilen konnte, wer dann? »Ich verstehe, Doktor. Verzeihen Sie meine Schroffheit. Ich hatte so große Hoffnungen.«

Blundell lenkte ein. »Wie schon gesagt, wir stehen noch am Anfang. Die Wissenschaft braucht Zeit.« Seine alten Augen begannen zu leuchten. »Ich muss herausfinden, warum Verletzungen bei Ihnen so schnell heilen. Wenn ich die positiven Charakteristiken isolieren könnte ...«

Ian verschanzte sich hinter einem ironischen Lächeln. »Dann könnten Sie auch andere mit meiner Krankheit infizieren?«

Blundells Augen weiteten sich vor Entsetzen. »Jeder mit einer noch so geringfügigen Verletzung«, flüsterte er, »wäre anfällig für Ihr Blut, und wenn es nur ein Tropfen wäre. Sie dürfen nicht ... Nicht, bevor wir mehr darüber wissen.«

Ian hob müde eine Hand. Der Doktor hatte die unappetitlicheren Aspekte seines Zustands schon erraten. »Keine Angst. Ich werde mein Blut für mich behalten«, sagte er mit einem scharfen Blick auf Blundell. Der Doktor wusste, dass Ian Blut benötigte. Vielleicht würde er bald auch alles andere wissen. Und das bedeutete, dass Blundell ihm gefährlich werden konnte.

»Ich bin Arzt«, murmelte er. »Wer würde zu mir kommen, wenn er sich nicht auf meine Diskretion verlassen könnte?«

Ian achtete darauf, eine ausdruckslose Miene zu bewahren. »Sie können mich in Albany House in Albany Court erreichen, falls Sie einen Ausweg aus meinem Dilemma finden.« Damit drehte er sich auf dem Absatz um und ließ den ihm verwundert nachstarrenden Arzt allein.

Auf der Straße begann er, ziellos durch die Nacht zu wandern. Ein leichter Regen fiel. Ian zog die Schultern gegen die Nässe ein und streifte im Vorbeigehen einige der rasch dahineilenden Passanten. Dann teilte die Menge sich vor ihm, als wollten die Leute ihm ganz unbewusst den Vortritt lassen. *Vampir?* Wieso hatte Miss Rochewell ihn nicht so genannt? Denn selbst wenn dieses Wort in den alten Schriften nicht benutzt wurde, musste sie es wissen. Alles war jetzt so offensichtlich, dass es Ian bis in seine tiefste Seele erschütterte.

Er war der lebendig gewordene Albtraum. Auch jetzt spürte er schon wieder den Hunger durch seine Adern kriechen, obwohl er innerlich vor Selbstverachtung schäumte. Aber er konnte weder in die Themse springen noch sich eine Pistole an den Kopf halten und den Abzug drücken. Das würde ihm nichts nützen. Selbst wenn er wirklich schon einmal gestorben war, konnte er nicht wieder sterben.

Er saß in der Falle.

Seine Schritte wurden langsamer, des Regens und seiner Verzweiflung wegen. Als er aufblickte, sah er, dass er sich auf einem Platz befand, den er nicht kannte. Sein Hunger wurde drängender. Noch konnte er ihm widerstehen. Aber wozu? Wenn er sich vorenthielt, was er brauchte, würde es später umso schwieriger sein, sich mit wenigen Schlucken zu begnügen. Mit einem unguten Gefühl im Magen sah er zwei nach der neuesten Mode gekleideten Mädchen nach, die aus einer Kutsche gestiegen waren und jetzt auf ein Haus mit hell erleuchteten Fenstern zueilten.

Eines der jungen Dinger blieb abrupt stehen und sagte: »Geh schon voraus, Clarissa. Wir müssen ja nicht beide nass werden. Ich habe meinen Muff in der Kutsche vergessen.« Sie eilte durch die Dunkelheit zurück, aber die Kutsche war schon wieder losgefahren, und der Fahrer sah ihr Winken nicht.

Ian sah sich um. Der Platz war menschenleer, sogar zu dieser frühen Abendstunde. In der Mitte des Platzes befand sich ein kleiner Park, der von einem schmiedeeisernen Zaun umgeben war, der für Ians Kraft jedoch kein Hindernis sein würde. Das Mädchen ließ die Schultern sinken und kehrte zum Haus zurück.

Mit einem unterdrückten Aufstöhnen schlich Ian ihr hinterher.

»Da sind Sie ja, Miss Rochewell. Wo hatten Sie sich nur versteckt?«

Beth bekam ein ungutes Gefühl im Magen. »Mr Blakely«, begrüßte sie den schmächtigen, blassen jungen Mann, der von der anderen Seite des großen Ballsaals bei Almack's in der King's Street zu ihr herübergeeilt kam. Der Saal war strahlend hell vom flackernden Kerzenlicht der riesigen Deckenlüster und Wandleuchter. Tanzende Paare wirbelten über das Parkett. Darum herum, an den Tischen, fanden sich bei Punsch und fadem Gebäck kleine Gruppen von Gästen zusammen. Beths Blick glitt zum Admiral auf. Wie sollte sie diese beiden Männer gleichzeitig ertragen?

»Ich habe ein neues Gedicht geschrieben«, verkündete der junge Mann. »›*Für Elizabeth, deren Augen den Glanz einer anderen Welt in sich vereinen.*‹« Mit Schrecken bemerkte Beth, dass er ein zerknittertes Blatt in der Hand hielt, das er nun entfaltete. »Ihre Augen sprechen von einem Land hinter den Meeren ...«

»Verzeihen Sie, Mr Blakely«, unterbrach sie ihn und konnte schon das Kichern mehrerer, hochmodisch gekleideter junger Damen hören, die hinter vorgehaltener Hand miteinander tuschelten, als sie zwischen dem Admiral und Mr Blakely hin- und herschaute. Auch der Admiral gab einen missbilligenden Laut von sich. »Ich bin sicher, dass Ihr Gedicht viel mehr Aufmerksamkeit verdient, als wir ihm hier bei Almack's widmen könnten. Würden Sie mir da nicht zustimmen, Admiral?«

»Jüngelchen, sag ich nur! Gedichte, ausgerechnet!« Die langen Koteletten des Admirals wippten im selben Takt wie seine buschigen Augenbrauen. Er sprach sehr laut, da seine langen Dienstjahre auf Kanonenbooten vermutlich sein Gehör geschädigt hatten. »Ein Mädchen will ein nettes Kompliment hören, mein Junge, aber doch gewiss nicht eine endlos lange Dichterlesung über sich ergehen lassen. Da könnten ihr doch glatt die Sinne schwinden.«

Mr Blakely sah sehr niedergeschlagen aus, als er sein Blatt wieder zusammenfaltete.

»Ich bin keine Frau, der so leicht die Sinne schwinden, Admiral«, versetzte Beth ein bisschen schroff. »Und ich mag Gedichte sehr. Aber nicht im Ballsaal von Almack's«, fügte sie hinzu, als sie sah, wie Mr Blakelys Augen aufleuchteten und er das Blatt wieder entfaltete.

»Was Sie brauchen, ist eine schöne Segeltour«, erklärte der Admiral entschieden. »Eine frische Brise würde Ihnen sicher guttun. Sollen wir sagen, am Mittwoch auf meiner kleinen Jacht?«

»Da haben wir schon eine Verabredung«, wandte Mr Blakely ein, »zu einer Lesung von Mrs Pierce-Nothcott.«

»Ich habe mit keinem von Ihnen eine Verabredung«, stellte Beth richtig. »Und da ich mich unmöglich zwischen Ihnen beiden entscheiden könnte, fürchte ich, dass wir es auch dabei belassen müssen.« Beinahe flehend blickte sie zwischen einem missbilligenden Gesicht und einem schmollenden hin und her. »Sie spielen nicht zufällig Schach, meine Herren?«

»Schach?«, riefen sie wie aus einem Mund.

»Ach, vergessen Sie's«, seufzte Beth und tat so, als sähe sie an einem der Tische eine junge Dame, die ihr zuwinkte. Miss Fairfield war eines der wenigen freundlichen Gesichter hier im Saal. Beth hatte die junge Frau vor einer Woche bei einem Abendempfang ihrer Tante kennengelernt und sie sofort gemocht. »Oh, da ist Miss Fairfield und sie winkt mir zu! Sie entschuldigen mich doch, meine Herren?«, sagte Beth und eilte zu der kleinen Gruppe pastellfarben gekleideter Zierden der Gesellschaft.

»Miss Fairfield«, flüsterte sie der überraschten jungen Dame zu, »ich liefere mich Ihrer Gnade aus. Bitte retten Sie mich vor den Aufmerksamkeiten dieser beiden rivalisierenden Herren hinter mir. Ich bin kurz davor, die Nerven zu verlieren.«

Die anderen jungen Damen runzelten die Stirn, aber Miss Fairfield blickte zu Beths Verehrern hinüber. »Ja, ich finde auch, dass Sie gerettet werden müssen. Setzen Sie sich zu uns«, sagte sie und zog Beth in den Kreis.

Beth seufzte vor Erleichterung. »Ich fühle mich regelrecht verfolgt.«

»Gedichte?«

Beth nickte. »Gedichte von dem einen und Segelbegriffe, die ich nicht verstehe, von dem anderen.«

»Letzten Monat hat Blakely sich um Susan Wethersby bemüht.«

»Und wie ist sie ihn losgeworden?«, flüsterte Beth.

»Ich glaube, am Ende nur dadurch, dass sie zurück nach Bath gefahren ist.« Miss Fairfield lachte über Beths bedrückte Miene. Sie hatte ein sehr hübsches Lachen. »Ihre Tante sollte Sie vor ihnen beschützen.«

Ja, Emma Fairfield war wirklich sehr, sehr attraktiv. *Sie hat alles, was ich nicht habe*, dachte Beth. Helle Haut, große blaue Augen und blondes Haar, das schimmerte wie Gold. Beth fand sich ausgesprochen unschön in dem blassrosa Kleid, das ihre Tante ihr gekauft hatte. Sie wusste nur zu gut, dass Rosa sich weder mit ihrer Haut- noch mit ihrer Haarfarbe vertrug. Aber Lady Rangle hatte Beths Einwände gegen ihre Großzügigkeit verworfen, indem sie behauptete, Beth würde auch ihren Ruf beschädigen, wenn sie nicht nach der neuesten Mode gekleidet wäre. »Meine Tante hat beschlossen, dass die beiden die Einzigen sind, die um meine Hand anhalten könnten, und deswegen ermutigt sie sie in jeder nur erdenklichen Weise.«

»Was für ein merkwürdiges Geschöpf Sie sind.« Chlorinda Belchersands dunkelblonde Brauen über ihrem spitzen Gesichtchen zogen sich zusammen. »Aber falls Sie sich tatsächlich keine anderen Anträge erhoffen können …«

»Sie sind noch keinen Monat in London. Das ist noch viel zu kurz«, fiel Miss Fairfield ihr ins Wort.

Die anderen beiden sahen Beth zweifelnd an.

»*Meine* Mama hat ihre Ansprüche sehr hoch gesteckt«, bemerkte Jane Campton und strich ihr äußerst unvorteilhaftes schlüsselblumengelbes Kleid zurecht. Blonde mit diesem rötlichen Teint konnten Gelb nur selten tragen. »Nur das Beste ist gut genug für mich, sagt Mama.«

»Falls sie einen Herzog will, ist nur Cumberland noch zu haben, und der ist schon fast achtzig«, sagte Miss Belchersand entmutigend.

»Es ist kein Titel, worauf Mama aus ist.« Miss Campton lächelte vielsagend. »Der jüngere Stanbridge, Rufford, ist vor Kurzem zurückgekommen. Habt ihr ihn schon gesehen?«

Beths Herz schlug schneller. Niemand schenkte ihr im Augenblick auch nur die kleinste Aufmerksamkeit, was ein Glück war, denn so sah niemand, wie sie errötete.

»Ich hörte, er hätte sein Vermögen in irgendeinem merkwürdigen fremden Land gemacht.« Miss Belchersands Ton klang abschätzig, aber ihre Augen nahmen einen für Beth sehr irritierenden Glanz an.

»Und was für ein Vermögen! Außerdem sind die Stanbridges eine sehr alte Familie.« Miss Campton begann, kokett mit ihrem hübsch bemalten Elfenbeinfächer zu wedeln.

Miss Fairfield lachte wieder. »Und was ihr beide *nicht* sagt, ist, dass er auch ein ausgesprochen gut aussehender Mann ist. Was halten Sie von ihm, Miss Rochewell?«

Die anderen Mädchen sahen Beth an, die eine voller Verachtung, die andere voller Erstaunen, dass Miss Fairfield sich überhaupt die Mühe machte, Beth nach ihrer Meinung zu befragen. »Ich … ich bin ihm auf keiner der Gesellschaften begegnet, bei denen ich zu Gast war«, antwortete Beth und war froh, dass das die reine Wahrheit war.

Mitleidige Blicke wurden ihr zugeworfen. »Nun ja, ansonsten könnten Sie ihn auch kaum übersehen haben.«

»Allerdings kann man nicht behaupten, dass die Art, wie er sein Haar trägt, modisch ist.« Miss Fairfield lächelte. »Dafür ist es viel zu lang. Und seine Halstücher sind zu hoch gebunden, um modern zu sein. Ich dachte, Ihr beide wärt mehr an Dandys wie Sir Lucius Wentworth interessiert.«

»Man muss Zugeständnisse machen«, entgegnete Miss Campton naserümpfend. »Er ist noch nicht sehr lange wieder in London. Und gegen den Schnitt seiner Röcke kann man wirklich nichts sagen.«

»Nein«, erwiderte Miss Fairfield nachdenklich, »die sitzen geradezu perfekt. Seine Reithosen übrigens auch, falls euch das noch nicht aufgefallen sein sollte.«

Miss Campton sog scharf den Atem ein über Miss Fairfields unverblümte Redeweise. Beth lächelte. Ihr gefiel es, dass Miss Fairfield »Reithosen« gesagt und sich nicht hinter der üblichen Umschreibung »Unaussprechliche« verschanzt hatte.

»Wo hast du ihn gesehen?«, fragte Miss Belchersand sie scharf.

»Ich sah ihn vor ein paar Tagen kurz nach Sonnenuntergang vor Mantons Schießclub. Er saß auf einer prächtigen kastanienbraunen Stute.« Miss Campton und Miss Belchersand begannen, den überfüllten Saal mit hoffnungsvollen Blicken abzusuchen. »Ihr glaubt doch nicht ernsthaft, ihn an einem so langweiligen Ort wie Almack's anzutreffen!«, rief Miss Fairfield belustigt. »Er besucht nur die interessantesten Veranstaltungen.«

»Kein Wunder, dass ich ihm noch nicht begegnet bin.« Nur Miss Fairfield entging die Ironie in Beths Worten nicht.

»Ich habe gehört, dass er dem alten Beardsley am Spieltisch ein Vermögen abgenommen haben soll«, vertraute Miss Campton ihnen an. »Danach hat Beardsley sich erschossen. Und die Herzogin von Devonshire stellte Mr Rufford bei ihrem Mondscheinpicknick auf der Themse als ihren besonders guten Freund vor – obwohl es mir ein Rätsel ist, wie er an all die Einladungen kommen konnte, da er doch erst so kurz wieder in London ist.«

»Soviel ich hörte, hat er eine Gönnerin«, sagte Miss Fairfield mit erhobenen Augenbrauen. »Vielleicht sogar zwei.«

»Eine Gönnerin? Wie meinst du das?« Miss Campton riss ihren Blick von den Eingangstüren los.

»Was ich meine, ist, dass Lady Mulgrave unten in Oakhurst richtiggehend vernarrt in ihn war. Und Lady Sofingham hat ihn nach Ashley eingeladen, damit er dort seine Stute auf der Jagd erproben konnte, aber er hat an den Jagden gar nicht teilgenommen, sondern sich immer erst beim Dinner sehen lassen.«

»Sie sind beide verheiratet«, wandte Miss Belchersand ein und verwarf damit auf einen Schlag zwei sehr mächtige Mitglieder der allervornehmsten Gesellschaft als mögliche Favoritinnen.

»Wie naiv du manchmal bist, Chlorinda«, bemerkte Miss Fairfield kopfschüttelnd.

In diesem Moment kam Sir Lucius Wentworth zu ihnen und verbeugte sich vor Miss Campton, die sich mit einem affektierten Lächeln von ihm zur Tanzfläche führen ließ.

Miss Belchersand wurde kurz darauf von einem stattlichen Gentleman in Husarenuniform zum Tanzen aufgefordert, wohingegen Miss Fairfield seinem Freund einen Korb gab, indem sie behauptete, ihr sei immer noch zu warm zum Tanzen. Dann befreite sie sich geschickt von seiner Gesellschaft, indem sie ihn auf eine tanzfreudigere junge Dame hinwies.

»Sie erstaunen mich, Miss Fairfield«, sagte Beth, als sie aufstanden, um sich ein weiteres Glas Punsch zu holen. Sie war geradezu kindisch froh, dass Miss Fairfield sie nicht allein gelassen hatte.

»Das ist schon meine dritte Saison.« Aber allein mit Erfahrung ließ sich ihre Raffinesse nicht erklären.

»Man hat Ihnen bestimmt schon viele Anträge gemacht«, bemerkte Beth.

»Keinen, der verlockend genug war, um meine Unabhängigkeit aufzugeben. Mein Bruder verzweifelt noch an mir.«

Beth überlegte gerade, ob sie Miss Fairfield fragen sollte, ob sie an Liebe glaubte, als ihre Begleiterin plötzlich rief: »Oh, hallo, Major!«

Ein attraktiver Mann mit blondem Schnurrbart blickte auf und lächelte sie an. »Major Ware war heute Nachmittag gerade auf dem Weg von der Whitehall Lane nach Hause, als mein Bruder und ich ihm zufällig begegneten«, murmelte Miss Fairfield. »Wir kennen ihn schon viele Jahre. Das Jagdhaus seines Vaters liegt fast direkt neben dem unseren.« Als Major Ware zu ihnen kam, ruhte sein Blick mit einer Bewunderung auf Miss Fairfield, die für Beth unübersehbar war. Er beugte sich tief über Miss Fairfields Hand. Jetzt würde man sie ganz gewiss allein lassen, dachte Beth.

»Major Ware, ich möchte Ihnen Miss Elizabeth Rochewell vorstellen. Sie ist ebenso sehr auf Nordafrika fixiert wie Sie. Ich glaube, sie war schon so gut wie überall am Mittelmeer auf Reisen.«

»Nicht überall«, widersprach Beth, als der Major seinen Blick von Miss Fairfield losriss und sich verbeugte. »Nur in Spanien, Ägypten, Tripolis, Marrakesch ...« Sie unterbrach sich, als ihr einfiel, wie langweilig die meisten Leute die Erwähnung von Orten fanden, die sie nicht kannten und sie nicht interessierten.

»Ich war bei der britischen Gesandtschaft in El Golea. Ich bin gerade erst von dort zurückgekommen.« Sein Lächeln verblasste. »Ich kam mit Depeschen auf der schnellsten Schaluppe, die wir finden konnten. Marrakesch ist gefallen.«

»Der Sultan wurde abgesetzt? Ist er von einem seiner Brüder entmachtet worden?« Beths langer Erfahrung nach war es gang und gäbe in dieser Region, dass Brüder und Onkel einander ihrer Macht beraubten.

Der Major lächelte nervös und warf Miss Fairfield einen entschuldigenden Blick zu. »Ich fürchte, es ist noch schlimmer.« Seine Augen verhärteten sich. »Dort unten folgt eine Armee einer Frau, als ob sie eine Göttin wäre. Sie ziehen durch die Wüste und hinterlassen auf ihrem Weg Verwüstung und noch Schlimmeres.«

»Was meinen Sie mit ›Schlimmeres‹?«, wollte Miss Fairfield wissen.

»Das ist nichts für die Ohren einer Dame.« Der Major schaffte es, sich ein Lächeln abzuringen, das seine Augen jedoch nicht erreichte.

»Sagen Sie es uns, Major. So leicht lassen wir ihn doch nicht davonkommen, nicht wahr, Miss Fairfield?«, sagte Beth, von einer bösen Vorahnung beschlichen.

Bevor Ware jedoch etwas erwidern konnte, öffneten sich die Türen auf der anderen Seite des Saals. Es war fünf vor elf, und Almack's würde sich jeden Moment für Neuankömmlinge schließen. Aber jetzt betrat eine Frau mit einem ganzen Gefolge von Begleitern den Saal. Alle Augen richteten sich auf sie, und die Gespräche verstummten.

Sie war die schönste Frau, die Beth je gesehen hatte. Ihre Schönheit lag jedoch nicht in ihrer makellosen hellen Haut begründet, die jetzt ein wenig gerötet war, oder in ihren Augen, die aus der Entfernung tiefschwarz zu sein schienen, oder in ihrem glänzenden dunkelroten Haar. Auch ihre Figur war fabelhaft, und das Dekolleté ihres perfekt sitzenden Kleids ließ einen großen Teil davon erkennen. Nein, es war die Tatsache, dass sie vor Leben sprühte, was die Aufmerksamkeit aller auf sich zog. Beth hatte noch nie eine Frau eine solche Vitalität ausstrahlen sehen. Und dass sie ein leuchtend rotes Kleid trug, während alle anderen Frauen pastellfarben gekleidet waren, ließ sie noch lebensvoller scheinen.

»Wer ist das?«, fragte Beth Miss Fairfield.

»Die Gräfin von Lente«, flüsterte Miss Fairfield, die ebenfalls zutiefst beeindruckt zu sein schien. »Aus Amsterdam. Sie hat London im Sturm erobert. Ich besuchte zu der Zeit noch die Schule. Ihr Ruf war nicht der beste, aber die Männer lagen ihr zu Füßen, wenn Sie verstehen, was ich meine. Insbesondere ein Earl, an dessen Namen ich mich allerdings nicht mehr erinnern kann. Auf jeden Fall hatte er schwarzes Haar und grüne Augen – Sie kennen den Typ, Miss Rochewell. Heute zieht sie mit irgendeinem sagenhaften französischen Aristokraten durch Europa. Es heißt, sie halte sich nur in London auf, um irgendetwas Dringendes zu erledigen, und könne es kaum erwarten, zu ihm zurückzukehren. Ich dachte, sie würde mit den Jahren ruhiger werden.«

»Ich kann mir niemanden vorstellen, der mehr voller Leben ist als diese Frau«, sagte Beth, während die Fremde durch den Saal zu Lady Jersey und Gräfin Lieven ging. Es war nicht zu übersehen, dass sie im Mittelpunkt der Aufmerksamkeit aller stand.

»Sie hat sich irgendwie verändert.« Miss Fairfield zögerte. »Sie hatte früher immer so etwas … Gelangweiltes an sich, aber auch etwas Frivoles und eine gewisse Hemmungslosigkeit.«

Beth zwang sich, ihren Blick von der Frau loszureißen. »Tatsächlich? Ich finde, sie wirkt alles andere als gelangweilt.«

»Meine Mutter bezeichnete sie als eine gefährliche Frau. Und heute wirkt sie noch gefährlicher denn je …« Miss Fairfield verstummte und blickte mit schuldbewusster Miene zu dem Major auf. »Wie unbedacht von mir! Ich weiß nicht, was mich überkommen hat, so etwas zu sagen.«

Sie sahen, wie die faszinierende Fremde ihre Freundinnen begrüßte und sich im Saal umsah. Dabei fiel ihr Blick auf eine unmittelbar hinter Beth stehende junge Frau, und plötzlich hatte die Gräfin Lente für niemand anderen mehr Augen. Beth' kleine Gruppe folgte ihrem Blick. Die junge Dame hatte nichts Bemerkenswertes an sich. Ihr Kleid war aus cremefarbenem Satin, mit kleinen Puffärmeln, die ihre etwas molligen Arme zu sehr betonten. Dazu trug sie einen langen Schal, den sie mehrmals um ihren Hals geschlungen hatte, und eine Stola aus feinster Seide um die Schultern.

Die Gräfin steuerte entschlossen auf das Mädchen zu, und Beth beobachtete die beiden interessiert.

»Was für ein hübscher Schal, meine Liebe«, sagte die Gräfin mit überraschend tiefer Stimme. Und Beth nahm nun auch wahr, dass sie ein verführerisch duftendes Parfum benutzte. »Und wie originell! Was hat Sie nur auf die Idee gebracht?«

Das Mädchen war so blass, als würde es jeden Moment umfallen. »Es war eine Notwendigkeit, Mylady, weiter nichts.«

Die Augen der Gräfin schienen das Mädchen förmlich zu durchbohren. »Ach ja? Aber verraten Sie es mir doch bitte trotzdem.«

Das Mädchen zupfte an dem Schal. »Ich weiß nicht ... diese Stiche ... Ich hatte einen Traum.«

»Oh, ich verstehe.« Die Gräfin nickte.

Und auch Beth verstand jetzt. Mit einem Mal war alles klar. Sie blinzelte erschrocken, als der Raum vor ihren Augen zu verschwimmen begann.

»Ich hoffe, es war ein angenehmer Traum?«

Das Mädchen errötete heftig. »O ja.«

»Wie sah er denn aus, der Mann Ihrer Träume?« Die Augen der Gräfin waren dunkelbraun, nicht schwarz, wie Beth jetzt feststellte, und sie wichen nicht von denen des jungen Mädchens.

Das Mädchen schwankte ein wenig und lächelte in sich hinein. »Seine Augen waren blau und manchmal sogar rot. Und er hatte langes, schwarzes Haar«, sagte sie mit einer vagen Handbewegung in Richtung ihrer Schultern. »Er war groß und stark. Und seine Lippen ... solche Lippen hatte ich noch nie gesehen.«

Lady Lente wandte sich abrupt von dem Mädchen ab und ging auf die großen Eingangstüren des Saales zu. Die Menschen machten ihr Platz, während ihre Entourage ihr verwundert nachsah.

Beth war überzeugt, dass diese Frau wusste, was dem Mädchen zugestoßen war.

Mr Rufford war also tatsächlich wieder in der Stadt.

Ian faltete die Dokumente zusammen und steckte sie in einen Umschlag. Sie besagten, dass Stanbridge, der Familiensitz, nicht länger von Hypotheken belastet war. Seine Diamanten hatten bisher nur Gutes bewirkt. Und er konnte sehr gut auf die wenigen verzichten, die es erforderte, um Henry und Mary glücklich zu machen. Die Herde Milchkühe war vermutlich schon auf ihrem Weg von Histon nach Stanbridge. Er hatte einen sehr guten Preis dafür bezahlt, so gut, dass der Hirte keine Miene verzogen hatte, als Ian das Leittier mit Bändern geschmückt hatte, die vom gleichen Blau waren wie Marys Augen. Auch die Möbel, die sein Bruder Henry hatte verkaufen müssen, waren mittlerweile vielleicht schon dort eingetroffen.

Kerzen erhellten Ians Wohnzimmer im Albany House, das für Junggesellen die eleganteste Adresse in London war. Er saß an einem Sekretär, auf dem feinstes Schreibpapier bereitlag und der mit Feder, Tintenfässchen und Siegelwachs ausgestattet war. Neben der Kristallkaraffe mit edlem Brandy stand Ians leeres Glas. Den Umschlag adressierte er an den Ehrenwerten Viscount Stanbridge.

Nun, da er sich um Geld keine Sorgen mehr machen musste, schien es ihm nur so zuzufliegen. Die Reederei der *Beltrane* hatte ihm eine ansehnliche Belohnung für die Rettung ihres Schiffs und dessen Fracht zukommen lassen. Ein weiteres Vermögen hatte er beim Kartenspiel gewonnen. Als er daran zurückdachte, trat ein harter Zug um seinen Mund. Es war nicht seine Schuld, dass dieser Dummkopf Beardsley sich danach das Leben genommen hatte.

Ian hielt eine Kerzenflamme an den Wachsstift und ließ das Wachs auf die Umschlagklappe tropfen.

Er schickte sich an, die Kerzenflamme auszudrücken, als er in einer Zimmerecke einen schwarzen Nebel wahrnahm. Verwirrt strich er sich über die Augen. Doch er hatte diese Erscheinung kaum als eine von seiner Müdigkeit bewirkte Sinnestäuschung abgetan, als sich der schwarze Nebel zu verändern begann.

Ian wich zurück, als der Schemen sich zu einer Frau zu wandeln begann. Zu einer sehr schönen Frau mit einer üppigen, wohlgeformten Figur und roten Haaren, die Funken zu sprühen schienen. Ihre fast schwarzen Augen funkelten vor Energie, und sie war von einem Duft umgeben, der Ian nur allzu gut vertraut war.

»Sie hatte recht mit den Lippen«, sagte die Frau. »Und die Haare – Sie hätten sie sich schneiden lassen sollen. Sie sind sehr leicht wiederzuerkennen zwischen all den Männern, die ihr Haar der Mode entsprechend kurz geschnitten tragen.«

»Wer sind Sie?« Aber Ian wusste es bereits – oder ahnte es. Miss Rochewell hatte gesagt, er habe sich in einem schwarzen Nebel aufgelöst, bevor er aus der Kabine verschwunden war, und diese Frau war von dem Duft nach Zimt und Ambra umgeben.

»Beatrix Lisse, Gräfin von Lente.« Sie sprach mit einem Akzent – einem deutschen? Furchtlos trat sie um den Sekretär herum und sah ihm in die Augen. »Beatrix für meinesgleichen.«

Kalte Angst kroch über Ians Rücken. Beatrix Lisse strahlte die gleiche unbändige Energie aus wie Asharti. Und sie wusste, *was* er war. »Was wollen Sie hier?«, fuhr er sie verärgert an.

Sie ließ das schwarzes Cape von den Schultern gleiten und warf es auf einen Sessel. Sie trug ein Satinkleid in einem dunklen Rosé. »Das zumindest müssten Sie doch wissen.«

Seine Vermutung beruhte auf der einzigen Erfahrung, die er mit einer anderen Frau dieser seiner neuen Art gemacht hatte. Und deshalb schwieg Ian, weil alles, was er sagte, seine Unwissenheit verraten hätte. Und das wäre Schwäche in den Augen eines so starken Wesens wie diese Frau.

»Sie scheinen sich nicht besonders wohlzufühlen. Sollten wir uns nicht besser setzen?«, sagte sie und nahm in einem Sessel vor dem Kamin Platz. Das Feuer war inzwischen fast völlig heruntergebrannt. Ian zog es vor, stehen zu bleiben. Er ertappte sich dabei, dass er sich auf die Lippen biss, und zwang sich, eine ebenso gelassene und entspannte Miene aufzusetzen wie die Frau.

»Nun«, sagte sie nach einer Weile. »Vielleicht sollten Sie mir sagen, was *Sie* hier machen.«

»Warum sollte ich das tun?«, entgegnete er schroff.

»Weil sich nur einer von uns in einer Stadt aufhalten darf und weil London wieder mir gehört, seit Davinoff gegangen ist. Auch wenn ich lange im Ausland war, dürfen Sie dennoch nicht ohne meine Erlaubnis hierherkommen. Das sollte Ihnen eigentlich bewusst sein.« Ihr Blick glitt über ihn. »Aber das ist es offensichtlich nicht. Nun gut, dann werde ich Ihnen jetzt so einiges erklären, was Ihnen vielleicht die Zunge lösen wird.« Sie sah ihm direkt in die Augen, woraufhin Ian schnell den Blick abwandte. Er fürchtete die Macht ihrer Suggestionskraft, die sie zweifellos besaß. »Ihr Verhalten«, sagte sie, »zeugt von Unwissenheit, was bedeutet, dass Sie erst kürzlich zu dem gemacht wurden, was Sie sind, und dass Ihr Schöpfer, wer immer er auch war, Sie im Stich gelassen hat, ohne Sie darüber aufzuklären, wie es weitergeht. Man sagte mir, Sie seien aus Nordafrika gekommen. Was heißt, dass Asharti Sie geschaffen hat. Sie können keine schöne Zeit mit ihr gehabt haben. Ich kann das sagen, weil ich Asharti kennengelernt habe und aus eigener Erfahrung weiß, wozu sie fähig ist.« Ihr Gesicht verdüsterte sich vor Groll, doch sie beherrschte sich sogleich wieder. »Und weil ich sehen kann, dass Sie auch von mir nichts Gutes erwarten. Und? Liege ich mit all dem richtig?«

Ian schluckte und bemühte sich, seinen wild pochenden Herzschlag zu beruhigen. Sie wusste alles. Das war gefährlich für ihn, bedeutete aber auch, dass sie über das nötige Wissen über seinen Zustand verfügte, das er brauchte. Wie sollte er jedoch beginnen? Bevor er auch nur einen einzigen Satz zustande brachte, ergriff die Frau wieder das Wort.

»Das dachte ich mir«, sagte sie ruhig. »Ihre Macht beginnt zu wachsen, während der Gefährte sich in Ihnen etabliert. Aber ich kann sie jetzt schon deutlich spüren. Das bedeutet, dass Ihre Macht sehr groß sein wird, selbst für einen von uns. Rubius hatte recht. Sie haben in der Wüste nicht den Verstand verloren, müssen also über einen äußerst starken Willen verfügen.« Sie legte einen Finger an ihre vollen roten Lippen. »Nun müssen wir noch versuchen herauszufinden, zu welchem Zweck Asharti einen ihrer Knechte nach London geschickt hat. Aber dass sie Sie nicht eingehend über Ihren Zustand aufgeklärt hat, ist gefährlich für sie«, sinnierte sie. »Vielleicht hat sie Ihnen nur gerade genug gesagt, damit Sie Ihre wie auch immer geartete Mission erfüllen können?«

Ians Empörung drängte die Fragen, die er hatte, in den Hintergrund. »Sie hat mich nicht hierher geschickt! In der Wüste hat sie mich versehentlich mit einem Tropfen ihres Blutes infiziert, und sie hat mich zurückgelassen, um in der Sonne zu verbrennen. Aber ich konnte mich bis nach El Golea schleppen. Ich bin nach England heimgekehrt, um Asharti zu entkommen.«

»Sie lügen«, widersprach die Frau ruhig, aber ihre Macht war in jedem ihrer Worte zu spüren. »Niemand überlebt eine Infizierung ohne die kontinuierliche Einnahme von Vampirblut, um seinem Körper Unempfänglichkeit für den Gefährten zu geben. Es gibt keine ›versehentliche‹ Verwandlung, bei der das Opfer am Leben bleibt.«

»Es … nicht sie war es, die mich gerettet hat.« Ian schwieg einen Moment. »Fedeyah ließ mir einen Wassersack mit seinem eigenen Blut da und einen Burnus, der mich vor der Sonne schützte.«

Lady Lente zog nachdenklich die Augenbrauen hoch. »Der arme Fedeyah!«, sagte sie schließlich. »Er folgt ihr also noch immer überallhin. Aber warum sollte er nach all diesen Jahrhunderten Ashartis Zorn riskieren?«

Ian war verblüfft, wie nüchtern die Gräfin von solch extremem Alter sprach. *Konzentrier dich*, ermahnte er sich. Er brauchte das Wohlwollen dieser Frau. Er musste wissen, was vielleicht nur sie ihm sagen konnte. »Da er nicht die Willenskraft aufbringt, ihr zu entkommen, ist es ihm vielleicht ein kleiner Trost, dass es wenigstens ein anderer geschafft hat.«

Ein nachdenklicher Blick erschien in ihren dunklen Augen. »Es ist leicht zu sagen, Asharti wüsste nicht, dass Sie hier sind. Genauso gut wäre es aber auch möglich, dass Sie ihr Geliebter geworden sind, um die Macht des Gefährten zu gewinnen.«

Ians Kehle war so eng, dass er nicht schlucken konnte. »Ich wollte nie sein, was aus mir geworden ist.«

Lady Lente legte nachdenklich den Kopf ein wenig schief.

»Ich war ihr Sklave. Sie ... genießt es, andere ihrem Willen zu unterwerfen.« Das war alles, was er zugeben konnte.

»Ja, das tut sie.« Die dunklen Augen sahen ihn wieder so durchdringend an, dass er den Blick abwenden musste. »Ich kenne das nur allzu gut. Es war einer der Gründe, warum Asharti in die Wüste verbannt wurde – das und die Tatsache, dass sie keine Skrupel hatte, Menschen zu töten oder in Vampire zu verwandeln. Wenn ein einziger Tropfen ihres Bluts so machtvoll ist, wundert es mich nicht, dass sie dreist genug ist, sich dort unten in Afrika so danebenzubenehmen.« Ihre Augen flackerten bei dem Gedanken.

Vor der Tür wurden Schritte laut, dann wurde laut angeklopft, was sowohl Ian als auch die Gräfin zusammenzucken ließ. Wer klopfte um fünf Uhr morgens an seine Tür? »Rufford, ich weiß, dass Sie noch wach sind. Ich bin's, Ware.«

Ware? Major Ware aus El Golea? Der einzige Mensch außer Miss Rochewell, der etwas über ihn wusste, war hier in London? Das passte Ian absolut nicht. Seine Lage war prekär genug. Er sah die Gräfin an und wünschte, sie möge auf die gleiche Art verschwinden, auf die sie gekommen war. Aber sie legte nur den

Finger an die Lippen und schlüpfte in sein Schlafzimmer, dessen Tür sie einen Spalt geöffnet ließ.

»Antworten Sie, Rufford, hören Sie?«

Ian öffnete die Tür. Nun würde die Gräfin alle möglichen Anschuldigungen des Majors mitbekommen. »Warum kommen Sie um diese Zeit hierher und wecken das ganze Haus auf?«

Und tatsächlich brüllte auch schon eine Stimme »Ruhe!« von der anderen Seite des Korridors.

»Ich habe eine Nachricht für Sie.« Major Ware drängte sich an Ian vorbei in den von Kerzenlicht erhellten Raum.

»Von wem?« Ian schloss die Tür und wandte sich seinem Besucher zu.

Ware nahm einen dicken Umschlag aus seiner Brusttasche und betrachtete ihn mit einer Faszination, die schon an Abscheu grenzte. »Ich glaube, ihr Name ist Asharti.«

Eine Welle der Übelkeit schlug über Ian zusammen. Er starrte auf den Brief in Major Wares Hand und spürte, wie die Angst in ihm hochkroch. Er hatte gedacht, er hätte all den Horror hinter sich zurückgelassen. Aber jetzt holte er ihn wieder ein, sogar hier in London. Er rührte den Brief nicht an. »Woher weiß sie, dass ich hier bin?«

Major Ware ließ die Hand mit dem Brief wieder sinken. »Weil ich es ihr gesagt habe.« Er senkte beschämt den Blick. »Man tut, was sie will. Wenn Sie sie kennen, verstehen Sie, was ich meine.«

Und ob Ian das verstand. Er griff nach der Karaffe und schenkte einen Brandy ein. Dann wies er mit einem Kopfnicken auf einen Stuhl und reichte dem Major das Glas. Erst dann schenkte er auch sich ein Glas ein. Heute Nacht würden sie vermutlich beide den Brandy brauchen. Ware legte den Brief auf einen Beistelltisch, auf dem er wie zu einem Sog wurde, der alle Energie im Raum auf sich zog.

Sie tranken ihren Brandy. »Woher kennen Sie Asharti?« Noch

immer war es Ian fast unmöglich, diesen Namen über seine Lippen zu bringen.

»Ihre Horden haben Marrakesch erobert. Danach zog sie nach Algier weiter und kam dabei durch El Golea.«

Ian fuhr zu dem Major herum, als wollte er etwas sagen, besann sich aber eines anderen und schwieg.

»Ich weiß.« Der Major nickte. »Es geschah alles so schnell, dass in den Hauptstädten Europas kaum etwas davon bekannt wurde. Gerade war sie noch in der Wüste mit nichts als einem wilden Haufen von Beduinen und Berbern, und schon im nächsten Moment fällt sie in Marrakesch ein und ... und scheut nicht einmal vor den grauenvollsten Schändungen der Toten und Sterbenden zurück.« Ware stürzte seinen Brandy hinunter und atmete tief ein. »Asharti hat den Sultan umgebracht, einige sagen, mit ihren bloßen Händen. Ebenso seine Söhne, Onkel und Brüder, also alle männlichen Mitglieder seiner Familie. Und dann hat sie eine ihrer eigenen Kreaturen auf den Thron gesetzt.«

»Was soll das heißen, eine ihrer eigenen Kreaturen?« Ian wollte es eigentlich gar nicht wissen, aber er musste diese Frage stellen.

»Die so sind wie sie ... die schänden und missbrauchen, bevor sie töten ... Manchmal befiehlt sie ihnen, einen von ihr ausgewählten Mann von ihrem Blut trinken zu lassen, und dann ...« Ware war nicht mehr in der Lage weiterzusprechen.

»Dann trinken auch ihre Opfer Menschenblut«, beendete Ian den Satz für ihn.

»Es gibt immer mehr von ihnen. Sie halten die Truppen in Schach und folgen ihr, als wäre sie eine Göttin.«

»Wenn sie eine Göttin ist, dann ist dort, wo sie herrscht, die Hölle.« Ian hatte Mühe zu atmen.

»Sie hat alle Angehörigen der Gesandtschaft in El Golea umgebracht, nachdem sie einen nach dem anderen nach Ihrem Aufenthaltsort gefragt hatte.« Ware starrte seine Stiefel an. »Es war grauenhaft.«

»Und nur Sie kamen davon.«

Der Major nickte langsam. »Ich war der Einzige, der den Namen Ihres Familiensitzes kannte. Sie verschonte mich, damit ich Ihnen dieses Schreiben überbringen konnte. Ihre Armee ist dann nach Algier weitergezogen.«

Ians Brauen zogen sich zusammen. Wie konnte sie wissen, dass er überhaupt noch lebte? Nur Fedeyah ... Aber natürlich! Ian fragte sich nur, ob Fedeyah Asharti seinen Ungehorsam in einem Anfall von Rebellion gestanden oder ob er seinen Moment des Mitgefühls mit Ian bereut und versucht hatte, seinen Fehler wiedergutzumachen. Aber halt ... »Nach Algier, sagten Sie?«

»Die einzige Frage ist, ob sie über Algier nach Tripolis weiterzieht oder über das Mittelmeer nach Rom hinübersetzt.« Wares blasse Augen waren groß vor Entsetzen, als er seinen Blick erhob. »Sie hat sich vorgenommen, ganz Europa zu erobern.«

»Das ist leicht gesagt«, murmelte Ian.

»Ich glaube, dass sie das schaffen kann.« Wares Stimme war kaum mehr als ein Flüstern. »Sie haben ihre Beduinen nicht kämpfen gesehen. Es schien, als wären sie durch nichts zu töten.«

Beide schwiegen und nippten nachdenklich an ihrem Brandy. Wusste Ware, dass auch Ian wie diese Ungeheuer war, die Asharti schuf? Er hatte doch gesehen, über welche Heilkräfte er verfügte. Er starrte auf den ungeöffneten Brief. Es führte kein Weg daran vorbei. Als Ian danach griff, schien die Luft im Zimmer zu flimmern. Das schwere Hadernpapier fühlte sich fest und ölig an. Auf dem Umschlag stand keine Adresse. Ian drehte ihn um. Das rote Wachssiegel trug ein Wappen aus zwei sich überkreuzenden Morgensternen, das wie das Symbol der Pharaonen aussah. Ian sah sofort, dass er geöffnet und wieder neu versiegelt worden war. Jemand dachte wohl, er würde es nicht bemerken, aber sein Sehvermögen war ganz hervorragend in letzter Zeit. Er brach das Siegel auf und öffnete den Umschlag.

Liebster Ian,
ich vermisse dich schrecklich. Du bist jetzt der Einzige, dessen Blut dem meinen ebenbürtig ist. Komm zu mir nach Tripolis. Meine Armeen müssten schon dort eingetroffen sein, wenn dich dieser Brief erreicht, und du kannst nach Afrika zurückkehren. Du wirst mein Gemahl sein, wenn ich die Königin der Menschen und der Vampire bin. Ich weiß, wo du bist. Zwing mich also nicht, zu dir zu kommen.

Asharti

Ians Kehle war plötzlich wie ausgedörrt. Jetzt begann ihm alles klar zu werden. Er war der Einzige außer Asharti, in dessen Blut sich die Macht des Hochbetagten befand, obwohl er es nur ein einziges Mal durch sie bekommen hatte. Es war Fedeyah, der ihre ersten Gefolgsmänner geschaffen hatte, und diese hatten dann wieder andere geschaffen. Und natürlich erlaubte Asharti es ihnen nicht, direkt von ihrem eigenen Blut zu trinken.

Ian machte sich keine Illusionen über die Bedeutung des Wortes *Gemahl*. Sie wollte einen Sklaven oder ein Spielzeug an ihrer Seite, oder sie verfolgte nur das Ziel, ihn zu töten. Die Art seines Todes wäre zweifelsohne eine fantasievolle und zu sterben wäre nur ein wenig schrecklicher, als sich für immer in ihrer Gewalt zu befinden. Das Schlimmste jedoch war, dass England nicht weit genug entfernt war. Sie würde ihn finden und würde Chaos und Zerstörung mit sich bringen. Und noch mehr dieser Ungeheuer. Und sie wusste von Stanbridge. Deshalb waren nun auch Henry, Mary und die Jungen in Gefahr.

Ian war zumute, als erbebte die ganze Welt. Sein Blick glitt über die farbenfrohen Teppiche, die flackernden Kerzen und die dunklen Hölzer in dem kleinen Wohnzimmer. Dies alles kam ihm plötzlich furchtbar unecht, scheinheilig und trügerisch vor, als wären diese Dinge wie eine Schlangenhaut, die jeden Moment abgestreift werden konnte, um nichts als Wüstensand und Fels zu offenbaren.

»Worum geht es?«, fragte Ware. »Was schreibt sie?«

Ian warf dem Major einen scharfen Blick zu, und das Zimmer hörte auf zu schwanken. »Das wissen Sie doch. Haben Sie den Brief zum Auswärtigen Amt in Whitehall gebracht? Oder zur Admiralität?« Er sah, dass Ware Unwissenheit vorzuschützen versuchte, und sein Zorn verflog. »Das macht nichts. Patriotismus ist nichts Verachtenswertes.«

»Was werden Sie tun?« Ware sah ihn prüfend an. Der Brief gab genauestens Aufschluss darüber, was Ian war. Ware wusste, dass Ian Menschenblut trank, wie die Männer von Ashartis Truppen. Er hielt ihn für genauso schlecht und verdorben wie die Königin des Bösen selbst. Aber warum war er dann hier? Nur, um Asharti zu gehorchen? Das wäre Grund genug. Trotzdem …

»Was soll ich nach Ansicht Ihrer Vorgesetzten denn tun?«

»Ich habe ihnen gesagt … Sie könnten Asharti vielleicht noch aufhalten.«

»Und was hat Sie auf die Idee gebracht, ich würde es auch nur versuchen?«

»Ich war mir nicht sicher, ob Sie es tun würden.« Ware hatte nur noch Augen für sein Glas. »Aber ich hielt es nicht für ausgeschlossen.«

Ian warf den Brief auf den Schreibtisch und trank mit gespielter Ruhe seinen Brandy aus. »Ich weiß nicht, was ich tun werde«, sagte er mit einem Blick auf Major Ware. »Können Ihre Vorgesetzten warten, bis ich mich entschieden habe?«

Ware zuckte mit den Schultern und erhob sich. »Ich weiß es nicht.« Er sah Ian neugierig an. »Wie lange waren Sie bei ihr?«

»Bis sie mich abserviert hat«, versetzte Ian mit unbewegter Miene. »Ich werde mich ihrer Macht nie wieder beugen.«

Ware erschauderte. »Natürlich nicht.« Er nahm seinen Hut und wandte sich zur Tür. »Sie finden mich im *Hart and Hounds*.

Ich werde die entsprechenden Stellen in Whitehall bitten, bis Mittwoch zu warten, und meinen Vorgesetzten sagen, dass Sie Pläne machen.«

Kaum war er gegangen, betrat die Gräfin das Wohnzimmer, ging wortlos zum Schreibtisch und las den Brief. Ian schenkte sich währenddessen noch einen Brandy ein. »So ist das also«, sagte sie schließlich.

»Ja«, erwiderte Ian mit einem unguten Gefühl im Magen. Wenn er nicht zu Asharti ging, würde sie nach London kommen, um ihn zu suchen.

»Sie bietet Ihnen einen Platz an ihrer Seite an.« Ian sah der Gräfin an, was sie dachte: Wer Briefe von Asharti erhielt, musste einer ihrer Getreuen sein.

»Nein, das tut sie nicht. Für sie gibt es keine gleichberechtigten Beziehungen. Sie bietet mir entweder eine Rückkehr in die Sklaverei an oder sie will mich töten, falls ich eine Bedrohung für sie darstellen sollte.«

»Und warum könnten Sie eine Bedrohung für sie darstellen?« Die Augen der Gräfin waren jetzt schwarz und kalt.

Ian betrachtete sie einen Moment, von Abscheu wie von Furcht erfüllt, auch wenn er sich nach außen hin gelassen gab. Diese Frau wusste Dinge, die er unbedingt erfahren musste. Er musste verstehen, was er war und was auf ihn zukam. Wenn er auch nur die kleinste Chance haben wollte, dem Schicksal zu entrinnen, das Asharti für ihn vorgesehen hatte, dann musste er wissen, welche Mittel und welche Fähigkeiten ihm zur Verfügung standen. Vielleicht griff er auch nur nach einem Strohhalm, aber er brauchte diese Frau. »Weil ich mich mit Ashartis Blut infizierte, *nachdem* sie etwas von dem Blut des Hochbetagten bekommen hatte.«

Die Gräfin beugte sich gespannt zu ihm vor. »Sie haben das Blut des Hochbetagten in sich?«

»Nur verschwindend wenig. Asharti bekam einen einzigen

Tropfen aus seiner Vene, und danach riss sie sich an meinen Zähnen ihre Lippe auf.«

»Also deshalb war sie stark genug, um den Meister zu besiegen, den Rubius zu ihr schickte, um sie zu vernichten!«, flüsterte die Gräfin. »Und nun erschafft sie immer mehr von ihrer Sorte, und ihre Horden trinken in aller Öffentlichkeit Blut.« Sie trat an das Fenster, dessen Scheibe in der regennassen Dunkelheit wie von Diamanten überzogen glitzerte. Nach kurzer Überlegung wandte sie sich wieder zu Ian um. »Wenn man sie nicht aufhält, wird es bald mehr Vampire als Menschen geben, von denen wir uns nähren können, ganz zu schweigen von der unerwünschten Aufmerksamkeit, die durch sie auf unsere Spezies gelenkt wird. Es wird Krieg zwischen den Rassen geben. Das zerbrechliche Gleichgewicht, das unsere Gesellschaft aufrechterhält, wird für immer umgestoßen werden.«

»Dann halten *Sie* sie doch auf!«, versetzte Ian schroff.

Lady Lente hob das Kinn. »Ich bin nicht sicher, ob wir das können. Erst letzten Monat hat sie Ivan Remstrev umgebracht. Er war der Stärkste gleich nach Rubius.«

»Dann stellen Sie Ihre eigene Armee zusammen«, sagte Ian ärgerlich.

»Vampire zu erschaffen ist verboten. Rubius würde niemals einwilligen, den Gefährten zu verbreiten, und dann alle, die wir dazu gemacht haben, zu töten, bevor sie verrückt werden oder ihrerseits Vampire schaffen könnten. Im Übrigen sind wir auf der ganzen Welt verstreut. Bis wir uns versammeln könnten, hätte Asharti vielleicht schon zu viele neue Anhänger, um diese noch aufhalten zu können. Außerdem hat sie das Blut des Hochbetagten in sich.«

Ian schüttelte sich vor Abscheu. Wenn sie Asharti nicht aufhalten konnten, würde sie eine Schneise der Vernichtung von Algier nach Rom, Paris, London, ja sogar nach Stanbridge schlagen, um ihn aus dem Weg zu schaffen. Er war die einzige andere

Quelle der Macht des Hochbetagten, egal, wie klein und schwach er auch war.

Böse Vorahnungen stiegen in Ian auf. Als hätten sie den gleichen Gedanken gehabt, wandten er und die Gräfin sich dem regennassen Fenster zu. Im fiel wieder ein, dass er sich heute Morgen duellieren musste. Und so lächerlich das an diesem Punkt auch sein mochte, wollte er doch nicht, dass es von ihm hieß, er sei zu feige gewesen, um zu dem Duell zu erscheinen.

Die Gräfin wollte etwas sagen, besann sich dann aber eines anderen. »Es tut mir leid, dass es so lange gedauert hat, Sie heute Nacht zu finden«, sagte sie und nahm eine Visitenkarte aus ihrem perlenbestickten Retikül. »Kommen Sie nach Sonnenuntergang zu mir. Wichtige Entscheidungen müssen getroffen werden. Es gibt Dinge, die Sie wissen müssen. Enttäuschen Sie mich nicht.« Es klang wie eine Drohung, heute Nacht war es schon die zweite gegen ihn. Sie ging zur Tür. Doch statt sie zu öffnen, blieb sie davor stehen. Ein rasch aufsteigender schwarzer Nebel, bei dessen Anblick Ian ein Schwindelgefühl ergriff, begann sie einzuhüllen. Als er sich auflöste, war die Frau fort.

Ian atmete schwer und verharrte einen Moment reglos. Dann verließ er sein Zimmer, ging über den Korridor und durch die Eingangstür hinaus auf die Straße zu der Kutsche, die für ihn schon bereitstand. Sein Duellgegner erwartete ihn. Eine gewisse Mrs Mulgrave hatte überall herumerzählt, sie seien ein Liebespaar, und obwohl das absolut nicht stimmte, hatte ihr törichter Ehemann ihn bei White's zu einem Duell herausgefordert. Nun würde er auch noch zu spät erscheinen. Vielleicht war auch schon die Sonne aufgegangen, bevor das Duell beginnen konnte. Das wäre schlimm für ihn, aber er musste sich ja eigentlich nur anschießen lassen und konnte sich danach sofort wieder in die geschlossene Kutsche zurückziehen.

Der Kutscher trieb die Pferde zu einem flotten Trab an, als Ian sich in die weichen Polster sinken ließ. Noch immer fühlte er sich von der Ungeheuerlichkeit der nächtlichen Geschehnisse überwältigt. Beatrix Lisse, Asharti, Major Ware, der Brief – so vieles ging ihm im Kopf herum.

Er hatte Angst vor Beatrix Lisse. Sie war alt und stark. Aber mehr noch fürchtete er Asharti. Ein Gefühl der Unabwendbarkeit erfasste ihn. Was würde Lady Lente von ihm verlangen? Dass Faust dem Teufel seine Seele verkauft hatte, war vermutlich nichts dagegen. Trotzdem musste es einen Weg geben, wie Beatrix Lisse ihm helfen konnte, Asharti zu entkommen, die eines Tages hier auftauchen würde – blutdürstig im wahrsten Sinne dieses Wortes. Ian zog die Visitenkarte der Gräfin aus seiner Tasche und warf einen Blick auf die Adresse, die darauf stand.

Nummer 46 Berkeley Square.

15. Kapitel

»Du hast Blakely abgewiesen?« Lady Rangle erhob ihre Stimme und schien ihre übliche Lethargie darüber völlig zu vergessen. Sie sprang von der Chaiselongue in ihrem Boudoir auf und begann, ärgerlich in dem ganz in Blassrosa und Lavendelblau gehaltenen Zimmer hin und her zu gehen.

Beth dachte mit Schrecken an die bevorstehende Szene. »Ich kann nicht ohne Liebe oder gegenseitigen Respekt heiraten.«

»Respekt!« Lady Rangle rang tatsächlich die Hände. Beth hatte das noch nie jemanden wirklich tun gesehen. »Ich weiß nicht, ob du in letzter Zeit in den Spiegel geschaut hast, meine Liebe, aber nicht alle von uns haben eine große Auswahl von Verehrern, unter denen wir wählen können.«

Beth wusste, dass sie nicht hübsch war, aber sie hatte ihren Stolz. »Er ist mindestens vier Jahre jünger als ich, Tante, und hat so gut wie nichts von dieser Welt gesehen. Wir würden nicht zusammenpassen.«

»Zusammenpassen!«, rief Lady Rangle kopfschüttelnd. »Er hat ein ordentliches Einkommen, sieht nicht schlecht aus und hat tatsächlich um dich *angehalten!* Und du weist ihn ab! Nach all der Mühe, die ich mir gemacht habe, um euch beide in Ranelagh Gardens allein zu lassen. Ich kann dir die Männer vorstellen, aber nicht ihre Anträge für dich annehmen. Etwas wirst du schon allein tun müssen.« Sie fuhr abrupt herum. »Nun ja, wenn man den Admiral vielleicht noch dazu bringen könnte ...«

»Würde ich auch ihn ablehnen, Tante.« Beth wusste kaum noch, was sie sagen sollte, als ihrer Tante fast die Augen aus dem Kopf traten. »Er ist älter als mein Vater!«, protestierte sie. »Und ich kann kaum verstehen, was er sagt, weil er ständig in diesen Seemannsbegriffen spricht.«

»Und du willst immer nur über dein geliebtes Afrika oder irgendwelche geheimnisvolle Untersuchungen von Gott weiß was reden«, warf Lady Rangle ihr vor. »Herrgott noch mal, welche junge Dame spielt schon *Schach*?«

»Ich habe sehr darauf geachtet, über nichts zu sprechen, was mich interessiert, nachdem ich gemerkt hatte, was das bewirkte«, sagte Beth mit belegter Stimme. »Ich will keine Langweilerin sein.«

Lady Rangle schien plötzlich eine Idee zu haben. »Dieser nette junge Major – er hat sich gestern Abend doch offenbar recht gern mit dir über fremdländische Orte unterhalten ...«

»Auf den Major würde ich meine Hoffnungen nicht setzen«, erwiderte Beth abweisend, als ihr bewusst wurde, dass ihre Tante ihre Gespräche offenbar belauschte. »Ich glaube, er benutzt mich nur als Vorwand, um mit Emma Fairfield sprechen zu können. Es ist durchaus ein Antrag zu erwarten, aber nicht für mich.«

Lady Rangle seufzte und ließ sich auf den gepolsterten Schemel vor ihrer Frisierkommode fallen. »Du undankbares Kind!«

Beths Herz krampfte sich zusammen. »Ich will keine Bürde für dich sein«, murmelte sie. Vielleicht war ihre Tante jetzt bereit, sich anzuhören, dass Beth sich schon nach einer Stellung umsah. Und wer sonst könnte ihr eine Empfehlung schreiben? Beth verlor langsam die Hoffnung. »Ich glaube, ich würde lieber zurückgezogen auf dem Land leben. Wenn ich eine Möglichkeit fände, mir dort meinen Lebensunterhalt zu verdienen, würde ich mir auf der Stelle den Ruß Londons von den Schultern bürsten.«

Lady Rangle blickte auf, und ein berechnender Ausdruck lag plötzlich in ihren Augen. »Würdest du?« Zum zweiten Mal sah Beth sich von ihrer Tante begutachtet wie ein Gebrauchsgegenstand. Sie sah, wie ihre blassblauen Augen schärfer blickten, während sie die Möglichkeiten einer Anstellung als Gouvernante, Putzmacherin oder auch nur als Dienstmädchen eine nach der anderen verwarf. »Aber als Gesellschafterin«, sagte sie schließlich. »Bei einer alten Dame mit irgendeinem Gebrechen. Obwohl diese Dame natürlich eine ganz besonders kratzbürstige Person sein würde, die schon einige andere Gesellschafterinnen verschlissen hat, und nur deshalb bereit wäre, jemanden wie dich einzustellen – mit so gar keiner Weltgewandtheit.« Lady Rangle nickte vor sich hin. »Ich könnte diskret Erkundigungen einziehen.«

Beth verdrehte im Stillen die Augen, als sie sich an Jenny erinnerte und an das schwere Los, das sie bei Mrs Pargutter gehabt hatte. Aber sie sagte nur: »Dafür wäre ich dir sehr dankbar, Tante. Je eher ich eine Stellung finde, desto besser.«

»Ja«, murmelte ihre Tante, die im Geiste bereits Listen erstellte, während sie in den Spiegel blickte und ein widerspenstiges Löckchen an seinen Platz zurückbeförderte. »Ja … und ich weiß auch schon, wo ich beginnen werde.«

Beth schlüpfte unbemerkt aus dem Boudoir.

Nummer 46 Berkeley Square war das klassische Beispiel eines im vergangenen Jahrhundert erbauten Stadtpalais – erbaut aus schiefergrauem Portlandstein, ausgestattet mit hohen, bogenförmigen Fenstern, die weiß umrandet waren, während die Türen in einem unkonventionellen, aber eleganten Blau gehalten waren.

Ian hatte am Morgen eine Stunde damit verbracht, sich von der Schusswunde in seiner Schulter zu erholen. Nach dem Duell hatte er sich nicht von dem anwesenden Arzt untersuchen lassen, sondern sich sofort in seine Kutsche zurückgezogen, weil die inzwischen aufgegangene Sonne ihm unerträglich war. Außerdem wäre es nicht gut, den klatschsüchtigen Doktor wissen zu lassen, wie ernstlich er verwundet war. Mulgrave war ziemlich verärgert gewesen, dass Ian sich so schnell empfohlen hatte. Vielleicht würde er seine einfältige Frau ja jetzt nach der Wahrheit über ihre angebliche Affäre fragen.

Das Dienstmädchen, das Ian die Tür öffnete, sagte, die Gräfin erwarte ihn bereits, und führte ihn in einen der schönsten Salons, die er je gesehen hatte. Dezente blaue und braungraue Farbtöne wiederholten sich im ganzen Raum, in den dicken Teppichen, den gestreiften und geblümten Polstern und in den Draperien der hohen Fenster, die auf die Straße und den gegenüberliegenden Park hinausgingen. Ein schwerer Rokoko-Beistelltisch schien wie dazu geboren, einen kleinen, mit Intarsien versehenen Spieltisch zu ergänzen. Wer wäre auf die Idee gekommen, diese beiden Möbel in ein Zimmer zu stellen? Aber sie hätten nicht perfekter miteinander harmonieren können. Ein Gemälde mit einer kleinen goldenen Plakette, die besagte, dass es von J. M. W. Turner war, erregte Ians besonderes Interesse. Das Bild gab auf brillante Weise die dunklen Wolken eines Sturmes wider, der über einer idyllischen, noch von der Sonne beschienenen Ernteszene heraufzog. Auf gewisse Weise kam Ian dieses Bild wie eine Prophezeiung vor.

Während er es betrachtete, gingen ihm düstere Gedanken an Nordafrika und den Horror, den er dort zurückgelassen zu haben glaubte, durch den Kopf. Den ganzen Tag hatte er kein Auge zugetan und darüber nachgedacht, London zu verlassen und sich in ein weit entferntes Land zu flüchten. Nach Amerika zum Beispiel. Aber das würde Henry und seine Familie, Miss Rochewell und ganz England zu einer leichten Beute für Asharti machen. Ian sagte sich, dass das alles im Grunde keine Rolle spielte. Er konnte nicht fortgehen, ohne zuvor mehr darüber zu erfahren, was er war, und was Asharti so anders machte, seit sie das Blut des Hochbetagten in sich hatte. Und er musste wissen, welche Konsequenzen es für ihn bedeuteten könnte, dass auch in seinen Adern eine winzige Menge dieses Blutes floss.

Ian wandte sich um, als er die Anwesenheit der Gräfin spürte. Sie taxierte ihn mit einem durchdringenden Blick. Die gleiche Art der Begutachtung hatte er schon auf dem Sklavenmarkt erlebt. Heute trug die Gräfin ein Kleid aus pfirsichfarbener Seide, das den Glanz ihres roten Haars betonte und ihre Augen noch dunkler wirken ließ. »Sie sind also gekommen. Das war eine gute Entscheidung. Wir haben viel zu tun.« Sie zog an der Klingelschnur. »Simington, bringen Sie dem Herrn Brandy und für mich Champagner. Und etwas Gebäck bitte.«

Mit einer Verbeugung zog der Diener sich zurück.

»Ich bin gekommen, weil ich Informationen haben will.«

Sie ließ sich anmutig auf einem braungrau und cremefarben gestreiften Sessel nieder. »Hatte ich Sie nicht gebeten, mich Beatrix zu nennen?«

»Ich weiß nichts über Sie. Unsere Verbindung rechtfertigt derartige Vertraulichkeiten nicht«, erwiderte er steif.

»Und Sie werden auch nichts über mich erfahren. Aber Beatrix ist der Name, mit dem mich meine Artgenossen schon seit siebenhundert Jahren anreden. Da werden Sie, obwohl Sie erst seit Kurzem zu unserer Art gehören, doch keine Ausnahme sein wollen.«

Ian schwieg. Es behagte ihm nicht, zum Kreis »ihrer Artgenossen« gezählt zu werden.

Der Diener trug ein Tablett mit dem Gewünschten herein. Ian winkte ab, als die Gräfin ihm Nüsse und *petit fours* anbot. Nachdem der Diener sich zurückgezogen hatte, schenkte sie ihrem Gast einen Brandy ein. »Den werden Sie brauchen.«

Das bezweifelte er nicht. Der erste feurige Schluck war äußerst wohltuend.

»Sie haben recht«, bemerkte sie. »Sie müssen Bescheid wissen. Wir werden mit den Fragen beginnen und dann zu den anderen Dingen übergehen. Aber ich werde bestimmen, in welchem Maße ich Sie informieren werde.«

Zumindest war sie ehrlich, was das anging. »Zuerst möchte ich wissen, was Sie als Gegenleistung von mir verlangen werden«, sagte Ian. Er hatte Erfahrung mit Frauen wie dieser; sie forderten immer irgendetwas.

Sie zog angesichts seiner Kühnheit die Brauen hoch, und ihre Lippen wurden schmal. »Ich werde nichts von Ihnen verlangen, dessen ich Sie nicht für fähig halte. Das, worum ich Sie bitten würde, könnte ich nicht durch meinen Willen erzwingen. Also überlegen Sie es sich.«

Ian errötete. Diese Frau kannte Asharti, und sie wusste, was Suggestion war. Möglicherweise wusste sie sogar, was Asharti ihm angetan hatte. Und trotz ihrer gegenteiligen Behauptungen hatte sie vielleicht genau das Gleiche mit ihm vor.

»Im Laufe unseres Gesprächs werde ich mir ein Bild von Ihren Fähigkeiten machen. Setzen Sie sich«, forderte sie ihn auf und deutete auf einen Sessel. »Und fragen Sie.«

Ian unterdrückte seine Nervosität und nahm Platz. »Als Erstes möchte ich wissen, was der Gefährte ist.«

»Ein Parasit«, erwiderte die Gräfin ohne Umschweife. »Ein symbiotischer Partner, wenn Sie so wollen, der sich Ihr Blut mit Ihnen teilt. Es ist keine Krankheit, sondern eine neue Daseinsform. Wenn der Parasit in Ihr Blut gelangt, müssen Sie durch das Blut eines Vampirs Immunität erlangen, um zu überleben. Aber *wenn* Sie überleben, teilt Ihr Gefährte eine Macht mit Ihnen, die bloße menschliche Geschöpfe sich nicht einmal vorstellen können.« Sein Abscheu musste ihm im Gesicht geschrieben stehen, denn sie fügte schnell hinzu: »Sie *sind* noch menschlich, Mr Rufford, aber Sie sind jetzt weitaus mehr als das – zwei Wesen vereint in einem.«

»Was kann diese Macht bewirken?« Die Ellbogen auf die Knie gestützt, beugte Ian sich vor und wartete gespannt auf ihre Antwort.

»Unser Gefährte regeneriert seinen Träger, seinem eigenen

Wohl zuliebe, unaufhörlich, womit er uns praktisch unsterblich macht.«

Für einen Moment war Ian außerstande, etwas zu sagen, da dieses Wort ihn völlig durcheinanderbrachte. *Unsterblich?* Er hatte gewusst, dass Asharti und Fedeyah Jahrhunderte gelebt hatten, aber … Unsterblichkeit? Schließlich räusperte er sich und fuhr fort, um nicht darüber nachdenken zu müssen. »Sie sprachen gestern Nacht vom Töten von Vampiren. Wie soll das gehen?« Das war eine der Fragen, die ihn am meisten interessierten.

»Der Schaden muss zu groß für den Gefährten sein, um ihn heilen lassen zu können. Ein abgeschlagener Kopf – der allerdings vollkommen vom Rumpf getrennt sein muss, damit keine Verbindung mehr zustande kommen kann –, ist eine wirksame Methode. Ein herausgeschnittenes, vollständig entferntes Herz kann auch zum Tode führen, wenn auch eher selten. Die Regenerationsfähigkeit eines Vampirs ist enorm, selbst abgetrennte Gliedmaßen und fehlende Organe baut der Gefährte sehr schnell wieder auf. Wir können nicht verbluten, nicht vergiftet werden und uns auch keine Krankheit zuziehen, die der Gefährte nicht kurieren kann. Wir können einander töten, falls einer deutlich stärker ist, was allerdings eine sehr brutale Sache ist, aber Selbstmord ist nahezu unmöglich.«

»Das weiß ich.«

»Also war es für Sie wirklich kein willkommenes Geschenk. Wie oft haben Sie es versucht?«, fragte sie neugierig.

Ian wandte seinen Blick ab. Er war nicht stolz auf seine Feigheit. Oder vielleicht schämte er sich auch nur, weil er gescheitert war. »Dreimal, glaube ich. Ich habe mich erhängt und ein gebrochenes Genick geheilt. Ich ging nackt in die Sonne, aber anscheinend bringt einen das nicht um. Die Verbrennungen heilten. Dann stürzte ich mich in einen Kampf, bei dem meine Überlebenschancen so gering waren, dass meine Verletzungen mich getötet haben müssten. Eine indirekte, aber für gewöhnlich äußerst wirksame Methode.«

»Sie müssen es geschafft haben, in der Sonne zu bleiben, bis der Schmerz Ihnen die Sinne schwinden ließ.«

Ian nickte.

»Neue denken immer, die Sonne würde sie umbringen«, seufzte die Gräfin. »Die meisten haben allerdings nicht den Mut, diese Theorie unter Beweis zu stellen.«

»Und wie ist das mit der Kraft?« Ian schluckte.

»Wie gesagt, der Gefährte verleiht uns Macht, körperliche Macht und geistige. Daher kommen unsere Kraft und unsere Fähigkeit, anderen unseren Willen aufzuzwingen. Diese Suggestivkraft haben Sie schon gespürt, vermute ich.«

»Und auch selbst schon bei der Nahrungsaufnahme angewendet«, erwiderte er so ruhig er konnte.

»Das möchte ich doch hoffen. Bringen Sie Ihre Opfer dazu zu vergessen, was geschehen ist?«

»Ja.« Er verschwieg ihr allerdings, dass er ihnen zudem noch angenehme, positive Erinnerungen suggerierte.

»Gut. Das haben Sie gut gemacht. Wir können Eindrücke vermitteln oder jemanden dazu bringen, sich auf eine bestimmte Weise zu verhalten. Wir können nur leider nicht Gedanken lesen.«

»All das ist mir schon bekannt.« Er hatte seine Stimme fast wieder unter Kontrolle.

»Ah. Von Asharti, nicht wahr? Aber was möchten Sie denn sonst noch wissen?«

»Kann man irgendwie vermeiden ... Blut zu sich nehmen zu müssen?« Ian hielt den Atem an.

Die Gräfin schüttelte den Kopf. »Das ist das, womit man sich am schwersten abfindet, wenn man nicht schon mit dem Gefährten im Blut geboren wurde. Nein, unser Partner braucht Blut zum Leben. Wenn er hungert, können Sie sich ihm nicht widersetzen.«

»*Ich* kann es nicht.« Er senkte den Blick auf seine Hände, die so fest verschränkt waren, dass seine Fingerknöchel weiß hervortraten. »Ich versuche ... ich meine, ich bemühe mich, nur gerade genug ...« Ian stockte.

»Niemand kann dem Drang widerstehen. Der Trick ist, häufig Blut zu sich zu nehmen«, erklärte sie, »und immer gleich von mehreren Personen. Ich trinke nur von starken jungen Männern. Zufällig mag ich starke junge Männer, und die derzeitige Halstuchmode verbirgt sehr gut die Spuren. Aber wir alle haben ja unsere Neigungen.«

»Was für ein Missbrauch!«, entfuhr es ihm. »Wir ... wir sind böse und verdorben.«

»Ach, kommen Sie, Rufford. Das ist nicht das, was Sie selbst gesagt haben, oder?«

Ian brach in ein gequältes, schon an Hysterie grenzendes Lachen aus. »O nein. Ich habe mich mit einem Bankier verglichen, der von den Zinsen anderer Leute Geld lebt. Was für eine Selbsttäuschung! Das ist alles nur eine gottverdammte Lüge!«

»Ist es das?«, entgegnete die Gräfin sanft. »Ist der Löwe böse, wenn er die Gazelle frisst? Und wir brauchen nicht einmal zu töten. Blut zu sich zu nehmen ist nicht wider die Natur. Es *ist* unsere Natur.«

»Asharti ...«, brachte er erstickt hervor und war dann nicht mehr in der Lage fortzufahren. Mit jemandem, den er nicht kannte, konnte er nicht über Ashartis Verderbtheit reden.

Beatrix Lisse tat etwas, was in einem Salon des prüden georgianischen Englands unvorstellbar war: Sie kam und setzte sich zu Ian, legte einen Arm um seine Schultern und eine Hand auf seine immer noch ganz fest verschränkten Finger. Instinktiv versteifte er sich gegen ihr Mitgefühl. »In jeder Spezies gibt es Schlechte«, flüsterte sie. »Müssen wir deshalb alle nach den Schlimmsten von uns beurteilt werden?«

Ian richtete einen gequälten Blick auf sie. Sie schrak nicht davor zurück, aber ihre Lippen verzogen sich zu einem ermutigenden Lächeln, bevor sie wieder ernst wurde. »Sie denken, Ashartis Grausamkeit sei unser Schicksal. Es *gibt* welche von uns, die vom Leben so gelangweilt sind, so an Gewalt und Gier gewöhnt, dass sie jegliches Gefühl verloren haben. Auch ich wäre um ein Haar so geworden. Aber das muss nicht sein. Ich habe es gerade noch geschafft, umzukehren. Und wir alle wenden Suggestion an, aber nicht so wie Asharti. *Sie* ist krank, nicht Sie. Haben Sie nicht die Freude über Ihre Kraft in Ihren Adern singen hören?«

»Das ja«, erwiderte er mit einem Kloß in seiner Kehle. »Und ich bin sicher, dass Asharti genau das Gleiche spürt.«

»Es ist keine Sünde, Freude an dem zu haben, was Sie sind. Wir alle müssen unsere dunklen Seiten akzeptieren, um ein Ganzes sein zu können, Menschen ebenso wie Vampire. Aber Sie, Sie müssen akzeptieren, dass Sie auch gut sein können. Sie sind kein Ungeheuer«, flüsterte sie ihm mit beruhigender Stimme zu, bevor sie sich erhob und zu ihrem Platz zurückging. »Und nun fragen Sie weiter.«

Ian ließ den Kopf hängen, weil er nicht einmal mehr Herr über seine Stimme war.

»Sie sollten mich nach den Legenden fragen«, half sie ihm auf die Sprünge. »Die müssten Ihnen doch bekannt sein. Man benutzt sie, um Kindern Angst zu machen. Aber sie sind nicht alle wahr. Wir sind nie tot gewesen. Wir verbrennen uns nicht an religiösen Symbolen wie Kreuzen oder Ähnlichem, nur an der Sonne, und selbst die können wir mit der Zeit ein wenig besser zu ertragen lernen. Wir fühlen uns nicht von Knoblauch abgestoßen – obwohl ich bei einem nach Knoblauch stinkenden Bauern eindeutig die Grenze ziehe und mich ganz bestimmt nie an ihm stärken würde. Menschen spüren die Energie unseres Gefährten, was der Grund ist, warum wir ihnen so vital erscheinen. An diesen Schwingungen habe ich Sie übrigens sofort erkannt, als ich Sie sah, und natürlich auch an Ihrem Duft. Wir verwandeln uns nicht in Fledermäuse. Das war ein Mythos, der erfunden wurde, um unsere Fähigkeit zu erklären, die Dunkelheit zu rufen, um uns von einem Ort an einen anderen zu versetzen.«

Ian hob den Kopf, als wüsste er sehr gut, wovon sie sprach.

Die Gräfin zog ihre Augenbrauen hoch. »Hat Asharti sich der Dunkelheit bedient?«

Er schüttelte den Kopf. »Nein. Nicht dass ich wüsste. Ich habe es bei Ihnen gesehen. Und einmal habe ich es sogar selbst getan.«

»Wirklich?«, fragte sie gespannt. »Und woher wussten Sie …?«

»Eine … Freundin von mir studierte eine alte Schriftrolle, in der etwas über uns stand. Der genaue Wortlaut war, dass wir uns, wenn unser Blut singt, in Luft auflösen können. Ich habe versucht, mein Blut zum Singen zu bringen – auf einem Schiff, das mich von Tripolis nach England brachte.«

»Ach du meine Güte! Das ist in vieler Hinsicht interessant. Sie haben den Gefährten angerufen, ohne richtig instruiert zu sein. Und dazu auch noch auf einem Schiff, sagen Sie? Das war gefährlich.«

»Ich hatte keine Ahnung, was ich tat, und wäre fast dabei ertrunken.«

»Nein, Sie wären nicht ertrunken. Es ist nämlich so, dass die Macht sich in einem so ungeheuren Wirbel konzentriert, dass nicht einmal das Licht austreten kann. Wie unschwer an Spiegeln zu erkennen ist, aus denen unser Bild verschwindet. Am Ende verdichtet sich die Energie so sehr, dass sie uns von dem Platz verdrängt, den unser Körper einnimmt. Mit etwas Übung können wir ziemlich akkurat bestimmen, wo wir uns wieder manifestieren. Das ist eine sehr nützliche Fähigkeit, kann ich Ihnen nur sagen.«

»Zweifelsohne«, sagte Ian bitter. Dann hob er den Kopf. »Also sind wir praktisch unbesiegbar, es sei denn, man würde uns den Kopf abschlagen?«

»Nicht ganz. Es gibt einen Weg, den Gefährten zu bezwingen ...« Sie hielt inne und tippte sich mit dem Finger an das Kinn, während sie Ian prüfend musterte. »Aber ich glaube, das verrate ich Ihnen nicht. Es ist immer gut, noch ein paar Geheimnisse parat zu haben.«

Ian zuckte mit den Schultern, obwohl er innerlich erschauderte. »So vorsichtig, Mylady? Aber jemandem wie Ihnen könnte ich doch gar nichts anhaben.«

Sie betrachtete ihn immer noch sehr nachdenklich. »Und diese Schriftrolle? Wo befindet sie sich jetzt?«

»Bei meiner Freundin.«

Sie furchte ihre Augenbrauen. »Das ist der andere interessante Aspekt. Diese ... Freundin scheint ja sehr viel über Sie zu wissen.«

Ian war, als striche ihm eine kalte Hand über den Rücken. Hatte er Miss Rochewells Vertrauen missbraucht? Wie weit würde Beatrix gehen, um ihre Geheimnisse zu bewahren? »Nur mir war klar, was sie gefunden hatte.«

»Es ist sehr schwer, jemanden zu belügen, der so alt ist wie ich«, sagte die Gräfin tadelnd. »Ist diese Freundin schreiend aus dem Raum gerannt, als ihr bewusst wurde, was Sie sind? Ist sie ohnmächtig geworden? Das tun nämlich fast alle, wissen Sie.«

»Weder noch, Mylady«, sagte Ian, der sich bemüßigt fühlte, Miss Rochewells wirklich sehr erstaunliche Courage zu verteidigen.

Lady Lente zuckte die Schultern. »Nun ja, vielleicht ist sie ja nicht die Klügste.«

Ian biss die Zähne zusammen. Wenn er nicht lügen konnte, würde er eben die Wahrheit sagen und Miss Rochewell mit seinem Leben verteidigen, falls das nötig war. »Sie wusste es. Sie sah meine Kraft, als wir von Piraten angegriffen wurden. Danach sah sie, wie meine Wunden heilten, als sie sie versorgte. Und ich ... ich elende Kreatur ließ mich dazu hinreißen, von ihrem Blut zu trinken. Am Ende wusste sie beinahe alles. Und sie ist *nicht* schreiend hinausgerannt. Selbst jetzt noch kann ich es kaum glauben.«

»Ah. Verstehe.« Die Gräfin starrte ihn aus schmalen Augen an. »Ist sie hier in London?«

»Sie werden ihr weder etwas antun noch sie Ihrem Willen unterwerfen. Sie stellt keine Bedrohung für Sie dar, Gräfin.«

»Sie maßen sich an, mir zu sagen, was ich zu tun habe? Es ist zu gefährlich, dass Menschen wissen, was wir sind.« Beatrix Lisse trank völlig unbekümmert einen Schluck Champagner. »Ich muss unsere Spezies schützen.«

»Sie werden ihr *nichts* zuleide tun«, wiederholte Ian und baute sich mit zwei großen Schritten vor der rothaarigen Vampirin auf.

»Sie sind noch ein Novize«, spöttelte sie. »Maßen Sie sich also nicht an, sich gegen mich zu stellen.«

Ian spürte das Prickeln der Macht seines Gefährten in seinen Venen, das mit dem Zorn, der ihn durchflutete, immer stärker wurde. Dieser Frau musste gezeigt werden, dass sie es nicht wagen durfte, Miss Rochewell auch nur ein Haar zu krümmen. *Gefährte!*, dachte er so eindringlich wie auf dem Schiff, und sogleich stieg eine schier unglaubliche Stärke in ihm auf, die wie Feuer durch seine Glieder schoss und sich zu einem glühenden Ball in seinem Herz vereinte. Leben! Er lebte!

Beatrix Lisse erhob sich, und ihre Augen wurden rot. »Treten Sie zurück«, flüsterte sie.

Ian sah, wie die Konturen ihres Körpers sich verdunkelten, als auch sie ihre Kräfte sammelte. Und wenn schon. Dass sie vermutlich stärker war als er, kümmerte ihn nicht. *Komm zu mir, Gefährte! Zusammen sind wir mehr als einer.* Er würde dafür sorgen, dass sie es sich zweimal überlegte, sich mit ihm anzulegen. Aber er spürte, dass sie versuchte, ihn ihrem Willen zu unterwerfen, was seinen Ärger noch verschärfte. Nie wieder würde er sich von einer Frau beherrschen lassen! Die Kraft ballte sich in seinem Bauch zusammen und drohte, jeden Augenblick hervorzubrechen. Er gierte nach der Macht, die er herbeirief, und war wie berauscht von ihr.

»Sehen Sie mich an«, zischte die Vampirin. Ian tat es. Nicht, weil sie es ihm befahl, sondern weil er wusste, dass es unumgänglich war, wenn er ihr seine Kraft beweisen wollte.

Schweigend machte sie von ihrer Willenskraft Gebrauch, die wegen ihres hohen Alters so außerordentlich stark war, dass es Ian schier den Atem raubte. Zitternd vor Wut stand er vor ihr und rief seine eigene Macht zu Hilfe, um ihrem hypnotischen Blick zu widerstehen. Das Singen in seinen Adern schwoll zu einem ohrenbetäubenden Crescendo an.

Von einer Sekunde auf die andere erlosch das Glühen in ihren Augen. Sie schnappte nach Luft und griff sich an den Hals. »Du meine Güte, Sie sind aber wirklich stark!«, sagte sie lachend und ließ sich wieder auf ihren Polstersessel zurückfallen.

Ian blieb wie vor den Kopf geschlagen stehen und spürte, wie die Kraft langsam wieder in seine Adern zurückströmte. Blindlings griff er nach der Rückenlehne eines Sessels, als das Lied des Gefährten verklang und seine Knie ganz schwach wurden und zitterten. »Was … was sollte das?«

»Das war nur eine Prüfung. Setzen Sie sich, bevor Sie hinfallen, Rufford.« Sie hatte Mühe, mit dem Lachen aufzuhören.

»Eine Prüfung?« Erneut stieg Ärger in ihm auf. »Sie werden dieser jungen Dame nichts zuleide tun.«

»Nein, nein, ich werde ihr schon nichts antun. Man kann nicht überall Leichen hinterlassen. Damit würden wir schneller die Aufmerksamkeit auf uns lenken, als es Ihre kleine Freundin könnte. Falls nötig, werde ich einfach ihre Erinnerung auslöschen«, sagte sie und lachte ihn schon wieder an.

Ian war nicht sicher, ob er wollte, dass Miss Rochewells Erinnerung an ihn ausgelöscht wurde, aber er hatte jetzt keine Zeit, dieses Gefühl genauer zu ergründen. »Was sollte das mit dieser ›Prüfung‹?«

Die Gräfin lachte. »Ich musste Sie nur wütend genug machen, um Sie gegen mich aufzubringen. Ihre kleine Freundin hat mir einen perfekten Ansatzpunkt gegeben.« Etwas ironisch blickte sie zu ihm auf. »Werden Sie nun wieder Platz nehmen oder nicht?«

Ian setzte sich. »Warum? Warum haben Sie das getan?«

Lady Lente wurde ernst. »Sie *sind* sehr stark, Rufford. Vielleicht der Stärkste, den ich je gesehen habe. Für einen neuen Vampir ist das erstaunlich. Ich musste meine ganze Macht aufbieten, um mich gegen Sie zu behaupten.« Sie musterte ihn abschätzend. »Rubius dachte sich schon, dass das so sein könnte, und deshalb bat er mich, nach London zurückzukehren. Ihre Kraft macht Sie sehr wertvoll für uns.«

»Sie haben meine Frage nicht beantwortet.«

»Gott, wie langweilig Sie sein können, Rufford!« Die Gräfin beugte sich ein wenig vor. »Sie wissen, warum. Es gibt da etwas, das getan werden muss. Und Sie sind vielleicht genau der Richtige dafür.«

»Ich werde überhaupt nichts tun, außer zu White's zu gehen und mein Glück am Spieltisch zu versuchen«, sagte er, noch immer sehr verstimmt. Er war ihre Spielchen leid, und darum stand er auf und machte Anstalten zu gehen.

»Sie müssen Asharti finden«, sagte sie mit tief bewegter Stimme. »Sie müssen sie töten. Wir hätten es schon vor Jahren tun sollen.«

»Ich könnte sie nicht töten. Und ich werde mich nicht noch einmal in ihre Macht begeben. Ich gehe nach Amerika.«

»Sie wird Sie finden. Sie hat schon gemerkt, dass Sie eine Gefahr für sie sein könnten.«

»Dann gehe ich von Amerika nach China und von dort aus dann nach Indien.«

»Ein Leben auf der Flucht? Und bedenken Sie, dass es ein sehr, sehr langes Leben sein wird. Sie wissen, dass sie bis in alle Ewigkeit Zeit hat, Sie aufzuspüren.«

Ian ließ die Schultern hängen, als die Wahrheit ihrer Worte seinen Zorn durchdrang.

Die Gräfin wurde bitterernst. »Ich habe Ihnen gesagt, Sie hätten die Wahl, und die haben Sie auch. Normalerweise würden wir einen neu geschaffenen Vampir wie Sie ohne lange nachzudenken töten. Aber wir können nicht zulassen, dass Asharti ganze Armeen neuer Vampire schafft. Sie kann nicht derart unverfroren Regierungen stürzen. Rubius braucht Sie, Rufford. Wir alle brauchen Sie. Und wenn es zum Schlimmsten kommt, werden Sie sich dafür entscheiden, uns zu helfen.« Sie sah ihn eindringlich an. »Für Sie steht etwas noch Wichtigeres auf dem Spiel als Ashartis Drohung, Sie zu töten.«

»Wovon reden Sie?«

Ihre Augen wurden hart. Sie war im Begriff, etwas zu sagen, was ihm nicht gefallen würde. »Ihre Seele ist nicht mehr Ihre eigene. Was Sie durch Asharti erlitten haben, hat schlimme Narben bei Ihnen hinterlassen. Ich habe sie schon vorher Menschen so verwunden sehen.« Beatrix' Augen verdüsterten sich von einer schmerzlichen Erinnerung, bevor sie ihr Gesicht wieder zu ihm erhob. »Möglicherweise hat sie allem, was Sie waren, und allem, was Sie sein könnten, einen mörderischen Schlag versetzt, aber Sie müssen über darüber hinwegkommen. Sie können nicht vor ihr davonlaufen, weil Sie sie immer mit sich nehmen werden.«

Ian stieß den Atem aus, den er unwillkürlich angehalten hatte. Er war zu keiner Antwort fähig, sondern starrte die Frau nur an.

Die Gräfin hielt seinem anklagenden Blick ruhig stand. »Nur jemand mit dem Blut des Hochbetagten in den Adern hat eine

Chance gegen sie. *Sie* müssen sie aufhalten. Für Ihre neue Gattung. Für die Welt. Und für sich selbst.«

»Ich bin ihr nicht gewachsen. Ich bekam einen Tropfen von ihrem Blut, nachdem sie einen Tropfen von seinem bekommen hatte. Wer weiß, wie viel mehr sie zu sich genommen hat, seit ich sie dieses Blut von seinem Finger lecken sah?«

»Sie haben den Hochbetagten selbst gesehen?« Die fein gezeichneten Augenbrauen der Gräfin zogen sich zusammen.

»Ja, das habe ich.« Ian erinnerte sich an die kalte, tote Luft des Tempels, an das nicht von dieser Welt scheinende Wesen, das dort in der Dunkelheit gesessen hatte. »Sie nannte ihn auch den *Wartenden*.«

Lady Lente war wie vom Donner gerührt. »Keiner von uns hat ihn je gesehen. Für uns ist er nur eine Legende.«

»Dann erzählen Sie mir die Legende.«

Die Gräfin sammelte sich einen Moment. »Es lebte einst ein Volk in … irgendwo ganz anders, und das ist so lange her, dass nur noch Rubius sich daran erinnert, dass diese Wesen unter Menschen lebten. Normalerweise hielten sie sich in den fruchtbaren Gebieten des Vorderen Orients auf. Unsere Vorfahren waren damals noch Jäger und Sammler, die sich mit Tierfellen bekleideten und in den tiefen Tälern der Karpaten lebten, nördlich dieser Fremden und ihrer Monumente. Aber einer dieser Fremden kam in den Norden. Der Gefährte in seinem Blut infizierte einen Brunnen; niemand weiß, wie das geschah. Wir nennen ihn ›Die Quelle‹. Der Legende nach wollte er die Menschheit nach seinem eigenen Abbild umgestalten. Und das ist ihm, teilweise zumindest, auch gelungen. Zuerst starben alle, die aus diesem Brunnen tranken. Aber einer oder zwei überlebten, und wir entdeckten, dass das Blut der Überlebenden andere retten konnte. Und so wurde unsere Spezies erschaffen.«

»Immunität«, murmelte Ian. »Und dieses alte Volk?« Ian kam sich vor, als lauschte er einer Geschichte, die an einem Lagerfeuer erzählt wurde, in dessen Schatten wilde Tiere umherschlichen und von dem Funken aufstoben und in der Dunkelheit wieder erloschen.

»Sie gingen«, erwiderte sie schlicht. »Nur der, der unseren Brunnen infiziert hatte, blieb zurück; entweder zur Strafe für seine Überheblichkeit oder weil er den Aufbruch verpasst hatte. Niemand weiß genau, warum.«

»Und deshalb ist er ›Der Wartende‹.«

Die Gräfin nickte. »Er wartet auf ihre Rückkehr.« Beide dachten einen Moment darüber nach, wie lange er schon gewartet hatte.

»Aber ich habe immer noch die Wahl?«, fragte Ian schließlich.

»Ja.« Die dunklen Augen betrachteten ihn ruhig.

»Nun, dann schicken Sie diesem Rubius besser eine Nachricht, er solle sich selbst um Asharti kümmern, weil ich dieser Aufgabe nämlich nicht gewachsen bin. Meine einzige Möglichkeit, auch wenn es nur eine geringe ist, ist, ihr immer einen Schritt voraus zu bleiben. Wenn er mich dafür töten will, dann sei es eben so.«

Die Gräfin schürzte ihre Lippen und schob das Kinn vor, aber schließlich seufzte sie. »Na schön. In der Zwischenzeit werden wir alle nötigen Vorbereitungen für Ihre Reise nach Amerika treffen.«

Ian funkelte sie an. Hatte sie wirklich so schnell aufgegeben? Und da war noch etwas. »Ich will nicht, dass jemand Miss Rochewells Erinnerung auslöscht.«

Beatrix' Augen wurden schmal. »Ich werde mir ein Urteil vorbehalten, bis ich sie gesehen habe. Aus Ihrer Reaktion schließe ich, dass sie sich in London aufhält. Wer weiß sonst noch etwas über Sie?«

»Niemand«, sagte Ian nachdrücklich. Dann kam ihm ein Gedanke. Blundell!

»Was? Sie wissen doch, dass Sie nichts vor mir verbergen können.« Sie musste seinen bestürzten Gesichtsausdruck richtig gedeutet haben, denn sie sagte: »Ich werde niemandem etwas zuleide tun. Können Sie das nicht endlich akzeptieren? Aber wir können uns nicht erlauben, dass jeder über uns im Bilde ist.«

»Ich bin zu einem Arzt gegangen, um ein Heilmittel zu finden. Zu einem Spezialisten für Bluterkrankungen.«

»Hat er eine Blutprobe von Ihnen?«, fragte sie scharf.

Ian nickte.

»Nun, dann wird das unsere erste gemeinsame Übung in Translokation sein. Wir werden diese Blutprobe holen und den guten Doktor dazu bringen, Sie zu vergessen.« Sie stand auf und blickte auf ihn herab. »Sie fürchten, ja verachten mich sogar. Aber ich bin Ihre Verwandte. Und genau wie ich können Sie lernen, sich an Ihrem Zustand zu erfreuen. Aber um in Frieden leben zu können, müssen Sie über Ihre Zeit mit Asharti hinwegkommen.«

Sie streckte ihre Hand aus. »Kommen Sie. Ich werde Sie lehren, die Dunkelheit zu kontrollieren. Es ist unwahrscheinlich, dass der Arzt unsere wahre Natur entdecken kann, indem er den Gefährten unter einem dieser modernen Geräte studiert – wie heißen Sie doch noch? Mikroskope? Aber wir dürfen nichts riskieren.«

Sie winkte, und Ian stand auf. Er konnte noch sehr viel lernen von dieser Frau. Mit den Konsequenzen würde er sich dann später auseinandersetzen. Und irgendwie würde er sie davon abhalten, Miss Rochewells Erinnerung an ihn auszulöschen. Einstweilen nahm sie lächelnd seine Hand in ihre, und das Glühen der Kraft, die von ihr ausging, blendete ihn nahezu.

In seinen Räumlichkeiten in Albany House zog Ian Weste und Hemd aus, als die Morgendämmerung den Himmel zu erhellen begann. Er rieb sich die Bartstoppeln, als könnte er so die wirren

Gedanken vertreiben, die ihm durch den Kopf gingen. Er hatte Wunder gesehen in dieser Nacht – das Wunder dessen, was er war, und auch ein bisschen von dem, was er noch werden konnte. Beatrix Lisse hatte ihn gelehrt – in diesem holländisch gefärbten Akzent, der einen anderen, noch viel älteren überlagerte –, wie er die Macht seines Gefährten steuern konnte. Er hatte diese Kraft, diese unglaubliche Energie in sich wachsen gespürt, bis er kaum noch einen Gedanken fassen konnte, und er war durch Zeit und Ort gereist, um sich mitten in Dr. Blundells Behandlungszimmer wiederzufinden.

Sich im Dunkeln zwischen all den Glasbehältern zu materialisieren, wenn man bemüht war, niemanden im Haus zu wecken – was für ein ungeheures Risiko! Aber sie hatten Ians Blutprobe gefunden, und die Gräfin – Beatrix, wie sie von ihm genannt werden wollte –, hatte im Gehirn des Doktors eine angenehme Leere im Hinblick auf Vampire erzeugt.

Das Erschaudern, das Ian jetzt durchlief, hatte nichts mit diesem Abenteuer zu tun und auch nichts mit der kühlen Brise, die durch das Fenster drang, das er weit geöffnet hatte. Er tat einen tiefen Atemzug in der noch nebligen frühmorgendlichen Luft, um seine Lungen zu reinigen. Heute Nacht hatte er seine Macht genossen! Er war mit Beatrix »auf Jagd« gegangen, und sie hatte nicht versucht, ihn ihrem Willen zu unterwerfen. Beatrix! Er fürchtete sie immer noch, aber sie gehörte derselben Spezies an wie er.

Ihm fiel wieder ein, was sie über Asharti gesagt hatte: *»Sie können nicht vor ihr davonlaufen, weil Sie sie immer mit sich nehmen werden.«* Darin musste er Beatrix recht geben. Sie hatte einen Brief an Rubius aufgegeben. Das Oberhaupt seiner neuen Spezies lebte in einem Kloster in den unwegsamen Bergen Transsylvaniens. Beatrix sagte, er würde die anderen zu sich rufen. Aber wenn sie recht hatte und sie Asharti nicht aufhalten konnten, dann würde sie ihn auf der ganzen Welt jagen. Und warum auch nicht? Sie wollte sie ja ohnehin erobern. Und er würde auf seinen Reisen eine grausige Spur des Todes und der Unterdrückung hinter sich zurücklassen, ausgelöst durch Asharti. Zudem würde es weder Henrys Familie noch Miss Rochewell schützen, wenn er fortging. Durfte er sie einem Schicksal überlassen, das ihn selbst so quälte?

Aber auch in anderer Hinsicht hatte Beatrix recht. Die Scham und die Selbstverachtung, die ihn immer wieder von Neuem befielen, rührten zumindest zu einem Teil von seiner Zeit als Ashartis Sklave her. Immer wieder tauchten in seinem Kopf die Bilder der Demütigungen auf, die er durch sie erfahren hatte. In solchen Augenblicken wurde sein Atem flacher und schneller. Sie würde auch seiner Seele keine Ruhe lassen.

Mit schweißbedeckter Stirn beugte er sich aus dem Fenster und blickte auf das noch dunkle London hinaus. Irgendwo verkündete ein Ausrufer die Zeit. Die Lampen, die in Albany Court noch brannten, waren in Nebel gehüllt. Eine Kutsche rumpelte über die Pflastersteine von Picadilly in der Nähe des Eingangs zu dem Hof. Gott, wie wünschte Ian, einfach nur wieder das zu sein, was er gewesen war, bevor der ganze Albtraum angefangen hatte!

Aber das war ein Ding der Unmöglichkeit. Ian richtete sich auf und schloss das Fenster. Es gab kein Mittel gegen das, was er jetzt war. Und er konnte diesem Zustand auch nicht entkommen. Der Teufel hole sie! Brennender Zorn stieg ihn ihm auf. Asharti würde nicht nur ihn und seine Hoffnung auf ein sinnvolles Leben zerstören, sondern auch die ganze Welt und mit ihr alle Menschen. Beatrix hatte ihm eine Wahl gelassen, aber Asharti, dieses gottverdammte Ungeheuer, nicht.

Er musste sich ihr entgegenstellen.

Aber er allein würde nichts gegen sie ausrichten können. Doch wen außer ihm gäbe es noch? Er würde mehr Kraft brauchen, wenn es auch nur die geringste Hoffnung geben sollte, diese Bestie zu besiegen. Er wusste, wie er diese Kraft bekommen konnte: durch Blut – durch das Blut des Hochbetagten. Das war seine einzige Hoffnung. Und dann, wenn er stärker war, würde er Ashartis Aufforderung annehmen, sich mit ihr in Tripolis zu treffen.

Obwohl er selbst schon in Kivala gewesen war, wusste er nicht, wo es lag. Aber er kannte jemanden, der ihm helfen konnte, es zu finden, jemanden, der die Tafel mit den Schriftzeichen zu deuten wusste, die man kennen musste, um in das Allerheiligste des Hochbetagten zu gelangen.

Ians Gedanken rasten, und sein Herz schlug fast schmerzhaft hart gegen seine Rippen, während sein Plan Gestalt annahm. Es war nicht fair, Miss Rochewell um Hilfe zu bitten. Sie wäre dadurch an ein Ungeheuer gefesselt. Was konnte er ihr im Ausgleich dafür bieten? Sie hatte sich während der Schiffsreise nach Afrika zurückgesehnt. Vielleicht konnte er ihr etwas geben, das sie liebte, und ihr einen Ausweg aus einem Leben bieten, das sie mit Sicherheit als ebenso leer und sinnlos empfinden musste wie er das seine. Er würde sie in Gefahr bringen, wenn er sie zu diesem Tempel mitnahm. Aber war sie das nicht ohnehin schon? Es war zu schrecklich, zu perfekt, dass sie es war, die den Schlüssel in Händen hielt. Aber er hatte keine andere Wahl.

Es war an der Zeit, ein Abkommen zu schließen.

Beth und Miss Fairfield saßen bei Lady Jerseys Abendgesellschaft mit Major Ware zusammen. Als die Musiker eine Pause machten, wurden die Gespräche, das Lachen und Klirren der Gläser etwas leiser. Beth nutzte die Gelegenheit, das Thema wieder aufzugreifen, das Major Ware bei ihrer letzten Begegnung angesprochen hatte.

»Wie ich hörte, stellt der Fall Marokkos ein ernstes Problem für die britischen Interessen in dieser Region dar«, bemerkte

Beth. Sie sah, wie schwer es Emma Fairfield fiel, ihre Augen von dem gut aussehenden Major zu lassen. »Aber wir normalen Sterblichen sind an aufregenderen Informationen interessiert. Wann haben diese Morde begonnen? Haben sie aufgehört, oder gehen sie noch weiter?« Was sie *wirklich* wissen wollte, war, ob Ian Rufford für die Morde verantwortlich war. Wenn ja, müssten sie mit seiner Abreise geendet haben.

Der Major blickte zwischen den Damen hin und her. »Sie werden die Einzelheiten scheußlich finden, fürchte ich.«

»Sie unterschätzen uns, Major. Das tut er doch, Miss Fairfield?«

»Natürlich tut er das. Männer unterschätzen uns immer.«

Beth wusste, dass sie sich auf Emma verlassen konnte.

Der Major seufzte. »Nun, der Anführer dieser mörderischen Horden ist eine Frau.«

Beth wurde kribbelig vor Aufregung. »Und der Name dieser Frau?«

»Sie nennt sich Asharti.«

Beth verzog keine Miene und hoffte, dass ihr der Schock nicht an den Augen abzulesen war. Asharti!

»Die Nomadenstämme dienen ihr mit einer Ergebenheit, die sie ihren eigenen Anführern nie erwiesen haben«, fuhr Ware fort. »Es heißt, sie könne an zwei Orten zugleich sein, habe eine schwarze Aureole purer Energie um sich und könne nicht getötet werden. Jedenfalls ist es das, was man sich über sie erzählt.«

Mr Ruffords Peinigerin war sehr real, und nur Beth wusste, dass all diese Gerüchte stimmten. Die objektive Bestätigung von Ashartis Existenz machte den Schmerz, den sie in Ruffords Augen gesehen hatte, noch viel realer. »Dann sind also all diese ausgebluteten Leichen ihre Opfer?«

»Ihre und die ihrer Gefolgsleute. Wer weiß, wie viele es inzwischen bereits sind?« Für diese Morde war Rufford jedenfalls nicht verantwortlich. Beth sah den Major prüfend an. Er verschweigt uns etwas, dachte sie. In seinen Augen war das leise Echo der Qual sichtbar, die sie auch in Ruffords Blick gesehen hatte. Wär der Major Asharti schon begegnet?

Miss Fairfield kicherte. »Die Macht eines hübschen Gesichts.«

»Vielleicht. Aber ich habe Dinge in Afrika gesehen …« Major Wares Gedanken schweiften ab, vielleicht, weil er sich an etwas Schreckliches erinnerte, das ihn bis ins Mark getroffen hatte.

Die Musiker hatten ihre Instrumente wieder zur Hand genommen und stimmten jetzt einen Walzer an. Mr Blakely, dessen Heiratsantrag Beth vor zwei Tagen abgewiesen hatte, kam herüber und bat die sichtlich widerstrebende Miss Campton neben ihr um einen Tanz. Die hellblauen, ein wenig vorstehenden Augen des Majors wandten sich Miss Fairfield zu, unwillkürlich fast und als wäre sie ein Gegengewicht zu den bedrückenden Gedanken, die ihm durch den Kopf gingen. Er stellte die feine Porzellantasse auf einen Beistelltisch. »Miss Fairfield«, sagte er mit einer höflichen Verbeugung, »darf ich Sie um diesen Tanz bitten?«

Emma errötete, senkte den Blick und erhob sich. Nur vage wurde Beth bewusst, dass die allgemeine Aufmerksamkeit im Saal sich den Eingangstüren zugewandt hatte. Sie beobachtete, wie Miss Campton und Miss Fairfield die Hand auf den Arm ihres jeweiligen Partners legten und sich auf das Parkett führen ließen. Als Beth bewusst wurde, dass sie ganz allein dastand, schaute sie sich nach jemandem um, der ihr bekannt war. Miss Belchersand wandte ihr demonstrativ den Rücken zu, um sich mit einem jungen Mann zu unterhalten. Beth spürte, wie ihr eine heiße Röte in die Wangen stieg.

Um ihre Verlegenheit zu verbergen, senkte sie den Kopf. Doch dann, wie unter Zwang, schaute sie auf. Dort, auf der anderen Seite des Saals, stand Ian Rufford und verbeugte sich vor seiner Gastgeberin. Er trug einen schwarzen Rock, der ihm perfekt passte, und die ebenfalls schwarzen Hosen umschlossen eng seine muskulösen Beine. Sein schneeweißes Halstuch war tadellos gebunden, das leicht gewellte Haar nicht ganz so tadellos mit einem schwarzen Band zusammengehalten. Seine Manschetten trug er eine Spur zu lang, vermutlich, um seine Narben zu verdecken. Beth spürte, wie ihr etwas, das sie nicht benennen konnte, heiß und kalt zugleich über den Rücken lief. Ihn nach fast zwei Monaten wiederzusehen ... sie hatte schon fast vergessen, was für ein unglaublich attraktiver Mann er war.

Als er sich aufrichtete, nachdem er seiner Gastgeberin die Hand geküsst hatte, wandte er sich um und ließ den Blick durch den großen Raum schweifen. Als er Beth streifte, wollte sie wegsehen, doch diese so vertrauten blauen Augen schlugen sie so sehr in ihren Bann, dass sie seinen Blick erwiderte. Der Schmerz, den sie in seinen Augen zu sehen gewöhnt war, hatte sich verändert – er war immer noch da, schien aber wie hinter einer Wand aus dickem Glas verschlossen zu sein. Rufford wirkte irgendwie ... sehr entschlossen.

Beth sah, dass er etwas zu Lady Jersey sagte und sich dann bei der Frau an seiner Seite entschuldigte – bei dieser äußerst attraktiven, rothaarigen Frau, die auf dem Ball bei Almack's die Bissspuren am Hals der jungen Frau gesehen hatte. Durch das Gewühl der Gäste kam er auf Beth zu. Die Menge teilte sich vor ihm. Er wirkte kraftvoll und stark und schien vor Vitalität zu glühen. Mütter flüsterten ihren Töchtern etwas zu; die jungen Damen knicksten, wenn er an ihnen vorbeiging. Aber er bemerkte nichts von alledem. Eine etwas kühnere Mama sprach ihn sogar an. Doch er nickte nur höflich und setzte seinen Weg fort.

»Miss Rochewell«, sagte er ein wenig verlegen, als er vor ihr stehen blieb – falls ein so gut aussehender Mann überhaupt je verlegen sein konnte. Er verneigte sich vor ihr, und in ihrer Verwirrung verneigte sie sich ebenfalls.

»Mr Rufford! Ich ... ich hoffe, Sie sind wohlauf.« Sie spürte die Blicke nahezu aller Gäste auf sich ruhen.

Er räusperte sich und schaute sich um, als befände er sich auf völlig fremdem Territorium. »Würden Sie mir die Ehre geben, mit mir zu tanzen?«

Beth sah ihn überrascht an. »Tanzen?«

Er zog die Brauen hoch und zuckte lächelnd mit den Schultern. »Das ist so üblich hier in England. Tanzen Sie Walzer?«

Beth merkte, dass sie noch heftiger errötete. »Ja.« Zum Glück hatte ihre Tante es für unerlässlich gehalten, Walzer tanzen zu können.

Rufford bot ihr seinen Arm, Beth legte die Hand darauf und er führte sie zum Parkett, auf dem sich die Paare zu den Walzerklängen herumwirbelten. Sie schluckte, als sie die linke Hand an seine Schulter und er den Arm um ihre Taille legte. Ihr war, als beobachtete sie sich selbst dabei, als sie die rechte Hand in seine ausgestreckte linke legte. Beim Kontakt mit seiner Hand schoss ein Prickeln ihren Arm hinauf. Jetzt war sie froh, dass sie heute Abend auf Handschuhe verzichtet hatte.

Einen Augenblick blieben sie so stehen, um den richtigen Moment abzuwarten. Dann machte Rufford den ersten Schritt, und Beth ließ sich mit ihm von der Musik davontragen, wobei sie sich seiner Nähe nur allzu bewusst war. Sie schien keinen klaren Gedanken mehr fassen zu können, spürte nur noch ihre Sinne. Sie wirbelten im Kreis herum und schwebten an den anderen Paaren vorbei, als stünden diese still. Niemand störte ihren Tanz, als die Musik sie immer weiter durch die Menge trug. Beth merkte, wie schwer sie atmete, aber nicht vor Anstrengung, sondern vor freudiger Erregung.

»Sie erweisen mir eine große Ehre in den Augen dieser Leute, indem Sie mit mir tanzen«, sagte sie auf ihre unverblümte Art, damit sie nur ja nichts Wichtigeres zu sagen brauchte. »Haben Sie das aus ... purer Nettigkeit getan?«

»Ich wollte eine alte Bekannte wiedersehen.«

Der Klang seiner Stimme hüllte Beth ein. Sie war ihm so nah wie am Abend des Piratenüberfalls, als seine Lippen die ihren berührt hatten. So nah, wie sie ihm danach gewesen war, als sie ihn hatte verbinden wollen, als sie seinen nackten Körper gesehen hatte. Aber daran durfte sie jetzt nicht denken.

»Wie ist es Ihnen ergangen, Mr Rufford?«, brachte sie mühsam hervor und blickte zu seinen blauen Augen auf.

»Gut, danke. Und Ihnen? Ihre Tante ... geht es ihr gut?«

»Ja, nicht schlecht«, beantwortete sie die leichtere der beiden Fragen. Sie sagte nicht, dass sie kein Geld mehr hatte und drauf und dran war, vor die Tür gesetzt zu werden. Oder dass sie Angst davor hatte, mit irgendeiner reizbaren alten Dame auf einem abgelegenen Landsitz eingesperrt zu sein, bis sie den Verstand verlor.

»Gut.« Wieder räusperte er sich. »Das ist gut. Und ... wie gefällt Ihnen das Leben hier in England?«

Oh, auf diese Frage eine Antwort zu erwarten war eindeutig zu viel verlangt! Sie hatten genug banale Höflichkeiten ausgetauscht, auch wenn sie noch nicht beim Wetter angelangt waren. »Erdrückend.« Als sie ihn dieses Mal anschaute, war ihr Blick aufsässig.

Seine harten Schultermuskeln entspannten sich spürbar unter ihrer Hand. »Das habe ich mir schon gedacht«, sagte er. »Ich kann mich auch nicht allzu sehr dafür begeistern.«

»Haben Sie Ihr Heilmittel gefunden?«, wagte sie zu fragen.

»Nein«, erwiderte er mit ausdrucksloser Stimme. »Aber ich habe jemanden gefunden, der mir helfen kann.«

Sie tanzten gerade an der Gräfin von Lente vorbei, und plötzlich wurde Beth mit erschreckender Endgültigkeit alles klar. Sowohl Rufford als auch die rothaarige Schönheit glühten geradezu vor Energie. Und mit Schrecken bemerkte Beth nun auch, dass das Parfum der Gräfin nach Zimt roch und wie eine femininere Variante von Ians verführerischem Duft war. Diese Frau hatte auch sofort die Spuren seiner Bisswunden bei der jungen Frau auf dem Ball bei Almack's erkannt. Beth zwang sich, Rufford wieder anzusehen, und merkte, wie unbehaglich ihm unter ihrem Blick zumute wurde. Natürlich! Er hatte jemanden gefunden, der so war wie er.

Beth holte tief Luft und bemühte sich, ein Lächeln aufzusetzen. »Oh. Da bin ich aber froh.« Er hatte seinen eigenen Kreis gefunden, seine Bestimmung. Sie wünschte nur, sie könnte das Gleiche auch von sich behaupten.

Die Musik verklang. »Ich wünsche Ihnen alles Gute«, murmelte sie, als er sie von der Tanzfläche wegführte.

»Und ich Ihnen.« Er begleitete sie zu ihrem Platz zurück. »Darf ich … Erlauben Sie mir, Ihnen meine Aufwartung zu machen?«

Beth blinzelte erstaunt. »Oh … ja. Natürlich.«

In dem Moment kamen Major Ware und Miss Fairfield zurück, und Beth erinnerte sich wieder ihrer Pflichten. »Mr Rufford – darf ich Ihnen Miss Fairfield und Major Ware vorstellen?« Sie sah schon auf den ersten Blick, dass Rufford und der Major sich kannten und dass gewisse Spannungen zwischen ihnen bestanden.

»Rufford.« Major Ware runzelte die Stirn und schien sich nur mühsam zu beherrschen. »So sehen wir uns also wieder.«

»Major.«

Beth blickte von einem Mann zum anderen. Rufford wirkte abweisend, während der Major eine schon an Angst grenzende Zurückhaltung erkennen ließ. Natürlich! Ware war in Nordafrika gewesen. Er wusste von Asharti, Ruffords Nemesis. Es war alles sonnenklar. Der Major war im Bilde über Mr Rufford, davon war Beth überzeugt.

Rufford räusperte sich. »Ich bin Ihnen sehr verbunden für Ihre Freundlichkeit, Sir.«

»Wir sind beide Briten ... das war nicht der Rede wert«, erwiderte Ware mit einer wegwerfenden Handbewegung.

Rufford suchte Beths Blick. »Major Ware hat mich aufgenommen, als ich krank in El Golea eintraf.«

»Er war nicht ganz auf dem Posten, hat sich aber schnell erholt.« Major Ware räusperte sich. Beth bemerkte, dass Major Ware nicht glaubte, dass Rufford sich ›erholt‹ hatte. »Bleibt es bei Mittwoch?«

»Auf jeden Fall. Ich nehme an, Sie laden noch andere ein?«

»Ein paar Bekannte aus Whitehall. Sollen wir sagen, gegen zehn bei Brook's? Sie sind dort Mitglied, soviel ich weiß.«

Rufford nickte zustimmend. Hinter ihm schwebte die faszinierende Gräfin von Lente heran.

»Sie haben mich im Stich gelassen, Rufford. Ich bin untröstlich. Hören Sie, die Musik beginnt wieder.«

Rufford verbeugte sich vor der kleinen Gruppe. »Ich werde gebraucht. Entschuldigen Sie mich bitte.«

Beth beobachtete, wie er die Frau zur Tanzfläche führte. Das Licht der Kerzen in den Lüstern blendete sie. Und ihr wurde etwas bewusst, was sie traf wie ein Schlag. Wann hatte sie sich in ihn verliebt? Während sie sich mit Schriftrollen befasst hatten, die von Mysterien sprachen? Als sie seinen nackten Körper berührt hatte? Beim Schachspiel? Oder als sie zum ersten Mal den Schmerz und die Selbsterkenntnis in seinen Augen wahrgenommen hatte?

»Nun, Ihr Ansehen ist jetzt zweifellos gestiegen«, bemerkte Miss Fairfield. »Sehen Sie all die eifersüchtigen Blicke? Der begehrte Mr Rufford ignoriert alle in einer Weise, die schon an Unhöflichkeit grenzt, um Sie zum Tanzen aufzufordern ...«

Beth konnte sich nicht auf die Worte ihrer Freundin konzentrieren. Sie liebte ihn, aber er war für sie verloren. Weil sie nicht wie er war oder Lady Lente. Nicht, dass sie überhaupt je eine Chance gehabt hätte, sein Interesse zu gewinnen. Nicht ganz ohne Neid beobachtete sie, wie die Gräfin, die schön wie das blühende Leben war und vor Temperament sprühte, den Kopf zurückwarf und über irgendetwas lachte. Wer könnte eine so unscheinbare Frau wie Beth Rochewell lieben, wenn Geschöpfe wie Beatrix Lisse existierten? »Entschuldigen Sie mich bitte«, sagte sie leise »Ich glaube, ich bekomme Kopfweh.«

»Soll ich Ihre Kutsche kommen lassen?«, fragte Major Ware besorgt.

»Danke, aber ich werde einfach meine Tante suchen.« Halb blind von den Tränen, die ihr in die Augen schossen, hastete Beth davon.

16. Kapitel

Jan versuchte, sich von den Eindrücken und Gefühlen, die ihn beherrschten, nichts anmerken zu lassen, als er Beatrix in der Eingangshalle ihres Stadtpalais am Berkeley Square ihren Umhang abnahm.

Morgen würde er das Unvorstellbare tun, er würde Miss Rochewell einen Antrag machen. Sie heute Abend zu sehen, hatte ihn zutiefst erschüttert. Dass sie sein Geheimnis kannte, war beunruhigend. Was er auf einem Schiff mitten auf dem weiten Ozean noch hatte gelten lassen, war ihm in Lady Jerseys Ballsaal einfach nur noch absurd vorgekommen. Empfand Miss Rochewell das ebenso? Bedauerte sie nun, so viel über ein Scheusal wie ihn zu wissen? Immerhin hatte sie mit ihm getanzt. Seine Hand schien noch immer zu brennen, so intensiv war sein Gefühl gewesen, als er ihre schmale Taille umfasst hatte. Auch ihre kleine Hand glaubte er noch immer in seiner zu spüren. Warum konnte er an nichts anderes mehr denken? Hatte er Angst vor ihr? Sie konnte seine Pläne unterstützen oder es ablehnen, sich darauf einzulassen. Das war alles. Sie würde ihn nicht verraten. Ganz im Gegenteil. Was sie gefährlich machte, war vielmehr die Tatsache, dass sie sein Geheimnis mit ins Grab nehmen würde.

»Sie erstaunen mich, Rufford«, sagte Beatrix, während sie sich die langen weißen Handschuhen aufknöpfte. »Sie sind der meistbegehrte Mann der Stadt und hätten heute Abend jede Frau haben können.« Sie warf ihm unter halb gesenkten Lidern einen Blick zu, als sie zum Salon hinübergingen. »Und es hat mich doch sehr überrascht, dass Sie Ihre Aufmerksamkeit ausschließlich diesem kleinen dunkelhäutigen Mädchen geschenkt haben.« Sie ging zu dem kleinen Tisch, auf dem die Bediensteten, die sich längst zurückgezogen hatten, einige Karaffen bereitgestellt hatten. »Kennen Sie sie?«

»Ich habe sie auf dem Schiff kennengelernt, auf der Rückreise nach England.«

»Brandy?«

»Ja.«

»Dann ist sie also diese ›Freundin‹, die die alten Schriftrollen studiert und Ihnen geholfen hat, die Dunkelheit herbeizurufen?«

»Ja.« Er nahm das geschliffene Glas mit dem doppelten Brandy und erwiderte beinahe trotzig ihren Blick.

Ein leises Lächeln spielte um Beatrix' sinnliche Lippen. »Interessant. Sie weiß Bescheid über Sie, ließ aber keine Abneigung erkennen. Ganz im Gegenteil sogar.« Beatrix nippte an ihrem Brandy, während sie auf Ians Antwort wartete, aber er wandte sich ab und starrte durch eines der hohen Fenster in die Nacht hinaus. »Nun ja, zumindest haben wir alle Hinweise auf Sie bei diesem Arzt beseitigt«, fuhr sie fort. »Um den Major kann ich mich kümmern. Whitehall allerdings ist eine andere Sache. Sie könnten sehr wohl als Verräter verhaftet werden, wenn Sie sich weigern, sich mit der Regierung gegen Asharti zu verbünden. Natürlich kann kein Gefängnis Sie halten, aber Sie wären gezwungen, England zu verlassen. Was Sie ja ohnehin vorhaben, nicht wahr? Wann werden Sie abreisen?«

Ian beantwortete ihre Frage nicht. »Was werden Sie als Nächstes tun?«, fragte er, ohne sich umzudrehen. Beatrix hatte von Miss Rochewell nicht als von einer ›Spur‹ gesprochen, die zu ihm führen könnte. Dennoch war ihm bewusst, dass jemand, der so alt und weise wie Beatrix war, das nicht einfach vergessen und außer Acht lassen würde.

Ihr schien nicht aufzufallen, dass er ihre Frage nicht beantwortet hatte. »Das ist schwer zu sagen. Am liebsten würde ich nach Amsterdam zurückkehren«, erwiderte sie mit Wehmut in der Stimme. »Aber zuerst muss ich alles tun, was ich kann, um

Asharti aufzuhalten. Ich werde mich nach Rom begeben, um Ulberno aufzusuchen. Vielleicht wird auch Dumesnev uns dort treffen, falls …«

»Falls was?«

Sie sah ihn prüfend an. »Falls wir aufgefordert werden, das in Ordnung zu bringen, was Asharti an Zerstörung hinterlassen hat. Oder anders ausgedrückt – falls Sie sich dafür entscheiden, uns zu helfen, und ihre Mission Erfolg hat.«

»Es ist zweifelhaft, ob Sie gebraucht werden, aber Sie sollten auf jeden Fall nach Rom reisen.« Ian verbeugte sich und wandte sich zum Gehen. An der Tür blieb er noch einmal stehen. »An Ihrer Stelle würde ich es unterlassen, Miss Rochewells Erinnerung zu manipulieren«, warnte er Lady Lente, ohne sich ihr zuzuwenden. »Denn gerade ihre Erinnerung könnte Ihre einzige Chance sein, zu erreichen, was Sie wollen.«

»Ich glaube, ich habe die richtige Anstellung für dich gefunden, Lizzy«, sagte Lady Rangle, und Beth spürte, wie ihr Magen sich verkrampfte. Ihre Tante würde niemals aufhören, sie bei diesem verhassten Namen zu nennen, obwohl Beth sie wiederholt darum gebeten hatte.

Verärgert blickte Beth von ihrem Buch auf. Ein anheimelndes Feuer brannte im Kamin, und Lady Rangle blätterte im *Ladies Journal* und sah sich die neuesten Modezeichnungen an. Sie hatten, was selten vorkam, das Dinner zu Hause eingenommen und ließen jetzt nur noch ein wenig Zeit verstreichen, um mit vornehmer Verspätung auf dem Ball der Fairfields zu erscheinen.

»Du scheinst dich über diese Neuigkeit nicht sehr zu freuen. Aber falls du einen Heiratsantrag von Mr Rufford erwartest, nachdem er gestern mit dir getanzt hat, hätte ich mir meine Mühe natürlich sparen können«, bemerkte Lady Rangle spitz.

Das war eine überflüssige Bemerkung, sogar für ihre Tante.

Sie hatte sogar schon laut darüber nachgedacht, warum um alles in der Welt Mr Rufford den ganzen Abend mit »Lizzy« getanzt hatte. »Ich bin ihm auf dem Schiff begegnet, Tante. Er war nur höflich.« Das hatte sie ihr heute schon ein Dutzend Mal erklärt.

»Dann solltest du ein bisschen mehr Interesse an deiner Zukunft zeigen. Ich habe mit mindestens einem Dutzend Leuten gesprochen. Ich habe mich wirklich abgeplagt«, erklärte Lady Rangle schmollend.

»Entschuldige bitte, Tante. Ich bin dir sehr dankbar und auch schon sehr gespannt auf die Ergebnisse deiner Bemühungen.« Beth wusste, dass ihr Gesichtsausdruck in krassem Widerspruch zu ihren Worten stand. Aber was erwartete ihre Tante? Beth hatte geglaubt, ihr Mut könne nicht noch tiefer sinken, als sie Ian Rufford gestern Abend mit der hinreißenden Gräfin hatte tanzen sehen. Sie liebte ihn, und er würde es nie erfahren.

»Nun, Chively hat eine Großtante oder so etwas Ähnliches, die in Yorkshire lebt – ziemlich abgeschieden, soviel ich hörte. Er sagt, sie brauche sehr viel Unterhaltung, ließe sich gern mehrmals am Tag die Zeitungen und Zeitschriften vorlesen und brauche Hilfe bei ihren Stickarbeiten, wie das Garn zu sortieren oder so. Nichts, was du nicht könntest. Du liest ja sowieso sehr viel.«

Beth blickte auf ihr Buch, *Die Sprache der Götter; eine Abhandlung über die Schriftweise unserer Vorfahren*. Das war wohl kaum die Art Lektüre zum Vorlesen. »Ich bin sicher, dass ich den Anforderungen der alten Dame genügen kann.«

»Sie ist allerdings sehr häufig schlecht gelaunt. Sie leidet unter Gicht, weißt du. Aber sie zu pflegen ist nicht deine Aufgabe. Und du wirst dich auch nicht um einen großen Haushalt kümmern müssen, da nur noch drei oder vier alte Bedienstete geblieben sind, einschließlich der Köchin selbstverständlich.«

»Ich soll also auch noch den Haushalt führen?«

»Nun ja, da es kein hochherrschaftliches Haus ist, müsstest du das schaffen können. Du musst dir deinen Lebensunterhalt verdienen, und sie bieten dir fünfundzwanzig Pfund im Jahr – was bemerkenswert ist, da die alte Dame als ziemlich geizig gilt. Bis Weihnachten brennt dort nie ein Feuer in den Kaminen, nicht einmal in den Wohnräumen. Die Bezahlung ist sehr gut, da du zudem freie Verpflegung und Unterkunft hast – es sei denn, du wolltest etwas anderes essen, als dort auf den Tisch kommt. Die alte Dame lebt natürlich nach einer strengen Diät.«

Was könnte nach den köstlichen Gerichten der Mittelmeerländer reizloser sein als die englische Küche? Die Vorstellung, in einem einsam gelegenen, kalten Haus mit fünf mürrischen alten Menschen zu leben, die überdies fades Essen zu sich nahmen, war fast zu viel für Beth. Aber in ihrer Lage konnte sie das Angebot nicht ablehnen. »Danke, Tante. Das war wirklich sehr, sehr lieb von dir. Wann kann ich die Stelle antreten?«

»Ich habe mir die Freiheit genommen, Chively mitzuteilen, du könntest schon übermorgen die Postkutsche nach York nehmen, da ich dann ohnehin nach Bath muss – zu der Beerdigung der Cousine meines verstorbenen Mannes«, erklärte Lady Rangle. »Sie hatte sehr schönen Schmuck. Besser gesagt, er wäre sehr schön, wenn man ihn etwas umarbeiten ließe.« Sie war offensichtlich froh, Beth endlich loszuwerden.

»Schön. Das lässt mir Zeit zu packen.« Beth konnte nicht verhindern, dass ihre Stimme alles andere als begeistert klang.

Aus der Eingangshalle war plötzlich der dumpfe Schlag des Türklopfers zu hören.

Lady Rangle runzelte die Stirn. »Wie ungelegen! So spät noch ein Besucher? Wer könnte das denn sein?«

Beths Herz begann zu rasen, denn sie kannte nur einen Menschen, der ausschließlich am Abend seine Besuche machte. Sie war überzeugt gewesen, dass er sich lediglich auf höfliche Weise aus einer unerfreulichen Situation zurückgezogen hatte, als er versprochen hatte, sie aufzusuchen, und dennoch …

»Der Ehrenwerte Mr Ian Rufford, Mylady«, ertönte Edwards näselnde Stimme hinter ihr.

Beth sah, wie das Erstaunen im Gesicht ihrer Tante einem Ausdruck der Begehrlichkeit wich, als sie Beth einen abschätzenden Blick zuwarf. »Führen Sie ihn herein, Edwards.«

Rufford kam, und sofort wirkte der Raum viel kleiner. Er war für einen festlichen Anlass gekleidet, vielleicht wollte auch er zu Emma Fairfields Ball gehen. Sein Rock war schwarz, sein Halstuch blütenweiß wie immer. Beth war froh, dass er darauf verzichtet hatte, sein Haar schneiden zu lassen. »Lady Rangle, Miss Rochewell«, sagte er mit einer höflichen Verbeugung, wobei er aber nur Augen für Beth hatte. Seine sinnlichen, ein wenig aufgeworfenen Lippen waren heute nur ein schmaler Strich.

»Mr Rufford!«, säuselte Lady Rangle und reichte ihm eine schlaffe weiße Hand. »Was für eine Freude, Sie zu sehen.«

Rufford trat vor und hauchte einen Kuss auf ihre Fingerknöchel, wie der Anstand es erforderte, schien sich dabei aber äußerst unbehaglich zu fühlen. »Es ist mir ein Vergnügen«, murmelte er und blickte zu Beth hinüber, die sofort errötete.

Lady Rangles scharfen Augen entging nichts. »Wenn ich mich nur ein bisschen besser fühlen würde«, sagte sie mit matter Stimme. »Mein ständig wechselnder Gesundheitszustand – ich fürchte, ich bereite meinen Freunden damit große Sorgen.«

Enttäuschung und Bedauern huschten über Ians Gesicht, bevor er wieder eine ausdruckslose Miene aufsetzte. »Ich sehe, dass mein Besuch sehr ungelegen kommt. Ich möchte Ihre Kraft nicht überstrapazieren.«

»Nun ja, sehr zu meinem Bedauern werde ich Lizzy meine Gastgeberinnenpflichten überlassen müssen.« Voller Erstaunen sah Beth, dass ihre Tante sich erhob, und sie spürte Ruffords Erleichterung, in die sich aber auch eine gewisse Verlegenheit mischte. Sie wagte nicht, ihn anzusehen. Lady Rangle ging wankenden Schrittes zur Tür. »Lass Tee servieren, meine Liebe …«, murmelte sie. »Oder vielleicht möchte Mr Rufford lieber einen Brandy?« Ohne seine Antwort abzuwarten, verließ sie das Zimmer. Beth starrte ihr nach, während Rufford wie angewurzelt in der Mitte des Salons stand.

»Soll ich Edwards …?« Beth beendete die Frage nicht.

»Nein, danke. Ich möchte nichts.«

Voller Nervosität sah Beth zu, wie Rufford begann, im Zimmer auf und ab zu gehen. Trotz der elektrisierenden Energie, die von ihm ausging und die sehr rasch den ganzen Raum zu füllen schien, wirkte er geistesabwesend. Beth hatte sich nie stärker nach der Gesellschaft ihrer Tante gesehnt als in diesem Augenblick.

»Ich weiß kaum, wie ich beginnen soll.« Seine Worte klangen fast wie ein Knurren, als er sich ihr abrupt zuwandte.

Beth riskierte einen Blick in sein Gesicht. Es war stark gerötet. Aber noch während sie ihn ansah, wich die Farbe aus seinen Wangen, und er wurde blass. *Du liebe Güte*, dachte sie, *er sieht aus, als würde er jeden Moment in Ohnmacht fallen!* »Ich war immer für Offenheit und Geradlinigkeit«, bemerkte sie. »Warum versuchen Sie es nicht damit?«

Zu ihrer Überraschung lächelte er und bekam auch wieder etwas Farbe, während seine Schultern sich entspannten. »Ja. Das wäre sicherlich das Praktischste.«

Sie erwiderte sein Lächeln ein wenig ironisch, als sie daran dachte, wie abwertend er einmal von praktischer Veranlagung gesprochen hatte. Sie deutete auf den Sessel, in dem vor Kurzem noch ihre Tante gesessen hatte.

Rufford nahm Platz und räusperte sich umständlich. »Also gut. Ich möchte Ihnen einen Vorschlag unterbreiten. Sie wollen nach Afrika zurück. Sie fühlen sich offenbar wie ein Fisch auf dem Trockenen zwischen all diesen faden, ignoranten, engstirnigen Menschen hier. Aber in Afrika können Sie nicht leben, ohne … verheiratet zu sein.«

Beth starrte ihn verwundert an. Bei der Erwähnung von Afrika hatte ihr Herz einen Sprung gemacht, aber jetzt konnte sie kaum glauben, was ihrer Vermutung nach vielleicht folgen würde. *Sei nicht albern, Mädchen*, sagte sie sich. *Wie kannst du es wagen, dir so etwas auch nur vorzustellen?*

Rufford sah ihr kurz in die Augen, dann räusperte er sich wieder und stand auf. »Ich dagegen brauche fundiertes Wissen, von dem ich sicher bin, dass Sie es besitzen.«

»Was für ein Wissen?«

Er setzte sich wieder und schwieg einen Moment. »Ich muss wissen, wo Kivala liegt.«

»Sie waren doch schon dort.«

»Ich bin wochenlang halb tot in der Wüste herumgeirrt, bis ich auf El Golea stieß. Ich könnte Kivala nicht wiederfinden. Aber Sie schon. Sie haben die Schriften, die den Weg beschreiben. Ich kann Ihnen ungefähr die Gegend beschreiben, in der ›das Rückgrat der Erde‹ sich befinden müsste. Und zusammen könnten wir Kivala finden.«

»Warum?«, fragte sie. »Ich dachte, Sie wollten nichts mehr mit Afrika zu tun haben.«

Das Sprechen schien ihm Mühe zu bereiten. »Ich ... das will ich eigentlich auch nicht. Aber mir bleibt keine Wahl, denn Asharti weiß, wo ich bin. Sie hat gedroht, mich aufzuspüren. Sie erschafft Vampire, viele Vampire. Denn das ist es, was wir sind, verstehen Sie? Vampire.« Er war um einen harten Ton bemüht, aber bei dem Wort brach seine Stimme. Erst nach einem tiefen Atemzug war er wieder in der Lage weiterzusprechen. »Asharti ist eine Gefahr für unsere Gesellschaft, ich meine, sowohl für die der Vampire als auch für die der Menschen ...« Wieder brach er ab.

Vampire! Sie hatte das Wort ihm gegenüber nie erwähnt. Er musste es woandersher haben. Von der Gräfin! »Und ...? Sie haben mir noch nicht gesagt, warum Sie nach Kivala müssen.«

»Weil ich glaube, dass ich Asharti aufhalten kann. Die Antwort befindet sich in Kivala, hinter zwei Schrifttafeln, die ich nicht entziffern kann. Ich kann nicht einfach davonlaufen, während sie alles zerstört.«

Beth nickte langsam und sah ihn an. Was sah sie? Verwirrung und Mut und den Schmerz, den sie schon so gut kannte. Die Entschlossenheit war fast aus seinem Blick verschwunden. Was würde geschehen, wenn er fragte? Wagte sie sich das auch nur vorzustellen? Was, wenn sie sich irrte?

»Und deshalb«, sagte er, den Blick auf seine Hände richtend, »bin ich hergekommen, um Sie zu bitten, mich zu heiraten.« Aber dabei konnte er es nicht belassen. »Ich … ich weiß, dass eine Kreatur wie ich kein Recht hat, so etwas zu fragen. Aber es wäre eine Ehe, die nur auf dem Papier bestünde. Sie könnten sich Ihren Forschungen widmen und auf Expeditionen gehen. Ich würde alles finanzieren. Sie könnten das Leben führen, das Sie wollen – unbehelligt von einem Ehemann, der Forderungen an sie stellt, aber mit allen Vorteilen des Ehestandes. Es sei denn, Sie wollten lieber einen anderen heiraten als … nun ja, als Affären zu haben. Dann würde ich meinen Platz räumen und Ihnen Ihre Freiheit geben.«

Einen so entmutigenden Vortrag hatte Beth noch nie gehört. Ihr Herz verkrampfte sich für einen Moment, als der ganze Raum sich plötzlich um sie drehte. Hatte sie je auch nur daran gedacht, wie schmerzlich es sein könnte, einen Heiratsantrag von einem Vampir zu bekommen? Und das nur, weil er nicht einmal so tat, als empfände er etwas für sie! Sie war zutiefst erstaunt, als ihr bewusst wurde, dass sie ohne Zögern Ja gesagt hätte, wenn er gesagt hätte, dass er sie liebte. Aber so starrte sie nur auf ihre Hände und schwieg.

»Ich … ich werde Ihnen alles über meinen Zustand sagen, auch wenn Sie das meiste ohnehin schon wissen.« Er räusperte sich wieder. »Vermutlich werde ich nicht altern. Ich kann mich von einem Ort an einen anderen versetzen und anderen meinen Willen aufzwingen. Ein Parasit in meinem Organismus erfordert es, dass ich mich von menschlichem Blut ernähre, und daran ist leider nichts zu ändern. Aber Sie werde ich nie missbrauchen. Dieses eine Mal war nur, weil … weil ich überrumpelt wurde. Sie werden absolut sicher bei mir sein. Und das umso mehr, weil ich sehr … stark geworden bin.«

Er war unsterblich? Die Konsequenzen dieser Feststellung überwältigten sie. »Ich werde aber altern.« Irgendwie war das der eine Unterschied, der eine Rolle spielte.

Ian blinzelte. »Ich werde immer für Sie sorgen, aber falls meine Anwesenheit … nicht erwünscht ist, werde ich Sie nicht damit belasten.«

Vor Beths innerem Auge entstand das Bild einer runzligen alten Frau, die allein in einem palastartigen Haus lebte, während ihr vor Leben sprühender Ehemann, der wie dreißig aussah, in den Hauptstädten Europas mit schönen Frauen wie Beatrix Lisse herumpoussierte.

»Ich würde Ihnen auch ohne Ihr freundliches Angebot helfen, Kivala zu finden.« Das Eingeständnis kostete sie einiges, aber in ihrer Verwirrung konnte sie nicht bestimmen, was genau es war.

Er presste die Lippen zusammen und erhob sich, um wieder auf und ab zu gehen. »Ich weiß. Ich weiß, dass Sie das tun würden. Es spricht für Ihren Charakter und für Ihr Mitgefühl, so unverdient Letzteres in diesem Fall auch ist. Aber in der Grabstätte befinden sich Schriften, die übersetzt werden müssen, um Einlass zu erlangen. Und das bedeutet, dass Sie mich begleiten müssen. Ich vertraue niemand anderem. Wenn Sie in meiner Gesellschaft reisen, ohne einen Ehering zu tragen, wird Ihr guter Ruf ruiniert sein und Ihr Leben wird … äußerst schwierig werden. Ich könnte es nicht ertragen, Ihnen so etwas anzutun. Sie verdienen nur die allerhöchste Wertschätzung, und so unangenehm, wie dies auch für Sie sein muss …« Er fuhr zu ihr herum und starrte sie erschrocken an. »Sie haben gewiss noch andere Anträge erhalten. Ich muss ja völlig den Verstand verloren haben!«

»Ich habe keine anderen Anträge«, murmelte sie.

Aber Rufford redete weiter, als hätte er Angst aufzuhören. »Falls Sie jemand anderen heiraten, sollten sie trotzdem mit niemandem als mir nach Afrika zurückkehren. Wer sonst könnte Sie beschützen, solange Asharti frei herumläuft?« Er unterbrach sich für einen Moment. »Aber vielleicht wollen Sie ja gar nicht nach Afrika …«

»Natürlich will ich nach Afrika.« Beth war überrascht, wie ruhig ihre Stimme klang. Und wenn sie ehrlich war, so hatte Mr Ruffords wie gehetzt vorgetragene Rede sogar einen leisen Hoffnungsschimmer in ihr geweckt. Aber noch wusste sie zu wenig. »Ich hasse nur den Gedanken, Sie für wer weiß wie viele Jahre mit einer unangenehmen Bürde zu belasten. Denn ich bin noch jung, verstehen Sie. Und Sie werden meiner schon auf dieser Reise überdrüssig werden, glaube ich.«

»Bürde?«, fragte er verständnislos. »Ich könnte mir keine angenehmere Reisebegleiterin vorstellen. Sie beklagen sich nie. Sie interessieren sich für alles. Ihre Beobachtungen sind immer sehr genau. Und Sie spielen sehr gut Schach«, sagte er mit einem rührenden kleinen Lächeln. »Sie sind mir darin ebenbürtig. Was könnte man noch mehr verlangen?«

»Oder vielleicht sogar ein bisschen überlegen.« Sie bemühte sich, den Schalk aus ihren Augen fernzuhalten.

»Da muss ich Ihnen widersprechen.« Seine Augen ruhten mit einem Blick auf ihr, der Verwunderung, ja fast schon Zärtlichkeit ausdrückte.

Beth spürte, wie die Tür der Hoffnung sich noch etwas weiter öffnete. Dies war der Moment, in dem sie entweder durch diese Tür hindurchtrat oder sie für immer schloss.

»Ich nehme Ihren Heiratsantrag sehr gern an.« Kaum waren die Worte über ihre Lippen, erschrak sie darüber fast zu Tode. Was hatte sie getan? Sie spürte, dass ihre Augen sich weiteten, und plötzlich war ihr, als bekäme sie in diesem erdrückend warmen Salon keine Luft mehr. Warum stellte ihre Tante die Sessel auch immer so nahe an das Feuer?

Sie starrten sich an, als hätte sich zwischen ihnen ein Abgrund aufgetan, an dessen Rand sie zitternd standen. »Gut«, sagte Rufford, nachdem er sich gefasst hatte. »Wann würde es Ihnen passen? Ich hatte an morgen gedacht. Es ist dringend, wissen Sie.«

»Morgen!« Jetzt wurde diese Angelegenheit doch ein wenig zu real. »Man kann nicht von einem Tag zum anderen heiraten. Das Aufgebot muss bestellt werden, die Vorbereitungen ...«

Rufford zog ein zusammengefaltetes Dokument aus der Brusttasche seines Rocks. »Ich habe eine Heiratserlaubnis besorgt. Nur für den Fall, dass Sie einverstanden sein sollten, verstehen Sie. Am Samstag sticht noch vor Tagesanbruch von Portsmouth aus ein Schiff nach Casablanca in See. Ich denke, dort sollten wir beginnen. Kivala liegt irgendwo östlich des Atlasses und westlich von El Golea.«

Beth zog die Augenbrauen zusammen. »Wie haben Sie es geschafft, eine Heiratserlaubnis zu bekommen?«

Zuerst wandte er seinen Blick ab, aber dann sah er ihr in die Augen. »Es ist sehr schwer, dem Wunsch eines Vampirs zu widerstehen.«

»Oh.« Beth dachte blitzschnell über die mit dieser Feststellung verbundenen Möglichkeiten nach. Hatte er sie mit seiner Willenskraft dazu gebracht, seinen Antrag anzunehmen? Sie hatte sich nicht gezwungen gefühlt. Aber dass er gleich morgen heiraten wollte ... Wen würde sie als Trauzeugin bekommen? Und sie hatte nichts zum Anziehen. Aber das war ein Einwand, den sie Rufford gegenüber niemals vorbringen könnte. *Jetzt wirst du auch noch zimperlich*, sagte sie sich. *Das rosa Kleid genügt*.

»Könnten wir uns auf übermorgen einigen?«, fragte sie. »Das ließe mir Zeit zum Packen, und trotzdem könnten wir noch das Schiff am Samstag nehmen.« Rufford nickte. Aber er musste noch einen letzten Test bestehen. »Eines muss ich jedoch unbedingt noch wissen …«

Ein besorgter Blick erschien in seinen Augen.

»Was ist hinter den Türen, die ich öffnen soll. Was kann Ihnen helfen, Asharti zu besiegen?«

Rufford schluckte. »Sie denken so praktisch wie immer.« Er atmete tief ein, und sie sah, wie er sich dazu entschied, ihr die Wahrheit zu sagen und sie selbst entscheiden zu lassen. »Es ist ein Tempel. Darin wartet ein seltsames Wesen, das Asharti den Hochbetagten oder auch den Wartenden nennt. Sein Blut erschuf die ersten Vampire. Es macht Asharti stark. Wenn wir ihn dazu bringen können, mir etwas von seinem Blut zu geben, kann ich Asharti vielleicht besiegen.« Etwas verlegen schüttelte er den Kopf. »Es ist keine große Chance«, sagte er achselzuckend, »aber die einzige, die ich habe.«

Er hatte den Test bestanden. Beth straffte ihre Schultern. »Gut. Sie verdienen Ihre Chance. Ich werde tun, was ich kann.«

Er sah ihr in die Augen, als blickte er geradewegs in ihre Seele. Aber er schien dort nicht das zu sehen, was er erwartet hatte, und wechselte das Thema. »Ich nehme an, ich muss wohl Ihre Tante noch um Ihre Hand bitten. Wahrscheinlich ist sie gerade nicht in der richtigen Verfassung, aber wir haben so wenig Zeit …« Er befingerte die Heiratserlaubnis.

»Nicht in der Verfassung? Ha! Wahrscheinlich wartet sie bereits darauf.« Beth klingelte nach Edward.

»Glauben Sie …? Ich meine, es kommt ja doch sehr plötzlich.«

Beth zog ihre Brauen hoch. »Sie wird Ihnen dankbar sein, dass Sie mich ihr abnehmen.«

Und darin hatte Beth sich nicht geirrt. Lady Rangle pfiff auf die Regeln des Anstandes, wenn es um einen so guten Fang wie den sehr reichen Bruder eines Viscounts ging. Sie gurrte und gluckste: »Oh, Mr Rufford, wie überaus erfreulich es doch ist, einen Mann so von der Liebe übermannt zu sehen!« Beth und Rufford wirkten beide ein wenig verlegen. »Und schon am Donnerstag, sagten Sie? Aber wie soll ich bis dahin eine anständige Hochzeit arrangieren?«

Beth sah Rufford an. »Mr Rufford und ich hatten an eine ganz private Zeremonie gedacht.«

»Ja, Lady Rangle. Wir treten am Samstag in Portsmouth unsere Hochzeitsreise an. Ich dachte, wir sollten Miss Rochewells geliebtes Afrika besuchen.«

»Oh! Ach du meine Güte. Also nicht einmal ein Empfang nach der Zeremonie?« Sie blickte kopfschüttelnd von einem zum anderen. »Nein.« Sie seufzte und betrauerte anscheinend die verlorene Möglichkeit, die hervorragende Partie ihrer Nichte den anderen eifersüchtigen Müttern vorzuführen. »Das wird so furchtbar überstürzt aussehen ... Aber na ja«, gab sie mit einem weiteren tiefen Seufzer nach.

»Ich ... ich werde Ihnen noch alle Einzelheiten mitteilen lassen. Wen sollte ich wegen des Ehevertrages aufsuchen?« Beth konnte sehen, dass er so weit noch nicht gedacht hatte, denn auf seiner Stirn erschien ein feiner Schweißfilm. Ihre eigenen Gedanken eilten schon voraus zu ihrer Hochzeitsnacht, zu all den Vorbereitungen, die für eine Expedition getroffen werden mussten, und dann wieder zu ihrer Hochzeitsnacht.

»Mein Anwalt, Mr Edgely von Drummond's, wird sich darum kümmern. Gehen Sie auch zu dem Ball der Fairfields?«, fragte Lady Rangle schon ein bisschen lebhafter. »Wir wollten gerade losfahren.«

Ahh, dachte Beth, *nun sieht sie doch noch eine Chance für eine informelle Bekanntgabe ihres Triumphs*. Sie selbst bewegten eher so widerstreitende Gefühle wie die freudige Erwartung, mit Mr Rufford zu tanzen, und die Angst vor dem Erstaunen der Gesellschaft, dass jemand wie Mr Rufford eine Frau wie sie um ihre Hand gebeten hatte.

Rufford verbeugte sich sehr höflich. »Darf ich Sie begleiten, meine Damen? Meine Kutsche wartet.«

Auf der Fahrt nach Fairfield House, die sie durch Straßen voller Kutschen führte, reagierte Beth kaum auf das Geplauder ihrer Tante. Nicht, dass sie nicht froh über die Ablenkung gewesen wäre – denn Mr Rufford war genauso schweigsam wie sie. Zweifel hatten begonnen, sie zu bestürmen. Warum hatte sie sich nur auf dieses verrückte Vorhaben eingelassen? Weil er Hilfe brauchte? Natürlich, aber musste sie ihn deswegen gleich heiraten? Und dass er recht hatte, was die Gefährdung ihres guten Rufs anging, war für sie nur ein Vorwand. Sie wollte Ian Rufford zum Ehemann, trotz seiner Geheimnisse, trotz seiner furchtbaren Vergangenheit und trotz dessen, dass er ein Vampir war. Er liebte sie nicht, das hatte er so gut wie zugegeben. Und sie hatte sich noch vor Kurzem geschworen, nie ohne Liebe zu heiraten. Aber er war gern mit ihr zusammen. Er wollte sie beschützen. Und dieser rätselhafte Gesichtsausdruck, wenn er sie ansah … War all das zusammen eine Grundlage, auf der sie aufbauen konnte? Sie war nicht die Gräfin von Lente. Vielleicht würde sie ein Leben lang seinen ständigen Kontakt zu sehr viel attraktiveren Frauen, als sie es war, verschmerzen müssen.

Aber in dem Moment, in dem sie seinen Antrag akzeptiert hatte, war ihr klar geworden, dass sie sich ihre Zukunft ohne ihn nicht vorstellen konnte. Die Monate bis zu ihrem Wiedersehen waren für sie noch öder gewesen als jede Wüste Nordafrikas. Natürlich würden sie in Kivala in Gefahr sein, falls sie diesen Ort überhaupt je finden würden. Aber das war nichts verglichen mit der Gefahr, die ihrem Herzen drohte. Es lag in Ruffords Macht, sie einen hohen Preis für ihre Liebe bezahlen zu lassen. Aber solange sie ihn dazu bewegen konnte, bei ihr zu bleiben, bezahlte sie diesen Preis gern. Es war besser, als ohne ihn zu leben.

Als sie aus der Kutsche stiegen, wurde Lady Rangle sofort von dem alten Earl of Silchester in Beschlag genommen und begann mit ihm zu flüstern. Beth legte die Hand auf Ruffords Arm und spürte die elektrisierende Wärme, die sie durchflutete. Er betrachtete sie mit einem Blick, der erfüllt war von – von was? Sie konnte ihn nicht ergründen. Er hatte keine drei Worte mit ihr gesprochen, seit er ihre Tante über seine Absichten unterrichtet hatte. Aber mit seiner Präsenz erfüllte er ihr ganzes Sein, und das genügte. Für einen winzigen Moment bedauerte Beth, dass sie heute Abend in einem hellblauen Musselinkleid an seinem Arm gesehen werden würde, das der Vorstellung ihrer Tante von mädchenhafter Sittsamkeit entsprach. Bei Miss Fairfield wäre gegen Hellblau absolut nichts einzuwenden, aber bei Beths dunklem Teint und ihrer Haarfarbe war es eine Katastrophe.

Als sie das hell erleuchtete Haus betraten und die Treppe hinaufgingen, kam Beth ein schrecklicher Gedanke. Was, wenn Mr Rufford ihr komisches Aussehen und ihre unzulänglichen Manieren peinlich waren und er sich schämte, in der Öffentlichkeit mit ihr gesehen zu werden? Würde er seinen Antrag dann bereuen? Sie beschloss, sich, so gut es möglich war, im Hintergrund zu halten.

Im großen Ballsaal von Fairfield House wurden sie an der Tür von Miss Fairfield und ihrem Bruder begrüßt.

Miss Fairfield blickte von Rufford zu Beth und setzte ein vielsagendes Lächeln auf. »Miss Rochewell, wie schön, dass Sie gekommen sind. Sie sehen gut aus.« Ihr Bruder schüttelte Rufford die Hand.

»Das tue ich nicht, Miss Fairfield, und das wissen Sie«, sagte Beth. »Warum meine Tante auf Pastellfarben besteht, ist mir unbegreiflich – es sei denn, es ist der gleiche Impuls, der sie veranlasst, mich Lizzy zu nennen, so oft ich auch dagegen protestiere.«

Miss Fairfield lachte. »Dann müssen Sie Ihre Kleider selbst bestellen. Sie haben gar keine andere Wahl.«

»Nein, die habe ich wirklich nicht. Wenn Sie wüssten!« Sie sah den eigenartigen Blick, den Rufford ihr zuwarf, während hinter ihr eine alte Frau mit der lauten Stimme einer Schwerhörigen sagte: »Was für ein merkwürdiges Mädchen!«

So viel dazu, sich im Hintergrund zu halten.

Gefolgt von neugierigen Blicken, betraten sie den Ballsaal. Lady Rangle sprach in aufgeregtem Ton mit Lady Jersey und einigen anderen älteren Damen. Beth sah deren erstaunte Blicke und Lady Rangles selbstzufriedenes Lächeln. Sie konnte sich denken, was ihre Tante ihnen erzählt hatte: »Er hat es so eilig, dass sie schon am Donnerstag in aller Stille heiraten. Ach ja, die Leidenschaft der Jugend!« Beth errötete, als sie es sich vorstellte.

»Darf ich Ihnen etwas zu trinken holen?« Seine tiefe Stimme brachte Beth in die Gegenwart zurück. »Es ist sehr warm hier drinnen.«

Sie warf ihm einen Blick zu und wandte sich dann wieder ab. »Danke, aber das ist nicht nötig, Mr Rufford.«

»Rufford!« Die melodische Stimme war unverwechselbar. Die Gräfin von Lente schwebte in ihrer ganzen Pracht heran. Heute Abend war sie ganz in Smaragdgrün gekleidet. Beth schrumpfte innerlich. »Ich fragte mich schon, wo Sie stecken.« Eine ungewohnte Schärfe klang in der Stimme der schönen Gräfin mit. »Haben Sie sich schon entschieden, ins Ausland zu gehen?«

»Ja, das haben wir, aber wir reisen nach Nordafrika, nicht nach Amerika.« Beth sah eine Mischung aus Erleichterung und Verwirrung auf dem Gesicht der Frau. »Verehrte Gräfin«, fuhr Rufford fort, »darf ich Ihnen meine Braut Miss Rochewell vorstellen? Beth, das ist Beatrix Lisse, Gräfin von Lente.«

Die Gräfin zog eine Braue hoch. »Ich freue mich sehr, Sie kennenzulernen«, sagte sie und sah Rufford fragend an.

Es war Beth, die sich genötigt sah, eine Erklärung abzugeben. »Ich hoffe, ihm bei seiner ... Suche nützlich sein zu können, Gräfin. Ich kann die alten Schriften lesen und ...«

Rufford unterbrach sie. »Wir reisen Samstagmorgen ab. Das wird wohl schnell genug sein, denke ich?«

»Das ist es.« Die Frau sah Beth neugierig an. »Ich hoffe, Sie wissen, was Sie tun.«

Beth gab sich einen Ruck. »Selbstverständlich.« Aber die Antwort klang selbst in ihren Ohren schwach.

Die Gräfin schwebte davon, jedoch nicht, ohne noch einmal das Wort an Ian zu richten. »Wir sprechen uns noch, Rufford.« Nach ihrem Abgang hörte Beth deutlich das Getuschel um sie herum.

»Was sieht er bloß in diesem braunhäutigen Mädchen?«

»Und dieses Kleid! Wie grässlich, nicht wahr?«

»Nun, ich kann mir schon denken, was er in ihr sieht. Das ist ziemlich offensichtlich bei dieser Art von Mädchen.«

»Ihre Manieren sind so freizügig ...«

»Das fremde Klima. Man weiß ja, was der Äquator bei einigen Menschen bewirken kann.«

»Alles gut und schön, aber warum *heiratet* er sie?«

»Mit ein paar hundert Pfund im Jahr könnte man sich so eine als Mätresse halten.«

Beth spannte sich an, Rufford ebenfalls. Er hatte also auch alles gehört. Am liebsten wäre Beth im Erdboden versunken.

»Eine Erfrischung ist jetzt angebracht, egal, wie Sie darüber denken«, sagte er streng und führte sie zu dem Tisch mit den Getränken. »Punsch oder Champagner? Ach was. Champagner.« Er nahm ein Glas und schenkte ihr ein. »Trinken Sie das.«

Sie nippte an dem prickelnden Getränk.

»Miss Rochewell?«

Beth drehte sich um und sah sich einem Mann Anfang der sechzig gegenüber, der zu seinem Kilt einen flaschengrünen Rock trug. »Ja?« Galt sie als so freizügig, dass praktisch jeder sie so einfach ansprechen konnte?

»Ich bin Bernard Chively.« Beth bekam ein ungutes Gefühl im Magen. »Lady Rangle hat veranlasst, dass Sie sich um meine eigene liebe Tante kümmern. Sie können die Postkutsche am Freitag nehmen. Das Haus ist allerdings ziemlich verwahrlost. Wir haben schon seit Monaten keine Haushälterin mehr gehabt. Die Boshaftigkeit meiner Tante stört Sie doch gewiss nicht, oder?« Hier erdreistete er sich sogar, Beth in die Wange zu kneifen. »Wir zahlen Ihnen ja auch etwas mehr deswegen.«

Beth begann zu zittern. »Mr ... Mr Chively, ich ...«

»Miss Rochewell wird nicht zu Ihrer Tante fahren«, mischte Rufford sich entschieden ein. »Wir brechen am Samstag zu unserer Hochzeitsreise auf.« Mr Chively fiel beinahe die Kinnlade herunter. »Ich fürchte, Sie werden sich ein anderes Opfer für die Schikanen Ihrer Tante suchen müssen. Und nun entschuldigen Sie uns.« Er nahm Beth am Ellbogen und führte sie von Mr Chively weg. Und es war gut, dass Rufford sie hielt, so wacklig, wie Beths Knie sich anfühlten.

»Trinken Sie Ihren Champagner«, befahl Rufford ihr schroff.

Beth war so beschämt, dass sie außerstande war, etwas zu sagen. Es musste ihn zutiefst bestürzt haben, herauszufinden, dass er einer Frau einen Antrag gemacht hatte, die drauf und dran gewesen war, sich als Haushälterin und Gesellschafterin zu verdingen. Wie konnte er sie jetzt noch respektieren? Wie konnte er ...? Nein, sie wollte gar nicht daran denken. Ohne ihn anzusehen, nippte sie an ihrem Champagner und begann wieder zu atmen.

»Mehr. Trinken Sie aus.«

Beth gehorchte stumm.

»Ihr Vater hat Ihr Erbe durchgebracht?«

»Bei seiner letzten Expedition.«

»Und Ihre Tante wollte nicht …?«

»Sie war mit ihrer Weisheit am Ende, nachdem ich zwei Heiratsanträge abgelehnt hatte. Ich konnte ihr nicht länger zur Last fallen. Aber ohne ihre Hilfe und Empfehlung konnte ich auch keine Stellung finden. Schließlich bat ich sie darum, und sie hat mir gern geholfen.«

»Verstehe.«

»Es tut mir leid, Sie so in Verlegenheit gebracht zu haben. Vielleicht wird er es ja niemandem erzählen.«

»Wir werden ohnehin bald weg sein.«

Rufford nahm ihr leeres Glas und stellte es auf das Tablett eines vorbeigehenden Dieners. »Tanzen Sie mit mir.« Beth schaute zu ihm auf. Die blauen Augen blickten ernst, aber dann erschien ein Anflug von Humor in ihnen. »Geben Sie der Meute etwas zu sehen«, befahl er.

Beth lächelte unsicher, als er sie zur Tanzfläche führte. Sie hatte nicht bemerkt, dass ein Walzer gespielt wurde. Wieder spürte sie seine Hand an ihrer Taille. Wieder legte sie ihre Hand in seine und fühlte die Wärme seiner Haut bis in ihr tiefstes Inneres. Unter ihrer Hand spürte sie, wie muskulös seine Schulter war. Sie atmete tief durch, bevor sie sich von der Musik davontragen ließ.

Der Saal drehte sich um sie. Sie sah die Leute miteinander tuscheln. Miss Belchersand und Miss Campton warfen ihr giftige Blicke zu. Ihre Tante schwirrte von Gruppe zu Gruppe. Mr Chively steuerte mit vorwurfsvollem Blick auf ihre Tante zu. Aber all das kümmerte Beth nicht. Sie wollte nur bleiben, wo sie war, in Mr Ruffords Armen, und sich mit ihm zu der Musik bewegen. Wie berauscht ließ sie den Kopf zurückfallen, als er sie ausgelassen auf dem Parkett herumwirbelte, und ließ sich von ihm durch den Walzer führen. Die Lüster über ihnen funkelten wie die kleinen Bläschen im Champagner.

Dann war der Tanz zu Ende, und Mr Rufford verbeugte sich. »Sie haben Ihre gesellschaftliche Verpflichtung erfüllt. Lassen Sie uns gehen.« Er nahm ihre Hand und führte sie zu ihrer Tante. Doch auf dem Weg dorthin erblickte Rufford Major Ware und steuerte auf ihn zu. »Ware, Sie sind genau der Mann, den ich sehen wollte!«, begrüßte Rufford ihn.

Major Ware erschrak ein wenig über die Vehemenz, mit der Ian ihn angesprochen hatte. »Was? Was gibt es denn?«

»Ich reise in einer Mission ins Ausland, die Sie gutheißen würden. Aber ich will von Ihren Leuten in Whitehall nicht darauf angesprochen werden. Können Sie sie bis Samstag hinhalten?«

»Ich ... ich werde es versuchen.«

»Sie sind Diplomat, Ware. Ich verlasse mich auf Sie. Wir haben eine Passage auf einem Postschiff gebucht. Sollten Sie allerdings einen schnelleren Kahn für uns besorgen können, würden wir unser Ziel eher erreichen. Wie Sie wissen, ist die Zeit von größter Wichtigkeit.«

Ware räusperte sich. »Haben Sie eine Chance, Ihre Mission erfolgreich abzuschließen?«

Ian senkte für einen Moment den Blick, dann sah er dem Major in die Augen. »Eine Chance habe ich, ja.« Fast wandte er sich schon wieder zum Gehen. »Und noch etwas, Ware ... darf ich Sie um einen weiteren Gefallen bitten?«

Der noch immer verblüffte Major nickte. »Selbstverständlich.«

Rufford setzte eine strenge Miene auf. »Dann erwarte ich Sie am Donnerstag um fünf in der St. James Church. Ich brauche einen Trauzeugen.«

Ware blickte erstaunt von Rufford zu Beth. »Gratuliere, alter Junge!«, sagte er und schüttelte Rufford die Hand. Dann wurde er ganz blass, als er sich wieder Beth zuwandte.

Sie wollte ihn beruhigen. »Sie sollten auch mir gratulieren, Major Ware. Kann ich mich nicht glücklich schätzen, einen so außergewöhnlichen Bräutigam zu haben? Und seien Sie versichert, dass ich das nicht einfach nur dahersage.«

»Wirklich?« Der Major sah sie prüfend an.

»Ja. Sie mögen ihn schon länger kennen als ich, aber dafür weiß ich mehr von seinen Geheimnissen als Sie.«

Ware wich einen Schritt zurück.

»Könnten Sie sich dazu überwinden, uns als Trauzeuge zu dienen?«, fragte Rufford mit barscher Stimme.

Ware blickte von einem zum anderen und sagte: »Ja. Ich glaube, das kann ich.«

Rufford nickte brüsk und zog Beth in eine stille Ecke.

»Es ist noch so viel zu erledigen«, sagte er. »Haben Sie jemanden, der als Ihr Trauzeuge fungieren kann?«

»Meine Tante … aber sie muss nach Bath zur Beerdigung einer Cousine ihres Mannes. Ich weiß nicht, ob sie darauf verzichten wird, da die Trauung doch so privat sein soll …«

»Ihre Tante also nicht. Lassen Sie sie zu dieser Beerdigung fahren.« Es klang fast so, als verkündete er ein Urteil.

»Nun …« Beth zögerte. »Ich könnte Miss Fairfield fragen.«

»Ja. Sie wäre geeignet. Schicken Sie mir eine Nachricht, wenn Sie sich geeinigt haben. Meine derzeitige Adresse ist Albany House, Nummer fünf.« Er machte eine Pause. »Morgen werde ich sehr beschäftigt sein. Aber ich treffe Sie und Miss Fairfield am Donnerstag in der Kirche.« Plötzlich kam ihm ein Gedanke. »Ist St. James in Ordnung? Oder wäre Ihnen eine andere Kirche lieber?«

Es würde ihm nie gelingen, den Pfarrer von St. James dazu zu bringen, sie so überstürzt zu trauen. Die Kirche war die exklusivste Londons, in der alles, was Rang und Namen hatte, jede Woche seine Bekanntschaften und seine neueste Garderobe zur Schau stellte.

Beth zog die Augenbrauen hoch. »Was immer Sie für richtig halten.« Das ließ ihm einen Ausweg, falls er in St. James doch nichts erreichte.

»Es wird alles gut; fürchten Sie sich nicht.«

»Ich fürchte *Sie* nicht«, erwiderte sie darauf nur.

Rufford beugte sich vor und nahm ihre Hände in die seinen. »Sie werden auch niemals Anlass dazu haben. Und nun lassen Sie uns zusehen, dass Sie nach Hause kommen«, sagte er und führte sie fürsorglich auf ihre Tante zu.

»Lady Rangle, Ihre Nichte hat Kopfweh. Sie werden Sie nach Hause bringen.« Sein Ton erlaubte keinen Widerspruch, aber Beth sah den sturen Ausdruck, der auf dem Gesicht ihrer Tante erschien und wie sie sich Lady Jersey zuwandte, um eine Verbündete zu finden. »Entweder bringen Sie sie heim oder ich werde es tun.« Rufford ließ es wie eine sanfte Drohung klingen.

Der bloße Gedanke an einen derartigen Skandal versetzte Lady Rangle in Empörung.

»Ach, Cecilia. Lass den jungen Leuten ihren Willen«, sagte Lady Jersey lachend und schob Beths Tante auf die Tür zu. »Es ist anstrengend, verlobt zu sein.«

Bevor Beth etwas davon mitbekam, war die Kutsche auch schon gerufen worden. Rufford hob sie in die Dunkelheit des Wagens. Eine flüchtige Berührung seiner Hand, ein Gruß, und die Kutsche setzte sich rumpelnd in Bewegung.

In ihre Pelisse gehüllt, eine warme Decke über ihren Knien, kuschelte Beth sich seufzend in die weichen Polster. Die emotionale Belastung durch ihre Zweifel, ob Rufford sie wirklich heiraten wollte, und die allgemeine öffentliche Meinung, dass sie seiner nicht würdig war, waren fast mehr, als sie ertragen konnte. Sie starrte aus dem Fenster auf die vorüberziehenden Straßen. Es hatte geregnet, und ein feuchter Nebel legte sich jetzt auf die Stadt.

Es war nicht weit bis zu der Curzon Street. Beth betrat das Haus ihrer Tante mit dem Gefühl, dass der ganze Abend so unwirklich gewesen war wie ein Traum.

17. Kapitel

Auch den darauffolgenden Tag erlebte Beth wie im Traum. Sie hatte kaum geschlafen und schwankte zwischen dem Entschluss, Rufford eine Absage zu schicken, und der Hoffnung, ihn vielleicht irgendwann dazu bringen zu können, sie zu lieben, hin und her. Und dann waren da auch noch all die anderen Probleme zu bedenken – sein Wesen; die Mission, die es zu erfüllen galt, und die Gefahr, die für ihn und sie damit verbunden war; das Ziel, Kivala zu finden, und nicht zu wissen, was sie dort erwartete; die schreckliche Konfrontation mit Asharti, zu der er entschlossen war ... Beth befürchtete, zu schwach für all das zu sein.

Sie verfasste eine Nachricht an Miss Fairfield, die sie unzählige Male korrigierte und dann neu schrieb. Sie bat sie darin um ihre Hilfe, auch wenn sie überzeugt war, eine höfliche Absage zu bekommen. Aber Miss Fairfields Antwort bestand in einer nahezu enthusiastischen Zusage. Am Morgen verstaute Beth ihre wenigen Habseligkeiten in einer kleinen Reisetruhe. Am Nachmittag versuchte sie, ihre Nerven zu beruhigen, indem sie sich die Schriftrollen noch einmal vornahm. Sie konsultierte ihr Buch über Navigationsberechnungen, um die jahreszeitlich bedingte Abweichung der Mondposition vom in den Schriftrollen erwähnten Zeitpunkt bis zu dem ihrer voraussichtlichen Ankunft östlich von Casablanca zu berechnen.

Sie würden gute Sextanten und Chronometer brauchen. Portsmouth, eine Stadt der Seefahrer, war genau der richtige Ort, um diese Geräte zu besorgen. Sie stellte eine Liste der nötigen Vorräte für die Karawane zusammen und eine zweite, in der sie die Aufgaben und Vorbereitungen aufführte, die nach ihrer Ankunft in Casablanca zu erledigen waren. Sie war sehr gut in diesen Dingen und würde Rufford nützlich sein. Vielleicht würde er mit der Zeit erkennen, wie sehr er auf sie angewiesen war …

Es hätte Beth nicht überraschen dürfen, dass Lady Rangle keinen Widerspruch erhob, als Beth ihr mitteilte, dass Miss Fairfield ihre Trauzeugin sein würde. Eine Trauung, die im allerkleinsten Kreis vollzogen wurde, konnte sich natürlich nicht mit der Chance messen, in den Besitz des Schmuckes zu gelangen, der der Cousine ihres verstorbenen Mannes gehört hatte. Ebenso widerspruchslos nahm sie zur Kenntnis, dass Beth bei ihrer Rückkehr nicht mehr da sein würde. Beth hatte sich ihrer einzigen noch lebenden Verwandten oder England nie fremder gefühlt als in diesem Moment, und die Aussicht, nach Afrika zurückzukehren, wurde immer reizvoller.

Mit einem Vampir zusammenzuleben, der nicht alterte, oder auch getrennt von ihm zu leben, war etwas, das so weit über ihr Vorstellungsvermögen hinausging, dass es ihrem Verstand nicht guttun würde, sich den Kopf darüber zu zerbrechen. Es fiel ihr schon schwer genug, an ihre Hochzeitsnacht zu denken. Ihr kamen nur die schlimmsten Möglichkeiten in den Sinn. Würde es wieder so sein wie in Gibraltar? Oder würde er sie in Ruhe lassen? Was, wenn nicht? Oder was, wenn er sie wieder biss und sie nicht wollte, dass er aufhörte?

Ihre Tante war zum Dinner bei Lady Wolverton verabredet, aber Beth ließ sich entschuldigen. Eine weitere demütigende Szene wie die gestrige würde sie nicht verkraften. Und so verbrachte Beth einen einsamen Abend mit ihren Gedanken. Sie ging früh zu Bett, auch wenn der Schlaf noch lange auf sich warten ließ.

Ian hatte an diesem Tag keine ruhige Minute. Sein erster Besuch am Morgen führte ihn zu einer hervorragenden Schneiderin in Piccadilly. Er verließ rasch seine Kutsche und betrat, ohne sich auf der Straße aufzuhalten, den Laden von Madame d'Arette. Sie kannte seinen Namen von den Rechnungen, auf die seine ehemaligen Begleiterinnen bei ihr hatten arbeiten lassen. Dass ihm der Ruf vorauseilte, ein Vermögen gemacht zu haben, veranlasste sie dazu, ihn bevorzugt zu bedienen und ihre anderen Kunden zu vertrösten. Für Ian folgte eine anstrengende Stunde, in der er Stoffe aussuchte, der Schneiderin erklärte, was er wollte, und versuchte, Größen abzuschätzen.

Er konnte Madame schon ihre Näherinnen anschreien hören, als er schließlich wieder seine blaue Brille aufsetzte, den Kragen seines Umhangs hochzog, das Geschäft verließ und die drei Schritte zu seiner wartenden Kutsche ging. Gott sei Dank war es ein trüber, grauer Tag in London.

Als Nächstes suchte er eine Modistin auf, der er Proben der Stoffe vorlegte und der er das Versprechen abnahm, seine Aufträge schnellstens zu erledigen. Dann war ein Laden an der Reihe, der Dinge verkaufte, von denen er zu viel verstand, um die Verkäuferin nicht in Verlegenheit zu bringen. Und der habgierige alte Juwelier, dem er danach einen Besuch abstattete, rieb sich vergnügt die Hände, als Ian sein Geschäft mit mehreren kleinen Päckchen verließ.

Um am Samstag noch vor der Morgenflut in Portsmouth einzutreffen, reservierte Ian für den Freitagabend eine vierspännige Kutsche. Das würde es ihm und Miss Rochewell ermöglichen, den Tag zusammen zu verbringen. Falls sie das überhaupt wollte. Er bestellte auch eine warme Decke und heiße Backsteine für die Reise. Den größten Teil des Nachmittags verbrachte Ian schließlich im engen, düsteren Büro Mr Edgelys, in dem er veranlasste, dass Beth, für den Fall, ihm sollte etwas zustoßen, finanziell sehr gut versorgt sein würde.

Dann fuhr er zu Beatrix Lisse.

»Was führt Sie denn am helllichten Nachmittag zu mir?«, fragte sie missbilligend und zog ihr fast durchsichtiges Negligé über der Brust zusammen. »Es muss doch mindestens noch eine Stunde bis Sonnenuntergang sein.«

»Seien Sie nicht so hochnäsig zu mir«, tadelte er sie, als sie nicht aufhörte, ihn vorwurfsvoll anzusehen. »Sie werden bekommen, was Sie wollen, und nicht nur Sie, sondern auch Major Ware. Aber ich brauche die Hilfe von Miss Rochewell.«

»Wie könnte sie Ihnen helfen? Sie wird nur eine Belastung für Sie sein.«

»Das müssen Sie nicht wissen. Es genügt, wenn ich Ihnen sage, dass sie für diese Reise unentbehrlich ist. Und dass meine Gegenleistung darin besteht, ihr meinen Namen und meine Fürsorge zu geben..«

»Sie müssen die Kleine doch nicht gleich heiraten«, sagte Beatrix schmollend, während ihr Blick prüfend über Ians Gesicht glitt. Er wusste, dass dieser Schmollmund ihn nur von ihren Augen ablenken sollte, die Antworten verlangten.

»Sollte sie nicht auch etwas von diesem Handel haben?«, fragte er.

»Warum tut sie es überhaupt? Sie schien mir nicht der habgierige Typ zu sein.« Die Gräfin ließ sich wieder auf dem Sofa in ihrem Boudoir wieder.

»Nein, das ist sie keineswegs.« Er runzelte die Stirn. »Aber sie will nach Afrika zurück.«

»Das kann kein ausreichender Grund sein, jemanden wie Sie zu heiraten. Da muss noch mehr im Spiel sein.« Beatrix beobachtete ihn aus schmalen Augen, und Rufford wusste, dass sie nicht mehr lockerlassen würde.

»Vielleicht«, erwiderte er kurz.

Beatrix wartete.

»Sie . . . vielleicht hält sie mich für einen besseren Mann, als ich es bin.« Mehr konnte er dazu nicht sagen.

Beatrix legte den Kopf ein bisschen schief und schenkte ihm ein schwaches Lächeln. »Jeder sollte jemanden haben, der einen für besser hält, als man ist. Wenn das so ist, Rufford, unterstütze ich Ihre Entscheidung. Was wollen Sie von mir? Denn irgendetwas wollen Sie doch, nicht wahr?«

»Ja«, sagte Rufford und überreichte ihr ein Blatt mit einer sehr, sehr langen Namensliste.

Nach einer zweiten schlaflosen Nacht verabschiedete Beth um ein Uhr nachmittags ihre Tante, die nach Bath aufbrach. Das Haus kam ihr danach schrecklich groß und leer vor. Sie saß auf ihrem Bett und dachte, dass sie in weniger als drei Stunden eine Kutsche würde rufen müssen, da man schließlich nicht zu Fuß zu seiner eigenen Hochzeit gehen konnte. Insgeheim hegte sie jedoch die leise Furcht, dass niemand da sein würde, wenn sie dort eintraf, und dass alles nur ein schrecklicher Irrtum war. Sie würde weder nach Afrika zurückkehren noch den Mann heiraten, der sich in jeden ihrer Gedanken schlich.

Ihr war natürlich bewusst, dass Rufford sie nicht liebte, und wann immer ihre Fantasie mit ihr durchging, zwang sie sich, diese unwiderlegbare Tatsache nicht aus den Augen zu verlieren. *»Eine Ehe, die nur auf dem Papier bestünde ... und Sie wären aller Sorgen ledig ...«* Die Worte hallten ihr noch in den Ohren wider. Am Dienstagabend war er von ihrer Armut und der Tatsache, dass sie ihrer Kleidung und Manieren wegen von der Gesellschaft geschnitten wurde, peinlich berührt gewesen ... O Gott! Natürlich konnte er sie nicht lieben.

Zum ersten Mal seit Tagen dachte Beth an ihren Vater, und ein heftiges Schuldbewusstsein beschlich sie. Früher hatte sie ein Dutzend Mal am Tag an ihn gedacht. Wie undankbar von ihr, ihn so einfach zu vergessen! Sie sehnte sich nach seiner Akzeptanz, die etwas Selbstverständliches für sie gewesen war in dem Leben, das er für sie aufgebaut hatte. Sie fühlte sich so allein in diesem Haus, so allein in dieser Stadt, dass die Sehnsucht nach ihrem geliebten Vater sie überwältigte.

Vielleicht zum ersten Mal, seit er gestorben war, weinte sie. Sie weinte um ihn, um sich selbst und um das Leben, das nie wieder so wie früher sein würde. Heftige Schluchzer erschütterten sie, und sie schlang die Arme um sich selbst, um sich zu trösten. Aber es gab keinen Trost für sie.

Als sie sich schließlich auf ihr Bett legte, schlief sie erschöpft ein. Sie war erschöpft von der Trauer, die sie zu lange unterdrückt hatte. Und zu dem Kummer, den sie im Hause ihrer Tante gelitten hatte, gesellte sich nun auch die Tatsache, dass die Hoffnungen, die sie in letzter Zeit gehegt hatte, unrealistisch gewesen waren. Sie musste zu ihrem Sinn für die Realität zurückfinden …

Ein Klopfen an der Tür ließ Beth aus tiefem Schlaf aufschrecken. Die Schatten des späten Februarnachmittags erstreckten sich schon über den Fußboden. »Was … was ist?«

»Es sind Päckchen für Sie abgegeben worden, Miss«, antwortete die Stimme eines Dieners.

»Ich komme gleich hinunter!«, rief sie und schaute auf die Uhr. Halb vier! Sie stand auf und warf einen Blick in den Spiegel. Ihre Augen sahen nur ein bisschen verweint aus. Schnell wusch sie sich das Gesicht in der Wasserschüssel, strich ihr graues Kleid glatt und eilte die Treppe hinunter ins Foyer. Die Dienstboten standen um Berge großer und kleiner Schachteln herum, die alle mit braunem Papier verpackt und mit Bindfaden verschnürt waren.

»Sie sind alle an Sie adressiert, Miss«, sagte eines der Dienstmädchen mit großen Augen.

»An mich?« Beth starrte die Pakete an. Tatsächlich! Aber wer konnte sie geschickt haben? James, ein anderer Diener, überreichte ihr schweigend eine Karte. Die ganze Dienerschaft war außer sich vor Aufregung.

Beth errötete. *»Der Ehrenwerte Ian Rufford«* stand oben auf der Karte und darunter war handschriftlich hinzugefügt worden: »Mit den besten Empfehlungen des Bräutigams.«

»Könnten Sie bitte alles nach oben bringen, James?«, bat Beth den Diener. Dann wandte sie sich schüchtern an Polly: »Polly, ist es möglich, dass Sie mir beim Ankleiden behilflich sein? Ich habe es furchtbar eilig.«

Polly strahlte sie an, warf den anderen einen herablassenden Blick zu und sagte: »Aber natürlich, Miss. Ich kann Sie auch frisieren. Darin bin ich sehr geschickt.«

Sie folgten James und seiner hin und her schwankenden Last die Treppe hinauf. »Um Punkt halb fünf wird eine Kutsche für Sie bereitstehen«, versprach der Diener, nachdem er die Päckchen auf das Bett gelegt hatte.

»Danke.« Beth schenkte ihm ein Lächeln, das etwas unsicher wirkte, aber nichtsdestoweniger ein Lächeln war.

Als er ging, wandte sie sich den Päckchen zu. »Die sollte ich jetzt wohl besser öffnen. Polly, könnten Sie mein rosafarbenes Kleid herausnehmen?«

Beth holte eine kleine Schere aus ihrem Nähkörbchen und schnitt die Kordel des größten Päckchens durch. Als sie das Seidenpapier im Innern das Paketes zurückschlug, schimmerte ihr cremefarbener Satin entgegen. Beth hielt den Atem an, als sie das Kleid aus dem Karton nahm und es in die Höhe hielt. Es war an den Säumen mit Brüsseler Spitze besetzt und geradezu unerhört tief dekolletiert. Die Taille befand sich, wie es der neuesten Mode entsprach, auf halber Höhe zwischen Brust und eigentlicher Taille, und darunter folgte ein Überrock aus noch mehr Spitze in demselben warmen, cremefarbenen Ton. Die Ärmel waren aus Spitze und lang und schmal, wie es die Mode vorschrieb.

»Bezaubernd«, flüsterte Polly und ließ das rosafarbene Kleid auf einen Sessel fallen. »Ich habe noch nie ein Brautkleid in einer solchen Farbe gesehen, aber bei Gott – er ist genau das Richtige für Sie!«

Beths Kehle war wie zugeschnürt, als sie das Kleid auf das Bett legte und schweigend die anderen Päckchen öffnete. Zierliche Schuhe aus feinstem Leder in der gleichen Farbe wie das Kleid, Strümpfe, Handschuhe, exquisite Seidenunterwäsche, ein kleines, mit Perlen besticktes Retikül, ein langer, mit Zobel gefütterter Umhang aus cremefarbener Wolle, zu dem ein prachtvoller Zobelmuff gehörte … und ein Traum von einem Hut! Er war so leicht und duftig, so vollendet schön mit seinen zarten Spitzen, Federn und glänzenden Bändern, dass er so aussah, als könnte er sich beim kleinsten Windstoß in seine Bestandteile auflösen.

Schließlich waren nur noch die kleinen Pakete übrig. Polly kicherte noch immer vor Entzücken, aber Beth konnte kaum noch atmen. Eines der Kästchen enthielt eine Perlenkette. Aber es waren nicht einfach *irgendwelche* Perlen, sondern sie waren von ungewöhnlicher Größe und schimmerten im gleichen cremefarbenen Ton wie ihr Kleid. Der Kette lagen passende Ohrgehänge aus Perlen und Diamanten bei, und in einer weiteren Schatulle fand Beth goldene, an ihren Enden ebenfalls mit Perlen und Diamanten besetzte Nadeln für ihr Haar. Das alles war viel zu kostspielig. So tief in Ruffords Schuld zu stehen, machte sie beklommen. Er hatte um sie angehalten, obwohl er sie nicht liebte, und jetzt fühlte er sich verpflichtet, dafür zu sorgen, dass er sich ihrer nicht schämen musste. Es war fast zu viel für sie.

»Worauf warten Sie noch, Miss? Wollen Sie all diese wunderhübschen Sachen denn nicht anziehen? Es ist fast vier Uhr.«

Beth rang sich zu einem Lächeln durch. »Natürlich, Polly.«

Das seidene Hemd war wie ein Streicheln auf ihrer Haut. Das Kleid war schwer. Es drückte ihre Brüste hoch, bis sie das ganze Dekolleté ausfüllten. Polly legte ihr die Perlen um, und Beth befestigte die Ohrgehänge an ihren Ohren. Dann bat Polly sie, sich hinzusetzen, um sie zu frisieren. Sie löste Beths Zöpfe, bürstete das Haar und steckte es dann zu einem losen Knoten mit kleinen Ringellöckchen auf, die sie mit den goldenen Haarnadeln befestigte. Auch ein paar lose Strähnen rechts und links formte sie zu Löckchen, die Beths Gesicht umschmeichelten.

Mit großen Augen betrachtete sie sich im Spiegel. Die Farbe des Kleids verlieh ihrer Haut einen goldenen Schimmer, ihre grüngoldenen Augen sahen riesig aus in ihrem Gesicht und ihr schwarzes Haar sehr schwer und dicht. Polly setzte ihr den duftig leichten Hut in einem kessen Winkel auf und band die Seidenbänder unter ihrem Kinn zusammen.

Beth erhob sich. Wie hatte er ein Kleid für sie bestellen können, das ihr wie angegossen passte? War er bei der Schneiderin ihrer Tante gewesen? Aber woher hatte er gewusst, zu welcher Schneiderin sie ging? Auf halbem Weg zu ihrem Bett blieb Beth wie angewurzelt stehen. Er kannte ihre Maße doch nicht etwa von dem einen Mal, als er sie in Gibraltar entkleidet hatte? O Gott, wie peinlich! Sie errötete. »Geben Sie mir den Umhang, Polly.«

»Sie werden das Kleid doch nicht darunter verstecken wollen, bevor die anderen Sie nicht gesehen haben?«, protestierte Polly. »Ich bringe ihn für Sie herunter.«

Es klopfte leise an der Tür. »Die Kutsche, Miss.«

Beth spürte wieder den großen Druck, unter dem sie stand. Sie würde einen Vampir heiraten, einen Mann, den jede halbwegs vernünftige Frau als böse und verderbt bezeichnen würde. Sie würde mit ihm nach Afrika gehen, auf eine wahnwitzige Mission, die für sie beide tödlich enden könnte. Und abgesehen von alldem war ein Mann, der Damenunterwäsche in der passenden Größe bestellen konnte, ohnehin nicht respektabel genug, um ihn zu ehelichen. Das Schlimmste aber war, dass ihre Heirat mit diesem Mann nichts als ein Handel sein würde. Am liebsten wäre sie gleich wieder in Tränen ausgebrochen.

Als ihr bewusst wurde, dass sie die Brauen furchte und die Schultern einzog, unterdrückte sie ein Lachen. Wenn sie so weitermachte, würde sie noch zu einer dieser Frauen werden, die zur

Schwermut neigten und unter Schwächeanfällen litten. *Dumme Kuh!*, sagte sie sich. Sie heiratete einen Mann, der einen Parasiten im Blut hatte – es war eine Krankheit, wenn auch eine sehr eigenartige. Sie reiste nach Afrika, um die Mysterien dieses Kontinents zu erforschen, wie sie es immer schon getan hatte und wieder tun wollte. Und wenn ihr Ehemann sie nicht lieben konnte, nun ja, dann war das auch kein schlimmeres Schicksal, als Tausende von Frauen es tagtäglich erlebten.

Die Ehe mit Rufford war ein äußerst praktisches Arrangement, und sie war entschlossen, das Beste aus dem zu machen, was es ihr bot: eine Chance, in das Land und zu der Beschäftigung zurückzukehren, die sie so sehr liebte; eine Chance, den Traum ihres Vaters wahr zu machen und die verlorene Stadt zu finden. Sie würde nicht davon träumen, dass Ian Rufford sie eines Tages lieben würde, und sie würde auch nicht der Schwermut anheimfallen.

»Danke, Polly. Ich hätte mein Haar nie selbst so hübsch frisieren können. Sie haben wirklich Talent.« Sie lächelte das Mädchen an, das ebenso unscheinbar war wie sie selbst.

Polly errötete vor Freude. »Ich möchte eines Tages Zofe werden, Miss.«

»Sollte ich je in die Lage kommen, eine Empfehlung für Sie auszusprechen, werde ich es tun, Polly.«

Mit einem etwas ironischen Lächeln ging Beth vorsichtig die Treppe hinunter und zuckte angesichts der verblüfften Blicke und des Gemurmels der unten in der Halle versammelten Bediensteten nur die Schultern. Sogar die Köchin steckte den Kopf durch die Tür zur Küchentreppe. Edwards hielt gerade die Tür für Beth auf, als die gesamte Dienerschaft in begeisterten Applaus ausbrach. Polly legte Beth den Umhang um die Schultern. James stand grinsend an der offenen Tür einer Kutsche mit zwei elegant livrierten Fahrern. Das war keine Mietkutsche, die sie hier erwartete.

»Was ... was für eine Kutsche ist das?«, fragte sie und schaute sich verwundert um.

»Sie kam vor einer Viertelstunde. Mr Rufford hat sie Ihnen geschickt.«

Der Fahrer tippte sich an seinen hohen Zylinderhut. »Auf zur St. James's Church, Miss.«

Noch immer sprachlos vor Erstaunen stieg Beth in die Kutsche. Hier gab es keine verstaubten Kissen, wie sie es gewohnt war, sondern weiche, dunkelrote Polster, in denen man geradezu versank. Das Treppchen wurde eingeholt, die Tür geschlossen, und sie fuhren los. Allein in der geschlossenen Kutsche, schob Beth ihre Furcht beiseite. Sie hatte sich entschieden. Es gab kein Zurück mehr. Ihr Leben hatte sich unwiderruflich verändert, so wie es sich verändert hatte, als ihr Vater gestorben war. Man musste das Beste aus allem machen. Es war schön zu wissen, dass sie einigermaßen gut aussah, trotz ihrer zu zierlichen Statur, der braunen Haut und der ungewöhnlichen Augenfarbe.

Es war nicht weit bis zu der Kirche, aber die Straßen waren überfüllt, da um diese Zeit die Mitglieder der Londoner Gesellschaft von ihren Ausritten und Ausflügen in den Hyde Park zurückzukehren pflegten. Einige junge Männer spähten frech von ihren Pferden in die Kutsche, um Beth besser sehen zu können. Aber sie war viel zu sehr damit beschäftigt, sich auszumalen, wie ihre Ankunft vor der Kirche wohl verlaufen würde, um sich daran zu stören. Was, wenn Mr Rufford nicht kommen würde? Plötzlich fiel ihr ein, dass sie niemanden hatte, der sie zum Traualtar führen würde. Ach, und wenn schon, sagte sie sich. Dann würde sie ihrer Zukunft eben ganz allein entgegengehen.

Als sie ein Stück die Jermyn Street entlanggefahren waren, kam die Kirche in Sicht. Es war ein aus schlichtem braunen Ziegelstein erbautes Gotteshaus, das mit seinen bogenförmigen, von hellem Portlandstein gesäumten Fenstern viel zu unprätentiös aussah, um dermaßen *en vogue* zu sein. Die Kutschentür wurde geöffnet – und da stand *er*, ganz in Schwarz gekleidet, bis auf ein weißes Halstuch, das perfekt gebunden war. Beth bemerkte all das jedoch kaum. Sie hatte nur Augen für sein geliebtes Gesicht, die blauen Augen, das lockige, für die derzeitige Mode zu lange Haar, das er mit einem schwarzen Samtband zurückgebunden hatte. Seine Augen verdunkelten sich, als sie ihm ihre behandschuhte Hand entgegenstreckte. Vor dem Eingang der Kirche nahm er ihr ohne etwas zu sagen den Umhang ab.

»Danke für Ihre wundervollen Geschenke«, murmelte sie. »Die Perlen ... Sie hätten nicht ...«

»Es ist nicht der Rede wert«, unterbrach er sie schroff. »Nichts könnte mich mehr erfreuen, als sie an Ihnen zu sehen.«

Dann kam Miss Fairfield und scheuchte ihn weg. »Der Bräutigam sollte die Braut nicht vor der Trauung sehen, Sir. Was haben Sie sich dabei gedacht?« Sie wandte sich an Beth. »Meine liebe Miss Rochewell, ich ... ich weiß nicht, was ich sagen soll, außer dass alle Sie für die glücklichste Frau Londons halten. Und dieses Kleid sieht hinreißend an Ihnen aus. Niemand verdient das mehr als Sie.«

Beth lächelte. »Dann sind Sie vermutlich die Einzige, mich selbst miteingeschlossen, die so denkt. Sie ahnen gar nicht, wie dankbar ich Ihnen für Ihren Beistand heute bin!«

Die Kirche war im Innern bei Weitem nicht so groß wie eine Kathedrale, aber die mächtigen Rundbögen aus schlichtem Gips und die hohen Glasfenster ließen die am Altar versammelten Menschen trotzdem sehr klein wirken. Major Ware, ein Mann und eine Frau, die Beth nicht kannte, und Mr Rufford standen vor dem Priester, der in seiner Bibel blätterte. Alle blickten auf, als Beth den von Kerzen erhellten Teil der Kirche trat.

Major Ware kam sofort auf sie zugeeilt. »Miss Rochewell, würden Sie es für anmaßend halten, wenn ich Sie um die Ehre bäte, Sie zum Altar führen zu dürfen?«

»Und wer wird Mr Rufford zur Seite stehen, Sir? Ich möchte Sie ihm nicht wegnehmen.«

»Sein Bruder, der Viscount, ist mit seiner Gattin gekommen und wird mit Freuden meine Rolle übernehmen.«

Sie nickte dem Major dankbar zu. Miss Fairfield eilte an ihren Platz, und Beth legte die Hand auf Major Wares Arm. Er trug seine Regimentskleidung, mit Sternen und den an seidenen Bändern hängenden Medaillen auf der Brust.

Die nächsten Minuten vergingen wie im Flug. Miss Fairfield und der Mann, der Mr Ruffords Bruder war, nahmen ihre Plätze ein. Der Priester, der sich als Reverend Jessop vorstellte, lächelte wohlwollend auf sie herab, während er sprach. Beth konnte sich nicht auf die Worte konzentrieren, aber sie antwortete mit »Ja«, als sie angesprochen wurde, und mit »Ja, ich will«, als es ihr angebracht erschien. Sie fragte sich, was der Reverend wohl denken würde, wenn er wüsste, dass er sie mit einem Vampir vermählte. Mr Rufford, der neben ihr stand, sprach die gleichen Worte wie sie, als er gefragt wurde, und als sie zu ihm aufschaute, waren seine Augen wie schimmernde blaue Seen, in deren Tiefen sie sich zu verlieren glaubte. Sie waren so sanft, so zärtlich, dass sie ein ganz eigenartiges Pochen in ihrem Schoß zu spüren begann ...

Schließlich erklärte Reverend Jessop sie zu Mann und Frau. Miss Fairfield umarmte Beth, und Major Ware und Lord Stanbridge schüttelten Mr Rufford die Hand und gratulierten ihm zu seiner schönen Braut. Die üblichen Floskeln eben, die ohnehin nie ernst gemeint waren. Beth wirbelte der Kopf von all den Eindrücken.

»Unsere Kutsche erwartet uns«, erklärte Mr Rufford. Fast schüchtern wandte er sich seiner Frischvermählten zu und reichte ihr seinen Arm. »Mrs Rufford?«

Ihren neuen Namen zu hören war ein Schock für Beth. Sie starrte Rufford an, aber es war zu spät, um ihm zu sagen, er müsse damit jemand anderen meinen. Sie hatte es getan. Und obwohl sie kaum noch Luft bekam, legte sie die Hand auf seinen Arm und fühlte seine kräftigen Unterarmmuskeln unter dem Stoff. Er war ihr noch nie so … körperlich erschienen. Nicht einmal, als ihre Hand seine nackte Haut berührt hatte.

Ihre Furcht vor dem Abend wuchs. Aber dann sagte sie sich, dass sie kein zimperliches kleines Mädchen war. Sie wusste Bescheid über Männer und Frauen. Und sie hatte ihn sogar schon nackt gesehen. Und auch er hatte sie nackt gesehen. Sie errötete. Aber damals hatten weder er noch sie … irgendetwas dabei im Sinn gehabt. Heute Abend dagegen könnte es anders sein – falls Rufford überhaupt die Absicht hatte, die Ehe mit ihr zu vollziehen. Und die hatte er bestimmt nicht. *Eine Vernunftehe, die nur auf dem Papier bestand.* Das war alles, was er wollte. Aber wäre es nicht angenehm und praktisch für einen Mann, eine in *jeder* Hinsicht verfügbare Ehefrau zu haben? Was bedeutete das für heute Nacht?

Die kleine Hochzeitsgesellschaft nahm das Abendessen in einem privaten Raum in Rules Restaurant ganz in der Nähe von The Strand ein. Es gab Ente, Rebhuhn und Reh, die alle von den schottischen Ländereien des Restaurantbesitzers stammten. Während der insgesamt fünf Gänge wurden ihnen auch Hummer und unzählige Beilagen serviert.

Die wildesten Gedanken gingen Beth durch den Sinn, während sie in ihrem Essen stocherte. Falls Rufford vorhatte, ihr im wahrsten Sinne des Wortes ein Ehemann zu sein, würde sie vielleicht riskieren … Sie wagte kaum, auch nur daran zu denken. Würde ein Kind die schrecklichen Folgen ihrer Liebe zu einem Vampir tragen müssen? Es war so warm in dem kleinen Speisesaal, dass sie kaum noch atmen konnte. Sollte sie sich entschuldigen, um draußen ein wenig frische Luft zu schnappen?

Bevor sie sich jedoch zu einem Entschluss durchringen konnte, sprach die große, blonde Frau neben ihr sie freundlich an. »Ich bin so froh, dass wir an Ihrer Hochzeit teilnehmen konnten, liebe … Mrs Rufford.«

Beth schenkte ihr ein mattes Lächeln. »Sind Sie extra zu der Hochzeit nach London heraufgekommen?«

Die Frau war Ruffords Schwägerin, Lady Stanbridge. »Zu meiner Schande muss ich gestehen, dass wir gar nichts davon wussten. Wir waren hergekommen, um uns bei Ian zu bedanken. Er hat uns und unseren Kindern eine große Gefälligkeit erwiesen.«

Beth nickte und atmete schon wieder ein bisschen freier. »Das bezweifle ich nicht. Er ist sehr selbstlos.«

Lady Stanbridge lachte leise. »Ich glaube, da könnten Sie recht haben. Das war nicht immer so. Er hat sich sehr verändert, seit er weg war.«

»Das ist verständlich nach allem, was er durchgemacht hat.«

Lady Stanbridge wurde ernst. »Er wollte uns nicht mehr erzählen, als dass Piraten ihn in die Sklaverei verkauft hatten. Wir können nur erraten, welch schreckliche Dinge er erlitten hat.« Sie zog fragend ihre Augenbrauen hoch. »Vielleicht kennen Sie ja die ganze traurige Geschichte?«

»Nein«, sagte Beth und schüttelte den Kopf. Und das war nicht einmal gelogen. Außerdem stand es ihr auch gar nicht zu, das wenige, was sie wusste, zu erzählen.

»Wir hielten ihn mehr als zwei Jahre lang für tot.« Lady Stanbridge seufzte und sah Beth unter halb gesenkten Wimpern an. »Nach der ersten Freude über seine Rückkehr konnte ich nicht umhin zu bemerken, wie gebrochen Ian wirkte. Henry und ich waren überaus besorgt um ihn. Er schien so … reserviert, so unfähig, sich an irgendetwas zu erfreuen.«

Sie blickte über den Tisch hinweg zu ihrem Schwager, und Beth folgte ihrem Blick. Rufford, der ihre Augen auf sich zu spüren schien, wandte sich ihnen zu. Sein Gesicht wurde weicher, und er hob in einem stummen Toast sein Glas. Beth erwiderte sein Lächeln, und Lady Stanbridge blickte zwischen ihnen hin und her. »Vielleicht wird ihm die Ehe guttun«, sagte sie. »Er verdient ein bisschen Glück.«

»Ich hoffe, dass sie ihm guttun wird.« Beth war nicht sicher, dass es so sein würde. Aber sie wusste, dass sie alles tun würde, damit er es nicht bedauerte, diesen Schritt getan zu haben. Sie wollte ihm die Selbstzweifel nehmen und ihn glücklich machen.

»Es geht weiter, Freunde.« Rufford erhob sich und komplimentierte seine Gäste hinaus zu seiner Kutsche, ohne die Fragen zu beantworten, mit denen sie ihn bestürmten.

Auf der kurzen Fahrt saß Beth zwischen Lady Stanbridge und Miss Fairfield den Herren gegenüber. Ihr Ziel war schnell erreicht. Vor dem Haus Nummer 46 in der Berkeley Street hielten sie hinter einer langen Reihe anderer Kutschen, die ihre Fahrgäste absetzten. Erst jetzt fiel Beth auf, dass Miss Fairfield und Lady Stanbridge elegant genug für einen Ball gekleidet waren, so wie sie auch. Aber wenn die Gräfin einen Ball gab, hätte das doch schon seit Wochen in aller Munde sein müssen? Beth hatte nichts darüber gehört.

Nachdem sie ihre Umhänge abgelegt hatten, stiegen Beth und Rufford die prachtvolle Treppe in den ersten Stock hinauf. Der Diener kündigte den Ehrenwerten Mr Ian Rufford und Mrs Rufford an, und zu Beths Erstaunen wandten alle in dem überfüllten Saal sich zu ihnen um und applaudierten.

»Ein Hoch auf die Jungvermählten!«

»Was bist du für ein Glückspilz, alter Junge!«

»Hast mich mal wieder ausgestochen, Rufford!«

Die Zurufe der Männer und die erstaunten oder auch neidischen Blicke der Frauen überraschten Beth. Jetzt trat die Gräfin von Lente aus der Menge hervor. Sie trug ein prachtvolles Kleid aus mitternachtsblauer Seide. »Unsere Ehrengäste! Ich hatte die Hoffnung fast schon aufgegeben.« Sie küsste Beth auf die Wange. »Sie sehen bezaubernd aus, Kindchen.« Dann hielt sie Rufford die Wange hin, der sich nicht lange zierte und die Gräfin mit einem Kuss begrüßte.

»Besser hätte ich es mir nicht wünschen können, Beatrix«, sagte Rufford anerkennend, als er sich in dem großen Raum umsah.

Lady Jersey, Lady Sefton und die Gräfin Lieven vertraten die Schirmherrinnen von Almack's. Zwei dem Königshaus angehörende Dukes waren ebenfalls der Einladung gefolgt und hatten gleich alle jungen Herren der guten Gesellschaft mitgebracht. Die Gräfin lächelte zufrieden. »Ich habe mich nach besten Kräften bemüht, nicht wahr? Niemand sonst hätte seine Beziehungen so spielen lassen können.«

»Ich weiß. Danke.«

»Nun gut.« Sie führte Rufford und Beth in den Saal. »Und nun gehen Sie und zeigen Sie Ihre Trophäe herum, Rufford. Die Männer werden grün vor Neid sein. Heute Abend liegt Ihrer Braut die Welt zu Füßen, so, wie Sie es wollten.«

Beth erhielt Komplimente über Komplimente, und sie fühlte sich wie in einem Traum. Dieselben Leute, die abfällig über sie geredet oder sie geschnitten hatten, katzbuckelten jetzt vor ihr. Sie tanzte ein ums andere Mal mit Rufford, ohne dabei die gesellschaftlichen Regeln zu verletzen, weil es am Hochszeitabend noch zu früh war, sich von seinem Ehemann vornehm gelangweilt zu zeigen. Mehrere Leute machten eine Bemerkung über die Abwesenheit ihrer Tante, die Beth mit deren Teilnahme an einer Beerdigung erklärte. Dass es nur die einer entfernten Cousine war, erwähnte sie dabei nicht.

Trotz allem verfolgte Beth noch immer der schreckliche Gedanke an ein Vampirkind, das Blut statt Muttermilch benötigte. Was war hier ihre Pflicht? Rufford war so aufmerksam, dass sie sich zu fragen begann, ob er es nur der Leute wegen war. Schließlich bat sie ihn, mit Miss Fairfield zu tanzen, die ihre drei Tänze mit Major Ware, die ihr die Etikette erlaubten, schon genutzt hatte und sich zu langweilen begann. Rufford folgte ihrer Bitte, und Beth setzte sich für einen Moment. Als sie die Gräfin von Lente vorbeigehen sah, kam ihr plötzlich eine Idee.

Hier war eine Frau, die ihre Befürchtung, ein Vampirkind zu empfangen, bestätigen oder widerlegen konnte. Bevor sie den Mut dazu verlor, erhob sich Beth, entschuldigte sich bei den Stanbridges und ging der rothaarigen Gräfin nach. »Mylady ...« Überrascht drehte die Frau sich um. »Könnte ich Sie vielleicht einen Moment unter vier Augen sprechen?«

Die Gräfin legte den Kopf schief. »Aber natürlich, meine Liebe.« Sie führte Beth zu einer Nische und ließ sich auf dem zierlichen kleinen Sofa in der Fensterlaibung nieder. »Worum geht es denn?«

Beth biss sich auf die Lippe. In welche Worte fasste man das, was sie wissen wollte? Zögernd sagte sie: »Ich möchte etwas wissen, von dem ich glaube, dass Sie es mir sagen können.«

»Und wieso glauben Sie, dass ich die Antwort weiß?« Die dunklen Augen der Frau sahen sie prüfend an.

»Er hat mir nichts über Sie erzählt«, sagte Beth schnell. »Geben Sie nicht ihm die Schuld. Ich wusste es gleich, als ich Sie dieses Mädchen fragen hörte, warum sie einen Schal trüge. Und auch wegen Ihres Parfums.«

Beatrix schien plötzlich zu verstehen und lehnte sich zurück. »Worum geht es denn?«

»Um ... Kinder.«

»Ob Sie welche mit ihm haben können oder wie sie sein werden?«

Beth nickte dankbar. Diese Beatrix war eine Frau nach ihrem Herzen. »Sowohl als auch.«

»Kinder wären möglich. Er trägt den Gefährten noch nicht

lange in sich. Bei jenen, die mit unserem Blut geboren werden, ist ein Kind sehr selten, und zwischen zweien von uns ist es so gut wie ausgeschlossen. Zwischen Mensch und Vampir ist die Möglichkeit ein wenig größer. Aber nur eine Vampirmutter kann ein Vampirkind zur Welt bringen, weil das Kleine während der Geburt mit dem Blut seiner Mutter in Berührung kommt.«

Beth atmete erleichtert auf. Falls sie ein Kind bekam, würde es also kein Vampir sein. Trotzdem beunruhigte sie die Vorstellung eines Vampirkindes noch immer. »Und wie …?« Wie konnte sie ihre Frage stellen, ohne sich ein Entsetzen anmerken zu lassen, das die Gräfin sicher nicht empfinden würde?

»Der Gefährte bleibt untätig, bis die Kinder die Pubertät erreichen. Vampirkinder können beispielsweise nicht die Macht herbeirufen. Aber sie müssen gefüttert werden, und wir müssen ihnen Blut verschaffen. Es liegt bei den Eltern, dem Kind die richtigen moralischen Prinzipien hinsichtlich der Blutentnahme zu vermitteln.«

»Ja … das ist bestimmt nicht leicht. Aber das ist Kindererziehung ja nie, nicht wahr?«

»Aber auch sehr lohnend. Das Blut ist das Leben.« Die Gräfin sagte es, als wäre es ein Mantra. »Aber Sie verstehen das nicht, nicht wahr? Rufford weiß es, obwohl ich es ihm nie gesagt habe. Er hat den Unterschied zwischen seiner jetzigen Existenz und der als bloßer Sterblicher gespürt. Wir sind lebendiger, als Sie es sind. Es ist etwas sehr, sehr Wünschenswertes, obwohl Ihresgleichen das nie glauben würden. Ich hoffe nur, dass er es bei sich akzeptieren kann.«

Beth hob das Kinn. »Sie scheinen sich sehr sicher zu sein, was meine Denkweise betrifft.« Aber in einem hatte die Gräfin recht: Rufford musste mit seinem Zustand Frieden schließen.

Wieder legte Lady Lente den Kopf schief und betrachtete Beth. »Ich habe ihm gesagt, er müsse Asharti überwinden. Sie hat ihm in vielen Dingen großen Schaden zugefügt. Ich hoffe, dass seine Reise nach Afrika ihm helfen wird, ihrem Einfluss zu entkommen. Vielleicht haben auch Sie dabei eine Rolle zu erfüllen.« Sie machte eine kurze Pause. »Enttäuschen Sie ihn nicht.«

»Wie meinen Sie das?«, fragte Beth überrascht. »Was müsste ich denn tun?«

»Mutig sein. Sie werden es merken, wenn die Zeit dazu gekommen ist.« Die Gräfin erhob sich, um das Gespräch zu beenden. »Ich mag ihn, und ich bedaure, dass er diese Last zu tragen hat. Aber ich bin froh, dass er unseren Artgenossen nützlich sein kann. Daher wird ihn die Todesstrafe nicht treffen, die wir sonst gegen Vampire verhängen, die von Ungeheuern wie Asharti geschaffen wurden. Ich wünsche Ihnen beiden viel Erfolg.« Sie nickte noch einmal und ließ eine sehr nachdenkliche Beth zurück, als sie davonging.

Ian schaute sich suchend nach seiner Frau um, aber sie war nirgendwo zu sehen. Seine Frau! Wie unfassbar, dass Beth ihn trotz allem, was sie über ihn wusste, zum Mann genommen hatte. Er schwor sich, ihr niemals Anlass zu geben, ihre Entscheidung zu bereuen. Sobald er Kivala gefunden hatte, würde er sie in das sichere Gibraltar bringen, und sich dann auf die Jagd nach Asharti machen. Er würde Beth mit seiner ganzen Kraft und seinem ganzen Sein beschützen, ihr Leben lang.

Dieser Gedanke versetzte ihm einen Stich. Sie würde alt werden, er aber nicht. Im Stillen erneuerte er die Versprechen, die er sich selbst gegeben hatte: Er würde nie ihr Blut trinken, er würde sie vor einer Infizierung mit seinem Blut und den damit verbundenen Gefahren schützen, er würde sie niemals zur körperliche Intimität mit ihm zwingen. Bisher hatte er gedacht, das Schwierigste würde sein, dem Drang nach ihrem Blut zu widerstehen, aber seit er heute Abend mit ihr getanzt hatte, war er sich dessen nicht mehr sicher.

Nicht einmal er hatte diese erstaunliche Verwandlung erwartet, die seine Frau durchgemacht hatte. Er hatte natürlich bemerkt, wie unvorteilhaft die von ihrer Tante ausgewählten Farben für Beth gewesen waren. Dabei war sie von einer faszinierenden exotische Schönheit. Die Leute hatten einfach nicht akzeptiert, dass Beth anders war als sie, und hatten sie als langweilige Exzentrikerin abgetan. Aber nicht nur ihre Heirat mit einem Mann, der als äußerst begehrte Partie galt, sondern auch die Tatsache, dass keine Geringere als die Gräfin von Lente ihr zu Ehren einen Ball gab, hatte allen die Scheuklappen heruntergerissen.

Ihm hingegen könnten Scheuklappen von großem Nutzen sein, weil sie vielleicht die Wirkung verringern könnten, die Beth auf ihn hatte. Ihre vollen Brüste, die das tiefe Dekolleté ihres Kleides so augenfällig betont hatte, das Gefühl, als er ihre zierliche, geschmeidige Gestalt in seinen Armen gehalten und mit ihr über das Parkett gewirbelt war. Die Sanftheit ihrer grüngoldenen Augen, wenn sie zu ihm aufschaute. Das alles hatte in ihm den Wunsch nach einer Beziehung geweckt, die mehr war als ein gegenseitiges Abkommen. Er hatte an Gibraltar zurückgedacht, daran, dass er sie entkleidet hatte. Allerdings war ihm auch bewusst, wie groß die Versuchung gewesen war, sie sich mithilfe seiner Suggestionskraft gefügig zu machen. Aber das war eine Versuchung, der er *niemals* erliegen würde. Er durfte nicht wie Asharti werden, ganz gleich, was es ihn kostete. Beth hatte sich auf dieses Abkommen mit ihm eingelassen, weil sie mittellos war, denn eine richtige Ehe mit einer Kreatur wie ihm konnte sie unmöglich wollen. *Und dieses Wissen muss genügen, um mein ungebührliches Verlangen zu unterdrücken*. Es war lange her, seit er sich gestattet hatte, seinem physischen Begehren nachzugeben. Enthaltsam zu sein, war der einzig richtige Weg für ihn. Daran würde er sich gewöhnen müssen.

Beatrix trat aus einer der Nischen, blickte sich suchend um

und kam zu ihm. »Ein wahrer Triumph, nicht wahr? Wenn mir nur nicht so heiß wäre, dass ich unbedingt für einen Moment auf den Balkon gehen muss, wäre das Leben einfach wunderbar.«

In gespielter Verzweiflung schüttelte Ian den Kopf. »Das war mehr als deutlich. Brauchen Sie eine Stola?«

»Nein.« Sie führte ihn zu den hohen Glastüren, durch die man auf einen Balkon gelangte. In der kühlen Abendluft wandte sie sich zu ihm um und räusperte sich. »Schließen Sie die Türen, Rufford.« Nachdem er das getan hatte, sagte sie: »Ich befinde mich in einer unangenehmen Lage.«

Er zog die Augenbrauen hoch. »Wieso? Weil Sie denken, sie verdiente Ihre Protektion nicht?«

»Natürlich verdient sie die«, erwiderte Beatrix ungeduldig. »Sie ist hübsch und intelligent und entwaffnend ehrlich. Nein, es ist nur so, dass ich mich gezwungen sehe, eine Aufgabe zu übernehmen, die mir nicht behagt.« Sie hielt inne, um Luft zu holen. »Als Bräutigam sollten Sie wissen, dass Sie Ihren Zustand nicht auf Ihre Nachkommen übertragen können. Nur wenn der Gefährte auch im Blut Ihrer Frau ist, wird er an die Kinder weitergegeben, die sie gebärt.«

So weit hatte Ian noch gar nicht gedacht, doch nun konnte er nicht umhin, sich vorzustellen, wie es wäre, ein Kind mit Miss Rochewell zu haben, und was das mit sich bringen würde. Die Vision von einer eigenen Familie wie der seines Bruders Henry, voller Liebe und gegenseitigem Respekt, erstand vor seinem inneren Auge und ließ ihn erröten. »Die Gefahr besteht nicht«, sagte er abweisend. »Warum machen Sie sich die Mühe, mir das alles zu erklären?«

»Weil Sie noch nicht allzu viel über Ihren Zustand wissen … und weil sie mich danach gefragt hat.«

»Beth hat *Sie* gefragt, ob ein gemeinsames Kind ein Vampir sein würde?«

»Wie ich schon sagte – sie ist eine intelligente Frau. Vor einiger Zeit war sie Zeugin meines Gesprächs mit einer jungen Frau, deren Hals Ihre Bisswunden aufwies, Rufford. Und sie hat den Duft meines ›Parfums‹ bemerkt. Messerscharf hat sie daraus geschlossen, dass ich über Ihre Situation im Bilde sein müsste.«

Ian straffte die Schultern. »Sie können ganz unbesorgt sein, Beatrix. Dazu wird es niemals kommen.«

Die Gräfin wandte sich ab und schaute auf die dunklen Bäumen, deren kahle Äste noch von dem Regen glitzerten, der vor Kurzem gefallen war. »Im Gegensatz zu Ihnen schien sie es für möglich zu halten, und sie wollte sich so gut wie möglich darauf vorbereiten.«

Ian wollte tausend Dinge wissen: Ob Beth bei dieser Frage ausgesehen hatte, als wäre ihr der Gedanke unangenehm; *wie* sie ihre Fragen formuliert hatte ... Aber er wagte es nicht, die Gräfin danach zu fragen. »Unser Abkommen lautet, eine reine Vernunftehe zu führen. Es ist eine Ehe, die nur auf dem Papier besteht.«

»Vermutlich fragt sie sich, was alles das mit sich bringen könnte«, sagte Beatrix, ohne sich nach ihm umzusehen.

»Es war nie meine Absicht, ihre Jungfräulichkeit zu einem Bestandteil unseres Abkommens zu machen«, erklärte Ian steif.

Nun wandte sie sich doch zu ihm um. »Vielleicht müssen Sie noch mehr über Frauen als über Vampire lernen. Ich schlage vor, Sie lassen sich Zeit mit ihr. Sie haben recht, sie ist noch Jungfrau – ungeachtet dessen, was die Leute über ihr Leben in fremden Ländern denken. Gut, dass Sie schon mit jeder Frau in London poussiert haben und es sich deshalb wohl auch leisten können, Geduld mit ihr zu haben.«

Ians Gesicht verhärtete sich. »Sie sollten nicht alles glauben, was man über mich sagt.«

»Du meine Güte, Rufford, vor ein paar Tagen haben Sie sich wegen irgendeiner dummen Kuh sogar duelliert!«, erwiderte Beatrix lachend.

»Das heißt noch lange nicht, dass ich getan habe, was mir vorgeworfen wurde.«

Beatrix' Augen wurden schmal. »Und wie lange ist es seit Ihrem letzten Mal her, Rufford?«

»Eine Dame würde niemals eine solche Frage stellen.« Er öffnete die Balkontür und bedeutete der Gräfin, wieder in den Saal einzutreten.

Aber sie blieb stehen. »Also nicht mehr seit Asharti?«, fragte sie und sah ihn dabei besorgten an.

Sie hatte kein Recht, besorgt um ihn zu sein. »Das geht Sie nichts an.«

Zu seinem Ärger lächelte sie wissend. »Dann bleibt mir wohl nichts anderes übrig, als der Natur ihren Lauf zu lassen«, sagte sie. »Aber haben Sie bitte Geduld.«

18. Kapitel

Die Gräfin hatte für Beth und Rufford ihr schönstes Schlafzimmer vorbereiten lassen. Gegen Mitternacht, als die Gäste zum Essen hinuntergingen, hatten einige der anwesenden Ehepaare die Frischvermählten lautstark dazu aufgefordert, sich ins Schlafgemach zurückzuziehen. Anzügliche Bemerkungen und stürmischer Applaus hatte sie auf dem Weg die Treppe hinauf begleitet. Rufford wirkte sehr angespannt, und auch Beth hielt sich vor Nervosität kerzengerade. Das prachtvolle Schlafzimmer, in das sie geführt wurden, war von sanftem Kerzenlicht erleuchtet, und im Kamin brannte ein anheimelndes Feuer. Auf dem Bett, dessen Decken schon einladend zurückgeschlagen waren, lagen ein Nachthemd für Ian und ein Seidengewand für Beth bereit. Karaffen mit Brandy und Madeira standen auf einem Beistelltisch neben einem Tablett mit allerlei Süßigkeiten.

Rufford räusperte sich. »Das wäre dann alles«, sagte er zu dem alten Diener. Beth ging zum Kamin und wärmte sich die Hände. Als die Tür sich hinter dem Bediensteten schloss, empfand sie eine nahezu beängstigende Endgültigkeit.

Nach einer Weile wagte sie es, sich umzusehen. Eine fast greifbare Spannung beherrschte den Raum. Rufford stand noch immer wie angewurzelt da. »Ich werde auf den Sesseln schlafen«, sagte er und deutete auf zwei bequeme Polstersessel. »Das Ankleidezimmer ist vermutlich hinter jener Tür.«

Beth nickte stumm, nahm das seidene Nachthemd vom Bett und zog sich in das Ankleidezimmer zurück. Dort wurde sie bereits von einer jungen Zofe erwartet, die ihr beim Entkleiden behilflich sein sollte. Mitten im Zimmer stand ein halb gepackter Schrankkoffer, in dem die Kleider hingen, die Rufford für Beth gekauft hatte.

In den letzten beiden Tagen hatte sie sich auf diesen Moment gefreut und sich zugleich davor gefürchtet, und nun war er gekommen. In den nächsten Minuten konnte alles oder nichts geschehen. Was wäre ihr am liebsten? Die Zofe öffnete die Häkchen des Kleids, und Beth schlüpfte aus ihm heraus. Rufford hatte ihr bereits gesagt, was er wollte. Er würde auf den Sesseln schlafen. Aber wenn sie ihre Ehe heute nicht vollzogen, würde die Spannung zwischen ihnen wachsen, bis sie stark wie ein Gewittersturm wäre, so laut und so heftig, dass sie einander nicht mehr hören könnten, selbst wenn sie schrien.

Die Zofe schlug das gefaltete Kleid in Seidenpapier ein und legte es auf den Schrankkoffer, während Beth ihre Perlenkette abnahm.

Aber wenn sie ehrlich war, wollte sie den Vollzug der Ehe nicht nur, um eine drohende Spannung zwischen ihnen zu vermeiden. Sie wollte mit Ian Rufford schlafen, und das schon seit langer Zeit. Das körperliche Zusammensein mit einem Mann war ein Mysterium für Beth, doch irgendwo tief in ihrem Inneren wusste sie, dass sie sich erst vollständig fühlen würde, wenn sie dieses Mysterium ergründet hatte. Vielleicht würde sie damit auch der Lösung des Rätsels ein Stück näherkommen, das Rufford für sie war. Und deshalb beschloss sie, alles in ihrer Macht Stehende zu tun, um das herbeizuführen, was sie schon jetzt innerlich zittern ließ.

Würde er es tun? Es war mehr als unwahrscheinlich, dass er sich zu so einer so unattraktiven Frau, wie sie es war, hingezogen fühlte. Aber er war ein Mann, und jeder wusste, dass Männer auch intime Beziehungen zu Frauen hatten, an denen ihnen ansonsten nicht viel lag. Und wenn er mehr Vertrauen zu ihr fasste und merkte, dass er auf sie angewiesen war, würde er sich vielleicht auch an ihr Aussehen gewöhnen. Sie würden sich miteinander wohlfühlen und die Freundschaft zurückgewinnen, die sie verbunden hatte und die jetzt von seiner Angst vor seinem

Zustand und der Aussicht, Mann und Frau zu sein, getrübt war. Sie *waren* Freunde. Der Gedanke verlieh Beth Kraft. Sie schickte die Zofe fort und legte ihre Unterwäsche ab.

Ian könnte die Kontrolle über sich verlieren ... Sie hatte gehört, dass das bei Männern vorkam. Vielleicht würde er sogar ihr Blut trinken. Aber sie fand den Gedanken daran gar nicht so schrecklich. Als es in Gibraltar geschehen war, hatte sie sich aus einem nüchternen Hier und Jetzt in eine Welt versetzt gefühlt, in der Magie noch möglich war.

Sie streifte sich das Nachtgewand über. Die Seide glitt wie eine sanfte Berührung über ihre Haut, und ihre Brustwarzen richteten sich auf. Beth hatte Angst, wenn auch nicht vor dem, was sie nach Ansicht anderer Menschen fürchten müsste ...

Nachdem Beth sich zurückgezogen hatte, ging Ian zum Kamin und starrte ins Feuer. Er fragte sich, wie weit er sich entkleiden sollte. Er legte seinen Rock ebenso ab wie sein Halstuch, Schuhe und Weste, bis er nur noch Hemd und Hose trug. Das genügte. Er ging zu dem Beistelltisch und schenkte sich einen Brandy ein. Er hatte heute Abend kaum etwas getrunken und brauchte jetzt unbedingt etwas zur Stärkung. Als er einen Blick in den Spiegel warf, sah er, dass unter seinem offenen Hemdkragen die Narben an seinem Hals zu sehen waren. Unwillkürlich versteifte er sich, verdrängte die Erinnerung an den Strick um seinen Nacken und schloss den Knopf des Kragens.

Dann kam Beth zurück, mit offenem Haar und in dem seidenen weißen Nachthemd, das er ihr gekauft hatte. Es war sehr viel schlichter als die Kleider, die er ihr geschenkt hatte, hochgeschlossen und mit langen Ärmeln. Sie sah bezaubernd darin aus. »Möchten Sie ein Glas Madeira?«, fragte er, erinnerte sich aber dann an frühere Gespräche. »Oder lieber einen Brandy?« Er musste sich zwingen, die Augen von ihr abzuwenden.

Sie schüttelte nur stumm den Kopf.

Mit ungelenken Bewegungen ließ er sich in einem der Sessel nieder, während sie, statt in das hohe Himmelbett zu steigen, nur dastand und über etwas nachzudenken schien. Unter der feinen, fast durchsichtigen Seide des Nachthemds konnte er ihre Brüste sehen, deren dunkle Spitzen aufgerichtet waren. Seine Kehle wurde eng. »Soll ich die Kerzen löschen, oder tun Sie das?«, fragte er und kam sich wie ein ausgemachter Tölpel vor.

»Es ist eine sündhafte Verschwendung«, erwiderte sie, »aber ich mag das Licht. Lassen wir es doch noch eine Weile brennen.«

»Wie Sie wollen.« Er stürzte den Brandy hinunter, wandte sich ab und griff nach der Karaffe. Er musste sich abwenden, oder Beth würde das unverkennbare Anzeichen für die Wirkung sehen, die sie auf ihn hatte. Wie, in Gottes Namen, sollte er die heutige Nacht – oder andere Nächte – in einem Sessel in ihrem Schlafzimmer verbringen? In Gedanken wiederholte er die Versprechen, die er sich selbst gegeben hatte. »Nun, dann werde ich mir noch schnell eine zusätzliche Decke nehmen ...« Er ging zum Bett, um die über das Fußende gebreitete Decke zu holen. Als er sich wieder umwandte, war sie da, ganz nahe, und schaute mit diesen glänzenden grüngoldenen Augen zu ihm auf. Der Anblick ihrer vollen Brüste unter der dünnen Seide verstärkte das schon fast schmerzhafte Ziehen in seinen Lenden noch.

»Müssen Sie in dem Sessel schlafen?«, fragte sie errötend.

»Unsere Abmachung enthält ... keine Verpflichtung ... intimerer Natur für Sie.« Ians Kehle war so eng, dass er die Worte kaum herausbekam. Er räusperte sich und wünschte dann, es nicht getan zu haben.

»Oh. Ich war mir dessen nicht ganz sicher.« Sie wirkte regelrecht enttäuscht, und er konnte sehen, wie sie sich zusammennahm. »Ich hatte gehofft, wir könnten diese Abmachung ein bisschen ausführlicher besprechen.«

»Natürlich.« Er hielt die Decke zwischen sie. Was würde sie denken, wenn sie seine Erektion sah? Er war ein von der Natur sehr großzügig bedachter Mann. Dies zu sehen würde ihr zuwider sein. Er würde alles dafür geben, seine Erregung unterdrücken zu können, aber er glaubte nicht, dass er dazu imstande war. »Was möchten Sie denn ... besprechen?«

Sie nahm ihm das Brandyglas aus der Hand, nippte daran und verzog ein wenig das Gesicht. Dann holte sie tief Luft. »Es ist nur so ... Da Sie mein Ehemann sind und sehr, sehr lange leben werden, werde ich, wenn ich mich an meine heutigen Gelübde halte und diese Ehe nie vollzogen wird ... Nun ja, dann werde ich nie die Freuden des Ehebettes kennenlernen.« Sie errötete. »Das fände ich sehr hart.«

»Treue gehört nicht zu Ihren Verpflichtungen«, sagte er, obwohl der Gedanke ihm nicht behagte.

»Oh, Sie meinen, ich sollte mir Liebhaber nehmen?«, fragte sie und sah ihm forschend in die Augen.

Ian setzte zu einer Antwort an, überlegte es sich dann aber anders und nahm ihr das Brandyglas wieder aus der Hand. Er trank und spürte, wie die Flüssigkeit seinen Magen wärmte. Und wieso auch nicht? Er hatte ja auch so schon das Gefühl, als stünde er in Flammen.

»Aber ...«, begann sie und nahm ihm das Glas wieder ab. Ihre Lippen berührten genau die Stelle, wo die seinen gewesen waren, als sie trank. Sie musste das Glas gedreht haben. Aber wozu? »Wenn ich mir Liebhaber nähme, würden diese dann nicht eine erfahrenere Frau erwarten? Und wie soll ich diese Erfahrung erlangen, wenn nicht von Ihnen?«

»Zum Teufel mit ihren Erwartungen, Miss ...« Er errötete. »Elizabeth.« Ihr Name war ihm noch fremd auf der Zunge.

»Ich bevorzuge Beth ... Ian. Und vielleicht sollten wir von

jetzt an auch besser auf das ›Sie‹ verzichten.« Ihre Stimme klang ein wenig heiser.

Es gelang Ian, sich ein kleines Lächeln abzuringen. »Zumindest weiß ich, dass ich dich nicht Lizzy nennen darf.«

Sie erwiderte sein Lächeln. Ihre Augenwinkel kräuselten sich immer ein wenig, wenn sie lächelte. »Das ist sehr klug von dir.«

»Also Beth.« Er war wie Atmen, dieser Name. *Beth*. Wo waren sie stehengeblieben? Was hatte er gerade gesagt?

»Dann ist es also nicht möglich, unsere Abmachung neu zu verhandeln?«

»Soll das heißen, du willst ... intime Beziehungen ... aufnehmen?«, fragte er mit unsicherer Stimme.

»Ich habe nichts anderes, um die Abmachung für dich reizvoller zu machen. Ich habe bereits zugesagt, dir bei allem, was du brauchst, zur Seite zu stehen.« Sie nippte wieder an dem Brandy und trat noch näher. Ein Glück, dass er die Decke hatte!

Wieder räusperte er sich. Sie verhandelte, weil sie etwas aufgeben wollte, das für eine Frau sehr kostbar war. »Ich weiß nicht, ob du dir darüber im Klaren bist, was du opfern würdest.«

»Ich bin eine verheiratete Frau. Warum muss ich dann noch Jungfrau sein? Wer würde das von mir erwarten? Nein, wenn ich schon verheiratet bin, dann will ich alles haben.« Sie verlor plötzlich die Farbe und ihren Mut gleich mit. »Natürlich bräuchtest du es nur ein Mal zu tun ... nur um mir zu zeigen, wie es geht.« Sie blickte auf ihre nackten Füße. »Aber falls du dich nicht dazu überwinden kannst, bleibt unsere Abmachung natürlich trotzdem bestehen, und du hast deinen Teil ja schon erfüllt.«

Sie dachte doch tatsächlich, er könnte sich nicht ›überwinden‹, mit ihr zu schlafen! Und das, obwohl sein unbändiges Verlangen nach ihr ihn schier zu überwältigen drohte, während sie hier saßen und eine solch absurde Unterhaltung führten. O Gott, er hatte sich geschworen, sich ihr niemals aufzudrängen, aber wie hätte er auch ahnen können, dass sie sich ihm freiwillig anbieten würde? Dennoch hatte er kein Recht dazu … so wie er war.

Aber sie wusste, wie er war. Und sie musste wissen, was sie wollte. Sie hatte Beatrix sogar über Kinder ausgefragt.

Ian wurde bewusst, dass er die Decke hatte fallen lassen und Beths Oberarme umfasste. Er sah ihr prüfend in die grüngoldenen Augen. Sie hatte ihn schon einmal darum gebeten, sie zu lieben, aber da war sie vom Fieber und vom Blutverlust geschwächt und nicht mehr Herrin ihrer Sinne gewesen. Und nun fragte sie ihn aufs Neue, und mit so wenig Selbstvertrauen, dass es ihm schon beinahe absurd vorkam. Sie versuchte, sich ganz ungezwungen zu geben – auf jeden Fall sprach sie so, wie er es noch bei keiner anderen Frau gehört hatte. Er glaubte zu zerspringen, nur war er sich nicht sicher, ob es sein Herz oder sein Glied sein würde, das zuerst zerbarst.

Er beugte sich zur ihr und zog sie so fest an sich, dass ihre Brüste sich an seine Rippen pressten. Er sollte es besser lassen, denn sie würde den Beweis seiner Begierde spüren. Aber da hob sie ihren Mund, diesen sinnlichen, verführerischen Mund …

Beth spürte die Anspannung in ihm und die heiße Härte zwischen seinen Schenkeln, als er sie an seinen Körper zog. Ihre Brüste streiften seine Rippen. Sein Duft nach Zimt und Ambra war ebenso erregend wie vertraut. Ihr Atem ging so schnell und flach, dass sie befürchtete, ohnmächtig zu werden. Er begehrte sie; daran bestand kein Zweifel. Er liebte sie vielleicht nicht, aber er würde heute Nacht das Bett mit ihr teilen. Ein fast schmerzhaftes Pochen erwachte an ihrer intimsten Stelle. War das ein Anzeichen ihres eigenen Verlangens? Denn dass sie ihn begehrte, daran bestand für sie nicht der geringste Zweifel. Sie hob ihren Mund zu ihm, und er beugte sich über sie. Seine Lippen brannten auf ihren, während seine Hände sich noch fester um ihre Oberarme schlossen. Das würde blaue Flecken hinterlassen, aber wen kümmerte das schon?

Dann war seine Zunge plötzlich zwischen ihren Lippen und drang in die feuchte Kammer ihres Mundes ein. Beth war noch nie geküsst worden, und schon gar nicht so, aber es war nicht unangenehm. Zaghaft berührte sie Ians Zunge mit der ihren, was ihn dazu ermutigte, noch tiefer einzudringen. Als er sie küsste, drückte er sie so fest an sich, dass sie das Pochen zwischen seinen Schenkeln spürte und das heiße Prickeln in ihrem Schoß unerträglich wurde. Sie strich mit den gespreizten Händen über seinen Rücken und spürte durch den Stoff des Hemdes das Spiel seiner Muskeln.

Unvermittelt beendete er den Kuss und zog ihren Kopf an seine Brust. Sie hörte seinen schweren Atem. »Wir dürfen nichts überstürzen, damit diese Nacht so lustvoll wie nur möglich für dich wird.«

»Das eben war sehr schön«, sagte sie und spürte sein leises Lachen tief in seiner Brust. Zu ihrer Enttäuschung ließ er sie los und ging schnell zur anderen Seite des Zimmers, um die Kerzen zu löschen. Nur die auf den Nachttischen und im Leuchter neben dem Bett ließ er brennen. Das leicht flackernde Licht war sanft und warm.

Dann kam er wieder zu Beth, ergriff ihre Hand und zog sie zum Bett. Ihre Angst verlor sich in der Leidenschaft seines Kuss. »Ich werde dir noch sehr viel mehr Schönes zeigen«, murmelte er. »Schließlich gehört das zu den Pflichten eines Ehemannes.« Er lächelte, als er das sagte, und seine dunklen Augen schienen ihr bis in die Seele zu schauen. War es nur die Pflicht, die ihn so handeln ließ? Er streifte ihr das Nachthemd ab, und sie stand nackt vor ihm. Beth fragte sich, ob sie wie die auf Grabwänden dargestellten Ägypterinnen aussehen mochte, die die Pharaonen auf ihrem Weg in die Unterwelt begleiteten. Das würde ihr gefallen.

Ian sah so aus, als könnte er kaum noch atmen. Und Beth war so verlegen, dass sie, um irgendetwas zu tun, sein Haarband löste. Sein dunkles Haar fiel ihm über die Schultern, und sie fuhr mit ihren Fingern durch die weiche Fülle. Wie sehr sie dieses Haar liebte! Sie zog sein Hemd aus der Hose und begann es aufzuknöpfen. Aber da legte Ian seine große Hand auf ihre. »Ich fürchte, ich bin kein schöner Anblick«, warnte er sie mit rauer Stimme.

Beth blickte zu ihm auf. »Du meinst wegen deiner Narben?« Sie lächelte. »Die habe ich schon gesehen.« Sie entzog ihm ihre Hand. »Und sie sogar berührt.« Sanft ließ sie die Hände unter sein Hemd und über seinen vernarbten Rücken gleiten, bevor sie ihm mit einer einzigen geschickten Bewegung das Hemd über den Kopf zog. Er löste die Knöpfe an seinen Manschetten auf und streifte das Hemd ab. Sie spürte, dass er noch immer ein wenig unsicher war, und deshalb suchte sie seinen Mund zu einem weiteren Kuss, als sie nach den Knöpfen seiner Hose griff.

Aber er schob ihre Hände fort und hob Beth auf das Bett. »Lass mich das tun.« Er senkte den Blick und begann zögernd, seine Hose zu öffnen. »Bist du sicher, dass es dir nicht lieber wäre, wenn ich das Nachthemd trüge?«

»Denkst du, es würde mich schockieren, dich nackt zu sehen?«, fragte sie belustigt. »Ich habe Männer nackt im Nil und im Tigris baden sehen. Und ich habe auch Skulpturen von Männern mit erigiertem Glied gesehen.«

»Nun, dann wirst du vielleicht enttäuscht sein«, erwiderte er ein wenig schroff, als er endlich den letzten Knopf geöffnet hatte und die Hose über die Hüften streifte.

»Nein«, sagte Beth und betrachtete ihn ganz unverhohlen, bevor sie ihre Arme ausbreitete. »Ganz und gar nicht.«

Da endlich begann er zu lächeln und schien seine Nervosität überwunden zu haben. Ian war so groß und kräftig, wie Beth ihn in Erinnerung hatte, wenn auch ein wenig blasser, wodurch seine Narben nicht mehr ganz so offensichtlich waren. Und sein männlichstes Attribut, das sie bisher nur in entspannter Ruhe gesehen hatte, war jetzt heiß und hart. Und es war beeindruckender als das einer jeden Steinstatue, denn neben seiner pulsierenden Härte verhieß es auch Kraft und Leidenschaft. Beths einzige Bedenken waren, dass er so groß gebaut war, sie hingegen so schmal. Ob es überhaupt möglich war, mit ihm intim zu sein?

Er schien ähnliche Gedanken zu hegen, denn er sah sie mit großen Augen staunend an. Dann drückte er sie behutsam in die Kissen, und Beth spreizte nervös die Beine. Dass *das* von ihr erwartet wurde, wusste sie. Ian legte sich neben sie. »Dafür ist später noch Zeit«, sagte er. »Vorher will ich dir noch ein paar andere schöne Dinge zeigen.«

Er schlang einen Arm um ihren Nacken und hob sie an, um sie zu küssen, während er mit der anderen Hand ihren Po umfasste und sie an sich presste. Beth merkte plötzlich, wie feucht sie zwischen den Beinen war. Ians Kuss war tief und leidenschaftlich, und erst, als sie kaum noch Luft bekam, beendete er ihn, aber nur, um seine Lippen um eine ihrer Brustwarzen zu schließen. Er saugte daran, bis Beth leise aufstöhnte; dann ließ er der anderen Brust die gleiche Aufmerksamkeit zuteil werden. Sie hätte nie gedacht, dass sich so viel Gefühl an so einer kleinen Körperstelle konzentrieren könnte.

Als sie sich seinem Mund verlangend entgegenbog, ließ er seine Hand zwischen ihre Schenkel gleiten. Allein mit seinen Händen und seinem Mund schien er ihren ganzen Körper zu beherrschen. Seine Finger glitten sanft über ihre intimste Stelle, und ein anderes, noch lustvolleres Gefühl erwachte dort. Wie von selbst begannen ihre Hüften sich zu bewegen und drängten sich seiner Hand entgegen. Immer wieder strich er über ihre wonnevolle Feuchtigkeit, bis sie heftig keuchte und nach Atem rang. Dann hörte er auf, und das lustvolle Gefühl verebbte. Sie wollte protestieren. War das schon alles? Aber dann kehrte er zu der fast schmerzhaft pochenden kleinen Knospe zurück und streichelte sie mit konzentrierten, kreisenden Bewegungen, die immer schneller wurden, und eine noch intensivere Woge der Erregung packte Beth.

Nur vage wurde ihr bewusst, dass ihre Fingernägel sich in seinen Rücken bohrten. Sie erschauerte, als seine Lippen wieder ihre Brustwarze umkreisten und eine jähe Hitze sie durchflutete, die sich tief in ihrem Innersten zu bündeln schien ... bis sie eine letzte Barriere durchbrach und ihre Empfindungen von unerträglich zu ekstatisch wechselten und sie sich gegen seine Hand presste und einen spitzen, heiseren Schrei ausstieß, den sie nicht einmal als ihren eigenen erkannte.

Als sie ermattet an ihn sank, küsste er sie wieder tief und leidenschaftlich, während er seine flache Hand an ihre empfindsamste Stelle legte und mit einem Finger in sie eindrang.

»Ohh«, stöhnte sie zwischen seinen Küssen. »Ich hätte nie gedacht ...« Sie öffnete die Augen. »Das hast du mir nicht gesagt.« Ein wohliger Schauer durchrieselte sie und entrang ihr ein entzücktes Aufstöhnen.

»Was hätte ich dir denn sagen sollen?«, flüsterte er, während er sie an seine Brust drückte.

»Wie wäre es mit: ›Es ist wundervoll, und Frauen, die es als bloße Pflicht bezeichnen, irren sich gewaltig‹?«

»Nun ja ... ich glaube, dass manche Frauen es wirklich nicht besonders mögen.«

Beth stützte sich auf einen Ellbogen. »Seltsam. Ich frage mich, wieso nicht.«

»Vielleicht muss man ein bisschen ... aufgeschlossener sein, um diese Dinge genießen zu können.« Seine Augen funkelten, und ihm war anzusehen, dass er ein Lächeln unterdrückte.

»Wahrscheinlich hast du recht.« Beth warf ihm einen schüchternen Blick zu und lächelte. »Danke.«

Er nickte. »Das war das Mindeste, was ich tun konnte«, murmelte er.

»Und jetzt bist du an der Reihe, Ian.« Sein Name klang ihr noch fremd, wenn sie in aussprach. Plötzlich kam ihr ein Gedanke. »Fühlen Männer das Gleiche?«

Die Frage schien ihn zu überraschen. »Wie könnten wir das wissen? Das … Ergebnis ist so ähnlich. Allerdings nicht so nachhaltig, glaube ich.«

»Interessant«, erklärte sie. »Aber was kann ich tun, um dir das höchstmögliche und dauerhafteste Vergnügen zu verschaffen?« Sie kuschelte sich an seine Brust und atmete seinen unverwechselbaren Duft nach Zimt und Ambra ein. Langsam ließ sie ihre Hand an seinem flachen Bauch hinuntergleiten, berührte ein wenig unsicher sein Glied und strich ganz sanft mit ihrer Hand darüber. Ein feuchter Tropfen erschien an seiner Spitze, sie verstrich ihn mit der Fingerspitze über seiner heißen Härte.

»Dein Instinkt ist gut«, flüsterte er atemlos.

Ermutigt ließ sie ihre Hand noch tiefer gleiten und legte sie um seine Hoden. *Ja*, dachte sie, als sie spürte, wie sie sich zusammenzogen. Sie wünschte sich nichts mehr, als ihm die gleiche Lust zu schenken, die er ihr bereitet hatte. Falls es ihr gelang, obwohl sie in diesen Dingen noch sehr unerfahren war, würde er es bestimmt wieder und wieder wollen, so wie auch sie sich jetzt schon wieder danach sehnte, und ihre Ehe würde eine sehr befriedigende sein. Und vielleicht würde er dann sogar beginnen, das Gleiche für sie zu empfinden, was sie für ihn empfand.

Ian lag neben ihr und fragte sich, wie er es verhindern sollte, die Beherrschung zu verlieren, wenn er in sie eindrang – falls er es überhaupt so lange aushielt. Noch nie hatte er eine Frau gekannt, die derart aufgeschlossen für sinnliche Erfahrungen war, so unschuldig und dennoch so begierig, sich glücklich machen zu lassen und die Lust zurückzugeben. Zumal dies ihr erstes intimes Zusammensein mit einem Mann war.

Er hatte halb gehofft, dass das viele Reiten im Kamelsattel ihre Jungfräulichkeit vielleicht zerstört hätte, aber sie war noch intakt. Und das bedeutete, dass es seine Aufgabe werden würde, diese Barriere zu überwinden – so sanft und so behutsam es ihm möglich war. Er hatte dafür gesorgt, dass sie ihr Vergnügen gehabt hatte – falls es jetzt so schmerzhaft für sie werden sollte, dass sie davor zurückschreckte. Er hatte noch nie eine Jungfrau gehabt. Seine ersten Erfahrungen hatte er mit Frauen aus dem Dorf gemacht, die mehr bereitwillig gewesen waren, und die Frauen, die er danach gehabt hatte, waren entweder verheiratet oder professionelle Mätressen gewesen, die mindestens so viel Erfahrung wie er gehabt hatten, wenn nicht noch mehr.

Das Ziehen in seinen Lenden war so heftig, dass er Beth so gut wie möglich vorbereiten musste, bevor er versuchte, in sie einzudringen. Danach war es vermutlich ohnehin sehr schnell vorbei. Er wünschte, er hätte Zeit, Beatrix' Rat zu befolgen und sich die eine oder andere willige Partnerin zu suchen, bevor er mit dieser kaum noch bezähmenden Erregung zu Beth kam.

Er nahm sie zärtlich in die Arme und küsste sie aufs Haar. Ihre kleine Hand glitt wieder zu seinem Glied und verrieb den Lusttropfen an seiner Spitze über die ganze Länge seines Schaftes. *Gott, gib mir die Kraft!*, dachte er stöhnend. Dann umfasste sie seine Hoden, und er glaubte, die Beherrschung zu verlieren. Ihre Hüften begannen, sich an ihn zu drängen und sich an ihm zu reiben, was Ian vermuten ließ, dass sie vielleicht nicht mehr viel Vorbereitung brauchte. Als er mit zwei Fingern in ihre feuchte Wärme eindrang, merkte er, dass ihre empfindsame kleine Knospe schon wieder geschwollen war. Er küsste Beth und murmelte: »Hab keine Angst.« Sanft strich er über die Innenseiten ihrer Knie.

Beth spreizte sie sogleich noch weiter und schaute mit großen Augen zu Ian auf. »Ich habe keine Angst.«

Von seinem Verlangen überwältigt, kniete er sich zwischen ihre Schenkel und schloss die Hand um sein Glied, um es zu führen. Sie war so klein, so eng! Trotzdem fand er den Weg zu ihr und glitt unendlich langsam in sie hinein. Die spürbare Barriere ihrer Tugend ließ ihn jedoch innehalten. Auf den Ellbogen gestützt, beugte er sich über Beth und küsste sie leidenschaftlich, um ihre Aufmerksamkeit auf diesen Kuss zu konzentrieren. Dann durchbrach er die Barriere. Als Beth zusammenzuckte und scharf die Luft einsog, glitt er fast wieder aus ihr hinaus. Aber dann spreizte sie die Beine noch weiter, legte die Hände um seinen Po und bog sich ihm in der stummen Einladung entgegen, noch tiefer in sie einzudringen.

Sie war unglaublich heiß und eng. Während er sich in einem sinnlichen Rhythmus bewegte, zog sie in einer stummen Forderung, geküsst zu werden, seinen Kopf zu sich herab. Dann küsste sie die Narben an seinem Nacken, die ihm von Asharti zugefügt worden waren, und seine Brust, wo Asharti ihn aufgeschlitzt und sein Blut getrunken hatte. »Tiefer«, stöhnte Beth.

Es ist kein Befehl, sagte er sich.

Beth zog seinen Kopf zu sich herab und suchte seinen Mund zu einem Kuss. Ihre Zähne glitten über seine Lippen und dann tiefer, zu seinem Nacken hinunter.

Erinnerungen überfluteten ihn, und er konnte sein eigenes Blut in der heißen, abgestandenen Luft innerhalb des Zeltes riechen …

Er kniete auf allen vieren vor ihr, mit gesenktem Kopf und weit gespreizten Beinen, so wie sie es gern hatte. Sein Glied war hart und heiß und ihren Blicken hilflos ausgeliefert. Sie stolzierte nackt um ihn herum und versetzte ihm von Zeit zu Zeit einen Schlag mit einer kleinen Gerte, nur um ihn zusammenzucken zu lassen. Dabei redete sie unaufhörlich auf ihn ein, in einer Sprache, die er nicht verstand, aber ihrem verächtlichen Ton entnahm er, dass sie ihn beschimpfte. Sie legte die Hände auf die Striemen auf seinem Gesäß und ließ die eine heruntergleiten, um seinem Glied von hinten einen harten Schlag zu versetzen. Dann grub sie ihre scharfen Zähne in seine Pobacke und begann zu saugen. Ian stöhnte. Sie stimulierte seine Lust und hinderte ihn zugleich an deren Befriedigung, denn allein vom Rhythmus ihrer saugenden Bewegungen hätte er kommen können. Wann hatte er angefangen, diesen Akt ebenso erregend wie abstoßend zu finden?

Nach einer Weile löste sie ihren Biss und ließ das Blut über seine Haut fließen, bevor sie es auf seinem Po verrieb. Dann setzte sie sich mit gespreizten Beinen auf ihn und schob sich langsam von seinem Gesäß zum Ansatz seines Rückens vor, wobei die heiße Feuchtigkeit ihres Geschlechts sich mit seinem Blut vermischte. Mit einer harten Bewegung riss sie sein Kinn hoch, bis sich sein Oberkörper vorwölbte und ihre Brüste sich an seine Schultern pressten. Dann fuhr sie mit ihren Zähnen über die Stellen an seinem Nacken, an denen sie ihn zuvor schon gebissen hatte, und quälte ihn mit der Drohung eines weiteren Übergriffs. Sie presste ihre intimste Stelle an seinen Rücken und begann, sich rhythmisch an ihm auf und nieder zu bewegen, bis sie endlich ihre Zähne in ihn grub und saugte …

Mit einem gutturalen Aufschrei rollte Ian sich von Beth herunter und presste die Hände an seine Schläfen.

»Was ist?«, fragte sie in besorgt. »Was habe ich falsch gemacht?«

»Nichts«, stieß er hervor. »Es ist meine Schuld, nicht deine.«

Er drehte sich auf die Seite, um seine nachlassende Erregung zu verbergen, und schloss fest die Augen. Asharti hatte wieder einmal gewonnen. In gewisser Weise war er nach wie vor ihr Sklave. Der Grund, warum er die ganze Zeit mit keiner Frau geschlafen hatte, war der, dass er genau *das* befürchtet hatte, auch wenn er sich das niemals eingestanden hatte. Vielleicht würde er nie wieder einen Höhepunkt erreichen können, wenn die Frau, mit der er zusammen war, ihn nicht auspeitschte und ihm das Blut aussaugte. Oder vielleicht würde er sich überhaupt nie wieder an einer Frau erfreuen können, weil *sie* mit ihren Forderungen, ihren Erniedrigungen und der Tatsache, dass sie Sinneslust in etwas Beschämendes verwandelt hatte, zwischen ihnen stehen würde.

Beth setzte sich erschrocken auf und zog das Laken über ihre Brust. Was war geschehen? Gerade hatte er sie noch leidenschaftlich geküsst, und dann war seine Erregung von einer Sekunde auf die andere verflogen. Und nun lag er schweigend neben ihr.

»Ich … ich habe dich enttäuscht. Sag mir, was ich falsch gemacht habe.«

Als er die Augen öffnete, sah Beth, dass Hass in ihnen funkelte. »*Ich* habe versagt.«

»Aber das finde ich gar nicht«, widersprach Beth. »Auf jeden Fall bin ich keine Jungfrau mehr.«

Er presste die Lippen fest zusammen und setzte sich auf. Das lange Haar fiel ihm wieder über die Schultern. »Bist du … ist mit dir alles in Ordnung?«

»Ja.« Beth wusste nicht recht, was sie sagen sollte. Sie glaubte zu wissen, dass er nicht einmal annähernd etwas von der Ekstase erfahren hatte, die sie heute Nacht kennengelernt hatte. Oder sie hatte es nur nicht bemerkt. Aber dann wäre er jetzt doch nicht so unglücklich?

»Hat es wehgetan?«, fragte er.

»Ein bisschen. Aber alles andere war sehr schön«, erwiderte sie ehrlich. »*Sehr*, sehr schön. Hast du ...?«

Er schüttelte den Kopf.

»Wir könnten es noch einmal versuchen.« Sie hasste es, dass ihre Stimme so unsicher klang, aber sie war noch so unerfahren.

»Das Ergebnis wäre das gleiche«, knurrte er. »Ich fürchte, du hast einen Eunuchen geheiratet, meine Liebe.« Sein Gesicht war so verschlossen und hart, dass sie es kaum erkannte. »Ich bitte dich um Entschuldigung.«

Er ließ ihr keine Zeit zu antworten, sondern verließ das Bett, schnappte sich seine Kleider, die auf dem Boden lagen, und verschwand im Ankleidezimmer. Beth wartete lange Zeit auf ihn, aber er kam nicht mehr zu ihr zurück.

19. Kapitel

Beth verbrachte eine lange, schlaflose Nacht, in der sie hin- und herüberlegte, was sie nun tun sollte. Sie wünschte, sie hätte jemanden, der ihr einen Rat geben könnte. Ian hatte sich als einen Eunuchen bezeichnet. Beth war in Afrika vielen Eunuchen begegnet, die für gewöhnlich schwarze Sklaven muslimischer Besitzer waren, und wusste, dass Eunuchen entweder alle oder ein Teil ihrer männlichen Attribute abgetrennt wurden. Sie bekamen keine Erektionen, selbst wenn sie das Glück hatten, den entsprechenden Körperteil noch zu besitzen, was bei den meisten nicht der Fall war. Weißen Sklaven wurden nur die Hoden entfernt. Aber sie hatte Ians gestern Nacht berührt, und sie waren ihr trotz ihrer mangelnden Erfahrung völlig intakt vorgekommen. Also war er kein Eunuch in dem Sinne, wie sie ihn kannte.

War es nur eine Redensart gewesen? Hatte er gemeint, er könne sie nicht lieben, wenn auch nicht notwendigerweise wegen einer körperlichen Behinderung? Und es war auch nicht so, dass er sie zu unattraktiv fand, um die Ehe mit ihr vollziehen zu können. Er hatte von Anfang an mit ihr das Bett teilen wollen, davon war Beth überzeugt.

In der Stille der Nacht erinnerte sie sich an die vagen Andeutungen, die er über seine Zeit als Ashartis Sklave gemacht hatte. Schon damals hatte Beth vermutet, dass die Vampirin ihn zu sexuellen Handlungen gezwungen hatte, die ihm zuwider gewesen waren. Waren es die Narben jenes Missbrauchs, die ihn daran hinderten, mit einer anderen Frau glücklich zu sein? Als die Nacht dem ersten Grau des Morgens wich, war Beth überzeugt, dass ihre Schlussfolgerung stimmte. Asharti war der Grund für das, was zwischen ihnen stand. Asharti war der Grund für das, was heute Nacht geschehen war.

Die Gräfin hatte gesagt, Asharti habe Ian schweren Schaden zugefügt. Und dass sie glaube, Beth könne ihm helfen. Aber wie? Allein die Tatsache, dass sie sein Scheitern gesehen hatte, könnte ihn schon davon abhalten, Gefühle für sie zu entwickeln. Sie wäre bereit, diesen Teil des Ehelebens völlig aufzugeben, wenn sie dadurch ihre Freundschaft retten konnte – auch wenn es wundervoll gewesen war, in seinen Armen zu liegen.

Ein Diener weckte Beth früh am Morgen mit einer Tasse heißer Schokolade, einem Milchbrötchen und der Mitteilung, dass die Kutsche warte und die Dienstmädchen die Koffer für die Reise nach Portsmouth schon gepackt hatten.

Nachdem Beth die Schokolade getrunken hatte, wusch sie sich an ihrem Waschtisch und schlüpfte dann in das Reisekostüm aus dunkelgrünem Samt, das jemand für sie bereitgelegt hatte. Die Säume waren mit einer etwas dunkleren Borte eingefasst, deren Farbe sich in den Halbstiefeln aus weichem Leder und dem Umhang im selben Grünton wiederholte. Ian hatte sogar ein passendes gestricktes Retikül dazulegen lassen und einen zierlichen Zylinder mit einer langen, prachtvollen Fasanenfeder als Zierde.

Beth eilte ins Foyer hinunter und schämte sich ihrer Verspätung, auch wenn es noch so früh am Morgen war. Warum hatten die Bediensteten sie nicht früher geweckt? Dann hätte sie mit Ian frühstücken und ihm sagen können ... was? Was hätte sie ihm sagen können?

Dass ihr auch keine Zeit für ein paar Worte mit der Gräfin blieb, da diese noch nicht aufgestanden war, bedauerte Beth, auch wenn sie nicht wusste, inwieweit sie sich der Gräfin überhaupt anvertraut hätte. Als sie sich in das Frühstückszimmer begab, um etwas Tee und Toast zu sich zu nehmen, traf sie dort auf den nervös auf und ab gehenden Major Ware.

»Major!«, rief sie erstaunt.

Er verbeugte sich vor ihr. »Ich würde gern ein paar Worte mit Ihnen sprechen, Mrs Rufford«, sagte er.

»Natürlich«, murmelte Beth und zwang sich zur Ruhe. Was konnte der Major von ihr wollen?

Er schien sich unbehaglich zu fühlen, denn er blinzelte wiederholt und hielt die Schultern sehr steif. »Rufford hat seinen Bruder Stanbridge und mich gebeten, für die Einhaltung der ... Arrangements zu sorgen, die er für Sie getroffen hat, falls seine ... Mission misslingen sollte.«

»Er hat Sie gestern Abend noch kontaktiert?«

»Senden Sie uns eine Nachricht, und einer von uns wird auf schnellstem Wege zu Ihnen kommen und Sie nach Hause holen. Er hat Sie finanziell sehr gut versorgt.«

»Sie glauben nicht, dass er zurückkommt, habe ich recht?«

»Wie Mr Rufford sagte, besteht eine Chance, dass seine Mission erfolgreich sein wird. Man hat immer eine Chance.« Aber Wares Blick strafte seine Worte Lügen. Beth sah, dass er sich sehr zusammennahm. »Ich konnte ihn nicht überreden, Sie in England zu lassen. Wie kann er nur so egoistisch sein? Und deshalb bitte ich nun *Sie* darum, Mrs Rufford.«

Beth war erschüttert, versuchte aber, es sich nicht anmerken zu lassen. »Er will mich genauso wenig mitnehmen, wie Sie das wollen. Aber er kann es ohne mich nicht schaffen. Sie setzen zu wenig Vertrauen in ihn. Er wird nicht scheitern.«

»Ich vertraue auf seinen Mut«, sagte der Major, der ganz blass geworden war. »Er weiß, was ihn erwartet, und trotzdem tut er es. Er wird nicht kneifen.«

»Nein, das wird er nicht. Und ich auch nicht. Nochmals vielen Dank für alles, Major Ware. Ich muss jetzt gehen.« Die Kutsche bog jetzt in die kiesbestreute Einfahrt ein, die vom Fenster des Frühstückszimmers zu sehen war.

Der Major seufzte und folgte Beth, als sie das Zimmer verließ.

Ihre Stiefelabsätze klickten auf dem Marmorboden des Foyers. Ware half ihr in die mit Gepäckstücken beladene Kutsche. Beth hatte gehofft, dass Ian sich ihr während der langen Fahrt nach Portsmouth anvertrauen würde, doch nun erfuhr sie, dass sie allein fahren und er nach Sonnenuntergang nachkommen würde. Und dabei hätten sie den ganzen Tag zusammen in der abgedunkelten Kutsche verbringen können, wenn er das gewollt hätte. Aber offensichtlich hatte er nicht den Wunsch, mit ihr zusammen zu sein. Major Ware winkte ihr noch einmal zu, dann setzte die Kutsche sich in Bewegung.

Die beiden Kutscher und die berittenen Begleiter kümmerten sich rührend um Beth, trotzdem fühlte sie sich schrecklich elend. Gegen Abend nahm sie Logis in einem Gasthof, und ihr wurde bewusst, dass sie ihren Ehemann bis zum Morgengrauen nicht sehen würde.

Als er kam, war sein Gesichtsausdruck unverändert hart. Sie wechselten kaum ein Wort miteinander, als sie vor Sonnenaufgang in einem kleinen Boot zum Schiff übergesetzt wurden. Diesmal traten sie die Reise auf einem Kutter Seiner Majestät an, was vermutlich von Major Wares Freunden in Whitehall veranlasst worden war.

»Da das Wetter um diese Jahreszeit gewöhnlich schlecht ist, müssen wir auf verdammt guten Wind hoffen, sobald wir den Kanal verlassen haben. Ich wette, dass wir mehr als zweihundert Meilen am Tag schaffen.« Captain Stilton war ein schlaksiger junger Mann, der lieber das Kommando auf einem Kutter übernommen hatte, als nach dem Sieg über Bonaparte untätig an Land zu sitzen. Das Schiff war sehr viel sauberer als das Handelsschiff, auf dem sie zuletzt gefahren waren, und die roten Röcke der Matrosen und die marineblauen der Offiziere gaben ein hübsches Bild ab.

»Ihre Kabinen befinden sich im hinteren Teil des Schiffes neben meiner«, fügte der Kapitän hinzu. »Wir haben das Schott ein bisschen verschoben. Auf einem Kutter ist leider nicht viel Platz«, entschuldigte er sich. »Aber wenn man schnelle Fahrt machen will, muss man den Platz dafür opfern.«

»Ein Opfer, das man gern bringt«, pflichtete Ian ihm bei.

Beth dagegen konnte an nichts anderes denken, als dass der Kapitän nicht von ihrer *Kabine*, sondern von *Kabinen* gesprochen hatte. Und als ein Leutnant sie dorthin führte, stellte sich tatsächlich heraus, dass sie zwei Kabinen bewohnen würden. Damit war offensichtlich, dass sie und Ian das Bett nicht miteinander teilen würden. Sie warf ihm einen verstohlenen Blick zu, aber sein Gesicht war noch verschlossener als zuvor.

»Was?«, fragte sie, als sie merkte, dass sie eine Frage überhört hatte. »Oh, nur den kleinen Koffer und die Tasche. Die anderen Sachen können Sie im Frachtraum unterbringen.«

Beth packte aus. Sie war froh, an eine so enge Unterkunft schon gewöhnt zu sein. Nicht einmal sie konnte hier aufrecht stehen. In der zunehmenden Helligkeit des Tages saß sie dann eine Weile allein auf ihrem Bett. Als sie schließlich an Deck ging, behandelten die Seeleute sie sehr zuvorkommend. Sie entschuldigte ihren Ehemann mit seiner Sonnenunverträglichkeit und versprach, niemandem im Weg zu sein.

Sie verbrachte den recht stürmischen Tag in ihrer Kabine, sortierte die Schriftrollen aus, die ihnen nützlich sein konnten, und verstaute die anderen wieder in ihrer Tasche, während sie darauf wartete, dass die Sonne unterging. Irgendwann am Abend hörte sie Ian auf das Deck gehen – er war an ihrer Kabine einfach vorbeigegangen.

Im schnell nachlassenden Licht an der Leeseite des Schiffes stand er an der Reling. Beth trat leise hinter ihn und legte die Hand auf seinen Arm. Er fuhr bei ihrer Berührung zusammen, als hätte sie ihn geschlagen. Beth war gekränkt, sagte aber dennoch leise: »Der Captain hat versprochen, dass wir in zehn Tagen in Casablanca sein werden.«

»Ich wünschte, es ginge schneller.«

»Ich werde deine Hilfe brauchen, um die voraussichtliche Lage von Kivala zu bestimmen.«

Wieder nickte er und wandte sich ab. »Hoffen wir, dass wir es finden können.«

»Herrgott noch mal, Ian!«, sagte sie, um nicht wie eine Bittstellerin zu klingen. »Wir können doch wohl wenigstens zu der Zeit zurückkehren, als wir nur Freunde waren. Vielleicht finden wir ja sogar die Zeit für eine Partie Schach.«

Er wandte sich zu ihr um. Der Schmerz in seinen Augen war der gleiche, den sie schon so oft darin gesehen hatte.

»Ist das zu viel verlangt?« Sie konnte hören, dass es ihrer Stimme an dem nötigen Selbstvertrauen fehlte.

»Nein. Es ist wenig genug. Vielleicht ist es ja gerade das, was es so schwierig macht.« Ian trat von der Reling zurück. »Lass uns den Captain fragen, ob wir seinen Esstisch bis zum Abendessen für unsere Berechnungen benutzen können.«

Sie studierten einige Landkarten, aber vor allem stellte Beth Ian sehr viele Fragen. Als sie Kivala verlassen hatte, war Asharti in südwestlicher Richtung nach Marrakesch gezogen, während Ian sich nach Osten, nach El Golea geschleppt hatte. »Das ›Rückgrat der Erde‹ muss irgendwo im Atlasgebirge liegen«, sagte Beth und lehnte sich zurück. »Es ist der einzige Gebirgszug zwischen diesen beiden Richtungen.«

Ian beugte sich über die Karte. »Also befinden sich die Sandsteinauswaschungen in dieser Diagonale.« Er seufzte. »Sie müssen sich über Hunderte von Meilen hinziehen.«

»Erinnerst du dich, wie lange ihr nach Nordosten gereist seid?«

»Wochenlang«, erwiderte er und schüttelte betrübt den Kopf. »Ich war zu der Zeit in keiner guten Verfassung.«

Beth dachte einen Moment nach. »Du hast gesagt, etwa zwei Tagesreisen von Kivala entfernt läge eine Oase?«

Er nickte. »Laut Fedeyah war sie die einzige in weitem Umkreis.«

Beth zog die Karte zu sich heran und hielt sich das Vergrößerungsglas des Captains an die Augen. »Ist der Name erwähnt worden?«

Ian ließ den Kopf hängen und rieb sich die Schläfen. »Vielleicht ... ich weiß es nicht.«

Sie beugte sich noch tiefer über die Karte und murmelte: »Die beiden in den Schriften erwähnten Gipfel müssten die höchsten des Gebirges sein. Das bedeutet, dass wir im mittleren Atlas suchen müssen. Im Atlas el Kabhir. Unterbrich mich, falls dir einer der Namen bekannt vorkommt ... Haasi Zegdou ... Haasi Chafaia ... Haasi Ghemiles ...« Sie zog die Augenbrauen hoch und sah ihn fragend an.

Er schüttelte den Kopf. »Das hat keinen Zweck. Da waren so viele«, sagte er mit schuldbewusster und beschämter Miene.

»Und du warst schwach und hattest Schmerzen«, entgegnete Beth mit einer gewissen Strenge, »also könntest du ruhig ein bisschen nachsichtiger mit dir sein. Hör zu, ich nenne dir noch ein paar mehr. Man kann nie wissen. Haasi Fokra ... Haasi ...«

»Warte. Haasi Fokra!«

»War das der Name der Oase?« Sie sah, wie er ins Leere starrte.

Aber dann verzog sich sein Mund zu einem Grinsen. »Ja. O ja! Jetzt erinnere ich mich wieder. Sie und Fedeyah ...« Er beendete den Satz nicht.

»Also gut.« Beth lächelte, um ihn von seinen anderen Erinnerungen abzulenken. »Haasi Fokra. Unser erstes Ziel.« Sie wechselten den ersten offenen Blick seit jener Nacht im Schlafzimmer der Gräfin. Beth fand ihn geradezu elektrisierend.

»Wir sind auf dem richtigen Weg«, sagte er und beugte sich über die Karte. »Lass sehen.«

Beth zeigte ihm, wo Haasi Fokra eingezeichnet war, und Ian markierte erst El Golea und dann Algier und versuchte, die Entfernung abzuschätzen. »Es kam mir sehr viel weiter vor. Wir sind auf der Suche nach Kivala fast zwei Jahre in dieser Wüste herumgezogen.«

»Ihr müsst es hier versucht haben, in der Wüste unterhalb dieser Berge. Siehst du, wie weit südlich das ist?«

»›Mouydir‹«, las er vor. »Vielleicht. Ich erinnere mich an eine Oase, die In Salah genannt wurde.« Er zeigte auf andere Berge inmitten der endlos weiten Wüste. »Und hier – Bir al-Kasib.«

»Es sieht so aus, als hätte sie die Auswaschungen am Fuße von Gebirgen aufgesucht. Sie muss gewusst haben, dass sie nach ähnlichem Terrain wie dem um Petra suchen musste. Die Sandsteinauswaschungen liegen zwischen Gebirge und Wüste, getrennt von ausgetrockneten Flussbetten und Wasserrinnen.«

Ian saß da und starrte auf die Karte. »Es lässt alles so real erscheinen, es auf einer Karte wie dieser hier zu sehen.«

»Und damals muss es dir auch nur allzu real erschienen sein, kann ich mir vorstellen.« Sie wusste, dass sie sich damit auf ein gefährliches Terrain begab.

»Vielleicht ist es besser, es für einen Albtraum zu halten, als zu glauben, dass solche Dinge tatsächlich geschehen können ... dass das Böse sich ungehindert in der Welt verbreiten kann.«

»Nicht ungehindert«, flüsterte Beth.

Nur eine Woche später gingen sie in Casablanca von Bord. Von dort aus wollten sie, sobald sie eine Kamelkarawane zusammengestellt und ausgerüstet hatten, auf dem schnellsten Wege durch die Berge in die Wüste. Natürlich würden sie nur bei Nacht reisen, und Ian wusste, dass sie auch in Casablanca sehr diskret vorgehen mussten. Die Stadt wurde jetzt von Berbern kontrolliert, die in Ashartis Diensten standen. In der ersten Nacht dort sah Ian zwei der von ihr geschaffenen Vampire. Oder vielmehr roch er sie zuerst – ihren unverkennbaren Zimtgeruch, der noch stärker ausgeprägt war, als Ian ihn kannte, weil diese Kerle offenbar nichts von regelmäßiger Körperpflege hielten. Ian verschmolz mit der Dunkelheit der Straßen und begann, zweimal am Tag zu baden, soweit das möglich war. Das Personal in ihrem Hotel hielt ihn für verrückt. Aber es war besser, ihre Aufmerksamkeit zu erregen, als die der Gefolgsleute Ashartis.

Die Tage in Casablanca waren von hektischer Aktivität geprägt. Die Nächte verbrachte Ian damit, seine Suggestionskraft zu stärken und seine Fähigkeit zu vervollkommnen, sich von einem Ort an einen anderen zu versetzen. Er übte viele Stunden mit dem schweren Säbel, den Captain Stilton ihm gegeben hatte und der so völlig anders zu führen war als die Degen, die er früher benutzt hatte. Ian nahm häufig kleinere Mengen von Blut zu sich, damit sein Hunger ihn nicht zur Unbesonnenheit verleitete. Von Beth hielt er sich so weit wie möglich fern, wie sie es zuließ.

Sein Versagen in der Hochzeitsnacht hätte ihn vor jeglicher sexueller Aktivität zurückscheuen lassen müssen, aber so war es nicht. Er empfand Beths Gegenwart nach wie vor als überaus verführerisch. Mehrmals hatte er sich sogar von ihr abwenden müssen, damit sie seine Erektion nicht sah. Das war das Anstrengendste von allem, dass er sie mehr denn je begehrte. Ihre sanfte Stimme war die reinste Qual, der Anblick ihrer vollen Brüste verursachte ihm fast körperlichen Schmerz, und jede noch so zufällige Berührung hatte einen augenblicklichen und katastrophalen Effekt auf ihn. Doch die Befriedigung seiner Lust war ihm unmöglich. Sein Versagen hatte sein brennendes Verlangen nach ihr keineswegs gedämpft.

Am meisten schmerzte es ihn, dass er Beth enttäuschte. Einer

Frau, die so viel vom Leben wollte, sollte dieser so elementare Aspekt nicht verwehrt werden. Es belastete Ian sehr, dass er ihr so großen Kummer verursachte. Schließlich war sie nicht nur an ein Ungeheuer gefesselt, sondern zudem auch noch an eines, das ihre Bedürfnisse nicht befriedigen konnte. Wie könnte sie einen solchen Mann je lieben? Darüber gab er sich keinen Illusionen mehr hin, seit er wusste, wie sehr sie die Intimität zwischen Mann und Frau genoss. Und dass sie nun versuchte, seine Zurückhaltung mit Freundschaft zu überbrücken, verschärfte seinen Schmerz nur noch. Denn irgendwo ganz tief in seinem Inneren hatte er immer gewollt, dass sie ihn liebte. Sie hatte ihn so akzeptiert, wie er war, und deshalb hatte er gedacht, sie würde vielleicht ... Aber all das war vorbei. Nun bot sie ihm ihre Freundschaft an, und er würde versuchen, sie zumindest in dieser Hinsicht nicht zu enttäuschen.

Ian hatte unablässig über sein Versagen nachgedacht. Er war erstaunt und gerührt von Beths liebevollem Wesen und ihrer Freude an der körperlichen Liebe, die sie in ihrer Hochzeitsnacht bewiesen hatte. Plötzlich kam ihm der Gedanke, dass Beths erwachende Sinnlichkeit ein Teil seines Problems gewesen war. Asharti hatte sich über die Sexualität und ihre Macht über andere definiert. Und als Beth gerade begonnen hatte, ein wenig mehr Vertrauen in ihre eigene Sexualität zu entwickeln, hatte ihn die Erinnerung an Asharti überfallen. Und hatte alles zerstört. Träumte nicht jeder Mann von einer Ehefrau, die den Liebesakt genoss? Wenn er das mit ihr haben könnte, würde sie ihn dann lieben?

Verfluchte Asharti! Dass sie ihn zum Sklaven gemacht hatte, hatte ihn entmannt! Die Furcht, die er immer vor ihr empfunden hatte, verwandelte sich in brennenden Zorn, der in ihm aufwallte. Und dieser Zorn brannte noch unbändiger als der, den er gespürt hatte, als er sich zur Konfrontation mit Asharti entschlossen hatte. Ihre skrupellose Bosheit hatte ihm das angetan.

Und die Unbekümmertheit, mit der sie vorging, war das, was ihn am meisten ärgerte. Als wäre die ganze Welt nur dazu da, von ihr benutzt zu werden. Sie hatte kein Gewissen.

Der Ärger brodelte in ihm weiter, auch trotz seiner zunehmenden Zweifel, dass er in der Lage sein würde, sie zu besiegen. Inzwischen hatte sie gewiss schon viele Male Blut vom Hochbetagten bekommen. Und wie sollte er den Hochbetagten dazu bringen, auch *ihm* etwas davon zu geben, sei es auch nur ein einziges Mal? Ians einzige Hoffnung war, dass Der Wartende von Asharti nicht bekommen hatte, worauf er sich verlassen hatte – aber das war bestenfalls eine schwache Hoffnung.

Beth dagegen schien grenzenloses Vertrauen in ihn zu setzen, und deshalb durfte er ihr seine Zweifel nicht gestehen. Er konnte ihr nur immer wieder sagen, wie sehr ihn ihre Tüchtigkeit erstaunte. In Casablanca konnte Ian sich über seine frischgebackene Ehefrau nur wundern. Er hatte ihr eine unbeschränkte Bankvollmacht gegeben, und die nutzte sie. Jeden Abend berichtete sie ihm von wiederaufgenommenen Kontakten zu den früheren Lieferanten ihres Vaters, von unterschriebenen Verträgen und vervollständigten Listen. Und was für Listen! Sie hatte an alles gedacht. Sie sprach Arabisch und die Berberdialekte, und sie war eine harte Verhandlungspartnerin. Aber all diesen Fähigkeiten maß Beth selbst keinen allzu großen Wert zu. Und dabei war nur sie es, von der allein der Erfolg der Mission abhing.

Ian wünschte, diese Tatsache flößte ihm nicht ein so großes Unbehagen ein. In Beth vereinten sich Unschuld und zweckmäßiger Zuversicht. Beides war ihm nicht ganz geheuer. Manchmal, wenn sie schlief, beobachtete er sie und wünschte sich, sie um jeden Preis vor der Hässlichkeit der Welt zu beschützen, einschließlich der seinen. Er trug die Verantwortung für sie, auch wenn sie es war, die ihre Expedition leitete.

»Ich habe Neuigkeiten, Ian«, sagte sie eines Abends, als sie ihr kleines Zimmer betrat. Sie hielten sich jetzt seit zehn Tagen in

Casablanca auf. Beth trug ein schlichtes rostbraunes Gewand, das von einer schmalen goldenen Borte abgeziert wurde. Um ihre Stirn lag die goldene Kette mit den winzigen Anhängern, die Monde und Sterne nachbildeten, die er ihr gestern Abend nach einem zwölfgängigen arabischen Essen im Basar gekauft hatte. Wie es hier üblich war, hatten sie mit den Fingern gegessen, und Ian war froh über die Serviette auf seinem Schoß gewesen, als Beth ihn mit einer wunderbaren Auberginenpaste gefüttert hatte. Im Schein der Kerzen hatte ihre Haut geschimmert, als würde sie glühen. »Die Karawane erwartet uns draußen vor der Stadt. Wir können aufbrechen.«

»Heute Nacht noch?«, fragte Ian, der damit beschäftigt war, seine beiden Pistolen zu reinigen und zu ölen.

»Das liegt bei dir.« Sie öffnete die Tür und winkte einem Diener, der ein großes Paket und einen sorgsam verpackten, rohrartigen Behälter unter den Armen trug und eine Kiste hinter sich ins Zimmer zog. »Ich fürchte, ich bin nicht so gut wie du darin, die passende Kleidergröße auszusuchen«, sagte sie, nachdem sie den Diener entlassen hatte.

Ian riss das erste Päckchen auf und fand darin mehrere gestreifte Burnusse, ein Paar bequeme Lederstiefel und eine hüftlange, mit Schaffell gefütterte Lederjacke. »Für die Bergpässe«, erklärte Beth.

»Ausgezeichnet!«, sagte Ian grinsend und entfernte dann das Papier von dem langen Päckchen, das eine Schwertscheide und ein Schwert mit einem fein geschmiedeten Griff enthielt.

»Ich hoffe, das ist besser als der schwere Säbel, den Captain Stilton dir überlassen hat«, sagte sie, als er fragend zu ihr aufschaute.

Das Zischen von Metall gegen Metall erklang, als er das Schwert aus der Scheide zog. Die Klinge schimmerte silbern im Licht der Lampen, und der Griff lag ganz wunderbar in Ians Hand. Die Waffe war ein hervorragendes Beispiel handwerklichen Könnens. »Danke«, sagte er schlicht. »Du bist wirklich ganz erstaunlich, Beth.«

»Unsinn«, wischte sie sein Lob beiseite. »Pistolen haben nur zwei Kugeln. Wenn sie leergeschossen sind, brauchst du etwas Handfesteres, um dich zu verteidigen. Und jetzt mach die Kiste auf.«

Ian öffnete sie nahezu mühelos mit den bloßen Händen. Seine Kraft überraschte ihn immer wieder, auch jetzt erging es ihm so. Er warf Beth einen besorgten Blick zu, aber sie sagte nur: »Gott sei Dank. Ich hatte vergessen, dem Jungen zu sagen, dass wir eine Brechstange brauchen.«

Kälte stieg von den in Stoff eingewickelten Gegenständen auf, die in der Kiste lagen. Als Ian eine auspackte, fielen Eisstückchen zu Boden, und unter dem Stoff kam eine Flasche mit einer roten Flüssigkeit zum Vorschein. Ian hielt den Atem an.

»Ich habe Leuten Geld für Blutspenden gegeben. Das Eis müsste die Berge überdauern. Die letzten zweihundert Meilen wirst du allerdings ohne zurechtkommen müssen.«

»Du hast wirklich an alles gedacht.«

»Ach was. Wir werden noch hundert Dinge vermissen, die ich vergessen habe. Aber Karawanen auszustatten ist wirklich das, was ich am besten kann. Ich habe es schon seit meinem fünfzehnten Lebensjahr getan.«

Ian rang sich zu einem Lächeln durch. Es könnte sich als sehr nützlich erweisen, ihr die volle Verantwortung übertragen zu haben. »Dann kann ich dir nur sagen, tausend Dank.«

Sie nickte und wandte sich wieder zum Gehen, aber aus einem Impuls heraus hielt Ian sie zurück. Es war das erste Mal seit London, dass er sie von sich aus berührte. Das Glühen ihrer Haut war für ihn fast nicht zu ertragen. Und dann stand er da, sah sie an und wusste nicht, was er ihr sagen sollte. Auch in seinen Lenden begann schon wieder das vertraute Ziehen. »Sobald du die Inschriften auf den Tafeln an den Eingängen entschlüsselt hast, wirst du den Tempel verlassen und mit den Trägern sofort wieder nach Casablanca zurückkehren. Wenn ich das Blut des Hochbetagten habe, werde ich nach allein nach Algier gehen. Hast du das verstanden?«

»Ja. Aber sollten wir uns dazu nicht zunächst einmal auf den Weg machen?«

Ian lächelte und nickte. »Also auf zur Karawane.«

Sie schlüpften in die Nacht hinaus. In den Basaren herrschte noch reges Treiben. Es war fast März und schon recht warm, so weit im Süden. Von Kopf bis Fuß in braune und schwarze Tücher eingehüllte Frauen standen in Grüppchen zusammen wie dunkle Blumen. Männer in Burnussen, andere in den wundervoll bestickten Westen der Berber und Nigerianer mit farbenfrohen Turbanen über ihren schwarzen Gesichtern schoben sich zusammen mit Ziegen, Schafen und Schweinen in Scharen durch die engen Straßen. Leben in tausend Variationen kämpfte hier um Raum. Der Geruch exotischer Früchte und Gewürze durchzog die Luft. Vielleicht war das der Grund, warum Ian ihn übersah.

Er kam aus einer Gasse, drängte sich durch die Menge und riss Ian in die Dunkelheit. Ian fiel auf die Knie. Sein Gegner war ein Berber, und jetzt, da sie allein zwischen den kühlen, feuchten Lehmmauern waren, konnte Ian auch den Zimtgeruch wahrnehmen.

»Christlicher Blutsauger!«, knurrte ihn der Mann in Englisch an. »Du bist keiner von Ashartis Leuten.«

»Ich will nur in Frieden diese Stadt verlassen.« Ian rappelte sich auf.

»Es gibt keinen Frieden, wenn du Asharti nicht Gefolgschaft leistest.« Ian sah die Zähne seines Gegners im Dunkeln schimmern. »Sie haben schon andere auf sie angesetzt. Aber es hat ihnen nichts genützt.«

Ian straffte seine Schultern. »Ich wette, dass *du* diese anderen nicht getötet hast. Du bist nur eine jämmerliche Imitation von ihr. Sie hat dir nichts von ihrem eigenen Blut gegeben, nicht?«

Der Mann warf sich wütend in die Brust. Ian konnte dessen Ruf nach seinem Gefährten und auch dessen Antwort spüren. In einer Sekunde würde er zuschlagen. Ian eröffnete die Kommunikation mit seinem eigenen Partner. *Komm zu mir, Gefährte. Bring mir Kraft und Leben.*

Die Augen des Mannes wurden rot. »Für Allah und Asharti!«, schrie er und griff an.

Ian stieß ihn weg, aber nicht, bevor der Kerl ihm mit einem Kopfstoß mehrere Rippen gebrochen hatte. »Verschwinde. Du kannst mich nicht töten«, keuchte er. Das Singen in Ians Adern wurde lauter, intensiver, und er wusste, dass auch seine Augen sich rot gefärbt hatten. Der Narr griff ihn jedoch aufs Neue an und versuchte, Ian am Arm zu packen, vermutlich, um ihn ihm herauszureißen. Er schaffte es auch, ihn am Handgelenk zu packen, aber Ian hob ihn einfach hoch und schleuderte ihn gegen die Wand. »Gib auf! Du musst das nicht tun.«

Der Mann schüttelte den Kopf. Ian sah den wilden Blick in den rot glühenden Augen und die scharfen Zähne, die er fletschte. »Schwör Asharti Treue oder stirb«, zischte der Mann. Er sah aus wie ein Tier, so, wie auch Ian aussehen musste.

Der Vampir warf sich in halb gebückter Haltung nach vorn, erwischte Ians Unterarm und verdrehte ihn. Ian spürte, wie seine Knochen brachen, aber der Arm blieb dran. Wütend packte er den Mann am Kragen und drückte ihn mit seinem Körper gegen die Mauer. Dieser Idiot würde nie aufgeben! Er war ein Tier, das unter Ashartis Kontrolle stand. Und das in Ians Adern singende Blut flüsterte ihm zu, dass diese Kreatur in gewisser Weise Asharti *war*. Er würde ihr berichten, dass sie hier waren, und sie würde sich auf die Jagd nach ihnen machen. Nach ihm und nach Beth …

Ian legte beide Hände um den Kopf des Mannes, und trotz

der Knochen, die aus seinem Arm hervorstanden, brach er dem Mann mit einer einzigen Drehung das Genick. Dann trat Ian zurück.

Der Vampir sackte an der Wand herab, aber seine Augen waren noch immer rot und starrten Ian an. *Gott stehe mir bei! Es reicht noch immer nicht.* Die Bestie begann, sich wieder zu erheben. *Nein, verdammt!* Mit einem von seinem Gefährten erzeugten bösen Knurren sprang Ian vor und drehte den Kopf des Vampirs mit aller Kraft noch einmal herum – und hielt ihn plötzlich in den Händen.

Wie gelähmt vor Schock stand Ian da und starrte ihn an. Blut quoll aus dem Nacken. Entsetzt ließ er den Schädel fallen. Mit einem dumpfen Aufprall schlug er auf dem Boden auf. Der kopflose Körper schwankte und taumelte mit albtraumhafter Langsamkeit auf den Eingang der dunklen Gasse zu. Mehrere Leute, denen Schock und Entsetzen ins Gesicht geschrieben standen, sahen einen Moment lang zu, bevor sie in der Menge untertauchten.

Beth! Ians Starre löste sich, und er rannte zu ihr, ergriff ihre Hand und zog sie durch das Gewühl der Straßen. Sie blieben erst stehen, als die Häuser hinter ihnen kaum noch zu erkennen waren.

»Was ist passiert?« Beth rang nach Atem und starrte seine Kleider an.

Ian blickte an sich herab. Er war von Kopf bis Fuß mit Blut besudelt. »Ein Vampir. Ich musste ihn töten. Möglicherweise weiß jemand, dass wir hier gewesen sind.«

Sie blickte zu ihm auf, und Ian sah, dass Beth sehr wohl verstand, was das bedeutete. »Dann lass uns sofort von hier verschwinden.«

20. Kapitel

Trotz Kälte, Schnee und Wind auf dem fast vierzehnhundert Meter hohen Gebirgspass kam die Karawane gut voran, weil Beth und Ian sie unerbittlich weitertrieb. Beth hatte in Casablanca einen Führer angeworben, der sie durch das Gebirge führte. Ian graute es davor, in die Wüste zurückzukehren, die er nie wieder hatte betreten wollen. Kivala, falls er das Glück hatte, es zu finden, der Hochbetagte und auch Asharti befanden sich irgendwo vor ihnen in der Wüste, die sich über tausend Meilen wie ein Schal aus Sand über die Schultern des afrikanischen Kontinents erstreckte. Er musste dorthin zurück, wo seine Ängste und die furchtbaren Erinnerungen auf ihn warteten. Er musste dorthin zurück, wenn er sein Leben wiederhaben wollte.

Ians Rippen waren schon in der Nacht des Überfalls geheilt. Ebenso wie sein Arm. Beth hatte nicht gewusst, dass er verletzt war, und er wollte auch nicht, dass sie es erfuhr. Sie hätte sich nur aufgeregt und versucht, ihm zu helfen. Aber es gab einige Dinge, die musste er mit sich allein abmachen.

Als die Karawane in die höher gelegenen Gebirgsregionen kam, wurde es zu kalt, um bei Nacht unterwegs zu sein. Deshalb zog sich Ian die Kapuze seines Burnusses über den Kopf und setzte seine Sonnenbrille auf, damit sie ihre Reise ab jetzt tagsüber fortsetzen konnten. Beth kümmerte sich mittlerweile um alles. Er war nur noch ein Mitreisender in ihrer Karawane. Aber seine Zeit würde kommen. Bald schon würde alles nur von ihm abhängen …

☆ ☆ ☆

Als sie Zagora auf der anderen Seite des Passes erreichten, der sich zwischen der Südlichen Atlaskette und dem Atlas el Kabhir hindurchschlängelte, waren auch die letzten Eisstücke geschmolzen, die das Blut gekühlt hatten, das Ian nicht entbehren konnte. Beth wusste, dass auch der Blutvorrat bald aufgebraucht sein würde.

Der Aufenthalt in Casablanca war für Beth die reinste Qual gewesen. Sie hatte sich so sehr gewünscht, Ian zu berühren. In ihrer Hochzeitsnacht war eine Sinnlichkeit in ihr erwacht, die allein schon seine Nähe zu einer harten körperlichen Prüfung für sie machte. Seine muskulösen Schultern, die sich unter seinem Rock abzeichneten, wenn er sich bewegte, die Art, wie er seine Lippen zusammenpresste – alles an ihm zog sie an und weckte ihr Verlangen. Aber ihr war bewusst, dass sie mit ihm nicht über das Geschehene sprechen konnte. Nicht sie war es, die die Kluft zwischen ihnen überbrücken konnte, das hatte er ihr deutlich zu verstehen gegeben. Das Frustrierendste war jedoch das Wissen, dass er niemals freiwillig darüber reden würde. Sie sprachen zwar über ihre Pläne und die Ereignisse des Tages, aber Beth wollte weitaus mehr als nur das.

Die Ortschaft Zagora bestand aus ein paar Hütten und Schaf- und Ziegenställen. Beth hatte beschlossen, noch mehr Blut zu kaufen, um zu vermeiden, dass Ian selbst auf Nahrungssuche gehen musste. Die abgebrühten und lasterhaften Bewohner Casablancas hatten ohne mit der Wimper zu zucken ihr Blut für Geld verkauft. Hier in diesem Dorf würde es vermutlich schwieriger sein, ihr Vorhaben umzusetzen. Beth entschied sich, dass es besser war, einen Rock statt der Reithose zu tragen, die sie unterwegs bevorzugte. Sie ließ Ian schlafend in ihrem Zelt zurück. Mit einer sauberen Lanzette und einem Säckchen Dinare ging sie ins Dorf. Die größte Hütte sah wie ein öffentlicher Versammlungsort aus, aber ob es eine Moschee oder eine Taverne war, ließ sich nicht erkennen, da alle Gebäude des Dorfes sich irgendwie sehr ähnelten. Sie ging allein hinein, um zu vermeiden, dass die Kameltreiber oder ihr Karawanenführer sah, was sie kaufte.

Ihre Augen gewöhnten sich nur langsam an das Dämmerlicht. Eine junge Frau in einem schlichten Gewand und mit einem Tuch um Kopf und Schultern kam zu ihr und fragte nach ihrem Begehr. Es *war* also eine Taverne. Beth bat um Wasser und fragte nach kurzem Zögern in sorgfältig gewählten Worten, ob sie noch etwas anderes kaufen könne. Dabei legte sie ihr Säckchen mit Dinaren auf den Tisch, um das Mädchen das Klirren der Münzen hören zu lassen.

»Was kann ich Ihnen holen, Herrin?«, fragte das Mädchen, ohne das Geldsäckchen aus den Augen zu lassen.

»Ich möchte diesen Wassersack mit Blut füllen. Immer nur ein wenig von mehreren Leuten«, sagte Beth und wartete auf die Reaktion des Mädchens.

Sie ließ nicht lange auf sich warten. Das Mädchen starrte Beth aus großen Augen an und wich entsetzt vor ihr zurück. »Allah, nicht noch einer!«, rief sie und legte die Hand an ihre Kehle. Mehrere Männer standen drohend auf. Nun, da Beths Augen sich an das Dämmerlicht gewöhnt hatten, sah sie, dass einige von ihnen Bisswunden am Nacken hatten.

»Eine von Ashartis Bestien!«, knurrte ein Mann.

»Ich bitte tausendmal um Verzeihung«, sagte Beth mit einer Verbeugung und begann, sich rückwärtsgehend zur Tür zurückzuziehen. Als einer der Männer nach ihr griff, fuhr sie herum und rannte ohne ihren Wassersack hinaus.

»Ian!«, rief sie atemlos, als sie in das Zelt hineinkroch. »Wir müssen weiter!«

Er sprang auf der Stelle auf. »Was?«

Sie zog ihn schon mit sich aus dem Zelt, während er noch dabei war, seine Kapuze anzulegen. Das Lager wurde bereits angegriffen. Das Zelt fiel in sich zusammen, kaum dass Ian es verlassen hatte. »Ich wollte Blut kaufen«, flüsterte sie ihm zu. »Aber sie hatten schon welches abgegeben.«

Ian setzte seine blaue Brille auf und blinzelte gequält. Die von ihren Treibern grob angetriebenen Kamele schrien protestierend. Lasten wurden festgezurrt und Zelte eingeholt. »Sie haben nicht den Mut, uns ernsthaft anzugreifen«, sagte er. Einige Männer des Dorfes waren unschlüssig am Rand des Lagers stehen geblieben. »Aber wir verschwinden besser.«

Entlang des Fußes des hoch aufragenden Atlas el Kabhir wandten sie sich nach Osten. Es war deutlich wärmer geworden. Die Männer legten ihre Umhänge ab und tauschten ihre Stiefel gegen Sandalen aus. Die Karawane begann wieder, bei Nacht zu reisen. Ian und Beth orientierten sich am Stand des Mondes am klaren Wüstenhimmel. Die Tage vergingen. Haasi Zegdou, Zagamira – sie zogen von Wasserloch zu Wasserloch. Haasi Fokra erreichten sie gut zwei Wochen nach ihrem überstürzten Aufbruch in Zagora.

Als sie sich dem flachen Teich unter den Dattelpalmen näherten, überfielen Beth wieder ihre alten Zweifel. Sie war so mit der Sorge um Ian beschäftigt gewesen, dass das die Frage verdrängt hatte, ob sie ihm wirklich eine Hilfe sein konnte, falls sie Kivala fanden. Wer wusste schon, ob sie in der Lage sein würde, die Inschriften zu entschlüsseln, die sie verstehen mussten, um sich Zugang zu dem Tempel zu verschaffen? Sie mochte gar nicht daran denken, dass sie Ian vielleicht enttäuschen könnte. Schließlich wusste sie, was ihm am allerwichtigsten war. Für sich und für die ganze Welt.

Der Angriff des Vampirs in Casablanca hatte sie zutiefst erschüttert. Sie konnte nur vermuten, was Ian mit dieser Bestie gemacht hatte, so blutbefleckt, wie seine Kleider gewesen waren. Nein, keine Bestie, berichtigte sie sich. Wenn Ian menschlich war, dann waren es die anderen auch. Die bedauernswerten Bewohner Zagoras, die unter Ashartis Armee zu leiden gehabt hatten – war das nicht der beste Beweis dafür, wie die Welt aussähe, wenn Asharti sie beherrschen würde?

Gott stehe mir bei, dachte Beth. *Aber Ian ist jetzt völlig auf mich angewiesen …*

Ian stand an dem Teich, in dem er sich gewaschen hatte, bevor er zu Asharti gebracht worden war. Hinter ihm wurden die Kamele entladen und das Lager aufgebaut. Die Morgendämmerung war nicht mehr fern. Beth beaufsichtigte das Errichten der Zelte. Er konnte hören, dass sie mit dem Verantwortlichen für die Kamele und dem Karawanenführer sprach. Aber diese Dinge fanden *jetzt* statt, auch wenn er sich wieder in jene *andere* Zeit versetzt fühlte …

Dort drüben war Ashartis Sänfte abgestellt worden. Sie war so erpicht darauf gewesen, die Reise fortzusetzen, dass sie nicht einmal ihr Zelt hatte errichten lassen. Und hier am Teich hatte Fedeyah ihm das Öl gegeben, mit dem er sich hatte einreiben müssen. Ian konnte noch den Weihrauchgeruch des Öls und den Zimtgeruch Fedeyahs riechen, der mit dem Ashartis fast identisch war.

Ian schaute auf und sah Fedeyah auf sich zukommen. Es schien so selbstverständlich zu sein.

»Du bist also zurückgekehrt, Engländer.« Das gespenstisch hagere Gesicht unter der Kapuze des Burnusses blieb völlig ausdruckslos.

»Ja«, sagte Ian zu dem Mann, der ihn Nacht für Nacht zu der Frau gebracht hatte, die er selbst schon seit vielleicht tausend Jahren liebte. Dieser Mann hatte ihm auch das Leben gerettet, ihn damit zugleich aber auch zu einer grauenvollen Existenz verdammt.

»Das kommt mir aber wie ein ziemlicher Umweg nach Tripolis vor. Denn dort solltest du dich doch mit ihr treffen, oder nicht?«

Es gab verschiedene Möglichkeiten, und keine von ihnen war gut. Fedeyah war alt und mächtig. Aber auch mächtiger als der Tropfen Blut Ashartis in seinen Adern? Ian legte keinen Wert darauf, es herauszufinden. Andererseits war Fedeyah, auch wenn er Teil seines Albtraums war, der Einzige, der Ian wie ein menschliches Wesen behandelt hatte. Zählte das denn gar nicht?

Doch wenn er am Leben blieb, würde Fedeyah zu Asharti gehen. Wenn er starb, würde sie sich vielleicht auf die Suche nach ihm machen ... aber nur, wenn Fedeyah ihr gesagt hatte, wohin er wollte. »Du weißt, dass ich nicht nach Tripolis unterwegs bin«, sagte Ian. »Oder zumindest jetzt noch nicht.«

Fedeyah nickte. »Das hatte ich mir schon gedacht. Als wir von dem Toten in Casablanca und die Geschichten aus Zagora hörten ...«

»Sie weiß Bescheid?«

»Sie weiß alles.« Fedeyahs Stimme klang betrübt. »Auch, dass ich dich jetzt nicht töten werde.«

»Warum hast du mir den Wassersack mit deinem Blut gegeben?«

»Das weiß nur Allah. Ich nicht. Ich habe dafür büßen müssen. Und ich werde wieder büßen müssen – nach dieser Begegnung mit dir.«

»Wie kann sie *dich* für etwas büßen lassen? Du bist ein Vampir, Fedeyah.«

»Aber sie ist stärker. Sie kann mich mit ihrer Willenskraft festhalten. Ich habe einen Körper, der alle Wunden heilt. Aber das bedeutet nicht, dass ich keinen Schmerz empfinde. Aber es bedeutet, dass man mich jeden Tag erneut bestrafen kann.«

Die Schrecken, auf die Fedeyah mit ausdruckloser Stimme hinwies, ließen Ian erschaudern. »Du könntest sie verlassen.«

Fedeyah zuckte mit den Schultern. »Früher einmal vielleicht. Aber ich habe es nicht getan. Und jetzt ist es mir unmöglich, mich zu wehren oder fortzugehen.« Er machte eine Pause. »Du musst wissen, dass sie regelmäßig nach Kivala geht. Sie bringt dem Hochbetagten Sklaven und trinkt von seinem Blut. Sie wird immer wieder kommen, bis sie so mächtig ist wie der Hochbetagte selbst. Und dann stehe Allah uns allen bei!«

Die beiden Männer dachten einen Moment über das Gesagte nach. »Wo ist sie jetzt?«, fragte Ian schließlich.

Fedeyahs Blick war unergründlich. »Wo immer es ihr zu sein beliebt.«

Ian begriff, dass er Fedeyah nicht dazu bringen würde, sie zu verraten. »Wenn du mich nicht töten willst, warum bist du dann hier?«

»Vielleicht, um die Ergebnisse meiner Bemühungen zu sehen. Oder um noch einmal mit dir zu sprechen, bevor du stirbst.«

Ian sah den Araber prüfend an und schüttelte dann den Kopf. »Du bist gekommen, um zu sehen, ob ich stark genug bin, derjenige zu sein, der dich befreit.«

Fedeyah schwieg.

»Ach Fedeyah … Keiner von uns ist frei von ihr. Vielleicht werden wir es auch niemals sein.«

»Sie kann getötet werden. Wusstest du das?«

»Ja. Beatrix Lisse hat es mir gesagt. Aber denke nicht, dass Ashartis Tod dich befreien würde.« Ian beobachtete, wie die dunklen Augen des Arabers ein bisschen größer wurden. »Das kannst nur du selbst«, sagte er und klopfte Fedeyah auf die Schulter, bevor er sich abwandte, um zum Camp zurückzugehen. Sollte Fedeyah doch versuchen, ihn jetzt zu töten, wenn er es wollte.

Aber nichts geschah.

Beth winkte ihm. »Komm herein, Ian. Es wird schon Morgen!«, rief sie.

Ian ging langsam an den im Sand kauernden Kamelen und ihren Treibern vorbei, die sich neben ihnen zum Schlafen niederlegten. Am Eingang des Zeltes drehte er sich noch einmal um.

Fedeyah war verschwunden.

»Wer war dieser Araber? War er ganz allein hier draußen?«, fragte Beth, während sie eine Lampe anzündete. »Dann musst du ihn auffordern, sich uns anzuschließen, und wenn auch nur zu seinem Schutz.«

»Es gibt nur eine, vor der er Schutz benötigt.«

Beth erstarrte und schaute ihn aus großen Augen an. »Asharti?«

»Er liebt sie seit sechshundert Jahren, obwohl er ein Eunuch ist.«

»Wie schrecklich«, murmelte sie. »Weiß er, was sie ist?«

»Ja. Aber das befreit ihn nicht von ihr.« Ian atmete tief ein. »Sie weiß, dass ich hier bin.«

Beths grüngoldene Augen weiteten sich. Doch dann wandte sie sich ab und legte noch einige Kissen auf die dicken Schlafpolster im Sand. »Dann wirst du deine Ruhe brauchen«, stellte sie in nüchternem Ton fest. »Glaubst du, sie könnte uns abfangen, bevor wir Kivala erreichen?«

»Das kommt darauf an, ob Fedeyah ihr sofort über uns berichtet und wo sie sich jetzt aufhält.«

»Ist er auch ein …?«

Ian nickte. »Ja, aber er war manchmal sehr freundlich zu mir. Und er hat sein eigenes Blut für mich zurückgelassen, um mich gegen den Parasiten immun zu machen. Fedeyah hat mir das Leben gerettet. Ich glaube allerdings nicht, dass ich ihn dafür lieben sollte.«

»Ich dachte, du hättest deine Selbstmordgedanken inzwischen überwunden.« Sie stützte die Hände in die Hüften und legte den Kopf ein wenig schief.

»Vielleicht ist diese ganze Expedition Selbstmord.« Ein wehmütiges Lächeln huschte über sein Gesicht. »Und deshalb werde ich so oder so gewinnen, denke ich.«

Zorn blitzte in Beths Augen auf, als sie zu ihm ging. »Das hier ist kein Himmelfahrtskommando, Ian Rufford! Wenn wir dabei umkommen, dann sterben wir, weil wir ein neues Leben wollten, und nicht, um einer Todessehnsucht nachzugeben!« Ihre jähe Wut verblüffte ihn.

»Na schön, dann nehme ich das zurück«, sagte Ian. Er zog die Augenbrauen hoch und streckte ihr die Hand hin. »Wir suchen neues Leben.«

Ihr Ärger verflog so schnell, wie er gekommen war, und ein wenig verlegen ergriff sie seine Hand.

Ihre Berührung hatte auf Ian die gewohnte Wirkung. Er hätte seine Hand zurückziehen sollen. Aber vielleicht war dies die letzte Nacht, die sie zusammen hatten, oder die vorletzte. Und er wollte noch einmal spüren, wie sie sich an ihn schmiegte, wie ihre Brüste ihn berührten ... Er zog Beth in seine Arme und drückte ihren geschmeidigen Körper an sich. Sie schien sich ein wenig anzuspannen, weil sie vielleicht nicht sicher war, ob sie seiner Umarmung trauen sollte.

O Beth! Ich möchte so gern der Mann sein, den du brauchst. Ian strich mit den Lippen über ihr Haar und spürte, wie ein Ziehen durch seine Lenden ging. Innerhalb von Sekunden war er heiß und hart, und seine männliche Erregung begann wild zu pochen. Aber für wie lange? Sie hatte recht, seiner Umarmung zu misstrauen. Mit ihr würde er sein Versprechen an sie brechen. Das war ein Teil von dem, was er sich von Asharti zurückholen wollte. Entweder würde er in Kivala sterben oder er würde in das Leben zurückkehren. Er ließ Beth los, die mit einem unsicheren Lächeln zu ihm aufschaute. Er schluckte und wandte sich ab, zutiefst beschämt über das, was er vorgehabt hatte, und verzweifelt über das Versagen, zu dem es geführt hätte. Gab es überhaupt eine Hoffnung für ihn? Zumindest glaubte er an den Rat, den er Fedeyah gegeben hatte. Nur er allein konnte sich von Asharti befreien ...

Gegen elf Uhr in der darauffolgenden Nacht nahmen Beth und Ian mithilfe des Sextanten und des Chronometers weitere Messungen vor und berechneten die jahreszeitlich bedingten Abweichungen des Mondstandes. Wenn sie diese Abweichungen berücksichtigten, könnten sie seine Position genau bestimmen. Er wäre dann exakt zwischen den beiden höchsten Gipfeln des Atlas el Kabhir zu sehen, des ›Rückgrats der Erde‹, wie sie inzwischen fast sicher annahmen. Trotzdem nahm Beth sich im Licht der Laterne noch einmal die Schriftrollen vor und überprüfte ein letztes Mal die dort gemachten Angaben.

»Wir sind nahe dran«, sagte sie, als sie die Papiere aufrollte, auf denen sie jede Nacht ihre Position verzeichnet hatte, und sie mit einer Schnur zusammenband. Beth in Reithosen und Stiefeln zu sehen, war Ian mittlerweile ein ebenso vertrauter Anblick geworden wie der Sand der Wüste. Ihre zierliche Gestalt wirkte in Hemd, Weste und Reithosen noch femininer als in Frauenkleidung. Ian hörte eines der Kamele schreien. »Achte genau auf alle Felsspalten und such nach einer, die dir bekannt vorkommt«, riet Beth.

»Sie kommen mir alle bekannt vor«, erwiderte er zweifelnd.

»Wir werden unsere Position beständig überprüfen«, versicherte sie ihm.

»Hoffen wir, dass wir die richtigen Berechnungen angestellt haben, was die Abweichung durch die verschiedenen Jahreszeiten betrifft.«

»Du hast unsere Berechnungen vom Navigationsoffizier des Kutters bestätigen lassen. Meiner Meinung nach sind wir hier richtig.«

»Haben wir genügend Wasser, falls die Suche längern dauern sollte?«, fragte Ian.

Beth drehte sich um und sah im hellen Licht des schon fast vollen Mondes zu den wartenden Kamelen und Männern hinüber. »Ich glaube, wir können es zurück bis Haasi Fokra schaffen, falls wir Kivala noch heute Nacht oder dann morgen finden. Es wird nicht angenehm sein, aber es lässt sich machen.« Sie biss sich nachdenklich auf die Lippen. »Ich würde gern schon jetzt ein oder zwei Männer zurückschicken, aber das wäre ihr Todesurteil, wenn sie von herumstreifenden Beduinen oder Berbern überfallen würden. Zu mehreren ist man sicherer.«

Sie wandte sich zu Ian um und lächelte ihn an. Eine warme Brise zerzauste ihr das widerspenstige Haar. Ian kam der Gedanke, dass Beth hierher gehörte, in die Wüste, wie es Asharti niemals möglich wäre mit ihrer weißen Haut, und wenn die Vampirin sich noch sosehr wie eine ägyptische Göttin herausputzte. Ian hatte die Wüste einst gehasst. Aber Beths Heimat konnte man nicht hassen.

Er erwiderte ihr Lächeln und nahm ihren Arm, als sie zu der Karawane zurückgingen. Es war seltsam, aber in letzter Zeit suchte er immer wieder ihre Berührung, auch wenn er sich der Konsequenzen bewusst war. »Wir brechen auf«, befahl er in Arabisch.

Beth stieg auf ihr Kamel, indem sie einen Fuß auf das Knie des Tieres stellte, sich in den Sattel schwang und dort ihr rechtes Bein um das Sattelhorn legte. Sekunden später saß auch Ian auf seinem Tier. Die Kamele erhoben sich unter lautstarkem Protestgeschrei. Die Treiber brüllten und schwangen ihre Stöcke, und schon war die Karawane wieder unterwegs.

Für Ian schien die Zeit stehen geblieben zu sein. Die Tage waren wie in einer ewig währenden Monotonie vergangen, dass sie wie in Bernstein eingeschlossene Insekten waren, gefangen zwischen der Notwendigkeit, die sie vorantrieb, und der Furcht vor dem, was sie in der blauschwarzen Nacht über dem grauen Sand erwarten mochte. Es war fast Morgen, als Ian mithilfe seines neuen Nachtsichtfernrohres einen schwarzen Punkt an einer Düne östlich von ihnen entdeckte, und dann noch einen zweiten. Mit zusammengekniffenen Augen starrte er in die

Dunkelheit. Die Punkte wurden größer, als sie die Düne überquerten und noch weitere zu ihnen stießen. Räuber!

»Weg hier! Wir werden angegriffen!«, brüllte er auf Arabisch und ließ seine Reitgerte auf die Flanke seines Kamels klatschen. Schreie klangen in der Karawane auf. Er sah, wie Beth zum Horizont hinüberschaute und ihr Kamel vorantrieb. An den Sandsteinklippen entlang, denen sie auch bisher gefolgt waren, floh die Karawane nach Nordosten.

Ihre Angreifer allerdings würden sie nicht abschütteln können. Es waren mindestens ein Dutzend Berber, ihrer Kleidung nach zu urteilen. Ihre schnellen kleinen Pferde schlitterten die Düne hinunter und galoppierten weiter. Ian stieß seinem Kamel die Stiefel in die Seiten und benutzte ohne Gewissensbisse seine Gerte, um Beth einzuholen, die am Anfang der Karawane ritt. »Wir können Sie nicht abhängen! Halt auf diese Schlucht dort zu!«, schrie er und zeigte auf eine Stelle links vor ihnen.

Beth sah, was er meinte, und lenkte ihr Kamel in diese Richtung, während sie in Arabisch schrie: »Treiber! In die Schlucht!«

Ian wendete sein Tier und sah, wie der Kameltreiber, der die Nachhut bildete, durch den Hieb eines Krummsäbels enthauptet wurde. Ian zog die Pistole aus dem Gürtel und erschoss den vordersten der Reiter. Ein Dutzend Männer würde genügen, ihrer kleinen Karawane den Garaus zu machen. Ein weiterer Treiber fiel. Die Kamele stoben auseinander. Die Berber brüllten triumphierend. Ian gab seinen zweiten Schuss ab. Einer der Reiter sackte in sich zusammen, sein Pferd bäumte sich auf, stürzte und begrub ihn unter sich. Ian warf die Pistole weg und griff nach der zweiten. Zwei Schüsse hatte er noch. Sein Blut begann zu singen.

Die restlichen vier Kameltreiber und ihr Führer waren stehen geblieben und versuchten, sich mit ihren kurzen Schwertern zu verteidigen. Aber sie hatten keine Chance gegen die schwarz gekleideten, herandonnernden Reiter.

Sein nächstes Ziel verfehlte Ian, der Mann ritt einfach weiter. Zwei Treiber waren gefallen. Aus kürzester Entfernung schoss Ian dem Anführer der Räuber in den Kopf. Noch im Sterben riss der Mann sein Pferd herum, und das Tier prallte gegen Ians Kamel. Ian stürzte und versuchte, sein Schwert zu ziehen. Ein kurzer Blick verriet ihm, dass Beth schon zwischen den Sandsteinwänden verschwand. Doch sie würden keinen Schutz bieten, falls die Berber sie einholten.

Mit gezogenem Schwert rappelte er sich auf, gerade noch rechtzeitig, um einen heranstürmenden Reiter anzugreifen. Der Araber antwortete mit einem Säbelhieb, der Ian die Schulter aufriss. Aber das machte nichts. Ian musste diese Barbaren von Beth fernhalten. Das Singen in seinem Blut intensivierte sich. Er gönnte dem gefallenen Mann, der sich die Seite hielt, nur einen raschen Blick. Möglicherweise waren es Ashartis Leute, aber sie waren keine Vampire, denn sonst wären sie stärker. Sechs sprangen mit gezogenen Krummsäbeln von ihren Pferden. Ian hob das Schwert, das Beth ihm geschenkt hatte. Die Gestalten in den schwarzen Gewändern und mit den schwarzen Turbanen umzingelten ihn. Sechs? Nur sechs? Ian grinste, als der Gefährte in seinen Adern emporstieg. Zwei weitere Berber stellten sich zu den anderen in den Kreis. Nun gut, dann waren es jetzt acht. Ian ließ seine Augen rot aufglühen.

Die nächsten Momente erlebte er nur verschwommen. Es war ein wilder Kampf. Ein Kopf fiel, dann noch einer. Ians Schwert bohrte sich in den Leib eines der Angreifer, und er zog es wieder heraus. Er spürte einen stechenden Schmerz in seiner Lende. Den nächsten Hieb parierte er. Er nahm das Schwert in die linke Hand und schlug wild um sich, während er mit der rechten eine Kehle zudrückte, bis Knochen knackten. Seine Gegner waren jetzt nur noch zu dritt, und er sah die Furcht in ihren Augen.

Ein tiefes Knurren stieg in seiner Kehle auf und wurde zu

einem Brüllen an. Er warf sich auf einen der Männer und stieß ihm das Schwert in die Brust. Einer der beiden noch lebenden Männer kreischte auf, und beide fuhren herum und gaben Fersengeld. Ian blieb stehen. Sein Gefährte übernahm es, ihnen zu folgen. Ian durchzuckte der schon gewohnte scharfe Schmerz. Sekunden später befand sich Ian vor den Fliehenden und drehte sich zu ihnen um. Sie zitterten und schrien. Zwei Schwerthiebe, und die Sache war erledigt.

Der Sand um ihn herum war rot von Blut, überall lagen abgetrennte Gliedmaßen. Als das Singen in seinen Venen schwächer wurde, bis es schließlich ganz verstummte, schaute Ian sich verwirrt um.

Was hatte er getan? Von den zwölf Männern war keiner mehr am Leben. Die Toten waren grausam verstümmelt. Ian atmete langsam aus und ließ das Schwert fallen. Das dumpfe Geräusch, mit dem es im Sand aufschlug, tönte schrecklich laut in der Stille des Todes, die ihn umgab. Zwölf Berber, sechs Treiber … Beth!

Ian blickte sich um, dann rannte er auf den dunklen Eingang der Klamm zu. Wieder begann der Gefährte in Ians Adern zu rauschen, und die Umgebung verschwamm vor seinen Augen. Der Schmerz durchzuckte ihn nur kurz, dann stand er vor der Klamm. Beth trat aus dem Schatten hervor.

»Ian!« Sie stolperte fast in ihrer Hast, zu ihm zu kommen. »Bist du verletzt, Ian?« Sie berührte ihn, untersuchte ihn in dem schwachen Licht der sich ankündenden Morgendämmerung, in dem sie nicht annähernd so gut sehen konnte wie er.

Ian blickte an sich herab. Er sah, dass er verwundet war. Sein Burnus war blutverschmiert, seine Hände und seine Arme mit Blut besudelt. Doch nur seine Schulter und seine Lende schmerzten, als wäre er verletzt. »Das wird heilen, Beth. Du weißt, dass es nicht lange dauert.«

»Setz dich«, befahl sie. »Ich treibe die Kamele zusammen.«

Er protestierte. »Es ist zu gefährlich für dich, hier herumzulaufen«, unterbrach sie ihn verärgert. »Sei vernünftig.«

Ian seufzte. »Jawohl, o du Vernünftige.« Müde lehnte er sich gegen die Felswand und ließ sich daran zu Boden gleiten. Er beobachtete Beth, die ganz still dastand und mit der Zunge schnalzte, um die verängstigten Tiere zu sich heranzulocken. Zu seinem Erstaunen näherten sich nicht nur die Kamele, sondern auch einige Pferde ihrer ausgestreckten Hand. Sie band die Kamele aneinander und führte eines der Pferde in die Klamm. Die beiden anderen folgten widerstandslos. Beths ruhige Akzeptanz zog die Tiere zu ihr hin. Entsprang diese Akzeptanz ihrer pragmatischen Art, die Welt zu sehen? Ian wünschte, er könnte sich der Welt auch so verbunden fühlen wie Beth. Aber seit er ... ein Vampir geworden war, war seine Bindung an die Welt der Menschen und der Tiere immer lockerer geworden. Am lebendigsten fühlte er sich, wenn der Gefährte durch seine Adern rauschte, und das war etwas, woran er nur mit Widerwillen denken konnte.

Als er Beth zurückkommen sah, spürte er, wie seine Muskeln sich wieder zusammenfügten. Seine Wunden heilten schneller als je zuvor. Wenn er sich konzentrierte, spürte er, wie die durchtrennten Sehnen sich wieder miteinander verbanden, wie die Blutgefäße sich wieder zusammenschlossen. Sein Körper regenerierte sich – eine nützliche Fähigkeit, ganz ohne Zweifel, aber er wollte, dass auch seine Seele wieder heilte. Wenn das doch auch so einfach wäre!

Ian lehnte sich gegen die von der Nachtluft kühle Wand der Klamm, wandte den Kopf und starrte auf die schmale, dunkle Spalte zwischen den hohen Felswänden. Dann richtete er sich auf und blickte auf die gegenüberliegende Wand, auf den sandbedeckten Boden und auf die endlose Wüste jenseits von ihm. Das Gefühl, hier schon einmal gewesen zu sein, begann ihn zu beschleichen. Unsicherheit kämpfte mit Erkennen. Wieder spähte er in die dunkle Schlucht und begann Dinge zu sehen, die ein menschliches Auge nie hätte sehen können. Da! Er stand auf und ging einige Schritte weit in die Dunkelheit der Klamm hinein.

Eine gewaltige Treppe mit fast unüberwindbar hohen Stufen war in den Fels hineingeschlagen. Schlagartig kehrte die Erinnerung an die Nacht zurück, in der er mit Asharti hier gewesen war, die Erinnerung an seine Erschöpfung und seine Verzweiflung. Seine einzige Hoffnung war gewesen, dass er sterben würde, egal, wie schrecklich dieser Tod auch sein mochte.

Eine Hand legte sich auf seine Schulter. Ian zuckte zusammen und fuhr herum, die Hand zum Schlag erhoben. Beth stand hinter ihm. »Herrgott noch mal!«, fuhr er sie an. »Willst du, dass ich dich umbringe?«

»Entschuldige«, sagte sie scheu. »Ich habe dich gerufen, aber du hast es wohl nicht gehört.«

Er blickte an ihr vorbei zu der Stelle, an die sie die Tiere geführt hatte. Dann schloss er die Augen und konzentrierte sich. Sein ungewöhnlich scharfes Wahrnehmungsvermögen wurde sich des Geruchs nach Zimt und der nahen Morgendämmerung bewusst.

Beth sah ihn fragend an. »Ist das ...?«

Er nickte und ging zu den Packtieren. »Wenn wir uns beeilen, schaffen wir es noch, bevor die Sonne zu hoch steigt. Und wenn nicht in den Tempel selbst, dann zumindest in den Schutz einer der Grabstätten.« Er band zwei lederne Wassersäcke von einem der Tiere los, hängte sie sich über die Schultern und ging an Beth vorbei, ohne abzuwarten, ob sie ihm folgte. Aber sie würde nicht zögern.

Beth musste laufen, um mit ihm Schritt zu halten. Aber sie beklagte sich nicht. Sie passierten die mächtigen Säulen am Eingang zur Stadt. Beth verrenkte sich den Hals, um deren Kapitelle zu betrachten, während sie daran vorbeieilten. Die reich geschnitzten Türen zu den Grabstätten ließen sie zögern, aber Ian drängte sie weiter. Er wusste, wie gern sie sich diese wundervollen Beweise für den Traum ihres Vaters angesehen hätte, aber irgendwo dort draußen stand die Sonne schon über dem Horizont.

Nur einmal berührte sie ihn am Arm. »Was wollen die Berber hier, so weit südlich?«, fragte sie.

»Keine Ahnung«, erwiderte er knapp, weil ihn im Moment nur interessierte, Schutz zu finden.

Beth nickte nachdenklich. »Ich habe mich nur darüber gewundert.«

Sie waren über eine Stunde gelaufen, bevor sie den Platz mit den umgestürzten Säulen und zerstörten Statuen erreichten. Hier blieb Ian stehen, um sich zu orientieren. In welcher Richtung ging es weiter?

Beth ging zu dem riesigen Kopf einer Statue, der durch den Sturz stark beschädigt worden war. Sie blieb davor stehen, um ihn genauer anzusehen. Ihr Gesichtsausdruck veranlasste Ian, zu ihr zu gehen. »Was ist das?«

»Sag du es mir«, erwiderte sie leise.

Mit schief gelegtem Kopf betrachtete Ian das Gesicht. Die Augen waren nur schmale Schlitze, die Lippen klein und sehr gerade, die Nase unmenschlich lang, das winzige Kinn sehr spitz. »Eine Abbildung des Hochbetagten? Des Wartenden.«

Beth erschauderte, und das zu Recht. Ian fragte sich zum tausendsten Mal, ob er es nicht irgendwie hätte vermeiden können, sie an diesen gottverdammten Ort zu bringen. Ohne sich zu rühren, blickte sie zu einer anderen Statue hinüber. Diese trug den Kopf einer Sphinx wie der in Kairo, und auch bei dieser Statue war der Kopf etwas zu klein für den Körper, auf dem er saß. Aber die beiden Statuen hatten ursprünglich zusammengehört, denn sie bildeten die zwei Seiten eines Bogens.

Beth biss sich nachdenklich auf die Lippen. »Wenn sie beide

Figuren überarbeitet hätten, wäre ihre Existenz vielleicht für immer verborgen geblieben.« Sie blickte zu Ian auf und rang sich ein kleines Lächeln ab. »Jetzt wissen wir, wer die Sphinx vor so langer Zeit erbaut hat, dass sie vom Regen ausgewaschen werden konnte. Was auch immer geschieht, für dieses Wissen werde ich immer dankbar sein.«

Ein schmaler Streifen Licht brachte einen intensiveren Geruch nach Zimt mit sich, in dem jetzt auch ein leichter Ambraduft erkennbar war. Ian riss sich von dem Anblick der Statuen los. »Da drüben«, sagte er und ging schnell durch die Ruinen voran, als er die ersten Sonnenstrahlen über der Wand hinter sich spürte. Er brachte Beth an einen Ort voller unvorstellbarer Gefahren. Sobald sie den Eingangskode zu dem Aufenthaltsort des Hochbetagten entschlüsselt hatte, musste er sie sofort wieder hinaufschicken.

Aber die Kameltreiber waren tot. Und wenn der Hochbetagte ihn nun tötete? Dass er es tat, war nicht nur möglich, sondern sehr wahrscheinlich. Beth hatte Wasser genug, um den Weg zurück nach Haasi Fokra zu schaffen, aber sie würde ganz allein in einer Wüste voller räuberischer Berber sein. Das hatte Ian bei seiner Planung nicht bedacht.

Berber. Was hatte Beth ihn gefragt? »*Was wollen die Berber hier, so weit südlich?*« Ian sog scharf die Luft ein. Hatten diese Berber zu Ashartis Armee gehört? Sie hatte allen Grund, hier an diesem Ort zu sein, der die Quelle ihrer Stärke war. Die Angreifer waren keine Vampire gewesen. Unter Ashartis großen Horden würden sich vielleicht um die hundert Vampire befinden ...

Möglich war es. Ian begriff plötzlich, dass der Zimtgeruch, der in der Luft hing, *zwei* Bedeutungen haben konnte. Er nahm Beth an die Hand und rannte mit ihr los.

Unter dem verfallenen Bogengang hindurch schlüpften sie in den Graben auf der anderen Seite des großen Platzes, just als die Sonnenstrahlen schon heiß über die fernen Mauern fielen. Ian verspürte ein Brennen an seinem unbedeckten Hinterkopf, aber dann erreichten sie auch schon den schützenden Schatten, den die Grabenwände warfen. Nicht lange, und sie standen vor der fantastischen Fassade des beeindruckenden Tempels. Die mit tausend Wasserspeiern und einer endlosen Reihe von Flachreliefs bedeckte rosafarbene Sandsteinmauer brachte die Erinnerung an jene grauenhafte Nacht zurück, in der er seine Menschlichkeit verloren hatte. Die mächtigen Säulen, die den Giebel trugen, rahmten einen gähnenden schwarzen Eingang von der Höhe von vier Männern, der zu den inneren Gemächern führte, wo der Hochbetage wartete. Und vielleicht auch der Tod.

Ian blieb stehen und ließ die Stille der versunkenen Stadt in seine Seele eindringen. Einst war der Tod das Einzige gewesen, was er gewollt hatte. Aber das hatte sich geändert. Er warf Beth einen Blick zu. Heute wünschte er sich das Leben, und er musste Asharti besiegen, um es zu bekommen.

Beth hielt den Atem an, als sie vor dem Tempel stand. Er war wunderschön, genau wie der in Petra, und überaus bedrohlich, wenn sie bedachte, was sich darin befinden musste. Sie erschauderte, nicht, weil sie sich vor dem Tempel fürchtete, sondern weil es geschehen könnte, dass sie Ian enttäuschte. Als er sich nach ihr umdrehte, sah sie die grimmige Entschlossenheit in seinen Augen. Der Ausdruck hilfloser Qual war daraus verschwunden. Welche Widrigkeiten er auch immer zu überwinden hatte, er musste das hier durchstehen, wenn seine Seele gesund werden sollte. Und dazu *musste* sie ihren Teil beitragen.

Beth schluckte und folgte Ian in die Dunkelheit. Sie waren unbewaffnet, denn eine menschengemachte Waffe könnte ohnehin nicht das bezwingen, was sich in den Mauern dieses Tempels verbarg. Was würde geschehen, wenn es ihr gelang, die Tür zu öffnen? Was würde der Hochbetagte, dessen zerbrochenes Abbild sie draußen auf dem Platz gesehen hatte, tun, wenn Ian ihn herausforderte? Aber sie vertraute auf Ian. Er würde wissen, was zu tun war.

Ihre Augen hatten sich an das Halbdunkel gewöhnt, als sie den ersten Raum erreichten. Staub hing in den durch die Tür fallenden Lichtstrahlen. An den Wänden zeichneten sich Schatten ab, die sich nach und nach als gigantische Statuen herausstellten, die eine weitere Tür bewachten. Die Statuen trugen Ibisköpfe mit prachtvollen Halsbändern aus Gold und Lapislazuli, deren Glanz vom allgegenwärtigen Staub gedämpft wurde. Fantastisch! Wie anders als die leeren Räume in Petra. Ob die in Petra geplündert worden waren?

Ian starrte auf den Boden. Was ... was war dieses Pochen unter ihren Füßen? Beth war versucht zurückzuspringen, aber das hätte nichts genützt, denn nicht nur der Boden, sondern der ganze Tempel schien zu pochen. Es fühlte sich an wie der Rhythmus eines ... Herzschlags, nur viel schneller.

Ian blickte wieder zu ihr auf. »Das Blut hat ihn verändert. Er lebt in unserer Zeit.« Auch Ian wirkte sehr aufgeregt, als er Beth die Hand hinstreckte. »Komm. Deine Aufgabe wird bald erledigt sein.«

Beth hoffte bei Gott, dass ihr Erfolg beschieden sein würde. Noch nie in ihrem Leben hatte sie sich so unbedeutend und unwissend gefühlt. Es waren nur die Wärme und die Kraft seiner Hand, die sie nicht den Mut verlieren ließen. Der steinerne Boden hallte von ihren Schritte wider, als sie auf die schwarze Öffnung des Gangs zugingen, der sich zwischen zwei gigantischen Wächterfiguren öffnete. *O Gott*, dachte Beth, *wie viel Gold und Lapislazuli wurden für diese immensen Halsbänder verbraucht?* Der Gang führte nach unten.

»Du wirst den Weg zurück problemlos finden«, flüsterte Ian, als sie ihre Schritte auf dem zunehmend steiler nach unten führenden Gang verlangsamten. »Dieser Tunnel führt nur zu einem Ort.«

Beth kam es vor, als würden sie ewig weiter abwärts gehen. Sie nahm den Duft nach Zimt und Ambra wahr, der sehr viel stärker als Ians Duft oder auch das Parfum der Gräfin von Lente war. Sie wusste, was das bedeutete. Auch das Pochen des Tempels wurde stärker. Nach einer Weile konnte sie ein pulsierendes Glühen sehen, dessen Rhythmus sich im Gleichklang mit dem Pochen im Boden befand. Ian ging noch langsamer und drückte sich an eine der Tunnelwände. Beth tat es ihm nach, als er vorsichtig an der Wand entlang in einen Raum ging, der ihr schier den Atem raubte.

Licht! Er war erfüllt von einem pulsierenden Licht in hundert Farben, das von einer zentralen, spiralförmigen Säule ausging, die Decke, Wände und das Wasserbecken, aus dem sie sich erhob, in den schönsten Farben erstrahlen ließ. Beth schnappte verblüfft nach Luft. »Was ist das?« Die Säule schien ganz und gar aus großen Edelsteinen zu bestehen, die pausenlos vom Wasser des Brunnens überspült wurden. Sie leuchteten bei jedem Pochen im Boden hell auf.

»Ich glaube, es ist sein Signal«, erwiderte Ian langsam. »An die, die ihn hier zurückgelassen haben.«

Beth näherte sich der Säule und betrachtete sie fasziniert.

Ian zog sie zurück. »Schau nicht die Juwelen an, Beth. Sie können dich in den Wahnsinn treiben.«

Fast hätte sie ihn ausgelacht. »So habgierig bin ich nicht!«

»Asharti warnte mich davor«, sagte er lediglich.

Sie starrte ihn ernüchtert an. Hier gab es mehr Dinge, als ihre Fantasie sich ausmalen konnte, warum also nicht auch Juwelen, die einen in den Wahnsinn treiben konnten? Sie gingen um den Brunnen herum und betraten einen weiteren Tunnel, der wie der vorige Gang nach unten führte.

»Es ist jetzt nicht mehr weit.« Ian musste seine Stimme über das pochende Geräusch erheben, das sie jetzt von allen Seiten zu umgeben schien.

Er hatte recht. Sie kamen zu einer weiteren mächtigen Flügeltür. Aber diese war verschlossen. Sie trug eine rechteckige Tafel mit eingemeißelten kleinen Zeichen. Beths Moment der Wahrheit war gekommen. Sie straffte die Schultern und trat in das schwache, grünliche Licht, das zwei Smaragde in der Größe von Pampelmusen in den Nischen rechts und links der Tür verbreiteten.

Das Pochen verlor sich aus Beths Bewusstsein, als ihr Blick über die Tafel glitt. Mit den Fingerspitzen tastete sie die Umrisse der eingemeißelten Zeichen ab, als könnten vielleicht diese erkennen, was ihrem Blick verborgen blieb. Die Schrift ähnelte den ägyptischen Symbolen, die vor zwanzig Jahren auf dem Rosetta-Stein entschlüsselt worden waren, und trotzdem waren sie anders. Beth sank das Herz. Sie konnte sie nicht lesen! Die Angst zu scheitern verunsicherte und verwirrte sie. Sie sah Ian an und schüttelte den Kopf. Er lächelte, als sei er sich ihres Erfolgs ganz sicher.

»Sieh sie dir noch einmal an«, flüsterte er. Das Pochen des Tempels ließ nach. *O Gott, lass ihn mir doch nicht so blind vertrauen!* Das Herz klopfte ihr bis zum Hals. Sie konzentrierte sich wieder auf die Steintafel. Also gut. Einige Symbole waren die gleichen. Sie erkannte das Symbol für Leben. Was war das? Ja, Altarabisch – nein, Aramäisch! Beides! Und Koptisch. Ja, ja, ja! Sie hatte geglaubt, es würde sich um nur *eine* Sprache handeln, aber es waren viele. Sie begann von Neuem, und diesmal sprach sie beim Übersetzen langsam mit.

»›*Das Lied schallt durch die Welt*‹ … nein. Es bedeutet etwas Größeres als die Welt. Das Universum?« Sie nickte. »›*Das Lied schallt durch das Universum. Blut ruft Blut. Holt mich! Ist im Leben denn keine*‹ … Aussöhnung? Ja – ›*Aussöhnung möglich?*‹« Sie wandte sich Ian zu. »Und dieser nächste Teil ist dann hervorgehoben, siehst du? Wie ein Zitat. »›*Das ist nicht … Tod, was ewig ruhen kann. Und mit fremden Zeitaltern stirbt womöglich gar der Tod.*‹ Dann endet es mit: ›*Vergebt mir.*‹«

Beth sah Ian mit großen Augen an. »Wie traurig! Er hat Tausende von Jahren hier gewartet! Glaubst du, seine Artgenossen werden jemals kommen, um ihn zu holen?«

»Jedenfalls möchte ich nicht hier sein, wenn sie es tun«, sagte Ian mit schmalen Lippen.

»Vielleicht waren sie wohlwollende Herrscher. Vielleicht haben sie uns auf den Weg zur Zivilisation gebracht.« Tausende von Fragen stiegen in ihr auf. Und hinter dieser Wand war jemand, der auf alle eine Antwort hatte.

»Und vielleicht hast du die Sklaven vergessen, die ihr jämmerliches Leben geopfert haben, um ihre Pyramiden zu erbauen und diese Stadt hier aus dem Fels zu schlagen?«

»Wer sagt, dass es Sklaven waren, die all das hier erbaut haben?«, hielt sie dem entgegen. »Vielleicht haben sie es ja selbst getan.«

Sie sahen sich an und dachten einen Moment darüber nach. Ian war der Erste, der wieder das Wort ergriff. »Sklaven vergießen so oder so ihr Blut«, knurrte er. »Sag mir lieber, mit welchen Symbolen sich diese Türen öffnen lassen.«

Beth fühlte sich, als wäre sie geohrfeigt worden. »Ich … ich weiß es nicht.« Sie schaute wieder auf die Tafel, aber ihr fiel absolut nichts dazu ein. Nacheinander berührte sie jedes einzelne der Symbole. Nichts geschah. Nun berührte sie jedes zweite Symbol. Auch das half nichts. »Hast du gesehen, welche Asharti berührt hat?« Sie blickte sich nach Ian um und sah seine enttäuschte Miene. So viel zu seinem blinden Vertrauen. Panik ergriff sie. Sie würde seine Erwartungen nicht erfüllen …

»Ich kniete hinter ihr und war … in keinem guten Zustand.« Selbst im grünen Licht der Smaragde sah sie ihn vor Scham darüber erröten, ihr das ganze Ausmaß seiner Erniedrigung gestehen zu müssen.

Aber seine Erinnerung war ihre einzige Hoffnung. »Denk zurück«, befahl sie ihm, wohl wissend, welchen Schmerz es ihm bereiten würde. »Kannst du dich vielleicht an ein einziges Symbol erinnern?«

Er schüttelte frustriert den Kopf.

»Aber an das grüne Licht erinnerst du dich?« Sie konnte jetzt nicht einfach so aufgeben.

Ian dachte angestrengt nach. »Ja. Das Pochen im Boden war damals langsamer. Und ich war froh, knien zu können, weil meine Füße aufgeschürft waren. Ich war sehr entkräftet, obwohl sie mir seit Tagen kein Blut entnommen hatte. Sie hatte vor, mich dem Hochbetagten zum Geschenk zu machen.«

»Wo waren die anderen Sklaven?«

»Sie kauerten wimmernd hinter uns.« Ians Blick glitt kurz über die Inschriften. »Sie trat vor die Tafel und riss mich an dem Strick um meinen Nacken mit. Die Haut war völlig aufgescheuert, und so kroch ich hinter ihr her.«

Beth wollte ihn in die Arme nehmen und ihn trösten, aber dazu war jetzt keine Zeit. »Und dann ...«

»Dann las sie die Inschriften. Sie berührte verschiedene Stellen auf der Tafel ...«

»Nach irgendeinem Schema, soweit du es sehen konntest?«

»Eher willkürlich, schien es.« Wieder blickte er über ihre Schulter zu der Steintafel hinüber. »Aber ...«

»Aber was?« Beth versuchte das wilde Pochen ihres Herzens zu beruhigen.

»Ich glaube, sie berührte dieses Symbol dort drüben. Ich erinnere mich, weil der Strick in meinen Nacken schnitt, als sie sich strecken musste, um es zu erreichen.« Er zeigte auf das Symbol für Blut.

»Erinnerst du dich noch an andere?«, fragte Beth gespannt.

Ian schüttelte beschämt den Kopf. »Nein.«

Dann war das das Ende. Sie hatte versagt. Aber nein … Moment! Der Reihenfolge der zu berührenden Symbole musste ein Sinn zugrunde liegen. War es womöglich ein Kryptogramm? Beth konzentrierte sich noch einmal auf die Symbole und sah die Worte jetzt ganz klar zutage treten:

Das Lied schallt durch das Universum. Blut ruft Blut. Holt mich! Ist denn im Leben keine Aussöhnung möglich?

Vergebt mir.

Beths Herz machte einen Sprung, eine Erinnerung begann Gestalt anzunehmen. Was hatte die Gräfin immer wie ein Mantra wiederholt? Beths Hände glitten über die Symbole. Ja, genau, das war es! Sie drückte auf das erste Zeichen. *Das*. An das nächste kam sie nicht heran. »Tu du es«, befahl sie Ian. »Berühr jetzt das Symbol, das du sie hast berühren sehen.« Er streckte den Arm aus und drückte darauf. *Blut*. Beth war sich jetzt ganz sicher. *Ist*. *Das*. *Leben*.

Die großen Flügeltüren, von der eine die Tafel mit den Hieroglyphen trug, schwangen lautlos auf. Dahinter war ein schwarzer Strudel einer klebrigen Substanz, in der ein tiefer Schlund bereit war, sie in das Unbekannte hineinzuziehen.

Beth fuhr entsetzt zurück.

»Deine Aufgabe ist hier beendet, Beth«, flüsterte Ian, während er den widerwärtigen schwarzen Strudel anstarrte. Dann wandte er sich zu ihr und schenkte ihr ein Lächeln, das sie vermutlich beruhigen sollte. Nur dass es ihm nicht ganz gelang. »Warte am Haupteingang zum Tempel auf mich. Wenn ich in einer Stunde nicht zurück bin, verlässt du diesen Ort. Du kannst es bis Haasi Fokra schaffen. Benachrichtige meinen Bruder. Er wird kommen und dich holen.«

Sie schüttelte den Kopf, weil alles in ihr gegen seinen Vorschlag protestierte. »Ich lasse dich nicht allein ...«

Ian nahm ihre Hände in die seinen, die stark und voller Leben waren. Dann lächelte er sie zärtlich an. »Es tut mir so leid, dass ich dich in diese Sache hineingezogen habe. Aber wer sonst hätte diesen Eingang öffnen können?« Er drückte ihre Hände. »Nun ist der Moment gekommen, in dem ich handeln muss.« Er schloss Beth in die Arme und drückte sie an sich, als wäre es das letzte Mal. Er stellte sich darauf ein, sein Leben hinzugeben.

Es war die Umarmung, nach der Beth sich so sehr gesehnt hatte. Ihre Gedanken rasten. Vor nicht allzu langer Zeit hatte Ian noch sterben wollen, und nun war sein Wunsch zu leben so groß, dass er in diesen Strudel treten und sich dem stellen würde, was dahinter lag. Er hatte ein Ziel. Vielleicht hatte er genug von sich wiedergefunden, um sie zu lieben. Seine Umarmung verriet ihr, dass er willens war, die Kluft zwischen ihnen zu überbrücken. Warum aber erst jetzt, da es bereits zu spät sein könnte? Sie konnte ihn jetzt nicht verlieren. »Ich komme mit. Ich kann dir helfen«, flüsterte sie an seiner Schulter.

»Das ist zu gefährlich«, sagte er. »Ich habe gesehen, wozu er fähig ist. Und jetzt ist er aufgepeitscht von Blut.«

Beth wollte wieder protestieren, aber Ian legte ihr zwei Finger auf die Lippen. »Denk daran, mein Liebling, dass du dir nicht die Juwelen ansehen darfst.« Sie sah, wie sich die Muskeln an seinem Kinn verkrampften. »Du bist klug und tapfer. Du schaffst den Weg zurück auch ohne mich.«

Und damit schob er sie von sich fort und drängte sie, den Weg zurück einzuschlagen. Aber wie konnte sie ihn allein in diese ... in diese Hölle gehen lassen? Sie drehte sich um und sah, dass der schwarze Strudel wie Pech zu brodeln begann, als Ian ihn berührte. Er stürzte sich hinein und wurde von der klebrigen

Masse aufgesogen. Beth lief zu dem schwarzen Strudel und stieß ihre Hand hinein. Ihr Arm verschwand bis zum Ellbogen. Sie drückte mit aller Kraft gegen die schwarze Masse, konnte sie aber nicht durchdringen. Dieses … Ding ließ sie nicht herein! Beth warf sich gegen die Mitte der schwarzen Blase, prallte aber an ihr ab wie an einem großen Ball. Erschrocken stand sie da und rang nach Atem. Irgendetwas da drinnen wollte Ian ganz für sich haben. Das hieß, dass ihr nichts anderes mehr übrig blieb, als ihm zu gehorchen.

Beth zwang sich kehrtzumachen und folgte dem Weg.

21. Kapitel

Ian drängte sich durch den Strudel klebriger schwarzer Flüssigkeit und versuchte, sich auf das zu konzentrieren, was getan werden musste. Er konnte nur erahnen, was ihn auf der anderen Seite dieser dunklen Barriere erwartete. Was schon zuvor unvorstellbar und grausig gewesen war, könnte sich durch die Verabreichung von Blut zu etwas noch weitaus Schlimmerem entwickelt haben. Ihm schwindelte, als er durch die Schwärze taumelte.

Der große Raum, an den er sich erinnerte, wurde wie damals von einem schwachen blauen Licht erhellt. Es dauerte einen Moment, bis Ians Schwindel so weit nachließ, dass er klar erkennen konnte, was er sah. Der riesige Thron erhob sich am anderen Ende des Raumes, aber er war leer. Der Gestank von verfaulendem Fleisch vermischte sich mit intensivem Zimtgeruch. An der Wand dem Thron gegenüber lagen verwesende Leichen.

Eine Bewegung in der dunklen Tiefe des Raumes zog Ians Blick auf sich. Ein großer, scharf umrissener Schatten bewegte sich hinter dem Thron.

Es war der Hochbetagte, der mit unruhigen, gereizten Schritten auf und ab ging. Während Ian ihn noch fasziniert beobachtete, blieb er plötzlich stehen, drehte sich um und starrte auf den schwarzen Strudel. Dann trat er aus dem Schatten in etwas helleres Licht. Ian war schockiert. Seine einst so trägen, uralt aussehenden Augen waren jetzt wach und voller Leben. Sein Gesicht wirkte angespannt und ... traurig.

»Wo bist du, Eindringling?«, krächzte er in einem Arabisch, das Ian kaum verstehen konnte. Seine Stimme klang ... verwundet.

Ian atmete tief ein. Das war es, was er sich erhofft hatte. Sein Herz begann wie wild zu pochen. Er wusste, was er sagen würde, aber ob er Erfolg haben würde, blieb abzuwarten. Aber es bestand zumindest Hoffnung.

»Hochbetagter!«, rief er auf Lateinisch und blieb reglos im Licht Tausender Saphire stehen. »Ich bin zurückgekehrt.«

Der Kopf, diese Parodie eines menschlichen Antlitzes, fuhr herum, und der Blick aus den flachen schwarzen Augen richtete sich auf Ian. »Ah. Du bist der, der das Leiden kennt, aber dennoch leben will«, antwortete er auf Lateinisch. Woher wusste er das? Als Ian zum ersten Mal hier gewesen war, hatte er nur noch sterben wollen. Oder konnte der Hochbetagte erkennen, dass Ian sich verändert hatte? »Du hast den Gefährten in dir. Ich kann es riechen.«

»Ja, und das sehr zu meinem Bedauern«, gab Ian mit rauer Stimme zu.

»Deshalb habe ich dich hereingelassen. Warum bist du gekommen? Um den Tod zu suchen, obwohl du dir das ewige Leben gestohlen hast?«

Ian trat vor, als Wut ihn übermannte. »Ich will nicht Euer Parasit sein. Ich will Euer Leben nicht. *Sie* war es, die mich infiziert hat. Asharti.«

»Ah, die Frau, die mir das Blut bringt.« Das Wesen schloss die Augen. »Sie hätte den Gefährten nicht weitergeben dürfen.«

Ians Entschlossenheit wuchs. »Das Blut hat nicht nur Vorteile, nicht? Es bringt Leben und Schmerz mit sich.«

»Ja.«

Ian fragte sich, warum der Hochbetagte nicht auf seinem Thron Platz genommen hatte. Vielleicht konnte er es nicht. Vielleicht hatte er seine Ruhe und seine Gelassenheit verloren. Ian musste das Risiko jetzt eingehen. Er schluckte. Alles hing von den nächsten Augenblicken ab.

In der Eingangshalle ging Beth unter den großen Statuen des ägyptischen Gottes Thoth nervös auf und ab. Sie konnte nur versuchen, sich vorzustellen, was in diesen Augenblicken in den Tiefen des Tempels vor sich gehen mochte. Es fehlte ihr nicht an Fantasie, es sich auszumalen. Wurden Ian vom Hochbetagten alle Glieder einzeln ausgerissen? Ian brauchte das Blut des Wartenden, um seine Kraft mit der Ashartis messen zu können. Wie könnte das Wesen, dessen Abbild sie gesehen hatte, Ian den Vorrang vor Asharti geben, da sie es doch war, die ihm das ersehnte Blut beschaffte?

Jede Sekunde des Wartens war die reinste Qual für Beth. Die Gräfin hatte sie ermahnt, mutig zu sein, wenn sie Ian helfen wollte. Aber Ian erlaubte ihr nicht zu helfen. Sie hätte vor Enttäuschung schreien können! Ein pulsierender schwarzer Nebel am Eingang des Tempels ließ Beth erstarren. Sie wusste, was das war. Ein zweiter schwarzer Nebel erschien, und plötzlich war der ganze Raum vom Duft nach Zimt und Ambra durchflutet.

Der erste Nebel löste sich auf und gab eine Frau von betörender Schönheit frei – schwarze Augen, schwarzes Haar, ein cremefarbener Teint und ein vollkommener Körper, der von dem kunstvoll drapierten, von einem goldenen Gürtel zusammengehaltenen Gewand kaum verhüllt wurde. In diesem Gürtel steckte ein Krummsäbel, dessen Griff mit Edelsteinen besetzt war. Die üppigen Brüste waren unter der feinen Gaze des Gewandes deutlich zu erkennen, und ihre langen Fingernägel waren in einem metallisch glänzenden Gold lackiert. Auch ihre Zehennägel schimmerten golden. Sie war fast eine Göttin. Diese Frau konnte Männer zu Sklaven machen, ohne sich die Suggestionskraft eines Vampirs zunutze machen zu müssen.

Beth zitterte. Diese hinreißende Erscheinung konnte nur Asharti sein.

Auch der zweite schwarze Nebel löste sich nun auf, und heraus trat der hochgewachsene Araber, den Beth in Haasi Fokra gesehen hatte.

Asharti richtete den Blick auf Beth. »Warst du es, die meinen Berbern alle Glieder ausgerissen hat?« Sie hob ihre Nase und schnupperte. »Nein. Du gehörst nicht zu unserer Spezies … Fedeyah!«, wandte sie sich an den Araber, der hinter ihr stand. »Du hast gesagt, du hast meinen Sklaven gesehen.«

»Ja, Göttin. Er war es, der die Berber getötet hat, nicht dieses Menschenkind.«

Asharti drehte sich zum Gang, der ins Innere des Tempels führte, und sog erneut witternd die Luft ein. »Er ist hier … Er hat es gewagt, sich mir zu widersetzen! Er ist dort unten beim Hochbetagten! Ich muss ihn zur Ordnung rufen«, sagte sie wütend und ging auf den dunklen Eingang zu.

Beths Gedanken rasten. Diese Frau war überaus gefährlich. Aber sie musste daran gehindert werden, Ian zu stören. Er musste so viel Kraft wie möglich sammeln, bevor er sich ihr entgegenstellen konnte.

»Sie glauben, weil er einmal Ihr Sklave war, wäre er es immer noch?«, rief sie.

Asharti drehte sich um, maß Beth mit einem geringschätzigen Blick und sagte: »Töte sie, Fedeyah.«

Beth stockte das Herz. »Er ist es nicht mehr. Ich habe ihn befreit.« Sie hatte keine Ahnung, was sie sagte, sie wusste nur, dass sie die beiden dazu bringen musste, ihr zuzuhören.

»Du?«, fragten Asharti und Fedeyah wie aus einem Munde, sie verächtlich, er mit kaum unterdrückter Hoffnung in der Stimme.

»Ja. Und das macht mich stärker als Sie, Asharti.«

»Ha!«, sagte Asharti höhnisch. »Eine bloße Sterbliche?«

Beth rang sich ein Lächeln ab und nickte.

»Wie?«, wollte der Araber wissen. Seine Stimme war unbewegt, aber darunter verbarg sich ein Gefühl, das er offenbar sorgfältig in Zaum hielt. Er bemühte sich, sein Interesse an der Antwort vor Asharti zu verbergen.

»Durch ... die Macht der Liebe.« Würde diese Frau das glauben? Eine erstaunliche Sicherheit durchflutete Beth plötzlich. Ihre Stimme wurde kräftiger, als sie an Ians Umarmung dachte. »Genügend Liebe, um die Narben auszulöschen, die Sie hinterlassen haben.«

»Stell ihn vor die Wahl«, sagte Asharti höhnisch, »dann werden wir ja sehen, auf wessen Ruf er hört.« Sie taxierte Beth mit einem neugierigen Blick. »Weißt du, wozu er fähig ist – welch sinnliche Vergnügen er einer Frau bereiten kann?«

Beth errötete. »Ja, aber bei mir tut er es *freiwillig*.«

Asharti knurrte, und der Laut schwoll an, bis er wie ein Bellen klang. Ihre Finger formten sich zu Krallen, und sie kam drohend auf Beth zu. Beth versuchte, sich nicht einschüchtern zu lassen, und wünschte, sie wäre nicht so schnell so weit gegangen. Was konnte sie noch sagen, um diese Teufelin aufzuhalten?

»Meine Königin«, rief Fedeyah. »Warum lassen wir sie nicht noch eine Weile leben? Wenn er sie liebt ...«

Asharti blieb stehen. Ihre Hände entkrampften sich, und sie tippte sich mit einem ihrer langen Fingernägel an das Kinn. »Du hast recht, Fedeyah«, sagte sie und packte Beth am Handgelenk. »Komm, Mädchen. Du wirst doch das Ende nicht verpassen wollen.«

»Asharti hat uns beiden den Frieden gestohlen, als sie uns Blut gab«, sagte Ian zu dem Hochbetagten. »Ist das Warten leichter, wenn man jeden Moment der Zeit spürt, die verstreicht?« Schon nach seiner Rückkehr nach England hatte Ian sich gedacht, dass das Leben des Hochbetagten die Hölle sein würde, sobald das Blut seine Bedürfnisse und sein Zeitempfinden wiedererweckte. War das nur Wunschdenken gewesen, oder war seine Annahme richtig gewesen? Alles hing jetzt von der Antwort des Hochbetagten ab.

Dieser unterbrach jetzt sein unruhiges Hin- und Hergehen, richtete seinen Basiliskenblick auf Ian und schob das winzige Kinn vor. »Ich habe das Blut einst abgelehnt«, erklärte er in diesem tiefen, seltsam widerhallenden Ton, der keiner menschlichen Brust entstammen konnte. »Das ist lange her. Damals hatte ich den Mut, die Zeit zu verlangsamen. Aber heute habe ich ihn nicht mehr.«

»Sie hat Euren Blutdurst neu erweckt. Und jetzt kann nur sie Eure Bedürfnisse befriedigen. Dafür verlangt sie aber eine Gegenleistung. Das tut sie immer.«

»Das, wonach es uns verlangt, wird unser Fluch.« Die Worte schallten von den Wandbehängen bis zu dem großartigen Thron. »Ein selbst verhängter Fluch.« Der Hochbetagte nahm seine Wanderung wieder auf. Die Luft vibrierte von einer ruhelosen Macht.

»Dann erlaubt mir, den Fluch aufzuheben.« Ian legte seine ganze Hoffnung für die Zukunft in diese eine Bitte.

Das Wesen blieb stehen und drehte sich um. »Du?«

»Ihr könnt dem Blut nicht widerstehen, wenn sie es Euch bringt. Wenn ich sie töte, gibt es kein Blut mehr.«

»Aber Schmerz«, sinnierte der Hochbetagte. »Verzicht.«

»Eine Weile – eine kleine Weile nur in Anbetracht der Gegebenheiten. Dann verlangsamt sich die Zeit wieder, und das Warten fällt Euch leichter.«

»Ahhh«, seufzte die Kreatur, und die Sehnsucht, die in diesem Seufzer mitklang, ließ alles menschliche Leiden im Vergleich dazu als etwas sehr Endliches scheinen. Die seltsamen Augen richteten sich wieder auf Ian. »Du willst mein Blut.«

»Nein! Aus tiefster Seele Nein! Ich wünschte, ich könnte den verdammten Gefährten ganz loswerden. Aber er ist meine einzige Chance, Asharti zu besiegen.«

»Warum?« Die Stimme vibrierte im gleichen Takt wie das Gestein des Tempels.

»Sie erschafft überall neue Vampire. Sie wird die menschliche Rasse vernichten, die Menschen, die ich liebe, und auch mich, wenn Ihr mir nicht die Kraft verleiht, sie aufzuhalten.«

»Du? Du bist doch auch erst neu erschaffen worden.«

»Aber ich bin der Einzige, der etwas tun kann.« Ian wusste, dass er der Aufgabe nicht gewachsen war. Sie war noch immer seine Herrin. Zum ersten Mal hasste er sie dafür mehr, als er sich für seine Unterwerfung hasste.

Der Hochbetagte hob die spindeldürren Arme in das blaue Licht. »Brüder!«, rief er. »Ich stehe am Scheideweg. Mich dürstet nach dem Blut. Aber es zu mir zu nehmen macht das Warten zu einer Qual, und Asharti benutzt meine Kraft gegen die Schäfchen, die ihr so lange gehütet habt. Sie hat den Gefährten in sich. Sagt mir, wie ich mich entscheiden soll.« Er wartete, und der Tempel vibrierte von seiner Konzentration. Niemand antwortete ihm. Langsam ließ er die Arme wieder sinken und senkte seinen Kopf. »Ich bin so allein ... Wann werdet ihr mir Absolution erteilen?«

Ein lastendes Schweigen folgte. Ian hielt den Atem an.

»Äonen könnten vergehen, bis ich wieder heimkehren darf«, kam die seltsame Stimme des Hochbetagten wieder – wie ein Atemhauch nur in der blauen Dunkelheit. »Ich muss den Verzicht ertragen. Wie könnte ich sonst das Warten aushalten?«

Das Wesen kam auf Ian zu. Und trotz der überwältigenden Schwingungen, die ihn erreichten, ließ er sich nicht davon beirren. Der Hochbetagte streckte die Arme in die Höhe und reckte sich zu seiner ganzen Größe auf, was Ian gegen ihn wie einen Zwerg aussehen ließ. Diese schmächtigen Arme verfügten über eine enorme Kraft, das hatte Ian mit eigenen Augen gesehen. »Versprichst du, dass du mir kein Blut bringen wirst?«

Ian nickte. »Ich kann Euch allerdings nicht daran hindern, es in der Außenwelt zu suchen.« Bei dieser Abmachung durfte es keine Lügen geben.

»Das kann ich verhindern.« Der Hochbetagte hielt sein Handgelenk an seine nadelscharfen Eckzähne und schlitzte eine Vene auf. »Trink«, befahl er und hielt Ian sein Handgelenk hin. Das Blut, das in Ians emporgehobenen Mund rann, war dicker als menschliches. Sein intensiver Geschmack war wie der von rostigem Metall auf seiner Zunge. Dick und rot lief es seine Kehle hinunter, in der es ein Brennen hinterließ. Der Geschmack, in Verbindung mit dem fauligen Verwesungsgeruch, der unter dem Zimt- und Ambraduft zu spüren war, verursachte Ian einen Brechreiz. Als er sich abwenden wollte, legten sich die langen, dünnen Finger der Kreatur um seinen Nacken und hielten ihn fest. Ian hatte seine Entscheidung getroffen. Nun würde der Hochbetagte ihn zwingen, sich daran zu halten.

Ian schluckte krampfhaft.

Hinter ihm brodelte der schwarze Strudel. Der Hochbetagte ließ jemanden herein. Beth? Aber dieses Wesen würde doch gewiss nicht wollen, dass jemand Zeuge des Geschehens wurde. Ian versuchte hinzusehen, aber der Hochbetagte hielt ihn noch immer fest und zwang ihn, das metallisch schmeckende Blut zu trinken.

»Verräter!«

Ian sank das Herz. Asharti! Der Hochbetagte lockerte seinen Griff, Ian fiel auf die Knie und senkte den Kopf. Das Blut des Hochbetagten durchströmte seine Adern wie flüssiges Feuer.

»Ihr gebt Eure Macht jemand anderem? Ich bin es, die Euch das Blut bringt! Wir hatten eine Vereinbarung.«

Ian hob den Kopf. Asharti stand vor dem dunklen Eingang, Fedeyah dicht an ihrer Seite. Mit einer Faust hielt sie Beth an den Haaren gepackt und stieß sie jetzt auf die Knie. *Nein! Nicht Beth!*, schrie es in Ian. Mühsam erhob er sich. Warum hatte der Hochbetagte Asharti hereingelassen? Ian wusste, dass er den

Eingang kontrollieren konnte. Eines stand fest: Was immer auch geschah, Ian würde nicht zulassen, dass Asharti Beth etwas zuleide tat. »Eine schlechte Vereinbarung«, murmelte er erstickt. »Sie ist soeben neu verhandelt worden.«

»Du forderst mich heraus?«, fauchte Asharti. »Ein Tropfen von seinem Blut ist nicht genug, Sklave.«

Ian straffte die Schultern. Asharti hatte nur einen Tropfen erhalten, während er mehr als einen Becher voll davon getrunken hatte. Selbst wenn sie inzwischen hier gewesen war ... Aber vielleicht spielte die Menge keine Rolle. Das Brennen in seinen Adern und die Schwäche, die er spürte, besagten, dass die Wirkung, selbst bei einer so hohen Dosis, nicht sofort spürbar war. Sie könnte ihn zu Anfang sogar schwächen. Aber jetzt stand Asharti vor ihm und sie war auf einen Kampf aus. Und sie war stark genug, um Beth mit einem einzigen Schlag zu töten. Würde es ihm gelingen, sie so lange hinzuhalten, bis sein Körper das Blut des Hochbetagten assimiliert hatte? Er würde es gleich herausfinden. »Ja, ich fordere dich heraus«, sagte er gepresst.

Asharti warf dem Hochbetagten einen misstrauischen Blick zu. »Welchen Ausgang des Kampfes bevorzugt Ihr?«

»Was kommen soll, das kommt«, erwiderte er und setzte sich auf seinen Thron. »Das habe ich nicht zu entscheiden.«

Ein grausames Lächeln breitete sich auf Ashartis schönen Zügen aus, und ihre Augen begannen, rot zu glühen. Der Hochbetagte würde keine Partei ergreifen. Sie stieß Beth beiseite und zog ihr glänzendes Schwert. Dann sprang sie mit einem Schrei nach vorn und schlug nach Ian.

Blitzschnell trat Ian zur Seite, und ihr Schwerthieb traf nur die Luft. Er würde einige Verletzungen erleiden müssen, um sie abzuwehren. Aber als Erstes musste er sie entwaffnen. Asharti fuhr in wilder Wut herum und griff ihn wieder an. Diesmal trat er in ihr Angriffsfeld. Die Klinge traf ihn an der Schulter, aber er bekam ihr Handgelenk zu packen. Sie war unglaublich stark. Er drückte ihre Faust nach unten und riss sein Knie hoch. Der harte Stoß überrumpelte sie, das Schwert fiel ihr aus der Hand und schlug klirrend auf dem Boden auf.

Asharti warf sich auf ihn. Ian riss schützend die Unterarme hoch, während er mit dem Fuß das Schwert wegtrat. Sie würde versuchen, ihn am Kopf zu packen. Sie ging mit den Fingernägeln auf ihn los, durchbrach seine Verteidigung und hinterließ blutige Kratzer auf seinem Gesicht und seinem Nacken. Sie zerfetzte seinen Burnus und entblößte seine blutige Schulter. Ian legte sein ganzes Gewicht in die Bewegung, mit der er sich gegen ihren Körper warf. Asharti taumelte zurück. Das Feuer in Ians Adern sandte Wellen des Schmerzes durch seinen Körper. Er konnte kaum noch etwas erkennen, ein schwarzer Nebel schien sich in seinem Kopf auszubreiten.

Asharti stürzte sich erneut auf ihn. Ian parierte ihren Angriff mit einem Faustschlag, dem er einen Stoß mit der Hüfte folgen ließ. Asharti schwankte leicht, aber ansonsten zeigte sein Hieb kaum eine Wirkung. Noch immer wie benommen, ging er vor, um seinen momentanen Vorteil auszunutzen, aber sie war darauf vorbereitet und versetzte ihm einen gewaltigen Schlag gegen den Kopf. Er schwankte, und sie ließ einen harten Tritt in seine Rippen folgen. Er fühlte, wie sie brachen, und fiel mit schmerzverzerrter Miene auf die Knie. Von irgendwoher hörte er Beth seinen Namen rufen.

Beth! Wenn er Asharti nicht besiegte, würde sie Beth das volle Ausmaß ihrer Rache spüren lassen. Er richtete sich wieder auf. Das Brennen in seinen Venen wurde erträglicher. Und er sah auch wieder klarer. Seine Rippen heilten schon, und auch seine Schulter prickelte von den sich wieder zusammenfügenden Blutgefäßen. Und er fühlte sich stark. Vielleicht nicht so stark wie Asharti, aber er war auf jeden Fall kein leichtes Opfer.

Er straffte sich und sah Asharti voller Verachtung an. Sie stieß einen Laut aus, der wie der eines wilden Tieres klang, und griff Ian erneut an. Sie streckte die Hand aus, um ihm mit ihren langen Fingernägeln den Bauch aufzuschlitzen. Es wäre eine Verletzung, die ihn nicht umbringen, aber sehr schwächen würde. Er schlug ihre Hand weg, wich einen Schritt weit nach links und packte Asharti an ihrem anderen Handgelenk. Sein Griff wurde zunehmend stärker. Dennoch entwand sie sich ihm.

»Du denkst, du könntest mich besiegen?«, keuchte sie, als sie einander umkreisten. »Du, der mir so oft zu Diensten warst, wie ich es wollte? Du, der nur gekommen bist, wenn ich dich kommen ließ?«

Die alten Schamgefühle stiegen wieder in ihm auf. Dass Beth mitanhörte, was Asharti so unmissverständlich sagte ...

»Das Blut der Vorfahren macht keinen Unterschied. Ich bin deine Herrin, und du bist mein Sklave«, fauchte Asharti. Und wie recht sie hatte! Er war nichts. Wie konnte er sich gegen eine Göttin stellen? Er taumelte und fing sich wieder, aber er wusste, dass er heute nicht gewinnen konnte.

»Hör nicht auf sie, Ian!«, schrie Beth. »Sie hat Angst vor dir. Du bist nicht mehr der Mann, den sie sich gefügig machen konnte. Du bist ein Vampir!«

Ian sah zu Beth hinüber. Ein schmaler Faden Blut rann von ihrer Schläfe über ihre Wange. In dem bläulichen Licht war das Blut schwarz, und ihre Augen glühten vor ... Vertrauen. Vertrauen in ihn.

»Spürst du die Kraft nicht?«, fragte Beth. »Auch du hast das Blut der Alten in dir.«

Ian richtete den Blick wieder auf Asharti. Ja. Er fühlte sich stark. Und das Singen in seinem Blut intensivierte sich.

»Das Blut ist das Leben«, sagte Beth. Sie hatte sich erhoben und stand dicht an der Wand. »Das ist es, was Beatrix sagte. Es ist nichts Böses, diese Kraft zu spüren.«

»Das Blut ist das Leben«, flüsterte Fedeyah neben Beth.

»Das Blut ist das Leben«, sagte auch der Hochbetagte leise.

»Sie kann dir ihren Willen nicht mehr aufzwingen«, beharrte Beth in eindringlichem Ton. »Niemand kann das.«

Ian spürte das Pfeifen seiner Atemzüge in seinen Lungen. Blut floss in ihm, durch ihn. Der Gefährte summte einen Ton, der zu einer Melodie anschwoll, die Ian nicht mehr hören konnte. Er wandte sich Asharti zu. Das Feuer, das in seinen Adern schwelte, loderte zu jähem Ärger auf. Wie konnte sie es wagen!

Asharti musste erkannt haben, dass seine Augen sich verhärteten, denn sie stürzte sich in neuer Wut auf ihn und holte mit ihren scharfen Nägeln nach ihm aus. »Du bist nichts!«, schrie sie ihn an. Er fühlte ihre Nägel in seinen Bauch eindringen und stieß sie von sich weg, bevor sie ihre Hand unter seine Rippen stoßen konnte, um nach seinem Herz zu greifen. Sie stürzte und rutschte über den Boden, vor Beths Füßen blieb sie liegen. Ian spürte die Kraft seines Gefährten durch die Muskeln seiner Arme rauschen. Er wusste, dass seine Augen rot und seine Eckzähne messerscharf waren. Das verdammte Loch in seinem Bauch begann schon, sich zu schließen. Er war ein Vampir, und er war stark von altem Blut und seiner grimmigen Entschlossenheit. Er würde die Sache hier und jetzt beenden.

Aber Asharti attackierte jetzt nicht mehr ihn, sondern fuhr herum und griff nach Beth.

Nein! Ian sprang vor, aber es war zu spät. Asharti hatte Beth von hinten am Nacken gepackt. Ihr anderer Arm umschlang Beths Taille.

Ian erstarrte. »Sie zu töten nützt dir nichts«, sagte er. Zu seinem Erstaunen hallten seine Worte wie Donner durch den Raum, Asharti und Fedeyah zuckten zusammen. »Denn ich werde dich auf jeden Fall töten.«

»Vielleicht nehme ich sie mit. Ich mag es, ab und zu von einer Frau verwöhnt zu werden.«

»Wenn du fliehst, werde ich dich jagen. Du wirst büßen, heute oder später. Denk dir einfach, dass es so geschrieben steht.«

Ian sah den abschätzenden Blick in ihren Augen. Dann glühten sie rot auf. »Was habe ich zu verlieren?«, fauchte sie und stieß ihre Hand in Beths Unterleib. Beth schrie vor Schmerz. Ian brüllte so laut, dass es den ganzen Tempel erschütterte. Asharti rannte auf den schwarzen Eingang zu. Ian sprang zu Beth hinüber, um sie aufzufangen, als sie fiel.

»Nein! O Gott, was habe ich getan?«, schrie Ian, der nur Augen für Beth hatte und für das Blut, das unaufhaltsam aus ihrer Wunde strömte. Ein unmenschlicher Schrei hinter ihm ließ ihn herumfahren. Asharti taumelte von der Tür zurück. Der Hochbetagte hatte den Eingang geschlossen.

Asharti drehte sich mit großen Augen um. Der Hochbetagte erhob sich von seinem Thron, ein grotesker Schatten in dem schwachen blauen Licht. Ein tiefes Rumpeln kam aus seiner schmalen Brust und steigerte sich zu einem Brüllen. Ian kauerte sich über Beth, als könnte er sie so beschützen. Wenn der Hochbetagte sie jetzt töten würde, konnte Ian nichts dagegen tun, und das wusste er. Ein Gefühl der Hilflosigkeit erfasste ihn, als der Hochbetagte auf sie zukam.

»Beth«, flüsterte Ian, obwohl das Wort in dem Brüllen über ihnen unterging. »Es tut mir so leid, Beth.«

Der Hochbetagte beugte sich jetzt über sie. Asharti begann zu lachen. Ian kannte ihr Lachen, aber es hatte sich noch nie zuvor so ... wahnsinnig angehört. Ian hielt Beth an sich gedrückt und benutzte seinen Rücken wie einen Schutzschild, als der Hochbetagte ... an ihnen vorbeiging. Verwundert schaute Ian auf. Das fremde Wesen bewegte sich auf Asharti zu. Es verschonte ihn und Beth.

Asharti heulte auf und blickte hinter sich. Sie war gefangen zwischen der Tür, die sich nicht öffnete, und der schaurigen uralten Kreatur, die jetzt vor ihr stand und noch immer schauderhaft brüllte. Ian nahm das alles wahr und wusste, was jetzt mit furchtbarer Unvermeidlichkeit geschehen würde. Der Hochbetagte hatte beschlossen, nicht riskieren zu können, dass Asharti überlebte und ihm auch weiterhin das Blut brachte, das ihm das Warten zur Hölle machte.

Ian drückte Beths Kopf an seine Brust, als Ashartis Heulen und das Brüllen des Uralten zu einem ohrenbetäubenden Lärm anschwollen.

Dann verstummte das Heulen urplötzlich, und nur das Brüllen war noch zu hören. Ian riskierte einen Blick. Der Hochbetagte zerfetzte Asharti, riss ihre alle Glieder einzeln aus und schleuderte sie von sich. Blut schoss aus Ashartis Wunden und spritzte gegen die Wände. Fedeyah stieß einen schrillen Schrei aus. Und dann, innerhalb von Sekunden, war es vorbei. Asharti gab es nicht mehr. Das Brüllen verstummte. In der darauffolgenden Stille hörte man Ashartis Kopf über den Boden rollen. Er blieb in der Ecke des Raumes liegen, in dem die verwesenden Leichen lagen.

Fedeyah schlug die Hand vor den Mund, um seine Schreie zu ersticken. Ian spürte, wie ihm übel wurde. Der Hochbetagte richtete sich auf und leckte sich mit seiner schmalen, dunklen Zunge das Blut von einem seiner Finger. Schweigen breitete sich aus. Die schwarzen Augen des Hochbetagten richteten sich auf Ian.

»Ich … ich dachte, Ihr wolltet keine Wahl treffen.« Ians Stimme zitterte und hatte alle Kraft verloren.

»Vielleicht steht es so geschrieben, dass ich mich entscheiden musste; so wurde das Ende, das geschrieben steht, erreicht.«

»Was werdet Ihr mit uns tun?«, fragte Ian. Fedeyah sah aus, als wäre er außerstande, auch nur ein Wort zu sagen.

»Mit euch?« Der Hochbetagte sah die drei an. »Ich werde tun, was geschrieben steht.«

Ian nickte und erhob sich langsam, wobei er Beth behutsam

umdrehte, um sie hochzuheben. Er spürte ihr warmes Blut an seinem Körper, dort, wo sein Burnus aufgerissen war. Er drückte sie an sich und ging zur Tür. »Komm, Fedeyah«, sagte er. Er musste Beth in Sicherheit bringen, ehe er ihre Wunden versorgen konnte, oder bevor der Hochbetagte beschloss, dass auch sie eine Bedrohung für ihn waren.

Hinter sich spürte Ian die Macht der uralten Kreatur. Würde der Hochbetagte sie gehen lassen? Ian stolperte voran. Doch er blieb stehen, als noch einmal die tiefe Stimme ertönte.

»Sie wird sterben.«

Ian blickte auf Beth herunter. Sie lag regungslos in seinen Armen, ihr Kopf hing schlaff zurück. Blut durchtränkte ihre Kleidung, und unterhalb ihrer Taille klaffte ein Loch, in dem man das pulsierende Gewebe sehen konnte. Ian stieß einen klagenden Laut aus, der nicht mehr menschlich klang. Sprachlos vor Schmerz wandte er sich zu dem Hochbetagten um.

Der Uralte ließ sich wieder auf seinem Thron nieder. Zunächst verhielt er sich ganz still und sah Ian einen quälend langen Moment an. »Du hast jetzt das alte Blut in dir«, sagte er dann bedächtig. »Darin ist Leben für euch beide. Geht. Ich will nicht wissen, was du tun wirst. Du wirst das tun, was geschrieben steht.«

Ian starrte ihn an und versuchte zu verstehen. Meinte er …?

»Bleibt … vor … dem … Ausgang«, sagte der Hochbetagte mit einer Stimme, die schon sehr viel schleppender klang.

Ian fuhr herum und sah, dass der schwarze Strudel, der die Tür zu diesem bizarren Raum darstellte, zu wachsen und pulsieren begonnen hatte. »Komm, Fedeyah, wir müssen hier heraus.« Er drängte den Araber mit einem Stoß der Hüfte in die wabernde Schwärze und stürzte ihm nach.

Die gelatineartige Flüssigkeit verschluckte ihn. Er hielt den Atem an und kämpfte sich weiter, bis er den Gang erreichte, der vom grünen Schein der beiden Smaragde erhellt wurde. Er stolperte und sah, dass Fedeyah sich mühsam aufrappelte. Die klebrige schwarze Masse zog an Ians Fuß. Sie breitete sich aus!

»*Weg hier!*«, schrie Ian und rannte den Weg entlang, der zum Tempel hinaufführte. Ein Geräusch wie von aneinanderreibenden Steinen folgte ihnen. Ian warf einen Blick zurück und sah die riesige Steintür zu Staub zerfallen, als die widerliche schwarze Masse aus der Öffnung herausdrang. O Gott! Der Hochbetagte würde das Dach zum Einsturz bringen.

Ian konzentrierte sich nur noch auf das Laufen und versuchte, weder an das Getöse hinter sich noch an Beths Verletzung zu denken. Das Licht der mit Juwelen besetzten Säule fiel schimmernd durch die Tür. Ian lief daran vorbei und warf nur einen Blick zurück, um zu sehen, ob Fedeyah ihnen folgte oder vom herabstürzenden Gemäuer erschlagen worden war. Der Araber rannte unmittelbar vor der immer schneller werdenden brodelnden schwarzen Masse. Die juwelengeschmückte Säule glühte in der Dunkelheit. Der Raum um den Brunnen stürzte nicht ein, aber als die schwarze Masse sich in den Gang dahinter wälzte, war wieder das Knirschen von Gestein zu hören. Es wurde immer lauter.

Ian hielt den Kopf gesenkt und konzentrierte sich darauf, so schnell wie möglich ins Freie zu gelangen. Seine Lungen brannten, seine Beine schmerzten, als der Gang steiler bergan führte. Ian stürzte sich durch den Eingang zwischen den beiden Ibisstatuen, als der Gang hinter ihm unter gewaltigem Getöse zusammenbrach. Es regnete Gesteinsbrocken und Staub, als er auf die Tempeltür zurannte.

Und dann war er draußen in der Sonne. Das grelle Licht versengte ihm die Augen und die Haut. Sein an der Schulter zerfetzter Burnus entblößte seine Haut dem Licht. Mit letzter Kraft erreichte er den Schatten auf der anderen Seite der Klamm. Dort blieb er stehen und rang nach Atem. Er keuchte vor Erschöpfung, während er Beth fest an sich gedrückt hielt. Hinter ihm begann das rotgoldene Mauerwerk des Tempels zu zerfallen. Die brodelnde schwarze Masse hatte jetzt den Eingang erreicht.

Der Hochbetagte begrub sich selbst unter Tonnen von Felsgestein und ließ für sein fernes Volk nur die schimmernde Säule und den Thronsaal stehen, in dem er auf seine Erlösung warten würde. Er brauchte keine Willenskraft mehr, sich Blut zu versagen. Es war vorbei.

Ian sah Fedeyah an, dem der Schmerz ins Gesicht geschrieben stand. »Sie ist also nicht mehr.«

Die Brust des Arabers hob und senkte sich, als gäbe es in ganz Afrika nicht genügend Luft für ihn zum Atmen. »Bin ich jetzt frei?« Wen er fragte, konnte niemand sagen, am allerwenigstens er selbst. »Bei Allah …!«

Ian folgte seinem Blick. Die widerliche schwarze Masse wälzte sich jetzt über den Sand auf sie zu. »Es ist noch nicht vorbei!«, schrie Ian. Er packte Beth und rannte an der Klammmauer entlang davon. Das Grollen des einstürzenden Gesteins wurde lauter. Dann mussten sie hinaus in die gleißende Nachmittagssonne, die den offenen Platz erhellte.

Das schaffe ich nie, bevor der Schmerz mich überwältigt, dachte Ian. Seine Haut war schon mit Blasen übersät. Die Sonne würde ihn nicht töten, aber Beth würde sterben, wenn er es nicht schaffte, der alles verschlingenden schwarzen Masse zu entkommen. Unter Auferbietung seiner letzten Kräfte lief Ian mit Riesenschritten davon, doch der schwarze Strudel schob sich unaufhaltsam näher. Ian schaute sich nach Fedeyah um, konnte ihn aber nicht sehen. Um ihn herum zog Dunkelheit auf wie vor einem Sandsturm. Säulen barsten und stürzten krachend um. Die prächtigen Stufen des Amphitheaters fielen in sich zusammen. Brennender Schmerz durchströmte Ian. Er würde es nicht schaffen.

Doch halt! Es gab eine Lösung. Doch es wäre ein Risiko. Könnte er Beth mitnehmen? Aber ihm blieb keine andere Wahl.

Er blieb stehen und rief seinen Gefährten zu Hilfe. *Komm zu mir! Schnell!* Wie in einer einzigen heißen Welle rauschte augenblicklich die Macht durch seine Adern. Nur vage war er sich bewusst, dass Staub seine Lungen verstopfte und Steine unter seinen Stiefeln einbrachen. Aber das machte nichts. Er verhielt sich still. Und die Schwärze, die ihn und Beth in Sekundenschnelle umhüllte, hielt sie in Zeit und Raum gefangen, bis …

… heller Sonnenschein ihn wie ein Keulenschlag traf. Mit Beth in seinen Armen stand er vor dem Eingang zur Klamm. Die Dunkelheit um sie herum löste sich auf. Am Eingang der Felsspalte regte sich nichts. Ian hörte das Bersten und Krachen des Gesteins, das näher kam. Ohne auf das quälende Sonnenlicht zu achten, ging er in die offene Wüste hinaus, nur fort vor dem, was die Schlucht noch ausspeien würde.

Schwarze Flüssigkeit wurde hoch in die Luft geschleudert. Der schwarze Strudel raste auf sie zu. Eine kleinere schwarze Nebelsäule schoss neben ihnen hoch, und Fedeyah taumelte, als er sich vor Beth und Ian materialisierte. Er ließ sich auf die Knie fallen. Als die schwarze Masse die offene Wüste erreichte, begann die undurchdringliche Schwärze ganz von selbst in sich zusammenzufallen. Binnen weniger Sekunden war sie verschwunden und hinterließ nur glatte Felswände und kleine Sandwirbel, die sich langsam legten. Die riesige Treppe war verschwunden.

Ian wusste, dass sie keine Spur mehr von Kivala finden würden, falls sie je wieder die Klamm betraten.

Er blickte auf Beth herunter und ignorierte das Brennen auf seiner Haut. Ihr Gesicht war grau. Geronnenes Blut bedeckte ihre Kleidung und seine von Brandblasen übersäte Haut. War sie tot? Gott, er hätte sie nicht so durchschütteln dürfen! Behutsam legte er sie in den Sand und berührte sie an der Kehle. Ein schwacher, unregelmäßiger Puls war dort zu spüren. Es war noch nicht zu spät.

Ian wusste, was er zu tun hatte. Der Hochbetagte hatte ihm gesagt, er könne sie retten, aber nur, indem er sie zu seiner eigenen Hölle verdammte. Hatte er das Recht, sie in das Monster zu verwandeln, wie er eines war? Er atmete tief ein. Richtig oder nicht, er konnte sie nicht sterben lassen, weil sie ihm geholfen hatte. Und er konnte auch nicht ohne sie leben. So einfach war das – und so furchtbar kompliziert. Aber für langes Zögern blieb ihm keine Zeit. Er wusste, dass er es tun würde, also konnte er auch gleich damit beginnen.

Ian kniete sich in den Sand, legte die Hand auf seine verbrannte Brust und rief seinen Gefährten an. Unbewusst spielte dabei ein Lächeln um seine Lippen. *Gefährte, komm zu mir. Sing in meinen Adern mit der Macht uralten Blutes.* Er musste seine Bitte nicht wiederholen. Fast augenblicklich spürte er, wie seine Augen rot wurden und ein schier unglaubliches Gefühl der Macht durch seine Adern rauschte. Seine Eckzähne verlängerten sich. Der Schmerz, den die Sonne ihm verursachte, ließ nach. Er sah sich nach Fedeyah um, der schwer atmend und mit düsterer Miene dastand und die Klamm anstarrte. Fedeyah würde sich nicht einmischen.

Er hielt Beth im Arm und öffnete behutsam ihren Mund. Mit einer raschen Bewegung schlitzte er mit seinem messerscharfen Zahn sein Handgelenk auf und konzentrierte sich darauf, sein Blut in ihren Mund laufen zu lassen. »Trink, mein Liebling«, ermutigte er sie sanft, während er die Macht des Blutes in sich singen hörte. »Das Blut ist das Leben.«

Da sie nicht schlucken konnte, bog er ihren Kopf zurück, damit so viel Blut wie möglich ihre Kehle hinunterrann. *Was würde das Blut eines Uralten bewirken?* Konnte es sie heilen, bevor sie immun gegen den Gefährten wurde? Würde sie krank werden und hohes Fieber bekommen wie er, nachdem Asharti ihn infiziert hatte? Aber da Ian nicht an das Schlimmste denken wollte, rief er sich die Worte des Hochbetagten in Erinnerung, dass sie gerettet werden könne. Und er würde sie retten, selbst wenn es seinen letzten Tropfen Blut erforderte.

Beth kam wieder zu sich und schluckte krampfhaft. Ian hielt sein Handgelenk an ihre Lippen. Sie sah ihn fragend an. Dann, mit dem Ausdruck grenzenlosen Vertrauens in ihren Augen, begann sie daran zu saugen. Schließlich umfasste sie es mit beiden Händen und drückte es an ihren Mund. Sie lächelte Ian an, während sie saugte und zärtlich über seine Wunde leckte. Er zog sie noch fester an seine Brust und wiegte sie in seinen Armen. Es war eine intimere Empfindung, als er je zuvor erfahren hatte. Intimer noch, als mit einer Frau zu schlafen, außer vielleicht mit Beth. Das Erstaunlichste aber war, dass sie wusste, was sie tat. Aus freiem Willen nahm sie sein Blut in sich auf. Sie begrüßte das Schicksal, das er selbst so fürchtete. Deutlicher als tausend Worte es hätten sagen können, gab sie ihm damit zu verstehen, dass sie ihn akzeptierte.

Ian verspürte ein leichtes Schwindelgefühl, ob es vom Schock über das Geschehene herrührte, von der Sonne oder von seinem Blutverlust, hätte er nicht sagen können. Beth hielt noch immer sein Handgelenk an ihren Lippen und saugte sanft daran. Und noch immer zwang Ian sein Herz, sein Blut in ihren Mund zu pumpen. Ungeachtet ihres Mutes und ihres Vertrauens in ihn würde sie ihn später vielleicht dafür hassen, dass sein Blut sie dazu verdammt hatte, ein Vampir zu sein. Aber im Augenblick spielte das keine Rolle. Er hatte sie nicht zum Tode verurteilen können, egal, was für ein Leben sie danach führen würde. Seine Beth würde nie ein Ungeheuer sein, nicht einmal, wenn sie Blut trank. Vielleicht stand es geschrieben, dass er sie rettete. Vielleicht war es auch nur ein selbstsüchtiger Willensakt.

Er nahm allen Mut zusammen, um sich ihre Verletzung anzusehen.

Die grässliche Wunde an ihrem Bauch hatte sich zu einer unregelmäßig verlaufenden Linie geschlossen. Ians Kehle wurde so eng, dass er kaum noch atmen konnte. Als er den Kopf senkte, tropften Tränen auf Beths neue rosig schimmernde Haut.

Beth sah, das Ian den Kopf senkte und spürte seine Tränen auf ihrem Bauch. Sie empfand ein seltsam prickelndes Gefühl. Sie strich ein letztes Mal mit ihrer Zunge über sein Handgelenk und gab es frei. Was für ein kostbares und großzügiges Geschenk er ihr gemacht hatte! Sie senkte die Lider gegen die grelle Sonne, die ihr in den Augen brannte, obwohl es schon später Nachmittag sein musste. Wunderbarer Ian. Wie selbstlos er gehandelt hatte. Sie hörte seine Tränen auf ihren Leib tropfen, sie hörte Fedeyahs schweren Atem irgendwo im Hintergrund. Sie hörte das Zirpen weit entfernter Grillen und die unruhigen Bewegungen der Kamele und der Pferde.

Ian hob den Kopf und sah sie an. »Beth?«, flüsterte er. Seine blauen Augen waren noch feucht von Tränen. Er vibrierte von einer Energie, die sie noch nie zuvor gespürt hatte. Sein Blick war besorgt, eine steile Falte stand zwischen seinen Augenbrauen.

Beth fühlte sich sehr seltsam weit von sich entfernt, sie fühlte sich schwach und dennoch stark. Irgendetwas brannte in ihr, aber sie fühlte keinen Schmerz.

Ian legte die Hand an ihre Stirn. »Du hast Fieber.«

»Schatten«, krächzte sie und sah das Erschrecken und die jähe Erkenntnis in seinen Augen. Er hob sie auf und drückte sie an seine nackte Brust. Seine Haut war heiß und mit Brandblasen übersät. Sie mussten versuchen, in den Schatten der Felswand zu kommen. Fedeyah folgte ihnen. Beth spürte die Hitze von Ians Körper, das Pochen des Blutes in seinen Adern. Das Gefühl seiner Nähe war so überwältigend, dass sie die Augen schloss. Im Schatten angelangt, hob er sein Handgelenk an seine Zähne.

»Nein!«, sagte Fedeyah. »Warte, bis sie es braucht. Spar dir deine Kraft auf.«

»Wie fühlst du dich, Beth?«, fragte Ian besorgt und nahm sie in die Arme. »Hast du Schmerzen?«

»Ich ... ich weiß nicht«, sagte sie. Aber die Wahrheit war, dass seine Nähe, die Erinnerung an sein Leben spendendes Geschenk, das wie Kupfer auf ihrer Zunge schmeckte, ein heißes Prickeln zwischen ihren Schenkeln auslöste. »Ich bin müde ... fühle mich aber auch überaus lebendig. Da ist so ein Brennen in mir ... Ist das Schmerz?«

Ian drückte sie an sich. »Was habe ich getan?«, fragte er mit erstickter Stimme.

»Das Blut ist das Leben«, murmelte Fedeyah. »Du hast ihr ein überaus kostbares Geschenk gemacht.«

»Was muss ich tun, um die ... Verwandlung erträglicher für sie zu machen?«, fragte Ian den Araber.

»Gib ihr Blut, wenn sie danach verlangt«, erwiderte Fedeyah. »Es heißt, dass das Blut der Uralten uns schnell verwandelt. Sie wird bald wieder wohlauf sein. Und du wirst die Sonne jetzt auch besser vertragen, Engländer.« Er warf einen Blick über die Schulter in die Klamm. »Dieses Blut kann vieles bewirken. Und deshalb können wir froh sein, dass es sich außerhalb unserer Reichweite befindet.«

»Und der Hochbetagte?«, fragte Beth, verwirrt von all diesen neuen Geräuschen und Gerüchen, die sie plötzlich wahrnahm. Natürlich spürte sie auch noch Ians und Fedeyahs Zimtgeruch, obwohl der des Arabers irgendwie anders war, aber sie konnte auch den Sand, den warmen Geruch der Pferde und den etwas strengeren der Kamele riechen.

»Begraben«, sagte Ian. »Wo niemand ihn je wieder in unsere Zeit zurückholen kann.«

»Werden seine Freunde zurückkehren, um ihn zu holen?«, flüsterte sie, als der Schmerz, der nicht wirklich einer war, durch ihre Adern rauschte.

»Ich hoffe es«, sagte Ian. »Er hat genug dafür gelitten, uns nach seinem Ebenbild wiedererschaffen zu wollen. Selbst Göttern sollte verziehen werden.«

Fedeyah verbeugte sich. »Ich muss euch verlassen. Mit eurer Erlaubnis werde ich mir ein Pferd nehmen.«

»Selbstverständlich.« Ian sah in besorgt an. »Aber wo willst du hin?«

Fedeyah schnaubte verächtlich. »Wen interessiert das noch? Was für einen Sinn hat mein Leben jetzt noch?«

»Lass dir Zeit, Fedeyah«, flüsterte Beth, die seinen Kummer spürte. Er war froh und zugleich zutiefst erschüttert über Ashartis Tod.

»Zeit ist das Einzige, was ich noch habe.«

Ian streckte ihm die Hand hin, aber er stand nicht auf. Fedeyah ergriff sie, drückte sie einmal fest und ging dann zu den Kamelen hinüber.

»Fedeyah!«, rief Ian, und der Araber drehte sich noch einmal um. »Auch wenn du nichts von Wert in dir entdecken kannst, eines Tages wird ihn vielleicht jemand anderes für dich finden.«

Der Araber schnaubte unwillig, aber ein schwaches Lächeln huschte über seinen Mund. »Etwas wert zu sein, muss man sich verdienen, Engländer, und ich habe nichts getan, um das zu erlangen.«

Auf dem Kamm einer Düne tauchten die verschwommenen Silhouetten von Reitern auf. »Ashartis Anhänger«, sagte Ian, und die Entschlossenheit in seiner Stimme verriet, dass er bereit war, allen Widrigkeiten zum Trotz zu kämpfen.

»Ich werde ihnen die schlechte Nachricht überbringen. Dann werden sie euch in Ruhe lassen.« Fedeyah wandte den Blick hinauf zum spätnachmittäglichen Himmel. »Vielleicht gehe ich nach Casablanca. Asharti hat dort viel Unrat hinterlassen, der entfernt werden muss.«

»Andere unserer Spezies werden dir dabei zur Seite stehen. Beatrix wird sie mitbringen. Riskier nicht zu viel, Fedeyah.«

Der Araber berührte seine Stirn. »Auf Wiedersehen, Engländer.«

Sie sahen ihm nach, als er zu den Pferden ging.

»Ich glaube, er hat sie genauso sehr geliebt, wie ich sie gehasst habe«, bemerkte Ian in nachdenklichem Ton.

»Was bedeuten würde, dass es noch Hoffnung für ihn gibt«, sagte Beth. Ian richtete seinen Blick auf sie, er war fragend und zögernd. »Wenn jemand eine Frau wie sie lieben kann, kann man *ihn* ganz sicher lieben.« Beth versuchte ein Lächeln. Konnte sie es wagen, zuzugeben, wie sehr sie Ian liebte? Jetzt, da er ihr sein Blut gegeben hatte …

Den Kopf an seine Schulter gelehnt, beobachteten sie den Sonnenuntergang und die einsetzende Dämmerung. Es war, als wären sie außerstande, sich zu bewegen. Beth wusste nicht, ob es der Schock war oder ihr neues Blut, das Zeit brauchte, sich in ihren Organismus einzufügen, aber diese Momente der Ruhe stabilisierten sie. Sie sah zu, wie Ians Verbrennungen verheilten, und dachte darüber nach, wie ihr weiteres Leben aussehen würde, ihr Leben mit diesem neuen Blut in ihren Adern. Sie hatte keine Angst davor, ein Vampir zu sein, solange sie nur Ian an ihrer Seite hatte.

Aber warum fürchtete sie sich nicht davor? Es würde ein ungewöhnliches Leben sein. Sie war ungewöhnlich. Aber war sie nicht schon immer eine Außenseiterin gewesen? In Afrika hatte sie als Weiße gegolten; in England war sie ›die merkwürdige kleine Ägypterin‹. Und sie war sich stets selbst ein Rätsel gewesen, weil das Erbe ihrer Mutter, deren Blut in ihren Adern, sie sich immer seltsam uneins mit sich hatte fühlen lassen.

Andererseits war es aber auch das Blut ihrer Mutter, das sie nach Afrika zog und ihr Interesse für das Geheimnisvolle weckte. Wie Ian. Und sie? Sie hatte Ians Geheimnis auf die Spur kommen wollen, doch im Grunde war es die Lösung ihres eigenen Geheimnisses gewesen, nach der sie die ganze Zeit gesucht hatte. In gewisser Weise war das Rätsel jetzt gelöst. Sie war ein Vampir. Sie liebte Afrika. Sie liebte Ian.

Nachdem es dunkel geworden war, verwandelte sich das Summen in ihren Adern in eine nervöse Unruhe, und sie bewegte sich in Ians Armen.

»Was ist, Beth?«, fragte er besorgt.

»Nichts.«

»Du brauchst Blut.« Sie sah, wie seine Augen sich röteten, seine Eckzähne sich verlängerten und er dieses Mal die Innenseite seines Ellbogens aufritzte. »Trink«, befahl er ihr.

Sie beugte sich über seinen Arm und schloss die Lippen um die Wunde. Die herrlich warme Flüssigkeit durchflutete sie, besänftigte ihre Unruhe und milderte das Summen, selbst als es sich zu einem machtvollen Chor wandelte, der ihr das Gefühl gab, endlich vollständig zu sein. Leben! Das Blut ist das Leben. Sie sprühte geradezu vor Leben, als sie ihren Kopf hob.

»Besser?«, fragte er.

Sie nickte und lächelte ihn an. »Vielleicht besser, als ich mich je zuvor gefühlt habe.«

Ian räusperte sich. »Es tut mir so leid, dich mit diesem furchtbaren Zustand belastet zu haben. Hätte ich eine andere Wahl gehabt ...« Er suchte nach Worten. »Es war meine Schuld, dass du verwundet wurdest. Ich hätte dich nie hierher bringen dürfen.« Er suchte ihren Blick, und sie sah aufrichtiges Bedauern in seinen Augen.

»Ich bereue nichts, Ian.« Sein Blick verriet, dass er sich fragte, ob das stimmte. Aber dann zog er sie noch fester an sich, und seine Augen verdunkelten sich zu einem Indigoblau, das sie nie so hatte sehen können, bevor sie Ians Blut zu sich genommen hatte. Die Luft um sie herum schien zu vibrieren, und diese Schwingungen berührten Stellen, die sie zum Erschauern brachten.

Ian beugte sich langsam über sie. Beth wartete atemlos, als

sein Duft sie einzuhüllen begann. Aber dann schüttelte er den Kopf, als versuchte er Klarheit zu erlangen, und lehnte sie sanft an die Felswand hinter ihnen. Nachdem er sich auf die Knie aufgerichtet hatte, reichte er ihr die Hand, um ihr beim Aufstehen zu helfen. »Wenn du dich dazu in der Lage fühlst, sollten wir jetzt aufbrechen.«

Beth spürte den Verlust seiner elektrisierenden Berührung. Er wollte oder konnte noch immer nicht die Kluft überbrücken, die sich in der Hochzeitsnacht zwischen ihnen aufgetan hatte. Aber alles hatte sich seitdem geändert. Sie hatte die Liebe gespürt, die er für empfand, als er sie in die Arme genommen und ins Leben zurückgeholt hatte. Er hatte etwas getan, das ihm zutiefst zuwider war, damit sie am Leben bleiben konnte. Wollten sie diese Kluft zwischen sich jemals überbrücken, dann musste es jetzt geschehen, bevor sie noch breiter und tiefer wurde. Und wenn Ian nicht dazu in der Lage war, dann musste sie es tun.

Dies war der Moment, von dem die Gräfin gesprochen hatte. Jetzt musste sie Courage zeigen, wenn sie Ian oder vielmehr ihnen beiden helfen wollte. Sie musste ihre Zukunft selbst in die Hand nehmen und versuchen, das zu erreichen, was sie wollte. Und was sie wollte, sah sie völlig klar mit ihren neu geschärften Sinnen. »Darf ich ein bisschen Wasser benutzen, um mich zu waschen, bevor ich mich umziehe? Da wir nur noch zu zweit sind, haben wir genug. Haben deine Wunden inzwischen heilen können?«

Um Ians Lippen zuckte es. War das ein Lächeln? Seine Augen waren ganz weich. »Praktisch wie immer«, sagte er und betastete dann seine Brust und seine Schulter. »Ja, ich glaube, es ist alles gut verheilt.«

»Du wirst mir Unterricht geben müssen. Du hast doch nicht die Absicht, mich im Stich zu lassen, oder?« Sie staunte über ihre Kühnheit. Aber sie hatte keine andere Wahl. Oder war es vielmehr so, dass sie vielleicht zum ersten Mal in ihrem Leben eine Wahl hatte?

»Wie Asharti mich im Stich gelassen hat? Aber ganz bestimmt nicht!«, sagte er entrüstet. Dann verzog er den Mund. »Auch wenn die Neuigkeiten keine guten sein werden.« Er machte Anstalten, nach ihrer Hand zu greifen, überlegte es sich dann aber anders und zeigte auf die Kamele, die sich zum Schlafen aneinanderschmiegten.

»Neuigkeiten? Ich weiß doch sowieso schon beinahe alles.« Beth ging ein paar Schritte in die Wüste. Die Nacht war warm. Im Osten ging der Mond auf. Bald würde Vollmond sein. Sein Licht versilberte schon den Sand und ließ Ian erglühen. Vielleicht war es das Blut des Hochbetagten, das ihm dieses Leuchten gab. »Ich weiß von der Unsterblichkeit und von der Unverträglichkeit der Sonne, ich weiß von eurer Fähigkeit, andere eurem Willen zu unterwerfen, vom Blutsaugen und von der Möglichkeit, sich von einem Ort an einen anderen zu versetzen. Falls es noch andere Dinge gibt, wirst du sie mir anvertrauen, damit auch ich sie weiß. Es ist nicht schlimm, Ian. Denn es ist so, wie es ist.«

Er sah sie lange schweigend an, dann zwang er sich, sich abzuwenden. »Ich werde die Schlafstellen vorbereiten und ein Zelt errichten«, brummte er. »Du musst sehr müde sein.«

Müde? Sie war noch nie so weit entfernt davon gewesen. Sie war stark und voller Leben, und sie wusste, was sie wollte. Während sie einen der Wassersäcke losband, zählte sie in Gedanken die noch verbleibenden. Ja. Auf diesen einen konnten sie verzichten.

Als sie spürte, dass Ian sich hinter ihr bewegte, dachte sie, dass sie jetzt sehr vorsichtig sein musste. Sie musste ihn zu sich kommen lassen und darauf vertrauen, dass die Entschlossenheit, die sie in ihm gesehen hatte, die Tatsache, dass Asharti nicht mehr lebte, und die Sicherheit, die er durch das Blut des Hochbetagten gewonnen hatte, der zwischen ihnen entstandenen Scham und Verlegenheit entgegenwirken würden. Aber um ihn dazu zu bringen, zu ihr zu kommen, würde sie mutiger sein müssen, als sie es je gewesen war. Sie musste vergessen, dass sie klein und dunkelhäutig war und eine merkwürdige Augenfarbe hatte. Sie musste auf das Singen in ihrem Blut vertrauen und sein, was sie war und wer sie war, ohne Reue und Bedauern. Sie und Ian waren jetzt von derselben Art.

Denk an die Umarmung im Tempel, sagte sie sich. *Denk daran, dass Vater immer sagte, deine Mutter sei die schönste Frau der Welt gewesen.* Wie sehr begehrte sie Ian?

Genug, um kühn zu sein. Sie begann, ihre Stiefel auszuziehen.

Ian war mit dem Aufbauen des Zeltes fertig. Beth spürte, dass er hinter sie trat. Seine Schwingungen hüllten sie ein. Sie würde von nun an immer wissen, wo er war. Ohne sich umzuwenden, fragte sie: »Kannst du den Sack halten und mich langsam mit dem Wasser übergießen?« Sie blieb auch mit dem Rücken zu ihm stehen, als sie ihr Haar entflocht und es schüttelte. Von irgendwoher nahm sie die Kraft, ihn einfach warten zu lassen. Sie hörte, dass sein Atem flacher wurde.

Schließlich drehte sie sich um und streckte ihm ihre zur Schale aneinandergelegten Hände hin. Ian trat vor – o Gott, wie nahe er ihr plötzlich war! – und goss ein wenig Wasser in ihre hohlen Hände. Beth wusch sich das Gesicht, und dann tat sie das Tapferste, das sie je getan hatte: Sie suchte seinen Blick und schaute ihm in die Augen, lächelte und zog ihr Hemd über den Kopf und warf es weg. »Kannst du jetzt bitte beginnen?«, fragte sie.

Er war so erstaunt, dass er schluckte, bevor er ihr den Wassersack über den Kopf hielt. Seine Reaktion ermutigte Beth. Wasser rann in Strömen über ihr erhobenes Gesicht. Sie verteilte es auf ihrem Nacken, verrieb es über ihren nackten Brüsten und spülte das getrocknete Blut von ihrem Bauch. »Oh, das tut gut«, murmelte sie. Als kein Wasser mehr kam, schwieg sie dazu, und öffnete ihren Gürtel und die Knöpfe ihrer Hose und zog sie herunter. Ihre Brüste wippten, als sie sich bückte, um die Hose über ihre Füße zu streifen.

Als sie sich wieder aufrichtete, streckte sie die Hände nach mehr Wasser aus. »Dieses Blut ist sehr klebrig«, bemerkte sie, als sie ihren Bauch befeuchtete und rieb. Ians Atmen klang fast wie ein Keuchen. Sie sah, wie die Muskeln an seinem Kinn und seiner kräftigen Kehle arbeiteten. Auch für sie war es nicht leicht, ihren Atem zu beherrschen. Ihre Brustwarzen hatten sich aufgerichtet, und ihre Brüste fühlten sich fast so heiß und geschwollen an wie die empfindsame Stelle zwischen ihren Beinen. Es war kein Geheimnis, was ihr Körper wollte. Er wollte das zu Ende führen, was sie in ihrer Hochzeitsnacht begonnen hatten. Und Ian wollte das auch. In so mancher Hinsicht brauchte er es sogar. Sie musste ihm eine Chance geben, sich selbst zu beweisen, dass Asharti wirklich tot war und keine Macht mehr über ihn besaß.

»Beth«, sagte er, als wäre das Wort ihm gegen seinen Willen abgerungen worden. Sie blickte auf und versuchte, Überraschung vorzutäuschen. Ians Augen waren dunkel vor Verlangen. Und eine unmissverständliche Anspannung beherrschte seinen Körper.

Nur die Sicherheit, dass er nicht widerstehen wollte und nur nicht sicher war, ob er die Brücke bauen konnte, ermöglichte es Beth, eine Hand auszustrecken und sie um sein Kinn zu legen.

»Ian ...« Sie trat so dicht zu ihm, dass ihre Brüste seinen zerrissenen Burnus und die nackte Haut darunter streiften. Jetzt konnte sie auch seine Erektion spüren. Beth lächelte. »Ich liebe dich.«

»Ich kann nicht«, stieß er durch zusammengebissene Zähne hervor.

»Sie ist tot, und wir sind lebendig, Ian, *sehr* lebendig. Natürlich kannst du«, flüsterte sie. Aber in seinen Augen stand noch immer Zweifel. Sie musste ihm einen Anstoß geben, ihn aber trotzdem von sich aus zu ihr kommen lassen. »Wenn du mich nicht liebst, verstehe ich das.« Aber sie trat nicht zurück, sondern schaute zu ihm auf und sah ihn mit sich ringen.

»Natürlich liebe ich dich. Das weißt du. Also tu nicht so, als wüsstest du es nicht«, sagte er grantig. »Ich liebe dich schon seit der Reise auf der *Beltrane*.«

Sie strich mit der flachen Hand über seine Brust. Bis auf die Narben hatte sich seine Haut schon wieder geglättet. Die Wunden hatten sich geschlossen. Aber er fühlte sich heiß an. Sie schmiegte sich an ihn, spürte das Pochen seiner Erektion und hörte, wie er scharf die Luft einsog. Die am Rande ihres Bewusstseins summenden Schwingungen wurden lauter. »Dann können wir nur eines tun, nicht? Das Blut ist das Leben.«

Plötzlich umarmte er sie ganz fest und drückte ihren Kopf an seine Brust. »Beth ... Beth. Nach allem, was ich dir angetan habe? Du weißt noch nicht, was das bedeutet, aber du wirst es schon bald erfahren.«

»Ich glaube, keiner von uns weiß wirklich, was es bedeutet. Aber ich spüre schon jetzt das pulsierende Leben in mir, von dem die Gräfin sprach.« Beth schaute zu ihm auf. »Ist das nicht wunderbar?«

Ian ließ seinen Blick über den Horizont gleiten, ohne etwas zu sehen. »Ja. Zu wunderbar. Asharti spürte das auch.«

»Wir sind nicht wie Asharti.«

Mit tief bewegtem Blick sah er auf sie herab. »Nein.«

Zum zweiten Mal an diesem Tag hob er sie mühelos auf seine Arme, trug sie in das Zelt und legte sie auf die Decken im weichen Sand. Dann küsste er sie, und sie teilte ihre Lippen, um seine Zunge zu einem aufregend sinnlichen Spiel zu empfangen. Er presste Beth an sich und ließ sie seine Kraft und die Härte seines Verlangens spüren. Sie umfasste seinen Kopf, um den Kuss noch zu vertiefen, und drängte ihre Hüften an seine. Das pulsierende Blut in ihr begann zu singen. Es war ein unsinniges Wort, aber die einzige Beschreibung, die ihr dazu einfiel. Sie war heiß und feucht. Sie war bereit für ihn.

Sein Burnus hinderte sie daran, seine nackte Haut zu spüren. Sie griff danach und zog ihn fort. Der Stoff zerriss bis zum Saum. Sie war stärker, als sie gedacht hatte. Aber das machte nichts. Endlich war Ian so nackt, wie sie es wollte. Er stöhnte an ihrem Mund und schob sein Knie zwischen ihre Beine. Beth rieb ihre intimste Stelle an seinem Bein, und seine Schwingungen verstärkten sich wieder.

Als er schwer atmend seinen Mund von ihr löste, wusste Beth, dass er wieder versuchte, die Befriedigung seiner Lust ihr zuliebe hinauszuzögern. Aber dieses Mal nicht. Dieses Mal war seine Ekstase ihr wichtiger als die eigene Erfüllung. Seine Hand glitt zwischen ihre Beine.

»Dafür bleibt noch Zeit genug«, flüsterte sie. »Wir haben noch etwas nachzuholen.«

Ian starrte sie an. Hatte ihn ihr Hinweis auf sein Scheitern gekränkt? Aber sie würde ihm keine Zeit lassen, verletzt zu sein. Sie lächelte ihn zärtlich an und fuhr mit ihren Fingern durch sein wundervolles langes Haar. »Ich will dich in mir spüren«, flüsterte sie und strich mit ihren Brustwarzen über den weichen Flaum an seinem Oberkörper. Zumindest dachte er nicht mehr an seine Narben. Als sie mit der Zunge über seine Kehle strich, entlockte sie ihm ein weiteres leises Aufstöhnen.

»Du Teufelin«, murmelte er.

»Ja.« Verführerisch legte sie ihr Bein über das seine. »Und nein. Nur deine Beth.«

Mit einem Laut, der schon fast wie ein Knurren klang, drehte Ian sie auf den Rücken, und Beth hob instinktiv die Hüften an. Sekundenlang spürte sie den Druck seiner heißen Härte am

Eingang ihrer Weiblichkeit, und dann drang er langsam und behutsam in sie ein, bis er völlig eins mit ihr geworden war. Es war ein exquisites Gefühl, wie ihr Körper sich ihm öffnete. Sie bog sich ihm aufstöhnend entgegen und legte die Hände um seinen muskulösen Po. Sie wollte mehr! Von ihrer Reaktion ermutigt, begann Ian, sich schneller zu bewegen, aber Beth spürte, dass er versuchte, sich zu beherrschen, um diesen Rausch der Sinne auszukosten.

Das Singen ihres Blutes hatte sich zu einem Rauschen gesteigert, das nach Ian rief, das sich mit seinen Schwingungen verband und zu einem Brausen anschwoll, wie Beth es noch nie zuvor gehört hatte. Sie konnte nicht genug von ihm bekommen. In immer kühneren, drängenderen Bewegungen bog sie sich ihm entgegen, schlang sie die Beine um seine Hüften und passte sich seinem immer schneller werdenden Rhythmus an. Wie aus weiter Ferne hörte sie das Keuchen und die lustvollen kleinen Laute, die sich ihnen entrangen.

Dann hörte sie nur noch das Blut in ihren Adern rauschen und sah nur noch ein grell explodierendes Licht vor ihren Augen. Sie spürte Ian noch immer in sich. Sie glitt in das rhythmisch an- und abschwellende Licht hinüber und spürte, wie sich alles in ihr zusammenzog, als Ians Stöße immer härter und schneller wurden. Dann durchlief ein Beben seinen Körper, und er warf in sinnlicher Ekstase den Kopf zurück, bevor er ermattet auf sie sank und sie für eine kleine Ewigkeit in den Armen hielt. War das wie Sterben? Empfand Ian das auch so?

Es war vorbei. Beth war so schwindlig, dass sie die Augen schloss. Gott im Himmel! Diesmal brauchte sie Ian nicht zu fragen, ob er Befriedigung gefunden hatte. Langsam öffnete sie wieder ihre Augen.

Er küsste sie zärtlich. »Beth«, murmelte er. »Beth. Dein Name ist wie Atmen.«

Der Vergleich gefiel ihr. Nach einer Weile rollte er sich sanft mit ihr zur Seite, ohne sie freizugeben und noch immer auf intimste Weise mit ihr vereint. Auch das gefiel ihr.

Lange Zeit blieben sie so liegen, noch immer ermattet von der Intensität ihrer Vereinigung. Dann zog er sich aus ihr zurück, und sie strich mit den Händen über seinen nackten Körper und sagte nichts. Mit einer Hand umfasste er ihren Nacken und küsste sie auf den Mund. Das Summen ihres Bluts war jetzt nur noch sehr schwach – aber sie wusste, dass sie Ian schon bald wieder begehren würde.

»Ich glaube, ich werde diese Ehe als sehr vorteilhaft empfinden«, sagte sie, während ihre Lippen über die feuchte Haut an seinem Nacken glitten.

»Die wie immer praktisch denkende Beth«, murmelte er.

Hatte sie etwas Falsches gesagt? Er schien zu spüren, wie sie sich versteifte, denn er sagte: »Psst. Das ist eines der Dinge, die ich am meisten an dir liebe.«

Daraufhin entspannte sie sich wieder und streichelte seine breiten Schultern. Die Peitschennarben waren noch da. Sie würden immer da sein. Aber vielleicht würden sie ihn jetzt nicht mehr stören. »Männer können sich glücklich schätzen«, sagte sie. »Sie haben so viel mehr Erfahrung in der Liebe als wir Frauen.«

»Nicht so wie dies hier, Beth. Das kannst du mir glauben.« Er küsste ihr Ohr. Auch das gefiel ihr sehr. »Vielleicht ist es der Gefährte, den wir beide in unserem Blut haben«, sagte er versonnen.

Beth seufzte. »Der Gefährte? Nun, dann hat das Ganze wohl auch seine guten Seiten. Ich bin froh, dass wir eine Ewigkeit haben werden, um so miteinander zusammen zu sein.«

Ian hob den Kopf und sah sie an. Sie wusste, dass er sie in der Dunkelheit genauso gut sehen konnte wie sie ihn. »Du . . . du findest dich viel besser damit ab, als es mir je gelungen ist.«

»Deine einzige Erfahrung war die mit Asharti. Und meine einzige Erfahrung hatte ich mit dir.«

»Die Leute werden uns Ungeheuer nennen.« Seine nervöse Unruhe erwachte wieder. »Sind wir verdammt?«

Beth lächelte. »Könnte der Gefährte nicht auch ein Geschenk Gottes sein statt eines Fluchs?«

»Ich glaube nicht, dass Gott sich mit Vampiren befasst.«

»Nein? Ich weiß, womit Gott sich befasst. Aber vielleicht berücksichtigt er ja alle und alles.«

»Wir sind eine Abnormität«, sagte Ian bitter.

»Wo immer auch der Hochbetagte herkam, dort ist er keine Abnormität. Ist Gott nicht auch dort? Selbst hier gibt es noch andere von unserer Art, die Gräfin beispielsweise. Und sie ist mir sehr sympathisch.« Beth stützte sich auf einen Ellbogen. »Ich behaupte nicht, viel über Gott zu wissen, aber in meinem Herzen spüre ich, dass er sich darauf verlässt, dass wir Entscheidungen treffen. Und falls ich mich irre und es Gott nicht gibt, müssen wir eben ohne seine Hilfe die richtigen Entscheidungen treffen. So oder so können wir nur versuchen, eine gute Wahl zu treffen, selbst mit seinen für uns so unergründlichen Geschenken.«

»Das wird nicht leicht sein, Beth«, sagte Ian mit großem Ernst in der Stimme.

»Vielleicht schließen *gut* und *leicht* einander aus. Aber ich fühle mich lebendiger als je zuvor. Und ich liebe dich. Ist das nicht gut?«

Ian küsste sie und drückte sie an sich. Beth spürte, welche Wirkung ihre Nähe auf ihn hatte, sie spürte es so deutlich, wie sie nun auch wieder das Singen ihres eigenen Blutes spüren konnte. »Ich liebe dich, Beth. Ich möchte mir dir in Afrika bleiben, wo du dich zu Hause fühlst, oder auch die Welt mit dir bereisen. Ich will mit dir in einem Salon in England sitzen oder in Casablanca die Reste von Ashartis Armee bekämpfen. Für mich spielt es keine Rolle, wo wir sind. Ich bin einfach nur sehr froh zu leben.«

»Das Blut ist das Leben.« *Sie* glaubte fest daran, und mit der Zeit würde vielleicht auch er es glauben. Die Zukunft erwartete sie. Beth ließ die Finger über seine Hüfte gleiten und spürte, wie seine Schwingungen sich verstärkten. Er beugte sich herunter und küsste sie. Er roch nach Zimt. Nach Zimt und Ambra.

– ENDE –

»Christine Feehan ist die Hohepriesterin der Vampirautorinnen.«

ROMANTIC TIMES

Christine Feehan
SCHATTEN DER VERSUCHUNG
Roman
Aus dem amerikanischen Englisch von Britta Evert
496 Seiten
ISBN 978-3-404-18745-4

Seit jeher jagt Natalya die Kreaturen der Nacht und nimmt Rache für deren unschuldige Opfer. Bei ihrer Suche nach den Unsterblichen trifft sie in Rumänien auf den Karpatianer Vikirnoff. Der ist schon weit in die Dunkelheit versunken und droht, sich in einenVampir zu verwandeln. Für Natalya ist er ein Feind. Doch kann sie dem verführerischen Fremden widerstehen?
Vikirnoff dachte, dass ihn nichts mehr überraschen könnte. Doch dann begegnet er Natalya, einer Frau, die ihn augenblicklich fasziniert und in ihren Bann schlägt. Aber ist diese furchtlose Vampirjägerin wirklich seine Seelengefährtin? Ist sie diejenige, die das Volk der Karpatianer vor dem Untergang bewahren und sein Herz vor der Dunkelheit retten kann?

Bastei Lübbe Taschenbuch

WWW.LESEJURY.DE
WERDEN SIE LESEJURYMITGLIED!
Lesen Sie unter www.lesejury.de die exklusiven Leseproben ausgewählter Taschenbücher
Bewerten Sie die Bücher anhand der Leseproben
Gewinnen Sie tolle Überraschungen